蘑菇雲的追緝

Mushroom Cloud Hunters

追風人◎著

◎ 重要聲明 ◎

《蘑菇雲的追緝》是虛構的文學作品。除了歷史及公眾人物外，書中所有的人物、事件和對話都來自作者的想像，而不可當成事實。當歷史人物和公眾人物出現在書中時，所有和他們相關的情況、事件和對話都是虛構，決不是在描述發生的真實事情或是在改變本書為虛構的本質。在所有其他的考慮下，如與任何現在或已死去的個人有雷同之處，則純屬巧合。

”Mushroom Cloud Hunters” is a work of fiction. All incidents and dialogue, and all characters with the exception of some well-known historical and public figures, are products of the author’s imagination and are not to be construed as real. When real-time historical and public figures appear, the situations, incidents, and dialogues concerning those persons are entirely fictional and are not intended to depict actual events or to change the entirely fictional nature of the work. In all other aspects, any resemblance to persons living or dead is entirely coincidental.

目錄
Contents

作者的話

追風人

筆者在退休後才全心的擁抱了寫偵探懸疑小說的「小三」，開始把專業的「原配」當成是人生裏的次要。多年來的渴望和醞釀，累積了不少的故事和情節，迫不及待的想要用白紙黑字表達出來，因此在第一本《追風的人》完成後，即刻就動手寫以後的兩部「長篇」，它們的故事內容、人物、情節和發生的背景都截然不同。

美國近代的著名小說家海明威和英年早逝的菲茨傑拉德都曾說過，小說裏的故事和人物都是取材於作者的夢想，人生經歷和相識者的複合體。《追風的人》就是在這樣的情況下完成的，因此對它也是情有獨鍾。

當初的構想是，故事還有後續的發展，因此在情節裏曾埋下一個重要的「伏筆」，是個完全不合乎「犯罪心理學」邏輯的事件，幾年下來，筆者接到了不少的「讀者來信」，但還沒有一封對「伏筆」提出質疑。鍾為和他心愛的「天風一號」飛機，從《追風的人》回到了《蘑菇雲的追緝》，「伏筆」在這裏浮出了水面。

兩本小說的故事主軸，是發生在主角鍾為人生裏的兩個時間段，雖然書中的人物出現了交插，但基本上是兩個獨立的故事，閱讀的先後並不影響對故事的理解。

人生的晚年，最令人不堪的就是舊友的凋零和離去。本來就不是經常的來往，一有消息傳來，不是已經往生，就是不久人世了。給人的震驚是，上次還是好好的一個大活人，怎麼說走就走了？還有好多話都還沒說完呢！真是讓人百感交集。

有人說過：「銀髮族群，雖然有豐富的過去，但是只剩下有限的未來。」為了要延長「有限的未來」，銀髮族就很努力的去吃無味的食物和做無趣的運動。

這些都無法讓我們從記憶裏抹去或是忘懷一生渴求過的願望，曾有過的熱情和曾受過的打擊，得到後又失去了的財富，來了又走了的愛情等等，這些都是「豐富的過去」。現在面對著的是快速消失的時間，還有那閃爍著的身體健康紅燈，時不我與的壓力排山倒海似的迎面撲來，最後的「大限」已經在前方招手了。

筆者的中學是在師大附中的實驗班渡過，一班五十位同學在一起「瞎胡鬧」了六年，從十二歲大的毛孩子成長到十八歲可以投票選舉的青少年，同在一起經歷了人生最快樂的時光。畢業後各奔東西，大多在日後留學海外，事業有成定居他鄉。

彈指之間，班友們在世間叱吒風雲已有一甲子，但是老天爺手裏有一本點名冊，點到了誰，誰就得上路，不管你是如何的掙扎，求醫吃藥，拜爺爺哭奶奶，都沒用。我們已有十三位同學一個接一個的走了，頻率是以對數方程式的變化在增加。斯人已去，留下了無限的思念，懷著忐忑不安的心情，留下來的還要面對著有限的未來。如今碩果僅存的也都年邁力衰，只能遊走在「小白球」、「麻將桌」，當「飛傭」飛來飛去照顧孫輩，寫小說自娛和陶醉在無限的回憶之中了。

去年，我們決定開拓「豐富的過去」，舉辦了「一甲子重逢」的活動和編印「半世紀點滴與剪影」的冊子。雖然這都不能改變我們「有限的未來」，但卻能帶給我們「無限的回憶」，那是人生旅程裏最後的喜悅和光明。

同學們聽到了再度響起的集結號，就從世界各地，遠近八方，彎腰駝背，步履艱難的向台北市集中，但是也有異類，以書面回答：「童年友誼，稚齡愛情，如夢如幻，君曰『夕陽無限好』，我云『明日又一春』。朝陽夕月，緣起緣滅，欲辯無語，天要下雨，娘要偷人，隨它去也。」

據聞他念小學時，覬覦班長有喊：「起立，敬禮，坐下。」的特權，他就陰謀奪權得逞，但沒想到那位班長也成了我們的班友之一，難怪他對聚會意興闌珊，因此才留下了「歪句」。還是他的思維少了一根筋？不來也罷。

聚會時最熱門的話題之一，就是談論我們的老師，老師們當年用來對付我們這些毛孩子們的言論和心態，現在被我們抽絲剝繭的分析是有點不厚道，但是「可談性」卻很高的，所以大夥還是津津樂道。

有一位教國文的陸老師，他是在五四運動時畢業於北京大學，也曾在國史館任職，當時老師看好一位同學，認為他是日後成為「黨國要人」的材料，但是他進了台大土木系，老師失望之餘，問道：「君乃經國濟世之才，奈何以磚瓦木石為之？」可是我們的班友有意想不到的潛力，多年後他終於拋棄了磚瓦木石，遊走於人文歷史之間，還能抽空執掌一所大學，班友的多才多藝和多樣性，陸老夫子地下有知，也應該滿意了。

班友們的演藝才能也是驚人，突然，台上響起了男性歌聲：「你問我愛你有多深……輕輕的一個吻，已經打動我的心，深深的一段情，叫我思念到如今……你去想一想，你去看一看……月亮代表我的心……」原來是同學中的一位「黨國要人」在唱著在上世紀七十年代，鄧麗君去東南亞巡迴演唱時一舉唱紅的老歌，它已經成為華人世界家喻戶曉的經典名曲。

唱者的歌喉和表情動作都無懈可擊，可謂是唱作俱佳，當年陸老夫子看走了眼，沒看清楚他才是「經國濟世之才」，他不但沒有用「磚瓦木石為之」，還遊走於「三民主義」和「建國大綱」之間，在台灣政壇上不僅呼風喚雨，還再度唱紅了鄧麗君的老歌，最後當上了執政黨的主席。

但是，這首歌背後的故事是一個古老的傳說：一位美女小偷，竊取了她男人的不死之藥後飛到月亮上，那裏的廣寒宮雖然是瓊樓玉宇，但是高處不勝寒，讓她後悔莫及。這就是《嫦娥奔月》的故事。

嫦娥的男人是后羿，是位神射手英雄，當時天上有十個太陽，把地上的人都烤得焦頭爛額，后羿用箭射下了九個太陽，西母娘娘就特准他每年一次變成玉兔，到廣寒宮去和嫦娥幽會。但是拿月亮上的一位竊賊，或是那一片蒼涼的外星來代表政治人物的心，是有點不可思議。

多年未見的總角之交相詢作者晚年的計畫，面對有限的未來，談不上有意義的計畫，只想在主觀和客觀條件還允許下，繼續以一生熱愛的「航空氣象與飛行安全」課程來誤人子弟，另外的願望是在被點名之前完成兩集「三部曲」小說。第一集是圍繞著鍾為的故事，目前還只是「兩部曲」；《追風的人》和《蘑菇雲的追緝》，將即刻動筆寫第三本《可蘭經的追緝》（暫定）。第二集目前也只是「兩部曲」；《遠方的追緝》和《時空的追緝》。第三本的書名尚未定，預定在《可蘭經的追緝》完成後動筆。

「一甲子重逢」是在一群年逾古稀的老頭子，老聲童唱高歌一曲「當我們同在一起」，「我看著你……你看著我……」互相傻笑中結束。青春不再，如能有酒當歌，返老還童，未嘗不是一樂也。天下沒有不散的宴席，歌聲漸去，珍重再見之聲此起彼落，鳴金收兵的號角響起了，何日君再來？兩集三部曲完成後，作者的短短寫作生涯也就到了鳴金收兵的時候。

第一章：鴨綠江畔和陽光海岸

丹東市是在中國東北地區的遼寧省東南部，和朝鮮民主主義人民共和國，又常被稱為「朝鮮」，「北朝鮮」或是「北韓」的東北亞國家隔江相望，並且和韓國或是「南韓」一衣帶水，是中國一萬八千公里海岸線的北端起點，它是一個以工業、商貿、物流、旅遊為主體的沿江、沿海和沿邊城市，是中國的國家級邊境經濟合作區，也是中國最大最美的邊境城市，是亞洲唯一同時擁有邊境口岸、機場、高速鐵路、河港、海港和高速公路的城市。在中國，它也是中國境內唯一經歷過「抗美援朝」戰火洗禮的城市。

中國與朝鮮的邊界線是兩條「界河」，北邊的圖們江和南邊的鴨綠江源頭都來自中國吉林省長白山的天池。丹東市就是坐落在鴨綠江的北岸，「鴨綠江斷橋」是鴨綠江上諸多橋中的第一橋，它是在一九〇九年日本殖民地時代建成的。

在一九四三年第二次大戰結束前，日本人又在距離此橋上游不足一百公尺的地方建了第二座鐵路大橋。在韓戰期間，這兩座鴨綠江大橋成為中國支援朝鮮前線的交通大動脈。當時美軍曾多次對大橋進行轟炸，一九五〇年十一月，第一橋被炸毀，在中國一側所剩下的四孔殘橋一直被保留至今，被稱為「鴨綠江斷橋」，現在成為丹東市的觀光景點之一。

通過中朝友誼橋和新鴨綠江大橋就可以進入到朝鮮的新義州，新義州市是朝鮮第四大城市，是平安北道的首府，也是中朝邊境鴨綠江南岸的重要城鎮。朝鮮最高人民會議常任委員會在二〇〇二年九月發佈政令，宣佈成立新義州特別行政區。它成為朝鮮領導人進行經濟改革的試點，不少人認為它實際上是中國的香港和澳門特別行政區的翻版，所仿效的是中國的「一國兩制」。

多年來，新義州在促進中朝兩國政治經濟關係，特別是加強和發展中朝兩國邊境貿易方面扮演著重要的角色，它已成為承擔中朝貿易過貨量百分之八十的口岸城市。在新義州的中國華僑大約有兩百多戶，是北朝鮮華僑的主要居住城市之一。由於新義州地處中朝邊境，有從事邊境貿易的便利條件，在這裏的大多數華僑都是做生意的，其中還有不少的商家企業在首都平壤或別的大城市開了分店。

橫跨鴨綠江連接中國丹東市和北朝鮮新義州的大橋是中國和朝鮮兩國間貿易、物流和人員流通的重要通道，但是它也是美國中央情報局潛伏在北朝鮮的間諜輸送情報的通道。日益突顯的朝核問題和金正日健康的嚴重惡化所帶來的詭異繼承問題，再加上這些問題裏變化多端的未知數，使周邊的大國對北朝鮮的情況，產生了前所未有的饑餓狀況，所以經過這座大橋送出來的情報價值就顯得日益重要了。

距離「鴨綠江斷橋」只有一箭之遙，面對著寬廣的江面有一間鴨綠江大酒店，它是五星級的觀光飯店，大多數進出的客人都是外國人，大堂咖啡廳裏坐著兩位房客在談天喝咖啡，在過去的兩天，這兩個人也在同一時間出現在大堂的咖啡廳。

兩人中的一位是西方人，大約是五十歲出頭，體型高瘦，雖然臉色清秀，但是卻帶著風霜，加上已經是半白了的頭髮，給人一股悲傷的感覺。他的穿著整齊，雖然西裝上衣和褲子是不同的顏色，但是相配得體，他沒有戴領帶，襯衫最上面的扣子沒扣上。

坐在他對面的是個東方人，年紀大約是三十歲左右，他的穿著比較隨便，燈心絨的長褲和夾克都是咖啡色，但是帶了一條很不搭配的大紅色圍巾。兩人用英語交談，他們是美國人，年紀大的名字是，威廉（比爾）．富爾頓，他用的是外交護照，是為了朝核問題而舉行的「六方會談」的美國代表團成員。名義上他是為了實地考查北朝鮮對外活動情況，才從北京來到了丹東市。和他在一起的也是個外交官，名字叫禾田一郎，是出生在美國的日本人。他的英文名字是「一郎．禾田」，但是有些同事叫他彼得，他是美國在瀋陽市領事館的副領事，陪伴富爾頓到丹東市。

這兩人的真正身分是中央情報局的特工。富爾頓是中情局朝鮮辦公室的負責官員，禾田一郎是他的直屬部下，以副領事的身分為掩護，負責情報和人員的輸送。

富爾頓端起面前的咖啡杯，喝了一口，發現已經冷了，他就又放了下來：「一郎，今天是第三天了，你的人會出現嗎？他可靠嗎？」

「應該是沒問題，我們的約定是這前後三天中的一天，但是如果他沒拿到貨，就不一定會出現。」

「他一定會有貨的。」

禾田一郎沉默了一會兒才說：「比爾，我看你這次來是憂心忡忡，是不是我們的人在裏頭出問題了？」

富爾頓沒有回答，只是看了他一眼，禾田一郎馬上知道他問了不該問的問題，富爾頓也就轉開了話題：「又看見了國安部的人了嗎？」

「除了在第一天我們剛到的時候出現過一次，昨天和今天都沒看見他們。」

作為外交官，雖然有行動的自由，但是理論上當他們離開了使領館的所在地到外地時，是需要向地主國的外交部報備的。按規定是要在啟程前通知中國外交部，他們是在啟程的三天前才將報備表格寄出。雖然郵局公佈了北京市內的郵件會在三天內送到，但是和世界上所有的郵局一樣，有時候會遲個一兩天，甚至更久。等接到了信件，送到相關的部門時，他們已經到了目的地。

當他們兩人入住鴨綠江大酒店時，禾田一郎發現了有北京國安部的人，富爾頓認為中國的安全部門已經知道他的真實身分，如果不是碰上郵局的高效率日子，就是他在北京機場時被盯上了。但是顯然國安部只是來確定一下他們的行程而已。富爾頓說：「我想他們是知道我們的身分了，因為中美兩國在朝核問題上沒有很大的矛盾，對我們兩人的興趣就不是很大了。所以就不盯我們了。」

「但是在六方會議上，中俄兩國還是站在朝鮮一邊，和美、日、南韓對立。」

「除了北朝鮮自己，其他的五個國家都不想看到北朝鮮擁有核子武器，中俄兩國在這個問題上和我們是沒有矛盾的。他們只是想為北朝鮮多爭取一點外援，少餓死些老百姓，他們更不想看到北朝鮮向西方靠近。」

「北朝鮮的執政者似乎都是不可理喻的。」

「世界上所有的執政者都把持續執政看成最高目標。問題是獨裁的政權不必考慮選票，所以老百姓的死活不是問題，這種政權我看多了。」

禾田一郎沉默不語，他知道富爾頓出任朝鮮辦公室主任之前曾在中東地區執行任務多年，是個非常出色的情報人員，一路被提升到情報小組的負責人，在那裏他所接觸到的都是打著宗教大旗的獨裁政權，為了改善當地人民的生活，他付出了沉重的代價，幾乎毀了他的一生。

「比爾，你是在想中東的日子，是不是？」

「不說過去的事了。告訴我，張煥智的事有發展嗎？」

「我來彙報一下。根據總部給我們的資訊是，駐香港的總領事館接到了一封信，是從澳門寄出的，發信人的名字是張煥智，自稱是朝鮮國家情報局的譯電員。他希望到美國尋求政治庇護。信裏還附了一封譯電，是平壤發給他們在澳門的進出口公司，內容是向伊朗出售的核子設備。比爾，這封信轉到了總部，總部交給了我們。我做了兩件事：一件是去對照我們手頭上所有的朝鮮情報機關的人員名冊，是有一個叫張煥智的譯電員。但是這份名冊是五年前的版本，我去了一趟北京，我們站裏有一本最新的版本，裏頭還是有個叫張煥智的譯電員，唯一不同的是，他從原來的二級譯電員變成一級譯電員了。」

「升級了，一定是幹得不錯。你還做了什麼調查？」

「我要求總部驗證那封譯電的內容。總部剛才回覆，譯電的內容是真有其事。」

「名冊裏還有其他的資訊嗎？」

「只寫了張煥智是平壤人，年齡廿七歲，已婚，沒說有沒有孩子。他是朝鮮國防通信學校畢業，曾被派到俄羅斯培訓一年。」

「廿七歲就當到了一級譯電員，是很難得的。」

「我想他是個很優秀的譯電員，我們北京站的人還告訴我，總部要他們優先支援我們進行這個案子，可見我們有高層的人看上這個案子了。」

「那些坐辦公桌的人想的就是天花亂墜的事，對手的譯電員是最大的一塊肥肉，能拿到就是個大大的功勞。但是談何容易。每一個情報組織都有一個龐大的部門，就只幹一件事，防止自己的譯電員外逃。」

「總部把這案子交給我們，是個天上掉下來的機會，比爾，在北京情報站裏知情的人，可都是很羨慕的。」

「你先別高興，朝鮮的特工組織從上到下都被俄羅斯的前ＫＧＢ特工滲透了，張煥智很可能是他們設的圈套，讓我們跳進去，結果我們不僅將會灰頭土臉，說不定還會把我們潛伏的人都露餡搭了進去。所以一定要查得一清二楚，我們才能行動。」

「這我明白，必要時，我想自己進去一趟。」

「一郎，我明白你想立功的心情，我們年輕的情報員能有這樣的心態是好事，但是我看過多少的同事們，有勇無謀，魯莽的一去不回，給別人帶來無限的哀傷。我看你是有點熱昏了頭，你絕對不能毛燥胡來，任何行動都要有我的批准，明白嗎？」

禾田一郎聽過不少關於富爾頓在情報戰場上的豐功偉績，也看得出好些老同事對他肅然起敬的態度。他是一位不折不扣的英雄人物。但是在一場恐怖事件中，他受了重傷，雖然活了下來，他喪失了所有的家人，包括他的妻子和孩子。事後中情局將他調離工作了三十年的中東，來負責北朝鮮的情報工作。禾田一郎很敬重這位上司，雖然沒明講，但是他能感到富爾頓對他的工作很滿意，在很多地方也都會刻意的栽培他。「比爾，你就放心吧，我還不至於糊塗到胡來的地步。」

「你還年輕，如果想長久的幹下去，你得看清楚當前的趨勢，現在一切都是高科技，我們那套完全過時了，沒有什麼前途。」

「這我都明白。」

「我問你，如果我要把一個人移動出來，我們目前有這個能力嗎？」

禾田一郎的眼睛一亮，他終於明白了，富爾頓老遠的來到丹東市的目的，就是要把一個人從朝鮮偷運出來，而他是來預先探路的。

「那要看是什麼樣的人了，如果是普通老百姓想當『脫北者』，完全沒問題。我們和北京站都有管道去買通某一些渡口的守衛。只要是不指定時間和地點，基本上是可以完成偷渡。如果要動的人是被通緝的，那就可能會有困難，雖然我們出高價，帶路的人很可能不願意冒這個危險，因為萬一出事，後果不堪設想。」

富爾頓又沉默思考了一會：「一郎，回去後請你做個準備，看看要把一個人，不是普通老百姓想當脫北者，而是他們在追查的目標，偷運出來，要動用什麼樣的資源？北京站方面能提供什麼樣的力量？可能的路線是如何？南韓的特工能不能配合？把所有的可能都考慮進去，然後給我一個可行性的報告，包括成功的機會有多大？還有，如果失敗，後果的分析。」

「要動一個人還是一家人？」

「一個人。」

禾田一郎馬上知道了富爾頓不是在談張煥智，而是要把他在北朝鮮的潛伏撤出來了。他問：

「什麼時候要這報告？」

「一郎，越快越好。」

「背景的保密級別？」

「滴水不漏。」

「對內呢？」

「也是滴水不漏。這事只存在你和我的大腦裏，知道嗎？」

禾田一郎感到了事態的嚴重，只有一種可能讓富爾頓啟動了對內部的最高保密措施，那就是中情局內部出了問題，直接的影響到他安置在朝鮮的潛伏者，所以才要將他撤出來。

「比爾，真的有這麼嚴重嗎？」

「他媽的，詛咒上帝，回到了總部，還是要這麼折騰我，不讓我過幾天好日子。吃也吃不好，睡也睡不好，這算是那門子事！」

富爾頓雖然曾是中情局裏出色的行動特工，多年來在外勤的工作中，出生入死，在槍林彈雨裏立下了汗馬功勞，但是他沒有染上行動員的惡習，一直給人一種溫文爾雅，從來不說粗話的印象。這是禾田一郎第一次聽到富爾頓居然口出粗言，他動容的說：

「比爾，不要太擔心了，每個人都知道中情局欠了你一大堆無法還清的債，而你不欠中情局任何東西。大可不必和自己為難。更何況，你還有我呢，我願意進去幹潛伏。別忘了我有完全道地的日本人背景，我還是局裏行動訓練班的高材生。你總得給我一個表現的機會吧？」

「你行了，到了這時候就別給我再添亂了。一郎，我告訴你吧！訓練班裏教你開槍、爆破，還有殺人的本事沒什麼大用處了，要當一個優秀的情報員就要有個好腦袋，別的都是瞎扯蛋，不管用了。」

「是你告訴我，你很懷念當年靠著一身是膽和絕技身手遊走在各種危險狀況，能夠大碗喝酒，大塊吃肉，倒頭就睡的日子，把我羨慕死了。」

「那種日子再也回不來了。」

禾田一郎看著窗外，突然說：「他來了。」

酒店的大堂咖啡廳就在大門的旁邊，它的落地窗外就是大馬路的人行道。左前方不遠就是一個路口，禾田一郎看著在路邊等紅綠燈的人，富爾頓問：「是不是那個戴著帽子的人？」

「就是他。」

他是個看起來有五十歲左右的人，上身穿的西裝上衣和下身穿的西裝褲不是一樣的顏色，頭上戴的帽子又是另一個顏色，三個不相配的顏色讓人一眼就能看出他是從朝鮮過來的人。當他經過鴨綠江大酒店的落地窗前時，不經意的把帽子拿下來，拍了兩下後又戴了回去。禾田一郎說：「他帶貨來了。」

「什麼時候能拿到？」

「兩小時後在約定的地方。」

富爾頓抬起手看了一下手錶：「那我就去退房，到機場等你，希望在今天能回到北京。」

「那我也帶著行李去取貨，就直接到機場和你會面。」

富爾頓站起來，拍了一下禾田一郎的肩膀：「一切小心，我們機場見面。不到萬不得已，不要用手機，我想我們會被監聽。」

兩小時後，一輛計程車開到了「抗美援朝紀念館」旁邊的星巴克咖啡館，它載的客人正要下車時，一位提著隨身行李的日本遊客匆匆忙忙的走過來，他用帶著日本腔的普通話跟司機說：「請送我去飛機場。」

下車的客人在離去時和上車的日本人微微的點了一下頭。日本人上車後一路上都是閉目養神，到了機場時才睜開了眼睛，在下車前他彎下腰，在前座司機看不見的情況下，很快的將前一位客人留在車座位下面的一盒香煙拿起來放進了口袋。

美國駐中國的大使館是在北京市的東區，原來叫做「東交民巷」，從清朝的時候開始，就是外國使領館集中的地方。

在大使館裏，除了大使之外，下面還有四位一等秘書，分管使館裏的業務。其中一位是艾立克·堪布，對外他是分管使館的文化方面業務，但實際上都是他下面的二等秘書在真正的管事。堪布的真實身分是中央情報局，北京情報站的負責人。情報站就設在大使館裏，但是個獨立運行的單位，北京站是一級情報站，直接歸中情局總部指揮。他們的對外通信、安全保密措施、財務和人事的分配都是按中情局的體系，和國務院的大使館體系是完全分開的。

他們在大使館裏頭有一個特別的大房間，大家叫它是「鐵籠子」，建造這房間的所有材料和工人都是從中情局總部來的，除了有一位配槍的海軍陸戰隊士兵二十四小時看守著房門，只讓有特別通行證的人進去外，每天有兩次將全屋子用電子探測器清掃一次，尋找有沒有被人放置任何監聽器和監視器。

中情局的密碼譯電工作也是在「鐵籠子」裏作業，所有的絕密檔案也只能在裏頭閱覽，不允許帶出去。禾田一郎拿到的貨是一個只有小姆指頭一般大的晶片，富爾頓在「鐵籠子」裏用電腦把晶片裏的文檔顯示出來，它包括了兩百多頁的掃描文件和二十多頁的文字報告。在大約流覽後，他能看出來，和前幾次一樣，它是非常有價值的情報，不僅將間諜偵察衛星所取得的資訊驗證了，還有更多的在地情報，只有在當地潛伏的情報員才能取得。

雖然他很高興他看對了人，取得了意想不到的成績，但是讓富爾頓的心往下沉的是那二十多頁的報告裏的一段：「情報部門傳來，美方表示朝鮮在清津港附近又建設了一個提煉濃縮鈾的工廠，但無法證實，可能是假情報。」

他派出去的人已經潛伏有三年了，他們在這期間沒有見過面，但是他能感覺到，他們之間似乎有一種說不出的情感把他們緊緊的套住。富爾頓曾經問過自己，會不會因為他失去了所有的家人，就把為他遠走他鄉，擔任潛伏任務的情報員當成家人了？他要求值班譯電員用密碼將整個文檔以絕密的級別發到中情局總部給他自己。他來到堪布站長的辦公室，兩人都是中情局的老特工了，認識多年：

「艾立克，謝謝你的幫忙。」

「你謝我？我幫了你什麼忙？」

「你們替一郎提供了好些方便，否則他一個新手，連方向都還搞不清楚呢！」

「這是上面的命令，要我們全方位支援你。說到你們的一郎，我覺得他是個挺不錯的年輕人，情報員的基本素質很高，你要是不想留他，我就要了。」

「他是個可造之材，有點像我們年輕時候的心態。但是還太嫩了，有機會多指點指點。」

「我就知道你會捨不得。沒問題，能多幾個像他一樣的年輕人來接我們的班是好事。比爾，我上星期才從總部回來，當時你不在，我們幾個老傢伙聚了一次，大家都要感謝你，說你終於替我們這批老特工出了一口悶氣。」

「是嗎？」

「最近這幾年，我們中情局裏當家作主的全是從技術部門來的，他們以為從間諜衛星拍的照片和監聽到的談話就能把國際上整個的背景、局勢和發展方向掌握住了。但是在朝核問題上，他們就只知道朝鮮有幾個反應堆和幾個提煉設施和它們的地點。至於他們想幹什麼？有什麼具體的計畫，他們是一頭霧水，對白宮和國務院所提出來的問題是一問三不知。我聽說總統把我們中情局的大老闆找了去，狠狠的修理了一頓。但是鬼使神差，讓你老兄不曉得從那裏找到了一個寶貝，開始給我們在地情報，這是我們在朝核六方會談上占了上風，有了主動權的主要原因。比爾，你成了白宮和國務院的救星，也成了我們的英雄。你知道嗎？這回我在總部裏走路時都是抬起頭來的，以前我都是低著頭，像是見不得人似的。所以，我們這批老特工都要我好好的請你一頓。說吧！你想吃什麼？」

「好辦！我想吃一頓道地的北京烤鴨。」

「就這麼容易打發你嗎？那太沒問題了。」

「再加一瓶頂級茅台酒。」

「我知道大使有一瓶國寶級的茅台，他鎖在辦公室的櫃裏，我去把它浮來。」

「你敢去偷開大使的櫃子？」

「小事一樁，你忘了我曾經是局裏開鎖的第一把手嗎？」

「我也記得你曾經是局裏的第一大膽。」

兩個老特工同時哈哈的大笑。堪布接著說：「比爾，你來得正好，我本來也想找你幫個忙。」

「其實，我來也是有事要找你。但是你先說吧。」

「你知道嗎？我這個站長當得有多窩囊嗎？我是中情局的人，但是我的站是在大使館裏，所以我也得聽大使的，大使是要聽國務院的，問題是我們中情局和國務院在朝鮮問題上有大矛盾，中情局要在朝鮮發展和建立反對勢力，希望能改變他們的政權。但是國務院就是急著要解決當前的核武問題，他們想要討好朝鮮，深怕得罪他們。所以大使已經警告我好幾次了，絕不可以在北京發展反對金正日政權的組織，只允許我和『脫北者』建立關係。」

「『脫北者』的人數越來越多，也會形成一股力量的。」

「問題是他們都是農民，大字不識一個，對政治毫無興趣。」

「艾立克，我能替你做些什麼？」

「聯合國就要啟動一個朝鮮氣象預報的計畫，目的是將他們現在的能力大幅改進，應用在農業上，最終使朝鮮在糧食生產上達到自給自足。」

「這是件好事，但是它有高科技內容，不容易找到合適的負責人。」

「沒錯，目前聯合國開發總署是看中了一位叫鍾為的教授，他是一位美籍華人。」

「我好像聽過這名字。」

「他就是在幾年前用一架小飛機把恐怖份子的飛彈引開，救了一架民航機的那個大學教授。」

「那我看他比你還大膽，他對你有用嗎？」

「多年前他曾在北京大學的大氣物理系開過課，很受學生們的歡迎，包括了朝鮮派到北京大學的留學生。鍾為教授必須要組織一個氣象專業的隊伍，其中一定會有幾個他教過的朝鮮學生，比爾，你能不能想辦法替我在他的隊伍裏安插一個人。」

「艾立克，你的大使不讓你幹，你還是非幹不可，果然是膽大包天。」

「這是朝鮮專案辦公室幹的，跟北京站無關。」

「將來大使發現了就是拿我開刀，你就沒事了。你這不是把我往火坑裏推嗎？」

「你放心，我們大使的手還沒那麼長，他管不到你。更何況這事只有我和你知道，絕對安全。」

「行，讓我去試試。」

「聯合國開發總署把氣象預報項目歸在他們正在進行的圖們江計畫裏，負責人是凱薩琳．波頓，她是烏克蘭人，曾在美國讀過書。」

「知道了。但是我要分享你的臥底所拿到的情報。」

「沒問題，一言為定。說你的事吧！」

「北京站，或者你們大使館，有沒有我們專案辦公室為國務院準備的六方會談資料。」

「從來沒見過。總部不是有指令嗎？任何有關六方會談的資料都要直接送到管我們的副局長，再由他送到國務院的代表團手裏。不允許有任何的橫向分發。怎麼，出了問題嗎？」

富爾頓沒回答，思考了一會才說：「你說，如果出問題，你認為是會出在我們中情局還是出在國務院的系統？」

「這就很難說了。但是我有一個消息可以告訴你，在六方會談中，我們一直想把俄羅斯拉在一起，同起同坐，所以有些情報就送給他們了。」

「你是說我們的代表團就把情報直接交給俄羅斯的代表團了嗎？」

「不太可能，太明目張膽了，會引起其他代表團的不滿。所以是通過別的管道。」

「你是說，這個管道可能出了問題，是不是？」

堪布沒有回答他，只是說：「中情局的莫斯科情報站是通道。」

「你從哪裏得到的資訊？」

「是從中國方面透露出來的。」

加拿大和美國一樣，國境跨越了整個北美洲大陸，它的東岸濱臨大西洋，西岸接著太平洋。全國從東到西一共分成六個省作為它的行政區域。最西邊的一省是不列顛哥倫比亞省（British Columbia），一般人就用這兩個字的頭一個字母作為簡稱，「ＢＣ」，早期的華人移民給它取了一個很好聽的名字叫它「卑詩省」。

卑詩省最大的城市是「溫哥華市」，它距離美加邊境很近，一個小時的車程就能到美國的西雅圖。在這一二十年裏，溫哥華成為新移民最喜歡的城市，華人人口快速的增加，鍾為就是其中的一人，他在離卑詩省大學校園不遠的地方開了一間「海天書坊」，雖然他是老闆，但是他每星期只來一兩次，主要負責的是書店經理，梅根．班達，打理所有的事，而他自己大多的時間是「隱居」在陽光海岸。

那裏是北美大陸和溫哥華島之間喬治亞海峽的東岸，它可以稱得上是上天眷顧的世外桃源，那裏有一種現代隱士的低調奢華，是隨心游於山海之間的淡泊，是遺世獨立滄海明珠的優雅，有「子非魚，焉知魚之樂」的閒適。那裏有蔚藍的天空，溫暖的陽光，清淨的海水，靜謐的叢林，除了偶爾出現的帳篷和星光下隨波蕩漾的皮艇外，一切都是非常浪漫又返璞歸真。

陽光海岸沒有讓人有精雕細琢的感覺，它給人一份廣闊的野性，原始與孤獨。它的海水沒有加勒比海的蔚藍或碧綠，在多雲天空的映襯下，茫茫一片灰色。但是近了看，清澈透明得讓人不相信是海，水中的鵝卵石歷歷在目，水是完完全全的無色透明。沙灘上，海水沖刷上來的貝殼，海藻，粗木頭，石塊鋪陳一路，組合成一種蕭索和嚴峻的原始美態。尤其是泛白的巨木，像是崢嶸白骨，堆砌出一種異樣的歲月滄桑感覺。

雖然看得到稀稀落落的房子，但是看不出太明顯的人類活動痕跡，海邊常常有突出的岩石，暗礁和植物覆蓋的石頭小山。在礁石上三三兩兩停著的海鳥不時發出尖銳的叫聲，更加重了這裏蒼涼的感覺。

陽光海岸的一邊是大海，另一邊是山脈，海岸線深入茂密的原始森林。溫帶雨林區最適合生長杉樹和松樹，樹木粗大，樹影濃密遮天閉日。道路筆直地穿林而過，也是這裏常見的美景。但是把鍾為牢牢吸引住的是它與世隔絕的環境。

雖然離溫哥華不遠，但是因為複雜崎嶇的地形，沒有道路，唯一的交通工具是駕船或是水上飛機。若由溫哥華啟程往北行，二十分鐘車程就能到達馬蹄灣，再換乘渡輪，四十分鐘後就到了。作為一個孤獨和有沉重哀思的人，陽光海岸最能讓鍾為得到心理上的平靜，讓他安心的寫他的小說和專業書籍。每當看到書架上排著他所出版的書，其中還包括了被翻譯成他看不懂的文字版本，鍾為就非常高興。其實，這些幾乎就是他生命的全部了。

鍾為在香港優德大學最後的一年，是他一生的專業達到最頂峰的時候，但是當他深愛著的女友蘇齊媚，一位優秀的刑警，為保護他而犧牲在他懷裏的瞬間，鍾為的世界破碎了。他放棄了一切，陷入了黑暗的深淵。癡心的邵冰用無比的溫柔為他療傷，帶他來到了溫哥華，鼓勵他提起筆來把一生的感受寫下來。

鍾為並沒有將他的故事寫成「傳記」，而是以他的經歷為背景和故事的主軸，創作了一部長篇小說，內容有纏綿緋惻，蕩氣迴腸的愛情和驚心動魄的行動。沒想到的是，出版後深受讀者的喜愛，成為暢銷小說。意想不到的寫作成果，使鍾為全心寄情於筆墨之間，隨後又寫了幾本非常暢銷的懸疑愛情和偵探小說，寫作成為他新的人生活動。但是不能忘懷的舊情，使他無法跳出孤獨和哀傷，邵冰使出了一切的力量都無法改變他，最終他懷著無限的歉意和遺憾，看著邵冰離去。

鍾為一生沒有成家，他的生活簡樸，作為名教授所拿到的薪酬大部分都交給理財專家作了長期的投資，因此，到了加拿大後，雖然是他一生中第一次沒有一份「固定收入」，但是他的生活還是很寬裕。

鍾為的一位遠房堂伯父在早年移民到加拿大創業，後來事業有成，成為加拿大華人中的富豪。

他在遺囑裏將在溫哥華的一棟房子留給了曾對他有過恩惠的堂弟，鍾為是繼承了他父親的遺產。

這棟房子坐落在離卑詩大學不遠的高級社區，是個林蔭夾道的住宅及商務混合區，近年來很受人歡迎，房價不斷攀升。房子是個獨門獨戶的兩層樓建築，面積不小，還有個大院子，有不少的房地產商找上門來詢問要不要出售。

鍾為和邵冰沒有很多新交往的朋友，他們是在逛書店時遇見了梅根．班達，她是「海天書坊」的經理，也許是因為趣味相投，她和邵冰成了好朋友。當時海天書坊的經營不是很好，連年虧損，店主急著要想脫手，在邵冰大力慫恿下，鍾為就把書店買了下來。

邵冰本來是想，鍾為寫書，她開書店，是個天長地久的好安排，沒想到，事情急轉直下，她突然的離他而去了。邵冰走後的第三個月，梅根打電話給鍾為，告訴他兩件事，第一是海天書坊的財務狀況繼續的惡化，第二是她決定辭職，這是她最後的兩周了。鍾為這才想起來他還有一間書店在他名下，他要求梅根給他兩天的時間，然後再坐下來討論書店的未來。

半個月後，鍾為成立了「海天書坊股份有限公司」，公司就設在他的獨門獨戶兩層樓房子，海天書坊也將搬到同一地點。他自己擔任董事長，聘請梅根．班達為總經理。除了付給她高薪外，在聘約的合同裏寫定了，如果梅根連續工作了五年，從第六年開始，她每繼續工作一年，就可以取得公司百分之十的股權，直到她取得了百分之五十的股權，也就是十年後，她就會擁有半個海天書坊。

梅根認為鍾為給她這麼優厚的條件是因為邵冰的突然離去，讓他感到無限的虧欠，而想在她的好友梅根身上補償。

鍾為給她的第一個任務就是改建他繼承的那棟兩層樓房子，進行改頭換面的更新工程，增加它的面積，成為一間非常現代化的二層樓書店，它的電腦和網路和全世界的主要出版商和圖書館都可以聯網。因為要搬運沉重的書本，還加建了電梯，可以從戶外就通到地下室和各樓層。

但是讓「海天書坊」在日後成為非常成功的傳統書店，則是因為它的「閱覽空間」。原本一樓就是個傳統的書店，由於面積的增加，使擺設書籍的空間加大，更多的書籍可以上架，除了將原來的閱覽地方也隨著加大之外，打開落地窗走到大院子，也是個戶外的「閱覽空間」。它是由專業的庭園設計師規劃，精心建成的一個大「書苑」，著名的溫哥華晴朗天氣和悠然絕美的花木，讓在戶外讀書成為享受，即使在冬天，只要是陽光明媚，海天書坊的大院子裏還是有不少的人在看書。

靠著落地窗外有一個亭子，裏頭擺設著桌椅，那裏飄出來濃郁的咖啡香味，顧客自己動手，理論上是免費，但是也歡迎在罐裏投一個銅板。在院子的另一頭還有一個亭子，裏頭鋪了地毯，還有不少的小椅子，是給小朋友們看書的地方，每星期四下午四點是「講故事」時間，會有一個女大學生讀故事書給小朋友聽，很多時候，媽媽們會放下孩子，讓他們去聽故事，自己可以去找想要的書。

海天書坊的改建是按著梅根．班達的要求設計的，這是她多年來夢中想有的書店，而她認為最精彩的部分就是書店的二樓。它包括了一間很大的「珍本書室」，兩間個人用的小型辦公室是給梅根和鍾為各用一間，一間給職員們用的多人大間辦公室和一個起居間。後者是給鍾為準備的，是個有浴室和小廚房的套間，讓他來到溫哥華時，不必擔心錯過了最後一班去陽光海岸的渡輪就得去住旅館。

但是把梅根的心緊緊的拴住的，是那間「珍本書室」，顧名思義「珍本書」的價值非常高，一本書可以貴到從數百元到數百萬元，是收藏家們追捧的對象，他們在認定了某一本書之後，往往會尋求「專家」在全世界追尋目標，購買到手。

梅根自己並不是個收藏家，但是她曾從事過追尋珍本古籍書的工作，從滿意的客戶那取得了很好的報酬，但是這份工作本身的特別性質，它含有的高度未知數和風險，讓梅根深深的愛上了這份工作。雖然她在追尋「珍本書」的行業裏已經小有名氣，但是這種委託性的任務是可遇不可求，不能靠它過日子，何況有時還要有資金的預先投入。

梅根找到了一個偏門，她發現有很多的「富二代」沒有太多的文化，對於祖上留下來的老舊書籍沒有任何的價值概念，把它看成和他們繼承的古老大房子裏其他的「老破舊」傢俱一樣，就想早早的把它們處理了，梅根在富二代要在大門和車房前擺地攤出賣之前就會找上門去，也不問要賣的是什麼，就出個價錢把所有的「舊書」全買下，她被看成是來幫忙收拾「舊破爛」的，不但不用花錢，還有錢拿，所以當她開著出租的卡車來取舊書時，有不少的屋主還把他們不要的「原破舊」傢俱也請她帶走。日後她請了專業的技術人員將它們恢復原樣，成為了古董傢俱或是藝術品，還能賣出很好的價錢。

現在，這不再是她個人的愛好了，它成為「海天書坊」正式業務的一部分，梅根可以編列預算和人力，有系統的進行尋找貨源，談判價錢和搬運貨品，讓她高興的是，除了讓她在「珍本書」的行業裏建立起了一定的名聲，委託任務多了，另外這方面的進帳在書店的總體收入比例上每年漸增。但是「海天書坊」能夠把梅根牢牢的套住，讓別人無法把她挖走，是因為鍾為在這棟房子上加蓋了三樓，它是一個很現代化的有三間臥室的公寓，是配給總經理住的宿舍。梅根搬進去後，將自己原先的房子出租，讓她多了一筆收入，解決了她所面對的困難。

五年前，梅根的丈夫，查理．班達，在一次腦溢血後成了植物人，梅根成了一家唯一的支柱，她用醫療保險和他們的儲蓄為他做了大腦的手術，但是沒有成功，現在只能住在公立的療養院，他所有的生理機能都不能自理，像植物一樣的活著。而公立療養院的人手有限，病人所能受到的照顧就可想而知了，為了改善情況，梅根自己和一位特別護士每天各去一次療養院照顧和打理，這筆費用和時間，都給梅根造成很大的壓力。有了房租的收入，她將特別護士的鐘點增加，情況就改善多了。

梅根拿著杯子來到一樓的閱讀室外面，倒給自己早上的第二杯咖啡，她一眼就看見了鍾為一個人坐在院子裏的椅子上，面前的小桌上有一杯咖啡。他的眼睛雖然是在看著眼前的庭院，但是眼神卻是讓人看得出他是在沉思，他讓人感覺，他的心思是在很遙遠的時間和空間裏。梅根來到他面前：「鍾為教授早安！」

他愣了一下，站了起來，微微的彎了一下腰：「班達夫人早安，海天書坊能在美麗的溫哥華晨曦裏迎接了更美麗的班達夫人，真是三生有幸，快請坐下。」

「什麼亂七八糟的，又要氣我了是不是？叫你不許叫我班達，你就是一定要跟我作對。」

「是妳告訴我的，妳十八歲時就認識了查理．班達，二十歲就成了班達太太，都這麼多年了，不叫妳班達夫人，叫什麼？」

「我不管，你就只能叫我梅根。還有不要再用『美麗』的字眼來諷刺我，我知道自己是什麼料子，何況我都過了三十了，開始走下坡，進入了老女人的階段。告訴你，說起我的年齡，心情就特別惡劣，所以別惹我生氣。」

鍾為盯著她看，看得梅根都有點臉紅了：「我可是完全在說實話，妳看看自己，雖然穿著一身樸素的連衣裙，可是緊緊的包著妳那連一兩多餘的肥肉都沒有的身體，臉上一條皺紋都沒有，全身都是細皮嫩肉，不用美麗來形容，那要用什麼字眼？妳喜歡我用『性感迷人』來形容妳的花樣年華嗎？」

「越說越不像話了。最近我突然感到自己這輩子就這麼完了，還真是難過了一陣子。這是我們做女人的悲哀，永遠被年齡打得一敗塗地。你們男人就不一樣，越老越迷人。」

鍾為喝了一口咖啡：「也不盡然，妳面前的這位老男人不就是被人遺棄了的嗎？」

梅根看見鍾為的臉色有點不對，知道她是刺激了他的情傷：「對不起，鍾為，我不是故意要提起讓你傷心的事。」

鍾為苦笑了一聲：「沒事，我沒那麼脆弱。不說我了，還是說妳吧！梅根，妳最近還好嗎？」

「你知道，除了我妹妹露西，我最掛念的就是海天書坊了。鍾為，因為是你，我們海天經過了脫胎換骨的變化，你把我留了下來，而我的日子也發生了天翻地覆的變化。鍾為，這些都是由你帶來的，我不是忘恩負義的人，我每天都在思考要怎麼來謝你。」

「看你說的，現在的海天是妳一手創造的，我只是在旁邊擺個架式，搖旗吶喊而已。如果要謝我，太容易了，給我做一頓飯吃就行了。」

「沒有大老闆的關心和寬容，我們也無用武之地，施展不開，更何況在節骨眼時，還能想出非常好的主意。」

「是嗎？我出過什麼主意？」

「還記得你決定花大錢把地下室改建成為大書庫，我不贊成，認為是浪費錢，出版社都有書庫，我們有了要買書的人後，再去取書也不遲。可是你認為自己有庫存，可以向買書的人提供及時的服務，不必等幾天後才能拿到書，對於買書者是個很大的吸引力。我們的客戶中，有不少是因為我們有庫存才找上門來。到底是當大老闆的，真知灼見就是比我們小老百姓高明。」

「不對，我的真知灼見就是改建地下室，我對裏頭該存什麼書可是一無所知，所以精彩的庫存還是要靠妳。不過，妳要是想做頓飯給我吃，那我太高興了。」

「那就一言為定，我找時間，到時候你就別找藉口黃牛了。」

「我倒想看看是誰會黃牛了，我聽說妳忙得連給自己做飯的時間都沒有，還有時間給我做飯嗎？」

「那我們就走著瞧。來，我們說正事好嗎？鍾為，你是一大早從陽光海岸來的，還是你昨晚住在這裏了？」

「今天起來得早，趕上了第一班渡輪，所以早到了。」

「鍾為，最近你是不是睡得不好，常常失眠？」

「老毛病了，隨著年歲，它增加了頻率。」

「你需要有人照顧你的生活。」

「怎麼？想當我老媽是不是？」

「鍾為，你知道嗎？有時候我在懷疑你是不是生活在我們身邊，我會看著你，但是感覺你的人是在那遙遠的地方，你的心在想些什麼，我們都無法知道。露西每次打電話回來都問我，你還是那麼孤獨嗎？鍾為，我們認識已經有五年多了，你照顧了我們全家，我們是帶著感恩的心站在你身邊，為什麼你還把自己包得緊緊的呢？」

鍾為沒有馬上回答，隔了一會他才小聲的說：「對不起，梅根。」

「我能明白當年邵冰的心情，她使出渾身解數，想把你的心打開，結果也只是換來了一句『對不起』。」

鍾為還是不說話，梅根把咖啡杯放在桌上，她歎了一口氣，正要再開口時，聽見鍾為說：「不，妳跟她不同。」

「我知道，她和你在一起經過了那麼多的大風大浪，起起伏伏的人生，還有那些生離死別的痛苦，但是邵冰告訴我，你不能忘懷過去，永遠活在哀傷裏。我才和你認識了幾年，我不像邵冰，她沒有牽掛，可以把整個人都給你，但是我要掙扎的面對生活，還想要打開你的心扉，我太不知量力了。」

「不，妳說錯了，這些不是重要的。不說我了，我們到辦公室去談公事。」

梅根的總經理辦公室要比鍾為的董事長辦公室大，因為裏頭多了一個大會議桌。鍾為看見梅根的辦公桌上擺了兩個相片框，一張照片是梅根和露西坐在海天書坊院子裏的椅子上，另外一張照片是鍾為和她們姐妹兩人的合照，背景是一條小河，河上有細長的划艇，顯然這是去年他和梅根去參觀耶魯大學和哈佛大學一年一度的划艇比賽時拍的，露西是耶魯大學划艇隊的隊長和舵手，在一群高頭大馬身強力壯的男同學裏，她是唯一的女隊員。

讓鍾為吃驚的是，原來桌上有的幾張全家福照片都不見了。兩個人把加滿了的咖啡杯放下後，就在會議桌面對面的坐下。桌上已經擺好了幾份文件，顯然都是替鍾為準備的，他說：

「這裏的咖啡越來越好喝，我都快上隱了。」

「鍾為，別再喝了，晚上會睡不著覺的。」

「妳是真的想當我老媽來管我，還是捨不得妳的咖啡？」

「老媽不管喝咖啡，只有老婆才會管的。」

沉默了一會，鍾為回答說：「太可惜了，妳是班達家的人了。」

「是的，這將是終身遺憾。」

「遺憾不能當我老媽，還是不能管我喝咖啡？」

「你要是真的不知道，我就不告訴你。」

「那妳可不可以告訴我擺在我面前的這些文件是什麼？顯然是有人花了工夫準備的。」

「這是我們的財務和替我們幹活的會計師事務所準備的。雖然是厚厚的好幾疊，但是每一疊最上面都有一張簡要的重點說明。看了它就大概知道這些報告的內容了。我們把它擺在你面前，就是要讓你知道我們是花了不少精力才完成了它。其實它已經裝訂成冊，擺了一份在你的辦公桌上。」

「但是妳總不會要我回去自己看吧，妳得給我說說都是些什麼。」

梅根滿臉都是笑容的說：「當然，我會告訴你，我們是如何的為老闆辛苦的工作，流血流汗的在為你打拚，你才會覺得付我們這麼高的工資待遇是值得的。」

「我洗耳恭聽。」

「鍾為，上一個季度，我們海天書坊終於走到了分水嶺。我們的傳統書店業務達到了收支平衡。」

「可是我記得，兩年前我們的傳統業務就已經沒有赤字了，不是嗎？」

「那是在我們的特別條件下達成的，我們的會計師事務所說那是不合常規的。」

「為什麼？你們幹了什麼壞事？」

「因為我們不交房租。」

「這是我們自己的房子，當然不用交房租了。妳請的會計師是不是頭腦不清啊？」

「正確的說，房子是鍾為的，不是海天書坊的，只是你沒問我們要房租。但是這不是正常的商業運作方式，所以我們在計算收支時還是把一個市場價格的房租費放進我們的支出項目裏。我說的分水嶺就是從上個季度起，我們開始付得起房租了。」

「把它放在帳目上就行，但是實際上，這些錢還是放進海天的預備金裏吧。這樣妳和大夥做起事來可以比較放心大膽。何況未雨綢繆，我們可以安心的等著下雨的日子。」

「海天的預備金已經累積得不少了，我們的會計師要我提醒你，你要是不把這些利潤取走，過一陣子就會變成海天的資產了。」

「這有什麼不對嗎？」

「你忘了，再過幾年海天所有的一半就是我的了，你不心疼嗎？」

「本來就是要給妳和露西的。」

突然梅根的臉色不對了，她說：「鍾為，我沒法回報你。」

「我從來沒有要人回報的習慣。」

隔了一會，梅根才說：「你不覺得有時候你是個很殘忍的人。」

「妳是第一個這麼說我的人。如果妳真的無法接受，就算是我給露西的好了。」

「可是我是她的姐姐。」

「她是個成年人了。」

梅根不說話了，鍾為正要開口時，她搶著說：「鍾為，我們是在吵架嗎？」

「如果是的話，妳不覺得吵架的理由很可笑嗎？」

「是很可笑。鍾為，對不起，最近我的心情不好，很不可理喻，別和我生氣。」

「我知道，我沒生氣。」

梅根瞪著眼說：「是不是露西跟你說了，她現在是什麼事都告訴你，吃裏扒外的小丫頭。」

「我再提醒妳一次，妳的小丫頭妹妹已經長大了，也有獨立思考的能力了。根據我的觀察，她可是個非常貼心，處處都想著她姐姐的大學生，念書也一點都不含糊，妳都看到她的成績了，是吧？多漂亮啊！」

「我看不見得，有時候還是糊裡糊塗的。」

梅根只有露西這一個妹妹，兩人相差十歲，所以姐姐從小就是一直在照顧妹妹，兩人的感情非常好。梅根結婚後的第三年，她們的父母親去世，她就負起了照顧妹妹的責任。

「妳別不滿足了，我看露西是個好孩子，很聽妳的話。」

「好了，大教授，還是繼續讓我說海天的情況吧！」

「好，妳說吧！」

「我們走到了分水嶺當然很高興，但是前途如何，大家還是憂心忡忡，每個人都明白，傳統的書店已經沒有生存的空間了。去年一年裏，在溫哥華就有十幾家書店關門了。」

「是嗎？這比我想像中的要快得多了。」

「有人說明年還會有更多家關門，我想那時候這個書店關門潮也許就會結束了，溫哥華總是需要書店吧！」

「妳是說我們海天要在夾縫裏生存嗎？」

「這個夾縫是我們自己打開的。記得你告訴我們，電子書本刊物的出現，使傳統書店開始沒落，因為它提供了很多方便，它把預購流覽，訂購和取書都變成家居網上作業，並且可在瞬間完成。但是它沒有傳統購書所有的文化內涵。在電腦前面看小說或是讀一首詩的感受就是不一樣。你在《遠方的追緝》小說裏曾寫過：『合一本書，點一盞燈，吟一首傷詩，思一段情事，紙墨間都是你的體溫和幽香，和無限的思念。』坐在電腦前面就很難感受到這種意境了。所以傳統的紙版書還是有它的市場。但是購書的過程需要電腦化，給顧客提供方便。」

「梅根，我注意到了，海天的藏書目錄，預購流覽和採購程式現在都可以在網路上進行了。但是妳把『逛書店』的情趣和文化都保留住了。這太好了！」

「這是你大老闆所要的，我們當然要執行了。鍾為，你在幾年前對書店的發展趨勢還看得真準。」

「我就是隨便說說而已，事情的細節和作業可都是你們的辛苦成果。我聽到不少人說海天的閱覽空間，包括室內和室外的，是吸引顧客的最大賣點。這不都是妳的傑作嗎？」

「我們的問卷調查結果顯示，只有一半的顧客用了我們的網上資訊和服務，但是幾乎所有的顧客都使用過我們的閱覽空間。好多的人因為常來，都成了我們的熟人了。」

「有多少是來喝你們的咖啡？」

「我們的調查問卷只是給了買書的人，來喝咖啡的人不是調查的對象。但是有一點很有意思，分水嶺也包括了鐵罐子裏所收到的咖啡錢，能自給自足了，不用再貼錢了。你說的我們一定要擴大購買電子書不能享受的傳統逛書店樂趣，是完全對了。」

「梅根，妳還說過，海天還增加了幾項新的業務，都還成功嗎？」

「總的說，還不錯，給我們增加了不少的收入，但是它還有一個重要的效果是我們沒有想到的，就是它影響了海天的書本銷售量。我們新的業務裏提供舊書收購，交換和修補的服務，這些工作基本上是沒有利潤的，但是幾乎所有這方面的客戶都成了買我們書的客戶。你想想看，來尋求這種服務的人本來就是喜歡書的人，所以很自然的就成了我們的忠實客戶了。」

「那三個大學圖書館的供應合同妳是怎麼得來的？」

「是機緣也是湊巧，一個卑詩大學圖書館的職員是我們海天的常客，她問我有沒有興趣當卑詩大學的圖書供應商，她們快要招標了。起先我還不明白是要幹什麼的，我去要了一份招標書，看了才知道原來就是替他們採購圖書，他們不想和那麼多的出版商打交道，所以找一個供應商買書。他們除了參考書之外，最大的採購就是好些課程指定的教科書。」

「所有的大學都是這麼來買書的。」

「根據打聽來的消息，他們對目前的供應商最不滿意的是，從下訂單到拿到書之間的時間太長，往往在開課前，書還沒到。原因很簡單，一是他們不做功課，沒掌握課程指定的教科書，及時向出版商下購書單。二是他們沒有自己的庫存，要排隊等出版商送書。對我們說來這都是舉手之勞。結果我的標書中標，卑詩大學圖書館一直對我們非常滿意，現在我們的電腦聯線了，大學的研究專案需要採購的參考圖書直接就進入了海天的系統，好些教授還沒想到要訂書，我們的小夥子就已經將書本送到他們的辦公室了。學生們也是，他們可以上學校圖書館的網頁，只要說是那門課，我們就會把書準備好，等著他來拿。卑詩大學的師生對我們的服務是沒話講的，那是和我們的咖啡一樣的受到讚美。看樣子，他們會是個長期客戶。現在有另外兩家私立大學也和我們簽訂了合同。」

「你們在商場上的積極行動我很佩服。我還聽說海天的修補舊書是有名的一級棒。」

「完全正確，我們是用老約翰用來還原珍本古籍書的技術來修補的，很費工夫的。所以老約翰已經跟我抗議很多次了，說用這麼大功夫來修補幾本破書，太不值得了。」

「老約翰是教歷史的大學教授，是我們海天的一塊寶，千萬別把他給得罪了。」

梅根曖昧的笑著說：「我不敢得罪任何的教授，所以就雇用了瑪麗，專門替他幹活，他才沒再來跟我囉嗦。」

「妳是說那位給小朋友講故事的羅賓太太嗎？」

「是的，她是個寡婦，沒有孩子，有一個妹妹住在北方的育空地區。她一個人生活，就是喜歡看書和給孩子們講故事，要是有一個星期沒來，家長還會來問，小朋友也會來找她。她不想要一個固定的工作，我費了好多的口舌才說服了她參加我們海天。」

「是不是拿了大錢她才肯到海天來？」

「那倒不是，待遇上她沒有任何要求，我們出多少薪水都行，但是她堅持一定要讓她繼續給小朋友們講故事，還有每年夏天需要給她三個星期的假，她要到育空地區去看她妹妹。」

「真的是有人住在那上不著天，下不著地的大北方。」

「妹妹和妹夫都是幹動物保育工作的，他們是跟熊和狼生活在一起。」

「她看起來挺隨和的，工作還行嗎？」

「她是個好員工，很細心，凡事按步就班，我挺喜歡她的。」

「太好了，我看妳找的幾個人都還不錯，妳滿有眼光的。」

「我們現在小有名氣了，想來找工作的也多了，所以我們的選擇多了，自然能找到比較合適的人。可是我還是覺得人和人之間是有緣分的。我們海天的員工都是公開招聘的，他們來自各方，雖然我們是同事，工作上還有上下的分別，每個人的背景、經歷、生活習慣和個性，甚至於南轅北轍的不同，但是就因為海天，我們都成了一家人了，這是我一直夢想的工作環境，你要我怎麼感謝你這位善解人意的大老闆讓我夢想成真呢？」

「那就把本來的一頓飯改成兩頓飯吧！」

梅根看著他，搖搖頭，歎了一口氣：「這就是你鍾為唯一想要的嗎？吃我做的飯，沒別的了？」

「別的妳不會捨得。」

「反正你是把自己包得嚴嚴的，連讓人說不的機會也不給。」

鍾為轉開了話題：「我們說說妳最得意的『珍本書室』傑作吧，我知道妳是要留在最後才說的，是不是？」

「那當然，『珍本書室』是我們海天書坊的傳奇，鍾為，你當年把它和我們傳統書店的業務分開，就是對它沒有信心，害怕會把海天拖垮，所以把它的把財務獨立起來。當年除了你，所有的人，包括邵冰，對它都不看好，都反對，但是你還是聽了我的話。你現在能告訴我，你為什要這麼做嗎？」

「妳不是說我對開書店有真知灼見嗎？」

梅根帶著裝出來的憤怒說：「鍾為，你記住了，有一天我會把你掏開，看看你的心和腸子是鐵做的還是石頭做的。」

「極恐怖！我還是要說如果妳是真的不知道，我說了也會很沒意思，所以不說也罷。還是妳來說說我們海天書坊的傳奇吧！」

梅根歎了一口氣：「也許這就是我的命運，『也罷』就是形容我最恰當的兩個字。鍾為，『珍本書室』的營運是在第二年的年底才有了真正的收入，開始的時候，我是拿著你的錢去賭運氣，我在多倫多和魁北克從兩個富二代的手裏買下了他們祖先好幾代留下來的藏書，他們基本上是以廢紙的價格論重量賣給我，他們還很高興有我來替他們清理堆積在地下室裏幾十年他們認為是垃圾的東西，我是請搬運公司用貨車運回來的。我第一眼看見這兩批舊書時，就發現裏頭有好幾本是很值錢的，所以我二話不說就全部買下來了。等這兩批書運到了後我才發現，除了有四本有名的絕版古書外，其中大部分都是珍本的古書。顯然這兩個富二代的家族裏曾有過愛書的人。」

「其實它們到了妳的手裏是件幸運的事，否則放在那地下室裏，到了猴年馬月也不曉得會有什麼樣的下場。至少經過妳的手，會找到真正愛惜它們的人。」

「但是這些書的情況非常糟糕，不僅有發霉和蟲害，還有許多頁有嚴重的破損。最可怕的是，它們長年處在沒有適當維護和惡劣的環境下，這些紙張都是一碰就碎，古老紙張上的文字隨時都會消失。當時我就明白我是沒有能力將這些古書恢復原樣的，所以就去找在我們西部最有名的古書專家約翰・詹森教授，我聽說他有特別的方法可以將破損的古書修復換原。因為從來沒聽過海天書坊，他起先對我們是一點興趣都沒有，但是我請他先來看看這批舊書，他一看就馬上問我什麼時候來上班。」

「別人告訴我，他是一位很稱職的歷史教授，教書教得非常好，因為個人的愛好，他離開了大學，投入了珍本古書的行業。很多人都認為是很可惜的。」

「其實真正的理由，是因為他的妻子去世，女兒也出嫁了，剩下一個人，就決定去做喜歡的事。大約翰很佩服你，說你是名校的名教授，可以放下一切去寫小說，他說你是他的榜樣。我雇用了他，他替海天創造了第一個奇跡。我們將他修復的那四本珍本古書以天價賣給了收藏家，為我們海天賺進了第一桶金。」

「梅根，我記得當時妳跟我說，我們三年裏不愁吃不愁穿。那時候的確是給我們吃了顆定心丸。妳能請到大約翰，是妳替海天帶來的福份。」

「他是個好同事，作起事來一板一眼，非常認真負責，就是脾氣有點古怪，不太和人打交道。」

但是他和我配合的很好，他是真正的古書專家，又是收藏家圈子裏的人，不但識貨，還知道什麼樣的收藏家喜歡什麼樣的古書，再加上他處理還原舊書的技術，所以『珍本書室』的內部業務完全就交給大約翰打理，而我就專心的去作我的蒐集、尋找和追蹤的工作，有時候我感覺自己是個偵探，抽絲剝繭，最後找出那本書的所在。我遇到古書的問題時還可以打電話問大約翰，即使他自己不能回答，他也能從別人那替我找到答案，我接手的幾件收藏家委託尋購古書的案子，就是這麼運作成功的。我特別的喜歡。」

「太好了，梅根，妳發現了沒有？自從妳接手了海天，我聽了妳的話，把海天徹底改頭變面以來，我們的運氣一直很好，這都是妳的功勞，是我和全體員工要感謝妳的，我這掛名的老闆什麼事都沒管。」

「鍾為，每次你誇獎我，我就感覺你不是在說真心話，是另有目的。」

「一個人是不是在虛情假意的說話，只要一看事實不就明白了嗎？」

梅根低下頭不說話，隔了一會才輕聲的說：「對不起，我知道你是在說真心話，我很高興。你知道我喜歡和你說話，但是我很害怕有時候你會發出一股無形的壓力，排山倒海似的把我壓在下面，壓得我拚命的掙扎，喘不過氣來。」

「妳是說我的體重太重了，需要減肥了，是嗎？」

「鍾為，我是在說正經的。為了不讓我自己投降，我就穿上了一層層的盔甲。但是我又感覺你是在把我的盔甲一件件的剝下來。」

這次輪到鍾為沉默不語，梅根接著說：「請你不要讓我赤裸裸的站在你面前，我會失去一切的。」

鍾為看著她說：「妳不會的。我們還說海天的事吧！看起來原先不被看好的『珍本書室』現在成了我們的大金庫了。妳覺得是不是需要改組，把它歸納進海天書坊，不用再獨立分開作業了？」

「我和財務專家討論過，他們認為不必，因為對內和對外，『珍本書室』一直是被看成是海天的一部分，而事實上員工和任務的分配也是合在一起，而財務上的獨立在繳納稅金上是有好處的。所以我們還是維持現狀比較好。」

「太好了，那就這麼定了。還有你說要跟我討論員工的薪水和福利的事，妳遇到難題了嗎？」

「你跟我說，我們現在的財務狀況很不錯了，也很穩定，是不是把員工們的工資待遇調整一下，提高一些，也把他們的福利增加一點，好穩住他們。我認真的去調查了情況，也認真的思考了這個問題，我的結論是和你的看法不同。」

「那就說來聽聽。」

「書店這門行業本來就不是高收入的職業，但是個人興趣的含量很高。海天員工的薪水在書店行業裏已經是站在高位了，所以員工們並沒有對加薪有所期待。但是這兩年我們的營業利潤大幅增加，這是全體員工的努力，也是不容否認的事實。所以我的建議是增加分紅。除了年底的分紅之外，還可以再加一個年中的分紅。」

「加薪水和加分紅都是來自取得良好的利潤，加薪水可以讓員工們預先計畫如何使用增加的收入，應該是件很高興的事。」

「但是薪水會成為制度的一部分，無論利潤的好壞，員工們都會期待同樣的薪水。但是分紅在定義上就是和利潤掛鈎，今年如果書店賠錢，就可以不發分紅，員工們都明白這個道理。還有分紅是可以和員工服務的年資和工作表現連起來。這在人事管理上是很重要的。」

「梅根，到底妳是個有經驗的總經理，是要比我這個兩天打魚、三天曬網的老闆要強得多了。」

「大老闆無為而治，大家都喜歡你，我成天跟他們囉嗦，看見我就煩。」

「不會吧，我看大夥都很喜歡妳，反而都離我遠遠的。」

「大家的心情很不錯，那是因為知道今年的分紅是個大數目。如果你不反對，今年就多發一次年中分紅了。」

「好，就這麼辦。對了，你通知大夥了沒有？說我今天中午要請大家吃飯。妳可以同時宣佈年中分紅的事。」

「說了，餐館也定好了。但是我想分紅的事還是你當老闆的來宣佈吧！」

「是妳的主意，當然要妳來宣佈了。」

梅根瞪了鍾為眼：「又被你剝下了一層盔甲，總有一天會全被你剝光了。鍾為，我跟你商量一件事，好嗎？」

「妳就說吧！」

「海天給我的薪水，再加上現在的分紅，我算是高收入的人了。並且海天給了我住的地方，我自己的房子出租收入也是一筆錢。我現在已經完全能負擔得起醫院的開銷和露西的學費了，並且每個月還能存一點錢。所以從現在起，鍾為，你就不用給露西獎學金，讓她付學費和生活費，由我這個做老姐的來負責了。」

「我說，班達總經理夫人，大學的獎學金是有兩個目的，一是幫助清寒的學生，另外就是獎勵優秀的學生。別忘了露西原來就一心一意要用自己的力量，半工半讀完成學業，她是一個很貼心，很顧家的孩子，她知道妳有沉重的醫院負擔。梅根，半工半讀不但會延遲她畢業，而且也會失去參加課外活動的機會，對她，或是任何大學生，這都會是終身的遺憾，我是大學教授，我最明白這種感受。所以我才為她設立了獎學金，只要她的成績能讓她名列前茅，她就能拿到付她學費和生活費的獎學金。」

「這些我都明白，可是我現在負擔得起了，我會讓露西有一個正常的大學生活。如果還要花你的錢，我心裏過意不去。」

「能夠幫助露西念大學讓我感到很快樂，我想妳大概不會反對讓妳的老闆感到快樂吧？何況妳更瞭解露西，她不會讓妳在她身上花錢了，她認為她已經是個成人，不能再用姐姐辛辛苦苦賺來的錢，她會想到這些錢是應該用在醫護她姐夫的費用上，如果妳強迫她不拿獎學金，她就會去半工半讀，這是妳願意看到的嗎？」

「鍾為，有時候我恨自己是個自私的人，我當然知道露西是招你喜歡的孩子，又是個好學生，所以你就培養她。我是她的姐姐，我們從小相依為命，當然很高興也很感激你對她的栽培，但是我能感覺到，我是在慢慢的失去她。我也知道你對她的關愛是對她好，可是我的自私讓我歸罪到你身上。別生我的氣，好不好？」

「哪有這麼多的氣好生的。其實妳的這些感受都是很正常的，孩子大了，長了翅膀，就要遠走高飛了，何況露西又是個很貼心的人。但是，梅根，妳得要有心理準備，總有一天，妳非得放手讓她去闖開她自己的一片天地，否則妳的失落感會很大的。」

「不用等了，那一天已經來了。你知道露西現在多久才回家來一趟嗎？她只有放假的時候才回來，別的時候都看不見她人影。」

「現在的年輕人在大學的生活是很忙的，但是露西告訴我，她不是經常給妳寫伊媚兒和打電話嗎？」

「沒錯，可是你知道嗎？她除了關心她的老姐以外，就只問你的情況，很少問起她姐夫的情況。」

鍾為不知道該怎麼回答，隔了一會他才說：「其實這也不能怪她。」

「在她成長的最重要時段，我們的父母親就走了，後來所有需要她父親出現的場合都是你來代替，露西說，她最記得的是你教她打棒球，她的第一個全壘打還是你投給她的。後來她成了棒球校隊裏的明星隊員。」

「對一個孩子，這些經驗和記憶都是一生難忘的。我當然很高興成為露西記憶裏的一部分，同時它也帶給了我這個獨身的老男人無比的快樂，這世上沒有另外一件事會比看著露西長大讓我更快樂的。所以我還得謝謝妳們呢！」

「那你是不是要給我們做頓飯呢？」

「沒問題，就怕會太難吃，妳們無法下嚥。」

「鍾為，別當真，我是在跟你開玩笑，我和露西對你只有感恩。」

「梅根，妳是個很了不起的姐姐，父母走了妳就接手，給露西一個正常的家庭溫暖，這在她的成長過程是很重要的。我和她有緣分，能幫助她正常的成長，是我的願望。」

「露西跟我說過，她曾夢想過你是她的父親。我們會一生的感恩，如果你能允許我，我也會報答你。」

「我不是說了嗎？做頓飯給我。露西真的跟妳說過，她希望我是她的父親嗎？」

「記得去年她拿到划艇賽的冠軍，最後一場在麻州康橋鎮查理斯河跟哈佛隊的比賽嗎？那是場決定冠亞軍的對抗賽，我和你去替她加油，露西是划艇隊的隊長和舵手，她對冠軍是志在必得，賽前你帶著她開著汽艇在查理斯河上來回的巡迴航行了好幾趟，指出最有利的水道，果然耶魯隊讓大家跌破了眼鏡，把哈佛隊打敗了。你記得這件事嗎？」

「當然記得了，她的隊友們用傳統的慶祝方法，把他們的隊長抬起來歡呼了三聲後就扔到水裏。查理斯河的水是被污染成黑呼呼的，露西像是個黑泥人似的從水裏爬上來，妳急得眼淚都出來了。我衝進在岸邊的麻省理工學院划艇館，裏頭就只有一間男生浴室，我把在裏頭淋浴的人全趕了出來，妳帶著露西進來，她在裏頭洗了半個鐘頭的淋浴，我們倆就站在那間男生浴室門口當門神，不讓人進來。我一直把這件事當成我人生裏所做的最精彩瞬間決定。」

「後來你請露西的全體隊友吃中國大餐，你叫了好些很可口的菜，那些大塊頭的男生從來沒吃過這麼好吃的美食，露西去親了你一下，我聽見她小聲的說，『謝謝你，爸爸。』你難道忘了嗎？」

「那是她在謝謝我，一時衝動，當著我的面說了一句感性的話，我當然記得了。我是要問妳，她有沒有私下的跟妳說，她希望我是她的父親。」

「就在比賽後的第二天，我和她請你去吃龍蝦，她在你離桌片刻的機會跟我說，她一直希望你是她的父親。」

鍾為陷入了沉思，梅根問他：「你不記得吃龍蝦的事了？」

「我當然沒忘，那麼好吃的龍蝦味道還在嘴邊呢！我也還記得那天妳喝多了。我更沒忘記，那天晚上是露西的陰謀之夜，要把她姐姐推進一夜情裏。」

「可憐的露西把老姐灌醉，自己找藉口去住到同學那。但是老姐早上醒來，發現衣冠完整，全身除了酒後的頭疼外，一切完好。男人已不知去向，露西沒想到老姐的魅力不夠，她的陰謀沒有得逞。鍾為，有時候你對我以排山倒海似的感情逼過來，壓得我透不過氣來，但是等到我失去了抵抗能力時，你就把我放著悄悄的走了。鍾為，你知道你有多傷人嗎？」

「梅根，對不起。」

「我用酒來激起勇氣，把自己放開給你，為什麼你不拿？」

「我無法面對你酒醒時的後悔。」

「是嗎？還是因為邵冰？」

梅根正要回答時，電話響了，是提醒她出發去飯館聚餐的時候到了。

除了兩位在櫃檯上值班的職員外，海天書坊所有的員工都出席了大老闆在溫哥華最高檔的一家中國餐館所擺設的豐盛午宴，整整的坐滿了兩個大圓桌。

在上菜前，總經理梅根．班達先報告了書坊的營業狀況和未來的計畫，雖然這些他們都陸陸續續的聽到過，但是從總經理的嘴裏聽到了具體的數字，大家心裏都很高興，海天書坊的年終分紅辦法是公開的，雖然最後的額度是大老闆定，但是一定不會少過去年的。跟著鍾為站起來向大家致謝，說自己是個書店的門外漢，又很懶，所以一切的功勞都是梅根和大家的，他宣佈了，因為業績非常好，今年將增加發一次年中分紅，辦法還是按年底的分紅，額度也差不多。

這下子可引起了一片的鼓掌聲，午宴聚餐在歡樂中結束，等大家回到海天書坊時，都已經是下午兩點多了。但是梅根還有事要和鍾為商量，兩人都在樓下把自己的咖啡杯倒滿，回到梅根的辦公室。『珍本書室』的負責人，古書專家約翰．詹森教授隨後也進來了，他說：「鍾為教授，今天這頓中飯吃得真過隱，太好了。」

「別叫我教授了，否則我也要稱呼你詹森教授了。」

「您是名校的大教授，我這個教授不能比。我們就以鍾為和大約翰互相稱呼吧！」

「大約翰，現在溫哥華到處都是中國餐館，都還算是價廉物美，你可以常去試試。」

「我以前是常去的，可是最近我是吃得快淡出鳥來了。」

梅根笑著說：「是不是瑪麗不讓你吃大魚大肉，怕影響你的身體健康？」

「哈！別說大魚大肉了，現在連喝咖啡也要限量了。」

鍾為突然哈哈大笑起來，笑得大約翰丈二金鋼摸不著頭腦，他說：「是我說錯了話嗎？還是我突然長了青面獠牙？」

「大約翰，你知道嗎？我們海天書坊的女性員工有一個特點，就是喜歡限制男人喝太多的咖啡。今天上午，你們的總經理，班達夫人，也曾要限制男人不能喝太多咖啡。」

梅根說：「白活了這麼大的年紀，好歹不知。」

鍾為還是緊咬著不放：「總經理還進一步澄清，只有當老婆的才會去管喝咖啡的事，連當老媽的都不會管。所以我要提醒你大約翰，你必須密切注意羅賓太太的真正意圖。」

這回輪到大約翰哈哈大笑：「一定，一定。鍾為，謝謝了，我一定注意。太好了，說不定是真有戲唱了。」

梅根說：「你們兩個大男人到底有完沒完？」

「梅根，妳和大約翰要談珍本書的事，需要我在場嗎？」

「我們最近接到一個尋找珍本古書的委託大案，因為金額太大，把我和大約翰都嚇了一跳。我們認為你應該知道這個委託案的來龍去脈，同時也想聽聽你的看法。」

「是嗎？太好了。」

大約翰說：「我覺得這裏頭有玄機，梅根，我們一定要小心，珍本古書都是價值連城，我就見過好幾個心懷不軌，但是自稱為收藏家的人。」

鍾為的好奇心來了：「你們得把事情從頭到尾的跟我說一遍。」

梅根先問：「你認識一個叫凱薩琳．波頓的人嗎？」

「我的一位朋友告訴我說聯合國開發總署有一個叫凱薩琳．波頓的人，她有事要找我。」

大約翰問：「她是來問你關於珍本古書的事嗎？」

「差了十萬八千里。說她是為了圖們江計畫要找我幹活。」

「圖們江計畫是幹什麼的？」

「中國和朝鮮的國界是沿著源頭都是出自長白山天池的兩條界河，鴨綠江和圖們江，很自然的沿河兩岸是重要的農業產地，尤其對嚴重缺少糧食的朝鮮，它的自然環境直接影響到國家的整體經濟發展。聯合國開發總署啟動了一個專案，由凱薩琳．波頓負責，原先的內容只是個針對圖們江兩岸的經濟開發，目的是做一個中朝兩國間地區性發展的試點，增加兩國間的地區性貿易。當六方會談開始時，聯合國為了鼓勵朝鮮的參與，就同意擴大專案的內容，增加了建立農業氣象預報設施和能力。聯合國的專家們多年來一直認為，朝鮮如果能有精準的氣象預報，讓農民來配合選種和耕作方法，糧食產量會增加百分之三十或是更多，朝鮮就很接近成為自給自足的國家了。朝鮮當然很歡迎這個增加的專項，美國同意拿出百分之五十的項目增加費用，另外的一半由俄、中、日和南韓平均分擔，凱薩琳．波頓希望由我來主持這份工作。但是我沒有興趣。」

梅根說：「人家找你是因為你在這方面很有經驗，這些年朝鮮人一直在挨餓，你能幫忙他們增加糧食產量是件好事啊！」

「但是有好多人都有同樣的能力和經驗，何況我現在是個開書店的，已經好多年都沒碰這些東西了。」

梅根說：「看你說的，中午聚餐的時候還說自己是個兩天打魚三天曬網的書店老闆，鍾為，你是在找藉口。你不是還有一夥以前的同事合組的網上顧問公司，一直在做這方面的工作嗎？」

「沒錯，我是可以把『海岸與大氣應用科技中心』介紹給她，但是不知道凱薩琳・波頓同不同意。沒想到她就找上門來了。不對呀！梅根，這跟珍本古書又有什麼關係了？」

「鍾為，她來到海天時是聲明要找鍾為教授的，你不在，櫃檯上的人以為她是來談書店的事，就把她請到我的辦公室來了。她跟我說是臨時路過溫哥華，沒有和你定好約會，來試試看你在不在。我說你當天大概不會到海天來了，我給了她你家裏和手機的電話，她說她剛打過，沒有人接。她說那她再和你聯絡，就告辭要走了。但是她突然提起，她對珍本古書很感興趣，也知道我們是做這方面的事。大約翰，你就接著說吧！」

「鍾為，你聽過《阿勒頗抄本》的故事嗎？」

「是不是希伯來文聖經的完整手抄古卷？我只聽過這個名字，詳細的情況是一無所知。」

接著大約翰講了一個手抄珍本古卷的傳奇：

一般人都會以為敘利亞的最大城市就是它的首都大馬士革，但是這是個誤解。實際上，它應該是阿勒頗古城。這是一個位於敘利亞西北部的阿勒頗盆地中央，坐落在地中海和美索不達米亞之間以及底格里斯河和幼發拉底河之間一片新月形的肥沃土地北部，距離大馬士革以北三百五十公里，它是中國的絲綢之路最西端的終點。

阿勒頗從西元前二世紀起就處於幾條商道的交匯處，相繼由希泰人、亞述人、阿拉伯人、蒙古人、馬穆魯克人和土耳其人統治過。古城內十三世紀的城堡，十二世紀的大清真寺和十七世紀的穆斯林學校，宮殿，沙漠旅店及浴室構成了這個古城的獨特建築結構。阿勒頗幾乎有和大馬士革同樣悠久的歷史，早在四千多年以前就已成為重要的商業中心。這裏連接著南歐、南亞次大陸和北非以及阿拉伯半島。自古希臘、古羅馬時期，歷代的戰略要地和交通中心都設於此地。

早在西元前十八世紀，阿勒頗就是重要帝國的首都。赫梯人在大約西元前一五九五年入侵巴比倫王國時從安納托利亞手中奪取了阿勒頗。西元前七三八年阿勒頗被亞述吞併。亞歷山大大帝死後併入塞琉西王朝，西元前六五年歸入羅馬統治。後來又曾被阿拉伯人征服，阿勒頗在倭馬亞王朝（六五〇～七五〇）的統治下進入了一段繁榮期。

在西元十世紀時，阿勒頗作為獨立的漢達尼德公國的首府而進入了發展的黃金時代。它在十字軍東征時發揮了重要作用，同時在歷經不同王朝的統治後，阿勒頗在一二六〇年落入蒙古人之手。在馬穆魯克的統治下，它的貿易不斷的發展。西元一五一六年，阿勒頗被奧斯曼王朝征服。十九世紀中葉，蘇伊士運河開鑿後，阿勒頗才漸漸的衰落。但是各個王朝的統治給阿勒頗留下了不同時期歷史的燦爛文化，特別是它保存下來的阿拉伯文化更是聞名於世。

在以色列建國前，猶太人作為一個同文同種的族群，它散居在中東、歐洲、非洲北部和包括中國和西伯利亞在內的亞洲各地。從三〇年代開始，德國納粹黨政權的獨裁者希特勒開始有系統的迫害和屠殺猶太人，因此在北美洲出現了大批由歐洲來的猶太人難民。

但是多年來，生活在中東地方的猶太人，在信奉伊斯蘭的回教國家裏卻生存下來，他們不僅保存了自己的文化，包括了宗教信仰，還建立了不少的猶太教教堂。雖然這是和當時政權較為寬大的宗教包容政策有關，但是猶太人在惡劣環境裏特有的生命力讓他們世世代代的延續和發展。猶太人是在什麼時代開始群居在敘利亞的阿勒頗，已經沒有確切的考據，但是早在西元十世紀之前，阿勒頗的猶太人就以善於經商累積財富以及培養猶太歷史和宗教學者而著名。

這個傳統一直持續到今天，世界各地的猶太富豪幾乎都和阿勒頗有點關係，同樣的，當前的猶太歷史及宗教學者也是和阿勒頗有著絲絲縷縷的牽連。西元十世紀時，在阿勒頗的猶太學者開始以希伯來文將全本的猶太教聖經抄寫在羊皮書頁上，當時的技術已經可以做到正反兩面書寫了。抄寫完成後的文稿裝訂成冊，被稱為《阿勒頗抄本》，全冊共有兩百七十多萬字，多年來，經過許多猶太教各學派學者的嚴格審查後，被公認為它的內容是最能正確的代表猶太教的教義和精神，是最具有權威的一本猶太教檔案。

大約在《阿勒頗抄本》完成後的一百年，居住在耶路撒冷的猶太人將它買過去，但是在第一次十字軍東征時，耶路撒冷的猶太教教堂被洗劫一空，埃及的猶太人付出了很大的金錢贖回了《阿勒頗抄本》，然後將它轉移到埃及的開羅，保存在一間猶太教的教堂裏。後來又有謠傳說，在西元一三七五年，《阿勒頗抄本》又被帶回到敘利亞的阿勒頗，所以才有了《阿勒頗抄本》的名字。

《阿勒頗抄本》在敘利亞被保存了五百年，聯合國在一九四七年通過了英美兩國的提案，決議同意猶太人在巴勒斯坦建立他們的國家——以色列，引起了全世界阿拉伯人和穆斯林國家的抗議，也發生了多起反猶太人的暴亂，收藏《阿勒頗抄本》的猶太教堂也被一把火燒毀，這本珍貴的宗教和歷史檔案就此失蹤。但是十二年後，它又神秘的出現了，一位名叫牟瑞德．法漢的敘利亞猶太人將這本檔案從敘利亞偷運到耶路撒冷，在一九五八年呈交給以色列政府。

但是當《阿勒頗抄本》在多名政府官員，猶太教神父和歷史學者們面前打開時，發現原本的四百八十七頁只剩下了兩百九十四頁，尤其是最重要的「托拉章節」，只剩下了最後的幾頁。專家的分析結果，認為文件並沒有受到火燒的痕跡，接下來的是互相的猜疑和指責，以色列政府和阿頗勒的猶太人團體互相譴責對方將失蹤的部分據為私有。

《阿勒頗抄本》的存在已經超過有一千年了，這就是它最後的命運。

鍾為聽大約翰講的故事入神了，梅根說：「大老闆和到海天來的小朋友一樣，聽故事會入神的。」

「太傳奇了，一千多年前的文化遺產就這麼失蹤了，也真是太遺憾了。後來就真的沒再出現了嗎？」

大約翰回答：「在失蹤的一百九十四頁裏，後來先後有三頁又出現過。一次是在一九八二年，另一次是在二〇〇七年，每次都是出現了一頁，都是被一位神秘的收藏家買走了。」

「那第三頁是在什麼時候，什麼地方出現的？」

大約翰看著梅根笑了一笑說：「大老闆一定不相信，這第三頁就出現在海天書坊。」

鍾為驚呼了一聲：「什麼？這是怎麼回事？你們不是拿我來開玩笑吧？」

梅根說：「我們還沒有那麼大的膽子，和老闆開玩笑。這是真的，大約翰，你來說吧！」

「好的。鍾為，大概在六、七個月前吧，一個年輕小夥子拿了兩紙箱舊書要來賣給我們，梅根和我都正好不在，瑪麗就收下了。她說看那個小青年衣冠不整，身體瘦弱，一副營養不良的樣子，所以就給了他一個好價錢，一箱一百元，給了他兩百塊錢。我們在整理這兩箱舊書時，雖然沒看見有貴重的珍本書，但是還有幾本在修修補補後能賣個好價錢。在箱子底下有一本文件夾，翻開來看，發現全是手寫的筆記，但是裏頭有一張古代的羊皮紙，一看，嚇了我一跳，我差一點就從椅子上掉下來。不說別的，那張羊皮紙就有一千年的歷史。」

「你知道那就是失蹤的《阿勒頗抄本》中的一頁嗎？」

「雖然我不是這方面的專家，但是也馬上就想到了它。我將它拍照，然後電郵給我的以色列朋友，他是研究《阿勒頗抄本》的專家，他說：毫無疑問的，內容是手抄本的一部分，他認為只要那張羊皮紙是上了千年，就一定是真本。」

鍾為驚訝的說：「這是真的嗎？那張手抄本放在什麼地方，我能看看嗎？」

梅根說：「非常遺憾，已經賣了。」

「賣了？賣給誰了？」

「大約翰的那位以色列專家馬上就通知了一位在紐約的收藏家，法漢先生，他帶了自己的古書專家和一套鑒定儀器，在確定了那是《阿勒頗抄本》其中的一頁後，就出了個價錢買走了。」

鍾為說：「他們出了什麼價錢？你們說賣就賣。」

「兩百萬美金。」

鍾為又是一聲驚呼：「什麼？出這麼高價買一頁紙。他是什麼人？」

「記得我剛剛說的在一九五八年，一位叫牟瑞德．法漢的敘利亞猶太人，他把《阿勒頗抄本》交給以色列政府，當發現了其中有近兩百頁不見了，有些人，尤其是以色列政府裏的人，懷疑是他私藏了，所以他發誓要找到失蹤的部分，但是沒成功，他含冤去世。他的兒子，江那森．法汗，現在是住在紐約的一個大富豪，繼承了他父親的遺志，後來出現的那兩頁就是被他買去的。他出了兩百萬買我們的第三頁是有條件的，他委託我們尋找失蹤的《阿勒頗抄本》，如果全找到了，我們能拿到兩千萬美金的委託費，再加上所有的開銷，包括購買費，都是他出錢。他預付百分之十，兩百萬，算是買在我們手上的其中一頁。」

「委託有期限嗎？如果只找到了一部分，他要付多少？」

「按比例付，加上開銷。」

「真沒想到，讓我們碰上這樁買賣。如果全找到了，夠我們用一輩子了。但是你們有多少把握？」

「鍾為，你說的沒錯，我們拿到手的一頁完全是讓我們碰上的，對其他的部分我是一點把握都沒有，但是我們的大經理不這麼看。」

梅根接著說：「為了保護海天不收買盜竊來的贓物，我們在收買舊書時，都要賣主聲明簽字，書的來源是合法的，同時也要影印他們的身分證明。根據那位賣給我們那兩紙箱舊書的人所留下的駕駛執照，他是伊朗人，名字叫普杰，來到溫哥華之前是住在倫敦。我請了倫敦的一位私家偵探調查他的身世，他的一位伯父是當地清真寺的祭師，也是位學者兼收藏家，我相信這是個切入點。」

大約翰接著說：「那位聯合國開發總署的凱薩琳．波頓告訴我們，她的下一站是倫敦，是要去見一位珍本古書的收藏家，我問她是對那一方面的古書感興趣，她回答說：《阿勒頗抄本》。」

「鍾為，可惜你沒見過她，她可是個性感美女。雖然她有個英國名字，但是帶著俄羅斯口音。」

大約翰說：「我覺得她可能是烏克蘭人。她有一股烏克蘭口音。」

鍾為說：「太奇怪了，一個在聯合國開發總署的官員，又是個烏克蘭人，怎麼會對一本猶太人的古書感興趣呢？」

大約翰說：「古書的愛好者和收藏家什麼樣的人都有，也不一定是只對自己文化背景有關的才感興趣。但是作為一個收藏家，凱薩琳．波頓是太年輕了一點。」

三個人都沉默了一會，大約翰接著說：「如果沒有別的事，鍾為，梅根，我就先走一步，今天下午輪到我給小朋友們講故事，我得去準備一下。」

大約翰走了後，鍾為說：「我看妳的瑪麗現在是全面的掌控了大約翰，不簡單。」

「別往壞處看，大約翰的壞毛病都沒了，他不再抽煙了，喝酒也節制了，身體比以前好多了。」

「大約翰是個有福的人，年紀大了還有人照顧。」

梅根不說話，只是看著他，鍾為正要開口時，她說：「大約翰的福氣是他完全接納了瑪麗，他不像有的人把自己包得緊緊的，滴水不漏。」

「梅根，我自己也不知道為什麼會變成了怪人，也許時間會把我拉回來。」

「也許問題出在我身上。」

「我們不說這些事了。還是回到海天來，真沒想到，當初是為了把妳留住才成立了『珍本書室』，沒想到妳是個很有商業頭腦的人，給海天帶來了這麼大的商機和利潤。」

「但是再過幾年，海天的一半就是我的了。你沒後悔吧？」

「梅根，我有一個要求，就是別再提我為妳和露西做的事，那是我自願的，我喜歡的。那是帶給我快樂的。別再說什麼感恩不感恩了。」

梅根看著他說：「從我們認識以來，你要求我的哪一件事，我拒絕過你？」

「謝謝妳了。現在想起來，邵冰要我把海天買下來，她是滿有眼光的。對了，妳跟她有聯絡嗎？」

「你想知道什麼？」

「她近況好嗎？」

「你知道她結婚了。」

「妳跟我說過。她近況好嗎？」

「為什麼你自己不問她？」

「我不想去打攪她的生活？」

「也許她也想知道你的近況。」

「會嗎？」

停了一會，鍾為說：「我要走了，免得錯過了輪渡。」

「你不是想吃我給你做的飯嗎？這裏你也有個套房，就是為你錯過輪渡準備的。」

「改天吧！」

在輪渡上，鍾為的手機響了，是「朝鮮之友協會」負責人申婷熙打來的。

第二章：朝鮮和中情局

中日甲午戰爭，中國戰敗，簽訂了《中日馬關條約》，承認朝鮮獨立，朝鮮被迫結束與中國的宗藩關係。在日本控制下的朝鮮政府宣佈終止與清朝的冊封關係。一八九六年，朝鮮高宗在俄國支持下，成立大韓帝國，從此李氏朝鮮改國號為「韓」。

一九〇四年，日俄戰爭後，俄國戰敗，朝鮮政權徹底被日本控制。一九〇五年，簽訂《乙巳保護條約》，朝鮮成為日本的「保護國」，日本的勢力控制整個半島，而大批不願做日本屬民的朝鮮人，渡江進入中國避難，成為中國朝鮮族的主體部分。

一九〇六年，日本在朝鮮設立日本派出的「統監」政權。一九〇七年，日本強迫高宗退位，由皇太子繼位，是為朝鮮純宗。一九〇九年，日本第一任駐朝統監伊藤博文在哈爾濱被朝鮮愛國志士安重根刺死。一九一〇年八月，日本迫使大韓帝國簽定《日韓合併條約》，正式吞併朝鮮半島，設立朝鮮總督府，進行殖民統治。

一九一九年三月一日，因已退位的朝鮮高宗李熙遭日本人毒死暴卒，再加上日本禁止在學校內使用朝鮮語，朝鮮半島展開大規模反抗活動。柳寬順等青年學生在當時的漢城，鐘路區的塔洞公園發表「三一獨立宣言」，並把獨立宣言傳遍全國。

這些獨立活動喚起人民的反抗意識，民眾衝擊各地的日本警察機關，而引致日本的暴力鎮壓。史稱「三一運動」。同年，朝鮮獨立運動領導人先後在符拉迪沃斯托克、上海、漢城成立臨時政府。

最後，三處臨時政府合併於上海「大韓民國臨時政府」。

臨時政府獲得孫中山領導的護法政府以及法國和波蘭等國的承認。另一支抗日的隊伍從一九三二年起就在中國的東北活動，它是由金日成領導的武裝力量，開展了抗日的遊擊活動。

金日成是在一九一二年四月十五日誕生在平壤市附近的一個貧農家庭，是金亨稷和康磐石的大兒子。他的出生地就是後來著名的「萬景台」。

金日成的父親金亨稷希望兒子將來成為國家的柱子，起名為「金成柱」。一九二五年，金日成隨父親逃亡到中國，在吉林省撫松縣第一小學上了一年學，其後進入吉林市毓文中學。

一九二六年十月十七日，金日成十五歲時，建立了「打倒帝國主義同盟」，被推舉為該同盟的領導者。次年改組為「反帝青年同盟」。一九二九年十月，金日成被奉系軍閥秘密逮捕，五個月後釋放。一九三〇年七月三日，金日成在吉林省九台市卡倫湖鎮建立了以青年共產主義者為主的最初的黨組織「同志社」。同時在伊通縣孤榆樹組建了朝鮮革命軍。它是朝鮮共產主義者的第一個武裝組織和為準備抗日武裝鬥爭的政治及半軍事組織。

一九三一年，金日成加入中國共產黨，一九三二年春，金日成受中國共產黨東滿特委派遣到安圖縣創建了安圖反日遊擊隊。其後歷任汪清反日遊擊大隊政委，東北人民革命軍第二軍獨立師第三團政委，東北人民革命軍第二軍第三團政委，東北抗日聯軍第二軍第三師，後來改為第六師的師長。

一九三二年四月，金日成建立了常備革命武裝力量「反日人民遊擊隊」，後來改編為「朝鮮人民革命軍」，它就是現在「朝鮮人民軍」的前身，金日成擔任首任司令官。一九三四年五月，金日成組建並領導了能夠統一掌握和領導朝鮮人民革命軍黨組織和地方黨組織的朝鮮人民革命軍黨委員會。一九三六年五月，金日成創建了反日民族統一戰線組織「祖國光復會」，他被推選為會長。

一九三七年六月四日，金日成指揮抗聯第六師攻打朝鮮境內普天堡的日軍守備隊，朝鮮歷史稱它是普天堡戰鬥或「普天堡大捷」，是朝鮮抗戰史中「偉大的朝鮮革命鬥爭」，是朝鮮自己的抗日部隊首次打回國內，在當時造成了相當大的政治影響。

一九三八年，金日成任東北抗日聯軍第一路軍第二方面軍的指揮，當時的兵力相當於一個營。在此期間他取名為金一星，後來才改為金日成。

一九四一年，在日本關東軍重兵圍剿下，東北抗日聯軍第一路軍損失慘重，部隊縮編為東北抗日聯軍第一支隊，金日成任支隊長，同年他率部撤往蘇聯境內。一九四二年，金日成任東北抗日聯軍教導旅，又稱為蘇聯遠東方面軍第八十八步兵教導旅，第一營營長。同年二月十六日，長子金正日出生。

一九四五年，金日成隨蘇軍一道返回朝鮮半島北部，並重建一九二八年已被共產國際解散的朝鮮共產黨。平壤舉行歡迎蘇聯軍隊的集會，金日成出現在集會上，被蘇聯方面宣傳為抗戰的英雄，但金日成名字早於一九二〇年代已成為朝鮮居民家戶傳曉的人物，而當時金日成只有三十三歲。

一九四六年，北朝鮮臨時人民委員會成立，金日成被推選為委員長，並發表了二十條政綱。原本由金斗奉領導，在中國延安和太行山地區活動的朝鮮獨立同盟在一九四六年和北朝鮮共產黨合併，成為「朝鮮勞動黨」。一九四七年，北朝鮮人民委員會正式成立，建立了朝鮮第一個無產階級的獨立政權，金日成被推選為正式的委員長，金日成把朝鮮人民革命軍加強和發展成為正規的革命武裝力量「朝鮮人民軍」。

一九四八年三月，召開北朝鮮勞動黨的第二次代表大會，通過了金日成提出的爭取祖國自主統一的鬥爭方針。六個月後，在蘇聯的支持下建立了朝鮮民主主義人民共和國，金日成被選為朝鮮勞動黨的主席。一九五〇年六月廿五日，朝鮮戰爭爆發，金日成時任朝鮮人民軍司令官，掌握了軍隊的全部權力。

一九五三年二月，金日成被授予朝鮮民主主義人民共和國國家元首稱號。一九五三年和一九五五年，金日成先後以「美國間諜」的罪名，處決了朝鮮共產主義運動的指導者和他的最大競爭對手，南朝鮮勞動黨領導人李承燁和樸憲永。之後，他又陸續清洗了以許嘉誼為代表的親蘇派和以金斗奉、武亭、崔昌益為代表的親華延安派力量。一九六七年至一九六八年，金日成在清洗了朝鮮勞動黨內最後一批反對派成員「甲山派」後，最終由他一人掌握了朝鮮黨、政、軍全部最高權力的獨裁者。

關於金日成的長子金正日，朝鮮當局聲稱，他是於一九四二年二月十六日出生在兩江道三池淵郡的長白山密營。但是根據蘇聯方面的記錄，他是一九四一年二月十六日在蘇聯俄羅斯蘇維埃聯邦社會主義共和國遠東區伯力，也就是蘇聯的哈巴羅夫斯克，附近的維亞特斯科耶軍營出生的。

金正日幼年時用的是俄文名字，尤里·日成諾維奇·金，朝鮮名字為「金正一」，後來改為「金正日」。但是實際上在諺文上沒有變動過，因為朝鮮諺文中的「日」和「一」，寫法是相同的。

金正日於一九四五年隨母親金正淑回到朝鮮，一九五六年，加入朝鮮民主青年同盟，歷任民主青年同盟基層組織委員長，學校民主青年同盟副委員長。一九六〇年金正日升入金日成綜合大學，在經濟系政治經濟學專業學習，並且參加實習工作，並於一九六一年七月廿二日加入朝鮮勞動黨。

一九六四年他從金日成綜合大學畢業，先是在勞動黨中央委員會秘書室參事室工作，後調到內閣首相參事室工作，後來任職朝鮮勞動黨中央委員會。一九七二年十二月，金日成當選為國家主席，金正日當選為黨中央委員會委員，有人認為這是北朝鮮「金氏王朝」封建世襲的具體開始。

一九七四年，金正日被推戴為「金日成的接班人」。以後他又陸續的當選為國防委員會第一副委員長，朝鮮人民軍最高司令官，最後是國防委員會委員長。

金日成去世後，金正日在一九九七年當選為朝鮮勞動黨總書記，官方機構經常用「偉大領導者金正日同志」稱呼他。根據官方所發佈的宣告，金正日執政期間所發生的重要事件有：與俄羅斯總統普京在莫斯科會晤提升了朝俄關係。二〇〇〇年，金正日與韓國總統金大中實現戰後第一次北南首腦會晤，他還批准支持允許韓國公司開發朝鮮金剛山，緩和同時也促進了朝鮮半島南北的關係。

金正日曾在一九九〇年代批判中國的市場經濟改革是修正主義。但是在二〇〇〇年及之後，他作為朝鮮領導人，曾三次訪問中國，並讚賞「有中國特色的社會主義」，發展了朝中兩國兩黨的關係。

金正日和美國國務卿馬德琳·奧爾布賴特在平壤會晤，朝鮮軍方二號人物趙明祿次帥也訪問了美國。朝美關係空前緩和。金正日說，朝鮮問題關鍵在於美國放棄對朝敵視政策。堅持對朝接觸政策的柯林頓被奉行對朝敵視政策的小布希替代後，朝美關係陷入了僵局和對立。

金正日二〇〇二年九月與日本首相小泉純一郎會晤，簽署《日朝平壤宣言》，實現朝日兩國關係正常化。在該次會談中，金正日首次承認了朝鮮綁架日本人問題，並向日方道歉。朝鮮首次與英國、愛爾蘭等歐洲國家建立了外交關係。與朝鮮有邦交的國家達到一百五十七個。

金正日在二〇一一年五月裏訪問中國，行程長達六千多公里，為期八天，顯示朝鮮和中國的邦交非比尋常。但是根據非官方的媒體報導，也有不少負面的事件：一九四七年夏，金正日親眼目睹一九四四年出生的弟弟金萬日在平壤金日成官邸內的水池裏玩耍時淹死。

據二〇一一年十二月二十日《明報》報導，有俄國文件披露是時年五歲的金正日親手按著弟弟的頭，把弟弟淹死在水池裏。

根據朝鮮叛逃人員的說法，金正日一九六六年進入朝鮮勞動黨組織指導部後，授意策劃或指揮了朝鮮綁架日本人事件、一九八三年在緬甸首都仰光刺殺韓國總統全斗煥未遂事件、綁架韓國女演員崔銀姬事件和一九八七年大韓航空八五八號班機空難，但朝鮮政府從來都沒有承認過這些說法。這些事件讓朝鮮的特工和他們背後的組織在媒體上曝光。

媒體還報導，金正日於二〇一〇年五月三日訪中國，據說要求中國提供最新戰機等軍事援助。據說金正日被拒絕後，臨時取消在北京和胡錦濤一起觀看歌劇，「紅樓夢」，匆匆回國。

二〇〇四年，朝鮮提出發展核武器，二〇〇五年宣佈擁有核武器。國際上對其是否擁有核武將信將疑，但普遍認為這使朝鮮陷入孤立。

朝鮮核問題，是指朝鮮開發核應用能力而引起的地區安全和外交等一系列問題，相關方為美國、中國、韓國、俄羅斯和日本。

一九九一年九月廿七日，前任美國總統老喬治．布希宣佈，撤除美國部署在世界各地的主要戰術核武器。這是當時東西方全球戰略互動的一部分，它在事實上大體滿足了朝鮮要求美國撤出駐韓國核武器的呼籲，客觀上推動了朝鮮核問題的積極轉變。

一九九一年底，朝鮮半島北南雙方簽署了互不侵犯協定：韓國政府宣佈韓國不存在任何核武器，表明美國已經完全撤除其部署的核武器。朝韓雙方簽署了《朝鮮半島無核化宣言》。一九九二年一月底，朝鮮與IAEA簽署了接受安全保障協定。一九九二年五月至一九九三年二月，朝鮮接受了IAEA的六次不定期核檢查。但是，一九九二年下半年，IAEA與朝鮮就視察問題出現摩擦。一九九三年三月十二日，朝鮮第一次宣佈退出《不擴散核武器條約》。

在朝鮮的宣佈生效之前，美國和朝鮮進行了副部長級的談判，並於一九九三年六月十一日達成一個聯合聲明。原則上，這次核危機雖然得到了解決，實際上，雙方仍有很多爭執。

一九九四年五月三十日，聯合國安理會提出對朝鮮進行核專案調查並對其進行制裁。一九九四年六月，美國前總統卡特前往平壤斡旋，與朝鮮政府達成了《朝核問題框架協定》，此一協議是朝鮮核危機的直接淵源。按照《協定》的要求，朝鮮必須凍結其各種核專案，並在所有核設施上加裝監控系統，禁止一切關閉專案的重啟。

朝鮮凍結所有的核設施，來交換由美國牽頭成立的朝鮮半島能源開發組織，負責為朝鮮建造輕水反應堆和提供重油，以彌補朝鮮停止核能計畫造成的電力損失。此後，寧邊五兆瓦反應堆中八千根廢燃料棒被取出封存。然而，美、日、韓三國協助朝鮮拆卸石墨反應堆並幫助朝鮮建設兩座輕水反應堆的承諾一拖再拖。

二〇〇一年，美國總統，小喬治．布希上台後，美國對朝政策變為強硬，並於二〇〇二年初將朝鮮與伊朗、伊拉克一起稱為「邪惡軸心」，媒體披露的美國《核態勢審議報告》也將朝鮮列為使用核武器的對象之一。

二〇〇二年十月美國總統特使，助理國務卿凱利訪問平壤後。隨後美國宣佈朝鮮「已承認」建立了鈾濃縮計畫，並指控朝鮮正在開發核武器。而朝鮮則表示，朝鮮「有權開發核武器和比核武器更厲害的武器」。

同年十二月，美國以朝鮮違反《朝美核框架協議》為由停止向朝提供重油。隨後，朝鮮宣佈解除核凍結，拆除IAEA在其核設施上安裝的監控設備，重新啟動用於電力生產的核設施。二〇〇三年一月十日，朝鮮政府發表聲明，宣佈再次退出《不擴散核武器條約》，但同時朝鮮表示無意開發核武器。朝鮮核危機正式爆發。

為使朝核問題和平解決，中國政府積極斡旋，於二〇〇三年四月促成有朝鮮、中國、美國參加的朝核問題三方會談。二〇〇三年八月，中國在北京舉行有中國、朝鮮、韓國、美國、日本、俄羅斯參加的第一輪朝核問題六方會談，各方認真並全面地闡述了各自的原則立場和方案設想，並達成重要共識，即確認朝核問題應通過對話以和平方式解決的原則。

二〇〇四年二月，召開了第二輪六方會談，會中朝鮮強調只有美國放棄對朝敵對政策，朝鮮才能放棄核計畫。在這基礎上，朝鮮提出「口頭對口頭」原則作為第一階段行動措施，就是朝鮮凍結核武器計畫，美國相應放棄對朝敵對政策。

美國重申，在關切的問題解決後，美國最終願與朝鮮實現關係正常化。在棄核目標上，美方再次重申「全面，可核查，不可逆轉地放棄核計畫」概念。與會的六方最終以《主席聲明》的形式闡明了各方共識，這是六方會談首次以書面文件形式確定會談的成果。

二〇〇四年六月召開了第三輪六方會談，朝鮮進一步明確棄核意願，首次表示可以透明地放棄一切核武器及相關計畫。美國則提出了一項包括朝鮮棄核，同時也涵蓋了朝方的安全關切，能源需求以及取消封鎖要求等內容的「轉變性方案」。但雙方在棄核的範圍和方式以及關於核凍結的範圍和相應措施等方面存在分歧。最終，與會各方同意「以循序漸進的方式，按照口頭對口頭，行動對行動」的原則尋求和平解決朝核問題的途徑。

二〇〇五年七月和九月召開了分為兩個階段的第四輪六方會談，經過艱苦的談判，各方通過了六方會談進程啟動以來的首份具有實質內容的共同聲明。朝方承諾，放棄一切核武器及現有核計畫；美方確認無意以核武器或常規武器攻擊或入侵朝鮮；各方尊重朝方擁有和平利用核能的權利等內容。

二〇〇五年十一月，二〇〇六年十二月和二〇〇七年二月又舉行了三個階段的第五輪六方會談，通過的《主席聲明》中重申，將根據「承諾對承諾、行動對行動」原則全面履行共同聲明，早日可核查地實現朝鮮半島無核化目標，維護朝鮮半島及東北亞地區的持久和平與穩定。此後，會談曾因朝鮮反對美國的金融制裁而陷入僵局。但是經過各方努力，在第二階段會議裏，朝美及有關各方進行了密集、深入的雙邊和多邊磋商後，發表了第四份《主席聲明》，重申通過對話，和平實現朝鮮半島無核化是各方的共同目標和意志；儘快採取協調一致步驟，分階段落實共同聲明。

再經過一年多的反覆磋商，六方會談終於峰迴路轉。在第三階段會議通過了《落實共同聲明起步行動》的共同文件，內容包括朝方關閉並封存寧邊核設施，並邀請國際原子能機構人員重返朝鮮進行必要的監督和驗證，以及各方同意向朝鮮提供價值相當於一百萬噸重油的經濟、能源及人道主義援助。

一個月後，第六輪六方會談又召開了，聽取了五個工作組的報告，就落實起步行動和下一階段行動計畫進行了探討，再度重申將認真履行共同文件中做出的承諾。根據文件，朝鮮將在二〇〇七年年底前完成寧邊核設施的去功能化並全面申報核計畫；美國根據朝方行動並行履行其對朝承諾。二〇〇八年七月廿三日，朝鮮核問題六方外長非正式會晤在新加坡舉行。六方會談主席國、中國外交部長楊潔篪主持，朝鮮外相樸義春、美國國務卿賴斯、日本外相高村正彥、俄羅斯外長拉夫羅夫及韓國外交通商部長官柳明桓出席。

二〇〇九年四月十三日，聯合國安理會針對朝鮮五日試射通信衛星的問題通過了一份主席聲明，要求北韓遵守聯合國安理會禁止進行此類發射的一七一八號決議。第二天，朝鮮外務省即發表聲明，宣佈退出六方會談並將重啟核設施建設。最終朝鮮還是未能脫離它企圖發展自己核武器所帶來的危機。

這是金正日在一九九四年開始以來所面對最嚴重的外交國際問題，同時朝鮮的糧食危機也日益嚴重，急待國際社會伸出援手，舒緩連年的饑荒所造成朝鮮社會和人民的動盪。但是就在此時，金正日的健康狀況也開始出現了問題，一度有傳聞指他中風入院，甚至已經逝世。不過朝鮮官方電視台於二〇〇八年十一月二日發出金正日觀看足球賽的照片，但沒有提及照片的拍攝時間及地點，亦看不見足球員或球賽片段。

日本富士電視台曾報導金正日長子金正男飛往巴黎，尋找神經外科醫生治療父親。日本前首相麻生太郎也指出金正日健康欠佳，但是仍能控制大局。

二〇〇九年八月五日，美國前總統柯林頓前往朝鮮與金正日協調釋放被拘留的兩名美國女記者，獲金正日接待，兩人合照的照片顯示金正日雖明顯消瘦，但與柯林頓會談時仍能談笑風生，破除了外界猜測其病重的傳聞。但是政權繼承的問題浮出了枱面，傳統的「長子繼位」出現了嚴重問題，原因是和許多的獨裁者一樣，金正日的婚姻和家庭很複雜，所以一直無法做決定，像他父親金日成似的，以勞動黨的名義，「擁戴」出一位「繼承人」。

美國中央情報局（ＣＩＡ），簡稱「中情局」，是美國政府的情報、間諜和反間諜機構，主要職責是收集和分析全球政治、經濟、文化、軍事、科技等方面的情報，協調美國國內情報機構的活動，並把情報上報美國政府各部門。

二十世紀九〇年代初開始，中央情報局逐漸將工作重點轉向搜集經濟情報和其他國際上的一些熱點問題，如反恐怖主義、防止核武器擴散和防止毒品走私等問題。但是九一一事件使神通廣大的美國中央情報局大為丟臉。一段時間以來，中情局在美國國內頻頻受到攻擊，導致局長辭職。

美國國會和公眾在「九一一」事件後對情報界提出了嚴厲批評，民眾普遍存在對情報界不信任危機，美國總統布希在二〇〇四年六月的一次談話裏承認，美國中情局必須進行自我檢討和改革，美國需要最優秀的情報機構。因為美國的敵人現在藏在暗處，隨時可能對美國實施恐怖襲擊。在整理了來自中情局內部和外界的多方意見後，非常明顯的有三個結論浮上了台面：第一，中情局必須和其他的情報機構分享情報資料，第二，近年來，中情局過度的依賴高科技所收集的情報，例如間諜衛星的影像和通信監聽記錄，但是對它們的分析不完整，更缺少第二管道的驗證，第三，傳統的由「情報員」提供的「在地情報」越來越少，甚至在許多重要的地區和全球的「熱點」，根本就沒有中情局的在地情報員，嚴重的影響到中情局提供「預警資訊」的能力。

近年來，美國國內不斷傳出恐怖分子有可能發動新襲擊的消息。這些關於恐怖襲擊的警報大都籠統含糊，沒有確切時間、確切地點、恐怖分子會採取的確切方式。結果，恐怖沒有發生，卻造成人心不穩，社會動盪。這主要是因為，中央情報局不願意再承擔知情不報的責任，而對情報不管真假，都快速上報。

這些假情報表明，在整個美國情報界都存有重收集、輕分析的傾向，在情報收集過程中又存在重科技、輕人力的現象。

美國情報界最重要的情報產品就是由中情局分析部門編寫的《總統每日情報簡況》，簡單地說，其生產過程就是情報收集部門把用科技和人力手段獲取的大量資訊交給分析部門，由後者對這些原始情報進行篩選、加工、整理，並以簡明扼要的形式編寫出來，每天送呈白宮，以便總統瞭解美國國家安全環境。

而培養一個情報分析人員太難了，僅掌握分析對象相關知識就需要多年培訓，再加上美國把日益先進的科學技術應用到情報收集領域，中情局逐漸開始忽略分析工作，包括各種推測性的評估工作。但通過高科技手段獲得的資訊即使再精確，如果沒有或缺乏高品質的情報分析，也不能成為有價值的情報產品，因為人的動機無法用技術手段測定。

一九九〇年伊拉克入侵科威特前夕，國防情報局已得到伊拉克共和國衛隊在伊科邊境集結的清晰圖片，但美國後來仍然為薩達姆的行動所震驚，因為這些圖片不能自然的告訴你諸如「這意味著什麼？薩達姆的動機是什麼？」之類的問題，對這些問題的解答仍然需要進行情報分析。

在科技高度發達、資訊獲取手段不斷增多的今天，美國情報界獲取資訊的數量及方便程度是過去所無法想像的，在這種情況下，只有加強情報分析工作，再配合「在地情報」的第二管道驗證，才能從眾多的資訊中分辨和提取有價值的情報。這些缺點是「九一一」事件後美國輿論對中情局的批評重點，也是整個情報界的確存在的問題。

為此，美國政府對中情局進行了徹底的改革。二〇〇四年七月廿五日，中情局官員對《華盛頓郵報》記者透露，不少來自阿富汗、巴基斯坦、烏茲別克斯坦和其他國家的中情局特工早已成功的滲透進入了賓拉登領導的基地組織內部。二〇一一年五月一日，基地組織頭目賓拉登在美國的軍事突擊行動中，於巴基斯坦的一座豪宅內，被海豹第六分隊擊斃，終年五十四歲。事後證實他身邊的一名廚師是為中情局效命的「臥底」，是他提供了準確的「人地時」情報。

中情局的改革方案裏最明顯的就是它的「特工招聘」內容。現在中情局看中的招募對象不是傳統的美國人，而是來自拉丁美洲、亞洲，特別是中東地區國家的移民或這些移民的後代，尤其是少數族裔和婦女。

中情局招募移民，以便能夠進入外國的社會基層獲取情報。特別是在當前的形勢下，美國更多地把國外的恐怖分子、毒販、軍火走私犯等視為國家安全的敵人，所以就更需要精通敵人所在國家語言的特工。那些有能力潛入恐怖組織內部的志願者就被優先錄取。美國中情局在許多人看來充滿了神秘的色彩，這是因為從事間諜工作畢竟不是件可以隨便張揚的事。現在中情局一反常規，開始在報紙和像《經濟學家》這樣的高檔雜誌上刊登廣告，公開招募「間諜」。這些廣告把行動處描繪成一個由二十幾歲、漂漂亮亮的年輕人組成的五彩繽紛的聯合體。

被選上的合格者，首先要接受進行九個月到一年的初步訓練。開始三個月，新學員在中央情報局總部聽課，加強偽裝和語言訓練，特別是對派駐國的歷史、地理、政治、經濟、風俗習慣等都要進行深入的學習和研究。三個月後，被送到弗吉尼亞州的皮里營「農場」去訓練。

實際上它是個美國的「間諜學校」，對內稱是軍事實驗訓練基地，對外稱是「農場」。一般來說，除了「體能」上，如格鬥和射擊之類的技術外，全面訓練的重點放在隱蔽行動和保密上。他們學習幹「袋子活」，就是偷偷摸摸地進入私人住宅或公司辦公室去偷盜檔案和裝置竊聽設備等等。

「農場」內，建有控制塔模擬的國境線供學員們進行非法偷越國境的練習。還訓練如何盯梢、監視、擺脫敵人跟蹤、建立安全接頭點、及時轉移、學會化裝、學會接頭暗號、代號、密碼電報的接發方法、秘密集會、縱火爆破、繪製地圖，還要研究敵人方面的反情報機構的行動方法和組織機構，及保密教育……在經過一年的正規訓練後，中情局對學員的能力、智力進行了測驗和性格穩定性篩選後，就分發下屬各個部門，在訓練辦公室的控制和指導下工作三年左右，然後正式派往世界各地，執行秘密任務。

李建成就是被中情局所招聘的特工之一，他是唯一有朝鮮背景的美國第二代移民。

核恐怖手段是多種多樣的。比如，通過偷盜、走私、非法貿易等各種手段獲得核武器、核材料、核廢料或者放射性物質，並通過使用或威脅使用這些非法獲得的核武器或核物項，達到危害人、財產和環境的目的。其中，最簡單易行就是製造「髒彈」，通過普通的爆炸裝置的爆炸，將核廢料、核材料或其他非核材料放射性物質散佈開來，從而造成核污染或者是放射性殺傷。

由於鈾等核燃料的衰變週期達幾十萬年之久，這也就意味著這種「髒彈」恐怖襲擊一旦發生，對一個國家造成的傷害將會是永久性的。

早在基地組織發動「九一一」恐怖襲擊的前幾年，賓拉登就試圖花費一百五十萬美元購買高濃縮鈾，如果當時基地組織獲得了核能力，就很難想像「九一一」事件將會是一種什麼樣的後果。根據國際原子能機構的統計，從一九九三年到二〇〇八年金融危機發生時，全球共發生經確認的核材料或其他放射性材料偷竊、丟失或非授權佔有等事件多達一千五百餘起。全球核走私事件總計有一千六百餘起，其中有二十餘起走私的核材料足以製造初級的原子彈。

目前，雖然還難以確認恐怖主義組織是否已經獲得核材料或核能力，而金融危機導致的經濟困境可能令非法核貿易和核活動成為獲得更大利益的驅動力。二〇一〇年的十一月，格魯吉亞政府抓獲了兩名試圖向伊斯蘭極端主義組織販賣高純度濃縮鈾的走私分子，其濃度高達百分之八十九點四，足以製造一枚原子彈。據兩名走私者供稱，如果買家滿意，他們還可以提供更多的高純度濃縮鈾。這也是幾年來格魯吉亞政府第三次截獲走私的核燃料。

從上世紀末，值得人們關注的是，由於國家動盪和地區衝突造成的核材料、核物質的流失，也有加劇的趨勢，這也是核恐怖主義威脅日益上升的重要因素。

眾所周知，蘇聯解體就曾導致核管理的混亂和失控，大量的核燃料和核物質，甚至核彈頭都不知所終。中亞、歐洲和巴爾幹地區自二十世紀九〇年代以來形成的核交易黑市也一直在活躍著。中東國家目前的政治動盪、伊拉克安全局勢惡化以及伊朗核問題的不斷激化，都可能導致核材料和核物質流失到個人手中。如果恐怖分子從這些不同的管道獲得了核武器，那麼人類面臨的核災難可能就在咫尺之遙了。

另外，隨著人類對核能的倚重正在加深，發生針對各國核電站和核設施的恐怖風險也在加大。目前向國際原子能機構申報並接受保障監督的核設施超過一千座，但印度等非《不擴散核武器條約》國家的核設施並沒有在保障監督之列，核走私的源頭並沒有被完全堵死。

因此在近幾十年中，美國外交事務的絕大部分力量都是投入在面對和應付這項危機。在台面上是由國務院和國防部來主導，美國幾次在中東地區的軍事行動背後的誘因多少都是和「核武擴散」有關。在台面下的隱蔽行動的主要負責機構就是中央情報局。

為此，中情局建立了「蘑菇雲檔案」，將世界上所有流失的核彈頭及核武器原料的相關資料做成有系統的資料庫，建立追緝的基礎。

他們面對的非法核子武器來源有兩個，其中最大就是前面說的來自前蘇聯政權解體後失蹤了的核材料、核物質與核彈頭，它們是被前紅軍的叛徒或不法份子竊取，其中一些還輾轉到了黑社會手裏，最終都流入了國際上販賣軍火的「黑市」，待價而沽，而恐怖組織成了最可能的買家。

為此，美國和俄羅斯達成協議，清查所有前蘇聯的核彈頭和核彈原料，並共同追蹤失蹤了的「核武」，並同意由美方提供財政支援。

第二個來源是由「自行生產」的國家所提供的，最大的「嫌疑犯」就是伊朗和北朝鮮。所謂的

「朝核問題」是始於二十世紀九〇年代初，當時，美國根據衛星資料懷疑朝鮮開發核武器，揚言要對朝鮮的核設施實行檢查。朝鮮則宣佈無意也無力開發核武器，同時指責美國從一九五八年開始，在朝鮮半島南部及其臨近地區部署了大約兩千六百件核武器，雖然都是短程核導彈、核炮彈等，但是它針對朝鮮的目的很明確，同時美國還為韓國提供了核保護傘。

美國在韓國部署核武器威脅到朝鮮的安全，第一次朝鮮半島核危機由此爆發。根據國際原子能機構（IAEA）的資料，朝鮮是在二十世紀五〇年代末開始核技術研究。

六〇年代中期，在蘇聯的幫助下，朝鮮創建了寧邊原子能研究基地，培訓了大批核技術人才。當時，朝鮮從蘇聯引進了第一座八百千瓦核反應爐，使朝鮮核技術研究初具規模。此後，寧邊成為朝鮮核工業重地。寧邊核設施是在朝鮮首都平壤以北約一百三十公里處，是朝鮮主要的核研究中心。寧邊的五兆瓦核反應爐是屬於石墨反應堆，是於一九八〇年動工，一九八七年建成。

這種核反應爐的廢燃料棒可被用來提取成為製造核武器的原料。美國從二十世紀七〇年代起關注朝鮮的核項目，一九八八年美國正式對國際宣稱，朝鮮在寧邊的核反應爐已經能生產製造兩至三枚原子彈的核子原料，立刻引起朝鮮的強烈反應和國際社會的廣泛關注。

在寧邊上空，美國間諜衛星廿四小時對其監視。一九八五年，美國官方首次宣佈其情報資料，顯示朝鮮正在位於平壤以北九十公里的寧邊附近秘密建造反應堆。在外界壓力下，朝鮮加入了《核不擴散條約》，但是卻一直拒絕按照條約的要求與IAEA簽署全面保障監督協定，遂引起西方的警惕。

一九九〇年七月《華盛頓郵報》透露，新的衛星照片顯示朝鮮在寧邊的設施可能被用來從核燃料中分離出製造核彈頭的原料「鈽」。但是與此同時，華盛頓一些智庫的專家表示，美國官員所謂的朝鮮濃縮鈾計畫的說法，跟先前有關伊拉克大規模殺傷性武器的說法一樣，純屬子虛烏有。

誰對誰錯，固然是眾說紛紜，但是卻取得了一點共識，就是中情局在所謂的「科技為上」的領導班子下，所有關於北朝鮮核武發展的情報資料都是來自間諜衛星的圖片和一些「圖像分析」專家做出的報告，就連中情局自定的要求：「至少部分的衛星圖像分析必須得到在地情報的證實後，才成為是可信的情報。」但是中情局在當時沒有一位屬於他們的「情報員」潛伏或滲透到北朝鮮。多年來，中情局在北朝鮮的「在地情報」等於零。

北朝鮮向外界公開的聲明，他們生產了三十七公斤的核彈頭原料「鈽」，但是美國堅持根據衛星圖片和分析，認為北朝鮮的鈽存儲量應該為五十公斤左右。事後IAEA的監督人員進入了北朝鮮的核設施，證實了他們所說的三十七公斤。

這件事在美國的朝野和輿論引起了軒然大波，在白宮和國會雙重的壓力下，中情局局長撤換了三個有影響力和頑固的「科技大佬」高層，及時的配合起動了的改革，重新將「在地情報和隱蔽行動」提升到優先地位。為了管理、分析和專家資源分配的考慮，中情局將全世界分成數個情報地區，其中的「東北亞地區」包含了日本、南韓、北朝鮮、中國大陸、香港和台灣，各地所收集的情報是在「地區辦公室匯總和分析」，然後再送到情報處，和衛星與電子監聽的情報作交叉對比和驗證，最後完成「該地區未來情勢發展評估報告」，作為「行動」計畫的依據。

當「朝核」問題出現後，中情局就成立了「北朝鮮專案辦公室」，它是直屬於副局長愛德華·威爾遜領導和節制，他也是分管情報處的副局長。這個高層次並且很特別的辦公室只有一個任務，就是要在北朝鮮取得「在地情報」，也就是要將中情局的特工滲透到北朝鮮。這並不是表示中情局在此之前就將北朝鮮遺忘了，相反的，它曾多次嘗試了植入自己的情報員，但是都無功而返。因此，多年來中情局也只能依賴間諜衛星和電子監聽了。

在戰爭時期，中情局的主要任務是配合美國的軍事行動，確保取得勝利。在平時，它必須密切注意潛在敵人和盟國的特工活動，確保美國在全球的利益，對所有的「災難性行動」發出預警，必要時，執行制止行動。

在朝鮮戰爭結束後，北朝鮮的特工進行了一連串震驚世界的行動：一九八三年北朝鮮特工曾在緬甸首都仰光啟動「仰光爆炸事件」，企圖刺殺南韓總統。在這起事件中，十七名韓國官員被炸死，其中包括四名內閣成員。

一九八四年韓國取得一九八八年的奧運主辦權。金正日決定炸毀韓國「大韓航空」班機來加以干擾。經過千挑萬選，金正日特別選中了日語流利的老特務金勝一和年輕貌美的金賢姬假扮成一對日籍觀光父女，前往中東，經過一連串的縝密事先規劃，搭上「大韓航空八五八班機」，並巧妙地在飛機上安置九個小時後才會爆炸的裝置，然後從容脫逃。

九個小時後，「死亡班機」在空中引爆解體，造成全機一百二十人罹難。

北朝鮮特工在二十世紀七〇年代末和八〇年代初綁架了許多日本人，日本媒體披露，綁架日本人的案件共有八起十一人。其中，七起十人發生在日本沿海近岸地區，一起一人發生在英國。

被綁架的人裏，最小的年僅十三歲，是初中一年級學生，最大的五十二歲，其中三對還是情侶，雙雙被綁。據日本《讀賣新聞》報導，關於這些日本人被綁架一事的真正目的，是擔任朝鮮間諜的日語教師和冒名頂替他們的日本人身分從事間諜活動。也有傳說是日本左派極端份子「赤衛軍」受到金正日很深的影響，把日本人綁架到朝鮮後進行「洗腦」，然後再派回國，擴大赤衛軍的勢力。

據韓國《朝鮮日報》稱，在日朝首腦會議上，朝鮮自己承認綁架的目的主要是培訓朝鮮間諜和讓朝鮮間諜冒名頂替。事實證明，一九八七年十一月，大韓航空飛機爆炸案主犯金賢姬的日語老師就是「失蹤」的日本人員田口八重子。而朝鮮間諜辛光洙在一九八〇年六月，將時年四十三歲的原敕晁灌醉從宮崎縣青島海岸帶出，坐間諜船到達朝鮮。事後，辛光洙以此男子的名義非法取得日本護照，多次到海外建立據點。此外，還有他們計畫在首爾暗殺叛逃到韓國的前朝鮮勞動黨書記黃長燁的企圖被暴露出來的事件。

在這些事件中，中情局不僅在事前一無所知，更不要說發出預警或是啟動制止行動了。這一切都說明了一件事，那就是中情局在北朝鮮沒有「在地情報」的資源，痛定思痛，中情局任命威廉（比爾）・富爾頓為「北朝鮮專案辦公室」主任，他的當務之急就是在北朝鮮發展一個情報網，滲透和潛伏自己的情報員，提供在地情報。

富爾頓是一個五十歲出頭的專業情報人員，大學畢業就進了中情局，這是他唯一工作過的地方，因此他是中情局的「資深」情報員，已有三十年的工作經驗了。其實，在中情局裏有他這樣年資的情報員還大有人在，但是富爾頓是唯一從「鬼門關」裏走出來的人，他是中情局裏的一個傳奇人物。

當年在中東地區成為世界上最大的「熱點」時，富爾頓是中情局駐黎巴嫩情報站的情報員，情報站設在黎巴嫩首都貝魯特的美國大使館內，當時的站長就是現在中情局主管情報處業務的副局長愛德華・威爾遜。他手下有兩個最得力的情報員，就是巴克萊和富爾頓，被人稱為是愛德華的「哼哈二將」。

巴克萊的專長是策劃和執行特別行動，富爾頓的專長是發展在地情報，為巴克萊的行動提供成功的保證。兩個人相輔相成，為美國在中東地區的反恐任務立下了汗馬功勞。

在一次行動中，巴克萊的行動隊遇到埋伏，他不幸被俘，為了取得秘密，敵人對他施行了慘無人道的酷刑，並且將行刑過程錄影，寄到貝魯特的情報站，威爾遜和富爾頓看到好友在酷刑下嘶叫，他們痛不欲生。中情局動員了所有的資源，鋪天蓋地的尋找巴克萊被關押的所在地，他們用了三個月的時間終於找到了正確的地點，威爾遜和富爾頓組織了隊伍，正計畫執行拯救行動時，中情局決定了要求空軍對巴克萊的關押處所實施密集轟炸，將整棟建築物夷為平地。

他們在瓦礫中找到了巴克萊的屍體，他被安葬在美國阿靈頓國家公墓。在以後的一年裏，富爾頓使出各種手段，包括用金錢賄賂的方法，找出了綁架和加害巴克萊的恐怖份子，對他們執行處決，並且對他們的組織進行破壞，因為使用的手段極為殘酷，恐怖份子給他取了個外號，稱他為「中情局魔鬼」，他們出了天價的獎賞要取他的命，在身分逐漸曝光後，富爾頓被調回中情局總部做內勤，參與中東地區的情報分析工作。

在夏天的暑假結束前，德國的法蘭克福機場是最為繁忙的，除了因為那是進出歐洲各城市的主要轉運機場外，同時也是在學校開學前到歐洲來觀光旅遊的人啟程回家的出發點。

就在擠得人山人海的離境大堂裏，恐怖份子引爆了炸彈，造成數百人的傷亡。其中包括了富爾頓一家人，有他的妻子，女兒和兒子。

富爾頓是為了慶祝他女兒高中畢業，帶了一家人到法國、義大利、瑞士和德國旅遊。富爾頓的三個家人都在爆炸事件中身亡，而他身受重傷，全身多處骨折，內臟器官受傷，最嚴重的是大腦也受重傷，昏迷不醒。德國的醫生宣佈他的生命結束是指日可待。但是他的老長官和多年的戰友愛德華・威爾遜不肯放棄，將他接回美國，送進了在華盛頓的美國陸軍華德里特醫院。經過了大大小小一共十七次的手術，在一位中情局的同事露西·堪貝爾的不棄不捨，細心照顧下，富爾頓奇跡般地在一年後醒了過來。

在以後的兩年裏，富爾頓在身體、心理和精神上都進行了嚴格的復建。他的老長官威爾遜升調為中情局的副局長，在直屬他分管下成立了「北朝鮮專案辦公室」，威爾遜任命富爾頓為主任，露西·堪貝爾成為他的助手。他不負老長官的重望，成功的在北朝鮮發展了一個短小精幹的情報網，讓中情局第一次從這世界上最封閉的國家取得了在地情報，為衛星和電子監聽所獲得的情報取得了證實。

但是最重要的貢獻是取得了很多北朝鮮的戰略情報，讓美國能在外交的主動地位上站穩腳步。富爾頓手下的王牌情報員就是李建成，他是中情局在改革後招募的第一批亞裔情報員。

李建成是在一九六〇年出生於韓國首爾，父母親是祖籍山東的華僑，五個兄弟姐妹中他排行老二。一九八三他在三藩市州立大學畢業後，申請到了在伯克來加州大學的研究生獎學金，一九八八年，他取得物理博士學位後，進入了在美國新墨西哥州的洛斯阿拉莫斯國家實驗室工作。

那是一間被列為有高度國家機密的核武器研究單位。三年後他看見中情局招募情報員的通告，他主動的報了名。當時正好碰上了剛成立的「北朝鮮專案辦公室」在開展工作，他是唯一有朝鮮背景的學員，很自然的就被富爾頓注意上了。

一年後，李建成去了北京，出現在北朝鮮大使館。他要求讓他到朝鮮去居住和工作，理由是：雖然他在幼年時就隨父母親移民來到美國，但是他排斥資本主義，而嚮往社會主義，他開始和美國的共產黨接觸，但是發現他們是一群社會上的下層份子，對目前的社會有很大的不滿，但是他們沒有理想，對真正的社會主義也沒有認識，所以他想到了要去古巴，但是發現拉丁民族的文化背景格格不入，並且古巴也正在快速的走向資本主義，所以他選擇了北朝鮮。

李建成留下了一份詳細的履歷表和「自傳」後，就被告知回去等待回音。當然，他的這些背景都是由中情局精心安排好的。四個月過去了，其間中情局發現北朝鮮的特工透過各種管道在探索李建成的情況，李建成是從電話裏接到了要他去墨西哥城的北朝鮮駐在墨西哥大使館「面試」的通知，面試一共用了三天的時間，基本上是有兩批不同的人在「問」他，問的過程包括了各種嚴格的「心理測驗」。

第一批人是在評估他的「叛逃」是否是真的，還是他另有圖謀。第二批人是要評估他知道多少「洛斯阿拉莫斯國家實驗室」的核子武器機密。顯然北朝鮮對他嚮往社會主義的事並不很在意。李建成在墨西哥城待了一個星期，在離開的前一天，他接到「指示」，要他辭去工作，在家等候。

三個月後，富爾頓的情報員進入了北朝鮮，李建成是美國有史以來第一個潛伏在北朝鮮的臥底。他被派到「寧邊原子能研究所」擔任研究員，但是他有很多的時間是在平壤，協助朝鮮在六方會議的代表團分析資料。當然他也開始了他的臥底任務，收集在地情報，但是他沒有忘記他來到北朝鮮的真正目的，那是一個連中情局都不知道的秘密。

李建成到了朝鮮的「寧邊原子能研究所」工作已經有半年了，他的伯克來加州大學博士學位訓練，再加上他在美國新墨西哥州的洛斯阿拉莫斯國家實驗室的工作經驗，很快的就有了出人頭地的表現。且由於他平易近人的個性，對運動的愛好，再加上豐富的學識，李建成在這個被一般人稱做「核能所」的大機關裏有了一群年輕的朋友。

他在核能所第一次被派到所外去，是為金正恩做彙報。地點不是在政府的辦公大樓裏，而是在平壤郊區的金正恩秘密住宅，正式的地址是龍城二十一號。他記得在中情局的簡報裏形容：這是一棟占地五千平方公尺，有大型游泳池，庭院修繕完美，設備極為高級的住宅。據報導，它是相鄰在朝鮮人民軍的秘密地下指揮部，可以抵禦核輻射，周邊有對空防禦導彈。重要的黨政軍機關可以入住，儲藏的戰備物資足夠維持五年。它有多個地下通道，連接平壤的主要建築物，也有地下鐵路連接四十公里外的子母山別墅。

當核能所的汽車準時的把李建成送到時，一位身材高挑，面目嬌美的女人站在門口迎接，她滿臉笑容的伸出手來，和她握手時，李建成注意到她穿著一身非常時尚的西方服飾，留著長髮，顯然是經過了一番打扮，看不出她的年齡，但是就在三十歲上下。她說：「歡迎李博士的到來，我是朝鮮勞動黨中央軍委副委員長金正恩大將辦公室主任趙晨倩，請跟我來。」

李建成注意到「大將」是朝鮮人民軍的最高軍銜，這是新的情報，在中情局的簡報裏還沒有，也許是和決定繼承人有關係。

他被領到一間客廳，裏頭已經有七、八個人坐在靠牆的椅子上，這中間一定有安全部門的人被派來監視他，寫他的報告。客廳的正中間擺著四張沙發，圍著一個矮圓桌，趙晨倩請李建成在背對著門的沙發坐下，面對著客廳裏的人。坐下還不到一分鐘，前面的人都站了起來，他回頭看見三個人走進來，領前的是個人高馬大的年輕人，五官長得和金日成一個樣子，顯然，他就是長得像他祖父的金正恩，趙晨倩一一的介紹了他們，跟著金正恩進來的是朝鮮勞動黨行政部部長張成澤和朝鮮人民軍總參謀長李英浩。

李建成知道張成澤是金正恩的姑丈，從小就一直照顧他，對金正恩有很大的影響，而李英浩不僅是金正日一手提拔起來的高級將領，更是負責朝鮮黨政軍大權領導集體裏的核心成員，最近金正日又親自簽署一條命令，晉升李英浩為朝鮮人民軍的次帥。大家都坐下後，金正恩首先說：

「非常感謝李博士在忙碌的工作中來到我的辦公室。讓我首先歡迎李博士決定來到我們朝鮮民主主義人民共和國定居，並且對您積極參與建設我們的強盛大國表示敬佩。」

李建成起身微微的彎腰點頭：「謝謝副委員長，我也很感謝朝鮮人民給我的機會，讓我為社會主義盡一點棉薄之力。」

「我們都是志同道合的人，讓我們互相勉勵，共同努力。」

金正恩回頭看了一下後面坐的人，又繼續說：「大家知道，李博士是世界第一流的大學，美國伯克來加州大學拿到的物理學博士學位，然後又在著名的美國新墨西哥州洛斯阿拉莫斯國家實驗室工作了多年，這在我們國家應該是國寶級的科學家了。今天我們請李博士來，就是想請教幾個有關原子彈的技術問題。」

「請教就不敢當了，我們就一起討論吧，我一定盡力把我的看法說明清楚。」

「太好了。我們都很清楚，普通炸彈的爆炸原理，我想請問，能不能把原子彈是如何爆炸的原理，簡單的說明一下。」

李建成端起桌上的茶喝了一口：「好的。所謂的『爆炸』是一股氣體在瞬間快速的膨脹，普通炸藥在雷管的激振後產生氣體，釋放出來的『化學能』將氣體快速膨脹，這就是普通炸彈。原子彈也是一樣，它只是利用放射性物質的『輻射能』使周圍的大氣快速膨脹，因為『輻射能』要比『化學能』大幾百萬倍，所以膨脹的速度也要大幾百萬倍，這就是原子彈的威力來源。原子彈的起爆裝置分為『收聚式』和『槍式』，現在就用槍式起爆為例子做說明。」

李建成停了一下，看沒有人提問題，就把原子彈的工作原理和起爆裝置作了簡單的說明：

「當放射性的鈾二三五聚集到臨界值時，就會發生連鎖反應，釋放出能量，這就是核能發電的基本原理。但是原子彈需要快速的能量釋放，如果連鎖反應受到大量的中子撞擊，鈾二三五就會在瞬間將巨大的能量釋放出來，也就是所謂的核子爆炸。

當鈾二三五增加到一定的重量時，它就會開始連鎖反應，這個重量就是臨界值。它開始釋放出大量的阿法質子，但是這還不是爆炸，這就像是把香檳酒攪動一下，它就產生出泡沫一樣。它還需要啟動工具來促成爆炸。

鈾二三五的連鎖反應在沒有外力的干擾下，時間久了就會自動結束。如果要促成快速的連鎖反應，在瞬間釋放出巨大的能量，就需要用中子來撞擊。一個是高純度的鈽二三九，也是有放射性的，還有就是高純度的鋰，把兩個分開時什麼事都不會發生，但是如果把兩個碰撞在一起，就會發生一個怪現象，它會在瞬間放出大量的中子，在臨界值狀態下的鈾二三五一旦受到強烈的中子干擾，它就會把自己分裂，在瞬間釋放出巨大的能量，這就是核子爆炸。

就像是把香檳酒瓶子劇烈的晃動後，香檳酒就會從瓶子裏突然的噴出來一樣。

拿我們所裏正在研究開發的小型核彈為例子，我們用一個球形的高純度的鈾二三五，中間開了一個洞，讓它的重量還不達到臨界值。然後再做一個高純度鈾二三五的小短棒，我們在球體的底端安裝了純鈽二三九的碟片，另一個純鋰的碟片黏在短棒的前端，當鈾二三五的短棒進入了球體時，它們的總重量就達了到臨界值，同時短棒前端的碟片撞擊到在等待著的另一個碟片，放出中子，完成了核彈爆炸的程序。

短棒是用微量的傳統炸藥將它射進球體裏，所以核彈的起爆裝置可以和傳統炸彈的裝置完全一樣，它是用雷管來激發的。」

李建成發現在場的人，包括金正恩在內，都聚精會神的聽他講解，但是他也明白，這一切都可能是一場為他設計的演戲，目的就是要檢驗他是否是來臥底的。他一定也要按著富爾頓為他寫的「劇本」演下去。金正恩是頭一個發問的人：

「感謝李博士精彩的深入淺出解說，原來核子爆炸的原理這麼簡單，連我這個外行都能明白了。我想請問，這些核彈頭在平時有安全措施嗎？怎麼樣才能保證它不會出意外爆炸，或是被破壞分子故意引爆。」

「我們的安全措施一定要做到滴水不漏，萬無一失。在核子連鎖反應中沒有那小小的純鈽碟片，是無法完成爆炸程序的。我們所有的純鈽碟片都是由政治部的書記保管，他是屬於獨立的指揮系統，只有國家最高領袖的正式簽署文件，他才會將碟片放行。」

「目前我們在發展核子武器上最大的困難是什麼？」

「請原諒，我只能說說我個人的意見和看法，可能不太成熟，也不能代表我們研究所來發言。我認為主要的困難來自三個方面，一個是原料的加工，雖然朝鮮有鈾的同位素礦產，但是它主要是鈾二三八，要得到純度在百分之九十七的鈾二三五，需要加工濃縮，目前使用的離心機是要進口的，但是它是在禁運的名單上，第二個困難是我們沒有純鈽和純鋰的原料，它們也是在禁運名單上。第三個困難是我們的機械加工技術水準還沒有達到應有的標準，嚴重的影響了我們產品的可靠性。目前生產用的工具機，有部分也是在禁運的名單上。」

「我們目前每年可以生產多少合格的核彈頭？」

「副委員長，我們國家的核彈頭生產量是最高機密，我是研究部門的科學家，我們所長也告訴我要毫無保留的回答副委員長的問題，但是我的保密級別不夠高，我無法回答您的問題。我連濃縮工廠和最後的組裝廠在那裏都不知道。」

「這個我理解，李博士，請不要在意。我想知道，你們研究所負責前蘇聯紅軍流落出來的核彈頭嗎？」

「我接觸到好幾個型號的技術文件，但是還沒碰過實際的硬體。」

「李博士，但是你相信我們現在有這些東西了，是不是？」

「是的。」

「您聽過一個叫銀狐的國際軍火商嗎？」

「沒有。」

還是只有金正恩一個人在提問題：

「可不可以說說，您在美國聽到的有關朝鮮在武器製造和發展方面的消息？」

李建成回答說：「我看過的報導說，從二十世紀八〇年代開始，朝鮮就全力發展現代核武器和導彈技術，現在已經擁有超過十種類型的各式導彈，射程從一百二十公里到二千公里。最有戰鬥力的是一千三百公里之內的中近程導彈。還有未經證實的消息說，朝鮮已經有能力組裝可搭載核彈頭的遠程洲際飛彈，射程可達一萬公里，可以涵蓋美國的一半本土。但是美國的間諜衛星並沒有偵測到從朝鮮發射的遠程導彈。但是朝鮮的『銀河二號』運載火箭發射了一枚人造衛星，理論上，這枚火箭會有七千公里的射程。到了九〇年代，朝鮮發展了『大浦洞I』和『大浦洞II』導彈，射程分別是一千五百公里和三千六百公里，完全涵蓋了日本和美國的阿拉斯加。如果再加以改良成為三節火箭，射程就能達到全美國。但是他們的間諜衛星也只能在發射後取得監測資訊，而對它發展的過程是一片茫然。」

整個客廳裏是一片安靜，在座的每一個人，包括金正恩，都對李建成的實事求是，毫無保留，沒有政治語言和口號的回答，留下了深刻的印象，尤其是趙晨倩，她似乎受到很大的衝擊，愣在那裏，但是剎那間就恢復，可是她沒有逃過李建成的眼睛。

李建成和趙晨倩最後離開了客廳，他以為是要和大家一起去餐廳吃晚飯，但是有一輛小轎車開過來，把他們接走。他問趙晨倩：「趙主任，我們要去那裏？」

「從來沒有綁架過大博士的經驗，所以我想試試。」

李建成吃了一驚，她趕快說：「跟你說著玩的，別嚇著了。我帶你去吃晚飯，很久沒吃西餐了，希望你不在意。」

「太好了，但是太貴的話，我怕我的錢不夠。」

「我請客，可以報公帳的。」

「那就更好了。」

「李博士，你說話永遠是這麼直爽嗎？」

「對不起，趙主任，是不是聽了不習慣？」

「我很喜歡。」

汽車把他們送到平壤高麗飯店，從外觀看來，顯然是一家很高檔的飯店，從服務人員對她必恭必敬的態度，趙晨倩顯然是這裏的常客。

他們被帶到西餐廳裏一個有景觀的座位，趙晨倩點了招牌小牛排套餐，李建成看了一下菜單上的價錢，他就點了雞排，但是趙晨倩堅持他也要嘗一下這裏的牛排。

她又點了一瓶紅酒，雖然沒有指定產地，但是等上來時，李建成看見那是法國波多爾出產的上好陳年紅酒。跟著前餐、沙拉、麵包和濃湯也陸續的端上來，他們一邊吃，一邊談起來。李建成說：「趙主任，您常來這裏嗎？」

「這裏的西餐廳是平壤最有名的，很可口，等一下你就知道了。副委員長喜歡在這裏請外國朋友，所以就常來了。但是最近很少來了，想到您是從美國來的，也許會喜歡他們做的菜。」

「對吃，我是個粗人，只要擺在面前的就行，沒有講究。」

「高麗飯店的廚師是一流的，但是其他的管理人員就不怎麼樣了。」

「怎麼說？」

「記得二〇一〇年在上海開的世界博覽會嗎？會場每天吸引了成千上萬的參觀遊客，很多熱門的場館參觀者需要排隊數小時才能入場，但是我們朝鮮館是始終不用排隊的。有人說它是三十年前中國辦展館的翻版，這也難怪，朝鮮館是由中國資助建立的。但是它不缺乏一個獨一無二的特色，是史無前例的，就是平壤高麗飯店在一進門的地方就張貼了一幅大型廣告，除了將位於上海閔行區的總店和浦東新區的分店位址電話列出外，還特別標明：從平壤來的優秀料理師和服務員，為你提供優質服務。這種廣告在其他展覽館是沒有的，但是在一個很少見到廣告的朝鮮，卻在世博展館明目張膽貼廣告，有點令人啼笑皆非。」

李建成說：「這也難怪，朝鮮是個封閉的社會，所有的決定都是從上到下傳達下來，如果上面的決策者是個土包子，就會出現類似世博會和高麗飯店的事。」

「問題是，為什麼高層的土包子從不去聽非土包子的建議呢？李博士，你從美國來這裏有一段時間了，你認為朝鮮的前途如何？」

李建成喝了一口酒，停了一下，他說：「我認為外界總以奇異的眼光看朝鮮這片神秘的土地，美國媒體認為朝鮮是『支持恐怖主義的邪惡軸心』，許多美國的盟國，例如韓國的媒體，也就跟著起舞。香港的媒體認為她是『世界上最封閉的國家』。中國的媒體有不同的說法，從『貧窮落後』、『毅力非凡』到『當今世界上所剩不多的鐵幕國家』。朝鮮自己的媒體認為他們是生活在『最幸福的國家』。在這些讓人眼花繚亂的媒體中，還有日本媒體，它喜歡製造朝鮮的『假新聞』，叛逃到韓國的朝鮮特工安明進就曾和日本媒體聯手造假。他不但多次出現在電視上，也在日本的國會作證，最後安明進因販毒被韓國警方拘捕，他供認為了媒體給的『資訊費』，他就不斷的配合造假。外面的世界妖魔化朝鮮，朝鮮被外界扭曲，外界說中國的政治和軍事不夠透明，因此總是用有色的眼鏡揣度中國，但是比中國更是封閉的朝鮮，外界的種種流言，就更是信以為真了。」

趙晨倩突然拍手說：「背完了嗎？稿子是你寫的，還是別人替你寫的？」

「什麼意思？」

「原來我們的大博士也有虛情假意的時候。」

「想到趙主任在報公帳時也一定會把寫我的報告送上去，所以趕快發表一點愛國言論。」

「你看我像那種打小報告的人嗎？」

「美麗的外表，讓人心動，但也觸動了警鐘。」

「心直口快也有很可惡的時候。」

「對不起，這不是我本來的意思。」

「你本來是什麼意思？」

「朋友告訴我，趙主任是個非常能幹的人，能把人心看穿，不會受騙，但是沒想到的是趙主任還是個大美女，所以意亂情迷，就胡言亂語了。」

「我看這句話才是真的胡言亂語。」

「趙主任，請您接受我的道歉。請不要生氣了。」

「如果你不叫我主任，叫我晨倩，我就不生氣了。」

「晨倩，我們再要一瓶酒好嗎？」

趙晨倩伸出手來：「來，我們握手言和。原來你是想騙我一瓶酒，不早說，就不用這麼折騰了。」

「我聽說，妳也是從國外回來的，是嗎？」

「是的，我一直在歐洲讀書，三年前才回來。」

主菜上來了，他們開始品嘗朝鮮最好吃的牛排。第二瓶紅酒也上來了，服務員把他們的酒杯斟滿，李建成說：「是為了什麼？追求財富？還是追求愛情？」

「理論上說是和你一樣，為了追求理想。」

「這句話的後面有沒有『但是……』？」

趙晨倩沒有馬上回答，她喝了一口酒，歎了一口氣：「世事多變，旦夕之間，就只剩下了無奈。」

「我沒聽懂，能解釋嗎？」

「不能。」

「還是不願意？」

「建成，不要逼我了，有一天我會告訴你。」

趙晨倩開始叫他的名字了，也告訴他，以後他們還會見面。

「好，我會等著。其實剛剛我在背稿子時，臨時刪掉了兩句。」

「哪兩句？說給我聽。」

「朝鮮也妖魔化了外面的世界，外界也被朝鮮扭曲了。」

「說得太好了，我認為所有的人都被扭曲了。記得剛回來時，我覺得四周充滿了矛盾，我特別喜歡這裏的城市綠化，花草遍地，林木蔥郁，水光山色，空氣清新，平壤的『花園城市』美譽，名不虛傳。它保存了讓外人意外的驚喜，讓人感到神清氣爽，市內是丘陵地貌，地勢起伏，橫跨平壤的大同江，在黃昏時分的落日下波光粼粼，水流緩緩，襯托出特別的城市寧靜。平壤市內四處都是繁茂蔥蘢的柳樹，所以被稱為『柳京』，穿梭在青楊翠柳遍佈的街道，給人感覺這裏是個古都，但是卻沒有傳統的狹窄而雜亂的街巷，這是一座在戰爭的廢墟裏崛起的都市。建成，你同意我的感受嗎？」

「非常同意，但是……」

「但是你知道嗎？在這麼美的環境裏，和清山綠水同時出現的是街頭上的口號標語，我第一次看見時覺得莫名其妙，例如：『種子不管播種在那裏，總是向著太陽開花』、『談論沒有領袖的革命勝利，就像奢望沒有太陽的花一樣』、『我們的領袖是扶持萬民的偉大慈父，是萬民景仰的恩惠太陽』，和『二十一世紀的太陽金正日將軍萬歲』。如果一個國家的老百姓需要這樣的提醒，這個國家是不是有問題呢？其實我的朋友說，標語是下層的官員寫給領袖看的，表示他們是忠心耿耿。說得難聽一點，它讓人噁心。」

李建成回答說：「我第一次看見這些標語時，也覺得格格不入。但是標語口號是很有效的宣傳工具，它用簡明的文字，通俗易懂的語言，概括其主要的內容，表達它特定的思想，宗旨和情感。它直接的作用到社會的各階層，因此，接觸廣泛，影響深入，同時明白易記。晨倩，妳知道嗎？要寫一條好標語口號，需要有學問，我聽說，在中國大陸，有大學將標語口號的研究寫成碩士論文，甚至博士論文。但是我同意，在朝鮮，它們大多是乾巴巴的平鋪直述，容易讓我們的趙大小姐生氣。」

「想不到你這物理博士對口號標語也有研究。」

「那當然了，我是帶了兩把刷子到朝鮮來的，別忘了把這一點寫在妳的小報告裏。」

「建成，你是不是要我把這杯酒倒在你身上？」

「別，紅酒洗不掉，我就只有這一套出客裝。」

「那你就老實點，別惹我生氣。我還沒說完呢，你見過口號樹嗎？」

「沒見過，那是什麼？」

「朝鮮有一萬兩千棵所謂的『口號樹』，它是多年前抗日遊擊隊或地下黨在樹幹上刻著『金日成將軍萬歲！』、『朝鮮革命萬歲！』、『打倒日本帝國主義！』的標語。今天的朝鮮政府認為這些都是『革命的寶貴財富』，於是這些『口號樹』被發現後就保存起來，成為朝鮮革命史的見證和政治思想教育的重要基礎。」

「當年的抗日遊擊隊大概不是很忙，所以有時間去刻樹幹。」

「你想到沒有？如果幾棵老樹是朝鮮人的『革命的寶貴財富』，那朝鮮的革命歷史就太貧瘠了。更滑稽的是保護『口號樹』的人會成為英雄。曾有人民軍某部，奉命搶救山火中的『口號樹』而犧牲了十七名戰士，金正日授予他們『共和國英雄』的稱號，為他們建立了烈士紀念碑。朝鮮的革命事業是一篇光輝的史詩，是應該活在每一個朝鮮人的心裏來保存起來，但是我們的價值觀被扭曲了，所以國家花了大代價去保存了一萬兩千棵老樹，而成千上萬的人沒吃的就像沒事似的。這是矛盾還是笑話？」

李建成按住趙晨倩放在桌上的手：「別太激動，會影響妳消化這麼好的美食和美酒。」

「對不起，建成，把你當成出氣筒了，我很久沒跟人這麼樣談天了。其實我今天很開心，認識了你。但是不知道你願不願意把我當朋友？」

「我來得不久，但是已經體會到在這裏交朋友的困難，我說的是無話不談，毫無顧忌的知心朋友。能有妳當我的談天朋友是求之不得，只是我請客吃飯不能報公帳，所以妳就沒得吃牛排，只能跟我吃烤肉了。」

「沒問題，我也喜歡烤肉。建成，你的工作忙嗎？」

「不是很忙，我的研究所是在寧邊，但是經常被派到平壤來出差，所以在這裏也給我配了一套房子。」

「工作還喜歡嗎？」

「都是我的本行，還能勝任，沒什麼大的挑戰和不能克服的困難。妳呢？」

「原來我們辦公室是在做計畫，要在有限的資源和困難的環境下找出路子，來改善人民的生活。雖然不是件容易的工作，但是很開心。現在這項工作基本是停頓了。」

「為什麼？這不是目前最重要的任務嗎？」

「已經不是了，被爭取接班人的任務取代了。」

「接班人不是由總書記來定的嗎？需要爭取嗎？」

「沒有人知道老頭子的心裏是怎麼想的，他都病得這樣了，還硬要把三個兒子弄成三足鼎立，非要爭得你死我活的。但是明白的人都知道我們的前途是在誰身上。」

「從來沒人跟我說這些事，妳能告訴我嗎？」

李建成沒說實話，他對接班人的鬥爭情況是很清楚的，趙晨倩說：

「事情是明擺著的，三個兒子中，老大是個花花公子，對治理國家不感興趣，老二是個傻子，只有老三金正恩是在兢兢業業的打理國家大事。但是老大的身邊有一群有野心的人，尤其是他的老婆，他們一心一意想要老大取得大位，所以就拉幫結黨，擴大他們的力量。他老婆娘家本來就是朝鮮的特工頭子，而老大又是分管你們的頂頭上司第五局，我們聽到不少消息，說老大在做核彈頭的走私生意籌錢，作為他取得大位需要的經費。說不定你們核能所都牽扯進去了。」

「怪不得我們同事都看好老大是接班人。」

「下午你做報告時，金正恩問你知不知道一個叫銀狐的軍火商，那是因為我們知道老大和他已經有了交往，也查出來他是個來路有問題的人物。這種事會把朝鮮帶進萬劫不復的深淵。」

「晨倩，我看妳也別太為金正恩操心了，已經為他盡了力，妳還能做什麼呢？不要再為他讓自己不開心，以後就多來找我談天。」

趙晨倩的眼神，表情和聲音都有點變了：「建成，再多陪我一會行嗎？我們到地下室的舞廳去。」

平壤高麗飯店的地下一層有一間只能用外幣消費的舞廳，客人基本上都是外國人，裏頭的燈光很暗，音樂的聲音很大，但是播放的都是西方的老歌。他們各要了一杯白蘭地，趙晨倩說：

「跟你聊天很開心，但是也引起不少傷感。建成，陪我跳舞，我已經很久沒有被男人摟抱了。」

舞池裏已經有好幾對男女，趙晨倩把全身貼在李建成的身上，把頭放在他的胸上，他們隨著音樂在舞池裏漫步，他聽見趙晨倩在他耳根輕聲的說：「再抱緊一點。」

音樂不停的在響，時間像是凍結住了，李建成感覺到被他摟住的身體在顫抖，他低頭看見趙晨倩抬起頭來看著他，他看見有淚珠從她的眼睛流下來：「晨倩，妳哭了？」

「我已經記不得上次在男人的懷裏流眼淚是多久前了。」

出乎富爾頓的意料，兩年來的潛伏臥底，證明了李建成是一個非常優秀和非常稱職的情報員，在朝鮮特工的嚴密監視下，他不僅恪守情報員的行動守則，有鐵一般的意志和耐心，在必要時會發出爆炸性的行動力量來完成任務。

在一次傳遞情報的過程中，他發現來拿取情報的交通員被特工跟蹤監視，李建成立刻放棄了和交通員的接觸，將特工引開，在一個荒涼的地方，徒手格殺了他，保住了情報網的完整。

但是讓富爾頓最滿意的是李建成的判斷能力，他完全明白各種不同情報的輕重緩急，及時的傳送讓中情局多次獲得了白宮和國務院的贊許。

由於他是個長期潛伏的臥底情報員，他的首要任務是取得有關政治、經濟、軍事、核武器發展情況等方面的總體戰略情報和相關的資訊，但是當朝鮮核武問題的六方會談進行得如火如荼時，李建成作為北朝鮮代表團幕後分析團隊的一份子，他及時的送出了非常有價值的情報。

所有的情況都顯示，富爾頓把李建成這個棋子放到北朝鮮，是一步意想不到的好棋。但是自從他在丹東市拿到了李建成送出來的資訊後，他就陷入了極端的矛盾，經過了幾天的思考後，他最後決定了去找他的上司，中情局的副局長，愛德華．威爾遜。

他是在約定的前十分鐘來到了副局長辦公室，秘書用對講機通報後，副局長就從門裏伸出頭來說：「比爾，你早到了，快進來吧。」

副局長的辦公室不僅是非常大，還有一個大落地窗，外面的鄉村風景一覽無遺。兩人坐在會議桌邊上，秘書端進來兩杯熱騰騰的咖啡後就把辦公室的門關上了。

威爾遜把面前的紅色公文夾打開，拿出一紙公文遞給富爾頓：「先把重要的事說了，這是總統給你的信，褒獎和感謝你在北朝鮮的情報工作。還是老規矩，信件是保密的，等有一天解密了才能見光，不過局長已經通知了人事處，在加薪時給你加碼。」

「你知道我對這些事不是很在乎，不過我還是得謝謝你了。」

「你謝我幹什麼？這都是你的功勞，我還得謝你呢，讓我終於在那些『科技大佬』面前出了口氣，其實我們這些幹外勤出身的都要感謝你，國務院那批主持六方會談的人，對你是佩服得五體投地，他們很清楚，沒有你，他們在談判桌上肯定會是灰頭土臉的。所以最應該謝你的是我了。」

「你是我老闆，謝我幹什麼？」

「你忘了，比爾，當初我請你來開辦『朝鮮辦公室』，大家都不看好，認為你雖然大難不死，但是已經失去你原來的能力了，大家都在等著看你砸鍋的好戲，尤其是那些科技大佬，都以為你會是我的滑鐵盧，可以乘機把我拱下去，沒想到你讓我著實的風光了一下，也讓他們都跌破了眼鏡。所以我要謝你呀！」

「愛德華，那是我應該感謝你對我的信心和一路的支持了。」

「我們在一起工作都超過三十年了，就別提這些了。」

兩個人突然沉默不語，但是他們知道對方是在想他們的老朋友巴克萊，還有他們在一起出生入死的歲月。威爾遜端起咖啡喝了一口，然後轉開了話題：「比爾，我還真佩服你能把李建成挑出來，他可是我們的一個寶貝啊！我把他最近送出來的情報在白宮的國家安全會議上透露了，把所有人的眼鏡都跌破了。」

「是哪一個情報把他們嚇著了？」

「就是關於發展核武器的組織，原來朝鮮勞動黨裏的國防委員會下面還有一個第二經濟委員會，它是主管專門負責核武器生產的第五機械局。在此之前，五角大廈的情報一直說朝鮮國防部是負責核武生產，我們從來都不知道這個第五機械局是幹什麼的，也沒去注意他們的預算。還有更重要的是，你的情報說他們有一個『主席基金』，它的資金是用來進口核材料和核技術的。這完全把以前的疑難問題和不明之處解釋清楚，也填了空。比爾，你一定要給我保住你的臥底，決不能出任何差錯。」

「沒錯，他有非常優秀的情報員素質。但他不是我挑的，當時進來受訓的學員裏，只有他一個人有韓國背景，我們沒有其他的選擇。」

「說的也是，還有，我們什麼時候曾有過柏克來加大的物理博士來當我們的情報員的？」

「愛德，別忘了，還有他在洛斯阿拉莫斯國家實驗室的工作經驗，都天衣無縫的配合上了。」

「那也是你有福氣，他讓你給碰上了。」

「也許還言之過早。」

威爾遜沒聽懂富爾頓的意思，但是他沒有再追問下去：

「國家安全會議要求你的辦公室把追查核彈頭的事當成重要任務。」

「但是你知道我們人手有限，任務多了，什麼都幹不好。」

「別擔心，優秀的情報員會去發展和吸收當地的力量。我還聽北京情報站的人說，你的那位彼得也幹得挺不錯的。」

「你是說禾田一郎嗎？」

「他是不是在瀋陽市當副領事的？」

「是的，北京站很看好他，可是你告訴艾立克別想打我的主意，挖我的人。彼得是個很上進的年輕人，會是個可造之材，但是太年輕了，還很毛愣，我是擔心他有勇無謀，會闖出禍來，所以還得磨練。他發展出來一個交通員相當不錯。原來只是在新義州開雜貨店，現在又在平壤開了一家，工作上方便多了。」

「別緊張，艾立克和我們一樣都是幹外勤出身的，他就是很佩服你會看人。他也希望我們中情局能有多一些優秀的情報員。所以他現在打『脫北者』的主意，看能不能找到幾個好材料，他要是求你幫忙選人，你就拉他一把吧！」

「愛德，這沒問題，你放心吧！」

「行！就這麼辦。還有，我看了你送來的『張煥智行動方案』，就按你的計畫辦，但是要抓緊時間。我已經通知香港的情報站要全方位的協助你，不過為了保險，到時候你是不是親自去一趟？也好看看現場。這件事上面看得很緊，所以一定要萬無一失。」

「我會的。還有其他的事嗎？」

「比爾，上星期在白宮舉行的國家安全會議裏決議，要求中情局提供有關北朝鮮執政繼承人問題的最新發展。我們局長說目前我們在北朝鮮政府的高層裏沒有任何的在地情報資源。」

富爾頓帶著諷刺的口氣說：「局長應該問為什麼不多放兩顆間諜衛星，不就解決問題了嗎？」

「比爾，你這是在給我們局長找麻煩，不是在替他解決問題。」

「我是在說氣話，前幾年把我們踢得遠遠的，現在想起我們來了。可是我們才有那幾個人，連北朝鮮的高層在那裏都還沒弄清楚呢，就要我們去打聽政權繼承人的事，這不是在做白日夢嗎？」

「所有的跡象都顯示，金正日的三個兒子為了爭奪繼承人的大位，他們之間的明爭暗鬥已經表面化了，白宮和國務院都認為這是個好機會來改善美朝之間的關係。但是美國必須要知道這三個兒子的後台是誰，他們當權後會走什麼路線，會和什麼國家結為盟友，等等。有了這些資訊，美國就能選邊站，促成其中的一個兒子取得繼承，說不定就能把敵人變成朋友了。比爾，我是在想，說不定你的李建成大博士會有錦囊妙計，能拿到這些資訊。」

「我把你的想法送給他，不過你也不要抱任何希望，這種事談何容易。」

「好，那就這樣了，我的事說完了。是你來找我的，反而都是在講我的事，說你的事吧！」

富爾頓看著他說：「愛德，明天是星期六，有空嗎？我想找你打一場高爾夫球。」

威爾遜知道富爾頓從來不打高爾夫球，這是他有重要的事，但是又不願意在中情局裏和他談。威爾遜的兩條眉毛往上翹了一下，他看見富爾頓點點頭，就回答：「太好了，那我們明天早上十點在球場見，我來打電話定場子。」

富爾頓在九點五十分來到了麥克林鄉村俱樂部的高爾夫球場，雖然比約定的時間早到了十分鐘，但是他一眼就看見威爾遜已經坐在大堂的角落在看報紙，旁邊的小桌上擺著一杯咖啡，他過去坐在他身邊的椅子：「愛德，早安！」

威爾遜指著大堂桌子上的自動咖啡機說：「早，比爾，要不要來一杯咖啡？」

「不了，我剛喝過。你是半小時前就到了，我是不是把時間給記錯了？」

「你沒記錯，我們是約十點鐘見面。你怎麼知道我已經來了有半個鐘頭了？」

「你通常會用三十分鐘喝一杯咖啡，你杯子裏現在就剩下最後一口了，所以你應該是在半小時前就到這裏了。」

「我看你這個當偵探的習慣是一輩子都改不了。」

「你是昨晚沒睡好，還是急著要把我打發走好去打你的小白球？」

「我已經有好幾天都睡不好，吃不好了。我問你，你找我是要說以前的事還是朝鮮的事？」

「什麼以前的事？當然是找你說朝鮮的事了。」

威爾遜把最後一口咖啡喝了，他站起來說：「走，我們進去吧！我想了一夜，你是怎麼知道的？」

他們從大堂的邊門出去，前面是一大片整修得相當整齊平坦的綠油油草地，這是給人練習進洞的，威爾遜找到了他已經放在推車上的球袋：「比爾，我們就不要用他們的電動車了，慢慢的走到第十八洞去，那裏應該沒什麼人的。」

威爾遜推著球袋車，富爾頓跟在旁邊，等走過了第三洞的草坪後，富爾頓才開口：

「你剛剛是在說什麼事我知道了？我沒聽懂。」

「就是我幾天來猶豫不決，是不是要和你談的事。」

星期六來打球的人漸漸的多了，球場裏推著球袋的人來人往，電動車也一個個的出現了，他們一路沒再說話。第十八洞離球場大堂最遠，去的人也最少，大部份的人都是在打完九個洞就結束了。第九洞的草坪邊上有一個人工湖，因為去的人不多，有時候還會有野鴨子飛來覓食，他們在湖邊的一個長板凳上坐下，威爾遜從口袋裏拿出一個小麵包，將它撕成小塊扔到湖裏，然後看了看手錶，他說：「你說是來找我談朝鮮的事，所以還是你先說吧！是出問題了嗎？」

「我要把李建成撤出來。」

「什麼？他出事了？」

「他要不是已經暴露了，就是馬上就要暴露了。」

威爾遜感到事態的嚴重性了。

「你懷疑我們內部出了問題是不是？所以你要到這裏來談？」

「我在情報裏加了一個警報器，它響了。」

情報機構在寫報告時會將部分內容列為「限於背景資料」，也就是說，使用這份報告的人可以利用它來做決定，但是不可以透露它的詳細內容和來源。撰寫報告的人往往會在裏頭植入一個假資訊作為背景資料，這就是所謂的「警報器」，如果這份假資訊出現在不該出現的地方，就是警報響了，那就可以順藤摸瓜，指認出洩密的人。

富爾頓說：「我們的警報器是說在元山地區的一間肥料廠裏有核原料濃縮設備，在李建成送出來的情報裏說到這一點，北朝鮮取得了這份情報，並要求他們的代表團，一旦我方提出指控，就要重重的反擊，說這是美方典型的造謠中傷。」

「在那裏有沒有一個肥料廠？」

「沒有，我們在報告裏形容的是那裏的一家紡織工廠，包括它的員工人數和廠房大小，雖然它和國防沒有關係，但是也只有內部的人才能拿到這樣詳細的資料，任何反間諜人員一看就明白他們是有內鬼了。愛德，你別忘了，北朝鮮負責反間工作的金城泳大校，是前蘇聯特務組織克格勃訓練出來的高材生，李建成如果現在還沒有暴露，那也是早晚的事了。所以他得馬上就撤出來。」

「你去丹東，就是為了安排李建成撤離的事嗎？」

「是的，但是交通員帶出來他的資訊，他拒絕執行我給他的即刻撤離指示，說有重大事件，所以要再留一陣子，我看這小子是昏了頭想造反了。」

「當年巴克萊不也是拒絕了我招回他的命令嗎？」

「結果呢？李建成是在玩命，他需要馬上撤離。」

「比爾，你知道我們的規矩，從潛伏任務中撤離，在地情報員是有決定權的。」

「但是副局長有否決權，所以我要你下命令強制執行撤離。愛德，要是李建成被捕，北朝鮮的特工會比貝魯特的伊斯蘭恐怖份子更殘忍，你想到這一點了嗎？你和我已經沒有能力來面對第二個巴克萊了。愛德，這不是困難，這是惡夢。」

威爾遜沉默不語，富爾頓就接著說：「當年巴克萊在承受慘無人道的酷刑時，用眨眼皮的方法送出了要求我們結束他生命的要求，我們滿足了他的要求，然後就投入了為他復仇的行動。就是這一股意志支持住我們，但是事後，你和我不是都幾乎崩潰了嗎？」

「這麼些年過去了，即使到了今天，他在酷刑下的慘痛影像還是會出現在我的腦子裏。」

沉默了一會，富爾頓又說了：「違反副局長的命令是叛變，李建成還沒有那麼大的膽子去當叛徒。」

「我問你，你不在局裏跟我說這事，是因為觸動了你的警報器的是我們內部的人，是嗎？」

「對的，沒錯。」

「你知道你這話的嚴重性嗎？」

「當然知道了，威脅到我們潛伏情報員的生命當然是非常嚴重的事。」

「中情局裏有叛徒是對全局的威脅，你向反間部報告了嗎？」

「你同意後，我就會通知他們。」

威爾遜又沉默了一會才問：「李建成說了是什麼重大的事，讓他決定不要撤離。」

「他發現了有一枚前蘇聯紅軍的核子彈頭藏在北朝鮮，可能是要偷運到中東去。所以他需要多一點時間來找出隱藏的地點和為什麼會出現在北朝鮮的來龍去脈。他還要找出彈頭的序號，他認為俄羅斯應該是它的合法所有人，有責任要處理它。」

威爾遜突然轉過頭來看著他，提高了聲音說：「什麼？情報確實嗎？」

「我相信是確實的，你知道李建成，如果沒有萬分把握的情報，他會主動說明它的可信度。」

「我們莫斯科情報站是負責追查失蹤的前蘇聯紅軍核子彈頭，從什麼時開始變成歸朝鮮辦公室管了？」

「愛德，這事非同小可，我看你得一查到底。」

「是的，非要一查到底。這也真是天網恢恢，疏而不漏。」

富爾頓滿臉疑惑的問：「你後面這話是什麼意思？我沒懂。」

「比爾，幹我們這一行的從來都不相信世界上會有巧合的事，但是有時候還真難說。就像今天，你來找我說一件急事，而我經過了一個多星期的思考後決定和你商量另一件事，但是再怎麼樣也想不到這兩件事原來是有關聯的。」

「你把我說糊塗了。」

「銀狐出現了。」

「是我們要找的銀狐嗎？」

「是的，他是在電話監聽裏出現的。」

「在什麼地方？」

「倫敦。」

「電話是打到什麼地方？對方是誰？」

「伊朗的德黑蘭，一個名叫阿邁迪的人，他是個登記有案的伊斯蘭恐怖份子，專長是軍火買賣，其實他才是監聽的對象，因為他是在軍火市場上尋找核彈頭，我們注意他有一段時間了，沒想到他會和銀狐通話。」

當年威爾遜和富爾頓的戰友巴克萊被俘後，主持在他身上施加酷刑的人就是個使用代號為「銀狐」的恐怖份子，沒有人知道他的真實身分和姓名，當富爾頓開始復仇和獵殺行動後，銀狐就消失了，富爾頓就只查出來他是個伊朗人。

一隻野鴨子突然飛來落在人工湖上，牠是來吃漂在水上的碎麵包。威爾遜看了一下手錶：

「太準了，我把麵包扔到湖面上四十分鐘後，這傢伙就一定會飛來。他是野鴨爸爸，你看著，馬上野鴨媽媽和兩隻小野鴨就會來了。」

果然，又有三隻野鴨飛來了，牠們盤旋了一會就降落在湖面開始吃碎麵包。威爾遜從口袋裏又拿出一個麵包，把它撕成碎塊，但是他沒扔到湖裏，而是撒在他們前面，隔了一會，四隻鴨子在觀察和猶豫了一陣後就上了岸，搖搖擺擺的走到他們跟前，毫不恐懼的吃起來，不一會，所有的碎麵包都吃光了，四隻鴨子又搖搖擺擺的走回到湖裏。湖邊上有兩棵柳樹，垂下來的柳條在微風裏搖晃，綠色的柳葉像是手指，輕輕的撫摸著湖面。野鴨子就在水面上的柳條中穿梭的追逐。

「比爾，你發現沒有，這些鴨子活得要比我們快樂。牠們抵擋不住麵包美食的誘惑，忘記了生來就有對人類的警戒性，還會走到我們跟前來飽餐一頓。」

富爾頓笑著回答：「原來中情局的副局長是以餵野鴨來娛樂自己。」

「這是國家機密，你絕不能洩漏。我們言歸正傳，你知道銀狐和阿邁迪是在說什麼嗎？」

「是不是和北朝鮮有關？」

「顯然銀狐對核彈頭有興趣，阿邁迪說他在北朝鮮有貨，但是貨是前蘇聯紅軍的，是一流貨色。」

富爾頓的神經繃得很緊，他說：「監聽的內容有沒有當年我們懷疑有內部叛徒的蛛絲馬跡？」

「銀狐問阿邁迪，這資訊的可信度如何，他說應該沒有問題，資訊是來自他的老朋友黃狼。阿邁迪說，貨的價碼很高，他問有沒有財務上的困難。銀狐的回答是說：貨款一定沒有問題。」

當年在巴克萊遇害後，中情局曾展開調查，要找出他在行動中遇到埋伏的原因，有不少的人，包括中情局自己的反間諜部門，認為是中情局內部有叛徒洩密，並且鎖定了一個代號叫「黃狼」的人，認為他是銀狐在中情局裏的臥底，但是苦查了多時，還是找不出「黃狼」的真實身分。現在黃狼和銀狐在這麼多年後又同時出現了，並且他們的話題是關於隱藏在北朝鮮的核子彈頭，兩人的神經當然都進入了緊張狀態。威爾遜接著說：

「比爾，你知道當年我們是怎麼鎖定黃狼的嗎？」

富爾頓陷入沉思中，沒有回答，威爾遜就接著說：「當年巴克萊用眨眼皮的方法送出了要求結束他生命的密碼資訊，在同一個錄影帶中他還送出了另一個資訊。」

「是嗎？什麼資訊？」

「巴克萊的另一則資訊非常的簡短，就只說：『黃狼是叛徒』。」

「當年是你要求我們中情局的反間諜部門介入，是不是？」

「是的，當時我們也沒有其他的選擇。」

兩個人都陷入沉默，目不轉睛的看著湖裏的鴨子，水面上有時只有三隻，或是兩隻，牠們不時的潛入水裏，雖然不是很深，但卻是完全的隱藏。富爾頓說：「當年追查黃狼沒結果，反間部應該還沒結案吧？」

威爾遜沒有回答，但是他問說：「當年巴克萊在被俘前，有沒有和你提過，他懷疑過我們有內鬼？」

「他沒跟我說過。現在反間部也知道黃狼又出現了的事嗎？」

「當然，是他們來通知我銀狐和黃狼又出現了。其實我找你是想知道你對黃狼事件的看法，這些年來有一個問題，我一直想不通。」

「你說。」

「一個人想當叛徒是要有動機的，尤其是幹我們這一行的，嚴格的訓練和心理建設，都是為了要加強一個情報員對國家和組織的忠誠。所以叛變是要有很大的動機的，而這些動機不外乎是金錢、女人和信仰。根據我們內部的安全分析，我們中情局在現時代的叛徒都是因為面臨了金錢的誘惑而把持不住，最典型的例子就是奧爾德里奇．艾姆斯，他為前蘇聯克格勃當了長達九年的叛徒，洩漏了很多我們在蘇聯工作的情報員名字，為的就是克格勃給了他兩百多萬美元的現金，和在他莫斯科銀行的帳戶裏又撥付的兩百萬美元，讓他成為世界上報酬最高的叛徒。伊斯蘭恐怖組織的財政預算不能和當年蘇聯的克格勃相比，他們絕大部分的財政來源都用在購買軍火武器上，恐怖份子的最大驅動力是來自對宗教的狂熱而不是金錢的誘惑，當年從我們潛伏在恐怖組織裏的臥底，沒有發現過有大量的金錢支出是用在收買叛徒上，那麼黃狼是為了什麼要當叛徒？找不出他的動機，抓他的難度就很大。」

「他們是不是還有其他隱藏的財政來源，還沒被發現？」

「我想這是最大的可能，我要他們非常仔細的再追查一次。」

「你說的他們是誰？」

「還能有誰？就是我們的反間部。追捕黃狼的案子從沒結束，只是追查有沒有內鬼的部分結束了。現在這案子是由勞伯．鍾斯來主持了。」

「他不就是當年一直堅持黃狼是我們內部叛徒的嗎？後來搞得灰頭土臉的，聽說還被降了一級。怎麼還會找他呢？」

「是上面強烈的暗示這案子要交給他。」

「是哪一個長官敢做這麼離譜的暗示？」

「是我。」

「愛德，你為什麼對鍾斯這麼有信心？」

「是的，我對他是有信心。但是最重要的是我對巴克萊有絕對的信心，你想，巴克萊知道他是死定了，你也知道他的意志堅強，不是那種躺著等死的人，他一定會千方百計想著用什麼方法在死前給敵人一個打擊，當他發現受刑時被錄影，他知道報仇的機會來了，並且是他唯一的機會，所以他送出黃狼是叛徒的資訊，但是黃狼的隱蔽技術到家，沒被發現。」

富爾頓看著兩隻小野鴨又在潛水了，但是不一會，牠在另外一處浮出水面，他問說：

「鍾斯，他有信心這一回能把黃狼擠到台面上來嗎？」

「他說是有信心，但是我們還得幫他才行，否則又讓黃狼脫逃了。」

四隻野鴨張開了翅膀，在水面上快速滑行，然後騰空而起，飛走了，很快的牠們飛出了富爾頓的視線。富爾頓說：「你的野鴨子飛走了。」

「牠們吃飽了，也玩夠了，當然就飛了，但是下次我扔出麵包時，牠們一定又會回來的，被我的麵包引誘，已經成了牠們的本性。」

「愛德，銀狐的出現，證實了李建成關於紅軍核彈頭的情報，也證實了黃狼的存在。如果黃狼就是當年的叛徒，他是不是和現在洩漏背景資料而觸動了警報器的是同一個人？如果是的話，你知道這意味什麼嗎？」

「所以我才吃不好也睡不好。」

富爾頓突然抓住了威爾遜說：「昨晚半夜接到李建成的情報，說一個叫銀狐的軍火商人已經和朝鮮的大太子金正男接觸了。」

「目的是什麼？」

「目前還不清楚。」

「比爾，這個情報決不能離開你的專案辦公室，說不定是他們放的警報器。」

威爾遜拿出手機撥號，接通後說：「鍾斯，威爾遜，我在麥克林鄉村俱樂部的餐廳，請你馬上過來。注意，別帶尾巴。」

威爾遜和富爾頓在餐廳的一個角落桌子坐下不到一刻鐘，勞伯．鍾斯就到了。他是個中等身材，看起來四十歲剛出頭，留著一撇小鬍子，穿的是典型的週末休閒裝和一雙便鞋。他首先和威爾遜打招呼：

「副局長，您好！」

「勞伯，你來得真快啊！」

「其實我就在這附近的星巴克等您的電話。比爾，好久不見，好嗎？」

富爾頓和鍾斯雖然是多年的同事，認識了很久，但是工作性質不同，很少有互動的機會：

「還行吧，這回我們可能有事要求你幫忙了。」

「什麼話，都是我們份內的工作。是我得感謝你們給我一個機會讓我出一口烏氣，我已經憋了好幾年了。」

威爾遜插嘴說：「這裏週末的早午餐是自助式的，我們先把吃的拿來再慢慢談。比爾，朝鮮的情況我都告訴勞伯了。」

「早午餐」是週末的特色，為了配合晚起的人，就把早餐和午餐混起來，所以擺出來的食品很豐盛，給來吃飯的客人很多的選擇。

鍾斯看著眼前這麼多好吃的，有點眼花繚亂，最後他決定把每樣不常吃的都拿一點，但也是堆得高高的一盤，回到座位時，看見威爾遜和富爾頓已經吃上了。三個人都專心在面前的食物，但是毫無疑問的也都各有所思，黃狼和銀狐的再現，對他們的過去和現在是個什麼意義？威爾遜首先開口：

「我要正式和你們兩人宣佈，針對目前的情況，我決定把捕捉黃狼及銀狐的行動和北朝鮮的在地情報行動納入到一個方案裏，這個方案的最優先目標就是要攔截蘇聯紅軍的核彈頭，防止它落入恐怖份子的手裏，其次就是捉拿黃狼和銀狐。雖然這是兩個不同的目的，但是在行動的過程裏會有很多的關聯和交叉，為了避免矛盾的出現，才把兩件事納入同一個聯合方案。局長已經同意了，他簽署的備忘書在星期一就會送到反間部和朝鮮專案辦公室。」

富爾頓問：「誰是聯合方案的負責人？」

「就是我。」

「由副局長來牽頭當方案的負責人，這還是頭一回吧？」

鍾斯抬起頭來說：「太好了，我還正在擔心中情局在北朝鮮的行動會不會和我們的反間行動產生矛盾，聯合方案的啟動對我們是個好開始。但是，副局長，您把兩個鬼放在一起了，不怕人說閒話嗎？」

威爾遜愣了一下後就哈哈大笑起來，但是富爾頓卻是莫名其妙：「什麼意思？我沒懂。」

鍾斯：「比爾，恐怖份子叫你是『中情局魔鬼』，而中情局的同事們說我們反間部的人是『討厭鬼』，副局長現在把兩鬼放在一起，那我們一定是天下無敵手了。」

富爾頓說：「勞伯，我年歲比你大，所以我是大鬼，你是小鬼。」

威爾遜說：「我們說正經的，勞伯，為什麼你沒來跟我說，你也顧慮到你的任務和北朝鮮的在地情報行動會有矛盾呢？」

鍾斯說：「我是要找您說這事的，我本來是想在下班後在您回家的路上攔您，但是發現您是坐局裏的車，還有個司機在。後來又在您家外面等您夫人出去時登門找您，但是沒等到機會。」

威爾遜：「你是要找只有你我在場的機會嗎？是不是你疑神疑鬼的有點過分了？」

「你們聽說過中國有句諺語說：一旦被蛇咬過，見到草繩都害怕。為了追拿黃狼，我弄得灰頭土臉的，還被降級，這是我一生的奇恥大辱，現在黃狼又來了，我能不怕嗎？」

富爾頓說：「可是你是在防備我們自己人啊！」

鍾斯說：「叛徒的定義本來就是自己人，就是志同道合的人，否則怎麼會稱為叛徒呢？當年被降級後，我就把整件事從頭到尾再詳詳細細的分析一次，發現了在我的每一步行動，黃狼都會走到我前面一步。他之所以能做到這一點的唯一理由，是有人告訴他我下一步的行動是什麼，當時是誰知道我的下一步行動，我心裏當然有數了。所以我害怕，這一回我要做得滴水不漏，連草繩都不能靠近。」

威爾遜：「記得當年你被處分，是因為不當的懷疑同事和調查錯誤，造成對個人的不安和影響內部團結。你現在還認為當年你是對的，而黃狼就是我們身邊的叛徒，是嗎？」

鍾斯：「是的。副局長，我知道您也同意我的看法，否則您也不會來找我幹這件事了。」

富爾頓：「愛德，是這樣嗎？勞伯，你疑神疑鬼的是因為黃狼一直還在我們身邊，是不是？」

鍾斯點點頭，富爾頓馬上接著問：「黃狼和我們在北朝鮮的活動有關嗎？」

鍾斯又點點頭，但是馬上又說：「二位，我看這樣吧，我給你們兩個人名，你們去看看他們的人事檔案，也許就能看到草繩了。」

威爾遜：「你調閱過他們的人事檔案嗎？」

鍾斯：「從來沒有過，這也是我疑神疑鬼的一部分，同時我也不想造成他人的不安，又被再降一級。但是副局長看人事檔案沒人會嚇一跳。比爾，我想你們當年一定也替銀狐建立過檔案，拿來比比，也許會有些發現。如果有，你們就得幫我設計一個陷阱，引『狼』入室。」

富爾頓：「最好也能把那條狐狸也引進來。」

鍾斯：「噢！副局長，在監聽的資訊裏，銀狐還提到了《阿勒頗抄本》，您知道那是什麼嗎？」

威爾遜：「我也在納悶那是什麼？他們告訴我說，那是希伯來文聖經的手抄古卷，銀狐為什麼對它有興趣呢？」

富爾頓：「它應該是一本很有價值的珍貴文物，是有千年歷史的文化遺產，本來存放在敘利亞，六〇年代在運往以色列的耶路撒冷時不見了。」

第三章：金家王朝的風雲與情仇

金日成是個完全的獨裁者，他的第三任妻子金聖愛長期活躍在政治舞台，擔任朝鮮婦女同盟的中央委員多年，她生了一個女兒和兩個兒子，女兒嫁給朝鮮駐奧地利大使，大兒子金平日在八〇年代一直身居要職，一九八八年後相繼被派往匈牙利、保加利亞、芬蘭和波蘭，擔任駐外大使。二兒子金永日也是在國外漂泊多年，很長的一段時間是在朝鮮駐德國大使館的一名參事。

金聖愛生的三個子女，尤其是大兒子金平日，一直被認為是金日成的接班人。但是金日成是個有遠見的獨裁者，把金聖愛生的子女遠遠的調開權力的中心，讓繼承他的金正日沒有競爭對手。

當時金正日與同父異母的兄弟，都有可能繼承朝鮮領導人地位時，抗日老遊擊隊員對金正日的支持，成為他最終獲選為朝鮮最高領導人的關鍵因素。而金聖愛也在金日成死後的第二年就淡出了朝鮮政治舞台。

但是金正日卻沒有這個真知灼見，所以在病危時，三個兒子就已經開始了繼承人的爭奪戰。金正日的接班人始終是國際社會關注的焦點，數十年來，朝鮮實行高度集中的政治威權體制，一個最高領導人的特點和個性，左右著整個國家重大的內政和外交戰略，最終的決定權取決於一個人，誰成為下一代的領導人，不僅對朝鮮，對整個東北亞都會產生決定性的影響。尤其是朝鮮當局突然宣佈在相隔四十四年後，將再度召開朝鮮勞動黨歷史上的第三次代表會議。這是被認為金正日的接班人問題終於被放到台面上來了。

在公眾的眼中，朝鮮的第一家庭一直充滿著神秘色彩。按朝鮮官方說法，金正日是在一九四二年二月十六日生於朝鮮白頭山的遊擊隊基地，母親是抗日女英雄金正淑。她是金日成的第二任妻子，生於咸鏡北道會寧市的一個愛國家庭，一九三五年參加在中國東北地區的朝鮮人民革命軍，一九三七年加入中國共產黨，後與金日成結為伉儷。

她多次參加抗日的激烈戰鬥，從事地下工作，被捕入獄堅貞不屈。金正日四歲時，跟隨母親返回朝鮮。她生有兩子一女，即金正日，金萬日和金敬姬。金萬日的俄文名為蘇拉，他在一九四七年溺死，有外國媒體報導說，是金正日將親弟弟淹死在池塘裏。第一家庭的繼承爭奪戰在幼年時就開始了。

金正日二十五歲時第一次結婚，先後共有五位妻子和一個「同居人」；第一任妻子洪一天，曾擔任過最高人民會議代議員，她是長女金惠敬的生母。第二任妻子成惠琳為他生了長子金正男。第三任妻子金英淑，曾是金日成辦公室的打字員，她生了兩個女兒，次女金雪松和三女金春松。第四任妻子高英姬是在日本的朝鮮人，為他生了三個孩子：次子金正哲，三子金正恩和四女金汝貞。第五任妻子金玉，在八〇年代擔任過金正日的「技術書記」，傳聞生了一個么子，但是名字不詳。此外金正日在一九八〇年左右曾和孫姬林同居，生下了兩個女兒，在一九九一年被拋棄。

金正男雖然是金正日的長子，但並非正室所生，生母是影星成蕙琳，她是在一九七一年跟已婚的金正日同居時秘密誕下金正男後，被送往蘇聯，是他的姨媽成惠蘭撫養金正男，照顧金正男的日常起居，童年的金正男被送往一所特別的學校接受教育，該校的組建完全是為了培養朝鮮勞動黨高級領導人的後代。

作為朝鮮「慈父領袖」金日成的長孫，金正男從小就享受到極為特別的待遇和保護。二〇〇一年，金正男和他的妻子，隨金正日出訪中國，他與中國負責ＩＴ產業的國務委員和主管部長進行了會談後，曾公開讚揚中國的社會主義改革，這件事曾被媒體廣為報導，他的接班人呼聲與日俱增。還有就是他的妻子也是促成他在早期就被看好是理所當然的繼承人，她本身也來自非常有影響力的家族，祖父輩曾在金日成建立政權時立下過汗馬功勞，她的父親擔任過政府的高官，是金正日的得力心腹，他在擔任國家安全部部長時，因為健康問題提早退休，但是在政府高層，尤其是情報安全部門的人脈關係卻一直存在著，甚至在他去世後，他的後人還是很有影響力，並且處處可見。

金正日和他的親家是兩代世交，他們的第三代在小時候就成了玩伴，這位大媳婦還是個小女孩時，很多人都認為她早晚都會嫁到金家去。她曾在歐洲受教育，能說一口流利的英語和法語，後來她也在北京大學念書，會說中國話和懂中國文字。當她從國外回到平壤定居時，已經是一位讓人驚豔的美人了。她和金正男結為連理時，雖然朝鮮領袖的大兒子娶媳婦是件大事，但是並沒有人對這門親事感到驚訝，因為大家都認為這是早晚的事了。只有和這兩家很熟的人覺得有些奇怪，因為這位大媳婦一直是跟金家的二少爺很要好。

婚後，大媳婦投入了政府的事務，她的華貴儀表，過人的辦事和外語能力，深得公公金正日的寵愛，經常讓她處理一些對外的事務。漸漸的，朝鮮人和國際社會聽到這位美豔大媳婦的消息要比大兒子金正男的事還多。但是也有人說，她一直是在為金正男建立繼承人的形象，更有人認為，她似乎比她丈夫更熱衷於繼承大位的事。

金正男是三兄弟中思想最開放的，但是他的開放不止於在政治上，生活上也是很西方化，在平壤的大街上，不時可以看到他開著的保時捷敞篷跑車飛馳而過。當他們的孩子來臨後，金正男的開放思想也感染到他的感情上，他開始有了婚外情，一般人認為這不是什麼大不了的事，看看金正男的父親和祖父身邊的女人有多少就明白了。但是從國外受教育回來的大媳婦，在她結婚後的第八年帶著她的孩子離開了朝鮮。

不久，在朝鮮就流傳一說：「血統在朝鮮確立繼承權問題上是很重要的。金正男在朝鮮的領袖繼承中並無機會，因為金正男並非金正日的合法妻子高英姬所生。」同時朝鮮軍方也掀起了對高英姬的崇拜。

金正哲是金正日的次子，母親高英姬是居住在大阪的第二代朝鮮人。十多歲時曾在瑞士伯爾尼國際學校上學。國際媒體普遍分析認為金正哲的出身會獲得軍方的認可，同時也提醒當年金日成在決定繼承人時，軍方的影響力所扮演的決定性角色，隨之金正哲作為繼承人的呼聲也上升起來。但是他的性格較為懦弱，生活散漫，傳說令金正日很不滿。

所以當金正日的健康日漸惡化時，很多人的目光也集中到他的第三個兒子金正恩身上，他和父親在外表上有很大的不同，體型人高馬大，臉型長得和祖父金日成一模一樣，他是個謎樣的人，給人帶來更多的想像空間。

在這關鍵時刻，這三位同父異母的兄弟，在圍繞著他們各自身邊「親信」們的推波助瀾下，為了爭奪在朝鮮半島北端極權國家的大位，已經展開了你死我活的殊死搏鬥。

金正日的辦公室位於平壤市中區，早先是父親金日成的辦公室，後來經過翻修後，做為金正日的辦公室。這裏是用鋼筋水泥建成的三層樓建築，內部是用花崗岩和大理石裝修，為了抵禦炮火，牆壁的厚度達八十公分，七個出入口都有重達四十噸的自動鐵門，連坦克都無法攻破，也有抵禦核輻射的功能。

主樓的三樓是金正日的辦公室，二樓是副部長辦公室，一樓是書記辦公室。從辦公室乘電梯到地下一百公尺，就有大理石的通道，可通往平壤市中星洞的十五號官邸，也有通道去往勞動黨中央委員會大樓。

這裏曾是金正日和成蕙琳，也就是金正男的生母，共同生活過的地方，裏頭還擺設著很多他們當年在一起時的照片和紀念品。所以當他病重不能來辦公時，這裏很自然的就成了金正男的地方。他是在這裏接見了宋樹安，雖然他實際的年齡還沒到五十歲，但是頭髮已經花白了，他是金正男的姨媽成惠蘭娘家的人，是她的小表弟。這位姨媽也就是真正照顧金正男長大的人，所以他們從小就認識了。

宋樹安不是軍人，但是因為他特殊的關係，多年來一直為朝鮮軍方工作。「朝鮮礦業發展貿易公司」是朝鮮的主要武器銷售者和主要的導彈出口者。這項任務就是由宋樹安負責。這家公司的真正老闆是朝鮮軍方，他們在平壤、北京和世界其他地方，都有促進武器銷售和吸引購買朝鮮武器顧客的辦公室。他們曾把導彈賣給過伊朗，而且跟台灣也做過導彈技術的交易。

在最近的幾年裏，公司就做成了一億多美元的生意，包括導彈技術、炮艇、火炮等武器裝備售給非洲，中南美洲和中東地區的國家和集團。當國際的眼光集中到平壤時，他們就在澳門開了一間分公司，繼續對外出售武器裝備，尤其是對伊朗和巴基斯坦出售了大量的武器，導彈，核技術等。

宋樹安在朝鮮軍方已經是個非常有影響力的人物，金正男將他叫回平壤是因為他的辦事能力，特別請他來主持取得繼承人地位的重任。

兩人是坐在辦公室的會客沙發，面前都擺了一杯熱騰騰的人參茶，有一股清香的氣味擴散出來。論輩份，金正男是他的外甥，但是宋樹安怎麼也看不出來坐在他面前的人，就將成為朝鮮人的領袖，他的長頭髮，多彩多樣的衣著，還有迷漫在辦公室裏的西方搖滾音樂，讓他無法想像未來的朝鮮，在他的統治下會變成什麼樣的國家。但是宋樹安在此刻表現出有決心和毅力要讓金正男取得大位，他曾經說過，這是他多年前就答應過成惠蘭，他最敬佩的大表姐也是他的恩人，就是赴湯蹈火，也一定要完成任務。

金正男說：「老宋，辛苦你了，還得跑一趟上海。見到我老婆了嗎？」

雖然他們是親戚，是他的表舅，但是金正男還是以朋友的口氣稱呼宋樹安，他回答：「正男，上海那麼近，去一趟一點都不辛苦。領袖的情況怎麼樣？有變化嗎？」

「還是一樣，就是更衰弱了，每天就只有早上的三個鐘頭人是清醒的，其他的時候都是在昏迷狀態。」

「醫生怎麼說？」

「他們說，老頭的生命力和意志力還是很強，很可能會拖個三五個月，甚至一年半載的。老宋，你說說，這麼拖對我們有好處嗎？」

「當然了，我們需要時間去瞭解情況，做好計畫和對策，然後佈置我們的人。這次去找夫人就是個例子，我們費了多大的功夫和時間才取得她的同意，接見我。」

「照你這麼說，我們還得希望老頭子能再多活一陣子了。」

「正男，拿到繼承權，取得大位，只是個開始，我們現在就要計畫如何治國，才是長遠之計。」

金正男聽了很動容，他深深的覺得把宋樹安找回來是走了一步關鍵的棋子，他說：「老宋，我明白。我很感激你。」

「不用跟我說客套話，我們是一家人。我在上海見到夫人了，和她前後談了三次，雖然不是百分之百的如我們所願，但是我們最重要的條件，她答應了。當然她也有她的三個條件。」

「你是說，如果我同意她的條件，她就去說服那批老軍頭支持我來繼承，是嗎？」

「是的。」

金正男端起了人參茶喝了一大口：「太好了，她有沒有說，她的具體行動是什麼？」

「她說在關鍵時刻，朝鮮人民軍的總參謀部和各軍部的元帥，同時宣佈支持領袖的長子繼任。」

「她開的條件是什麼？我們能同意嗎？」

「第一，我們的人必須全面退出在澳門的活動。換句話說，她要接管我們在澳門培養了這些年的機構。」

「老宋，你在澳門也待了好幾年了，你說她為什麼對澳門感興趣？」

「澳門與朝鮮的奇特關係，可追溯到一九五〇年代的韓戰。當時的澳門，是東北亞共產主義陣營獲得重要戰略物資的據點。朝鮮方面的輸出品是金銀等貴重金屬。當時，葡澳政府主要稅收來源還不是賭博業，而是黃金交易。一九七四年四月，葡萄牙爆發『康乃馨革命』，新上台的左翼領導人不久後便與朝鮮建立了外交關係。由於自韓戰以來受到美英等國的全面壓制，除了一些社會主義的兄弟國家，朝鮮對外聯絡的通道幾乎全部被切斷。一九七四年後，作為葡萄牙遠東殖民地的澳門，成了朝鮮在東亞重要的對外平台。自此，進出葡澳的朝鮮人身影日漸增多。」

「我們在澳門的活動也是從那時候才積極展開。」

「是的，正男，根據澳門治安警察局的統計資料，一九九九年澳門回歸中國前後，東亞地區除了日本、韓國、中國大陸、台灣及香港之外，『其他』地區每年的入境澳門人數為一千八百名左右。所謂『其他』地區，主要是指朝鮮。到了二〇〇四年以後，從朝鮮進入澳門的人數已經達到每年三千五百名。我們的『朝光貿易』是朝鮮駐澳門的『橋頭堡』。夫人對它感興趣是很正常的。」

「老宋，她知不知道我們才是控制『朝光貿易』的真正後台？」

「我相信夫人是知道的。雖然『朝光貿易』是在澳門士多紐拜斯大馬路上，就是在中國的國父孫中山先生紀念館右側的友賢大廈中裏頭的泉紹花園，那是一座不起眼的商用和住宅大樓，但是從一九七四年起，朝光貿易就承擔了朝鮮在澳門總領事館的角色。所以她不可能不知道它的存在，也一定明白誰是大老闆。」

宋樹安喝了一口茶又繼續說：「朝光貿易的日常活動是為朝鮮進口緊缺物資，包括最高領導人喜歡的奢侈品。這些都是不關痛癢的小打小鬧，相信夫人不會去關心的。但是除此之外，朝光貿易還承擔著更重要的秘密任務，這才是我們要仔細思考的。」

「你是說核彈頭的事？」

「還有毒品和偽鈔。」

「我也正想跟你談一談這些事，不過你還是先說她的第二個條件吧！」

「第二，她要在你的政府裏安插三個部長。」

「是哪三個部？」

「外交，農業和文化。」

「真是獅子大開口，我們最重要的兩個部，國防和外交，她就要其中的一個，是不是太貪心了？」

「我是這麼看的，她安插的人，雖然是要當部長，但是重要的決策還是要聽她的。在外交事務上，說老實話，在朝鮮還找不到比她更有能力的人，這是公認的事實，所以我是把它看成是件對你有幫助的事。農業部事關老百姓的吃飯問題，所以很重要，但是它的科學技術含量很高，能擔任的人選有限，不是個問題。至於文化部，我想是她個人的愛好，何況這個部也沒有任何影響力。」

「所以你認為這第二個條件是完全可以接受的，是不是？」

「是的。」

「她的第三個條件呢？」

「那是她對你個人的要求。正男，她說，她願意出現在你的身邊，以夫人的身分為你的繼承人地位努力，她也期待會成為朝鮮民主共和國的第一夫人。但是她不能和你同房，同時你必須把身邊其他的女人趕離開你的正式官邸。她必須是唯一的女主人。」

「這個太過分了吧？你看她在男人面前那副來勁的樣子，在我面前晃來晃去，但是又不能睡她，我能受得了嗎？又把那些花花草草也趕走了，她是誠心想把我憋死，是不是？」

「你沒聽懂夫人的意思，沒錯，她要當第一夫人，也要當你官邸的女主人，她不要和你同房，但是她並沒有說你不能去睡別的女人。只要是她的眼睛看不見，耳朵聽不見，你去幹什麼，她是不會管的。你晚上不回官邸過夜，她也不會說話的。她是個聰明人，明白我們男人的需要。」

「等我上了大位的那天，我就要睡她，她還不是得乖乖的。」

「正男，我要很嚴肅的告訴你，我之所以要幫你，除了因為我的恩人大表姨曾求過我之外，主要的原因是我看好你，你會是個朝鮮人的好領袖，會比你的父親和祖父做得更精彩。但是你現在和未來都面對著很大的困難，你眼前面對成為繼承人的障礙是軍方和你兩個弟弟的母親，高英姬，和她的家人。軍方的支持在繼承問題上是有決定性的影響，但是更重要的是在執政後的日子，他們還會有力量把你消滅的。所以當你祖父和父親上台後都對軍隊的上層將領做了大清洗，為的就是要在軍隊裏建立自己的團夥，清除異己，鞏固執政的力量。但是這些事都需要時間。」

他又喝了一口茶才繼續的說：「正男，你聽好了，軍隊是一個自我封閉但是生命力很強的團體，政治領袖只能利用升遷和退休把自己人放在關鍵的位置，因此需要時間，少說兩三年，多則要七八年。正男，在這之前，你和軍隊之間的溝通，尤其是在人事調動上，夫人是你的唯一管道，你不能得罪她，否則會有大災難的。我知道你和夫人已經沒有夫妻感情了，但是為了你和你的春秋大業，也為了我們朝鮮人，你需要堅持。」

金正男站起來，將播放搖滾樂的光碟機關上，然後緊緊的握住宋樹安的手說：「老宋表舅，我會永遠記得你的再造之恩。留在我身邊吧！」

金正男的眼睛裏出現了淚光。兩人坐在沙發上沉默不語，各自陷入了自己思考的空間，金正男閉上了雙眼，宋樹安卻將眼光停留在眼前這位為了繼承權而苦惱的大兒子。最後還是金正男睜開眼睛先開口：「老宋，我們來談談另外的事吧？有新情況嗎？」

「那倒沒有，但我還是非常擔心，如果這些事有一點走漏消息，我們就要吃不了兜著走。所以我要再度強調，這種事我們只能幹一次，我們拿了錢就一刀兩斷。」

「花了這麼大的精力，不覺得可惜嗎？」

「這不是一個光明正大的國家應該做的事。我們是因為農業上的困難，老百姓都要餓死了，一定要趕時間徹底解決我們的農業問題。這是你執政後的當務之急，但是方法和工具都要進口，而我們又沒有足夠的外匯，所以才被逼上梁山，幹這些見不得人的事。我們一定要做到滴水不漏，尤其是在你執政後，要離開這些事遠遠的。到時候，說不定得啟動我們的特別處理。」

金正男知道他是在建議要殺人了，看來執政後的事情是比他想像的要複雜和困難：

「核彈頭的買家找到了嗎？」

「買家不缺，但是都有資金問題，正在想辦法。」

「這群阿拉的信徒都是窮光蛋。但是我一旦執政，就需要大量的錢，老宋，你要再給他們壓力。」

「明白，阿邁迪送來消息說，他就要把他的團夥，包括各路的人馬找來開一次會，徹底解決資金來路的問題。聽他的口氣，像是很有信心的。我相信他最近就會有眉目。」

「老宋，我知道你非常不同意接受南亞伊斯蘭聖戰組織的人拿毒品來換我們的武器，但是他們窮得什麼都沒有，我也是想用長線釣大魚，才同意以貨易貨。我答應你，毒品和偽鈔，我們就幹這一回，下不為例。我們找到下家了嗎？」

「只要是價錢對，下家是一大堆。問題是要怎麼樣把貨送到他們手裏。一路上都是警方的緝毒人員，一有風吹草動，他們立刻就會圍上來。」

「那我們有辦法嗎？」

「現在就只有走外交郵袋的辦法了，但還是我那句老話，問題是要怎麼才能做到滴水不漏，一點風聲都不行。」

「運送偽鈔是不是也用同樣的辦法？」

「是的，我們解決了印刷和紙張的問題，偽鈔就有一本萬利的賺頭，但是偽鈔的問題是找下家去脫手或漂白。現在看來重賞之下必有勇夫，還是能找到願意冒險的人。我想在事後，我們需要啟動對這些人的特別處理，要不然可能會有後患的。」

在李建成「叛逃」前，中情局給了他嚴格的加強訓練和背景簡報，其中的一個課題就是如何去發現敵人安全部門安排在他身邊的特工，他們除了要觀察他是真的來投誠，還是來臥底的間諜之外，還要建立他的「生活檔案」，以便作為日後如何安排和有效利用他的基礎，到底像他這樣的人在北朝鮮是很少的。

中情局告訴李建成，在他身邊的同事和為他幹活的「工人」最有可能是來監視他的特工。但是也不排除還有其他的人，甚至安排和他結婚的妻子也有可能是特工。總之為了自保，為了生存，他必須對所有出現在身邊的人保持高度的警覺。

但是當他工作的研究所所長拿了一疊歌舞團的票給一群所裏的年輕科學家去看表演時，李建成並沒有想到這是事先為他安排的，所長還特別跟他們說：金正日的語錄裏曾寫過：「青年人的工作場所要有歌舞，有歌舞的場所才有革新。」還有，「離開歌舞的生活和青春，等於沒有花，也沒有花香。」為了調劑他們枯燥的科學工作，增加工作效率，更為了奉行偉大領袖的真知灼見，他請年輕人去看歌舞表演。

李建成覺得這個北朝鮮的獨裁者很會替年輕人著想的。他的同事們興奮的告訴他，這場歌舞是由朝鮮萬壽台舞蹈團演出的，他們的演員裏出了不少「國寶級」美女，其中的一位趙明愛是畢業於平壤音樂舞蹈大學，她麗質超群，曾被金正日封為朝鮮的「統一之花」。這位朝鮮藝術節的「萬人迷」，曾到過韓國演出，很是轟動，所以金正日還特准她為三星手機做廣告模特兒，她是第一個出現在韓國產品廣告的朝鮮演員。同事們還說，朝鮮的男人如果能娶到萬壽台舞蹈團的演員做老婆，就是最幸福的男人。

李建成從頭到尾把他所有的注意力都集中在一位主角的身上，她長得太像另一個女人，曾是他在這世界上唯一真正愛過的女人，也是讓他心碎的女人，他們曾在一起度過很短暫，但也是他一生裏最快樂的時光。這些回憶一幕一幕反覆的出現在他的腦海裏，讓他對歌舞表演反而沒有留下什麼印象。事後大家一塊去喝啤酒時，李建成的話題都是在這位美女演員。

等到一個月以後，他的所長安排為他介紹一位名叫崔蓉姬的女朋友，當這位萬壽台舞蹈團的演員出現時，李建成突然明白這一切都是朝鮮安全部門安排的「監視行動」。

他在中情局接受臥底訓練時就明確的告訴他，當發現了敵人的監視行動，甚至陷阱，你可以將它的效果降到最低，但是決不要立刻躲避，因為至少你知道它的來意和目的，如果避開，下一個跟著來的很可能不會被你發現。在對敵人的鬥爭中，知己知彼是最好的戰略。因此，李建成就順水推舟很自然的和崔蓉姬交往，對這位北朝鮮特工展開了熱烈的追求。

他們的「感情」進展得很快，三個月後就論及婚嫁。和許多朝鮮年輕人一樣，他們選擇了崔蓉姬工作的萬壽台藝術劇場為拍攝婚紗照的場所，在噴水池前留下獻花，互相擁抱和轉圈圈的影像。

婚姻是人生大事，朝鮮年輕人的戀愛觀，婚姻觀都比他們的父母開放了不少，但是男女談戀愛時還是堅守底線，沒有婚前性行為。朝鮮的婚姻法很明確的寫著，只有婚後才能做「社會倫理允許做的事」。所以李建成是在他們的洞房花燭夜才和他的朝鮮特工妻子有了肌膚之親。

她那美麗的臉龐讓他想起記憶中刻骨銘心的愛情，但是眼前絕美和誘人的身體，激起他無法控制的本能情欲爆發，讓他在享受新婚妻子的同時，情不自禁的假戲真作，釋放出了他的愛情，他可以感到崔蓉姬淋漓盡致的反應，但是他沒想到的是崔蓉姬伺候男人的求歡工夫會將他帶進了忘我的天堂，也讓他使出混身解數取悅在他身下呻吟的女人。

最後一切都歸於平靜，崔蓉姬赤裸的身體緊貼著他，一隻手放在他的胸上，輕輕的呼吸著睡著了。李建成無法成眠，腦子裏一片混亂，上床前，他利用機會偷偷的檢查了崔蓉姬的手提包，發現裏頭有一把微型貝雷塔手槍，他想到有一天，他會不會就死在這把槍下。

他相信女特工的床上功夫是可以訓練出來的，但是在那背後排山倒海似的衝著他而來的愛情，卻一點都感不到有任何的虛情假意，讓他恐懼的是，他知道自己釋放出來的愛情不是假的，是來自他內心的深處。

他問自己：難道這一切都是真實的嗎？從窗外進來的月光在她光滑的皮膚上跳躍，他看見妻子臉上滿足的微笑表情，他開始愛惜的吻她和輕輕的撫摸她高挺的乳房。

李建成的家庭生活使他起了很大的變化，下班後他不再和同事們去喝啤酒了，他像所有的新婚夫婦一樣，會急著回家，去見期待了一整天的妻子或是丈夫。他和崔蓉姬有說不完的話，講他們以前的故事和他們未來的計畫。當然，最後他們攜手共赴巫山，享受對方，陶醉在滋潤了他們身體和靈魂的雲雨裏。

他們期待週末，有整天的時間到戶外活動，去作他們共同愛好的事。研究所給他配了一部汽車，讓他們活動的空間更大了。崔蓉姬搖身一變，成為導遊，帶著他到各處遊覽。

在他看過的中情局簡報裏，有對平壤市的介紹，他還很清楚的記得文件的描述：平壤市位於朝鮮半島的西北部，是在新義州東南方，元山的西方，和南浦市的東北方。大同江將平壤城分成東、西兩部分，城市的東面有瑞氣山，西南部有蒼光山，北部有錦繡山和牡丹峰，南部是平原。全市風景優美，是世界上綠化面積比例最大的城市之一。

平壤是朝鮮民主主義人民共和國的首都，是朝鮮的政治、經濟、文化中心。正式名稱是「平壤直轄市」，是在大同江下游平壤平原和丘陵的交接處，它的東、西、北三面都是起伏的丘陵。平壤的高麗語是「平坦的土壤」之意。大同江和支流普通江流經市區，江中有綾羅島，羊角島、狸岩島等島嶼，風景優美。市區建築面積占百分之二十，其餘百分之八十是公園等綠化用地，綠化面積人均約為五十平方米。顯然，這些都是官方的文字。

在崔蓉姬的細心導遊下，李建成看到的平壤市內，處處是蒼松翠柏，花壇草坪，加上山清水秀的天然景致，使平壤市成為一座花園城市。他的導遊老婆介紹；平壤市也是一座歷史古城，有文字記載的歷史就有三千多年，相傳在檀君時代就被定為都城，但是平壤市也是一座在韓戰後重建的風景秀麗現代化城市。李建成看到大同江穿市而過，兩岸綠柳成蔭，千里馬大街、蒼光大街、光復大街、統一大街等街道寬闊整潔，兩側濃蔭如蓋。

高麗飯店、人民大學習堂，還有崔蓉姬經常演出的萬壽台藝術劇院等建築，散落在平壤市區。她說：平壤市是朝鮮人民心目中革命的心臟，它在韓戰結束後工業發展迅速，已成為朝鮮的工業中心。平壤市內擁有成百所中小學校，還有金日成綜合大學，金策工業大學等大專院校以及科研單位。

平壤市也是旅遊勝地，他們把車停下，步行走過橫跨大同江兩岸的大同橋和玉流橋，大同江心的綾羅島林木茂密，百花吐豔，聳立在島上的六十四層高的飯店大廈，為城市風光增添了新貌。他們也開車去到平壤周圍的山區，那裏有不少的名勝和古跡，在城區東北部的大城山上保留著高句麗古城和安鶴宮遺址，在城區北部的牡丹峰的北側是花崗岩砌成的朝中友誼塔，是中國遊客經常來訪的地方，在友誼塔內保存了在抗美援朝戰爭中犧牲的中國人民志願軍烈士的名冊。

進入了二十一世紀時，朝鮮領導人金正日提出了「按照新時代的要求建設強盛大國」。平壤市的面貌也隨之發生變化：新修整的大街既保持了朝鮮民族建築的固有特色，又融合了富有時代氣息的美感；商店，飯館，和攤位點等服務設施也越來越多地湧現在平壤街頭，新穎別致的雙層巴士開始在市內穿梭，成為平壤市一道亮麗的風景線。

李建成是一個人來到坐落在平壤市東北部大城區域龍南山麓的金日成綜合大學，它是朝鮮的第一所正規大學。這是他第三次來到這裏了，他將車停在對面的大馬路邊，離開大學的大門約有二十多公尺，他戴上了太陽眼鏡靜心的等待一個人。正如他預計的，她在四點三十五分出現在大門口，她的外表還是和以前一樣的美，但她還是同一個人嗎？還是她多年前就隱瞞了真情，還特意誤導了他？

和前兩次一樣，她走進了大學隔壁的一間幼稚園，幾分鐘後走出來時，手上已經牽著一個小男孩。李建成已經查出這男孩的姓名和年齡，他是朝鮮名字，顯然孩子的父親是朝鮮人，孩子現在的年齡是四歲三個月，幼稚園告訴他，今天是小男孩的父母親一起來接孩子的日子。他必須要面對她的男人，必須要知道他們之間的關係，更重要的是，要知道在她的心目中，還有李建成嗎？

母親和孩子站在路邊，顯然是在等候來接的人。一輛小汽車快速的開過來停車，開車的下來，小男孩呼叫著：「爸爸。」撲了過去，爸爸抱起了男孩，親切的和媽媽招呼，一起走回車上。一瞬間，在二十公尺外的對街車上，李建成和孩子的爸爸對上了眼，透過太陽眼鏡，他清楚的認出這位抱著孩子的男人就是孩子母親多年前的情人，李建成雙手緊握住方向盤，努力的讓自己不要崩潰，他明白了多年來讓他刻骨銘心思念的愛人和她的告白，原來全是謊言，而一直深藏在他內心裏的秘密，就是他來到北朝鮮的真正目的，也成了謊言造成的笑話。

其實，他的一生不就是個笑話嗎？還有什麼讓他留戀的呢？

他們的第一次見面是由一條狗來引見的。鍾為喜歡慢跑，邵冰還沒有離開之前也會陪他一起運動，兩人經常在太陽下山前，沿著陽光海岸的步道跑步。輻射了一整天的陽光，將它最後的夕陽光彩散落在彎曲的步道上和岸邊的海面上，步道像似一條小河，河裏流著溶化了的黃金，而岸邊的浪花像是一顆顆在閃爍跳躍的鑽石。

現在慢跑幾乎成了他每天都要作的課業，在三英哩多長的步道上，鍾為是常客，他發現每天周而復始的景色和環境，帶給他想不到的舒適，當他經過同一棵樹和同一個彎道時，像是又見到了相識的老友。但是老朋友也會穿不同的衣著出現，他會驚歎分明的四季帶來景色變化的美，讓他想起蘇軾的〈前赤壁賦〉：「惟江上之清風，與山間的明月，耳得之而為聲，目遇之而成色，取之不禁，用之不竭，是造物者之無盡藏也，而吾與子所共適。」

鍾為特別喜歡在冬天慢跑，步道邊上一塊塊的積雪將深秋初冬的金黃色彩裏加上了一抹的蒼白，在他面前永遠出現凍結成霜的呼氣和眼睫毛上白色的霜，都在他孤獨的生活中，增加一分讓他思考的空間。

慢跑是生活中的運動習慣，因此大部分在步道上慢跑的人都經常碰面，久而久之，很自然的從點頭開始就成為朋友了，鍾為在陽光海岸的朋友，幾乎都是在步道上慢跑時認識的。

「慢跑友」之中有一位退休的會計師，東尼．麥法森，和鍾為很談得來，他們有時還會約好去喝杯咖啡或是吃一頓中飯。麥法森的妻子珠莉有時會和她丈夫出來一起慢跑，但是他們有一條名字叫

「史酷特」的寵物狗一定會陪伴著他，那是一隻他們飼養了多年的金毛獵犬，有人說狗養得久了，牠的個性就會和主人很像，所以史酷特就和麥法森一樣的溫和，每次見到了鍾為都會跟前跟後搖頭擺尾。中婷熙第一次和鍾為見面就是由牠引見的。

那是在一個綠蔭遍地的晴朗日子，在陽光海岸的幽園小徑步道上，飄散著濃郁但是卻透出絲絲清氣的花香。鍾為正在慢跑，他聽見了一聲熟悉的狗叫，隨後就看見史酷特從前面的彎道上跑來，鍾為停下來拍拍牠，抓抓牠兩耳後：「啊！史酷特，好久不見了，老東尼來了嗎？」

史酷特不動了，從喉嚨裏發出低沉的叫聲，似乎是很享受鍾為的抓摸，突然響起了清脆的叫聲：

「史酷特，你在哪裏？快回來！」

金毛獵犬叫了一聲，像是在回答叫牠的呼喚，然後就往回跑去，過一會牠又回來了，但是身後卻跟著一位體態曼妙的女子，她的慢跑步態搖曳生姿，頭髮的鬢角橫插著一朵很白的梔子花，這時已近黃昏，紅茫茫的夕陽光輝在步道的石板上撒下了一片沉彩，史酷特帶來了一位東方美婦人，她有一張古典的瓜子臉，濃眉大眼，直挺的鼻子，黑髮披肩，雖然沒有化妝，沒有脂粉，但是運動讓她的臉色微微泛紅，像是古書裏說的：「顧盼而生情，眉不描而黛，髮不漆而黑，頰不脂而紅，唇不塗而朱。」

一位沉魚落雁的大美人，來到了鍾為的面前，讓他看見了剪裁合身的運動服將她的一副好身材完全凸顯出來。鍾為沒想到在陽光海岸的步道上會讓他驚豔。她先開口說：「看起來這位先生是史酷特的朋友，您一定是鍾為教授了？」

鍾為嚇了一跳，一時不知如何回答，但是眼前的美女又開口了，她笑著說：「請別害怕，我不是來傷害你的。」

「我從來不害怕美女，我是被妳的美豔嚇了一跳。」

「那對不起，讓您受驚了。」

鍾為曖昧的說：「但是我喜歡受這樣的驚嚇，太好了。」

「鍾為式的進攻，果然名不虛傳，非常直接，一點都不浪費時間。」

鍾為又愣了一下：「這是妳第二次提我的名字了，能告訴我妳的名字嗎？」

「啊！不好意思，我叫申婷熙，是珠莉和東尼．麥法森的朋友，他們剛去魁北克探望父母親，要一個多月後才回來，我正好到溫哥華辦事，就來替他們看家和餵狗。」

申婷熙伸出手來讓鍾為握了一下：「珠莉和東尼形容過您，特別說，史酷特非常喜歡您，所以我就認出來了。」

「史酷特會愛上任何為牠耳後根抓癢的人。」

「那您也會愛上在您的耳後根為你抓癢的人嗎？」

說完了，申婷熙就笑得花枝招展：「對不起，我是在開玩笑。」

鍾為發現他很喜歡申婷熙。

一九六六年，金日成參觀了北京正在建設中的地下鐵路系統後，決定了朝鮮首都平壤的城市軌道交通系統中要以地鐵為主要的交通工具。在中國，前蘇聯及東歐各國的支持下，平壤地鐵於一九六八年動工，它仿照北京和莫斯科建成了世界最深的地鐵系統，最深處達地兩百公尺，平均深度亦達一百公尺，某些山區路段更深入到平均為一百五十公尺，因此除了交通運輸外，地鐵系統還有防空洞的功能，是特別為可能發生的戰爭所考慮設計的。

一九七三年九月六日第一條地鐵線路，千里馬線通車；第二條革新線是在一九七五年的朝鮮國慶日通車。現在的系統約有廿四公里的路程，兩條支線，合共十七個車站。

千里馬線又叫「一號線」，紅星車站至復興車站，共有八個車站，各車站裏都鑲嵌著豐富多彩的壁畫描繪朝鮮的革命事件，特別在榮光車站及復興車站擁有豪華的內飾與水晶吊燈及各種大理石。革新線又叫「二號線」，在一九七五年開始運作，至一九七八年九月全線貫通，全線長約十五公里，共有九個車站，站內的設計基本上和千里馬線的車站是一樣的。

「一號線」和「二號線」是垂直交叉的，東西南北貫穿了全平壤市。兩條線的交叉換乘不在同一個車站，而是在相鄰的不同車站上，在千里馬線是在戰友車站換車，而革新線是在戰勝車站換車。平壤地鐵月台最大的特色是富麗堂皇的吊燈，以及兩旁各有八十公尺的鑲嵌壁畫，地鐵站的乘務員都是女性，她們身上穿著統一的制服，英姿颯爽，如同平壤女交警一樣，已成為地鐵站一道美麗的風景，她們的態度和藹，服務周到，給乘客十足的親切感。

到了平壤以後，李建成發現自己並不喜歡這個城市和它的建設，唯一例外的是它的地鐵。所以他成為每日平均客流量四十萬人次中的一員。

李建成是從家裏開車到了中區，下車後崔蓉姬把車開回去，他一個人慢悠悠的散步到了清流館沿河餐廳。雖然是星期天，但是午餐的時間已過，飯館裏的人不多，他找了個靠牆的空位坐了下來。利用觀看貼在牆上的菜單，他對在餐館裏的客人都注視了一下，他點了一客大滷麵和一碟小菜。

飯後，李建成快步的走到附近的革新線黃金谷地鐵車站，上車後，一路坐到革新線的終點樂園車站，在這裏他又是慢悠悠的散步到革命烈士陵，在那裏停留了十分鐘後又快步的回到地鐵站往回頭去。

李建成在戰勝車站下車，這裏是從革新線換乘千里馬線的地方，但是他走出站往中朝友誼塔走去，在那裏停留了十分鐘，就快步的走向千里馬線的戰友站，但是他沒有走進站，而是在往前繼續走了三百公尺後回頭，才進了車站。

十五分鐘後，李建成在平壤的市中心金日成廣場的勝利車站下車，這裏是朝鮮首都的中央廣場，一九五四年八月竣工，面積七萬五千平方公里，完全是用花崗岩鋪地。金日成廣場是朝鮮舉行重要政治文化活動、慶祝大會、公眾集會、閱兵式的場所。

金日成廣場的南北，分別是主題思想塔和它對面山崗上的一座朝鮮式建築的人民大學習堂。廣闊的金日成廣場兩側伸向大同江，朝鮮中央歷史博物館和朝鮮美術博物館都是設在這裏。

李建成直接的走到江邊，開始在那裏徘徊。他從離開住處起，就將他一路上所遇見的人、容貌、衣著，體型和特徵都存在記憶裏，現在他來到了一個開闊的地方，在附近的遊人不多，如果有人跟蹤他，應該是在他的目視範圍內了，他將目光放在廣場上的每一個人身上，沒有發現和他記憶裏相似的人。他要見的人是會「曝光即死」，因此他要格外的小心，所有的擺脫跟蹤技術都使用上了。

李建成在第三次看了手錶後，就快步的走向朝鮮中央歷史博物館，他並沒有到陳列室去，而是將一扇邊門推開，進了一個昏暗的走廊，它的另一端是後門，李建成離開出來。他又看了一次手錶，確定了時間，在約定的準點走進了朝鮮美術博物館，他在詢問台要了一張簡介，找到陳列「普天堡大捷」繪畫的展覽室。

在朝鮮的「先軍政策」下，美術博物館的陳列也是以與「軍事」有關的作品為優先展出。「普天堡大捷」是一九三七年，金日成在中國東北開展抗日遊擊活動時，他曾率領部隊攻佔朝鮮北部軍事重鎮惠山附近的普天堡，這是朝鮮武裝力量首次攻回朝鮮本土，被稱為是「普天堡大捷」。它是朝鮮建國歷史裏重要的一頁，也是金日成豐功偉績中最輝煌的軍事行動，許多著名的朝鮮繪畫藝術家，都曾用「普天堡大捷」為題材，繪製了不少生動的畫頁。這些繪畫都是在美術館最主要的陳列室裏展覽。

當李建成走進來時，一位講解員正站在一幅很大的油畫前，向一群圍上來的觀眾敘說這幅畫所描繪的歷史事件：畫裏有一群身著破爛衣服的農民，衣袖上帶著「抗日」的臂章，手裏拿著手榴彈和大砍刀和手持刺刀步槍的日本兵搏鬥。

當這群人跟著講解員走到另一幅畫的前面後，留下了一個男人在凝視著牆上的畫，從他臉上的表情，看得出他是陷入了深思，也許是在想念曾經參加過那個戰役的親人，他看起來有三十多歲，中等身材，從衣著看像是個公務員，兩隻手放在褲袋裏。

李建成站在旁邊的一幅畫前觀賞，但是他的注意力是在進出陳列室的人，他要確定有沒有人在他的視線裏出現過兩次，朝鮮特工決不能知道他和張煥智接觸，這會將他們兩人都置於死地。

所有的跡象都表示他眼前的人，就是他要接觸的目標，而現在他馬上就要和眼前的人面對面放出識別的信號，這是任務中最關鍵的時刻，任何的差錯都會讓他們陷入萬劫不復之地。

李建成用眼角作了最後一次的巡視，他走到畫裏拿著手榴彈的遊擊隊員前，聚精會神的看著，過了一會，他嘴裏喃喃的說：「這是一場非常激烈的戰鬥，不曉得打了多久。」

目標已經不知不覺的移動到他身邊，他沒有轉頭，但是聽見目標說：「短兵相接，應該很快就結束的。」

「是嗎？你有親人參加過這個戰役嗎？」

「我的曾祖父是金日成抗日遊擊隊隊員，他參加過普天堡大捷的戰鬥。」

「他有親人嗎？」

「他的孫子，就是我的堂伯父還在。」

「太好了，他一定聽過很多當年金日成抗日遊擊隊的英勇事蹟。他常常跟你們講嗎？」

「他的身體不好。常年臥病在床。」

李建成的心跳加快了，所有預先定好的識別信號都對上了，他眼前的人就是朝鮮國家情報局的一級譯電員，他想要叛逃到美國尋求政治庇護。但是這整個事件也很可能是像他的上司，比爾．富爾頓，所說的，是個朝鮮特工設下的圈套和陷阱，他必須要小心在對話裏不能留下破綻，顯示他是在吸收朝鮮人，因為他沒有發現有任何跟蹤或是監視的人，如果這是個圈套，那麼眼前這人也應該是設圈套人的同夥，他必須取得進一步的證明：「那你們晚輩應該常去看他了。」

目標伸出一根手指頭說：「是的，他喜歡吃平壤車站裏的平南麵館做的大滷麵，我每個星期二都要帶他去吃一碗。」

一般人都會認為這是在加強他說的「一碗」，但是他們的約定是「手指表示時間加一」，李建成說：「太好了，為我們英雄的後人服務是光榮的。」

「他在元山的房子不能住了，所以搬到平壤來，我們要照顧他方便多了。但是我還是到平南麵館去見他，他在那裏時的心情特別好。」

原來送給譯電員的資訊都是通過交通員從不同的地方寄到一個在元山的位址，顯然，現在是不能用了。李建成點點頭說：「我明白。」

目標也跟著點點頭說：「你需要美術館的說明書嗎？這本我看完了，如果需要，就拿去吧！丟了可惜。」

李建成接過來翻了一下，看見了夾在其中的一頁薄薄的一張紙，上面密密麻麻的都是數目字和文字，顯然是密碼的解碼表，他接過來說：「非常感謝，我可以省一點錢了。」

李建成需要馬上撤離，目前，接觸的人是個叛逃份子還是反間特工還沒有百分之百的確定。在敵人地區交換文件是最危險的時刻，是反間人員最盼望的一剎那，是人贓並獲的機會。他走出了陳列室，用眼角看見目標也在向外走去，他是一個人，沒有同行者，李建成略為放心，但是他沒有走向地鐵站，而是跟上了目標，一路跟到他所住的公寓大樓，在那裏他將自己隱蔽，繼續觀察目標，一直到天黑才離開。

離開前，他在公寓一樓的管理員那裏打聽出來是有一個叫張煥智的人，住在五樓的五〇二室。李建成需要馬上回家，把那張密碼的解碼表掃描成電子版，還有他在離去的剎那用手機拍下來的目標照片也製成電子版，再加上他的報告，然後都存進隨身碟裏，再出門送到交通員那裏，他要儘快的讓富爾頓拿到這些情報。看樣子他今晚又不能按時上床了。

兩星期後交通員送來了富爾頓非常簡短的回音：「一切圓滿，按計劃進行。」

相對的說，婚姻給李建成造成的感受，似乎要比崔蓉姬所感受的要大。很明顯的，崔蓉姬是個快樂的妻子，每天最高興的就是等待丈夫下班回家，她可以開始作一個妻子，伺候她家裏的男人，讓他生活在快樂的世界。他記得小時候他的母親叫這種女人是「沒心沒肺」，也就是不用大腦思考的人，但是他也知道母親是在說這種人也是非常的善良。他覺得崔蓉姬就是這樣的人。

晚上加班回家，李建成驚訝的發現崔蓉姬還沒睡，但顯然她是坐在沙發上打盹。李建成問：「這麼晚了，怎麼還沒睡呢？」

「我想你們晚上加班一定挺累的，也許你會餓了，好給你做宵夜吃。」

「忘了在電話裏跟妳說，機關裏給我們準備了牛肉麵宵夜。」

「太好了，他們對你們這些科學家還真不錯。」

崔蓉姬的臉上淡淡的薄施脂粉，身上穿著繃得緊緊的短裙子，把她的好身材都顯露出來，李建成明白她就是穿給他看的，要讓他明白，他是無法抗拒她的。

「那我就去給你準備洗澡水。」

「不用了，他們把澡堂開了，讓我們洗完了熱水澡，吃好了宵夜，才回家。」

「看樣子，你們的長官想得還真周到。」

「我看他們燒了一大鍋牛肉，就問他們要了一大碗帶回來，明天妳嘗嘗，味道很好。」

「還不錯，有好吃的，沒忘了老婆，謝謝了。」

崔蓉姬走過來，摟住了李建成，把頭埋在他胸上，當李建成抱住她時，發現她裏頭沒穿內衣，薄薄的裙子裏就是她軟玉溫香的肉體。她抬起頭來，閃亮的大眼睛一往情深的看他。李建成低下頭來親她，但是她雙唇微開將他的嘴吻住。

最近的幾個月來，李建成能深深的體會到崔蓉姬把她的真實愛情向他釋放出來，李建成明白他們的相逢，戀愛和婚姻毫無疑問的都是事先安排好的，崔蓉姬是放在他身邊的特工，她的任務就是保護朝鮮的安全，而他是個來自敵國資本主義社會的知識份子，現在參與了朝鮮最機密的工作，在他身上不允許發生有任何危害朝鮮的事。在他親眼看見崔蓉姬走進朝鮮國家安全部的那一刻起，李建成就深信，如果崔蓉姬發現了他的真實身分，在必要時，她會毫不猶豫的將他格殺。

從他們第一次的相見，他就被崔蓉姬美豔的外表吸引住了，在交往的時候，崔蓉姬的內涵和熱情深深的打動了他的心，在婚後的夫妻間互動，無言的關懷，彼此之間說不完的故事和歡笑，還有她毫無保留的肉體歡愛，讓他感到天堂也不過如此。

不止一次，他在床上摟著赤裸裸的崔蓉姬，聽著她在平穩熟睡中的呼吸，但是他睡意全無，很清醒的思考，崔蓉姬的這一切行為都是她在執行任務嗎？當她被弄得意亂情迷，在他身體下被蹂躪時的反應，都是特工訓練的一部份嗎？這些都是可能的，但是他越來越覺得崔蓉姬對他的愛情是真的，不可能完全是虛情假意。如果不是發現在她包包裏的那把貝雷塔手槍，李建成完全不會想到她是個特工，並且是負責監視他的特工。

夜深人靜的時候，他摟著赤裸裸的崔蓉姬，反覆的思索，他問自己，如果他是生活在一個正常的世界，他會不會是個快樂的男人，會不會和躺在他懷裏的女人天長地久。有幾次，他會突然出了一身冷汗，因為明白了他不僅是和敵人睡覺，而且很可能已經愛上了敵人。前者是有任務的需要，但是後者，他是不是犯了叛國罪呢？有一點他能感到的是，他在工作上的限制在逐漸的放鬆，現在已經讓他接觸前紅軍的RS-18和RS-22洲際導彈和飛機攜載的RKB-500巡航導彈的核彈頭資料，還暗示他們已取得或是正在取得這個型號的核彈頭，這些情報他都已經傳送給交通員了。

李建成有想過，為什麼對他的限制放鬆了？是他熱愛社會主義的表現？還是效忠偉大領袖的表現？他的高超隱蔽能力？還是監視他的人瀆職？這整個事件是一個引蛇出洞，為他而設的陷阱？他又開始出冷汗了。但是李建成和崔蓉姬的關係卻起了重大的改變。

和往常一樣，在做完了一次「社會倫理允許做的事」之後，夫妻兩人擁抱著在說甜言蜜語，崔蓉姬不只一次的告訴李建成，她喜歡老公的「後戲」，因為要比「前戲」更讓她賞心悅目。兩人講了好一陣子，她突然問：「你知道我是幹什麼的嗎？」

「當然，妳是李建成博士的老婆。」

「還有呢？」

「萬壽台舞蹈團的演員。」

「還有呢？」

「我不知道妳還有第三個職業。」

「我和你一樣是被借調到第五局去的。你是從寧邊的核能研究所調去的，我是從萬壽台舞蹈團調去的。」

李建成的心跳錯過了一拍，警覺提高了一拍，但是他平靜的說：「第五局的美女我都見過了，怎麼就從來沒見過妳？妳得證明妳是五局的，要是騙我，我就要罰妳了。」

說完了就要上她，她一邊掙扎一邊說：「五局的上邊是第二經委會，再上面是勞動黨的國防委員會，但是五局是直接歸金正男管的。我說的對不對？」

最後關於金正男是最高的領導一點是個新資訊，李建成想到要趕快送出去，也許這和繼承人的事有關。他說：「差不多，那妳的頂頭上司是誰？」

「金城泳大校，你知道他是幹什麼的嗎？」

「他負責核子設備和人員保衛的工作。」

「所以我是被調來保護李建成博士的。」

「但是實際上妳是來監視我的特工。是不是？」

「是的。」

「所以妳跟我結婚是假的。」

「沒錯，那是我任務上的要求，但是我失敗了。」

「妳不是幹得很好嗎？每天日夜的都在監視我嗎？」

「但是我愛上了你。」

李建成沉默不語，崔蓉姬接著說：「建成，如果你舉報我暴露身分，我就得坐一輩子的監獄，或者被判處死刑。但是我不會怨恨你，那是你應該做的。從我開始當特工的那天，我就知道我的命沒有幾年，本來在上一次執行海外任務時，我就不該活著回來，這幾年的命都是撿來的。」

「為什麼？蓉姬，妳為什麼要這麼做？」

「我愛你，如果我不告訴你我真實的身分，我會發瘋的。從認識你的那天，我就像是生活在夢裏，我覺得一切都已經值得了。我是派來監視你的，你的身家性命是在我的手裏，現在我跟你說了，我的身家性命也在你的手裏，為的就是要你相信我對你的愛情。」

李建成將她抱緊了，深深的吻她：「蓉姬，我愛妳，就讓我們這麼樣的活下去吧，不要再想別的了。」

「我知道你也愛我，我能感到你給我的愛情，那是我從來都沒有感受過的。但是我一定要告訴你，我的任務再過三、四個月，最多不會超過六個月，就會結束了，所以我要好好的珍惜這些日子。」

兩個人緊緊的抱著一起哭了。過了好一會，崔蓉姬說：「我想問你一件事，你不要瞞我，好嗎？」

李建成愣了一下，但是又聽見：「你前天去了金日成綜合大學見到橫田美惠了嗎？」

「你怎麼知道的？」

「他們打電話告訴我你早下班，我就到那去等你，果然看見你了。」

「那我怎麼沒看見你呢？」

「要是讓你發現，那我還是幹特工的嗎？」

「那你不都看見了嗎？還要我說什麼呢？」

「我看見橫田美惠出來，我就離開了。」

「我想你大概不想聽我的窩囊戀愛史吧？」

「我第一次看見橫田美惠時，我才明白你們去看我們表演的時候，你不是在盯著我，原來是在看橫田美惠的替身。真讓我洩氣。」

「沒生氣就好。」

「她是不是你的愛人？」

「她是我的初戀，我是在大學時到日本旅行碰到她，我那時還是個小男生，但是被她搞得要死要活的。雙方家長都反對我們的長距離遙控式戀愛，但我還是一頭栽了進去。」

「她呢？還是你單戀她？」

「她說她只愛我一個人，等我畢業，她就到美國和我結婚。但是別人告訴我，橫田已經有男朋友了。」

「你一定是個大情人，不死心。」

「我到日本去找她，在她家碰到一個男的，當時兩人臉上表情都有點怪怪的。我問橫田他是什麼人，她沒回答，只堅持說她只愛我一個人。我信了，就乖乖的回去把博士學位念完。」

「後來呢？」

「她的家人告訴我，她在海邊被綁架到北朝鮮，那時這種綁架的事鬧得風風雨雨的。我千方百計的打聽到她是在金日成綜合大學教日語，我也查出她已經結了婚，還生了個男孩，從男孩的生年月日，可以算出來她到朝鮮之前已經懷孕了。但是在被綁架的前一星期，她還寫了一封信給我，說她是如何的想念我。其實我是去看這孩子的父親，果然他就是我曾經在橫田家裏見過的那個男人，你說我可不可憐？」

「原來你經心設計的叛逃，並不是要獻身給偉大的社會主義，你來朝鮮是來找你的情人，是不是？」

李建成不說話，崔蓉姬就接著說：「你這個小男生還真容易騙。你去查橫田兒子的生日，看見他的名字了嗎？」

「有，是個朝鮮名字。」

「你沒想到孩子的生父是朝鮮人，而不是日本人嗎？」

「你這麼一說，我想是有可能。」

「我到金日成綜合大學把橫田美惠的人事檔案調出來看了一下。當年她除了你李建成外，還有一位朝鮮男朋友，後來他回國了，但是橫田已經懷了他的孩子，所以也就來到朝鮮和他結婚。」

「就這麼簡單嗎？」

「是的，親愛的老公。你知道孩子的爸是誰嗎？」

「是誰？」

「就是現任朝鮮勞動黨秘書長的兒子，他叫張西材，聽說他們張家是很有錢的。他現在是我們五局上級二經委負責採購的，那是個肥缺，同時他也是個紅人，很有前途的。我聽說，他常要出差到海外，大概是有秘密任務。」

「比起我這個窮科學家，她是選對人了。」

李建成心裏想，如果當年她早早的告訴他，他也不會到朝鮮了。崔蓉姬說：「你是在想她，還是恨她？」

「不想也不恨，倒是很感激她。」

「為什麼？」

「沒有她，我就娶不到妳這個大美人當我的老婆了。」

李建成又開始吻她，撫摸她了，崔蓉姬感到很幸福，她希望時間過得慢一點，甚至就此凍結住，這是她一生裏第一次感覺被一個男人深深的愛著，但是她也知道這樣的日子是有限的，也許很快就會結束。李建成對她說的每一句話，對她做的每一個舉動，都帶給她非常尖銳的感受，尤其是他們婚後才成長出來的愛情，將她的靈魂完全淹沒了，她深深的記得，那次李建成在盛怒下對她施暴，他的怒火來自因愛她而產生的嫉妒，他和所有的朝鮮男人一樣，不能容忍老婆和別的男人有任何瓜葛，這是愛她的表現，她沒有反抗，反而全面的投降，讓他隨心所欲的蹂躪她，沒想到的是反而觸動了他的本性，讓他釋放出排山倒海的愛情。

雖然李建成一定也明白她是負有監視他的任務，但是今晚當她親口說出她是被安排在他身邊的特工時，他沒有憤怒，只向她再度釋出了他們的愛情。她想起了六個月之前，就是在同一個地方，出現了他們的愛情分水嶺：

李建成在開始工作時，他面對的最大威脅，可想而知是來自內部安全部門，在核能所負責設備和人員保衛工作的是金城泳大校，他的二把手，張武信大尉和警衛隊的黃海樹隊長。他們經常來盤問李建成在核能所之外的所有活動和目的，他也發現在外出時有人跟蹤，他的住所和公事包也被搜查過，這些都是在他預料之中，所以他並沒有使用任何反偵查的舉動，久而久之大家反而變得很熟了，李建成還會主動要求，一起去喝啤酒，然後要他們報公帳，說這是他們工作的一部分，這種美國式的玩笑不僅贏來一場哈哈大笑，也建立起某種程度的互信，但是李建成非常清楚，這些人都是專業的安全人員，永遠不會放棄對他的戒心，只是暫時大家相安無事。

但是讓他擔心和不解的是一位科莫克維奇上校，他是核能所聘請的前蘇聯紅軍的核彈頭和導彈技術顧問，對李建成似乎充滿敵意，李建成百思不解，只能歸結是同行相嫉，或是美蘇冷戰所留下來的後遺症。

和所有的夫妻一樣，李建成和崔蓉姬的婚姻生活裏也包括了和同事們的社交活動，他們花了兩天的時間，準備了一頓非常豐盛的晚餐，邀請了十個客人，他們都是核能研究所和萬壽台舞蹈團的同事和配偶們，李建成還有目的性的也請了金城泳大校、張武信大尉和黃海樹隊長。但是崔蓉姬強烈的反對把科莫克維奇上校也請來，最後在他的堅持下就算了。賓主盡歡的晚宴結束，送走了客人，關上了門後，李建成問崔蓉姬：「妳剛剛是在幹什麼？」

「我在幹什麼？你說呢？我是在招待客人。」

「是嗎？我還以為妳是在和科莫克維奇打情罵俏，沒看見他被妳弄得熱血沸騰，都快受不住了。妳沒聽說過他是個什麼樣的人嗎？」

「難道你要我對客人不禮貌嗎？別忘了他可是你們請的俄國顧問，是重要人物啊！」

「但是他對妳顯然有非份之想，如果不是還有我這老公在場，我看他迫不及待當時就要上妳了。」

李建成的嘴閉緊了，瞪著眼睛看她，神情充滿了憤怒，他從牙縫裏說：「沒錯，妳是我的女人，我當然嫉妒。」

「哈！我明白了，他喜歡我，所以你是在嫉妒，是不是？」

他的兩手緊抓住了崔蓉姬的上臂，用力的搖她：「告訴我，他是不是妳的情人？」

「他不是，建成，他不是我的情人，我只是調查過他。」

當李建成把她推到牆上強吻她時，她很驚嚇，她能感到他是在狂暴的情緒裏，他的運動員身體上每一塊肌肉都被激怒繃緊了。像是剛剛結束了長途賽跑，他健美的胸部隨著呼吸快速的起伏，她是第一次看見他如此的憤怒和失去自我控制，但是不知道為什麼，崔蓉姬沒感到任何的恐懼。

李建成繼續的吻著她，越來越饑渴，越有侵略性的深吻她，她的身體起了反應，感到了心跳和血液往上衝。當他鬆手時，崔蓉姬終於能大大的吸了一口氣，但是讓她更驚嚇的是，他野蠻和粗暴的撕下了她的衣服，她沒有反抗，上衣和裙子一件件的被扔在地板上，最後連內衣和內褲也被扯下，她赤裸裸的站在他面前，一動都不動，李建成像是在欣賞一件藝術品似的看著她，很快的他也把衣服脫了，然後他抱住了崔蓉姬，深深的吻她，她感到李建成在撫摸她，被他摸到的皮膚像是著火了。

她豐滿乳房被他的手蓋住時，李建成放開了她的嘴唇，低下頭來將乳頭放進嘴裏，有一聲低沉的呻吟從她喉嚨深處發了出來。當他的手繼續的在撫摸，一陣陣的熱潮在她的身體裏傳播著，她能感到那隻不停的手也在發熱了，從她的細腰滑走到平坦的小腹，然後停留在她兩條大腿交叉的地方。她不安的掙扎了一下，然後下身就挺上來迎接他壓下來的手，她感到全身又熱又痛，就緊緊的抱著李建成發燙的身體，當她被提起來後，就將兩條長長的腿勾住了他的腰，兩隻手扶在他肩膀上，她的手感覺到他肩上的皮膚和裏面堅韌的肌肉，她眼睛看到的是一個健美男人。

自從他們認識以來，李建成從來沒有表現出對她有這麼強烈的佔有慾，從一開始時崔蓉姬就查覺出，他可能已經知道朝鮮的特工會在他身邊安排一個枕邊人對他進行監視，所以從他們相識到婚後不到一年的時間，他們有非常熱烈的肉體關係，李建成陶醉在她美豔的外表裏，而她也被李建成的學識內涵和健美的體格迷住了，而兩個人都很滿意對方的「床上功夫」。

表面上，他們是一對年輕的新婚燕爾夫妻，但是崔蓉姬可以感到李建成對她有一股說不出來的冷漠。只是最近崔蓉姬似乎感到有些變化，她開始覺得新婚中的年輕人應有的感情互動出現了，今天是李建成再一次表現出對她的佔有慾和嫉妒心。

「妳告訴我，妳和科莫克維奇上過多少次床了？妳在嫁給我之前，他就搞妳嗎？」

「沒有，建成，我沒和他上過床。」

「妳說謊！」

李建成強而有力的進入了她，從她的喉嚨裏發出了一聲驚叫，它是帶著喜悅、驚訝和哀傷的複雜情意：「啊！你……」

李建成退了出來，但是馬上又進入，這次的推進是更強有力和更深入，接下來是一波又一波的長驅直入，健壯的雙臂肌肉都繃緊了將她的臀部抓緊提住，配合著他的推進韻律，將她一次又一次的貼上來，李建成侵入到她身體的最深處，接觸著從沒有被碰過的神經，她全身像是著了火，一波又一波的高潮傳播到身體的每一個細胞，她感到要被吞噬了，張開了嘴想要嘶喊，但是她無法出聲，李建成吻住了她的嘴，高潮氾濫和淹沒了她，生命在慾海裏掙扎著，但是她感到了有另一個靈魂正給她無比的溫柔，用擁抱和撫摸她的手、吻著她的嘴在傳達著愛情。

沒完沒了的高潮終於漸漸的退落，吻她的嘴鬆開了，讓她深深的吸了一口氣，李建成的雙膝跪著，崔蓉姬坐在他的兩腿上，抱著她下腰的兩手還是緊緊的沒鬆開，雖然停住了他的推送，但他還是停留在她的身體裏。崔蓉姬的全身癱了，她雙手扶在李建成的肩上，向後仰著頭把她豐滿和誘人的胸部和優美的脖子都呈獻給他：「我已經死在你手裏了。」

崔蓉姬的眼淚掉下來，李建成說：「對不起，蓉姬，是我不對，不該對妳凶。我太猛了，讓妳受苦了。」

「是你給我帶來的高潮太凶了，我像是要被淹沒了。」

「蓉姬，對不起，我把妳累成這樣了。來，讓我抱妳到床上去。」

「我現在好舒服，你別動。建成，你一定要相信，我愛的是你，不是科莫克維奇。」

「我知道。剛剛不曉得是為什麼，我發瘋了。蓉姬，對不起。」

她摟著李建成的脖字，給他很長的濕吻：「建成，我想騎你。」

「妳還不累啊？」

「你還沒到高潮，我要你也爽。」

「妳會更累了。」

「沒關係，我喜歡。」

是愛情的文藝復興？還是創世紀的開始？

李建成從浴室裏端出一盆溫水，用濕毛巾將崔蓉姬的下體擦拭乾淨，再用乾毛巾擦乾。把被子好好的替她蓋好。他吻了她的面頰，輕聲的說：「妳好好的睡吧，我去洗個澡。」

聽見了李建成輕輕的把門關好，她流下了眼淚開始哭泣。

李建成捉摸不住趙晨倩的心理和她的真正意圖，開始時，他甚至想到她是找上門來的朝鮮反間諜特工，或者是金正男派在他弟弟金正恩身邊的臥底。但是經過幾次的交往後，又覺得她就是個簡單的朝鮮接班人辦公室主任。有一點是他能確認的，就是趙晨倩的心中藏了很多東西，她不願意說出來，但是最讓他出乎意料的是，在談天的過程中，趙晨倩提供了許多有關朝鮮高層的政治，經濟和外交的動向，所以趙晨倩成為李建成送回中情局的情報中最重要的資訊來源。

從中情局的反應，他知道這些情報都是非常可靠，也經過了證實。李建成還是回到趙晨倩的真正意圖問題上，她是另有目的嗎？還是真的像她說的，為了和他談天會讓她開心。趙晨倩是個謎，她不像崔蓉姬，已經是攤在台面上來監視他的特工，謎樣的女人也可能是致命的女人。但是這兩個女人有一個共同點，就是和她們談天都很開心。這是不是所有朝鮮女特工的共同點呢？

趙晨倩很驚訝的發現李建成不僅對科學的知識很豐富，對文藝也懂得很多，尤其是音樂舞蹈和表演藝術方面有很大的興趣，李建成說，因為他父母親對這方面很有興趣，他從小就接觸了許多文藝方面的東西。所以在他們的聊天話題裏，就涉及了很多這方面的問題。又是輪到趙晨倩做東，他們還是來到了平壤高麗飯店，酒足飯飽後，趙晨倩笑著說：「建成，你太不夠朋友了。」

「什麼意思？」

「結婚也不說一聲，也不請我參加婚禮，你是害怕我給你丟臉，是不是？」

「天地良心，我多希望妳能來我的婚禮，可是一想我所裏那些來參加婚禮的大官要是知道我和妳有來往，我就沒好日子了。」

「我們是私人朋友，跟他們沒關係。」

「妳有資格說這話，可是我就不行了。」

「那你總得告訴我你老婆是誰啊？」

「她叫崔蓉姬，是萬壽台舞蹈團的團員。」

趙晨倩曖昧的笑了：「那你是朝鮮最幸福的男人之一了，告訴我你是怎麼樣的幸福法？」

「等妳嫁了人，妳就知道了。她說，她在金日成音樂舞蹈大學時，上過妳的課。」

「我想起來了，崔蓉姬，她可是個大美女啊！居然被你娶為老婆了，你是怎麼認識她的？」

「第一次見到她是去看她的演出，後來發現我們在舞蹈和藝術有不少共同的興趣，所以走到一起了。」

趙晨倩端起酒杯說：「夫妻能有共同的興趣和愛好才是真正的幸福，建成，我恭喜你！」

「晨倩，妳知道嗎？同樣一個孩子唱的歌，居然還有兩個版本。小時候，我母親教我唱過一首叫『賣花故娘』的歌，崔蓉姬說那是一首著名的朝鮮民謠，每一個朝鮮孩子都會唱。」

趙晨倩低聲但是清脆的哼起來：「小小姑娘，清早起床，提著花籃上市場。走過大街，穿過小巷，賣花賣花聲聲唱……，花兒雖美，花兒雖香，沒人來買，怎麼辦？……

「妳想不想聽我小時候是怎麼唱的？『小小姑娘，清早起床，提著褲子上茅房，茅房有人，怎麼辦呀……』」

趙晨倩握緊拳頭捶了他一下：「我看你小時候一定是個調皮搗蛋的小男生。」

「沒錯，沒少挨過老師和父母的打。」

「果然就打出來一個大博士出來。建成，你知道嗎？老電影和老歌是一種記憶，一個人要經歷了許多的事，理解了許多的痛苦，走過了許多的路，承受了許多的愛和恨才能長大，人心才能被打動，從歲月的倒影裏，老歌的記憶裏，尋找自己。」

「妳說得很對，中國的四周有十五個鄰國，沒有一個國家的首都和北京的距離會比平壤和北京更近。『抗美援朝』在中國是個有意義的歷史階段，也是建國的過程，我聽人說過：中國的五六十歲以上的一代人都會記得『雄糾糾，氣昂昂，跨過鴨綠江』這句歌詞，取名『援朝』的中國人就不下十萬之眾。在三、四十年前，朝鮮電影曾經一度主領中國電影院的放映，深深的感動了一代的中國人。影片的故事，歌曲和人物曾讓中國觀眾如癡如醉和淚濕衣襟。」

李建成繼續說：「我聽蓉姫跟我說過，幾年前朝鮮電影樂團在北京世紀劇場演出，幾千人座無虛席，演員們唱出的第一首歌就是『賣花故娘』，全場響起了如雷的掌聲。這首歌是朝鮮電影『賣花故娘』的主題曲，三十多年前曾在中國引起很大的哄動，無數的人曾被感動落淚。在上世紀的六十年代，中蘇關係破裂，蘇聯文化漸漸遠離中國。朝鮮，阿爾巴尼亞等社會主義國家的文化藝術，來到了中國。當時的中國，文藝貧乏，朝鮮的電影伴隨著成千上萬的下鄉知青，工人農民和戰士們的青春年華和慼情世界。這些電影記錄了他們青春和淚水的痕跡，也喚起了他們的喜怒哀樂，對現實和未來的美好嚮往。蓉姬說，這些事都是妳趙老師在課堂上講給她們聽的。」

趙晨倩說：「不知道她還記不記得我跟他們說的朝鮮的藝術風格：朝鮮的文藝作品在傳統上和中國有很大的不同，中國有為妓女樹碑立傳的作品，例如《蘇三》，《杜十娘》和辛亥革命時代的《小鳳仙》。但是在朝鮮，作品裏的女主角一定要是玉潔冰清，她們用同樣的毅力來衛護國家民族和自己的貞操，決不允許作品中的女英雄曾被男人玩得死去活來。著名的《春香傳》寫的是李朝中葉南原府藝妓月梅的女兒春香和李夢龍的愛情故事。不同的是，不像中國的文人，赤裸裸地直接讓妓女成為被歌頌的主角，只是猶抱琵琶半遮面，說春香不賣淫，她的老媽月梅才是妓女。但是這個傳統也在改變中。」

李建成說：「我覺得這些都是男人的霸權主義在作祟，不能容忍自己的女人和別的男人有肌膚之親。」

「你是說，你不在乎你老婆跟別人睡覺，是不是？」

「我當然在乎了，但是我會容忍在某種情況下，老婆和別的男人發生關係。別說我了，我們是在說妳的事。」

趙晨倩說：「我還跟學生們說過：有一本《壬辰錄》是一本取材於一五九二年至一五九八年日本侵略朝鮮的壬辰戰爭，作者不詳。這部宣揚愛國主義的李朝小說，在朝鮮文學史上佔有重要地位，在民間也廣為流傳，當年日本在朝鮮的殖民地政府曾將它列為禁書。《壬辰錄》裏有一篇《桂月香》，是描述一位在平壤的同名妓女，她是壬辰之亂抗倭的著名人物，她曾格殺日本軍副將，後來委身於日本將軍，取得重要軍情，給朝鮮抗倭軍通風報信，最後刺殺了該日本將領，犧牲自己。朝鮮中央電視台攝製了一部同名的連續劇，它的製作精良，絲毫不遜色於同類型的韓國歷史劇。這也是朝鮮自金日成開國以來，第一部以妓女作為正面形象的文藝作品。」

李建成說：「蓉姬跟我說過，妳在課堂上曾經講過這本作品。」

趙晨倩說：「還真難為崔蓉姬，還記得我說的。我也很羨慕你們的夫妻生活。其實，我是在說一個藝術家，或是藝術表演者，應該有的風格和社會良心。藝術人格與生活人格在藝術家身上應該是統一的。從前美國有一位叫鄧肯的舞蹈藝術創作者，她無論在現實生活上，還是在舞蹈創作上，都富於高度的同情心，她同情法國革命，也從心靈深處對俄國農民爭取自由的鬥爭懷有很自然的同情。鄧肯放棄了傳統的舞衣，改穿寬鬆裙袍，赤著雙足，自由擺動，既看不見女體的曲線，也省去了芭蕾舞鞋引帶的婀娜。她是把渾身的自由糅合到舞動的身體裏去了，也重新界定了女性美。鄧肯的確給上世紀的美國舞蹈界帶來了一股有力的衝擊，她在整個身體的舞動中，把心靈安置在其中，不守成規，也因而不落俗套，超越了傳統的『女體是肉欲對象』的觀念。」

「我曾經看過《鄧肯自傳》，她主張透過舞蹈來自由表達思想與情感，以身體來協動心靈。她把舞蹈定義為：『一個對生命的完整概念，還有透過動作表達人類心靈的藝術。』鄧肯的舞蹈，表達了不少二十世紀初西方正在萌芽的多種進步思想，包括現代化的觀念和女性的解放。妳認為我的理解是正確的嗎？」

「我真希望所有的男人都像你這麼可愛。」

李建成接著說：「鄧肯的舞蹈革命，並不是獨立的事件。評論家認為她對個人表達的追求，是上世紀初美國自由主義者的寫照，所以她也是文化的改革者，集藝術、性別、個人和大眾於一身的解放思想。她挑戰舞蹈的傳統，不論是在藝術上選擇的內容是什麼，已經是一篇以身體實踐解放所作的獨立宣言。鄧肯後期的舞蹈動作，更是充滿了政治性的象徵，她經常描寫一個英雄式的女性人物，如何大膽地戰勝了困境，壓制和種種剝削，反映出她在第一次世界大戰前的愛國主義和後來一度認同的社會主義理想。作為女舞者的鄧肯，在二十世紀初，已經身體力行地展示了舞蹈批判社會的功能。」

「建成，我年輕的時候你跑到哪去了？那時沒找到你，否則一定把你拿下。」

「把我拿下是什麼意思？妳一點都不老，現在還來得及。」

「別在我面前裝成一副正經的樣子，男人拿下女人就是把她擺平了，要她投降。女人拿下男人也是同一碼事，就是要征服。」

「極恐怖，但是妳隨時放馬過來，看是誰征服誰？」

「哈，對你李大博士我有信心，一定可以拿下，但是我害怕崔蓉姬會殺了我。我們言歸正傳。鄧肯不僅是一位劃時代的舞蹈家，而且是一位罕見的才女，《鄧肯自傳》是為數不多的舞蹈家手筆被納入《世界文庫》。它記錄了鄧肯如何為舞蹈爭得與其他各門藝術的平等地位，也說明了『四肢發達，頭腦簡單』並非真是舞蹈藝術的秉性。但是她的私生活充滿了迷幻色彩，她以異想天開的愛情觀和婚姻觀，向傳統的道德觀念挑戰，她像換衣服一樣變換情人，全憑一時的心血來潮和隨時隨地的心理感覺，有人稱她是『高級妓女』。作為一個女人，她是不幸的。她放縱自己的情欲，在男人世界中恣意遊戲，但同時也被這種放縱所累，令她傾心的男人一個個離她而去。每到這時，她便陷入迷茫的苦惱和痛楚。而給她最大的打擊，就是她與三位情人所生的孩子，都一一因事故死去。」

「晨倩，我看妳是不是被鄧肯迷住了？」

「不僅是迷住了，我還想過要當『朝鮮的鄧肯』，但是發現自己沒有做舞蹈家的天賦，就放棄了，可是她說的『社會良心』概念卻深深的打動了我，所以我改行學經濟，想為世人改善生活。從學校畢業後，我進了世界糧食組織工作，才發現我們朝鮮是少數的幾個國家還有因饑餓而死的老百姓。我曾去訪問過非洲的難民營，一位只有廿五歲，但是滿臉皺紋的母親告訴我，她經驗了三個家人死在她的懷裏，丈夫因沒有抗生素治療因受槍傷而發的感染死亡，另外是她的兩個孩子因饑餓而死，她說在期待那一塊麵包來臨的同時，看著自己的孩子在懷裏一步一步的走向死亡，是世界上最殘酷的。所以我就決定回到朝鮮，投入了拯救饑荒的工作。」

「後來怎麼當上了金正恩的辦公室主任呢？」

趙晨倩的表情又變了：「一言難盡，不過開始的時候我是非常快樂的，因為我們的好幾個措施改善了糧食的分配，又取得了國際上的援助，的確將老百姓的饑餓狀況減少了很多，有時候自己覺得是送最後一個麵包的人。但是現在我恨我自己。」

「為什麼？」

「我背叛了自己，變成一個沒有社會良心的人，每天做的事都是在想要如何的傷害別人。」

「那就別幹了，還不行嗎？」

趙晨倩把剩下的紅酒都倒在她的酒杯，一口氣把它喝完：「建成，走，陪我去跳舞。」

對李建成說來，這是他和趙晨倩交往中最大的一個謎，毫無疑問的他能感到他們之間存在著「異性相吸」，她會肆無忌憚的向他拋出挑逗的言詞，也會有意無意的在肢體上作接觸，送出不可否認的「資訊」。但是他們之間主要談的都是「無性」的話題，從沒有談情說愛。趙晨倩全身緊緊的貼在他身上，隨著音樂的韻律扭動著身體上下敏感的部位，弄得李建成有點心猿意馬，他說：

「晨倩，別整我了，我會受不了的。」

「那就回去搞你的美女老婆吧！她一定是赤裸裸的在床上等著你呢。」

「我們說正經的，晨倩，妳剛剛說因為妳背叛了自己的良心而難過，我認為一個背叛了良心的人，就不會說這種話了，所以妳並沒有背叛妳的良心。妳的問題是妳把老百姓和執政者混在一起了，我相信妳是為了前者才回到朝鮮，只要妳的心裏還裝著他們，妳就沒有背叛他們，有一天，妳還是能替他們作很多事的。我離開美國到朝鮮來，不是因為我看上了金家王朝，就是想要為社會主義作點事。」

平壤高麗飯店的夜總會每到午夜，就會有一段「黑燈舞」，全場的燈光全熄滅，好讓場上的男女可以「特別親熱」一番。趙晨倩把他的手壓在她的乳房上，勾住了他的脖子吻他，把嘴張開來給他。

鍾為和申婷熙在第二天同一時間又在陽光海岸的步道上碰見，麥法森的那條金毛獵狗史酷特也來了，鍾為說要請她喝咖啡，因為申婷熙要去溫哥華辦事，就約好了在碼頭附近的咖啡館見面。鍾為雖然早到了一刻鐘，但是她已經到了，申婷熙站起來滿臉笑容的向他揮手，他們握手，鍾為看見步道上的婦人換了一身剪裁合適的洋裝，原來紮起來的馬尾巴放了下來，長髮及肩。顯然，她刻意打扮過，漂亮的臉蛋配上素雅的衣服，像是一位時裝模特兒。坐下後，鍾為說：

「對不起，我來晚了。」

「你沒來晚，是我急著想見一位大教授，所以早到了。」

「我不知道妳是又在開我的玩笑還是說真的，不過我還是很愛聽的。但是我不當教授了，我現在是開書店的。」

鍾為拿出一張名片給她，她也打開皮包翻出來一張名片，上面印的是：「朝鮮之友協會，負責人申婷熙」，地址給的是：澳門士多紐拜斯大馬路一六〇號友賢大廈三樓，電話號碼也在上面。當服務員走過來時，兩人都點了拿鐵咖啡和冰水。鍾為說：

「原來申小姐是朝鮮人，怎麼中文說得這麼好？」

「小的時候在家裏，父親教我讀中文，我會看中文小說。後來到歐洲求學時也選了中文課。但是中國話是我在北京大學當研究生時學的。」

「太巧了，我也曾在北大待過，那裏有不少朝鮮研究生，記得校園裏還有一家朝鮮飯館。」

「是的，後來我聽同學說了，有一位大氣物理系的鍾為教授，是從加州理工學院和香港優德大學來的，講課非常精彩。可惜那時沒認識您。」

「申小姐，現在也不晚啊！」

「珠莉和東尼都跟我說了，鍾教授從香港搬到溫哥華的經過我是一清二楚。」

「那他們太不夠朋友了，泄了我的底，也不告訴我他們有你這個大美女朋友。」

「鍾大教授，有一點我想說清楚，從昨天我們第一次見面起，您就盯著我看，我知道您心裏在說，又來了一個人工美女，所以盯著在找我做了整容手術的痕跡。但是我是朝鮮人，不是南韓來的女人，我們不做整容的手術。」

申婷熙從皮包裏拿出來一張照片給鍾為：「能認出來他是我的兒子嗎？」

「是長得有點像，幾歲了？」

「今年七歲，這是他兩年前的照片。現在相信我是如假包換的真人了吧？我不是什麼美女，但是身上和臉上沒有一塊肉是人工製造的。」

「真沒想到申小姐這麼年輕，就有個七歲的孩子了。」

「其實我並不年輕了，已經是道道地地的中年人了。」

「妳剛剛說朝鮮女人不像南韓女人那麼愛作美容手術，是為什麼原因？我以為所有的女人都有愛美的天性。」

「說得是沒錯，但是朝鮮女人沒有財力負擔作美容手術的費用。」

「申小姐，其實這是件好事。」

「大教授說得太深奧，我沒聽懂。」

「最近美國的媒體報導，一位五十歲剛出頭的著名女明星，作過了拉皮手術後和男友做愛，沒想到在非常劇烈和興奮的高潮時，也許是因為面部表情的巨大變化，掙脫了拉皮的手術縫線。」

「這位女明星為了片刻的歡愉，她的拉皮白作了，一定損失慘重，代價太大了。」

「那妳應該替她的男友想想，好不容易費了九牛二虎之力，把一個如花似玉的女明星搞得死去活來的發瘋了，但是就在瞬間，嬌媚的女人變成了滿臉皺紋的雞皮老太婆。我猜他八成會嚇出病來，或者永遠失去了性能力。這樣的代價的確是大了些。」

「鍾教授，你是不是在譏諷失去了青春的女人？」

「申小姐，我完全沒這意思，剛進來時還以為坐在這裏的是個年輕的時裝模特兒。」

「那是因為我這身時尚的衣服，來見大教授總要打扮得漂亮一點，我想要誤導你對我年紀的估計。」

鍾為轉開了話題：「妳喜歡穿朝鮮的傳統服裝嗎？」

「不喜歡，像帳篷似的把人包起來，只露出臉來。如果臉長得難看，那不就沒戲唱了嗎？也許這就是韓國人要作美容手術的原因。除了在正式場合有要求，我是從來不穿它的。」

「申小姐，那是因為妳想要別人知道妳的身材好。現在的審美標準的確是包括了身材在內，傳統服裝就是古代的服裝，當然就像您說的，把女人全包住了，看來妳不是很喜歡朝鮮的傳統服裝。」

「我不喜歡，也很少穿它。朝鮮的傳統服裝和日本的和服一樣是來自你們唐朝時的官服。傳統印象中，古代中國女性似乎不懂時尚，都是把自己嚴嚴實實地包裹起來，連手都掩藏在長長的袖子裏。這種印象，可能來自於中國的最傳統服裝『深衣』。深衣，是上衣下裳連體的一種服裝，後來才演繹出了長衫和旗袍。」

「妳對古代的服裝是有研究的。」

「沒錯，我是對服裝感興趣，我還想當過服裝設計師呢。中國唐代的女性很會穿衣服，很有特點，上衣有小袖襦衣，寬袖衫，下衣有各式裙子。最引人注目的，則是『半臂』裝和『袒胸』裝，這是當時最性感的女性服裝。我曾在書上看過，『半袖』就是通俗的古代短袖衫，在當時相當前衛，是著裝上的一種突破。隋朝的宮女很多穿這種半袖裝。」

鍾為接著說：「我也記得歷史書上說的，到了唐代，『半袖』成為宮廷女性的喜愛，《新唐書・車服志》有記載，『半袖裙襦者，東宮女史常供奉之服也。』這種穿著，在唐代考古中常有發現，在唐永泰公主墓和章懷太子墓的壁畫上，都能看到穿著半袖裝的女性。」

申婷熙也說：「但是比半袖更突破的是『袒胸』裝。這是一種在領口上進行大膽改革的時裝，一改圓領、方領、斜領、直領、雞心領的傳統開口，加大開口尺度，將它剪裁成『袒領』，把近半酥胸暴露在外，乳房半隱半現，在肢體動作時欲隱又現，性感極了。」

鍾為喝了一口咖啡：「『露乳裝』早在初唐便已穿開了，初唐『四大家』之一的歐陽詢便有『二八花鈿，胸前如雪臉如花』一說，倘若不是詩人親眼看到雪白酥胸，能有這麼寫實的描寫？這種風尚到了李治，唐高宗當皇帝後更為流行，女性『拖裙到頸，漸為淺露』。女人胸部太露，畢竟與傳統的審美觀有衝突。所以，李治曾兩次下令，要求臣民著裝得體，由此可見當時的女性多麼前衛和新潮。但是當時的大周皇帝武則天喜歡趕時髦，雖然『禁露』一時有效，但是『旋又仍舊』。最後連這位女供養人都敢穿薄、透、露的服裝了。」

「鍾教授，看我們都說到那裏了，還是說說你吧！」

鍾為沒看見她手上戴著結婚戒子：「我這個開書店的，沒什麼好談的，何況麥法森又把我的秘密都抖露給妳了，還是說說妳吧！妳先生也一起來了嗎？」

申婷熙的臉上又出現了那曖昧的笑容：「是不是我聽錯了？鍾大教授的語氣裏似乎是有點失望。」

「不是只有一點，有很多。」

「太好了，您很會說讓女人高興的話。你別失望，我的男人已經不要我了，所以我才落荒而去。」

「那他一定是有毛病。」

「他有你們男人的通病，只是在他身上更為嚴重。」

「是嗎？我當了一輩子的男人，我怎麼不知道我們還有通病，那是什麼？」

「生性風流，沾花惹草，再加上家花沒有野花香，小三都帶進門了，我就只能靠邊站了。」

「但是男人不安於室是有原因的，妳聽過沒有？形容男人命苦的對聯是：『我愛的人名花有主，愛我的人慘不忍睹。』所以你老公的毛病一定是瞎眼症。」

「別淨說些我愛聽的話，對你會有危險的。」

「我有喜歡冒險的毛病。」

「那就別忘了我警告過你。珠莉告訴我，以前在陽光海岸，你的身邊有一位叫邵冰的大美女，她不是也落荒而去了嗎？」

「珠莉沒告訴你嗎？美女要嫁年輕的帥哥，就遺棄她的老男人了。」

「我聽到的故事裏還有一位書店裏的美女經理。」

「沒錯，是有一位美女經理，可惜人家已經是名花有主，手上戴了戒子的人了。」

申婷熙喃喃的說：「朝鮮的老女人配台灣的老男人。」

「申小姐，妳說什麼？我沒聽清楚。」

「噢！對不起，我是說，聽說您原來是從台灣來的，是嗎？」

「是的，我是在大學畢業後才離開台灣的，那裏是我的故鄉。」

「你知道嗎？台灣和朝鮮在歷史上有一個很重要的共同點，就是曾被同一個日本人統治過。」

「妳是說伊藤博文嗎？他可是日本近代政治上的一個人物，明治維新後的第一個內閣首相，第一個樞密院議長，第一個貴族院院長，明治憲法之父，立憲政友會的創始人，四次組閣，任期長期七年，任內發動了中日甲午戰爭，使日本登上了東亞頭號強國的地位。」

「鍾教授也很清楚這段歷史了。」

鍾為說：「伊藤博文青年時就參加『尊王攘夷』運動。他留學英國學習海軍，也到普魯士研究憲法，歸國後致力於訂定日本憲法，並訂定華族制度，內閣制度，皇室典範，設立樞密院等。一八八五年起四任日本首相。一八八八年起三任樞密院議長，國會組成後，又任貴族院議長。他是中日甲午戰爭的主要策劃者，戰後任和談全權代表，脅迫清政府簽訂《馬關條約》，並一度任台灣事務總裁。在日俄戰爭期間，他以元老身分，指導戰爭。在台灣已經很少有人知道伊藤博文是誰，年輕人還以為他是個電影明星。」

申婷熙接著說：「二十世紀初，日本帝國主義為達到吞併朝鮮的目的，在一九〇六年，派他擔任日本特派大使，與朝鮮簽訂《日韓協約》。為了積極推行朝鮮殖民地化政策，就由伊藤博文出任日本駐朝鮮首任統監。他收買叛徒，增兵漢城，逼朝鮮訂下喪權辱國的條約。朝鮮人安重根目睹祖國危亡，愛國志士殘遭捕殺，而救國無門，就採用暗殺手段。他趁伊藤去哈爾濱會晤俄國財長的機會，在火車站擊斃了伊藤，最後被捕入獄，昂揚就義。這個故事就被製作成了戲劇和電影。」

「記得歷史老師說過，一九〇九年安重根在哈爾濱的義舉，不但震驚了遠東，也震驚了世界。當天這條簡短的電報『伊藤博文今日在哈爾濱被一朝鮮人彈斃，刺客已被捕獲。』一發出，全球報刊爭相報導這一特大新聞。日本報刊、朝鮮親日報刊和一些西方報刊指責安重根是個暴徒，不過以法國為代表的另一些西方報刊和朝鮮的多數報刊，都以客觀的態度報導了這事件；但是中國和俄國的韓文報刊則稱讚安重根是愛國志士，也是和平代表者。」

最後，鍾為說出他所知道的歷史：

「當時上海的《民籲日報》、《上海時報》、《上海申報》、天津的《大公報》、香港的《華文日報》中國報紙都對事件做了大量的報導。《民籲日報》在一篇社論中評論道：「今日韓人飛此一彈……抵萬人之哭訴，千篇之諫書」，「十年前，日本巧取豪奪，破我陸師，殲我海軍……如今日本之視我已如俎上之肉，不快其口服不能自止。」安重根殉國後，中國各界名人紛紛題詞。孫中山的題詞是：「功蓋三韓名萬國，生無百歲死千秋。弱國罪人強國相，縱然易地亦藤侯。」章太炎題寫了

「亞洲第一義俠」，還有北大的校長蔡元培等二十多位名人也題了詞。身在日本的梁啟超作了一首〈秋風斷藤曲〉，讚頌他：「黃沙卷地風怒號，黑龍江外雪如刀，流血五步大事畢，狂笑一聲山月高。」

「五四運動」前後，中國各地紛紛演出反映義舉事件的戲劇。周恩來和鄧穎超在天津南開讀書時便參加了《安重根》，又名《亡國恨》的演出，由鄧穎超扮演安重根。二十世紀三〇年代，田漢領導的南社劇團也演出過《安重根刺伊藤》。周恩來曾說過：中日甲午戰爭後，中朝人民反對日本帝國主義侵略的鬥爭，是在二十世紀初，安重根在哈爾濱刺殺伊藤博文開始的。蔣介石也於一九七二年為安重根義士紀念館題詞：「忠烈千秋」。朝鮮在一九七九年為紀念安重根誕辰一百周年，拍攝了故事片《安重根擊斃伊藤博文》，朝鮮在新世紀也拍攝了《安重根傳》。

安重根的紀念館、紀念碑遍及朝鮮、韓國、中國、俄羅斯，甚至日本。在中國旅順、哈爾濱都有不同形式的安重根紀念場所，二十世紀九〇年代，哈爾濱上演了歌劇《安重根》，還出版了幾種相關著作。當年在旅順日俄監獄，安重根為日本人寫了二百餘幅題詞，現已發現約六十餘幅。其中一幅「為國獻身軍人本分」，是臨刑前應看守他的日本憲兵千葉十七所題，在日本的安重根紀念碑上就刻有這首題詞。隨著時間的推進，題詞還陸續有所發現，二〇〇八年在中國拍賣行亮相的一幅〈臨敵先進為將義務〉，以五十五萬元人民幣成交。」

申婷熙很驚訝鍾為對這段歷史會這麼清楚，也許是在大學裏當老師的，什麼都要弄明白才行。她禁不住對鍾為注視著，默默的感歎命運的捉弄。這一次的喝咖啡約會，兩人相談的特別投機，鍾為和申婷熙都續杯兩次，她錯過了去溫哥華辦事的時間，他們在碼頭附近的海邊散步，一直到黃昏日落，鍾為說要請她吃晚飯，她馬上答應了，飯後又去了陽光海岸唯一的酒吧喝酒，兩人談個沒完，一直到晚上十點才陪申婷熙散步回到她住的地方。

「鍾為，要進來坐一會嗎？」

兩人已經是稱名道姓了，小姐和教授的稱呼不見了。

「已經太晚了，婷熙，妳一定累了，早點休息吧！」

申婷熙靠上來，摟住他的脖子，深深的吻了鍾為：「謝謝你的咖啡，晚餐和白蘭地。」

「謝謝妳給我的半天快樂，我們再見。」

鍾為一回到家，他的電話就響了，是申婷熙：「剛剛忘記跟你說了，鍾為，晚安。」還沒等他回答，電話就掛了。申婷熙排山倒海的向他衝過來，讓鍾為有點措手不及。

鍾為和申婷熙的互動和感情都發展得很快，不僅是在陽光海岸的步道上幾乎天天都能看見兩人在一起慢跑，還能看見他們手拉著手在海邊散步，數著樹上的鮮花和地上的落葉，美女靠在男人的胸上聽海浪招呼陸地的聲音，一起尋找夾在其中的鳥語，還有空氣中的花香。他們在夜色下擁吻和愛撫，申婷熙鶯聲燕語的委婉示愛，帶來了無限的想入非非，但是最後他們還是以互道晚安各自回家。

本來計畫在珠莉和東尼回來後，申婷熙才結束她的加拿大行程，但是她接到朝鮮之友協會的通知，要她儘快趕回澳門。她打電話告訴鍾為，她想在走之前請他吃一頓親手準備的朝鮮烤肉，這就是鍾為在輪渡上接到申婷熙打來的電話邀請。豐盛的烤肉大餐是擺在麥法森家後院的野餐桌上，鍾為點上的炭火烤盤已經燃起來了。申婷熙從屋裏端出一大盤切得薄薄的上等牛肉，還有一盤卷肉的生菜，最後還端出一盆麵疙瘩湯和一瓶醃好的辣白菜。鍾為看見她刻意的打扮自己，一件大花緊身的長衫，不僅把她誘人的身材顯出來，衣服的料子和剪裁特別把唐朝女裝的薄、透、露，特色誇大了。

「怎麼今天穿得這麼清涼性感誘惑？」

「因為我要勾引一個男人。」

鍾為從後面抱住了她，輕輕的撫摸她的前胸和小腹，申婷熙回頭仰起了脖子，當他吻她時，她張開了嘴，讓他侵入和佔領。鍾為能感覺到隔著她的長衫，就只有軟玉溫香的肉體。

「別這麼猴急，我們有的是時間。你把紅酒打開，我來開始烤肉了。」

這是鍾為吃過最可口的烤肉，不知不覺的他就全神灌注在美食的享受上，他面對著青山綠樹和碧藍的海水，西下夕陽裏吹來的微風讓他的身體感到清爽，還有眼前溫柔體貼的醉人美女，男人還有什麼所求？問題是眼前的美女是個謎一樣的女人，她已經將鍾為的一生都弄得清清楚楚，但是她對於自己的身世，尤其是關於她的婚姻，卻守口如瓶，他連她的丈夫叫什麼都不說，連他說了幾次想見見她的孩子，都沒有下文。難道她真的認為一個男人會和完全不明身世的女人天長地久嗎？還是她只是在尋找短暫的激情。顯然，她認為她的身世和她的婚姻都會影響他們的交往。

「婷熙，是家裏發生了什麼事嗎？怎麼突然就要回去了？」

「不是家裏的事，是朝鮮之友協會的事。我是要去澳門，兩個星期就回來。」

「那妳不回朝鮮了嗎？」

「不回。」

「不想家嗎？」

「我更想這裏的男人。」

「誰是那位幸運的男人？」

「你要是不知道，我就不告訴你。鍾為，你不要對我太殘酷，否則有一天我要把你的心挖出來，看看是肉做的還是石頭做的。」

「那妳要排隊了，還有別人也要挖我的心。好了，婷熙，妳不在的時候，這裏有什麼事我可以幫忙的嗎？」

「這裏我沒事，但是在朝鮮你是可以幫我一個大忙。」

「只要我能辦的到就沒問題。」

申婷熙將事情的背景說出來：

朝鮮的大饑荒還是上世紀的事情，經歷了多年的糧食短缺，朝鮮在二〇〇五年終於糧食豐收，沒有大天災的話，朝鮮的糧食產量是可以自給自足。二〇〇六年聯合國糧農組織的報告說，朝鮮人年均糧食消耗量是兩百五十公斤。朝鮮政府把農業作為「主攻戰線」，動員全國一切力量解決糧食問題，數百萬非農業人口下鄉支援，二〇〇五年糧食產量達到五百萬噸，二千四百萬人的口糧可望得到解決。遺憾的是，這些年來，幾乎年年有天災，糧食豐收僅是二〇〇五年短暫一瞬，次年就是受災嚴重，至今還是糧荒依舊。

聯合國世界糧食計畫署的報告說：朝鮮正處於新的糧荒中，有超過三分之一的人口，也就是有將近九百萬人是在饑餓中。專家們的報告說，雖然朝鮮發起「全民插秧」和「全民收割」總動員，但是沒有精準的農業天氣預報，不能掌握降雨時間和降雨量，因而「總動員」無法配合，達到預期的效果。這是造成糧荒的重要原因。除此之外，朝鮮政府的一連串新的限制措施，嚴重的影響了國際上對朝鮮的糧食援助。六方會談所造成的進一步困難，使美國暫停了對朝鮮的糧油援助。

「婷熙，妳要我幫什麼忙？」

「聯合國開發總署正在進行的『圖們江計畫』，是一個在朝鮮的經濟開發計畫，負責人是凱薩琳‧波頓，她曾來澳門找過我，問我要關於朝鮮的資料，她人挺好的，我們成了朋友。他們現在決定要擴大內容，增加一個『農業氣象預報能力』的項目，聯合國和朝鮮都在找一位帶頭的專家，一定要是在國際上知名的科學家，那些捐款的國家才會同意繼續維持計畫的財政來源。波頓和我們自己的專家，其中有好幾個在北京大學都上過你的課，全都推薦由你來主持這個增加的項目，說你是國際上知名的小尺度氣象學的專家，所以你得幫我們這個忙。」

鍾為說：「自從幾年前離開了香港以後我就沒有再碰過這些東西，唯一的是卑詩省氣象中心的老朋友叫我替他們在航空測量工作當義工，因為我還是很喜歡飛行，所以才去幫忙。至於預報方面的事我就沒參與過，我知道的那些東西都已經落伍了，妳該去找別人。」

「是不是你覺得聯合國給的錢太少，請不動你這位大教授，是不是？」

「不是的，我真的是怕不能勝任。婷熙，這樣辦妳看如何？我在這方面還認識一些人，我負責替妳找合適的人選，到妳滿意為止。行吧？」

「你要是找不到，我們還是來找你。」

「沒問題。妳看，肉都被我吃了，妳自己就只顧得給我烤肉了。」

「我們朝鮮女人就喜歡把男人餵得胖胖的，你喜歡就多吃點。鍾為，前些日子，我又把《水滸傳》裏的潘金蓮故事看了一遍，你一定知道她的故事吧？」

「當然，我還看過《金瓶梅》，它把潘金蓮的故事寫得更仔細，想當年我對潘金蓮的故事作過研究，也有一定的心得。」

「鍾為，用現代人的眼光看，你覺得潘金蓮這女人怎麼樣？」

「不論是以中國古代的標準，或是以『性革命』以後的西方觀點來看潘金蓮，她都可以稱得上是一個對精神和肉體的充實和滿足有強烈需求的女人。在我所認識的女性朋友裏就有這樣的人，她們對男人非常的溫柔體貼，但是要追求性生活的滿足。當潘金蓮被塞給武大郎當老婆後，發現這個三寸丁的丈夫和她心目中想的完全離譜，薄弱的道德意識驅使她去追求更多『實質的性高潮』。婷熙，所以在《水滸傳》裏，她就成了『生性淫蕩』的女人。」

「還有在第二十九回裏，吳神仙看了潘金蓮的相後，說她『髮濃鬢重光斜視以多淫，臉媚眉彎身不搖而自顫』，『舉止輕浮惟好淫，眼如點漆壞人倫，月下星前長不足，雖居大廈少安心』。中國人還有我們朝鮮人都認為面相暗示著本性，潘金蓮之所以對『性』特別有興趣，就是因為『臉上多了一顆痣』。這完全是封建和對女性的偏見。」

鍾為接著說：「可是武松出現了，這個景陽岡上的打虎英雄與潘金蓮的丈夫武大郎形成了太鮮明的對比：一個是凜凜一軀堂堂一表，一個是身材矮小形容猥瑣；一個是英雄蓋世萬夫不擋，一個是窩窩囊囊手難縛雞。任何一個女人，任何一個身心正常的女人，先嫁了武大郎，再遇見這位小叔武二郎，都不可能不心潮起伏。在魏明倫的川劇《潘金蓮》中，潘金蓮有幾句唱詞，說出了她對武松的感覺：『為什麼有了他熱浪翻滾？為什麼少了他死氣沉沉？為什麼當初無緣識豪俊？為什麼見面已有叔嫂分？』潘金蓮可以有兩種選擇：一是恪守婦道，甘於寂寞。二是衝開束縛，追求幸福。當時的中國女人，遇到潘金蓮這樣的情況，多數會選擇前者。但是，選擇前者，不要說對於潘金蓮這樣的女人，就是對於一個清心寡欲的女人，也實在是一種莫大的痛苦。妳是女人，妳說對不對？」

「鍾為，你說得沒錯。你想想看，當一個女人面對著兩個男人，一個是武松，一個是武大郎，兩個人在你眼前晃來晃去。一想，你的丈夫不是武松，而是武大郎，你會覺得滋味如何？潘金蓮沒有選擇甘守寂寞，這就註定了她的悲劇人生。她向武松示愛，不光是壞了男女不可婚外私通的綱常，而且壞了叔嫂間的倫理規則，是雙重的罪名。可她就是頂著雙重的罪名向武松示愛了。在當時的社會，這是一個了不起的行為。」

鍾為又說：「我認為，潘金蓮未必認為自己這麼做是正當的，或者，她根本就不敢思索如何對自己的行為進行道德評判。因為一旦去思索，她會使自己陷入更深重的矛盾和痛苦中。從感性層面上分析，潘金蓮對武松的渴求達到了相當強烈的程度，強烈到不可遏制。否則，她不會那樣精心地設計引誘武松的具體步驟，不會對武松有那麼赤裸裸的情感表達。婷熙，妳記得嗎？《水滸傳》裏曾寫過：那天，下著大雪，武松到衙門裏簽到，與同事一起吃了早點，踏著一地『亂瓊碎玉』似的白雪回來了。武大郎去賣炊餅了，家裏就只有潘金蓮和武松兩個人。潘金蓮『暖了一注子酒來』，與武松對飲。屋子裏還有一盆取暖用的炭火。你能想像嗎？窗外寒風大雪，室內熱酒火盆；一個慾火焚心情潮難抑的成熟美女，一個冷漠憂鬱強作鎮定的英雄帥哥，是不是要詩情有詩情，要畫意有畫意？『紅酥手，黃藤酒，亂瓊碎玉撫殘柳。寒風惡，爐焰灼。松柏雖依，叔嫂相隔，莫，莫，莫。冬如舊，人未瘦，敢把胸襟向君透。花有錯，雪無歌。一懷情思，幾多血火，錯，錯，錯。』我覺得這是很美的意境，在濃郁的愛情裏，又充滿了無奈和絕望。」

中婷熙的臉上又出現了那曖昧的微笑：「你知道嗎？鍾為，這世界上從古到今就是有不解風情的男人。這位小叔子就是一個，他不理解潘金蓮，不願意和她偷情。於是潘金蓮就要面臨極大的挑戰。一方面，她春情狂泛不可收拾，另一方面，她又無管道可以宣洩，讓她很容易的墮入了毀滅的情緒狀態。《水滸傳》是講一群有正義感的英雄好漢，為了做他們想做的事，甚至和官府對抗。為什麼就不能接受離經叛道的社會行為？讓叔嫂私奔成功，遠走高飛，建立新生活。讓潘金蓮當壚賣酒，伴武松終了一生。」

「如果妳寫了一本《水滸傳續集》，把武松和潘金蓮的故事寫成花好月圓的結局，一定要讓我們海天書坊出版。」

「沒問題。一言為定。我會把《水滸傳》裏有一段類似用駢體文的筆法，非常生動具體，卻又毫無穢感，並且還非常美妙和富有詩意的描述男女兩人的雲雨之歡，我會用它來形容潘金蓮和武松做愛時，他們是如何的在享受對方的身體和靈魂。」

「太好了，婷熙，妳還記得這段描述嗎？」

「當然，『楊柳腰脈脈春濃，櫻桃口呀呀氣喘；星眼朦朧，細細汗流香玉顆，酥胸蕩漾，涓涓露滴牡丹心』。」

「妳的記性真好，還記得書裏的細節。」

「那是因為我和潘金蓮一樣，也遇見了一個不解風情的男人。」

朝鮮勞動黨宣佈在相隔四十四年後，朝鮮唯一政黨歷史上的第三次黨代表大會即將舉行。同時也宣佈，大會的主席將由黨代表的主席團推選出的「臨時主席」擔任。在前兩次的黨代表大會，總書記也是主席團的主席，所以也是黨代表大會的當然主席。現在所有的人都明白，金正日因為健康狀況，將不能擔任大會的主席，那麼被推選出來的「臨時主席」是不是會成為下一任的總書記呢？一個無限大的想像空間出現了，但是無論是什麼樣的想像，金正日的接班人問題終於被放到台面上來了。

金正男還是在金正日的辦公室會見了宋樹安，等兩人坐定，人參茶倒好了，辦公室裏只剩下他們後，金正男迫不及待的問：「告訴我最新的情況。」

「黨主席團的代表已經在過去的兩天裏，去到了醫院三次見總書記。」

「主席團代表的成員都是些什麼人？」

「當然是有我們的人了，也有正哲和正恩的人，他們當然也是高英姬的人。奇怪的是軍方和情報安全部門都沒有人參加。」

「你還有非正式的消息嗎？」

「有兩個很可靠的消息，一個是軍方和情報部門的代表曾由地下道進入醫院去見總書記。另一個是領袖單獨和高英姬見了面。」

「有沒有見面時所談的具體內容？」

「沒有，但是可想而知一定是談接班的問題。」

「那當然，但是我們要知道有沒有行動計畫的時程，我們需要知道，才能計畫我們的對抗行動。」

「這我明白，我會盡力的探聽。但是我還聽到一個非常不利的消息，就是高英姬請了勞動黨的大佬們，包括軍方的幾個元帥，到她家吃飯，席間她把兩兄弟攤出來，她說：正哲和正恩是她的兩個親兒子，是從金日成，金正日兩代領袖以來一脈相傳的繼承人，她希望大佬們在她的兩個兒子中選出一個去當黨代表大會的臨時主席，也就是接斑人，她就會要求另一個兒子和她聯手一起來支持他們選出來的接班人。」

「大佬們做決定了嗎？」

「高英姬出了一個高招，她並不在意大佬們選老二或老三，她的目的是要把你排除在外，不在被選的名單裏。同時她也替大佬們解決了一個令他們頭疼的問題，就是領袖一直是讓你們三兄弟三足鼎立，他們一直在擔心，支持你們中的任何一個，都會引起另外兩兄弟的聯手反擊。現在高英姬將你們分成兩夥，你一個人單打獨鬥，大佬們會支持那一方，就很清楚了。」

「老宋，我真沒想到她會有這個高招。你看我們該怎麼辦？」

「首先，我認為大老們一定會選擇正恩，他長得人高馬大，太像他祖父金日成了。我相信正哲也已經心裏有數，是他弟弟會出頭的，他心裏免不了會有嘀咕。如果我們能找人說服他，提出條件買通他，他是個愛錢的人，要他宣佈金正恩不適合當接班人。」

「我想他也許會反對他弟弟，但是他決不會支持我的。」

「正男，我們不需要他公開的來支持你，只要他不支持正恩，大佬們會認為只要不投正恩的票，而投你的票，就不會得罪兩個人了。我們的問題是要找一個非常合適的人去和正哲談條件。」

「老宋，你有人選嗎？」

「我看這件事只有夫人有說服力，但是我怕她不同意。」

金正男陷入了沉思：「她什麼時候要動身回來？」

「夫人原來說一周內離開溫哥華去澳門，在那待幾天就回平壤。」

「老宋，你跟她把情況都說清楚，告訴她，說服正哲是首要任務。請你把老爸給我的瑞士銀行帳號轉給她，正哲是個愛錢的人。」

「正男，那可是一大筆錢啊！」

「拿不到大位，有錢也沒用。拿到了大位，再把錢收回來也不晚。」

「行，那我就這麼去辦。還有一件事需要你辦，就是二經委的張西材說，毒品和偽鈔的事可能被國際刑警盯上了，他說以後所有的消息往來都要用國家情報局的密碼通信。這要你去跟他們說一聲。」

「沒問題。你告訴張西材，收入的一半送進澳門匯業銀行的『主席基金』帳號，另一半存進瑞士銀行帳號。還有，張西才這個人行嗎？」

「做事還可以，就是緊張兮兮的。他老爸是勞動黨的秘書長，是個老古董，他怕要是知道了他的真正任務，會扒他的皮。」

兩個星期過後中婷熙沒有回到溫哥華，但是鍾為接到她的電郵：

親愛的鍾大教授，你好！

很抱歉，我回溫哥華的日子要延期了，具體的時間，我現在也說不準，很可能要再延兩三星期，我需要回平壤一趟。

一回來後就被一大堆的事淹沒了，從早到晚，連喘一口氣，喝一口水的時間都很難安排，身邊沒有一件事是順心的。就只有思念和你在陽光海岸的日子時，是唯一讓我開心的時刻。但是我不知道你會不會也在想念我。我明白你不諒解我對你刻意的隱藏自己的身世，這也是我最大的痛苦，請再給我一點時間，我會把我的一切都赤裸裸的擺在你面前。痛苦的日子非常難熬，特別是在夜深人靜時，想到心愛的人，在他的未來會有我的空間嗎？

在輾轉不能成眠時，我又把西施的故事拿出來看，她是你們中國的第一美女，也因為她的美，讓她的一生以悲劇結束。西施本名施夷光，春秋末期出生於中國紹興的諸暨。她天生麗質美貌絕倫，又出生在西村，所以左鄰右舍便稱她為「西施」，也就是非常漂亮的女人之意。但是這位傾國傾城的女人，從她一生下來之時起，便註定成為政治鬥爭的犧牲品。吳國的君王夫差便以報殺父之仇為名滅了越國，將越王勾踐虜到了吳國做奴隸。經過越王勾踐的竭力周旋，三年之後，夫差終於同意放勾踐回歸故里。

回國之後，勾踐所做的第一件事情便是在越國選出一批美人送給吳國，以此來麻痺夫差。在她剛滿十五歲那年，西施以絕美的身材被范蠡相中，他建議勾踐將西施獻給吳王夫差。西施沒有令勾踐失望，她憑藉著美豔的容顏和高超的琴棋歌舞，很快的成為吳王最為寵愛的妃子。在她的迷惑下，夫差一次又一次地享受她，同時也放鬆了對越國的警惕。十年後，越國舉兵滅吳，夫差被迫拔劍自殺。西施也得以榮歸故里。按她這樣一位為國家付出過如此巨大的犧牲，做出過如此巨大貢獻的人，歸國後應該受到最高的尊重和獎賞。但是，她卻莫名其妙的不見了。

對於西施最後的結局，無論史學界還是民間傳說中都存在有不同的說法。有人認為，西施在歸國後與范蠡歸隱於五湖。早在勾踐派范蠡在全國境內選美之時，他們便已相識成為戀人，只不過國難當頭，他們暫時放棄了自己的愛情。滅了吳國之後，范蠡就帶著西施一起歸隱江湖。

《越絕書》曾寫道：「西施亡吳國後，復歸范蠡，同泛五湖而去。」終於成就才子佳人的美麗神話，但是《史記》與《吳越春秋》都沒有記載這段事。因此還有一種傳說；就是西施歸國的當晚，越王勾踐面對的是一個成熟的絕美婦人，混身散發著性感，激起了色心，使他垂涎西施的美色，想到被自己剛剛殺死的仇人夫差竟然能在過去的十年裏，日夜的享受她的肉體，他禁不住妒火中燒，不顧在場的范蠡，立刻命她脫衣侍寢。勾踐和西施反覆的同床共枕，共度良宵。他在百般的蹂躪西施時，也對這位在他身下嬌柔呻吟的絕色美人產生了無限的疼愛，但是勾踐的這種舉動極大地刺激了與他曾經共患難的夫人。《東周列國志》裏說；「勾踐班師回越，攜西施以歸。越夫人潛使人引出，負以大石，沉於江中，曰：此亡國之物，留之何為？」結果是女人的嫉妒，讓一代美人就這樣莫名其妙地葬身於湖底。

據說勾踐的王后沉西施的地方就在今天蘇州的「帶城橋」，據考證，這座橋原來是叫「袋沉橋」。根據唐初詩人宋之問的一首詩歌：「一朝還舊都，靚妝尋若耶；鳥驚入松夢，魚沉畏荷花」，和李商隱的詩歌：「景陽宮井剩堪悲，不盡龍鸞誓死期；腸斷吳王宮外水，濁泥猶得葬西施」，都描述西施是落水而死。但是詩歌原本就是經過詩人的一番加工，它只不過是一種文學體裁，很難作為歷史證據。由此看來，西施不慎落水之說很有可能只不過是當時詩人一種合理的想像，後世的人便根據這些詩人的想像，誤以為真有其事罷了。

自古紅顏多薄命，是一個被歷史無數次證明了的事實。農村出生的西施，憑藉著傾國傾城的容貌和身材，為國犧牲了青春和愛情，在完成使命之後，又被自己的國王在心愛的男人面前蹂躪，成為後宮女人嫉妒的犧牲品。但是我也有一個另外的推論和想法：

當年西施被送給吳王做玩物，目的是以她的美豔成為夫差的「性奴隸」。但是一個好色的男人不可能會要同一個女人當他十年的「性奴隸」，喜新厭舊是這種男人的特點，對一個女人能夠維持了十年的寵愛，並且是至死方休，一定是因為有了愛情。夫差愛上了西施，而西施也愛上了夫差。蹂躪她的人愛上了她，就像她無法反抗也沒有力量抵擋對她身體的侵犯，她擋不住跟著而來的排山倒海愛情，所以就像她把身體獻出給夫差一樣，她把愛情也獻出去，所以才有十年的恩愛。

風華絕代的美人對愛情的要求是多面的，她們要求濃郁的靈魂滋潤，同時也要肉體的燃燒，到後來兩者都分不開了，潘金蓮就是個典型。西施的舊情人范蠡十年裏不見蹤影，再見面時，就是看著他的主子在蹂躪她，而在這十年中，西施從一個十五歲的黃花少女成長為青春美豔的少婦，陪伴著她的是和她有肌膚之親的夫差。

鍾為，你說，西施會去愛誰呢？在戀愛中的女人不僅記不得過去，對未來也不考慮，只要擁有眼前就滿足了。所以在西施看見愛人被殺死，自己又被十年前把她送走的人蹂躪，她看穿了你們男人，就投水自殺了。到頭來，她是以悲劇結束了她的一生。中國的歷史把勾踐的臥薪嚐膽寫成是正面的故事，把吳王夫差說成是負面人物，寫他好色殘暴，不會用人，不好好治國。但是我要把他看成是一個憐香惜玉的大情人。

鍾為，你在《追風的人》裏描述你的小情人背叛了你去嫁人，但是她在多年後，當她已經是個暮遲的婦人來找你時，你就抱著復仇的意志，毫不手軟的把她蹂躪得死去活來。但是你在小說裏卻沒說在你全心投入追求學術時，把她擺在一邊不聞不問，你沒想到她也有美女的需要嗎？這就是當美女的悲哀。無論是西施，潘金蓮還是你的小情人，都會期待讓她們心動的男人所帶來的侵犯，你也描述了她們「欲拒還要」的掙扎。這些都是讓人刻骨銘心的愛情。我的一生充滿了哀傷，就是因為不想讓你分擔，所以我要隱藏我的過去。但是在陽光海岸的步道上，當那隻金毛獵犬史酷特領著一個男人到我面前時，我心動了。鍾為，請你諒解，我渴望你的滋潤。

思念著你。

婷熙

王家偉是中國人，他是吉林省丹東市的居民，因為他會說流利的朝鮮話，原來就往來中朝兩地做小生意，把中國的日常生活用品拿到鴨綠江對岸的新義州去賣，同時也買一些朝鮮的土特產運回丹東出售，賺一點互通有無的錢。

王家偉每一周需要進出丹東市的邊境至少一次，多的時候要有兩三次，久而久之，他和中朝兩方的邊防人員都熟了。王家偉出手大方，常給邊防人員一些好處，所以他在出入境時也能享受一些方便。

美國駐瀋陽市總領事館的副領事，禾田一郎，在兩年前和王家偉接觸，托他帶錢給在朝鮮「脫北者」的親屬，錢不多，從二三十元到一兩百元，大部分是朝鮮幣，但是也有時是人民幣，人民幣在朝鮮是最流通的外幣，王家偉從中收取「費用」。有時禾田一郎也會請他打聽一些特別的「小道消息」，如果有價值，禾田一郎也會付錢。

禾田的真實身分是中央情報局，朝鮮專案辦公室的特工，他吸收了王家偉成為中情局的「線民」。原本在新義州的一間「家偉雜貨店」，用禾田一郎在幕後提供的資金擴充，又在平壤開了一間分店，店面很小，但是坐落在金日成廣場旁邊的一個小巷子裏，但是地點適中，離地鐵千里馬線的勝利站很近，交通很方便。

雜貨店還是專賣中國進口的日用品和食品，但是也做舊書報雜誌的收集。王家偉發現有時會有一些政府的文件夾在一堆舊書報裏，禾田一郎會出高價收買，是一項很賺錢的東西，但是每次都要和其他的舊報紙混在一起來包裝朝鮮土特產過關。禾田一郎交給他唯一的一項「間諜」任務，是曾要他在一個機關前「蹲點」一個星期，記錄所有車輛的車牌號和進出時間。

在這之後，禾田一郎把他請到瀋陽市兩次，每次進行了兩周的「行動訓練」，主要是教他如何傳遞資訊，反偵察和反跟蹤的方法。禾田一郎交給他的第二個任務是擔任李建成的「交通員」，為他傳遞情報和物品。但是他從來都沒見過李建成，只知道他的代號是「邱龍石」。

李建成送出的情報都是用郵局的信件寄到平壤的雜貨店，每一封信都是從平壤市裏不同的位址和不同的發信人寄出。在朝鮮所有的通訊是被嚴格的控制，和國外的信件，傳真和電話是一定被檢查和監聽的，進出平壤的通信和長途電話是抽樣檢查和監聽，但是在平壤市內的往來通訊就沒有檢查和監聽，因為收信人不是王家偉，如果被檢查，就可以說是錯寄的信。既使是被拆開，信件的內容也只是一般的問候，王家偉將信件和其他的舊紙張混在一起，用來包裝朝鮮的土特產，帶出境。禾田一郎用特別的化學藥品處理後，就能顯示出真正的資訊。

這些信所用的信紙比一般的厚，如果撕開它的左上角，紙張中間有一個很薄很小的晶片，大約只有兩毫米見方，它是個數碼記憶體，有驚人的存儲量。禾田一郎和李建成都有個特製隨身碟，裏頭有一個「偽裝」的接受器，可以在他們的筆記型電腦上將檔案加密或解密後輸出或讀出。

王家偉並不知道這些事，除了將寄到他店裏的信件帶出境給禾田一郎外，從丹東帶進來的情報是放在預先定好的「取信點」，他會用粉筆在指定的地點畫記號，情報就會被取走，不同的記號是表示不同的「取信點」。王家偉被告知，帶進來的情報停留在他雜貨店的時間越短越好，為了安全，在任何情況下，決不能超過廿四小時。王家偉是李建成的交通員，但是他從來沒見過他的下家，也就是他服務的對象。

有一次禾田一郎交給他四個梅林牌的豬肉罐頭，說是到了平壤後會有人到他店裏來以購買罐頭的方式取貨，禾田一郎把互相認證的暗語告訴王家偉，他以為這次會見到他的下家了，但是第二天來買的人是個半大不小的男孩，他正確的說出了所有預定暗語，王家偉就只好讓這孩子把罐頭帶走了。

小男孩也不認識李建成，他是為了兩塊錢替一個路人到雜貨店買罐頭。四個罐頭裏裝的不是豬肉，而是一個拆開來的衛星電話零組件，李建成將它組裝後成為他和中情局朝鮮專案辦公室的主要通訊工具。中情局有三個「鑰匙孔」間諜衛星的軌道是調整在不同的時段通過朝鮮上空，其中大約有三十分鐘，平壤是在衛星的「直接視線」之內，李建成可以用他的電腦在這一時段上傳或是下載資料，或是直接使用語音通信。

朝鮮的安全部門嚴格的監測和記錄所有的網路通訊和無線電信號，李建成利用中情局為他提供的軟體加秘和壓縮程式，在幾秒鐘的時間內就能把一個相當大的密碼文檔上傳到通過平壤上空的低軌道「鑰匙孔」間諜衛星，信號在增強後立刻轉發到在西太平洋上空同步軌道的通信衛星，信號在第二次增強後中繼到另一個同步軌道上的通信衛星，然後下載到中情局的通信中心。

整個過程所用的時間還不到兩分鐘，朝鮮專案辦公室的威廉（比爾）．富爾頓通常在二十分鐘後就可以從譯電人員手裏拿到李建成在平壤發出的原件。

現代化的科技讓富爾頓和李建成建立了幾乎是即時的通信管道，但是他們都明白這還是危機四伏的行動，安全部門在平壤的重要地點都設有電波偵測站，同時還有十幾輛電波偵查車每天穿行在大街小巷裏，就是在尋找不明電波的來源。雖然李建成都選擇在不同的地點上傳檔，有兩次他袋子裏裝著衛星電話和筆記型電腦及時撤離，但還是和電波偵查車擦肩而過，讓他冒出一身冷汗。這也是為什麼富爾頓堅持在使用高科技設備作為通訊工具的同時，還要用傳統的「交通員」作為備用，以防萬一。

張煥智提供的譯電密碼因為有極高的情報價值，李建成首先用交通員傳遞出境，隨後又用衛星電話直接送到了中情局。威爾遜副局長認為這是多年來，中情局的臥底情報員取得最有價值的情報。除了最初的第一份情報是張煥智在朝鮮中央歷史博物館親手交給李建成外，他又提交了兩份後續的文件，都是在平壤車站裏的平南麵館見面時交給李建成的。

也就是在這裏，張煥智說出他「叛逃」的理由：他從小就是在農村長大的孤兒，在念小學時父母雙雙過世，從那時起，就由他的大姨媽，也就是他母親的親姐姐扶養他長大，這位大姨媽和姨父對他非常好，給他所有的家庭溫暖，沒讓他受到失去父母親的痛苦。所以等到張煥智開始工作後，他是懷著一份親情和感恩來照顧日漸年老的姨媽和姨父。

當朝鮮發生了巨大的天災，影響了糧食生產，生活在平壤的人，除了每個月配給的糧食略為減少外，並沒有直接的感受到它的嚴重性。但是當張煥智回到農村去探望姨父母時，他才第一次明白，朝鮮所面臨的不是像政府說的只是發生了小小的糧食減產，而是全面的大饑荒。

姨媽告訴他，村子裏已經有人餓死了。張煥智開始每月寄錢給姨媽，同時用黑市的高價買口糧寄回農村給姨父母。但是他們還是相繼的患了因長期營養不良而引起的併發症去世，姨媽留了一封信給他，告訴他一定要帶著他的家人離開朝鮮，否則就只有絕望。她說：張煥智寄來的錢和口糧，大部份都被村裏的幹部扣留了，他們有很強的後台，連朝鮮國家情報局的一級譯電員都不怕。這一封信促成了張煥智叛逃的決心。

張煥智如果需要見李建成，就在他的公寓窗台上擺一盆花，一天後，他的信箱裏就會有信件告訴他見面的時間和地點。張煥智是在下班回家時，在要走進他家的路口看見了一輛小卡車，車牌號碼就是他已經記在腦子裏的，車上只有司機一個人，戴著一頂大帽子，臉上有鬍子，一上車，他就問：

「我們是去見老邱嗎？」

司機回答說：「不錯，這次連你都沒認出來。」

張煥智嚇了一跳：「原來你就是邱龍石，我還真沒認出來。」

張煥智不知道任何有關李建成的事和他的背景，包括真名實姓，只知道他的代號，但是他們之間似乎有一份很特殊的友誼。小卡車開到人民大學習堂的停車場，這裏是交通員王家偉在兩小時前將小卡車停放的地方，他們從那裏走到地鐵的勝利車站，車行兩站，在榮光車站下車，然後步行到平壤車站裏的平南麵館。這裏是李建成和張煥智在朝鮮中央歷史博物館的第一次見面後約定再見的地方。兩人各叫了大滷麵，一客熱炒和一盤辣白菜。李建成說：「這是我們第三次在這裏見面了，這裏不能再來了。」

「怎麼？有情況嗎？」

「那倒沒有，但是這三次你都是同一副政府安全部門的官員打扮，這裏會有人記得你的，我們還是應該小心點為妙。」

「謝謝你，老邱，我知道了。」

「老張，其實我也正要找你，還是你先說吧！」

「第五局派來了兩個年輕的譯電員，要我給他們培訓，檢查他們的工作。我看了一下他們加密檔的內容，把我嚇了一跳，裏頭全是有關運送和買賣毒品和美金偽鈔的事。顯然這份密電是發給我們情報部門以外的一個特別秘密電台，然後再轉發給具體的收件人。」

「秘密電台的頻率知道嗎？」

「一三二七．四五，老邱，你告訴他們，是用我們的密碼發的。」

「我重複，一三二七‧四五。」

「正確。我講完了，你有什麼事要找我？」

「老張，家裏來通知，一切都準備好了。時間能定下來嗎？」

「還不知道，但是快了。前幾天我老婆接到我們組長和副組長老婆的要求，說要替她們採買一些東西。她們一定是聽到她們老公說的，我們會出國，才提出她們的採購單。這就和組長以前告訴我要準備去一趟澳門培訓一個駐外單位的譯電員對上了。一旦接到通知，馬上就需要動身。」

張煥智又從口袋裏拿出一張照片交給李建成，他繼續說：

「這是你上次問我要的全家照片，我們是上星期到照相館照的。」

「太好了，你要記住了，朝鮮在澳門一共有四個有關係的酒店。其中的一個叫麗園酒店，因為地點偏僻，去住的人不多。但是你要堅持住這家酒店，理由是他們的房間比較寬大，而你帶了一個孩子，需要空間。」

「老邱，我知道了。」

「你到了後就會有人和你聯絡，他會問你平壤那一家麵館最好吃，在你的回答裏一定要加上『我昨天才去過』這句話。然後你要問他是誰叫他問的，他如果說『邱龍石』，那就對了。只有我們的人知道我的名字。」

「還有別的吩咐嗎？」

「有一件非常重要的事，老張，你和你的妻子一定要注意。你們這次一走，可能就回不來了，你們一定有很多的東西想要帶走，那是你們在朝鮮一生的回憶，但是你們一件都不能帶。在你們的行李中，不能有任何東西是和觀光度假以外的事有關的。這和你們性命攸關，明白嗎？千萬記住了，你們是利用出差的機會全家用公費度假，你們一路上一定要像是度假的樣子，決不能愁眉苦臉的。老張，沒別的事，你就先走吧！」

張煥智站起來緊緊的握住了「邱龍石」的手：「感謝你再造之恩，我今生今世都不會忘記你。我們還會見面嗎？我要把你的名字告訴我的孩子。」

「如果我活著離開這裏，我會去找你，告訴你我的真名真姓，和我的身世。你保重了。」

兩個人的眼眶都有淚水，他們的視線都模糊了。李建成沒有回到人民大學習堂的停車場，王家偉已經把小卡車開走了。

第四章　從阿姆斯特丹到大馬士革

個星期後的晚上，窗外下著大雨，鍾為正在書房裏寫稿時，他的手機響了，來電顯示是申婷熙，他很興奮的打開手機回答：

「嗨！婷熙，終於接到妳的電話了，妳是在澳門，還是已經到平壤了？」

「鍾為，我已經回來了。」

「妳是坐哪一家航空公司的班機，我去機場接妳，現在外面雨下得很大。」

「鍾為，你方便嗎？我在你的門口。」

鍾為驚呼了一聲，扔下了手機，衝了出去，一打開門就看見申婷熙像一隻落湯雞似的站在門口，頭髮和衣服都全濕了，她一手握著手機，另一隻手拉著行李箱，站在傾盆大雨裏：

「我這一輩子都沒有這麼狼狽不堪過。」

申婷熙的眼淚混著雨水一起從臉上流下來，鍾為趕快把她拉進屋來，親了她一下，再又出去把她的行李箱拿進來：「妳是在碼頭坐輪渡的接駁車來的，是不是？為什麼不打電話，我好拿雨傘去接妳。」

「本來就是想給你一個驚奇，我看天色還早，剛剛的雨勢又變小了，所以在街口下車後就想快走到這裏，沒想到突然來了一陣大雨，就把我淋成落湯雞了，我是不是很難看？」

「就別管難看不難看了，妳得把這身濕衣服趕快脫下來，洗個熱水澡，否則非得傷風感冒不可。」

「有沒有一件浴袍借我？」

「有一件剛洗好的放在浴室的櫃裏，我先去替妳放熱水，我這兒有地下的溫泉水，妳可以好好的泡湯，會很舒服的。」

「鍾為，太謝謝你了。麻煩你把我的行李箱擦乾，我怕雨水會滲透進去，把衣服弄濕了。」

申婷熙寬衣解帶，請鍾為把濕衣服放進烘衣機裏烘乾，然後就將全身浸泡在浴缸中略為調高的溫泉水裏，果然像鍾為所說，她全身舒暢，每一根肌肉都完全放鬆了。她不知不覺的閉上了雙眼，不知道是在回憶還是在幻想，申婷熙的思潮洶湧，因為她明白，即將要發生的事會決定她今後的一生，也很可能會決定一個國家的未來。她的臉上已經在冒汗了，但是她也知道汗水中還含著她的眼淚。鍾為拿著兩杯紅酒走到半掩著的浴室門：

「婷熙，我可以進來嗎？」

「別害怕，快進來吧！」

浴室裏迷漫著熱騰騰的水蒸汽，雖然模糊了視線，但是他能看見浸泡在水裏若隱若現的女體，無限嬌媚的申婷熙已經將被雨水淋濕了的長髮洗了，盤在頭上，如雲的黑髮，雪白的肌膚，還有泛紅的臉頰上微微張開的雙唇，使她更為明豔誘人，也使鍾為不可名狀。他想到唐明皇看著楊貴妃寬衣解帶，沐浴華清池，沐浴後設宴飲酒，貴妃吹起的清音逸韻的玉笛，他把浴室裏的音樂打開。曖昧的笑容又出現在申婷熙的臉上：

「別又是這麼看我，泡湯還有紅酒和音樂，你是在給我提供五星級的服務。」

「我還煮了一碗餛飩，我想妳可能會餓了。」

「鍾為，你是從哪裏學的？這麼會伺候女人。」

鍾為把浴室裏的椅子拉過來，坐在浴缸邊上說：「妳不是要把我開膛破肚，挖我的心嗎？所以我得趕快伺候妳。」

「告訴我，有多少女人在這裏泡過湯，喝過紅酒？」

鍾為轉開了話題：「是不是事情都辦好了，所以就早一點回來了？」

「事情是沒完沒了，永遠不能辦完，但是我想你。」

「真的嗎？那為什麼除了講西施的故事外，就音信全無呢？」

「對不起，鍾為，我實在是太忙，事情把我的腦子都完全搞亂了，好幾次都開了電腦想回你，但是又怕說不好讓你生氣，所以就決定還是當面跟你說吧！」

中婷熙端起酒杯喝了一大口紅酒，鍾為說：「慢點喝，兩杯都是妳的。」

「真沒想到被淋成落湯雞後，在心愛的男人面前裸體泡湯喝紅酒是這麼舒服，鍾為，要不要你也進來，我們一起泡湯。」

「妳要是再誘惑我，妳會後悔的。」

「是嗎？上次用了一招烤肉，沒成功，也許泡湯這一招就能把你拿下了。」

「婷熙，妳不是有話要跟我說嗎？」

中婷熙歎了一口氣：「鍾為，我生長在朝鮮的一個大家族，是一個很興旺的家族，從小就不愁吃，不愁穿。同時也給我們受很好的教育。問題是我們一定要按照我們父母，甚至祖父母，預先安排好的方式活在這世界上。」

「這種事在古老的家族裏是常有的。」

「在這種家族裏最快樂的是當孩子的時候，要什麼有什麼。但是等我們長大成人後，就是最痛苦的時候。我的父母堅決不同意我和我男朋友的結婚計畫，他們把我嫁給一個和我沒有愛情的男人，因為男人的家族有顯赫的權勢，我的婚姻保證了兩個家族的利益結合。婚後，我成為我公公的得力助手，幫助他維持龐大的家業。公公對我很滿意，也很疼愛我，我還給他帶來了一個孫子。」

「朝鮮還是個封建社會，是不是？」

「完全沒錯，封建到我丈夫在外面有了野女人，我公公居然還要我同意把她召進家門，就是因為她生的野種是男的。」

「所以妳就離家出走了。」

「起初，我是要求和丈夫離婚，他也同意了結束我們沒有實質的婚姻，但是我公公不同意，所以我就藉口到澳門主持朝鮮之友協會，帶著孩子離開了平壤。」

「妳和妳丈夫都同意離婚了，妳公公還管得著嗎？」

「鍾為，你對朝鮮的情況不理解，我公公不同意，朝鮮政府裏就沒人敢批准我們的離婚。」

「是不是現在情況有了變化？」

「鍾為，你相信命運嗎？碰見了你之後，本來是一潭死水的心被你攪動得翻天覆地，你影響了我，不再灰心，要主動去追求新生活，我能感到，即使有一天你有了心上人，我們還會是朋友，只要我努力，我還是能找到更好的歸屬。你使我變成個樂觀的人。尤其是朝鮮之友協會的工作，讓我的生命裏除了孩子外又多了一個有意義的目標。但是我的命不好，連這些都要成為過眼雲煙了，並且又要面對大難題了。」

中婷熙的聲音不對了，眼淚也掉下來。鍾為捧起她的臉，深深的吻她，她把嘴張開接納了他：

「你再這麼吻我，我就會把你拉下水一起泡湯了。」

「婷熙，別難過了，有什麼困難，我們商量，總會找到解決的辦法。」

「我公公年紀大了，並且出現了嚴重的健康問題，他的三個兒子，就是我丈夫和他的兩個弟弟都要爭取當他們家族產業的龍頭，現在鬧得不可開交。我公公說，要是我同意回到丈夫的身邊，幫他治理家業，他就會把大權給老大。我本來是完全不理會他們的事，但是我才發現我們申家多年前就把寶押在我丈夫身上，如果他拿不到繼承權，我們申家也完了。鍾為，這就是我的命。」

「所以為了妳的家人，妳決定要犧牲妳自己了，是不是？你已經犧牲過一次，付出了將近十年的青春，難道還不夠嗎？對了，妳還沒告訴我，妳公公和妳丈夫的名字呢。」

申婷熙愣了一下：「很多實際的情況很複雜，很難說得清楚。我暫時還不讓你知道他們的名字，這是為了要保護你。這次我來見你，就是想說服你，不管未來我申婷熙變成什麼樣子，請你不要放棄我這個朋友，我一輩子都會把我們在這陽光海岸曾有過的日子裝在心裏。」

「婷熙，我們是永遠的朋友，別擔心，要把我趕走還不容易呢！我想等你丈夫繼承了他老爸的家業後，他會同意妳離開他的，他也不會眷戀沒有實質的婚姻。」

「要是有那麼簡單就好了，他不僅對接管他們家族的產業沒有興趣，他也沒有這個能力，他的興趣是在開名跑車和把那些花花草草弄上床。每一個人都說，我要是一走，他們家的家業再加上我們申家的家業到最後都會蕩然無存。我是應該把兩家的管理實權拿到，才是長久的辦法。」

鍾為發現她的臉色堅定，看得出來她是有決心的：「當然，能有個長久之計是最好的。妳也別太操心了，我們中國人說；『船到橋頭自然直』，到時候所有的困難都會迎刃而解。」

「希望是如此，但是我還有另外一件讓我操心的事，我想告訴妳，一吐為快。」

不等鍾為回答，申婷熙就接著說：「我跟你說過，我們『朝鮮之友協會』費了九牛二虎之力說服了聯合國的開發總署在朝鮮啟動了『圖們江計畫』，它的目的是為朝鮮的經濟發展創造條件，包括了發展觀光事業和我說過的農業氣象。這些都是對我們很有益處的好事，但是現在困難來了。」

申婷熙把最後一口紅酒喝了：

「由中國入境朝鮮除了從遼寧省的丹東外，還有吉林省的圖們市。圖們市和朝鮮隔圖們江相望，有公路和鐵路『雙通道』和朝鮮相連，圖們江南岸的朝鮮咸鏡北道是金日成夫人金正淑的出生地，在計畫裏是要建設一條觀光線路，吸引中國和其他地區的觀光客，但是卻遲遲沒有被批准。」

「為什麼？這是好事啊！」

「原因是朝鮮的核子試驗場和導彈發射基地都在附近，二〇〇九年朝鮮核爆就是在此地，從觀光旅遊點的七寶山到進行核子試驗的豐溪裏，直線距離只有三十五公里，到曾發射短程導彈的舞水端裏的直線距離是二十公里，所以這裏成為非常敏感的地區。我費了很大的力量說服了朝鮮國防部，讓我們的觀光路線通過。但是我一回到澳門，就接到通知說國防部收回成命，因為他們的顧問科莫克維奇上校提出了反對，他是前蘇聯紅軍的核子導彈專家。連我的丈夫也告訴我不要管這件事，我去找科莫克維奇，他陰陽怪氣的說了些莫名其妙的理由，我覺得他背後是有陰謀。」

「妳已經盡了妳的力，剩下的就讓朝鮮政府去操心吧！」

「說得也是。鍾為，我得出來了，否則就要被煮熟了。我也餓了，想吃你做的餛飩。」

「好的，我也要洗個淋浴了。」

申婷熙打量著洗完淋浴出來的鍾為，他的腰上圍著一條大浴巾，站在落地窗前，注視著天上的烏雲和閃電。他的頭髮還是濕的，床頭的燈光照在他的肩膀，還沒有擦乾的水珠在閃爍，他身上的肌肉還是緊繃著，似乎是今天晚上才出現的不可捉摸的緊張。申婷熙的眼光掃過他健美的身體和他帶著粗獷的英俊面孔，她想到自己是多麼的渴望看見他的身體和笑容，甚至只是走在他的身邊，就會感到很快樂。但是他們會天長地久嗎？生命裏沒有了鍾為會多麼的空虛，她的心開始疼痛，雖然她老早就明白，離開他是件難事，但是她沒想到痛苦會來得這麼快，她帶著沙啞的聲音說：

「鍾為，我要在陽光海岸留下完美和永遠的回憶，我要你征服我。」

他捧起申婷熙的臉，輕輕的吻她的嘴，但是她激情的吻了回去，輕聲細語的希望他沒聽出她的哀傷語氣：「鍾為，我要……」

也許鍾為聽出來了，他熱烈的回吻她，帶著濃郁的愛和佔有的要求，似乎是要掠奪她的靈魂，申婷熙覺得她的心跳停止了，就在靈魂要離開她的身體時，一股無限溫柔的暖流在身體裏擴散，帶來的是那奇妙的期待，讓她的喉嚨說不出話來，她用兩臂抱著他的脖子，感覺到他的舌頭在嘴裏的索求和他的手在撫摸她的乳房，她抬起頭來，讓他的嘴吻她的喉嚨，再沿著脖子向下移到她的肩膀。

申婷熙覺得鍾為將他們身上包著的浴巾扯下來，她要撫摸和吻鍾為的身體，她要將他健美的身體上每一個線條都深深的印在腦海裏。她的手輕輕的觸摸他背上的脊樑，再移到他胸前的肌肉，平坦的小腹和肚臍，不同的曲線和輪廓，還有不同的，但是令她動心和臉紅的手感都一一刻畫在她的記憶。

鍾為的吻從她的肩膀往下移動，他很溫柔的握住了她的乳房，用手指慢慢的玩弄她的乳頭，讓它變成鮮嫩的粉紅色，乳房也膨脹起來，鍾為把頭低下，將乳頭放進嘴裏時，還濕著的頭髮慢慢輕輕的掃過了她的皮膚，當他開始用舌頭吸舔時，申婷熙倒吸了一口氣，身體向他拱起，輕微的顫動，她感覺兩腿發軟，幾乎都支持不住自己的身體。

窗外的海浪一波又一波的沖到沙灘上，她可以聽見海水夾帶著沙子回到大海的聲音。鍾為撫摸著她的全身，兩隻手滑到了她的細腰，再往下到了臀股，他又開始吻她，抱起她的身體壓住他膨脹了，又大又硬和非常熱的男性，申婷熙渴望它進入到她的身體裏，給她帶來那奇妙的熱力。放在鍾為胸脯上的雙手能夠感覺到他心臟，就像是在狂風中飛行的海鷗翅膀一樣，在不停的掙扎跳動。他的嘴離開了申婷熙堅挺的乳房，在她的耳邊說：「妳再忍一下，我想把妳帶到天堂裏去。」

她的歎息聲像是在模仿海風吹進了岸邊的松林發出的輕柔呼喚：「把我放到床上，鍾為，你快一點，我求求你了。」

他的雙手撫摸著她平坦的小腹，申婷熙分開了她的大腿，當鍾為用手背輕輕的觸摸她的大腿根時，她的下腰開始扭動，跪在她兩腿間用力的將她按住，鍾為把頭埋下去，她驚呼：「啊！我的鍾為，我……」

接著申婷熙的全身開始扭動，嘴裏念念有詞，喃喃的說著讓人聽不懂的話，鍾為還是繼續著他的攻勢，她的膝蓋彎起來把他的頭夾住，兩手抓住了他的頭，突然她全身顫動，大聲喊叫：「鍾為，快救救我，我要死了……」

他抬起頭來看見了第一波的高潮經過了她的全身，緊接著申婷熙的臉上表情告訴他，第二波高潮也來臨了。鍾為吻著申婷熙，進入了她的身體。一股火熱的愛情在她的體內燃燒起來，她已經沒有力氣告訴他，她全身的每一個細胞都在熱愛著在她身體裏的男人，她只能用身體來替她表達，將自己張開來，配合著他推進的韻律，接納他，包住了他，和他攜手走進那奇妙的境界。

申婷熙在他們的做愛過程中有很強烈的動作，事後她很快的入睡了。但是鍾為久久不能成眠，過去幾個月的天翻地覆經過，一幕幕的在他腦海裏出現。鍾為將她的身體轉過來，從後面摟住她的腰，把她抱緊了，讓她柔軟的兩片股肉緊貼著他的下腰。本來以為這樣的親蜜就能滿足他的渴望，但是沒想到也把他最原始的人性激發出來，他又全身著火和膨脹了。當他感覺到她的乳頭挺起來變硬了，她翻過身來伏在枕頭上把大腿分開，鍾為從後面進入她，她的反應是又熱又緊的把他包住，他呼叫著她的名字，繃緊了全身的肌肉，使出所有的力量驅趕著身下火熱赤裸的身體往前奔馳，申婷熙也在呼喊著，她有韻律的將臀部上挺，鍾為想要佔領她身體的全部讓他瘋狂，他強有力的持續侵犯，她開始伏在枕頭上呻吟，當聽見她細聲的哭泣時，他退出來，把她的身體翻過來，吻著她臉上的淚水驚恐的說：

「對不起，婷熙，我停下了，沒關係的。」

「我不要你停下來，我都是你的，我要你佔領我，愛我，把我帶走。」

「我愛妳，婷熙，不哭了。」

「這幾天我像是在做夢一樣。原來我以為再也見不到你了。但是我來了，你進到我的身體裏，折騰我，我就緊緊的包著你，你就在我耳邊講愛情的故事，我累得睡著了，可是那愛情的故事還在夢裏繼續著，等我醒了，發現你還是在撫摸著我，還是在我的身體裏，還是一定要我再把你包起來。可是剛剛我突然想到這一切，都是一場夢，我一定是在夢裏做夢。所以悲從中來，就哭了。」

「婷熙，我還想要妳。」

「鍾為，那你就再進到我的春閨裏，可是一定要溫柔，好嗎？」

他吻著她的嘴，脖子和乳房，當準備好正要進入她的時候，她翻起身來，採取主動，申婷熙騎上了他，開始她從來沒作過的愛情動作。鍾為小聲的抗議，但是那奇妙的快感排山倒海的將他全身都淹沒了，他唯一能作的是將手放在她的頭上，喃喃的呼叫著她的名字，這次是輪到申婷熙將他從上到下完全的佔領了，吻著他，再把他緊緊的包在她身體裏，毫不留情的鞭策著他，在他身上馳騁。這是一趟鍾為從沒有經歷過的人生旅程，讓他瘋狂，也使他疲憊了。

被心愛的人撫摸著醒過來時，會令人感到欲醉的飄飄然，鍾為在迷濛中醒來，他看見在窗外的夜光下申婷熙誘人的女體，半壓在他身上，一隻手在他身上游走，不時的停留在男人敏感的地方，挑逗著他，刺激著他，勾起他的情欲。她輕聲輕氣的說：

「嗯！我還想……」

「想什麼？」

「沒吃飽，還想吃你。」

「妳還不累嗎？」

「不累，你太好吃了，我還要。」

申婷熙用她的吻和撫摸又讓他劍拔弩張，在又一次的互相征服後，鍾為又一次的睡著了。但是申婷熙還是不放過他，周而復始的求歡，當窗外出現晨曦時，鍾為才入睡。當他醒來時已經是日上三竿，過了中午了，他發現申婷熙不在身邊，她走了也沒有留字，也沒說何日再見。在以後的三周，鍾為用電郵和打她的行動電話，但是都聯絡不上，申婷熙消失了。

申婷熙的突然不辭而別使他不能釋懷，再加上她失蹤前幾天的言語異常和失蹤後的音信全無，讓鍾為有了很不安的感覺，也許申婷熙碰到了災難。

「朝鮮之友協會」的總部是設在澳門，他們應該知道協會負責人的行蹤，他想到了他的老朋友何族右，當年他還是香港優德大學的教授時，他們曾共同攜手阻止了恐怖組織想要擊落一架民航客機的企圖，在事後的報復行動中，恐怖份子刺殺鍾為，但是負責保護他的女員警蘇齊媚，也是他熱戀中的愛人，替他擋住了子彈而死在他的懷裏，鍾為的世界崩潰了，他傷心的離開了香港和他參與了創辦的優德大學。

何族右現在是香港特區警務署，九龍分署的署長，他是從基層上來的高層主管，從穿軍裝，壓馬路的巡邏員警成為一位非常優秀的刑警，他是在擔任九龍重案組組長時指揮蘇齊媚和她的一批同事偵破了鍾為手下一位電腦師的謀殺案，從這個案子又發現了解放軍的叛徒被恐怖組織收買，準備執行襲擊民航機的陰謀，何族右拉起警報，配合中國國安部的行動員和鍾為的飛行專業，粉碎了陰謀活動，阻止了巨大災難的發生。

在多年的警察生涯中，他為香港老百姓立下了汗馬功勞，也為自己打造了輝煌的事業，同時也在香港和澳門特區，還有中國大陸，都有了很深的人脈關係。鍾為請他幫忙尋找設在澳門，但是實際上是北朝鮮的官方組織，「朝鮮之友協會」的負責人申婷熙的下落。

一個月後，何族右在電話裏告訴鍾為，任務完成，取得了他要的資訊，但是希望能當面告訴他。

自從退休離開了香港後，鍾為很少回到景色迷人的香港清水灣和在岸邊的優德大學，一方面是那裏曾發生過讓他不堪回首的愛情，另一方面也是他出版的小說《追風的人》是以當年的人和事為背景，雖然在書前有「純屬虛構」的聲明，卻只會引起讀過的同事們「此地無銀三百兩」的會心微笑。

偶爾回到校園時，還是有同事會對他哈哈大笑，或是怒目相視。曾有一位同事向他抱怨，說書中對一位人物的面貌、身材體型、性格、工作和居住地，所做的描述，讓讀者將她對號入座，但是她在書裏只活到第三頁，死後還被扔到海裏。可是另一個要好的同事卻能一直糾纏到最後一頁，厚此薄彼，太不公平。雖然這些都是茶餘飯後的愉快閒話，卻能讓人回憶和還原那些激情的歲月，舊夢重溫帶來了無限的喜悅。唯一讓他為難的是，他無法回答關於邵冰近況的問題。

何族右是在香港的「浩園」見到了鍾為，那裏是安葬因公殉職的香港公務員的地方，浩園位於香港新界粉嶺和合石墳場，於一九九六年啟用，名字是取其「浩氣長存」之意。園內共設有一百一十個土葬葬位、一百六十五個甕盅葬位、一百二十個壁龕葬位，周圍環境的設計和維持，讓人感到在肅靜的悲蒼裏帶了一份天國中的絕美。

他帶著一束鮮花，在約定時間的前二十分鐘來到蘇齊媚的墓前，但是鍾為已經來了，聚精會神的看著墓碑上滿臉燦爛笑容的照片，何族右站在鍾為的身後輕聲的說：「齊媚，姨父和鍾為來看妳了。」

鍾為回過頭來和他緊緊的握手，仔細的端詳他，似乎臉上又多了兩條皺紋：「何署長，您的工作這麼忙，我還來打攪您，真不好意思。」

「我們不是講好了，我叫你鍾為，你叫我老何嗎？怎麼？你是想要我改口叫你鍾教授嗎？」

「別，我現在不是教授了，我是寫小說和開書店的。但是你老何還是堂堂的大署長啊！」

「從你走了以後，我這個破署長越幹越沒意思，每天就是批公文，寫預算和跟人明爭暗鬥。從前拉著你在一起玩官兵抓強盜的日子再也不回來了。」

「老何，這是社會往前進步必然的現象，那些公文就是需要一個身經百戰的人來批，否則會不堪設想的。在我們大學裏也是一樣，一個好校長，一定是個好教授出身，他批的公文，做的預算和在院長間當和事佬，才能到位。」

何族右將一束雪白的菊花放進墓碑邊上的花瓶裏，旁邊的另一個花瓶是一束白色的百合花，顯然是鍾為帶來的，蘇齊媚生前喜歡白色的大朵花，他說：

「還好我是買了白菊花，要是也買了和你一樣的百合花，我老婆一定又會說我了。噢，對了，別忘了晚上到我們家吃飯，老婆一大早就到菜場買菜，她親自下廚，就是要請你這大教授，你可得賞光啊！」

「那我就先謝了。你捨得讓我嘗嘗你的上好紅酒嗎？」

「我開酒櫃，想喝什麼你來選，怎麼樣？」

「怎麼不早點說，太好了。」

「不就是一瓶紅酒嗎？」

鍾為指著墓碑上的照片說：「我聽優德大學的同事說，他們在這裏見過你，常來給她送花嗎？」

何族右歎了一口氣說：「蘇齊媚為了保護你，她死了，你活下來了。所以你每次一回到香港，馬上就到浩園來，就是要到她的身邊，和她說說話，回憶一下以前的日子，這是沒死的人唯一的方法近距離的懷念為他而死的人。鍾為，你知道這裏躺著多少人是替我擋過子彈的嗎？我想你一定能體會思念為你而死的人會帶來多少的痛苦和哀傷，到他們的身邊來是唯一能療傷的方法。」

「我聽優德大學的同事蔡邁可說過，你對那些和你一起出生入死的夥伴們是很有感情的，所以你才會常來這裏懷念他們。」

「別忘了，蘇齊媚是我的外甥女。」

兩個大男人沉默不語，陷入了深思，懷念逝去的人和事。鍾為先開口說：

「老何，你有沒有想過，甚至盼望過，和黃土裏的人交換一下人生。」

「幾乎是每天都想過。」

何族右把鍾為帶到尖沙咀的一家私人俱樂部去喝咖啡，兩個人都坐定了後，他從口袋裏拿出一張紙來，很快的看了一下才笑著說：

「其實你要我打聽的事，我是可以用電話或是電郵告訴你就行了，可是你離開以後就很少回到香港來，我們這裏有一大堆人都不能忘懷當年優德大學的案子，都很想看看你，所以我就把你騙來了香港，鍾為，你不會在意吧？」

「當然不會了，其實我也很想念他們，林亮，朱小娟都好嗎？」

「晚上他們也會來吃飯，你自己問他們。」

「太好了。」

「我也可能有一件公事要請你幫個忙，等說完了你的事，我再跟你說。」

「不，還是先說你的事吧，你是大官，你的公事是大事，先說了，再談我的私事。」

「那好，你還記得北京的胡定軍吧？他的老哥是你的老朋友，我們還替他幹過活的。」

「他就是國安部的部長，不是嗎？」

「對，就是他。半年前，他找我幫忙追捕一個逃跑了的嫌疑犯，有情報說人逃到香港來了。」

個月前，在九龍發生了一起殺人案，兇手在逃。根據被害人身上的證件，顯示他是從上海來的，但是上海的公安單位說查無此人。我們把被害人所有的證件和現場找到的相關資料做了複印本，加上被害人的指紋，一起送到北京公安部，做全國搜索。」

「查到了嗎？」

「查到了，但是打電話給我的不是公安部，是胡定軍本人。說死者就是他們要追捕的人，他不是從上海來的，顯然他是用了假證件。胡定軍問我們要怎麼處理這案子，我說有人在我的地盤殺人，我一定得將兇手拿下，他說這個兇手非常可能也是他們要找的人，所以他要求我們聯合偵辦這案子，兩天後，正式的公文就送到我們特首辦公室了。」

「死者是犯了什麼罪，逃到了香港還被追殺？」

「他是個盜竊犯。」

「他偷了什麼東西？連命都送上了。」

「一本古書。有人告訴我，你這個大科學家開的書店是專作古本書買賣的，所以我有些問題想請教。」

「沒問題。海天書坊的總經理梅根．班達是古本珍藏檔市場的專家，我們還有一位同事，約翰．詹森教授，他是個歷史學家，也是個扎扎實實的古本書專家，我會把問題轉給他們。」

「那我就先謝謝了。」

「老何，你還跟我客氣什麼。唉，不對呀！從什麼時候開始，國安部還要管盜竊案了。」

何族右曖昧的笑著說：「這個案子是胡定軍該管的。」

「那是跟國家安全有關嗎？」

「抱歉，鍾為，現在還不能說。」

「我知道，這一定是保密的案子。上一回是從一個盜竊電腦軟體的案子變成用飛彈襲擊民航機的恐怖事件。這次是不是從偷一本書又引發出一件要翻天覆地的事件？」

「不好說。我只能告訴你，我們的殺人放火重案子，對胡定軍說來都是雞毛蒜皮的事，可以想見讓他感興趣的是什麼樣的案子了。」

鍾為笑著說：「老何，我是為了不給你們香港警察惹事生非才決定離開香港，沒想到你還是閒不住。」

「我可是巴不得你回來給我惹事生非，想起那時候我們一起玩官兵捉強盜多風光啊！唉，不說它了，還是讓我告訴你打聽來的消息吧！」

「是不是費了好大的勁？真不好意思。」

「沒事兒，不過我自己對資訊的可信度很有保留，所以我得把它的來源跟你說清楚，你自己也好有個判斷。」

鍾為點點頭說：「好的。」

何族右喝了一口咖啡：「你知道北朝鮮目前的政治情況很不穩定，動向也不明朗。朝核六方會談剛剛結束，它會不會達到實際的效果，解決問題，目前沒人有把握。現在又傳出來，他們的大當家金正日情況不妙，要去見馬克斯了。他的三個兒子已經在互相卡位，從原來的暗鬥變成明爭，把老爸弄得更是心煩，病情又再加重。所以北朝鮮現在全面對外封閉任何的消息，我透過澳門的警司，向北朝鮮駐澳門的官員和他們那裏公司的幹部打聽消息，但是完全沒門，他們封閉得滴水不漏。」

鍾為說：「在加拿大有人說，朝核問題和金正日的政權繼承人問題是結合在一起，所以成了他們對內和對外都敏感的問題。」

「後來我去找了水房幫的老大，鍾為，你還記得吧？當年我還去他們那拜過堂。我聽說水房幫裏有人幫過北朝鮮幹過走私武器和毒品的事，還替他們賣過假美鈔。為了安全，我答應不透露這人的身分，這才把這個人找來見我，你想要知道的事都是這個人說的。他自己也承認，消息是間接的，二手甚至三手都有。所以，鍾為，這些消息的可信度需要打個問號。」

「他是怎麼說的？」

「鍾為，我先問你，你知道你打聽的人是誰嗎？」

「是朝鮮之友協會的負責人。」

「你知道她的丈夫是誰嗎？」

「她沒說過，只說是來自一個大家族，現在他們分居了，正在辦離婚。」

「申婷熙是北朝鮮金正日的大媳婦，她沒告訴你嗎？」

鍾為嚇了一跳：「我在電視上看過金正日的大媳婦，可是不像啊！」

「我也在電視上見過她，完全是非常傳統的古裝穿著和打扮，她如果在你面前是穿現代的服裝，就很可能認不出來。」

「我從來沒見過她穿古裝。」

「這人說申婷熙現在平壤，住在金正日大兒子金正男的大院裏，同時聽說她在繼承人爭奪戰裏扮演著非常重要的角色，因為她的祖父曾經參加了金正日父親金日成率領的抗日遊擊隊，他們是在槍林彈雨裏出生入死的戰友，後來當上了朝鮮人民軍的將軍，她的父親和金正日從小在一起長大，也成了他的心腹和得力的助手，最後當上了國家安全部的部長。所以申婷熙在朝鮮的軍方和特工部門是有她一定的影響力。這些她都沒跟你說嗎？要蒙你這個大科學家教授也太容易了。」

鍾為百感交加，申婷熙能隱瞞她的身世，也顯然對他說謊，欺騙他，是為什麼呢？只是要玩弄他的感情嗎？以她的地位，有這必要嗎？

「我已經不幹科學家和教授了，我是開書店的。」

「水房幫的人和你說的一樣，申婷熙在金正男有了小三後，她就離開了平壤搬到澳門主持『朝鮮之友協會』的工作。」

鍾為的臉色變了：「看來她是為了幫助離了婚的丈夫繼承大位，所以回去平壤。但是她為什麼不告訴我呢？她希望婚姻能破鏡重圓我是可以理解的。」

「希望就是這麼簡單。」

鍾為陷入了沉思，何族右就繼續的說：「我知道齊媚的死對你造成重大的打擊，所以你才遠走高飛跑到溫哥華，但是你的感情生活一直沒有恢復正常。申婷熙和你是什麼關係？就只是像你說的一個普通朋友嗎？」

「對不起，老何，我是誤導了你。我認識申婷熙有半年多了，但是見面的次數不多，到底澳門和溫哥華還是距離滿遠的，但是我們很談得來，我覺得她有很神秘和深藏著的身世，她只說她有個兒子，現在溫哥華一家私立學校寄讀，她來溫哥華主要是來看她兒子，其次才是處理『朝鮮之友協會』的事。我曾問過她為什麼不住在平壤，她說是為了她的工作。只有一次她說婚姻的破裂大多是男人身邊有了別的女人，我也就不好再追問了。所以我就想到她一定是離婚了，現在看來，也許申婷熙還是金正日的兒媳婦。」

何族右說：「這個女人給我的印象是一個有野心和意志堅強的人，為了目的，她會傷害她所愛的人。鍾為，你和她交往，一定要小心。」

「我想你說得沒錯，往往有非凡身世的人，在這世上也有非凡的人生目的。申婷熙不辭而別，沒留下任何的聯繫，顯然她是不希望再和我見面了，我也就不必強人所難了。我真沒想到，在這世上想要討個老婆還真不容易。看樣子，我也只能去當和尚了。」

「看你把自己說得那麼可憐，有多少人為了你傷心，你就不說了，邵冰那位大美人到哪去了？還有，鍾為，我認為你也別太早下結論，人總會碰到意想不到的事，或是無法克服的困難。我覺得你至少要弄明白申婷熙的情況，到底你們還是朋友一場嘛！」

鍾為可以感到經過了那麼多年，經過了大風大浪和充滿了變化的複雜人生旅程，何族右還是沒有失去年輕時的熱情，他想起了蘇齊媚說的「魚蛋妹」故事，老何還會思念那位熱情如火的姑娘嗎？何族右從上衣口袋裏拿出一張紙交給他：「這上面有一個地址，如果你真想知道申婷熙的情況，你到那去，通名報姓，然後說你要找申婷熙，就會有人告訴你她的近況，那裏的老闆是北朝鮮來的，很可能是他們的特工或是黑社會人物。」

鍾為搭乘的荷蘭皇家航空公司的班機，在正午準點飛到了荷蘭的阿姆斯特丹西南方十五公里處的國際機場，天氣良好，萬里無雲，從空中鳥瞰，城中橋樑交錯，河渠縱橫，波光如緞，狀似蛛網。根據剛剛流覽過的旅遊冊子上介紹，阿姆斯特丹是一座奇特的城市，全市共有一百六十多條大小水道，由一千餘座橋樑相連。市內地勢低於海平面，被稱為「北方威尼斯」，由於地少人多，河面上泊有近兩萬家「船屋」。但是鍾為記得何族右給他的忠告：這些特工對任何特意來找申婷熙的人都會展開跟蹤調查，或是進行更強暴的手段，一定要做成只是順道來找老朋友，不要引起他們特別的注意。

鍾為決定先當兩天的典型觀光客。

在阿姆斯特丹的第三天，鍾為看見外面是陰天，還不時的下著小雨，他並不在意，雨中的阿姆斯特丹也曾帶給他另類的喜悅，濕滑的街道，還有那天氣帶來的憂鬱，很神秘的提升了這個城市的美感，它將這城市給他的現代物質文明感覺沖洗了，也將它的外殼剝落，顯現出它過去的原貌，像是把一本歷史的巨冊翻過了一葉。在酒店的餐廳吃過午餐後，他就到附近的木支克大戲院，他用酒店送的免費票看了一場歌舞劇，散場後他沒有步行回酒店，而是朝相反的方向走去。

不久，鍾為來到了著名的阿姆斯特丹紅燈區。荷蘭首都以開放的性文化而名聞天下，阿姆斯特丹有聞名全球的紅燈區，有普及、平常而且廉價的性博物館，荷蘭人思想開放，在大多數國家明令禁止的賭博、吸毒、嫖娼在荷蘭竟是合法的。阿姆斯特丹的紅燈區遍佈著性用品商店，性表演場所和妓院。最具特色的是櫥窗展示，妓女站在櫥窗裏搔首弄姿像商品一樣供嫖客挑選，附近的某些劇場上演的真人性愛表演是歐洲獨一無二的。此外附近一些酒吧還是合法吸食軟毒品的場所，這一獨特的風景吸引了大批遊客來「觀光」。

鍾為注意到在阿姆斯特丹的世界最古老股票交易市場就在紅燈區的對面，他很好奇，那裏的性工作者會不會接受客人用公司的股票來代替鈔票作為「肉金」。還有更奇妙的是，整個紅燈區是被幾座荷蘭最古老的教堂包圍住了，這些最老，最大的給人做禮拜的地方是在西元一三〇六年修建的木製教堂，在以後的兩百年，它不斷的更新和擴建。不知道在哪一年，一位很有幽默感的信徒，在教堂大門入口處的人行道上做了一對巨大乳房的浮雕。

鍾為曾經進去教堂裏，他看見唱詩班用的長板凳上有一系列的雕刻，顯示各樣的人在「拉屎」

的情景，從雕刻中的「糞量」，鍾為想到當時神父們的「彌撒」一定是又臭又長，拖了很長的時間。何族右給出的地址是屬於紅燈區裏的一間中型妓院，它有三間對著街的櫥窗，其實那就是妓女們和客人進行交易的房間，整間屋子的輪廓是用紅色霓虹燈管圈了出來，再加上屋內的燈光，將正在裏頭搔首弄姿，穿著暴露，但是非常漂亮的美女，照得像夏日的太陽一般的發亮，當櫥窗的簾子拉起來時，就是表示「交易進行中」。鍾為看見了窗子上有「烏克蘭美女」的字樣，他推門而入。一位身材豐滿，打扮入時的中年婦人走向前來問：「歡迎光臨，先生中意哪一位姑娘？」

「對不起，我是加拿大，溫哥華海天書坊的鍾為，我是來找申婷熙小姐的。」

「申婷熙是哪裏的？我們這裏只有從烏克蘭來的姑娘。」

「申婷熙是澳門的『朝鮮之友協會』負責人。」

婦人朝她身後站在櫃檯邊上的男人看了一眼，男人點了點頭，她說：「請跟我來。」

她把鍾為帶到走道的最後一間，在房門上敲了一下就把門推開：「進去就知道了。」

鍾為進去後，她就將屋門關上。顯然，這是一間臥室，有一張大床，屋子的一邊還有一張雙人沙發，一個茶桌和兩張椅子。看上去要比前面櫥窗後的臥室大，並且佈置也要優雅得多，不像是個做皮肉交易的地方，唯一讓男人會產生暇想的，就是屋子裏也有一位非常性感的金髮美女。她上身穿的是白色貼著皮膚的緊身背心，乳房的線條透過了薄薄的背心清晰可見，兩條手臂和大半個胸脯都露出來，下身是黑色超短迷你裙，露出來兩條雪白誘人的大腿，是讓男人心跳加快最有效的工具，她笑著說：「請坐吧，站著的男人是會讓我緊張的。」

「啊！對不起，我是來找申婷熙的，妳知道現在她在哪裏嗎？」

長腿的性感女人站了起來，踩著四吋多的高跟鞋讓她比鍾為還高出半個頭，她在原地轉了一圈，然後來回走了幾步，做了幾個誘惑的姿態，在他面前停下來，兩人的距離縮小，讓鍾為聞到了一股香水味撲鼻而來，她說：「怎麼？我很醜嗎？我的貨色比不上你的申婷熙嗎？你還沒有試過，你怎麼知道我比不上她？我保證會讓你像進了天堂似的爽？」

「噢，不！不！妳是個非常美麗動人的女人，我相信妳一定有能力讓我快樂得像進了天堂，只是我要找申婷熙有重要的事，能告訴我要如何找到她嗎？」

「你的費用已經有人付了，並且還是加了鐘點的全套服務，你要是不用，不但會是你的遺憾，我也失掉一個賺大錢的機會，太可惜了。」

「我會告訴櫃檯，我對妳的天堂服務非常滿意，這份錢妳是賺定了，並且我拿到要的資訊後，小費也會有很大的加碼。」

「你知道嗎？你不但拒絕了要我的人，來換取資訊，還要加碼給小費。你傷了我的自信心，我要讓你後悔。」

她一把將鍾為推坐在長沙發上，然後就撲了上去，整個人坐在鍾為的大腿上，上身壓住了他，她的兩腿夾住他，讓他動彈不得，而她的兩手開始在鍾為的全身遊走。她的兩眼盯住了鍾為，在他的臉上吐氣如蘭，柔軟的乳房磨蹭著他，兩手不時的觸摸他敏感的部位，鍾為正要感到心猿意馬時，和來時一樣的突然，她跳起身來，離開了鍾為。她說：「進來，他身上沒帶東西。」

房門打開，站在櫃檯邊的男人走進來，他用中國話說：「你坐好了，不要動。」

從三天前，來到了荷蘭後，鍾為第一次感覺到他是找對了地方，但是他對申婷熙也增加了一分陌生感。他明白這一間看起來像是豪華型的皮肉交易場所，其實全屋都裝了監控和隔音設備，一定是用來做特別的用途，例如是進行審問工作。而眼前的女人也完成了對他的搜身，確定了他身上沒有武器或是錄音器，鍾為說：「先生，如果我猜得沒錯的話，您是朝鮮人，您的中國話是在澳門學的。」

「果然是大學教授，很聰明。我需要問你幾個問題，你的回答是否是真實，會關係著你是自己走出這間屋子，還是被人抬出去的。」

他用手指著鍾為身後的性感女人說：「看見她手裏的傢伙了嗎？」

穿著黑色超短迷你裙的性感女人手裏握有一把黑呼呼的手槍，槍管特別的長，因為前面還加裝了一支滅音器。

「有這個必要嗎？我也要告訴你，我在離開酒店前就把這裏的地址留給他們了，告訴他們如果我發生了任何意外，就將這地址交給警察。」

「看來你是有備而來。」

他對持槍的女人點點頭，女人將滅音器從槍管上卸下，收起了手槍。他繼續說：

「我們還是需要問幾個問題。」

「當然，我也是來打聽消息的，您就先問吧！」

「你認識申婷熙多久了？」

「大概有半年左右。」

「你們是什麼關係？」

「朋友關係。」

「是嗎？僅此而已？」

「我們是很談得來的朋友。」

「你知道她的家庭狀況嗎？」

「她有一個兒子，兒子的父親是你們朝鮮的大太子金正男，但是他另有新歡，所以申婷熙帶著兒子移居到澳門。」

「你為什麼要找她？」

「我們海天書坊一直有一些介紹朝鮮的書刊，包括由『朝鮮之友協會』出版的官方書籍。由於朝核六方會談所帶來對朝鮮的好奇，這些書刊的銷量大增，我們又下了定單，但是書刊遲遲不來，我想找申婷熙幫忙催促一下，但是找不到她。」

「那你是怎麼找到這裏的？」

「我有一位老朋友是在香港當警察的，是他從澳門找到你們的地址，說能有申婷熙的消息。」

「所以你從老遠的加拿大跑到這裏來，就為的是要買幾本介紹朝鮮的書。是嗎？」

「那倒不是，我是來找荷蘭的一家出版社談合同的，另外還有兩家博物館出版的畫冊我們很有興趣，可能也會買一批回去。所以我是順便來找申婷熙的。」

面前的朝鮮人向烏克蘭女郎點點頭，他說：「他可以走了。」

鍾為趕緊說：「那我要的信息呢？」

「你回酒店等著，會有人跟你接頭告訴你申婷熙的消息。」

朝鮮每年的ＧＤＰ約為兩百億美元，其中的十五億是來自對外出售導彈。從八〇年代起，朝鮮先後向伊朗、巴基斯坦、埃及、利比亞、敘利亞和葉門出售過導彈系統，包括改良型的飛毛腿短程導彈和朝鮮的「勞動」型中程導彈。由於軍火的買賣都是在極機密的情況下進行，使買賣雙方都能不承認交易的存在。多年來，朝鮮政府就被懷疑參與武器走私，而「朝光貿易」就是負責單位。

現在根據新聞報導：美國財政部指出，朝鮮政權利用澳門匯業銀行帳戶，從事清洗黑錢活動。美國政府要求澳門凍結朝鮮在該銀行約兩千萬美元的存款。不久前，一位「朝光貿易」的職員被澳門警方逮捕，罪名是他在澳門匯業銀行存入了二十五萬美元的假鈔。

被捕後，他供稱是受「朝光貿易」負責人之一，朝鮮人張西材的指使，但是他已回國，調查也就無疾而終。在世界各地陸續的出現了不少被警方破獲的美元假鈔案子，這些偽鈔的來源都被追蹤到澳門的「朝光貿易」。

又有報導指出，在一些被逮捕的毒品販子口供裏，陸續的說到有澳門來的上家。矛頭也指向「朝光貿易」，還說到：每週，朝鮮的國家航空公司高麗航空的客機，都會從曼谷飛往平壤，經停澳門。雖然航班的乘客很少，但是還能賺錢，主要就是運送這些非法的各種貨物。

在這些事件被曝光後不久，這家貿易公司就從泉紹花園消失了，「朝光貿易」是在該大樓的五樓辦公，但是大樓業主對「朝光貿易」的具體行為一無所知。也有人說：綁架、毒品、武器交易這些東西，肯定不是「朝光貿易」這種具有總領事館角色的機構去幹的，應該是駐澳門的特工機構去完成，不會輪到外交系統來做。朝鮮也不會笨到這種程度。更有一位不願意透露姓名的澳門立法會議員表示，除了「朝光貿易」，朝鮮在澳門還有其他一些秘密機構。

宋樹安向金正男彙報了情況，他們討論的結果是一定有人走漏了消息，並且傳達到境外，這說明了一件事，那就是內部出現了「間諜」，金正男要求國家安全部展開調查，他們逮捕了第五局的兩個年輕的譯電員。他們要調查這和先前黃狼從莫斯科送來有關地下工廠的假情報和最近常出現的神秘電波是否有關。宋樹安告訴金正男，毒品和偽鈔的收入已經完全失敗，現在剩下來的唯一資金來源就是轉賣前蘇聯紅軍的核彈頭了。他們一定要做到萬無一失。

鍾為發現阿姆斯特丹是個很吸引人的觀光城市，無論已經有了多少次舊地重遊的經驗，它還是能帶來意想不到的喜悅，鍾為又恢復了白天當觀光客，晚上專心寫小說的日子，在不知不覺中，兩天就過去了。

離開了烏克蘭金髮美女和朝鮮男人後的第三天，鍾為去逛梵谷博物館，他是在下午四點多才回到酒店，他去取房門鑰匙時，櫃檯上的人告訴他，有一位從巴黎來的客人剛到，正在大堂等他，他一回頭就看見一位漂亮的婦人站起來，婀娜多姿的向他走來，她身上穿的黑色短裙，白襯衫，黑色的短外衣，脖子上圍著一條紅花的絲巾，腳上穿的是黑色的高跟鞋，除了一對小耳環外，身上沒有其他任何珠寶首飾，完全是個職業婦女的裝扮。只用了不到十秒鐘的時間，鍾為就認出她是誰，他飛奔過去，兩人緊緊的擁抱：

「凱薩琳，這麼多年了，又看到妳，真是太高興了。妳都好嗎？」

「如果你能放鬆一點，好讓我能恢復呼吸，我會更好一點。」

鍾為把她放開：「對不起，看見妳太高興了，就不知道把妳抱得這麼緊，就是怕妳又跑了。」

「你還敢說呢！到底是誰逃之夭夭落荒而去的？」

「十年前，膽子太小，被美女嚇跑了。沒想到十年後，美女變得更美，而我的膽子也變大了。」

「是嗎？那我一定要領教領教了。鍾為，別老叫我站著，我才從機場到這裏，想坐下來喝杯咖啡。」

「我房間裏有上好的咖啡和隱私，我也能和妳有個更得體的重逢。」

「看來你的膽子是大了。」

鍾為拉著凱薩琳回到自己的房間，關上門就把她摟進懷裏開始親吻她，他沒想到凱薩琳的劇烈反應讓他吃驚，將整個身體貼了上來，抱住了他的脖子和後腦，張開嘴濕吻他。最後因為肺裏缺少氧氣才放開了他，她說：「你還是這麼會吻人，一被你吻，我就發瘋。你是不是覺得我更瘋狂了？那是因為我累積了十年的瘋狂，一股腦放了出來。」

「不對，是妳讓我發瘋。原來妳就是個大美女，沒想到十年後妳變得更美。」

「看你說的，太離譜了。不像你們男人，越老越有魅力，可是我們女人最大的敵人就是年齡，對我們而言年輕就是美，這是我們的悲哀，別騙我了。哎，我的咖啡呢？」

「妳先坐，咖啡馬上到，不加糖，只加牛奶，對吧？」

「你還記得啊！太感動了。」

凱薩琳坐在長沙發上，鍾為把兩杯熱騰的咖啡端過來，放在前面的茶桌上，然後就坐在她身邊。坐下來後身上的短裙往上移，把凱薩琳兩條雪白誘人的大腿都顯露無遺，她用手撫摸著，從高跟鞋往上移，鍾為目不轉睛的看著，覺得她好性感。

「鍾為，想起來了嗎？以前你不是也這麼的摸過我嗎？」

他有點不好意思，趕快轉開了話題：「可是妳成熟多了，也更讓人動心了。」

「鍾為，你是在誇我，還是在說你後悔了？」

「都有。這些年來，我有好些事都想要告訴妳，最重要的就是要妳知道，十年前的事不是因為妳，妳當時已經是個非常出色的大學生，功課好，人又長得漂亮。那是我的問題，我在感情上是個殘障人，為了不傷害妳，只有離開一條路。凱薩琳，對不起，請妳原諒我。」

凱薩琳抱住他重重的吻了他：「鍾為，我等你這句話等了十年，但是聽你說出來我還是很高興。我也要你知道，我沒有恨你，我知道你對我的感覺，你是有難言之隱才遠走香港，後來我讀了你的《追風的人》，才知道在你身上所發生的事，我覺得你是個很高尚的人，我沒看錯你，只是非常遺憾，不能和你天長地久。」

「《追風的人》不是我的傳記，它是小說，只是有部分的內容是有感而發。不說我了，說說妳吧，妳畢業後，是不是也離開了美國？」

「從洛城的加州大學畢業後，進了航空公司當了兩年的空服員，但是不喜歡，就又回到學校花了一年的時間念了一個ＭＢＡ，然後進了在華盛頓的世界銀行工作，但是短短幾個月就被派到埃及，我很喜歡那裏的人文歷史，同時我也開始戀愛，嫁給我的前夫，但是婚姻維持不到兩年就分手了。」

「沒再戀愛結婚嗎？」

「交過幾個男朋友，但是都不了了之。」

「那是妳還沒碰到妳的真命天子。」

「不是，我的問題是我的壞習慣。」

「什麼壞習慣？」

「我老是要把身邊的男人和另一個人比，你知道那個人是誰嗎？」

鍾為沉默不語，隔了一會才說：「凱薩琳，對不起。」

「那不是你的錯，是我的毛病。後來不想被調回到美國，我就換工作，進了聯合國的開發總署，先是在馬來西亞的吉隆玻工作，三年前才調到巴黎的總部。我非常喜歡我現在的工作，離家又比較近，可以常常回到烏克蘭看看我父母，他們的年紀也大了，唯一讓我放不下心的就是你，這十年裏，我一直從各方面打聽你的情況，所以我知道你在香港發生那件轟轟烈烈的事以後就傷心的離開了，跑到溫哥華去開書店寫小說。」

「那你為什麼沒來找過我？」

「當我明白了你一直生活在過去的陰影時，我想到自己也是那陰影的一部分，我才決定要等到陽光出現時才去找你。」

「妳是說，現在我已經生活在陽光明媚之中了，是不是？」

「我是受人之托來找你的，在此之前，我也去溫哥華的海天書坊找過你。」

「啊！凱薩琳．波頓原來是妳嗎？」

「以前你就說過我的名字，凱薩琳．鐵木辛科，太長了，你說任何名字超過十個字母都是浪費，所以我離婚後就把我前夫的名字保留住了，事實上，這是我前夫為我做的唯一貢獻，就是讓我用他的名字。波頓，這名字不但短也很好聽，是不是？」

「是誰要妳來找我的？」

「申婷熙。」

「是她？」

「鍾為，你們是戀人嗎？」

「那要看戀人的定義是什麼？」

「我不懂。」

「當年我離開洛城時，我們用了整整三天三夜的時間來話別，妳還哭得死去活來，最後妳還問我，到底我是不是愛妳。」

「這些你都還記得嗎？你記得那三天我們是在哪裏度過的嗎？」

「在哪裏？」

「在床上。」

「那妳知道申婷熙是怎麼和我道別的嗎？她像是一個幽靈，突然就不見了，連一聲再見都沒說。妳說我們是戀人嗎？」

「那你為什麼還到處找她？」

「我是想也許她遇到什麼困難了，朋友一場，總是要關心一些。」

「鍾為，你的問題是你太善良了，到頭來被傷害的就是你自己。」

「有人告訴我，申婷熙現在平壤，住在金正男的大院裏，他們的婚姻恢復了嗎？」

「看看你自己臉上的表情，還敢說你們不是戀人，只是朋友一場，關心關心而已。你們上過床嗎？」

「妳還是和以前一樣，什麼事都要說得赤裸裸的。」

「為什麼不能說？你們上床時不是赤裸裸的嗎？那我為什麼就不能赤裸裸的問？」

鍾為趕快轉開了話題：「那你們認識了多久？」

「大概快三年了。說來話長，在圖們江計畫啟動前，他們要我寫一個實行方案，大概是寫得不錯，就派我當了前期計畫的專案經理，你知道朝鮮是個很封閉的社會，政府裏的人更是神經兮兮的，把所有的外人，包括這常去平壤的聯合國官員，都當成是間諜，問他們要資料是困難重重。」

「這是獨裁政權的通病。」

「在朝鮮，農業問題是歸金正恩辦公室分管，起先他們的辦公室主任非常熱心，她以前在世界糧食組織工作過，她替我們開門，拿到不少相關的資料，但是後來這條管道也關閉了。所以我找到了『朝鮮之友協會』，幫了我很大的忙，也因此認識了申婷熙。我們很談得來，她有一股說不出的魅力，連我這女人有時都想剝她的衣服。所以你一定會把她拿下，她逃不出你的掌心。鍾為，你知道嗎？她說起你時還會臉紅的。所以不要在我面前說你們只是普通朋友了。」

「為什麼妳們兩個人會說起我來呢？」

「朝核問題搬上了抬面，接著而來的是六方會談，聯合國全方位的出動要促成它的圓滿成功。這包括了擴大我們的圖們江計畫，成倍的增加了原來的預算，要把朝鮮緊緊的和國際社會掛住鉤。因為我做得還不錯，再加上『朝鮮之友協會』的大力推薦，他們就把我調到巴黎總部，從前期計畫經理升為整個圖們江計畫的專案負責人。擴大後的計畫內容增加了『農業氣象預報能力』，我們聘請的專家顧問，還有申婷熙都一致推薦你來主持，沒想到被你一口回絕了。」

「我已經不幹這一行的事了。還有很多別人都能勝任的。」

「但是專家們不同意，朝鮮透過了『朝鮮之友』也說非你莫屬。」

「你跟她說了我們曾經是戀人嗎？」

「申婷熙對你的過去非常感興趣，知道了我們曾是戀人後，每次我到平壤出差，她都經常來找我，我們的話題就是你。我還買了一本英文版的《追風的人》送給她，才發現她已經有一本中文本了。」

「妳說到阿姆斯特丹來找我，是她要妳來的嗎？」

「昨天晚上我接到她從平壤打來的電話，告訴我你到這裏來打聽她的消息，她請我就近來一趟，要我替她當面告訴你，一年前她不辭而別是身不由己，你認識的申婷熙已經不存在了，替她向你說一聲對不起，請你把她忘了。」

鍾為站起來走到落地窗前，凝視著窗外在運河裏行走的遊船，平穩的船行激起一波又一波的浪花，前面的消失了，後面的浪花接著出現，它們努力的追逐著前浪，但是永遠追趕不上。鍾為喃喃的說：「身不由己，把她忘了，完全一樣的字眼，又重新出現了，這是什麼世界呢？」

凱薩琳從身後緊緊的把他抱住，她感到鍾為的胸膛在劇烈的起伏，將他的身體轉過來，她看見鍾為滿臉的淚水，忍不住抱住捧起他的臉親著：「鍾為……別太難過了。」

「為什麼這世界上的人都不拿我的感情當一回事？要扔就一腳踢開，連頭都不回，連說的話都一樣，好像只要是身不由己，我就應該像喝白開水似的，喝完了就忘得一乾二淨。我想這個世界也沒有什麼讓我留戀的了。」

「鍾為，你看著我，別在我面前說那些渾話，我就不是這世界上的人了嗎？別以為我不知道，這世界上有多少關心你的人，那位大美人邵冰到哪去了？海天書坊的那位總經理，虎視眈眈的把我祖宗八代都問得一清二楚，這些人對你的感情你擺在那裏？對她們，你怎麼說？」

「對不起，凱薩琳，妳明白我的意思。」

「鍾為，申婷熙是個有野心的女人，只是你被她的魅力迷住了。其實我來找你也不完全是受她之托，我也是有事要找你。」

「什麼事？」

「我需要你幫我拿下兩件事；第一，聯合國開發總署的計畫處處長出缺，上面告訴我，如果我把圖們江計畫做得圓滿成功，處長就是我的，計畫處的辦公室就在巴黎總部裏，我是志在必得，而現在『農業氣象預報』是關鍵部分，鍾為，我求你回心轉意，幫我。」

「妳為什麼沒直接來找我？」

「這麼多年了，連個片紙隻字都沒有，我想我在你的記憶裏已經消失了，所以才決定當面來求你。」

「妳不用求我，我要是知道波頓就是妳，赴湯蹈火在所不辭。」

「這是你說的，可不許後悔。」

「第二件事呢？」

「我要拿下十年前逃跑了的情人。」

鍾為不說話，凱薩琳問說：「你上一次跟女人在一起是什麼時候？」

「記不得了。」

鍾為和凱薩琳是在酒店裏的餐廳吃的晚餐，然後回到房間做愛。房間裏的燈全關起來，但是窗戶是開著，屋外泄進來的夜光照在兩個赤裸的身體，像是一瓶陳年的美酒，反射出暗紅的光彩，兩隻手輕輕的撫摸和游走在對方的皮膚，像是沉醉在那孕育了多年的香醇酒氣裏，淺淺的進入似乎是在試探美酒的口感，偶然的深入像是迎接美酒入口，引來從喉嚨深處發出的吟歎和歡呼，身體最後的結合就像是悠閒的品嘗，淺嘗變成了急飲，他一口口的吞噬她，一步步的侵入她，她抵抗著，呻吟著，但是止不住不能控制的接納，包圍和欲拒還要的哀求，兩個赤裸的軀體緊緊的摟抱住，在顫抖中把一瓶美酒喝完，一起到了醉人的山峰。

窗外吹進來的微風輕輕的撫摸著在熟睡中赤裸的身體，凱薩琳醒了，看著躺在身旁的鍾為，十年前的情景一幕幕的出現了，沒想到的是他們的激情還是不減當年的火熱，她還是抵擋不住他的愛情，凱薩琳抱住他深深的吻著他，把他吻醒了，再使出了渾身解數把鍾為的情慾激起，然後就發起全面的進攻，她翻身騎上了鍾為，駕馭著他，要求他滿足她所有感官上的需求，她全身浸著汗水，光滑的皮膚在星光下閃爍發亮，他們呼喊著到了高潮。風平浪靜過後了許久，凱薩琳說：

「把你嚇壞了吧？我不是當年的小女子了，烏克蘭女人擺平了中國男人，報了十年的仇，太好了。」

她躺著，背靠在鍾為的身上，享受著他的手在撫摸她的乳房和小腹。鍾為說：

「我們中國有句話，十年不見刮目相看。妳不但是事業有成，男歡女愛也成熟了。」

「鍾為，你還是那麼會伺候女人，你的溫柔讓多少人心碎過？」

「這話妳該去問申婷熙。」

「鍾為，我本來不想告訴你，但是我現在又被你迷住了，我就說了！申婷熙回去平壤前和金正男有個協定，她答應在她祖父和父親的老戰友面前以金正男夫人的身分為他說話，促成他取得政權繼承人的地位，但是他們夫妻的緣分已盡，不能同房。可是回去的第一晚，金正男就強暴了她。他把所有的女人都支開了，沒完沒了的玩她。」

「這是她告訴妳的，還是妳聽說的？」

「是她告訴我的，她是想著你來承受金正男的折磨。」

「妳相信她嗎？」

「我不知道，但是她外表上看起來還是雍容華貴，神采飛揚。」

「也許不是像她說的那樣。」

「但是申婷熙告訴我，金正男知道了她心裏想著你，就更加重了對她的強暴。」

鍾為沒有回應，過了一會才問：「妳還有什麼事瞞著我？」

「沒有了。」

「我不信。」

「鍾為，你要幹什麼？……啊！……你一定要溫柔。」

凱薩琳發現鍾為已經是劍拔弩張，她趴在床上，把大腿分開了。

一夜的折騰，到天亮時鍾為才醒了，凱薩琳躺在他的懷裏，全身都緊貼著他還在熟睡。臉上有一滴乾涸了的淚痕，但是她微微張開著的小嘴帶著滿足的笑容，鍾為覺得她性感極了，就伏下頭來輕輕的吻她，但是凱薩琳把小嘴張開來，讓他佔領。她的身體蠕動了一下，睡眼惺忪的說：

「我要感謝申婷熙。」

「妳謝她什麼？」

「是她要我來傳話給你，結果被你整得死去活來，累得我睡著了，在夢裏還是在和你做愛，現在早上醒過來了，你還是在玩我。雖然很累，但是我喜歡，所以我要謝謝她。」

「要不是申婷熙，妳就不來找我了，是不是？」

「我怕你不理我了。」

「胡說，我可是聽別人告訴我，追你的人多得要拿號碼排隊，不少都是身家上億的鑽石級帥哥，我看妳是早把我忘了。」

「昨晚跟你說了我和你分手後的事，你都忘了嗎？何況你總不能盼望我去當修女吧？」

「終於招供了，是不是？我聽說聯合國開發總署裏有個風流的美女官員，原來就是妳啊！」

凱薩琳沒回答，但是她的手在他身上移動，她轉開了話題：

「你怎麼還是劍拔弩張的沒完沒了呢？」

「妳沒聽說過，男人在早上性欲最強嗎？何況我不像妳，我可是過著和尚的生活，好不容易把一個美女騙上床，妳說我會放過嗎？」

「你想我會被你的花言巧語騙了嗎？打從我認識你的那天，你身邊什麼時候少過美女了？如果你是過和尚的日子，那一定是全世界的美女都不見了。你在海天書坊不就有一位美麗性感的經理嗎？她看我不順眼，充滿了敵意，把我的祖宗八代都問了，就以為我是你的情人。她是不是白天替你幹活，晚上就玩你，是不是？」

「人家梅根是有丈夫的人。」

「那她為什麼對我有敵意？她跟你有婚外情是不是？」

「妳就別瞎猜胡說了。她只是對妳問起《阿勒頗抄本》的事，非常敏感。」

「是嗎？」

「我們海天書坊有個《珍本書室》，專門做珍本古書的買賣，它是我們海天最賺錢的部門，梅根是這方面的專家，他們最近拿到一個委託的合同，在尋找《阿勒頗抄本》，所以就對妳特別的注意。」

「怪不得。」

鍾為開始了他的動作，凱薩琳一邊抵抗，一邊哀求著：

「饒了我，求你了。我得趕回巴黎，太多的事在等著我，別忘了我在全力爭取我們計畫處處長的位置，決不能遲到早退。」

「我不是答應妳要替妳作圖們江計畫嗎？保住了妳聯合國開發總署計畫處處長的大位，所以我要妳多陪我一天。」

「那你跟我一起回巴黎，白天你替我寫計畫，晚上我陪你玩。」

「是玩妳還是玩巴黎？」

「那就隨你了，但是你也要再幫我一個忙。」

「沒問題，只要是我能力之內，一定達成任務。」

「不許反悔啊！說不定還會給你的海天書店帶來一筆生意。」

「太好了。妳說吧，妳要我怎麼修理妳。」

在凱薩琳．波頓的陪伴下，鍾為很快的完成了為朝鮮圖們江計畫裏的農業氣象預報能力實施方案。她的老闆很高興，同意放她一年一度的假期，她想說服鍾為搬到巴黎來住，使出了渾身解數讓鍾為在這個充滿了激情的城市過著天堂一般的日子。

「鍾為，真難為你了，這麼短的時間就做了這麼完整的計畫，還有這麼精彩的報告，辛苦你了。」

「還不是為了討美女的歡心，才拚了老命，希望美女會對我更好更體貼一點。」

「你說這兩天我對你還不夠好嗎？我都成了你的奴隸了。」

「是不錯，這可是你答應過的要我過像天堂的日子，但是我不知道男人的天堂是不是就這樣，我想很可能會更爽的。」

「別貪心不足，我都被你整得快不行了，還說不夠爽，沒良心的男人。我問你，你說的人事安排可都能實現嗎？你隊伍裏那些北朝鮮人，你有信心嗎？」

「我想應該是沒問題的，他們都是曾被派到北京大學大氣物理系當過研究生，有一些還上過我的課。他們之中還有兩個目前還在北京，在電話裏都說他們都很興奮的在等待。」

「太好了，只要你把他們看好了，把計畫圓滿完成，我這個開發總署計畫處處長的大位就會手到擒來，我也就會搬來巴黎長住了。可惜美中不足，你對搬來巴黎住不感興趣。」

「我來巴黎沒事幹，我的書店是在溫哥華，我還得靠它吃飯呢！」

「別瞎說了，昨天我們在巴黎第六大學時，他們地學院的院長還希望你去那兒呢。」

「我已經離開大學了，現在是以賣書為生了。」

「我看不見得，住在上不著天，下不著地的陽光海岸有什麼好，我看你是被那位美女梅根給牢牢的套住了，你敢說不是嗎？」

「我跟你說過，她是有夫之婦，看不上我這老頭子。不說我了，妳不是說還有一件事要我幫忙的嗎？」

凱薩琳上前抱住的鍾為，把頭埋在他的胸上：「不敢說，怕你會生我的氣。」

「妳不說我才會生氣，你說要我幫你幹什麼，了不起我不幹就是了，沒什麼好氣的。」

「我本來也是這麼想，就想在你被我弄得意亂情迷時才跟你說，可是我不中用，都是我自己被你弄得意亂情迷，而你是清醒得很，在玩我。」

「那妳現在不是很清醒嗎？快說吧！只要我辦得到，我會幫妳的。」

「鍾為，我沒跟你說實話。我現在要說了，你一定不能生氣。」

「說吧！妳是不是要告訴我，妳的老公現在樓下找妳呢？」

「我的老公波頓先生現在已經有一個老婆和兩個孩子，忙得沒時間來找他的前妻了。」

「那就沒有別的事會讓我生氣的了。」

「我跟你說我曾當過航空公司的空服員，那只是擺個門面。」

「什麼意思？」

「你知道我是在哪個航空公司當空服員嗎？是以色列航空，兩年裏，我雖然也在飛機上幹活，但是大部分的時間是在受訓。」

「在那裏受什麼訓？」

「在摩薩德受訓。」

「妳是說，妳是以色列的特工？」

「真正的摩薩德特工是不會暴露身分的。我只是個週邊份子，所謂的『薩彥』。你知道我父母親都是猶太人，他們一生信仰『猶太復國主義』，雖然我們是烏克蘭人，但是非常同情以色列。」

「妳是什麼時候被他們吸收的？」

「我在學校畢業前，他們就來接觸我了。我那時才知道摩薩德的全稱是『以色列情報和特別行動局』，它的前身是以色列在一九四八年建國時的一個軍方情報單位。一九五一年以色列的首任總統本古里安下令將它改為獨立的組織，直接棣屬並受命於內閣總理。自從成立以來，摩薩德進行了多次讓世界震動的成功行動，它的成功，成為世界情報史上的傳奇。現在與美國中央情報局，蘇聯內務委員會（克格勃），還有英國的軍情六處，一起並稱為『世界四大情報組織』。」

鍾為說：「根據我的理解，在世界領先的情報機構中，到目前為止它的組織還是最小的。」

「沒錯，總部設在弗吉尼亞州蘭利的美國中央情報局（ＣＩＡ）大約有兩萬五千名工作人員，那還不包括設在海外的情報站。前蘇聯的國家安全組織克格勃（KGB）的第一部門是負責海外的情報工作，它的任務和美國中央情報局是完全一樣，它在其高峰期，在全球各地有一萬五千名專案負責人，其中有三千名是駐在總部。但是摩薩德的工作人員只有一千兩百名，最多的時候也沒超過一千五百名，其中專案負責人不超過四十人。」

「鍾為，你知道嗎？為什麼摩薩德以微不足道的財力預算和薄弱的人力資源，而能完成龐大的情報機構所無能為力的任務，是有原因的。其中之一，就是在以色列的人口中仍然有不少人是具有國際大都會和不同文化的背景，各種語言能力，再加上各種各樣令人眼花繚亂的專業和他們豐富的人生經驗。再有他們是來自不同的地區，那裏有他們一定的地緣關係。這些事實對於在海外進行秘密任務，都是無形但是具有重要性的龐大資源庫。」

「凱薩琳，但是妳並不是以色列人啊！」

「作為一個特工組織，摩薩德之所以會有驚人的成就的另一個因素，是居住在全球各地的猶太人，這些人的父母親雙方都是猶太人的後裔，他們雖然不是以色列的公民，完全可能效忠於他們駐留的國家，但是他們會同情以色列。這些人形成了一個國際網路，互通資訊，傳達有關以色列的情況，這些人就是我剛剛所說希伯來語的『薩彥』。在倫敦一個地方就有兩千個這種人，在英國其他的地方也有超過五千人，在全美國有超過十倍這數字的人。他們永遠不會被要求進行背叛自己國家的事，只是會要求他們協助以色列避開重大的災難。就是這樣，他們使摩薩德在全世界的運行經費節省了十倍。鍾為，這樣的事，也只能發生在以色列了。」

「那妳找我幫忙也是和以色列避開重大災難有關了，是不是？但是為什麼非要找妳呢？」

「是的。找我是因為我的烏克蘭背景。」

「哈！我明白了，當年妳把姓名從鐵木辛科改為波頓，是摩薩德要妳隱蔽妳的烏克蘭背景，是不是？」

凱薩琳沒回答，她開始激情的濕吻鍾為，同時她的手也發起了攻勢，好一會後她才說：「鍾為，你一定要幫我，求你了！」

「妳不說清楚，只想把我弄得意亂情迷，我怎麼幫妳啊？」

「你知道在前蘇聯解體後，遺留在烏克蘭境內的核導彈武器失蹤之謎，到今天尚未被揭開，但是有不少核子彈頭失蹤的事實已經是確認了。媒體曾提到過，從烏克蘭被偷走的核武器，有部分被倒賣到了前南斯拉夫地區的克羅地亞和波黑，但是中情局和摩薩德取得的情報是這兩個國家並沒有想買或是敢買核彈頭。但是同時卻有不斷的資訊指出，『基地』組織是真正的買家，他們的第一目標是以色列，第二目標是美國。」

「他們有具體的證據嗎？」

「以色列的情報員拿到了第一手的資料，證明有烏克蘭人來到阿富汗南部的坎大哈市，那裏是阿富汗『塔利班』政權『基地』組織的老巢。他們在那裏達成了一筆交易，以三千萬美元的價格，恐怖分子從烏克蘭人手中購買了幾個『手提箱核彈』，並將其存放在某一個安全的地方。」

「知道這個安全的地方是在那裏嗎？要趕快行動把核彈頭找出來。」

「我們就只查出一個可能窩藏的地點，但是需要確認後才能行動。這個確認的任務現在落到我頭上，我才來找你幫忙。」

「我又不是核彈專家，我怎麼幫妳呢？」

「這個確認的任務必須要做得天衣無縫，決不能打草驚蛇，讓他們轉移窩藏地點。所以非你莫屬。」

「凱薩琳，我沒聽懂。」

「目標的窩藏地是一間書店，是專門賣古本書的。」

金正日的病情不見好轉，還一天比一天的惡化，中情局急著需要知道接班人發展的情況，李建成在一萬公里外都能感到壓力了。顯然，崔蓉姬對舞蹈的熱愛是她生命裏的重要部分，她問她的丈夫：

「建成，你知道我是從什麼時候開始喜歡音樂和舞蹈嗎？」

「是不是很小就開始了？」

「記得我媽跟我說，還在包尿片的時候，別的小孩哭是要喝奶，我哭了，只要聽見歌聲就眉開眼笑。等到會走路的時候，只要一聽到音樂聲，我就會跳來跳去。所以音樂和舞蹈就跟了我一輩子。」

「那妳為什麼還要去當特工？」

「那是在平壤音樂舞蹈大學念書的時候被徵召去的，後來分發到朝鮮萬壽台舞蹈團當演員雖然是掩護特工的身分，但是我很喜歡這份工作。」

「我看得出來，妳是很投入的。」

「記得我說過，我在大學時，有一位教我們『西方舞蹈藝術理論』的老師，是她影響了我。」

「我記得妳說過，她叫趙晨倩是不是？」

「就是她，她是所有教理論課的老師中我最喜歡的，她去歐洲留過學，課講得非常好。」

「她也是學舞蹈專業的嗎？」

「不曉得她的專業是什麼，但是她跟我們說，她也是從小就愛舞蹈。」

「那不是跟妳一樣嗎？她也是幹特工的嗎？」

「人家的命好，不用當特工，她現在可是個大人物了。」

「是嗎？」

「她是個大美女，是我們三太子金正恩的辦公室主任。但是她紅顏薄命，原來盛傳她是候任的太子妃，但是去年金家娶三媳婦，結果不是趙晨倩。」

李建成愣了一下，但是他很快的決定暫時不說他已經見過趙晨倩了：

「她和金正恩交往很久了嗎？」

「有好些年了。大家都說她是個非常能幹的女人，可以相夫教子。沒想到金正恩娶了別人。有人說趙晨倩要比三太子大幾歲，所以他看上了更年輕貌美的女人。你們男人就是風流，喜新厭舊。」

「別那麼看我，我是異類男人，不風流也不喜新厭舊。」

「可是我聽說，這個太子妃的來頭很大，她的大伯是人民軍的元帥，是金正日一手提拔上來的。我看這個婚姻八成是跟爭奪繼承權有關。」

「那妳的老師趙晨倩現在到哪裏去了？」

「金正恩把人家甩了，還不讓人家走人，還是要她留下來當辦公室主任。」

「看見老情人和新歡在她以前睡的床上折騰，會很難受的。」

「你就只會想到這種事。」

「這不是妳們女人最在意的嗎？蓉姬，妳和妳朋友們認為誰會是繼承大位的人呢？我們核能研究所的人都認為老大金正男是內定的接班人。妳同意嗎？」

李建成想乘機聽聽接班人的消息，崔蓉姫說：

「我也聽過這種說法，尤其是核能所的人，他們說大兒子繼承大位，自古已然。但是我想這都是因為金正男是分管國防委員會的第五局，而核能所又是歸五局管轄，所以這是肥水不落外人田的一廂情願想法。」

「但是也不無道理。」

「建成，可是有兩件事擋著金家大公子的繼承之路：一個是他給人留下的花花公子印象，他的最愛是歐洲進口的跑車和年輕貌美的女人，第二是他不是金正日的合法元配所生。不過也聽說他正在積極的克服這些困難。」

「那老二金正哲有機會嗎？」

「不曉得，他是個神秘人物，對他的報導很少，沒人知道他和金正日的關係如何。不過有人說他的腦子有問題，是個傻子。」

「那老三呢？他能和老大爭奪大位嗎？會不會太年輕了？」

「但是老三背後的那股力量是不能忽視的：他的老媽高英姬，不僅是金正日的合法妻子，在勞動黨和軍方裏頭，都有呼風喚雨的能力，聽說她正在積極的拉攏和遊說這兩方面的有力人士。我看金正恩的老婆，八成也是她選的。」

「所以鹿死誰手，還看不出來嗎？蓉姫，要是讓你來選繼承人，妳會選誰？」

「我會選金正恩。」

「你在萬壽台舞蹈團的同事們也會選他嗎？」

崔蓉姫說：「我想他們也會的。建成，我們選金正恩是因為趙晨倩。倒不是為了她是我們喜歡的老師，而是因為她會是個非常稱職的領袖助手。」

李建成說：「妳認為一般老百姓也會和你們一樣的看法嗎？」

「當然啦！」

「蓉姬，我到朝鮮來沒多久，我們所長就要我去金正恩的辦公室介紹我們的工作概況，我說這是所長和副所長的事，怎麼找我來幹呢？他回答說，他們都太忙，沒時間。我總覺得這事有點怪怪的。」

「一點都不奇怪，金正恩應該對核子武器以及核能工業的背景和發展情況有所認識，所以要求核能所作彙報。但是金正男是核能所的最高領導，所長他敢到金正恩的辦公室去嗎？所以才抓你的公差。」

「我們是技術單位，不應該去趟繼承人鬥爭的混水。」

「別太天真了。建成，你知道我為什麼特別的喜歡趙晨倩嗎？因為她介紹了一本我最愛讀的書，就是《鄧肯自傳》。你看過沒有？」

「這是一本著名的傳記，起了很大的影響，我看過它。」

「我讀的是朝鮮文的翻譯本，聽說刪除了不少地方。你對鄧肯的第一個印象是什麼？」

「簡單的說，伊莎朵拉．鄧肯是美國著名舞蹈家，現代舞的創始人，是世界上第一位披頭赤腳在舞台上表演的藝術家。一八七七年五月出生於美國三藩市，她創立了一種基於古希臘藝術的自由舞蹈而首先在歐洲揚名。後來在德國、俄國和美國等國開設舞蹈學校，成為現代舞的創始人。主要作品有根據《馬賽曲》、貝多芬的《第七交響曲》、孟德爾頌的《春》和柴可夫斯基的《斯拉夫進行曲》改編的舞蹈。」

崔蓉姬說：「我還讀到小時候的她生活貧寒，母親是音樂教師，從小就給予她良好的音樂教育，培養了她的舞蹈志趣。她立志把自己的舞蹈建立在自然的節奏和動作之上，去解釋和表演音樂家的作品。廿一歲時她去英國謀生，在不列顛博物館潛心研究了古希臘藝術。從古代雕塑和繪畫中找到了她認為理想的舞蹈表現方式：身著長衫，赤腳，動作酷似樹木搖曳或海浪翻騰。她從古典音樂中汲取靈感，追求『可以通過人體動作神聖地表現人類精神』的舞蹈。她也認為：技巧會玷污人體的自然美，動作來源於自我感覺，舞蹈應該自始至終都表現出生命。在舞台上，她像森林女神一樣，薄紗輕衫、赤腳起舞的形象，轟動了整個歐洲。一九〇四至一九一三年鄧肯數次訪問俄國，她的表演震動了俄國藝術界。」

李建成說：「我的理解是，鄧肯早期的舞蹈大多表現生命之歡樂，抒情題材的作品較多。一九一三年以後，她的創作轉向悲壯的，英雄的題材如貝多芬，瓦格納和柴科夫斯基的音樂。這其中有她創作和表演的最著名的作品《馬賽曲》、《斯拉夫進行曲》、《國際歌》、《第六交響曲》和《柴可夫斯基作曲》等。一九二一年，鄧肯應邀去蘇聯辦學，同時也在德國和法國開設舞蹈學校。她曾歌頌過蘇聯的十月革命。一九二二年，她和一位蘇聯詩人結婚，三年後分手。一九二七年九月，鄧肯因車禍在法國尼斯去世。」

崔蓉姬又接著說：「鄧肯在自己的傳記裏曾再三提到，她最初的舞蹈靈感和衝動來自那奔騰不息的大海，微微顫動的鮮花，翩翩飛舞的蜜蜂和展翅翱翔的鴿子。在她的眼中，自然界一切都在舞蹈，她那靈魂與肉體高度的統一，身心沐浴在自由陽光之下的舞蹈，在觀眾心中卷起了一陣激情和波瀾。記得趙晨倩老師給我們形容鄧肯的三部代表作：《伊菲革涅在澳里斯》是希臘神話中一段悲壯的故事，鄧肯在表演這個作品時，時而幸福安詳，時而悲壯淒涼，令人有無限神往。《馬賽曲》裏的樂曲本身具有革命性和強大的感染力，後來成為法國國歌。鄧肯穿著火紅的拖地戰袍，雙臂高舉，雙拳緊握，痛苦地召喚自己的同胞快快拿起武器，與敵人作殊死的決鬥；一場艱苦卓絕的戰鬥結束後，她在一片突然到來的寂靜之中儼然化作了一尊自由女神雕像。《前進吧，奴隸》是一部感人肺腑的傑作，舞蹈一開始，鄧肯一個人站在舞台上，雙手放在背後，像是被捆綁住，她艱難地向前挪動，雙膝顫抖著向前摔倒。終於捆綁的雙手獲得了自由。」

李建成說：「我看妳的確是被鄧肯迷住了。」

崔蓉姬說：「沒錯，我這輩子就是被兩個人迷住了，第一個是個跳舞的。」

「那第二個人呢？」

「是個搞原子彈的。」

張煥智一家人是在五天前住進了澳門的麗園酒店，這是一棟兩層樓的舊式酒店，沒有電梯，樓上的客人要走樓梯上下，很不方便。酒店的房間不多，總共只有三十間客房，一樓和二樓各有十五間客房。

張煥智一家被安排住在二樓的二一二號，他覺得樓上似乎沒有什麼客人。他們的房間很大，有兩張雙人床，還有一道門是和隔壁房間相通的。

張煥智的培訓任務在第一天就完成了，以後的三天裏，他們拿著採購單子去逛了澳門的幾家百貨公司，還坐了高速的雙體輪渡到香港去了一天，帶了孩子去玩了狄斯奈樂園和海洋公園，也把採購單裏最後幾樣東西在香港的大百貨公司裏買齊了。

當然這一路上都有朝鮮駐外單位的工作人員陪著，名義上是擔任「陪同」和「導遊」跟著他們，但實際上是負責監視他們的國家安全部特工。

唯一讓特工們相對放心的是張煥智是個優秀的高級譯電員，不但拿很高的工資，不可能為了要賺錢而叛逃，並且他已經多次被派出國，甚至全家一起到過西方資本主義國家度假，安全部門對他的觀察和對他的「忠誠」及「叛逃風險」的評估報告裏沒有一點瑕疵。所以這一次對他的「監視」只是走過場，一等到他們一家在外面吃過晚飯，拖著逛累了的身體回到酒店後，特工們也就收工，離開這上不著天，下不著地的麗園酒店。

雖然張煥智對「邱龍石」充滿了信心，但是在接近午夜時，他也禁不住的問自己，邱龍石的「家人」是把他放棄了嗎？他沒有聽見走廊上有腳步聲，但是突然間聽見了通往隔壁房間的門有輕輕的敲門聲，先是三下，隔了一會又敲了兩下，再又停了一會，又敲了一下。他感覺心跳似乎是在喉嚨，將耳朵貼在門上，輕聲的問：「誰？是哪一位？」

門外的人說：「我找張煥智。」

門外傳來的是女人聲音，張煥智用手緊壓住胸口，他的心臟就要從喉嚨裏跳出來了，門外的女人用朝鮮話問：「平壤哪一家麵館最好吃？」

「平壤車站裏的平南麵館有最好吃的麵，我昨天才去吃過。」

「太好了。」

張煥智回問：「是誰叫你來問我的。」

「是邱龍石先生。」

張煥智馬上將門打開，一位穿著酒店制服的女服務員閃身進來，馬上就把門關上，她說：

「請不要開燈，我是來接你們的。雖然我們見過面，但是我還是要作規定的識別程序。我現在要用手電筒照你們的臉，請你們說出自己的姓名和年齡。」

女服務員拿出手機，按快撥鈕：「三號進入現場，完成三名撤離人員識別程序。一分鐘後離場。」

女服務員面對著張煥智說：「我們馬上就要離開這裏，再確認一次，你們把所有的東西，尤其是錢包，證件，皮夾子和孩子的玩具和書本，都留下了。身上沒有帶任何東西。對不對？」

等張家的大小三人都點頭後，她過去把隔間的門打開，又有一男一女走了進來，男的領著張煥智，女的領著他的妻子，女服務員牽著孩子的手，三對人先後離開了二一二號房間，從樓上的邊門樓梯下到院子裏，消失在黑暗中。

澳門的第七消防分隊是在凌晨三點接到管區內麗園酒店失火的警報，兩輛救火車和一輛救護車在三分鐘內開啟了車頂的紅色緊急閃燈，狂鳴著警笛，直奔麗園酒店，分隊長知道這棟舊式的木製二層樓建築是經不起火燒的，他希望在這深更半夜，所有的住客都能及時撤出，消防車隊在半路上看見前方的道路因修路而設了路障，他們必須繞道而行，車隊比預定到達的時刻晚了十五分鐘，熊熊大火已經把整棟建築物完全吞噬了，四周的環境都被紅色的火光照得通亮，麗園酒店的夜班經理上前來報告，除了二樓二一二號房間裏的兩個大人和一個小孩之外，所有的住客和職員都安全撤離了。

一輛暗色車窗的旅行休閒車是在一大早就來到澳門的關閘，排隊等候出拱北關口，進入廣東省。車上的五個人，除了司機，其他的一男兩女和一個小孩都是拿南韓護照，汽車順利的通關後就直奔廣州的白雲機場，四名車上的乘客在那裏搭上長榮航空的班機直飛台北轉機飛韓國首爾的仁川機場。但是他們在台北卻換乘了飛往沖繩的班機，到達那霸機場時，就有一輛掛著外交車牌和美國國旗的汽車把他們接到附近的美國空軍基地，稍作休息後，他們坐上了一架專機，向西飛去。

火警在天亮前就被撲滅了，但是一直等到下午火警現場的溫度降下來後，消防員和員警才開始清理現場。他們很快的找到了二一二號房間裏的二大一小屍體，大火把人燒得面目全非，除了男女性別和身材大小之外，其他的都無法辨認。但是一個女人的錢包，一個男人的皮夾，還有一個小孩的玩具卻奇跡般的只受到輕微的火燒損害，從裏頭的身分證，護照和全家福照片，酒店的職員證明了就是屬於二一二號房間的客人張煥智和他的家人。

員警在調查報告上寫下了：「麗園酒店職員認證，火場遇害者為住客張煥智和他的妻子及孩子。」他們通知了朝鮮駐澳門的官員，出示了員警的調查報告，官員們問出來遺體冷藏和空運回平壤的費用後，就將三個遺體火化，只是把骨灰和留下的證件拿走了。

每一年的中央情報局的預算都是屬於高度保密，外人中只有負責預算的總統助理能有機會看到。他百思不解，為什麼中情局需要花錢買兩個大人和一個小孩的屍體。

大約在第十三世紀時，舊約聖經的創世紀章被寫成了。幾乎就在同時，圍繞著沙漠中的綠洲、尖塔和清真寺，大馬士革城市建立了。從巴比倫北方迦勒底人居住的地方，亞伯拉罕率領軍隊佔領了這城市多年。他和他的人馬是計畫要往前推進到迦南，但是他們來到了底格里斯河與幼發拉底河之間的香料鄉村，被附近多彩多姿的大馬士革城市迷住了。後來它又被希臘的亞歷山大大帝征服，之後，也被羅馬帝國的將軍龐培佔領過。塞維魯宣佈大馬士革是羅馬帝國的殖民地。不久，基督教來到了這城市，聖徒保羅在來大馬士革的路途上曾遭到雷擊，後來他和聖托馬斯就住在巴布東馬，也就是這城市裏最古老的一區，這一區後來被稱為是東西方的重要交叉點。

在鍾為準備離開巴黎的前一天，凱薩琳接到了消息，有跡象顯示基地組織的恐怖份子將要轉移核彈頭的窩藏地點，因此確認行動必須即刻執行。當天下午他們就離開了巴黎飛往羅馬，在那裏趕上了就將飛往大馬士革的班機，買到了最後剩下來的兩張頭等艙機票，等他們剛一坐好，年輕的空服員就送來了熱毛巾和香檳酒。鍾為看著走道上空中小姐的背影說：「現在還懷念當年到處飛來飛去的日子嗎？」

「我的空服員生涯似乎很遙遠了，好像是發生在上一輩子的事。」

從飛機的窗子可以看到地勤人員正在忙著最後的準備工作，鍾為彎過身試試凱薩琳的座椅安全帶是否扣緊了，她笑著說：「我看你還是保持著職業習慣，這麼多年了，我是全沒了。」

機翼下掛著的巨型發動機點火啟動不久後，航機開始向跑道頭滑行，機長廣播宣佈，航機是排在第二位起飛離場，他要求乘客再次檢查確實座椅安全帶是扣緊了。

「鍾為，」凱薩琳輕聲的問，「你在想什麼？」

他驚訝的發現了凱薩琳的語氣裏充滿了女性的溫柔，她給人的感覺一直都是「剛強的職業女性」，這是頭一次讓人感覺到她的溫柔，甚至還帶有容易被傷害的感覺，鍾為回答：

「沒在想什麼。」

她盯著鍾為看了一會，又問：「沒想過要成家、養孩子，或是做些別的事嗎？」

「哪些別的事？」

「找一個充滿陽光的海島，脫了衣服和鞋子，喝啤酒，吃海鮮，做愛和睡覺。」

航機放慢了滑行，轉進了跑道，中間有一串黃色的跑道燈，一個接一個的點亮又熄滅，像是往航機的前方跑去。

鍾為問：「然後呢？」

「第二天從頭開始，同樣的事再來一次。」

「我想妳是在開玩笑，是不是？」

航機的剎車鬆開了，兩人之間的片刻寧靜被往前推進的動作打斷了，航機在跑道上開始快速滑行，不一會就騰空而起，起落架收回，航機的高度在增加，窗外可以看見地中海了。凱薩琳把頭靠在椅背上，閉上了眼睛。

「是的，我是在開玩笑。」

現代的大馬士革是由三個不同的城區所組成的，最古老的就是最著名的回教聖地麥迪那，它的鄰區是前法國殖民地，這一區裏有詩情畫意的建築和有精美雕塑的噴泉，鍾為和凱薩琳住進了在這一區的洲際大酒店。但是圍繞著這兩個城區的卻是一大片很醜的現代城市，它充滿了蘇聯式的粗獷水泥建築物，購物廣場，還有交通擁擠的大馬路。在這充滿了矛盾的大城市裏，在入夜後，淒涼的禱告呼喊，從一個個尖塔裏傳出來，整個城市似乎迷漫在外星人的哭泣聲裏。凱薩琳似乎對麥迪那古城很熟悉，帶著鍾為穿梭在巴布東馬的古老小街和小巷裏，她說：

「鍾為，你餓嗎？我知道這附近的一個小飯館，做的東西還不錯，要不要試試？」

「太好了。」

「那就跟我來。」

像一對來觀光的戀人或是夫婦，他們牽著手漫步在歷史的時空裏，文字記述說，在每一個中東的城市中都會飄浮著它特有的氣味，它們經過了千變萬化的歷史和驚天動地的事件，但是這些氣味卻永遠不會消失。在突尼斯聞到的是茉莉花味，在非斯是小茴香的味道，在大馬士革的空氣裏迷漫著的是咖啡混合了豆蔻果的氣味。

走在大馬士革的街上，就像把一疊明信片攤開來，從每一個門口和每一個視窗，都能看見有不同的人正在作他們特有的工藝，有燒玻璃的，做絲綢品的，做陶瓷的，有在做沙發的，做麵包的，切肉的，插花的，做裁縫的，織籃子的和染布的。在外面的街上有各種攤販，叫賣五花八門的東西，從一杯杯熱騰騰又苦又濃的土耳其咖啡到澆著杏仁汁的豆蔻果霜淇淋都能買到。

特別引人注目的是賣水人，他們的衣著非常誇張豔麗，帶著各種的裝飾，一看就知道那是土耳其奧圖曼帝國的倭馬亞人的服裝，當年這一群少數民族組成的兇悍軍隊曾經將他們的版圖擴張，往東到了現今的巴格達，往北越過了地中海到了西班牙的安達盧西亞，但是這些賣水的人已經把敘利亞當成他們的家鄉。鍾為說：

「這裏好像有不少的人說話都帶有伊拉克的口音。」

「好多年來，麥迪那的人口一直在減少，但是當伊朗和伊拉克發起了兩伊戰爭後，伊拉克的遜尼派阿拉伯人和基督教徒為了長年不停的戰爭就移居到麥迪那，現在一切都變了，這座古城已經很擁擠了。」

凱薩琳領著鍾為來到一個小巷裏的飯館，大部份的座位都是在它矮牆內的戶外庭園，顯然這是家好餐館，幾乎是滿座了。餐館裏的工作人員，包括從裏頭出來的大廚，都和凱薩琳打招呼，他們被領到戶外的角落座位，凱薩琳叫了一瓶阿根廷產的紅酒。鍾為注意到部分的牆上和鐵欄杆上佈滿了爬藤，銅柱上的燈光照射在餐桌和一塊塊瓷磚的地板上，黑色和褐色的牆壁上有一片片鮮豔奪目的馬賽克鑲嵌圖案，畫的都是奧圖曼蘇丹和倭馬亞戰士。

凱薩琳笑著問：「這裏還行嗎？我們不必看菜單，他們會給我們上最拿手的美食。」

鍾為曖昧的看著她：「我相信，那一定是的。我猜這裏都是你們的人，對不對？」

凱薩琳沒有回答，只是微笑一下，但是答案很清楚了。

侍者端來一盤葡萄葉手卷，鍾為嘗了一口，覺得好吃得很，他喝了一口酒：「這裏頭包的是什麼？味道還真不錯。」

「說是特別煙醺的雞肉和松露。」

「怪不得。」

周圍的談話聲音越來越大，他們將注意力集中在面前的美食，葡萄葉手卷吃完了後，又上來一盤沙拉三明治，那是要沾著橄欖油吃的，然後就是主菜了，也許是很對鍾為的胃口，他沒有再多說話，全心全意的享用美食。

等把配著辣椒和洋蔥的烤雞吃得差不多了，凱薩琳才說：「看你吃的樣子，就知道我叫的菜是對了，但是你有了好吃的，就完全不理眼前的女人了。」

「你沒聽說嗎？我們男人都是豬，先想到吃，再想到交配。」

「你是說等回到酒店後，你就會想要交配了嗎？」

在回酒店的路上，鍾為感到凱薩琳的情緒起了明顯的變化，不僅沉默不語，而且眉頭緊鎖，憂愁滿面。計程車將他們送到酒店後，凱薩琳立刻就換了衣服去洗澡，她在浴室裏待了很久才出來，等鍾為洗完了淋浴出來時，發現房間裏的燈都關上了，但是落地窗的窗簾是開著，滿屋都是泄進來的星光，凱薩琳穿著浴袍站在窗前看著遠處的尖塔，傳來了一陣陣的哀泣呼喊，那是穆斯林的祈禱，是他們對上帝阿拉的傾訴。鍾為走過去站在她身後：「發生了什麼事？怎麼突然傷感起來了呢？」

凱薩琳沒有回答，但是她問說：「鍾為，聽見了尖塔裏傳出來的祈禱聲嗎？為什麼穆斯林對穆罕莫德的祈求永遠是充滿了哀怨？」

「回答我的問題，是不是有什麼事了？」

她還是不回答問題：「我想他們是把煩心的事講給上帝後，就會好過多了。」

鍾為從後面摟住了她的腰，她沒說話，只是仰起頭來將脖子獻出來讓他親吻，兩個人都沉默不語，隔了一會凱薩琳才又問：「你會想到死亡嗎？」

這回輪到鍾為不說話了，他解開了她浴袍的腰帶把手伸進去，發現裏頭就只是光滑的皮膚。凱薩琳繼續的說：「小時候我的祖母最疼愛我，我也愛她。是她頭一次帶我到中東去旅遊，我們去了耶路撒冷，也到了貝魯特、安曼和大馬士革。我發現這四個距離很近但是截然不同的城市，有一個共同點，就是它們輝煌的歷史背景。在那裏，我看到了穆斯林信奉的《可蘭經》裏也記述了：該隱和亞伯是亞當和夏娃的頭兩個兒子，也說兩個兄弟向上帝提供奉獻，上帝接納了弟弟的奉獻，但是拒絕了哥哥。該隱出於妒忌，殺了弟弟亞伯，這和舊約聖經裏所記載的完全相同，但是共同的歷史背景和宗教的起源並沒有促成他們的和平相處，阿拉伯人想盡千方百計要把他們的鄰居猶太人消滅。我祖母病重時跟我說，猶太人還是會有災難的，她要我一定要幫助以色列去阻止這些災難，在她的病榻前，我答應了她，這是我決定去當業餘特工的主要原因。但是等到摩薩德的人再帶我到這些地方時，我能看到的只是仇恨的眼光，能感到的就只是迷漫著的殘酷殺擄。祖母走了以後，每當我再度來到這裏時，就會想到死亡。」

鍾為撫摸著她的乳房和小腹，他說：「在妳說的這些地方，聚集有數千，甚至上萬人的難民，他們之所以流離失所，是因為猶太人在建國時所需要的土地，就是他們世世代代居住和耕種的地方，他們之中已經有幾代的人是從出生到死去，整個的人生都是在難民營裏度過的。我能想像他們的仇恨和殺擄的動機是一定會存在的。」

凱薩琳說：「我問過自己，也問過別人，為什麼猶太人建國一定要建在別人世世代代所生活的土地上呢？答案是那片土地是上帝承諾給猶太人的，所以稱為是『復國』。但是我的問題是，難道上帝會不知道還有另外的一群人也曾居住在那片土地上嗎？還有那麼些『先知』們也糊塗了嗎？為什麼我們猶太人要付出這麼大的代價來復國呢？」

「妳說得沒錯，凱薩琳，每一個猶太人都應該問和妳一樣的問題。以色列從一九四八年建國以來，沒有一天不是和鄰國處在戰爭狀態，時間已經跨越兩代人了，沒完沒了的赤裸裸殺擄什麼時候才會結束呢？不但如此，現在還派妳這個業餘的女特工來阻止核彈的災難，實在是不可理喻。我能想通的唯一可能是，當初上帝承諾給他的猶太子民的土地，其實不是在已經是別人家園的巴勒斯坦，而是在別的地方，很可能是一片更肥沃的土地，並且地下也有極豐富的寶藏。但是後來的政客和宗教領袖們為了其他的原因才誤導了猶太人和整個世界。」

「現在說這些都太晚了。」

凱薩琳轉過身來深吻鍾為，她將手伸進他的浴袍裏，兩人的身體接觸了，她說：

「鍾為，我要你答應我兩件事。」

「說吧！別忘了我要在吃完美食後要幹的事。」

在鍾為的浴泡裏，凱薩琳的兩臂摟住了他赤裸的腰身：「鍾為，你聽我說，明天由我一個人去就行了，我會說你臨時生病，所以我就一個人來了。你就到機場搭第一班飛機離開大馬士革。」

「為什麼？」

「以色列的突擊隊已經到了，剛才我在飯館見到了他們的隊長。他說恐怖組織的核彈頭引爆技術專家也到了大馬士革，今天下午他進入了目標現場，半小時後又離開了，但是他們在現場的槍手卻增加了不少，這表示核彈頭即將要被送到引爆地點或是要轉移到另一個窩藏地，突擊隊的任務是要攔截核彈頭，所以任何時候只要是看見了核彈頭，他們會立刻發起攻擊的。到時候槍林彈雨，太危險了。」

「妳一個人去就不會有槍林彈雨，就沒有危險了嗎？」

「我和你不一樣，我是受過特別訓練的摩薩德特工，你是個老百姓。其實，我擔心的是恐怖份子已經有感覺突擊隊出現了，隊長告訴我，你我的出現很可能會被當成為是突擊隊來踩點的，要不是被當場格殺，就是會被綁架了。」

凱薩琳不知道鍾為是在享受撫摸她的身體還是在思考她的問題，但是她已經感覺到渾身發熱了，她聽見鍾為說：「我不同意你們的看法。找我去確認核彈頭的窩藏地點，就是因為那裏有縱橫交錯的地下排水系統，一有情況，他們就可以神不知鬼不覺的從下水道將核彈頭轉移了。核彈頭引爆專家的出現，表示它還在目標現場，布控槍手的加強，更顯示核彈頭還在原地。原因是他們並沒有發覺是被你們的突擊隊盯上了，或者是他們不認為已受到威脅。所以突擊隊還是需要我們去確定正確的窩藏點，他們才能以迅雷不及掩耳的快速行動，取到核彈頭。任何有效的抵抗，拖延了他們的撤退，敘利亞的軍隊趕到後，突擊隊都會是功敗垂成。何況他們也不會接待一個單獨的女性，妳不會有機會去確定核彈頭的準確窩藏點。」

凱薩琳閉上了眼睛，身體在扭動著，鍾為的手已經能感到她的皮膚要燃燒了：

「妳不用擔心，我已經做了安排，保證我們會安全的從現場脫身。凱薩琳，妳的第二件事呢？」

凱薩琳從喉嚨深處發出了呻吟：「鍾為，你答應了要和我交配，快點吧！」

「那妳要告訴我，摩薩德的女特工是不是都受過床上功夫的特別訓練？」

「有什麼用？我從來都抵抗不住你的征服。我要你使出渾身的解數來麻醉我，讓我意亂情迷，最好一輩子都別醒過來。」

「大馬士革宗教古本書店」是坐落在古城區的一個三叉路口，三條馬路的路面都是用鵝卵石和水泥鋪設的。書店的正門是面對著三叉路交口的噴水池小圓環，兩邊的圍牆外就是三叉口的另外兩條馬路，所以整棟建築物是個三角形。這間書店的前身是一間古老的猶太教教堂，幾年前來了一批伊斯蘭武裝份子，他們先是關閉了教堂，不讓猶太人來禮拜，最後就趕走了教堂裏的猶太教祭師。

顯然敘利亞政府是在幕後支持這些人，大馬士革的警方也沒有任何的舉動。一年後，在大門口巡邏的武裝人員不見了，古本書店就正式的開張營業，傳聞說，書店是伊斯蘭聖戰組織經營的，老闆是個巴勒斯坦人，是哈馬斯組織的恐怖份子。

鍾為和凱薩琳是在下午三點鐘來到了書店，它的大門是開在人行道上七、八個台階上面，一進門就是個大堂，從大門的外觀一點都想像不到書店會有這麼大的大堂，顯然這裏是從前做禮拜的地方。大堂的兩邊是一排排的書架，因為是三角形的大堂，書架擺設成梯形，中間是走道，兩旁是給人閱覽的長方形桌子和椅子。但是他們首先要經過類似機場安檢的金屬探測器，將口袋裏和皮包裏的金屬物都拿出來檢查，然後有穿制服的保安用手持探測器將全身再掃測一次。走道的盡頭是一個櫃檯，有一位穿著阿拉伯服長袍，蒙著頭巾的年輕女性店員露出微笑，站了起來：

「請問你們是來買書的嗎？」

鍾為遞上了他的名片：「噢！我和馬斯瑞教授有一個約會。」

「二位請稍等。」

櫃檯背後是一排辦公室，每一間都有大型的玻璃窗，但是百葉窗簾都放下來，看不見裏面。女店員拿著名片，走到其中的一間辦公室，敲門後推門而入。鍾為注意到有幾個年輕的男人分散的坐在閱覽桌，他們沒有看放在面前的雜誌，而是在注意他和凱薩琳，所有的跡象都顯示，他們不是來買古書的，他們是凱薩琳說的槍手。店員從辦公室裏出來，後面跟著一位四十歲上下的男人，阿拉伯人打扮，留著大鬍子，他看了一下手中的名片：

「歡迎鍾為先生光臨本店。」

他沒有伸出手來要握手的意圖。

「馬斯瑞教授要比我想像的年輕多了。」

「啊！對不起，我不是馬斯瑞，我是本店的經理阿布都拉．胡笙尼。請問鍾為先生是馬斯瑞的朋友嗎？」

指著他手裏的名片，鍾為回答：「我是溫哥華海天書坊的主人，我的同事，約翰．詹森教授，是和馬斯瑞教授同行，都是古本書的專家，他們認識多年了，介紹我來這裏的。」

「原來是這樣。剛才有人告訴我，您是坐加拿大使館的汽車到這裏，我還以為您是個外交人員。」

「使館的一等秘書是我多年的朋友，他擔心我找不到這裏，所以派他的車子送我來，其實是大使邀請我們參加他的酒會和晚宴，我朋友怕我遲到，叫車子等我們，等一會我們就直接到使館去。」

一個似笑非笑的表情出現在胡笙尼的臉上，他明白鍾為的天衣無縫安排，是要加拿大使館知道鍾為的行蹤，讓他失去了對他們有任何不利舉動的機會，他說：

「請問光臨敝店，有何貴幹？」

「和貴書店一樣，我們也從事古本書籍的買賣，因為接到卑詩大學圖書館的購買委託，我們的古書專家約翰．詹森教授就和馬斯瑞教授取得了聯繫。」

「是的，我想起來了，馬斯瑞和我提過，說有一位加拿大的書店主人會來，是他的朋友詹森教授介紹的。您剛剛說是接受大學的委託，他們希望購買什麼書籍？」

鍾為明白這些問話都是胡笙尼在執行他的安全檢查，因為大約翰在和馬斯瑞聯繫時，都將這些情況說明了，但是他還是非常耐心的回答，他知道如果胡笙尼不滿意，他是不會讓馬斯瑞出來見他的。鍾為說：「溫哥華卑詩大學的哲學與宗教系決定要一冊《西奈抄本》，我們海天書坊和他們的圖書館是有長期的採購合同，所以才和貴書店聯繫。」

「倫敦的大英圖書館有完整的《西奈抄本》，為什麼沒去找他們呢？」

「沒錯，我們首先接觸的就是他們，但是請他們複印一本全套的《西奈抄本》，包括所有《七十士譯本》的內容，除了《新約聖經》及《舊約聖經》之外，還有《巴拿巴書》和《黑馬牧人書》，他們的價格相當貴。卑詩大學不是博物館，購書預算有限。正好我和凱薩琳要去賽普勒斯度假，順便彎到大馬士革，看貴書店能否提供較為優惠的價格。」

顯然鍾為是通過了胡笙尼的安全檢查審問，他的臉上露出了笑容：「這個我就請馬斯瑞來和您細談吧！」

他用桌上的電話通知櫃檯的女店員，要她告訴馬斯瑞，他的客人已經到了，請他過來。

不一會就有人敲門進來，是一位體型瘦高，身著黑袍，頭髮和鬍子都花白了的老頭，雖然看起來精神煥發，但是已經有些駝背了。他向鍾為伸出手來說：「您一定就是海天書坊的主人，鍾為教授，歡迎您來到大馬士革。」

鍾為握住了白髮黑袍老頭的手說：「感謝，那您也就是約翰．詹森說的馬斯瑞教授了。」

他指著凱薩琳接著說：「這位是我的朋友凱薩琳．波頓，我們是要去賽普勒斯，經過這裏的。」

馬斯瑞說：「詹森教授的傳真說：海天書坊希望為卑詩大學購買一套《西奈抄本》，也提到波頓小姐似乎也對它有興趣。」

一直沒有開口的凱薩琳說：「噢！我是外行，對古本書籍是一竅不通。只是多年前讀過一本日記，那是一位名叫『維塔利亞諾・多納蒂』的人在一七六一年訪問聖凱薩琳修道院時，發現了一本用希臘文寫的聖經手抄本，這本日記是在一八七九年出版的。後來的人就稱它為《西奈抄本》，我說的對嗎？我在大學宗教課程裏念的《新約聖經》和《舊約聖經》都是九〇年代初由柯索普．萊克出版的，但是他自己承認並沒有看過《西奈抄本》，或是它的複印本，所以我對這兩百多年前的手抄本有很大的好奇心，馬斯瑞教授，您能簡單的說說它的來龍去脈嗎？」

馬斯瑞的眼睛突然亮起來，顯然眼前的金髮美女對《西奈抄本》的興趣使他動心：

「《西奈抄本》，是一系列以通用希臘語寫作的《聖經》抄本。是十九世紀在聖凱薩琳修道院被發現的，它是在四世紀以安色爾字體寫成，是現在年代最早的《新約聖經》抄本，在新約研究中有重要的地位。大部份抄本，現在都存放在大英博物館中。有關《西奈抄本》的早期歷史所知很少。有人說它是在西方或者可能是在羅馬寫成的，但是也有人指說是在埃及或是在該撒利亞寫成的。它是在四世紀成書，由於它包含了《優西比烏正典》，所以必然是在西元三二五年前完成的；但是也有人說它是西元三六〇年後完成的，理由是從聖經主文的旁註考證出來的。《西奈抄本》是羅馬皇帝君士坦丁一世派遣該撒利亞的優西比烏去傳道時用的五十本《聖經》之一。」

鍾為接著問說：「詹森教授曾經說過，完整的《西奈抄本》並不是被一次就發現的，是嗎？」

馬斯瑞說：「是的，一八四四年，在聖凱薩琳修道院的垃圾箱中又發現了《歷代志上》、《耶利米書》、《尼希米記》及《以斯帖記》，它們被存放在萊比錫大學圖書館內。現在修道院仍保有其餘的部份，包括整部《以賽亞書》、《瑪喀比一書》及《瑪喀比四書》。二十世紀初，在聖凱薩琳修道院圖書館發現《西奈抄本》的其他部份，它們被帶到聖彼德堡並存放至今。多年來，《西奈抄本》都存放於俄羅斯國家圖書館。但是在一九三三年，蘇聯以十萬英鎊的價錢，將抄本售予大英博物館。一九七五年，聖凱薩琳修道院的僧侶在聖佐治教堂下發現一個房間，房間中有很多紙卷碎片。這些碎片是完整的《西奈抄本》當中的十二頁，其中的十一頁是《摩西五經》，另外一頁是《黑馬牧人書》。《西奈抄本》現在分為四個部份；其中的三四七頁存放在倫敦的大英圖書館，十二頁及十四塊碎片存放在聖凱薩琳修道院，四十三頁在萊比錫大學圖書館，三頁的碎片在聖彼德堡的俄羅斯國家圖書館。而我們所有的《西奈抄本》影本是完整的包括了這四部分，換句話說，希臘文的新舊約聖經的全部內容都包涵在內。」

鍾為說：「我們的詹森教授認為《西奈抄本》連同《梵蒂岡抄本》都是《七十士譯本》最為重要的原文抄本。它是唯一用安色爾字體寫的抄本，它有完整的《新約聖經》。它的製成時間是在《新約聖經》成書後的三百年，被認為是最為準確的抄本。」

馬斯瑞說：「這一點我和他的看法完全相同。」

鍾為說：「馬斯瑞教授、胡笙尼先生，我們來的目的就是希望購買一份你們全套《西奈抄本》影本的再複印本。當然，同時我們也想親眼看看你們的影本。此外，我剛剛說了，我們的客戶經費有限，非常期待有很好的優惠。」

沉默了很久的胡笙尼說：「我認為這兩件事在原則上都沒有問題。《西奈抄本》存放在我們的地下室書庫，也就是我們的大學者馬斯瑞成天泡在那的地方。但是要請你們諒解，因為宗教的關係，這裏的地庫只有男人可以進去。」

胡笙尼看見凱薩琳只是聳聳肩膀，就繼續說：「至於價格方面，我們可以有很大的商討空間，如果卑詩大學可以出一封感謝信，我們的價格會非常的優惠。」

「胡笙尼先生，那就太感謝了。」

凱薩琳留在大堂的閱覽室，鍾為跟著胡笙尼和馬斯瑞沿著大堂右邊的樓梯走下去，他看了看手錶，由於大堂是建築在離街道高出有一公尺多的台地上，進大門時還得上台階，所以地下一層的天花板只高出外面人行道有半公尺左右，樓梯到底就是個走道間，空間很寬，因為一邊的牆有一排窗戶就開在和天花板連接的地方，窗外就是人行道，雖然是地下，但是採光還是很好的。另外一邊是個有大玻璃窗的書庫，可以看見一排排的書架和幾個工作用的桌子。鍾為又看了看他的手錶。馬斯瑞用密碼打開了書庫的門，讓他們在一張工作桌坐下後才從裏頭推出一個有輪子的小桌，桌上的透明塑膠盒裏就是《西奈抄本》。它有半頁報紙那麼大，因為是照相紙，每張都要比普通的紙張厚，將近四百頁的文件也是有好幾英吋厚了。他們戴上了馬斯瑞拿出來的白手套，開始翻閱和聽他興奮的解說《西奈抄本》裏的一些重要和獨特的地方，他特別指出在其他手抄本裏所沒有的內容。鍾為感歎了一聲：

「實在是太遺憾了，我不懂希臘文，無法享受數百年前遺留下來的文化。」

出乎意料的，八成是個恐怖份子的胡笙尼也有同樣的感慨：

「說得太對了，我從小就對古書有興趣，但是沒把拉丁文和希臘文學好，所以還得請像馬斯瑞這樣的大師來幫忙開書店。我相信鍾為教授也是因為同樣的理由請了你們的專家詹森教授，對嗎？」

「是的，詹森教授是我們最重要的同事。」

也許胡笙尼是個真正的古書愛好者，而恐怖活動是他的業餘愛好，他的敵意和警戒態度消失了：

「鍾為教授，您的海天書坊開設很久了嗎？」

「是我從大學退休後才開的，所以沒有幾年。」

「但是您在大學就是教歷史和做這方面的研究的，所以才來開書店。」

鍾為笑著說：「在大學裏，我是工程學院的教授。開書店是個巧逢的機遇，但是對宗教和歷史的興趣卻是年輕時就養成了。我猜想，胡笙尼先生開書店並不完全是生意，而是因為對宗教和古書的興趣。」

「沒錯，但是我不是知識份子出身，我是巴勒斯坦人，父親是開雜貨鋪的，我沒念過很多書，年輕時就在社會上混了，我對歷史和古書一直都有很大的興趣，正好碰到有人要在這裏開一家古書店，我就來了。」

鍾為可以想像到胡笙尼是在巴勒斯坦的難民營裏長大，雖然對古書有真正的興趣，但是參加恐怖組織是一條出路，也是環境養成的信仰。

「您有機會到溫哥華時，一定要到我們海天書坊來看看，我們也有一間『珍本書室』，就是由詹森教授來負責主持的。」

「謝謝您的邀請，馬斯瑞提過多次，他是一位古書專家，我非常盼望能和他見面。」

「太好了，我一回去就會跟他說這件事。」

「鍾為教授，關於買《西奈抄本》影本的事，我看就這樣吧，請卑詩大學寫一封感謝信，我們就按成本提供一套和眼前一模一樣的《西奈抄本》。」

他看著馬斯瑞繼續說：「我們複印這一套的成本是多少錢？」

馬斯瑞走到一個檔案櫃，拉出第二個抽屜，取出一個檔案夾，打開看了一下說：

「我們是找了一家德國的製作公司，他們是專門攝製古本書籍的，費用是五千兩百元歐幣。」

胡笙尼說：「鍾為教授，那我們就定價為五千歐元，零頭就免了。我們一接到卑詩大學的感謝信，就將《西奈抄本》按您名片上的地址寄到海天書坊，我們會用ＦＯＢ，你們收到貨後付款。您看這樣行嗎？」

「太感激了。我們佔用太多的時間，就在此告辭了。我可以用一下洗手間方便一下嗎？」

胡笙尼說：「當然，不用客氣。您出門向左走，碰到第一個小走道再左轉，然後再右轉就是了。」

馬斯瑞說：「還是我帶您去吧，要轉兩個彎，不好找，我也需要用一下。」

鍾為跟著馬斯瑞，在第一個左轉後看見一個房門，但是沒有任何的窗戶，他似乎看見馬斯瑞微微的點了一下頭，然後問：「現在幾點了？」

鍾為看了一下手錶，他沒有注意時間，因為他被另一個指標的資料嚇了一跳。很快的馬斯瑞向右轉，就到了洗手間。用過便池後，在洗手時馬斯瑞將水龍頭開到最大，產生了很大的水聲，他看著鍾為說：「右轉後的第一個門就是儲藏室，它是從裏頭鎖住的，從外開會引爆門上的炸藥，大堂櫃檯的辦公桌下面的地板移開後有一個門，直通到儲藏室內，聽清楚了嗎？」

意想不到的情況嚇住了鍾為，他感到渾身在出冷汗，身邊這個黑袍白髮的阿拉伯學者到底是何許人也？他正要開口問他時，就看見他將手指按在嘴唇上，清楚的告訴他不要開口，在離開洗手間時，馬斯瑞靠近鍾為輕聲的說：「可蘭經和聖經都不允許傷害無辜的人。」

胡笙尼和馬斯瑞一起送鍾為和凱薩琳出了「大馬士革宗教古本書店」的大門，看他們上了加拿大使館的車。臨走時，胡笙尼伸出手來和鍾為握手告別。汽車直接開進了大使館的院子，但是下車後他們沒有進使館，而是有人領著他們走到後門去，門口有一輛汽車，引擎已經發動了，他們上車後馬上就快速的離開。因為是下班的時間，路上的車輛開始多了，凱薩琳往後看了兩次，她問前面開車的司機說：「我們有尾巴跟上來了。」

「是不是一輛白色的本田車？那是自己人。」

凱薩琳從皮包裏拿出一個筆記本遞給鍾為，他開始將書店裏的內部，大堂和地下室的情況畫出來。汽車開進了一個小巷子裏，在一部計程車的後面停了下來，凱薩琳說：「鍾為，你別動，突擊隊隊長來見你。」

凱薩琳開門下車，然後去到前座司機的旁邊，鍾為看見一位中年男子從前面計程車的後座出來，同時他也注意到那輛跟著他們的白色本田車停在小巷子的進口，擋住了其他車輛進來。中年男子打開車門進來：「鍾為教授，您好！」

凱薩琳說：「這位是以色列突擊隊隊長西蒙．派瑞滋少校。」

鍾為和他握手：「隊長您好！」

鍾為能感覺得到派瑞滋在用奇怪的眼光注視他。

「感謝鍾為教授的大力幫忙。」他看了凱薩琳一眼就繼續說：「我聽過很多鍾為教授的事。」

鍾為將他畫的兩張圖紙遞給他：「是嗎？我們爭取時間，就進入正題吧，這是書店的大堂和地下一層的平面圖，核彈頭的所在地已經標了出來，隊長您仔細看看，有不明確的地方就請提問。」

派瑞滋隊長聚精會神的研究眼前的兩張圖紙，鍾為看見前面計程車裏出又出來一個人走到前方巷口，後面本田車裏也有人出來站在後方巷口，鍾為明白突擊隊已經進入了備戰狀態。隊長派瑞滋說：「鍾為教授一定是教工程課程的，每一個重要據點的相對距離都標記出來了，可以讓我們做一個更周密的突擊行動計畫，減少我們的傷亡。」

「您有任何問題嗎？」

「可不可以告訴我，核彈頭的窩藏位置是如何建立的？」

「我相信位置是不會錯的，首先是我身上的儀器，我的手錶上有一個輻射儀，當我進到地下一層時，輻射強度增高了兩倍，當經過儲藏室時，它增高了五倍。但是讓我確定的是，他們的人親口告訴我的。」

「什麼？」

鍾為說出馬斯瑞在洗手間裏跟他說的話，派瑞滋說：「這是上帝在保佑以色列。」

鍾為說：「你們，我是說摩薩德接觸過馬斯瑞嗎？」

「我的情報是馬斯瑞並不是像他自己說的是巴勒斯坦人，實際上他是埃及人，是個很扎實的古書學者。摩薩德說他很可能是哥普特教會的信徒，他們是中東地區信奉耶穌基督的人。」

「當他說可蘭經和聖經都不允許傷害無辜的人時，我以為他是因為研究宗教才知道聖經的教義，原來他是個基督徒。隊長，我有一個請求，當你們執行任務時，請盡可能不要傷害這位學者。」

「我會命令突擊隊在行動時保護他的人身安全。鍾為教授，以色列政府和人民將永遠記住您的恩情。你們二位的行李已經放在前面的計程車上了，它會直接送你們到機場，你們要馬上離開大馬士革。」

突然間，派瑞滋和前座的凱薩琳吵了起來，但是他們是用希伯來語，鍾為聽不懂他們為什麼起了爭執，最後凱薩琳怒氣沖沖的開門下車，用力的把車門關上。鍾為說：

「隊長，我祝你好運。但是請記住任何生命都是可貴的，這是我到這間書店來的最大理由。」

不等他回答，鍾為也跟著下了車，前座的司機已經站在外面，他給鍾為行了一個軍禮：

「鍾為教授，我不能代表我的政府和以色列人民，但是我要代表我的家人，向您致敬。」

「謝謝，你自己要保重，也要保護好你的隊長。」

計程車帶著他們快速的離開了現場。

當他們到達機場時，天色已暗，在航空公司的櫃檯取得登機證，馬上就通關。因為離航機起飛的時間還有一個多小時，他們就到貴賓候機室休憩，鍾為突然感到非常的疲倦，就在沙發上閉上了眼睛。他是被凱薩琳搖醒的，聽見她急促的說：「快看電視。」

休憩室裏的大銀幕平板電視是轉到有線電視台CNN的突發事件新聞報告，內容是說十分鐘前在位於市中心區的「大馬士革宗教古本書店」發生了激烈的槍戰，交戰者是兩派武裝份子，因為情況混亂，他們所屬的組織不明，但是政府的武裝部隊，包括裝甲車，已經開往現場。凱薩琳看看周圍，輕聲的說：

「我發簡訊給摩薩德了，要求最新的報告。」

但是等他們上了飛機，要起飛前，空服人員要求乘客關上手機時，凱薩琳才接到回信。她看完了就關上手機，把頭靠在坐椅背上閉起了眼睛。等飛機爬升到指定的高度後，鍾為看見凱薩琳的臉上有兩滴眼淚，他握住了她的手：「突擊隊的任務失敗，沒找到核彈頭，是不是？」

「以色列的三架直升機帶著突擊隊和兩枚核彈頭撤離了大馬士革，正在返航途中。他們已經進入了黎巴嫩上空，以色列的戰機在護航。」

「人員傷亡呢？」

「書店裏的人除了馬斯瑞失蹤外，都被格殺或受傷。」

「突擊隊有沒有傷亡？」

「一死四傷。」

「什麼人犧牲了？」

「派瑞滋，他在掩護突擊隊撤離現場時被打死的。」

凱薩琳又閉上了眼睛，隔了很久鍾為才又問：「你們在車上吵了一架，是為什麼？」

「為了你。」

「凱薩琳，妳就說清楚吧！」

「按原來的任務計畫是由我先進入書店，因為我會是我們的人裏唯一進去過的人，但是派瑞滋命令我改變任務，護送你離開大馬士革。他說你畫的圖和說明已經很清楚了，我不用去了。」

又隔了一陣子，鍾為說：「我想妳還是不願意告訴我，他曾經是你的情人。」

「他是在西班牙長大的猶太人，本來和我一樣是摩薩德的業餘特工，我們是在一起受訓的，他愛上了我，對我非常好，給了我很多快樂，也讓我堅持的度過了艱苦的訓練日子。但是他要我當他的老婆，和他一起回去過日子。我告訴他我是要去巴沙迪那過日子的，所以不能跟他去巴薩隆那。他說他已經告訴他的家人要娶一個猶太姑娘回家，他沒臉回家了，所以就當起職業特工了。這幾年裏，他在槍林彈雨中為以色列立下了汗馬功勞，是個大英雄，但是他一直都還是單身。」

「他忘不了妳，還在盼望有一天，妳會回到她的身邊。」

「他以前就知道你是我當年的夢中情人，但是當他知道了你在書店裏無懈可擊的勇敢表現，保證了突擊隊的成功。他絕望了，想到了他唯一能做的就是不要讓我失掉人生的快樂，所以就不讓我參加行動了。」

鍾為說不出話來，過了一會，凱薩琳又說：「但是他不知道我是個沒戲唱的人，我的夢中情人做夢時不是叫我。」

「什麼意思？」

「昨晚你被我弄迷糊了後，是喊著梅根到高潮的。」

鍾為轉開了話題：「派瑞滋是個高尚的人。妳想他嗎？」

「鍾為，我要你在賽普勒斯多待兩天陪我。」

「妳不是還得趕回辦公室嗎？」

「鍾為，別對我小氣。在這世界上，你是唯一能讓我忘記他的人，何況我也想再練習一下摩薩德教我的床上功夫，你不是也挺享受的嗎？」

凱薩琳打電話向聯合國開發總署請了兩星期的假，她陪鍾為在歐洲旅遊，回到巴黎後，又說服了鍾為陪她多待了一星期。他們把朝鮮圖們江計畫裏的農業氣象項目的啟動日子定好後，鍾為就飛回溫哥華。

中情局的「蘑菇雲檔案」輸入了新的資料。

第五章　來自聖經裏的陰謀

通常住在加拿大西海岸溫哥華市的人，是不會注意在美國東部大都市紐約所發生的謀殺案件，更不能想像會牽涉到案子裏的人，所以當梅根接到大衛．韋伯的電話時嚇了一大跳，他說明自己是紐約的律師，最近他的客戶江那森．法汗去世，而他是負責管理客戶遺留下來的資產和執行客戶的遺囑。為此，他必須和梅根見面，同時也需要海天書坊的律師在場。當問起法汗先生並不十分衰老，身體看起來也很健康，怎麼會突然就走了呢？韋伯的回答是「非自然死」。

第二天下午，韋伯就來到了海天書坊見到了梅根，他說兩周前他的客戶江那森．法汗的家中發生了入室搶劫事件，強盜在離時開槍殺害了法汗先生。根據遺囑，韋伯交給梅根一封信，是一封非常簡短的信：

溫哥華，海天書坊梅根．班達總經理

親愛的梅根女士：

雖然我們只是短暫的見過一面，從海天書坊買了古本《阿勒頗抄本》的其中一頁，但是你們給了我很深刻的印象。所以我決定委託你們尋找《阿勒頗抄本》的失蹤部分，為我的父親牟瑞德．法汗洗清不白之冤。但是當妳看到這封信時，我已經死了，我的律師韋伯先生會將美金兩千萬的委託費先付給妳，我有信心你們一定會完成我的委託任務。找到《阿勒頗抄本》後，就請交給韋伯先生，由他轉送給以色列政府，完成我父親一生的願望。還有另外的一千萬是給你們在尋找時所需的開銷，剩下的就當成給你們的獎金。

願上帝保佑妳和海天書坊！

江那森．法汗
紐約

梅根和海天書坊的律師在韋伯拿出的收據上簽字後，海天書坊就在一瞬間進帳三千萬美金，梅根自己都無法相信她不是在做夢。她問韋伯，在入室搶劫案中，還損失了些什麼，回答是：根據紐約警方和保險公司的報告，強盜在迫使法汗打開了保險箱後，只取走了裏頭的《阿勒頗抄本》三張羊皮紙，其他所有的財物都沒動。

顯然入室搶劫的目的是《阿勒頗抄本》，珍本書室的約翰．詹森想到了普杰，那個不識貨的小混混，當初法汗從他們手裏買走那一張羊皮紙時，曾經提過它的來源，大約翰認為和《阿勒頗抄本》有關的人都應該提高警覺，他跟普杰聯絡，但是接聽手機的不是他本人，而是溫哥華警察局的刑警隊，他才知道普杰已經被人槍殺了。大約翰將他如何認識普杰和韋伯律師來訪的事說明後，刑警隊也認為海天書坊應該提高警覺，加強安全的措施。兩天後，溫哥華警察局的重案組刑警會合了紐約警察局的同事，一起來訪問海天書坊，他們是來詢問梅根和大約翰關於《阿勒頗抄本》的來龍去脈，還有他們所知道關於法汗和普杰的身世。同時也作了詳細的筆錄。一個星期後，這兩地的刑警又來了，並且還帶來了三個人，他們是美國聯邦調查局，中央情報局和加拿大騎警的特工。他們對梅根和大約翰做了更詳細的詢問和筆錄。他們也帶來了案情調查的驚人最新發展：

由於海天書坊所提供的資訊，促成了紐約和溫哥華的命案組刑警展開聯線調查，紐約和溫哥華兩地的被害人都是身中兩槍被格殺，從兩具屍體取出的彈頭顯示，子彈是由同一把槍發射的，因此，兩個殺人案是同一個兇手的可能性大增。在紐約，兇手是在星期天下午進入被害人在花園大道的公寓，操有阿拉伯口音的兩個人，在大堂出示了「大馬士革宗教古本書店」的名片，聲稱和被害人法汗先生已事先定了約會，法汗在電話裏確認後，大堂就放行讓他們自行乘電梯上樓。被害人在打開保險箱時觸動了無聲警鈴，保險公司立刻通知警察局，巡邏的警車在十分鐘後到達現場，但是兇手已經離去。整個公寓大樓裏沒有人聽見槍聲。

溫哥華的命案是發生在凌晨，普杰和他同居的女友是在黑暗中被搖醒的，他們馬上就被人蒙住雙眼，然後雙手也被捆綁住。根據女友的口供：她不能確定有幾個人，但似乎有三個人。其中兩人是說阿拉伯語，另外一人是用波斯語和普杰說話。三個人的目的非常清楚，就是來要《阿勒頗抄本》，他們特別說到，普杰從倫敦清真寺祭師那裏偷了這本古書，但是普杰否認，他們就開始毆打他，雖然他的嘴是被堵住的，但還是可以聽到掩蓋住的痛苦嘶喊和呻吟聲。普杰只承認他把一個祭師的古董木箱據為己有，其他的東西都沒動過。等完全安靜下來一陣後，她掙脫了捆綁，發現普杰已經被殺死了。她跟員警說，她沒有聽見開槍的聲音。

美國和加拿大的情治人員做出了結論：從法汗的公寓大堂管理員的口供和錄影，可以確定作案的是兩個人，都是中東人。他們離開了法汗的公寓就直接去了機場，從查到的航空公司記錄，他們是使用摩洛哥的護照，從紐約他們到了溫哥華，在機場的出口有人來把他們接走，然後就消失在溫哥華。根據機場的錄影帶，這兩人是在兩天後離開，飛往香港。普杰的女友還供說：他曾經提起過，倫敦清真寺的祭師要求他把一個古董木箱帶給他在多倫多的姐姐，要求她暫時替他保管箱子裏的文件。普杰看上了這個精美的木箱，就將它留下，只把箱子裏的文件送給祭師的姐姐。情治人員認為，作案的人很可能是職業殺手，也可能是和中東的恐怖組織有關。

江那森．法汗的被害和他留下的遺言讓梅根很激動，顯然他預料到《阿勒頗抄本》將給他帶來殺身之禍，在最後的關頭，他將未完成的重擔交給她，雖然說是要為他父親洗清不白之冤，但是梅根還感到隱藏在背後的是要她把殺害他的兇手找出來，所以才將三千萬美金留給她。她默默的在心裏告訴法汗，她不僅要為他的父親老法汗洗清不白之冤，還一定要為他將殺他的人找出來，為他報仇。

梅根把她的想法告訴了大約翰，他也立刻回應，海天書坊要義不容辭的將《阿勒頗抄本》和兇手找出來。他們將情況告訴老闆，鍾為也十分同意，還提醒說，殺人的動機是為了找一本手抄本古書，但是理由是什麼？是它的市場價值？還是古書裏有天大的秘密？特別是中東的恐怖組織會派殺手千里迢迢，遠渡重洋，冒著被逮捕的危險，追殺到美國和加拿大，一定是有特別的理由。

有了法汗的三千萬美金作為後盾，他們展開了鋪天蓋地的空間和時間的搜索。他們兵分二路，梅根投入了更多的財力和人力，擴大力度，繼續追尋她的《阿勒頗抄本》。大約翰動員了他的專業朋友，從參考資料裏收集《阿勒頗抄本》的內容和專家學這們對這古本書的意見。

一個月後，他們向鍾為作了進度報告。三個人是在海天書坊的會議室裏見面：

鍾為首先說：「這一個月來，我看你們兩人全部的精力都投進《阿勒頗抄本》的事裏了，辛苦你們了。有進展和結論了嗎？」

梅根回答說：「進展是有的，我們花了大把的錢，要是還沒有進展，那就太虧了。但是《阿勒頗抄本》還是無影無蹤。不過大約翰倒是發現了為什麼恐怖組織會對《阿勒頗抄本》有致命的興趣。看來找到這本古書是我們的當務之急。但是現在碰到困難，卡住了。」

鍾為說：「告訴我，是什麼把妳的追尋卡住了？」

梅根說：「溫哥華警方在普杰命案的調查報告裏說：倫敦清真寺祭師交給普杰一隻古董木箱，請他帶給在加拿大多倫多的姐姐，普杰只把裝在木箱裏的東西交給了祭師的姐姐，把木箱據為己有，但是普杰並不知道箱子裏裝的是什麼東西。那位祭師已經過世，他的親戚朋友們也只能猜測，裏頭很可能是古籍書本或是文件，因為箱子是古董，加上祭師又是個業餘古書愛好者和收藏家，就認為箱子裏一定是古書了。」

鍾為說：「祭師會不會告訴普杰，箱子裏頭裝的是《阿勒頗抄本》。」

大約翰說：「我認為自始至終普杰都不知道箱子裏裝的是什麼，員警的調查報告說殺手對普杰動了刑，所以他全身是傷，我相信他一直到死前都還沒把那只古董木箱和《阿勒頗抄本》連在一起。如果他知道，他一定會把祭師在多倫多的姐姐說出來，但是我們的私家偵探並沒有發現殺手們有去到多倫多尋找祭師姐姐的痕跡。」

鍾為問：「你們曾跟我說過，《阿勒頗抄本》古書中有三頁出現過，其中的一頁還是普杰賣給了我們，然後我們轉賣給法汗，另外的兩頁也到了法汗的手裏，這三頁是怎麼回事？」

大約翰說：「珍本古書之所以流傳於世間，大多是從原始的所有人開始，先是經過一些不識貨的芸芸大眾，最後到了收藏家，包括博物館的手裏。我的猜測是當年普杰將《阿勒頗抄本》從木箱裏拿出來時，不經意的把其中的三頁遺留下來，後來又跟其他的舊書混在一起，被他賣了。」

梅根接著說：「祭師過世，他這條線就斷了，我們就只剩下他姐姐這條線索。祭師的姐姐是到倫敦讀大學時認識了一位同學，他叫菲力浦．韓德森，是個加拿大人，也是她後來的丈夫。兩人在學成後結婚，然後一起回到加拿大，定居在安大略省的多倫多市，兩個人都成為中學教員，他們有一個女兒。她在中學的學生叫她伊沙貝．韓德森太太。但是等到我們請的私家偵探找到了韓德森的地址，那間房子已經換了兩次主人。多年前，韓德森夫婦先後退休，在丈夫過世後，伊沙貝．韓德森就把房子賣了。至於說搬到那裏去了，因為過了多年，就眾說紛紜，中學裏有老教師說她是搬到加拿大北方的育空地區，住在出嫁了的女兒附近。」

鍾為插嘴問說：「你們去查了在育空地區登記的居民嗎？那裏的人口稀少，應該很容易查的。」

梅根說：「我們查了，所有的現在和已經往生的伊沙貝．韓德森都不是我們要找的人，因為不知道韓德森女兒夫家的名字，所以這條線也暫時斷了。但是我們還是沒放棄，現在我們用其他的背景資料做為搜索的根據，因為那裏的居民資料還沒有完全電子化，工作進展得很慢。但是大約翰在《阿勒頗抄本》的內容裏可有了驚人的發現。」

中情局莫斯科情報站副站長，克瑞．亞當斯，離開莫斯科飛抵法蘭克福下飛機時，他就開始眼觀八方，在找有沒有他見過的面孔出現在他的周圍。他是中情局裏很有經驗的資深情報員，如果中情局開始懷疑他，在他申請要去歐洲度假旅行的那一刻起，他就會被全方位的監視了。莫斯科美國大使館的車將他送到機場，他在辦理登機和在貴賓室候機時，還有在飛行的途中，亞當斯在他的周圍「閑逛」了兩次，就是要看看有沒有同一個人在不同的地方出現過兩次或多次。

如果有人從莫斯科就跟上他，法蘭克福機場一定是交接的地方，所以他的神經繃緊了，不停的在巡視四周，但是他還是被人盯上了。當他走出機門時，看到一位年輕的婦女正聚精會神的操作手裏的手機，現在世界上幾乎有一半多的年輕人把大部分醒著的時間都用在手機上，因此亞當斯並沒有對她注意，如果他往她的手機看一眼的話，他會發現這位非常普通的年輕女人手機上是他的半身相片，而她正在發一則簡訊：

「目標驗證，黑色長褲，灰色西裝上衣外套，沒有領帶，褐色背包和手提袋。」

坐在離出口閘門不遠的咖啡店有一個背著照相機的乘客接到了簡訊，他在亞當斯經過咖啡店時將他攝入鏡頭。亞當斯並沒有按他報上去的度假計畫先在法蘭克福停留幾天，他取出了托運的行李後就直接上樓到出境大廳買了一張到西班牙馬德里的機票，他在那裏轉機飛到著名的旅遊盛地塞維利亞，但是他在下機時還是被盯上了。

當中情局反間部的勞伯．鍾斯接到副局長愛德華．威爾遜的通知，說亞當斯將要去歐洲旅遊度假時，他認為這是黃狼開始要行動了，為了要洗雪當年沒把他拿下而受到的奇恥大辱，他不敢怠慢，使用反間部的行動員來進行跟蹤，亞當斯是位資深有經驗的情報員，有能力發覺被自己人跟蹤了，在威爾遜的協助下，鍾斯動用了歐洲的私家偵探。

當亞當斯在塞維利亞下飛機時，已經有私家偵探拿著他在法蘭克富下機時的照片在等他了，他在機場租了一部車，開始了他在西班牙西南海岸的旅程，他的目的地是加底斯，那是一個有多彩歷史的小市鎮，傳說是由腓尼基人所建立的，當時叫它「加得爾」，是代表「有城牆的城市」。但是在希臘的傳說裏，說它是赫庫利大力士在殺了有三個頭的革律翁怪獸後所建立的，稱它是「加得爾拉」。

它也是歐洲最古老的有人群居的城市之一，在歷史上它曾被不少著名的征服者佔領過，迦太基人，漢尼拔人和西哥特人都曾來過。還有就是摩爾人，他們在西元七一一年至一二六二年也來過此地，是從他們的阿拉伯語中，取得了「加底斯」的名字。

摩爾人在歷史上是統治加底斯最久的人，因此和西班牙其他的地方比較，這裏就有很濃厚來自非洲北部的影響，再加上這一帶都是沙質土壤，多年來就沒有很高的建築物，遠望過去就像是個中古時代的城鎮。亞當斯按「銀狐」給他的路線指示，將汽車開進了古老的城牆，來到了一棟乳白色的兩層樓房子，樓上的窗戶是面對著西班牙最美麗的海灘。亞當斯停車，下來伸懶腰時，房子主人的名字是「哈勒．伊塞艾」，是長住在塞維利亞的伊朗商人，這是他在「加底斯」的別墅。他身穿著一件夏季的薄料西裝，顏色就和這棟房子一樣是乳白色，他將厚厚的中古式木門打開，走出來和亞當斯行了一個歐洲式的擁抱禮。

大約翰說出了他的驚人發現：「您知道，今天的基督教徒是以新約聖經作為教義的來源，但是猶太教徒是以舊約聖經作為他們教義的來源。公認的最佳估計是舊約是在西元前一千年至西元前五百年之間所完成的。但是也有記錄說一直到西元前三百年，它都還被不斷的修改過，沒有人能確定它的內容是從何時起就沒有修改過。能夠確定的是舊約是片段的合成，每一個片段是在不同的時間段寫成，而當時的歷史和政治背景又大不相同，對宗教的看法和認知也不同。我們把聖經看成是上帝的話，但是它到底是上帝所說的話呢？還是就只是一些古代傳下來的故事？還有一個重大的可能，就是原來上帝所說的話已經被修改過了，而失去了原來的意思和內容。」

鍾為問：「那些歷史和考古學家是怎麼說呢？」

大約翰說：「多年來，宗教學者指出了舊約聖經裏有不少的矛盾內容，讓人對它的神諭和預言產生懷疑。例如：在《創世紀》裏說的人類來源就有兩個版本，亞當的後裔和宗譜也有兩種說法。在敘述大水災的發生，上帝告訴諾亞將七對乾淨的動物和一對不乾淨的動物帶過來，但是在《創世紀》裏又寫了只是各要一對。諾亞放出一隻大烏鴉去尋找陸地，後來又說是一隻鴿子。甚至連發大水的期間都有矛盾，前面說是四十日夜，後面說是三百七十天。最讓人不能接受的是上帝的名字也出現了兩個不同的版本。在聖徒摩西寫的《創世紀的第十二章第四節》裏形容了迦南人的侵入，包括了摩西死亡時的情景。如此顯著的不合理矛盾比比皆是。」

梅根說：「其實這些都是無關緊要的小事，並沒有產生嚴重的影響。」

大約翰說：「舊約聖經裏說的雅各，亞伯拉罕，以賽等人的祖先，在《出埃及記》裏所說征服迦南人的種種事蹟都不是歷史事件，那是在很久很久以前巴勒斯坦的古王國，為了當時的宗教改革所創造出來的演示，其中故事的核心也許是取自於真實的事情，但是它的內容絕對是故事多於事實。就拿該隱和亞伯的故事為例：當時世界上只有四個人，亞當，夏娃和他們的兩個兒子，該隱和亞伯。在《創世紀》的第四章，第十七節裏記載：『該隱和他的妻子交配後，妻子懷孕。』但是沒說這位妻子是從哪裏來的，當時地球上只有一個女人，就是該隱的母親夏娃，難道是兒子和母親交配嗎？」

梅根說：「沒有人會在意這些細節的。」

大約翰反駁說：「很多虔誠的猶太教信徒就會堅信這些說法。」

鍾為說：「我的宗教課教授曾說過，希臘文的舊約全書，是在西元二七〇ＢＣ，也就是西元前三世紀時代，由七十二位猶太學者在埃及的亞歷山大用七十二日從古希伯來文翻譯成希臘文。希臘文的《舊約聖經》就是所謂的《七十士譯本》。但是有沒有人研究過這些顯然是不合理的內容是怎麼來的呢？」

大約翰回答說：「目前我們所知道的舊約聖經是翻譯本。原始的舊約是用古希伯來文寫的，早在西元前五百年，它就失傳了。為了要明白舊約，就得依賴傳統的猶太翻譯，或者是求教於從古希伯來文演變到現代的語文。但是當年的猶太學者也不懂得古希伯來文，他們重建的舊約聖經雖然被認作是『上帝的話』，其實只是他們隨意的翻譯而已，充滿了錯誤。天主教所承認的唯一拉丁文聖經，是在更以後的西元後四世紀從希臘文本翻譯過來的。」

鍾為又問：「太奇怪了！難道在歷史上就沒有人指出這些錯誤嗎？」

大約翰笑了一聲說：「還好在古代也有一些聰明的學者。我要講一段精彩的人類文明歷史給你們。」他說：「三千多年前，古埃及是全世界的文明首府，最精彩的學者和哲學家都聚集在尼羅河與地中海交匯的亞歷山大，他們講經論道和寫作的地方就是後來成為最古老的亞歷山大圖書館。亞歷山大圖書館曾是人類文明世界的太陽，它與亞歷山大燈塔一起，是亞歷山大城各項成就的最高代表。圖書館是在西元前三世紀建立的，成為人類早期歷史上最偉大的圖書館，它擁有西元前九世紀古希臘著名詩人荷馬的全部詩稿，圖書館還將它複製和翻譯成拉丁文字；它還藏有包括《幾何原本》在內的古希臘數學家歐幾里得的許多真跡原件；早在西元前二七〇年就提出了哥白尼太陽和地球理論的古希臘天文學家阿里斯塔克的關於太陽為中心的理論學說著作；古希臘三大悲劇作家的手稿真跡；古希臘醫師、有西方醫學奠基人之稱的希波克拉底的許多著述手稿；第一本希臘文《聖經》舊約摩西五經的譯稿；對醫學也有貢獻的古希臘哲學科學家亞里斯多德和學者阿基米德等均有著作手跡留在這裏。此外，當時古埃及人和托勒密時期許多的哲學、詩歌、文學、醫學、宗教、倫理和其他科學均有大批著述收藏在那。在極盛時期，據說圖書館收藏了各類手稿逾五十萬卷。但是這些珍藏被當時的羅馬統治者凱撒大帝的一把火全部焚毀了。」

大約翰一口氣把埃及亞歷山大圖書館的故事講完，鍾為和梅根聽得如醉如癡，愣在那裏，許久鍾為才歎了口氣說：「凱撒大帝是人類文明的罪人。」

梅根說：「我要是活在當時，非掐死他不可，除非他把那些古書留給我們海天書坊。」

鍾為笑著說：「別打岔，讓大約翰說下去。」

大約翰又喝了一口水：「當時這些古代學者都是精通失傳了的古代希伯來文，他們的論文中記載了不少他們對舊約聖經的研究結果和看法。大部分的文字記錄都收藏在亞歷山大圖書館，但是也有少部分流傳到民間，當後來的學者將舊約聖經從古代希伯來文翻譯成拉丁文時，也參考了從亞歷山大圖書館流傳出來的古學者論文，來驗證舊約聖經裏對歷史的描述，是事實還是編造的故事。」

梅根問他：「你是不是要講到節骨眼上了？」

大約翰突然站起來回答：「沒錯，請聽好了。《詹姆斯國王聖經》是被公認最完整的原始聖經翻譯，這些十七世紀的翻譯家不懂得古代希伯來文，他們是根據拉丁文的聖經所翻譯過來的。但是另外一本出現在《阿勒頗抄本》的聖經是在西元第十世紀完成的，當時的翻譯學者是懂得古代希伯來文的，雖然也是從拉丁文翻譯過來的，但是他們將亞歷山大圖書館時代流傳出來到民間的古卷也包括在內作為參考資料，附在聖經的後面。《阿勒頗抄本》的失蹤部分正是懂得古代希伯來文的學者所還原的『上帝的話』，它和我們所知道的舊約聖經內容有很大的出入。」

鍾為說：「有具體的參考資料嗎？」

大約翰說：「我說一個例子：薩利比是一位知名的中東歷史學者，他將多年的研究成果累積成冊，在一九八五年出版了一本名為《來自阿拉伯的聖經》的書，書中的主要論述是說：古老的猶太人不是來自以耶路撒冷為中心的巴勒斯坦，而是來自現今沙烏地阿拉伯的西部。後來薩利比又在一九八八年和一九九八年分別出版了《誰是耶穌》，《聖經人的秘密》和《聖經裏的以色列歷史》。這四本書的主要內容都是來自對舊約聖經的研究。總的說來，當二十世紀來臨後，聖經學者發現了兩個事實；一是在以色列所在的巴勒斯坦地區，也就是猶太人所說的『聖地』，沒有發現有聖經裏提到的地名。二是在現今『聖地』的南邊，當今沙烏地阿拉伯的西部，有人將一些古老的村落名稱從阿拉伯文翻譯成古代的希伯來文，發現了很多地名都出現在舊約聖經裏。這個地區就是現今的阿西爾，伊斯蘭教的聖城麥加就是在這同一個地區。」

鍾為感歎的說：「真沒想到會有這樣的結果。」

大約翰說：「你們二位都念過宗教學，也去過『聖地』，你們是怎麼看？」

梅根也接著說：「舊約聖經寫的是『上帝的話』和猶太人祖先起源的記錄，這是不是意味著猶太人的祖先並不是來自『聖地』，而是後來才遷移到巴勒斯坦地區。」

大約翰說：「你們想想，這對當前的中東政治形勢會有什麼樣巨大的衝擊，因此這可能就是《阿勒頗抄本》失蹤了的真正原因。二位還記得嗎？以色列的第一任總統，大衛·本古里安，在一九四八年的五月十四日下午四點三十二分站在特拉維夫博物館前宣佈，『根據自然和歷史的真意所給予猶太人的權利，以色列在這裏建立了國家。』他是根據《舊約》裏所寫的，先知以賽亞曾說過，上帝在『亞伯拉罕承諾』中將聖地賜給猶太人。猶太人將它說成是『上帝承諾的土地』，但是現在很有可能這片土地不在現今的聖地而是在沙烏地阿拉伯的西部。這是不是說，當初以色列在巴勒斯坦立國是錯誤的呢？那片土地是不是要物歸原主了呢？」

鍾為說：「在學術上，這些事實至少對舊約裏所說的是不是真實會有了疑問。但是最可怕的後果，是對現今的沙烏地阿拉伯和以色列所造成的影響。穆斯林的極端份子知道了他們最神聖的地方原來是猶太人的居住地，麥加會成為第二個耶路撒冷的聖殿山，他們會怎麼反應呢？沙烏地阿拉伯會讓以色列分享他們地下的石油嗎？世界上的三大宗教，基督教，伊斯蘭教和猶太教，都說耶路撒冷是他們的發源聖地，因此持續了上千年的動亂和腥風血雨的鬥爭，也造成了千千萬萬的鬼魂。現在發現他們搞錯了，但是這上千年的錯誤也造成了現今的既得利益者，他們是不會放棄的。」

大約翰說：「說得太對了，記得我年輕的時候，就曾和人爭論過，還得罪了好幾個朋友。我說上帝是一心一意要讓老百姓過好日子，所以不可能做出錯誤的安排，讓不同信仰的人出現在同一個發源地，造成他們互相砍殺了一千年。二位都上過宗教課，也去過耶路撒冷，你們的看法如何？」

鍾為回答說：「書本上說的是：猶太教是在西元前二〇〇〇年西亞地區的遊牧民族希伯來人中產生的。其最重要的教義，就是只有一位神，是無形並且是永恆的上帝。他願所有的人，行公義，好憐憫。猶太人並以學習和祈禱來侍奉上帝，同時遵行摩西五經上所指引的誡命。但猶太教並不主張其他民族為了被救贖而必須接受其宗教信仰和敬拜方式；因此，猶太教並不是一個積極傳教的宗教。猶太教堂所接受的改信者，必須遵照猶太教當局的規定，而不只是簡單的自我認定。在世界三大一神教中，最早而且最古老的宗教就是猶太教，他與基督教不同之處在於，猶太教並不相信耶穌是上帝的兒子，他們只承認耶穌是大先知。猶太教的主要誡命與教義，是來自舊約聖經的前五卷書，猶太人不稱為舊約，而稱律法書或《摩西五經》，這五卷是：《創世紀》、《出埃及記》、《利未記》、《民數記》和《申命記》。」

梅根說：「你說的是猶太教，那基督教和伊斯蘭教是怎麼出現的呢？」

鍾為說：「西元一世紀左右，在巴勒斯坦的加利利地區出現了一個小的猶太教派別，自稱是拿撒勒派，意思是堅守教規和教義的人。耶穌是該派裏的一個重要人物。他繼承了猶太教的教規和倫理思想，卻反對教中繁瑣的教規，禮儀和戒律。並認為這些有違先知的教誨，無益於人們心靈的淨化。當時以色列全境都處於羅馬皇帝凱撒的獨裁統治下，耶穌的傳教引起了羅馬官員和猶太領袖的注意。按《新約聖經》和《福音書》中的敘述，耶穌的被害是猶太祭司長用三十枚銀幣買通了耶穌的門徒猶大，和羅馬總督彼拉多合謀殺害了耶穌。耶穌受難之後，其十二門徒繼續他的傳教，受難事件被賦予更大的宗教意義。門徒中最有影響力的保羅，衝破了傳統猶太教的狹隘性，使拿撒勒教派發展成為一門新的宗教，一種世界性的宗教，於是基督教就此而生。從基督教的誕生之日起就對猶太教和猶太人產生了極強的宗教敵對情緒，這種對峙局面一直延續到今天。耶路撒冷城內最著名的基督教教堂是聖墓教堂，有被稱為復活教堂。西元三三五年羅馬皇帝君士坦丁一世根據母親的旨意建造了這座教堂。因為她曾發現耶穌遇難的十字架和墓地，所以修建了這座教堂。也使耶路撒冷是耶穌誕生和埋葬的地方，自然就成為基督教的聖地了。」

鍾為喝了一口水才繼續說：「耶路撒冷又是伊斯蘭教創始人穆罕默德『登天』接受『天啟』的地方。因而被列為伊斯蘭教的第三聖地，其地位僅次於第一聖地麥加和第二聖地麥迪那。根據傳說，西元六二一年七月十七日夜晚，五十一歲的穆罕默德在天使加百利勒的帶領下，乘天馬從麥加火速趕到耶路撒冷的聖殿山。他信步登上了巨石升霄，遨遊七重天，天園和地獄。穆罕默德見到了古代的諸位先知，並帶回阿拉對穆斯林的啟示。穆罕默德從天降下，在黎明前又乘天馬回到麥加。穆罕默德告訴穆斯林，阿拉指定耶路撒冷為穆斯林朝拜的方向。直到西元六二三年，穆罕默德才把穆斯林的朝拜方向改為麥加。後來，伊斯蘭教規定每年回曆七月十七日為『登霄節』。聖殿山上至今還留有穆罕默德登天時的腳印。穆斯林把這塊巨石視為聖石，認為它和麥加清真寺天房中的玄石同等神聖。據說是一塊淡藍色的巨石，被放在寺的中央，以銀銅鑲嵌，銅欄杆圍著。巨石上有一個大凹坑，相傳是穆罕默德在此處『登霄』時留下的腳印。」

梅根說：「我是在大學二年級時到耶路撒冷觀光旅行，記得曾去參觀薩赫萊清真寺，『薩赫萊』是岩石的意思，所以也被稱為『岩石清真寺』，寺內就有穆罕默德夜遊登上七重天時踩著的巨石。它是三大一神教的共同聖石。記得我們的導遊說：猶太人認為他們的始祖亞伯拉罕捆綁兒子以撒後，放在這塊聖石上準備殺死，來獻給上帝耶和華。猶太人最重要的聖物約櫃和諾亞方舟都曾經放在這聖石上。基督教認為上帝是在聖石上用泥土捏造出了人類的始祖亞當。穆斯林認為真主的最後一位使者穆罕默德夜遊登霄時，就是踩著這塊巨石登上了七重天的，石上還有他的腳印。聖石下有個洞穴，相傳是聖人亞伯拉罕，大衛，所羅門，穆罕默德等人祈禱的地方，穆斯林稱之為『靈魂之窗』。這塊巨石是這三大宗教最重要的聖物。」

鍾為接著說：「作為一個宗教學的門外漢，我完全沒想過上帝和那些先知們是不是糊塗了，卻對書本上說的和導遊講的都信以為真的接受了。梅根，妳呢？」

梅根說：「你這個聰明的大教授都接受了，我這個小女子就只有點頭如搗蒜的份兒了。但是我想大約翰想說的是：如果上帝沒糊塗，那就是後人故意或是無意的把『上帝的話』扭曲了。是不是，大約翰？」

大約翰回答：「沒錯，但是陷入最深的是猶太人。傳說猶太先祖亞伯拉罕在聖殿山領受上帝旨意，祭獻兒子，他的孫子雅各在此和天使摔跤，並被賜名『以色列』，就是『與神角力』的意思。根據舊約聖經裏《列王志》記載，古以色列第一代統一王朝的國王大衛在耶路撒冷建立了猶太人國的第一個首都，他的兒子所羅門王為了紀念猶太民族最神聖的地方，西元前一〇一〇年在耶路撒冷的摩利亞山，也就是現在的聖殿山，建立了敬拜上帝的聖殿，並在此存放了『約櫃』，裏頭放置了兩塊刻有十戒的石板，諾亞方舟等聖物，它是在西元前九五七年竣工。聖殿從此就成為了猶太教最高的聖地，而聖殿的所在地也被命名為『耶路撒冷』，意思是平安之城。西元前五八六年，巴比倫殺到這裏，摧毀了聖殿，西元五一六年猶太人又在第一聖殿的原址上補建第二聖殿。但是西元七〇年，羅馬皇帝鎮壓猶太人起義，將重建的聖殿徹底焚毀，只留下一段西牆牆基，並在牆基上壘出一道護牆。羅馬時期，每年的十一月九日聖殿毀滅日這天，才准許世界各地的猶太人到聖殿西牆遺址祈禱。飽受苦難的猶太人面對聖殿的殘垣斷壁總忍不住唏噓哀哭，『哭牆』才因此而得名。今天聖殿山和哭牆都成了猶太教最神聖的聖地。但是今天的猶太人和全世界來的觀光客，在聖殿山上看見的就只有伊斯蘭教的清真寺。作為一個虔誠的猶太教徒，情何以堪。」

梅根說：「所以這些都是《阿勒頗抄本》不能見光的真正理由。那麼恐怖組織要找這本古書又是為了什麼呢？」

鍾為說：「我認為曝光後最大的受害者應該是沙烏地阿拉伯，或者更準確的說應該是沙烏地阿拉伯的王室，他們和西方國家的利益緊緊的掛了鉤，同時也在暗地裏支持伊斯蘭極端份子，他們有一萬個理由要保持現狀，因此會出大錢來取得《阿勒頗抄本》。恐怖組織最缺少的就是資金，拿到這本古書就能拿到一筆天文數字的錢，所以他們為了這本古書才會殺人不手軟。」

大約翰說：「別忘了以色列也不想讓這本古書曝光，他們一定也會去追尋這本古書，說不定摩薩德特工已經盯上了。」

梅根說：「但是本姑娘非要拿到《阿勒頗抄本》，我們海天書坊都收了人家的錢了。所以不管是沙烏地阿拉伯王室，伊斯蘭恐怖組織，還是以色列的摩薩德，都要讓路靠邊站。」

鍾為說：「約翰．詹森教授，你有沒有覺得我們的班達總經理是充滿了信心，不管是什麼阿拉伯王室，恐怖份子，還是以色列的特工，在她眼裏都不夠看。」

聯合方案的進展很快，從富爾頓和鍾斯所取得的資訊，案件不僅出現了交叉點，而且情況是直轉急下。跟蹤的私家偵探將這幅影像傳送給中情局反間部的勞伯．鍾斯後，他馬上求見威爾遜副局長，同時也要求富爾頓也出席，中情局終於第一次取得了「黃狼」和「銀狐」在一起的證據。和多年前中情局檔案裏的照片比較，「銀狐」還是保持著強壯的身材，只是臉上的皺紋多了，皮膚被太陽曬黑了，也被海風吹乾了，但是那一雙深藍色的眼睛卻沒有變。富爾頓是唯一親眼見過「銀狐」的人，但是那是多年前了，他拿起了放大的照片口中喃喃的說：「他媽的，巴克萊在天之靈聽好了，銀狐終於現身了，現在改了名字叫哈勒．伊塞艾，你再等一陣子，等我辦完了愛德的正事，我就馬上去取他的性命。」

富爾頓說的「正事」就是總統下的「死命令」，尋找失蹤的核彈頭是最優先的任務。反間部勞伯．鍾斯請威爾遜副局長調閱兩個人的「人事檔案」，就是中情局莫斯科情報站副站長，克瑞．亞當斯，和俄羅斯遠東專案官員，彼得．陸根，當年兩人都是在貝魯特情報站工作的情報員。威爾遜聚精會神的注視著照片，過了好一會他才開口：「我真想把亞當斯的腦袋打開，看看裏頭是什麼東西讓他決定當叛徒。」

富爾頓說：「愛德，我正式要求，如果局裏決定要對銀狐和黃狼進行制裁，我要求由我來執行任務。」

「現在談這事還為時過早，何況黃狼還是美國公民，按規定我們只能要求將他逮捕，送法庭，讓法律制裁他。」

鍾斯：「請二位千萬別忘了，我還需要他們替我把我頭上的冤案洗清後，才能要他們的命，何況現在要是制裁他們，那我們的任務就會曝光，馬上就會砸鍋的。」

威爾遜：「所以，我要求這件事目前還不能出這間辦公室。知道嗎，這是命令。」

富爾頓和鍾斯同聲回答：「明白！」

但是鍾斯接著說：「比爾，我記得你當年曾告訴過我，巴克萊懷疑還有一個叛徒，他是個幹內勤坐辦公桌的，很可能是黃狼的同夥人。你記得嗎？」

富爾頓：「當然，你是說伊敏．馬瑟是不是？當年他是負責行動計畫的後勤任務。巴克萊是曾跟我說過這人可能有問題，但是沒有提出具體的事，大概這只是他的直覺，沒有事實。」

威爾遜說：「我想起來了，巴克萊有一次和我提起來，他發現伊敏．馬瑟是穆斯林。」

「就只有這個？沒說別的？」

威爾遜說：「我告訴巴克萊，在美國有不少穆斯林，不足為怪。但是他說奇怪的是為什麼伊敏．馬瑟要隱瞞他的宗教信仰。」

「後來呢？」

「我去看他的人事檔案，果然，在宗教信仰那一欄是空白的。我去問他，他的回答是當年他加入中情局時還不是穆斯林，他是後來才成為伊斯蘭教信徒的。勞伯，此人不是幾年前出車禍死了嗎？」

鍾斯回答說：「沒錯，但是他可能又活了。」

威爾遜說：「勞伯，說清楚，別開玩笑了。」

「這絕不是玩笑。當年我接案調查時，我也認為是馬瑟是叛徒的可能性很大，因為他是掌握整個任務的大局，不僅明白來龍去脈，而且也知道未來要走的方向，巴克萊的報告裏就說到，在他失敗的任務中，他發現敵人對他的一舉一動拿捏得非常精準，因此他懷疑洩密的人有掌握全局的資訊。所以我將馬瑟當成目標，開始調查他，也發現了他是穆斯林。」

「後來呢？」

「雖然我不是第一個發現他隱瞞宗教信仰的人，但是他告了我一狀，說我歧視伊斯蘭教。所以我當年的上司就命令我停止宗教方面的調查。後來當全案結束調查時，上面下令把所有關於馬瑟的宗教背景檔案全部焚毀。」

富爾頓說：「勞伯，馬瑟死而復活是怎麼回事？」

「當時我相信我自己的直覺，我並不死心，把檔案留了一份複印本，然後還是偷偷的繼續我的調查。」

「你發現了什麼？」

「發現了三件相關的事。首先我發現他的老婆是伊朗人，是非常保守的什葉派穆斯林，他們的女性是只能嫁給同信仰的人，因此他們結婚時，馬瑟就皈依回教了，也就是在他加入中情局之前。我的問題是他明知被發現後會被立刻開除，永不錄用，這麼大的代價，為什麼還要說謊隱瞞？是不是他加入中情局是來臥底的？那他的主人是誰？」

「還發現的另外兩件事呢？」

「第二件事是我發現他常去加勒比海的開曼群島，雖然我們有要求到國外旅行要報備，但是他從沒有向中情局彙報過。那麼他又有什麼要隱瞞的呢？你們都明白，那裏除了有好風景外，也是著名的存黑錢的好地方。」

「還有第三件事呢？」

鍾斯說：「記得嗎？馬瑟在墨西哥車禍遇難是他的律師通知中情局的，局裏所有的手續都是由律師出面來辦的。當時是說他們夫婦的遺體按他們的遺囑就地火化了，骨灰也按遺囑撒在海裏。我們的印象是他們夫婦在同一個車禍裏喪生。但是我到當地調查的結果是，那個車禍事件裏死了四個人，除了開車的墨西哥籍司機，一個名叫胡理優的當地人之外，還有三位女性乘客，都是觀光客，包括馬瑟太太。但是送到在墨西哥城美國領事館的報告上說，開車的司機是伊敏．馬瑟。」

「勞伯，這顯然是有人做了手腳。但是這不是證明馬瑟還活著的直接證據。」

「我同意。馬瑟在馬利蘭州的大西洋銀行有戶頭，他曾將一大筆錢用互聯網匯到另一家銀行。」

富爾頓說：「這有問題嗎？」

「按常理是沒問題，但是這筆錢匯出的要求是從墨西哥發出的，時間是在馬瑟車禍遇難之後的四個小時。」

「也許是他的家人匯的。」

「他們只有一個女兒，我去問過她，不是她做的。」

「但是也不能排除是別人幹的，馬瑟有情人或小老婆嗎？」

鍾斯回答說：「匯款的受款戶頭是在賽普勒斯的一家銀行，是個號碼戶頭。我們的私家偵探拿著馬瑟的照片到那家銀行去打聽，有看門的警衛說，這人兩天前曾出現過。」

威爾遜說：「他媽的，他是陰魂不散還是真的沒死啊！」

三個人都沉默不語，現在的發展和變化都出乎他們的意料之外。鍾斯的手機發出了提醒音響，他說：「對不起，我看看是什麼？」

他打開了手機，是在加底斯蹲點的私家偵探發出給他的一幅照片，鍾斯叫了出來：「我看你這次往哪裏逃！」

威爾遜說：「有新消息嗎？」

「你們的三位老朋友終於又重逢了。」

鍾斯把手機遞過去，上面的照片是在半小時前，三個人出現在加底斯別墅門口時被拍下來的，這三個人是：銀狐，黃狼和馬瑟。

富爾頓端起面前的咖啡喝了一大口，他說：「惡名昭彰的軍火商阿邁迪向銀狐推銷核彈頭，說是貨源在北朝鮮，是黃狼提供的，現在銀狐和黃狼見面了，但是又來了一個號稱死了但是陰魂不散的馬瑟，他們到底要幹什麼？」

威爾遜說：「其實，這是我找你們來要說的一件事。顯然是有人要做黑市核彈頭的生意，我們中情局對買家、賣家和技術提供者都有興趣。貨是前蘇聯紅軍丟失的，現在又把北朝鮮給扯進來，這可真是熱鬧了。但是這也把黑市核彈頭買賣中的一個難題解決了。你們聽我從頭說來。」

威爾遜喝了一口礦泉水後接著說：「烏克蘭是前蘇聯地區僅次於俄羅斯的第二大軍事強國。蘇聯時期，蘇軍駐紮在烏克蘭境內的兵力達七十萬人，包括兩個導彈師，共裝備一百七十六枚洲際導彈，一千兩百四十枚戰略核彈頭。此外，烏境內還部署有一千六百四十三枚戰術核彈頭。蘇聯解體後，根據烏克蘭和俄羅斯政府達成的協議，烏方應將境內的全部核彈頭移交給俄方銷毀或儲存，但是其中有一些戰術核彈頭神秘失蹤了。前蘇聯國家丟失武器已經不是什麼新鮮事，但烏克蘭最近宣佈丟失的武器還是讓全世界的人都嚇了一跳，因為它們是兩百五十枚核彈頭。要知道老牌核武器國家英國也只有一百八十五枚核武器，印度和巴基斯坦兩國努力了幾十年，據推測也只有幾十枚核武器。這兩百五十枚核彈頭如果落入恐怖分子手中，成百萬、上千萬的生命將面臨威脅。那麼這些核彈頭不翼而飛都到了哪些人的手裏呢？」

富爾頓說：「我們最大的擔心是這些遺失的核武器會落入國際恐怖分子和敵視美國的國家，對美國構成威脅或是後果不堪設想。此外，美國也擔心這些武器落入那些急於加入『核武俱樂部』的國家，加劇國際核擴散形勢的惡化。我們中情局受命就此事與烏克蘭和俄羅斯相關部門進行溝通，商討對策。因此成立了專案小組，與俄羅斯合作追蹤不翼而飛的核彈頭，同時提供資助和技術，監察烏克蘭將核彈移交給俄羅斯的整個過程，強調烏克蘭的核彈問題是美俄安全合作的重點之一。愛德，我說的對不對？」

威爾遜說：「完全正確，同時國務院也成功的在國際防止核武擴散會議裏將失蹤的蘇聯核彈頭列入積極觀察的對象。但是還是有媒體報導和我們所獲得的情報顯示，烏克蘭曾向基地組織出售核武器。」

富爾頓也說：「我們的賓拉登專案組負責人不是也透露過：賓拉登有可能嘗試從俄羅斯等國的

武器黑市購買現成的核武器。早在一九九八年，賓拉登就公然宣佈將努力獲取核武器或生化武器來完成他的『宗教使命』。」

威爾遜接著說：「其實，想購買核武器的不只是基地組織，這點從猖獗的核武黑市就可以看出來。國際原子能機構總幹事巴拉迪曾指出，近年來，三大現象徹底改變了人類安全前景：那就是核武黑市的出現，更多國家決意獲取可用於核武器的核分裂變物質的生產技術，再就是恐怖分子想要獲得大規模殺傷性武器的強烈願望。國際原子能機構對核武黑市網路進行調查後認為，全球各地有二十多家公司非法向一些國家出售敏感的核技術。不僅一些發展中國家置身其中，連美國、日本、瑞士、德國、英國和荷蘭等西方發達國家的公司也上了《黑名單》。」

鍾斯問說：「剛剛副局長說的北朝鮮的出現，把黑市核彈頭買賣中的一個難題解決了。那又是怎麼回事？」

威爾遜說：「即使核彈真的落入恐怖分子手中，他們想引爆核彈也不容易，它需要一個高科技的引爆裝置，而並不是只要將它從架子上取下來，輸入代碼，就可以引爆了。真正製成的核彈都有層層的安全裝置保護，有核專家指出，從技術上講，製造核彈控制器的難度遠遠超過製造核彈本身。普通的撞擊，火燒和爆炸是不會引爆核彈頭的。恐怖分子要自行琢磨出如何操作核彈，是相當困難的。要成功引爆核彈，必須按部就班地進行一系列特定的操作，包括改變溫度，壓力以及周圍環境條件，然後核彈才能讓燃料就位，最後引爆。但是北朝鮮有了解決的辦法。比爾，你來說說吧！」

富爾頓接著說：「根據我們的在地情報，一位前蘇聯解體前的核武器專家，就是現在北朝鮮工作的俄羅斯顧問科莫克維奇，他在那裏開訓練班，教授引爆核彈的技術轉移，對象除了北朝鮮人外，還有就是中東的伊斯蘭聖戰組織所派來的學員。」

威爾遜說：「但是今天我要告訴你們的重要事情是，當年在巴克來事件後，亞當斯，也就是黃狼，還有馬瑟都先後調離開貝魯特情報站，黃狼被派到莫斯科情報站，參加了和俄羅斯合作的失蹤核彈頭調查工作，馬瑟調回中情局總部，進入控制核武擴散小組，兩個人都有遺失了的前蘇聯紅軍核彈頭資料。」

阿邁迪是兩天以後才到達在加底斯的別墅，銀狐，現在改名為「哈勒・伊塞艾」的別墅主人，請了城裏最好的餐館大廚準備了一桌豐盛的晚宴，拿出了最好的葡萄酒為阿邁迪接風。阿邁迪、黃狼和馬瑟在主人銀狐的殷勤招待下，一頓飯吃了兩個多小時，終於酒足飯飽。四個人移師到客廳去享用古巴來的哈瓦那雪茄和法國的白蘭地，同時也讓僕人們收拾一下飯桌。剛剛主人要求在吃飯時不談工作和生意，只談女人和享受美食，很自然的在飯後就是要討論工作和生意了。銀狐首先說：「我有感覺，我們這四人組合將要發了。你們三位的看法如何？」

黃狼、馬瑟和阿邁迪都分別點頭，但是黃狼說：「這也是市場經濟的一部分，現在需求的人多了，我們的價格自然是要提高了。」

阿邁迪說：「現在我們手裏能夠百分之一百掌握的貨有多少？」

馬瑟看了黃狼一眼，他說：「有五枚。」

阿邁迪還是不放心，他接著問：「這五枚是確定在我們的掌控嗎？這是非常關鍵的，如果客戶下了訂單，交了訂金後，我們拿不出貨來時，那就不是把訂金退回去就能解決問題的。」

銀狐插嘴進來：「我相信這五筆貨都已經從原始的貨主，也就是前蘇聯紅軍份子的手裏分離了。它們應該是在我們的委託保管人手裏了。是不是？」

黃狼說：「是的，核彈頭引爆專家也都已經在我們的掌控之內，隨時都可以派出去。」

阿邁迪的臉上露出了笑容：「太好了。除了這五枚外，我們還有其他的貨源嗎？」

黃狼也露出了笑容，他說：「應該是沒問題，只要我們能拿得出錢來，我和馬瑟就能找到核彈頭。雖然流失的前蘇聯紅軍核彈頭漸漸的被控制了，但是在烏克蘭還是能找到貨源的。」

銀狐說：「你們這些管道一定要好好的保住，提高警覺，中情局和俄羅斯特工的合作越來越密切了。」

黃狼回答說：「是的，現在我是在明處，馬瑟是在暗處，這樣的配合，對我們的隱蔽是很有幫助的。」

銀狐還是不放心：「還是不能掉以輕心，前幾天我還做了個夢，夢見我又被富爾頓盯上了，每次一想到他這個中情局魔鬼，我就混身冒冷汗。克瑞，他最近都在幹什麼？」

黃狼說：「富爾頓跟你有血海深仇，先是你殺了他的好朋友巴克萊，他跟你沒完沒了，你又放炸彈殺他全家，可是他命大，家人全死了，他死裏逃生，雖然是把命撿回來了，但是已經不是從前的富爾頓了，回到中情局後也只能幹內勤工作，不能作他的魔鬼事業了，你就放心吧！」

銀狐還是擔心：「不行，我還是要把他殺了，否則我就吃不好也睡不好。如果你知道他未來的行蹤，早點通知我。好了，我們還是談談今天的正題吧，就是阿邁迪說的融資問題。」

阿邁迪說：「剛剛我們討論了貨源的問題，也就是我們的上家，看起來，至少目前還沒有問題。但是我們的客戶，也就是下家，卻都有一個共同的問題，那就是他們都需要融資，並且要求我們來安排。我們是中間人，責任只是仲介，但是現在還要為客戶解決融資的問題。不過話說回來，我們的價碼是很高的，除了沙烏地阿拉伯的那個客戶外，別人都要我們安排融資。這是個問題，你找我們聚在一起討論它，是不是你看見一條可能解決的路了？」

銀狐回答說：「是的，你們有沒有聽說最近沙烏地阿拉伯政府宣佈禁止外人進入阿西爾地區，尤其是絕不允許有任何的考古挖掘，還派出工兵部隊對把整個地區的土地都翻動了，污染了所有的考古證據。伊斯蘭教的聖城麥加就是在這同一個地區。你們知道是為什麼嗎？」

銀狐看沒有人回應，他就繼續：「考古學家在巴勒斯坦的『聖地』沒有挖掘出任何上古時代和在西元前有猶太人居住在那裏的遺物，他們挖出來的只是一些部落裏靠土地維生的古代落後農民所有的簡單物件，而不是來自一個像舊約裏所說的，那裏是後所羅門王時代的，已有了文明的鄉村社會。但是在沙烏地阿拉伯的阿西爾地區挖出了不少同一時期，已經有了高度文明的證據。你們想到沒有，穆斯林的極端份子知道了他們最神聖的地方原來是聖經裏說的猶太人的居住地，他們會怎麼反應呢？麥加會成為第二個耶路撒冷的聖殿山嗎？沙烏地阿拉伯政府又會怎麼想呢？那一大片土地下面的石油是上帝本來要給猶太人的嗎？以色列會不會要來分一杯羹呢？這就是他們禁止了在阿西爾地區的考古挖掘的真正理由。」

阿邁迪開口了：「在我們客戶後面最大的金主就是沙烏地阿拉伯王室，他們除了支持他們的政府以外，同時也在幕後支持他們的極端份子兄弟。他們的財富來源就是地下的石油，他們打死也不會離開那片土地的。」

馬瑟說：「真沒想到還有這樣的事，但是那些研究宗教，特別是舊約聖經的學者是怎麼說呢？」

銀狐說：「已經有出版的研究論文主張舊約聖經裏說的聖地其實是在阿西爾，而不是在巴勒斯坦。」

馬瑟接著說：「別忘了，關於人類的來源和早期歷史，可蘭經和舊約聖經是一致的。」

黃狼問：「但是這種主張如果沒有強有力的證據是沒有說服力的。」

銀狐說：「最強有力的證據就是《阿勒頗抄本》，它被認為是包含了最原始和最完整的舊約聖經和註解的手抄本，公認為是最有權威性的『上帝的話』記錄。但是它失蹤了。現在沙烏地阿拉伯的政府，它的極端組織，還有一位收藏家都出了天價要收購失蹤了的《阿勒頗抄本》。」

阿邁迪說：「我明白了，你是要我們制定計劃，動員我們客戶的人力和組織，進行大規模的搜尋，強力取得《阿勒頗抄本》，再從沙烏地阿拉伯取得融資。」

私家偵探將阿邁迪出現在阿加斯別墅和另外的三人相會的資訊，傳到了中情局。

在加底斯別墅舉行的四人會議結束了，中情局副局長威爾遜負責的聯合方案成員認為風險和後果都太大了而沒有去嘗試監聽開會的內容。但是在會後的四人動向是重要的資訊，應該可以用來推測大約會議裏所做的決定，因此中情局加大了私家偵探的力度去跟蹤。

軍火商阿邁迪直接的回到伊朗的德黑蘭，黃狼也回到他的工作地莫斯科，但是在離開前，他和中情局莫斯科情報站的俄羅斯遠東專案官員，彼德．陸根，通了一個很長的電話。引人興趣的是，這通電話是打到莫斯科的一間酒店，而不是打到陸根的辦公室。死而復活的馬瑟是去到法國南方的馬塞，住進當地穆斯林居民區的一間公寓，公寓的主人是個年輕的女人。

勞伯．鍾斯認為這是重要的發現，是他要計畫的逮捕方案裏重要的資料。他決定暫時還不透露給別人，他擔心副局長在不共戴天的血海深仇下控制不住富爾頓，他會動員以前的行動員格殺銀狐，為他的好友巴克萊和他被炸死的妻子兒女報仇。但是銀狐不愧是個狡猾，訓練有素和經驗豐富的行動員，他是在另外三個人離開後的一個星期才輕裝出門，也許是這一星期的延遲讓盯他的私家偵探鬆懈，他們在馬德里就把目標給跟丟了，銀狐消失在茫茫人海之中。但是「柳暗花明又一村」，在聯合方案的工作會議上又出現了轉機。

會議和往常一樣是在中情局副局長威爾遜的辦公室裏進行的，鍾斯早早就來了，端著一杯咖啡，一邊喝一邊翻看面前的文件。等開會的時間到了，富爾頓才匆匆忙忙的進來：「抱歉，抱歉，我又來晚了。」

威爾遜說：「比爾，你沒來晚，是勞伯來早了。他大概是有什麼好事，居然出現了笑容。」

富爾頓說：「太難得了，我在中情局幹了一輩子，就知道所有反間部的人都有四個共同點：他們一不抽煙，二不喝酒，三不談女人，第四個共同點是永遠板著面孔，沒有笑容。那今天勞伯是決定要造反，還是要發起革命了？」

鍾斯說：「比爾，現在我隨你說，等我把黃狼的叛國證據收集齊了，將他緝拿歸案時，你就別想要我分出時間來和他單獨會一會。」

「說不定是我先把他捉拿住，那你不是還要等我和他單獨會面後，才能見到他的人嗎？」

「那我就只能看見一具屍體了，是嗎？」

威爾遜說：「請二位注意，我們是國家的情報官員，不是黑社會，做事是要遵守紀律的。勞伯，說你的事。」

勞伯．鍾斯咳嗽一聲，清清喉嚨：「你們都看見了前天從國土安全部送來的公文，說發現了兩名恐怖份子從紐約的甘乃迪機場入境的事嗎？」

富爾頓說：「大搖大擺的進來，又讓他們大搖大擺的出去，然後才大張旗鼓的放馬後炮，有什麼用處？」

鍾斯說：「其實機場的安全人員並沒有發現這兩個入境的恐怖份子，而是他們在紐約花園大道的一間公寓裏殺了人，紐約的刑警從目擊證人的口供和閉路電視的影像，覺得這兩人可能是伊斯蘭的恐怖份子，才找到機場和通關的錄影帶對比，等把人認出來後，這兩人都已經離境有一星期了。」

富爾頓說：「這就值得你高興嗎？」

「別急啊！比爾，你們看這張照片，就是這兩個人。這是他們在進紐約公寓大門被攝影機拍下來的。中情局的電腦將他們和恐怖份子的相片檔案對比，認出他們了。他們是哈馬斯組織的槍手。但是電腦在這張照片裏認出三個恐怖份子，你們再仔細的看看在中間，遠遠站在後面的那個人，你們認得嗎？」

富爾頓和威爾遜很仔細的注意看照片，過了一會，富爾頓抬起頭來說：「有點像銀狐，愛德，你同意嗎？」

威爾遜抬起頭來問：「我們電腦的識別結果呢？」

鍾斯說：「也是銀狐，準確率百分之八十六，比平均的成功識別準確率還高。」

富爾頓說：「他媽的，錯失良機。」

「別失望，好戲在後頭呢！殺人兇手是兩個人，但是根據閉路電視，他們進出紐約機場，和他們在下一個目的地，加拿大西部溫哥華機場的進出都是三人行。這第三個人在溫哥華離境時所使用的護照上面的名字是『哈勒．伊塞艾』。顯然，他是這次行動的指揮員。」

威爾遜和富爾頓同時驚呼：「加底斯別墅的銀狐！」

威爾遜說：「這完全合乎邏輯了，銀狐在北美的暴露風險太大，所以他必須是在行動的幕後，但是為什麼需要他在場呢？」

鍾斯說：「知道他們殺人的目的，你就明白了。」

「別賣關子，說！」

「紐約的警方發出的調查報告是：被害人法汗先生是紐約的富豪，也是一位著名的收藏家，作案動機是入室搶劫殺人。兇手迫使被害人打開了保險箱，但是根據保險公司的清查結果，沒有任何財物損失，只有三頁《阿勒頗抄本》古本書不見了。」

富爾頓說：「上次聽到這本古書是在監聽阿邁迪和銀狐的電話，這次升級到殺人了，這本古書到底有什麼秘密？」

威爾遜也接著問說：「這三個人到溫哥華去幹什麼？」

鍾斯說：「溫哥華的警方宣佈，那裏發生了一起命案，被害人叫普杰，是個伊朗人，根據他的同居女友口供：破門而入的一共有三個人，他們是來要《阿勒頗抄本》古書，因為沒有達到目的，他們槍殺了普杰。但是最重要的發現是：從紐約和溫哥華的兩個被害人身上取出的子彈，證明是同一把槍在兩地犯案殺人。」

富爾頓說：「這兩個地方的警察是怎麼走到一塊去了的？」

鍾斯看了看眼前的文件回答：「這就是天網恢恢，疏而不漏。紐約的那位收藏家法汗曾通過他的律師委託溫哥華的一間書店尋找和購買《阿勒頗抄本》古書，被搶走的那三張紙的其中一張，就是這家書店賣給法汗的，而書店又是從普杰的手裏買的。就這樣，兩個案子連在一起了。」

威爾遜說：「溫哥華的警方一定也拿到紐約的錄影了。」

鍾斯說：「但是太晚了，這三個人已經離境。從航空公司的記錄，他們分道揚鑣，哈馬斯槍手回中東，二位的老朋友銀狐去了香港。我已經要求香港站盯人，昨天半夜，他們送來急電，說銀狐訂了從澳門去平壤的飛機票。你們決定看要不要通知比爾的人，還有我們要不要也通知北京站。」

威爾遜說：「銀狐去北朝鮮就只有一個目的，就是要拿到核彈頭。這也是我們的最高優先。比爾，你給我一個在北朝鮮的行動計畫。勞伯，你給我一個在北朝鮮的任務完成後，收網逮捕叛徒的行動計畫。你們這兩個計畫一定要做到無縫銜接。核彈頭和叛徒一個都不能少。明白嗎？」

富爾頓和鍾斯同聲說：「是，明白。」

鍾斯的臉上又出現了笑容：「你們對溫哥華那家書店沒興趣嗎？它就是海天書坊。」

「啊？就是鍾為教授的那家書店？太好了！」

「所以我才說：天網恢恢，疏而不漏。」

在平壤市區最容易看到一座直刺青天的巨型建築「柳京飯店」，它類似金字塔的三角錐形，斜面角度是七十五度，樓高一百零五層，高度是三百三十公尺。如果當時建成，就會是世界第七高的大樓，是除了紐約和芝加哥外的首個高於一百層的建築物。那時朝鮮就會擁有世界的最高酒店，最大酒店，最大金字塔形建築物和最多樓層建築物，四項世界建築紀錄。

它是在一九八七年動工，原計劃在一九八九年開始營業，但是一九九二年在完成結構工程後，因為資金沒有到位，就一直停工，等到朝鮮經濟進一步下滑，它就是一個空殼，還未裝上窗戶和外牆，也沒有任何內部裝置，成了世界上最大的「爛尾樓」。

柳京飯店平頂後就一直成為平壤最顯眼的地標建築。但是當朝鮮的經濟陷入谷底時，柳京飯店成為「失敗的象徵」，尤其是在它動工前就已經將它添加入新製的地圖，在施工期還發行了「柳京飯店郵票」，現在要千方百計的讓它「消失」。

朝鮮是個最重保密的國家，但是要讓這一百零五層的「幽靈飯店」消失談何容易，朝鮮政府，甚至「百戰百勝」的勞動黨都無法將「爛尾樓」的存在保密，在Google Earth的衛星地圖中，它仍然清晰可見，被《時尚先生雜誌》（Esquire）評為「人類有史以來最糟糕最醜陋的建築」。於是政府和涉外人員，如導遊，就使出「記憶消失」的招數，當問起時，就說：「不知道」。

但是如此巨大的柳京飯店，佔領在平壤的制高點，孤零零的站在那兒二十幾年，平壤人是非常的習慣於各種各樣的秘密，即使在這片神秘的大地上，「柳京飯店」是一個最難讓人理解的謎。「爛尾樓」工地和一般的工地不同，它是用高高的水泥牆圍住的，如果這也不足為奇，那麼在工地擔任保安警衛的人卻引來過路人的好奇，因為他們不是建築工程公司的保安人員，他們是國家安全部的特工。

哈勒．伊塞艾，又名銀狐，是在金正男的辦公室裏見到這位準備中的接班人和宋樹安，他沒有浪費時間，立刻就進入了話題。

「非常感謝金先生和宋先生在百忙中接見我，我們就直接談主要的事了。」

「伊塞艾先生，您在平壤會停留多久呢？」

「就一天，明天就得趕回香港，我需要參加一個拍賣會。」

「那您一定是有急事來商量了。」

宋樹安說：「其實，我們正好也有事想和您當面談一談。」

「那您就先說。」

「最近發生了一連串的事件，對我們造成很大的損失，我們相信是在哪一個環節上出了安全問題，正在全力調查中。我們想知道秘密電台的運行是否有洩密的可能。」

「應該是沒有問題的，電台是由聖戰組織負責，他們的技術人員和譯電員都是最忠實的穆斯林。」

金正男說：「伊塞艾先生，我們看到有報導說：中情局派人在聖戰組織裏臥底。這是真的嗎？」

「是有的，所以他們也加強了內部的安全措施。但是電台的運行應該是沒有問題。」

宋樹安說：「希望是如此。如果安全方面有任何情況，請及早通報。」

銀狐說：「我們一定會的，這也關係到我們的身家性命。對了，你們注意到中情局加強了對你們的情報工作嗎？」

金正男說：「我們知道美國又發射了一顆間諜衛星，專門針對朝鮮進行偵察。」

銀狐說：「他們還成立了『朝鮮專案辦公室』，是個獨立單位，直屬他們副局長。由一個叫威廉·富爾頓的情報官負責，多年前他是中情局中東情報站的行動員，殺害了不少我們的人，他的外號叫『中情局魔鬼』，我曾經暗殺過他，把他全家都炸死了，但是他在醫院裏躺了一年多，居然還活了。」

宋樹安說：「中情局對朝鮮的工作就是集中在間諜衛星的偵察，我們知道他們在衛星攝影偵察和無線電通訊的分析花了很大的功夫。」

「當年富爾頓的專長是發展在地情報，你們千萬不要小看他的能力。」

金正男說：「感謝你，伊塞艾先生，給我們的重要情報，我們是第一次聽到中情局特別為我們成立了一個單位。」

銀狐說：「不用客氣，那我來說我的事了。二位也許聽到新聞報導，最近在敘利亞首都大馬士革發生了一起武裝衝突事件，一間書店被炸毀。這是以色列的摩薩德特工幹的，他們的目標是攔截兩顆核彈頭和格殺核彈技術人員。」

「他們達到目的了嗎？」

「非常不幸，摩薩德特工完成了任務。因此，我們的客戶急需補充。」

金正男說：「我們現在只剩下了三個核彈頭，但是都有買家了，是您的朋友阿邁迪先生安排的。」

「這個我明白，我就是來告訴你們，我們的老朋友黃狼可以再拿到兩個核彈頭，但是需要你們馬上加工改裝，做成和上次一樣的手提式的爆炸裝置。這在時間上有問題嗎？」

宋樹安說：「如果是真的要趕時間，我們的技術人員可以到中東去，你們把核彈頭直接從烏克蘭運過去，不是比較近嗎？把長途的運輸時間省下來了。」

銀狐說：「說得是沒錯，但是烏克蘭現在被美國、俄羅斯和歐洲北大西洋公約國家的特工看得死死的，滴水不漏，我們的人完全動彈不得。目前的核彈頭只能從我們藏在遠東西伯利亞的庫房裏調過來。不過派朝鮮技術人員去中東的想法是值得考慮。」

金正男說：「好，那麼就這麼定了，核彈頭一到，我們立刻開始加工。我們的價碼還是一樣，買家的融資有問題嗎？」

銀狐說：「沒問題，都有安排了。我們還有一件擔心的事，那就是你們未來的局勢是否會穩定。我的意思是說，大家都知道，目前金正日總書記的健康情況不是很好，下一屆的接班人會用什麼態度和我們合作呢？」

金正男說：「如果接班人是我，你們還會擔心嗎？」

中國保利集團公司是經國務院批准，於一九九三年二月在保利科技有限公司基礎上組建起來的大型企業集團，一九九八年，中共中央軍委批准以中國人解放軍三總部為背景，成立三家集團：總後勤部的中國新興集團、總參謀部的中國保利集團，以及總裝備部的中國新時代集團。

保利文化集團股份有限公司成立於二〇一〇年十二月，隸屬於中國保利集團公司。它的前身是二〇〇〇年二月成立的保利文化藝術有限公司，是中國國有企業中唯一的專業文化產業企業集團。它在北京有兩個附屬單位：「北京保利國際拍賣有限公司」和「保利藝術投資管理有限公司」。著力打造藝術品經營產業鏈，提供藝術品鑒定，徵集（收購），拍賣，宣傳，展示，保管和修復的全方位服務。

北京保利拍賣還與保利藝術博物館合作，每年舉辦各類展覽，另外在香港，台北及國內部分中心城市舉辦精品巡迴展覽以及徵集活動，在中國和境外都引起了熱烈的反響。

海天書坊接到中國保利文化集團公司的邀請，參加今年在香港舉辦的珍本古書畫展覽和拍賣的活動。梅根很失望，原先說好了，鍾為要和她一起去參加的，順便當她的香港導遊陪她好好的玩一趟，但是他臨時宣佈走不了，因為需要準備朝鮮圖們江計畫的工作。

珍本古書畫展覽是安排在香港灣仔的會展中心二樓的展覽廳，但是拍賣場是設在四樓的拍賣室。為了方便，梅根就住在會展中心同一棟建築裏的海景大酒店。

書畫展覽前後安排了四天，但是拍賣活動則是在第三天才開始，一共就只有一天半的時間，所有要拍賣的物件都會展出。以往的保利書畫展覽和拍賣都是以中國的漢文化產物為主體，但是這次的活動卻包括了少數民族的物件以及外來的宗教與文化遺物，因此吸引了比往年更多的西方人。

和邀請信同時寄來的是一本有半英吋多厚，印刷精美的展覽品／拍賣品目錄，詳細的說明了每一件物品的來源和歷史。雖然梅根在動身到香港之前已經把目錄仔細的研究了，也和大約翰討論了要對哪幾樣拍賣物出價，但是她到了現場後還是做了仔細的觀察，也當場在筆記本上寫下了她的專業感覺。

第一天晚上保利公司舉辦了一個盛大的酒會，請了香港的達官貴人、社會名流，包括了演藝界的俊男美女，算是招待從世界各地來參與拍賣的人士。梅根刻意的將自己打扮起來，穿了一件薄料子的黑色緊身滾著紅邊的長裙，把她一身誘人的身材和讓男人想入非非的線條都顯露出來，她腳上穿的是三吋高跟鞋，跨出婀娜多姿的步子，長裙的下擺雖然觸及腳背，但是高高的開叉又將她一雙雪白誘人的大腿時隱時現。

梅根來到酒會時，很多人還以為她是酒會請來的電影明星。保利公司花了大錢，請來香港的名廚師以最好的材料做出各種精美可口的小吃，美酒和香檳酒像流水似的供應，男士們圍繞著梅根，被她的美豔迷住了，陶醉在她優雅的談吐裏。女士們遠遠的看著她的一舉手，一投足，盼望著天花板上的吊燈突然掉下來砸在她的頭上。

在將近十點左右時，梅根覺得吃得很飽了，多杯的香檳酒已經讓她有點飄飄然，她留在身後一群失望的男士和一群很高興看見她終於離開了的女士。獨自回到她的海景酒店房間，梅根脫了衣服，好好的洗了一個澡，覺得混身舒筋活血，換上了睡衣，打開了展覽目錄和她的筆記本，再仔細的把白天看中意的幾件古書畫背景又看了一遍，她在心裏估算著這一趟香港之行能為海天書坊賺進多少利潤。電話響了：「這裏是總機，請問班達小姐在嗎？」

「我就是。」

「有一位鍾為先生從加拿大來電話，您希望接嗎？」

梅根很興奮的說：「是的，請接上。」

非常熟悉的聲音從電話裏傳來：「啊哈！班達女士終於回來了，房間裏有男人嗎？」

「鍾為，你別氣我。我是在為海天書坊從早忙到晚。」

「妳走了後，沒有電郵也沒有電話，剛剛給妳打過兩通電話都沒人接。」

「我累了一整天，正在洗澡。怎麼沒留話呢？」

「我想這麼晚了，也許妳正和香港的野男人在折騰呢！不能打擾妳的好事啊！」

「但是你還是決定打擾我了，是不是？」

「我是要提醒妳是已婚婦女。」

「你大概是在想你當年在香港的時候是如何的對已婚婦女下手，是不是？」

「梅根，我不跟妳鬥嘴。妳走了連一個電話都沒有，我是擔心妳有什麼意外了。」

「對不起，鍾為，我是想你正忙著替那位妖豔的波頓老相好趕做計畫，才沒打電話給你。怎麼？你想我了？」

「男人的大毛病，忘不了美女。拍賣展覽的第一天有收獲嗎？」

「內容挺豐富的，如果價錢合適，我想我們海天的空間應該是有的。」

「不要太保守了，有你們最近的一筆大收入，妳應該放開大膽一點。」

「鍾為，我會的，你放心吧！我和大約翰都看好的那兩個從新疆地區出土的古書很有玄機，玻璃櫃外看是紙本，但是好像書的下一半是羊皮書頁。有一點我能確定，它決不止是目錄上說的是明朝時期的古書，它是更早期的東西。但是破損得很厲害，但是也能讓大約翰大顯身手了。」

「那是什麼書？用什麼文字寫的？」

「是兩本用印度的古梵文寫的佛經。」

「從中國的新疆居然能挖出來用古印度文寫的佛經，太不可思議了。梅根，妳一定要加油把它拿下。辛苦妳了。」

「我喜歡幹這些事，一點都不辛苦。就是一個人獨來獨往，很寂寞，跟你說說話就好多了。」

「是嗎？可是我得到的消息是海天書坊的美女經理班達夫人，以美豔性感和優雅風度震撼了所有出席酒會的人，也招來了無數的仰慕男士。所以不太會是寂寞的。」

梅根笑著說：「你的話裏似乎有醋味，太高興了。你是聽誰說的？」

「我的私家偵探，他也是香港九龍員警分署的署長，所以消息一定正確。」

「我在酒會上見到你的老朋友何族右和何太太了，他們問你好，後天晚上還要請我到他們家吃飯。他什麼時候和你聯絡的？」

「我打電話找不到妳就只好和他聯繫，是他告訴我妳正周旋在眾多男士中樂不思蜀。」

「鍾為，你是真的不放心我，怕我被野男人拐走是嗎？你知道今天晚上有多少男人要請我吃飯嗎？還有更直接的要邀請我到他們的房間去輕鬆，輕鬆。為了海天的生意，不能得罪人，虛與委蛇一下後就借機脫身。你的事辦得如何？什麼時候要動身去朝鮮？」

「快了，總得等妳回來後我才走。」

「那好。告訴你，碰見一個叫哈勒．伊塞艾的伊朗人，是個收藏家，問我們海天有沒有《阿勒頗抄本》，我說我們也正在找這本古書，他堅持要請我吃飯，我說以後的三天晚上都已經安排好飯局了。這個人陰陽怪氣的，我看他是不懷好意。」

「妳認識不少古書的收藏家，聽過這個人嗎？」

「沒聽過。」

「那妳小心點，今天太晚了，就早點休息吧！明天晚上我再給妳打電話。」

「謝謝你，跟你聊天很開心，鍾為，晚安。」

實際拍賣開始的第一天，梅根早早就來到了現場，找到前排的座位，就坐後就打開手機接通了在海天書坊的大約翰，除了海天書坊有興趣的幾件古本外，海天還接受了幾位收藏家的委託，在會場上見機行事，收買他們心目中的物件，因為最後的「拍板」還是買主來定，所以透過大約翰，梅根才能「舉牌」。

一天半下來，海天書坊想要標購的八件拍賣品全部都買到手，並且價格都在預計的範圍內，她用信用卡付了百分之十的訂金，拍賣公司會雇用保全公司將她標購的古物送到海天書坊，那時就要將餘款付清。

這是梅根參加過的拍賣會最成功的一次，她深深的體會到自己的事業成熟了，從會場上的同行們對她的反應和談話裏也能感到別人也認同了她的成就，她想到了鍾為給她的施展空間，對她的體貼和關懷，她擋不住鍾為釋放出來的排山倒海愛情，而完全向他投降，但是他卻恪守社會道德的底線，不敢越雷池一步。還會有多久，另外的女人就會將他拿下呢？

一想到這裏，梅根就覺得無奈，因為她知道，把鍾為綁得死死的最大原因是她的婚姻，鍾為不願意去破壞別人的家庭。但是，她的丈夫查理，現在是躺在醫院的植物人，鍾為還會等多久呢？還有她要如何去面對邵冰呢？面對著無解的問題，她的前途何去何從？

在拍賣結束後的下午，梅根又碰見了哈勒．伊塞艾，這次她注意的看了他，發現他臉上的皺紋不少，皮膚被太陽曬得有點黑了，並且似乎也被海風吹得很乾，雖然看起來是快到五十歲的人了，但還是保持著強壯的身材，那一雙深藍色的眼睛炯炯發光，給人感到深不可測。

他說：他有《阿勒頗抄本》古書中的三頁，如果梅根有興趣購買，可以到他的房間先去看看，再商量價錢。她堅持一定要在公共場所看貨。

梅根從何族右家裏吃過晚飯後，回到酒店時都過了九點了，在晚上十點鐘時她房間的電話響了，剛剛洗完了淋浴，穿著酒店的浴袍接電話，她聽見：

「這裏是總機，有一位伊塞艾先生要找梅根．班達小姐。」

「我就是班達。」

「請稍等。」

哈勒．伊塞艾的聲音出現：「班達小姐，妳好，現在有空嗎？」

「我已經準備休息了，有事明天再說吧！」

「啊，對不起。今天我們談到的文件我現在帶到酒店來了，想請妳過目。妳既然要休息了，那我就送到妳的房間，我就走，明天我們就能開始談細節了。」

「那好，您就拿上來吧，但是抱歉我不能接待您了。」

「好的，我馬上就來。」

當門鈴響時，梅根從門上的貓眼望出去，看見滿臉笑容的伊塞艾，也看見他將手上的文件箱提上來搖晃了一下，大概是表示他把文件帶來了。梅根沒有把門上的安全鏈拿下，只打開一個門縫把手伸出去，她說：「謝謝伊塞艾先生把文件送來，我們明天上午見。」

伊塞艾沒有將文件箱給她，但是他用力的把門撞開，安全鏈從門框上脫落，站在門後的梅根突然被門板的一股力量撞倒在地上，伊塞艾進來把門關上，看見倒在地上的梅根，身上的浴袍張開了，裏頭除了小小的三角褲之外，什麼都沒有，他獰笑了一聲：「來得正是時候，妳都準備好要我享受了。」

梅根掙扎著站起來，兩手把浴袍合住，她厲聲的說：「伊塞艾，你想幹什麼？」

「看見妳的第一眼就想要上妳，我要妳跟我到床上去。」

梅根揮手就給他一耳光：「你馬上給我滾出去。」

伊塞艾瞪著他的銅鑼眼：「妳敢打我？看我怎麼收拾妳！」

他揮起手裏的文件箱，轉動臂膀重重的擊中梅根的頭，她即刻就昏倒在地上。

伊塞艾將她抱到臥室的床上，除下了她身上的浴袍，他從來沒見過這麼誘人的赤裸裸女人身體，閉著雙眼的臉上一點妝都沒有，但是剛洗過熱水淋浴將她的臉色蒸得紅噴噴的，全身散發出沐浴水的特有味道，混合著女體香味，伊塞艾的視覺和嗅覺都被衝擊著，在他的大腦和中樞神經裏起了強烈的催情作用，讓他有了生理的變化。

他很快的把身上的衣服脫了，撲了上去。張開吐著大蒜和白菜味口臭的嘴，壓在梅根的唇上。他迫不及待的把小小的三角褲扯下來，撫摸她兩腿交叉的地方。

梅根緊閉著兩眼，一動都不動，伊塞艾的努力沒有讓他抓到的美女起任何的反應，他抬起頭來說：「班達，快給我醒過來，我一定要聽妳被我玩的喊叫聲，我要妳的淫水氾濫，讓我更爽。」

梅根沒有反應，他看著一對非常勻稱的乳房在起伏著，細細的腰身，平坦的小腹，修長的大腿和小腿，全身沒有一點多餘的贅肉，他自言自語的說：「我還沒玩過這麼動人的女人，非要把她的情欲挑起來才好好的玩她。」

伊塞艾把自己移到梅根的下身，把頭埋在他剛才撫摸的地方。梅根的眼睛睜開了，她開始有了感覺，她往下看了一眼，很快的又把眼睛閉上。伊塞艾先是感到了在他嘴下的身體有了輕微的動作，隔了一下就聽見了輕微的呻吟，他明白他的努力將要成功了，他加大了力度。被他握住的身體開始扭動，也聽見了從喉嚨裏發出來的：

「嗯！我要……」

扭動的下身往上挺了幾下，梅根的大腿彎了上來，準備接納他，勾住他。伊塞艾跪在彎起來的大腿間，將他完全膨脹了的男性對準了目標，但是梅根的右腿突然爆發式的伸直，踢中了將要進入的下體，伊塞艾感到一股尖銳的疼痛，從下身傳到心肺，蔓延到了全身。他慘叫了一聲，握住了下體捲曲在床上。他看見梅根翻身下床，但是沒有去穿上浴袍，而是赤裸裸的奔向房間的櫃檯，上面有一個電話。他叫說：「站住，妳不可以打電話。」

然後忍著巨痛也下床追了過去。但是他錯了。梅根習慣在睡前喝一杯薄荷茶，所以用房間裏的玻璃電水壺在櫃檯上燒了開水，她拿起了水壺，打開了壺蓋，轉身就把一整壺滾燙的開水潑在伊塞艾的下體，他發出來的驚呼把梅根嚇了一跳，它不僅聲大如雷，而且像一隻掙扎中的野獸在吼叫，他瞪眼怒視著梅根說：「我要殺了妳！」

嚴重的下體燙傷大大的影響了伊塞艾的搏鬥力量，梅根彎身蹲下躲開了他揮出的右拳，她將手裏握著的玻璃水壺撞擊在櫃檯的桌角，然後從下往上刺在他被燙得鮮紅起了水泡的下體，在又是一聲慘叫後，伊塞艾躺在地上昏死過去。梅根回到床前按下了緊急求救的紅色按鈕。

三個穿著制服的酒店保安很快的來到，他們首先看到的是被撞壞了的門鏈，一位赤身的女房客，還有一個下體受傷，也是赤裸裸躺在地上的男人。保安用對講機要求醫護人員，然後從地上把浴袍撿起來讓梅根穿上後才問：

「請問班達小姐，發生了什麼事？」

「我在洗澡，他破門而入想要強姦我。」

保安通知大堂經理要求報警，說發生了強姦未遂案。因為被害人是加拿大人，也通知了加拿大的領事館。當醫護人員提著擔架來到時，伊塞艾醒過來了，他一邊呼痛一邊咬牙切齒的說：

「班達，妳這隻母狗記住了，我一定會要妳的命。」

梅根走過去看著他躺在地上呻吟呼痛：「怎麼你的高潮這麼爽啊！到現在還呻吟呢！」

「妳等著，我會搞死你。」

梅跟站起來，把醫護人員蓋在伊塞艾身上的毯子掀起來，把插在他下體的水壺又往下踩了一腳，他像殺豬似的又慘叫了一聲，梅根對他說：「你如果還要我再踩你一腳，你就繼續說吧！」

伊塞艾提高了呻吟的聲音。

梅根打電話告訴何族右事情的經過，請他查查這個伊朗人的來歷。在酒店和加拿大副領事的堅持下，梅根到醫院做了身體檢察，警察也來取口供，記錄了梅根對事件的說明，隨後何族右也趕到了醫院。等她回到酒店，送走了何族右和副領事，都已經過了半夜了。梅根感到很疲倦，她坐下來時才發現一個新的熱水壺已經放在櫃檯上，她試了一下水溫，是滾水，就沖了一杯薄荷茶，坐下來慢慢喝。快把茶喝完時才突然看見床底下有一個公文箱，顯然是伊塞艾想要強姦她而她在反抗掙扎時掉在那裏的。箱子裏就是失蹤了多年的古卷手抄本，《阿勒頗抄本》其中的三頁。

梅根拿起了電話，接通後：「鍾為，我是梅根。」

「梅根，我正在等妳的電話，事情都辦成了吧？」

「鍾為……」梅根突然感到無限的委屈，忍不住放聲大哭。

育空地區是位於加拿大西北邊陲，西邊是美國的阿拉斯加州，它是以流經該地區的育空河來命名的。首府懷特霍斯，又名白馬市，名字也是來自水花濺起高如白馬的育空河上游。整個地區約有十分之一的面積是在北極圈內，所以氣候嚴寒。在北美洲，它是唯一有公路可以進入北極圈。面積比美國加州還大，但是人口卻不到三萬五千人，其中的二萬六千人是住在首府懷特霍斯。坐落在育空西南部聖艾利雅斯山脈的克勞恩國家公園，被聯合國教科文組織確立為世界自然文化遺產，園區內的洛根山，是加拿大的最高山峰。

育空地區的主要歷史是來自最早期居住此地的印第安人原住民文化，從一八九八年客朗戴克拓荒及一九四二阿拉斯加公路興建工程的開發為主要架構，可以追溯回至上千萬年前上一個冰河世紀的長毛象時代。由於地廣人稀和特殊嚴峻的環境，育空地區有非常豐富的生態系統和生物多樣性，所以地區政府有一個相對龐大的生態和環境保育機構，它接受加拿大政府和聯合國的財政支持。湯姆．葛伯爾和他的妻子珍妮，都是在這機構工作了多年，丈夫是位獸醫，妻子是位環境生態科學家，他們的八歲女兒蘇西，就是在懷特霍斯出生的。這幾天他們家裏很熱鬧，因為蘇西盼望的阿姨，瑪麗．羅賓，終於從溫哥華來了。

育空地區的學校沒有暑假，每年最冷的嚴冬，也就是每天只有兩三小時的白晝月份，學校會停課四個月，其他的八個月是連續上課的。瑪麗的三周假期主要是在蘇西的學校作義工，給學生講故事。有時在放學後，還有鄰居的小朋友來找蘇西，想繼續聽瑪麗阿姨講故事。珍妮和瑪麗這對姐妹的感情特別好，每年瑪麗來到育空時，他們一家人在一起的日子就過得非常快樂。

珍妮和湯姆下班回到家時，瑪麗和他們的女兒蘇西還沒回來，但是電話響了，是瑪麗打回家說她和蘇西正在回家的路上，珍妮知道一定又是女兒帶著她姐姐繞路走到育空河邊上的步道回家，這幾年政府大力的發展觀光事業，沿著河邊修建了一條賞心悅目的觀光步道，吸引了不少遊客和當地的居民。等一家人吃完了晚飯在客廳裏看電視的時候，珍妮才想起來她買的那本舊書：

「瑪麗，今天我買了一本舊書給妳。」

「什麼書？」

「記得嗎？妳跟我說過，妳在找一本早期出版的精裝硬皮的《傲慢與偏見》，是不是？」

「是啊！我想要的版本是作者的最原始稿，沒有經過任何的刪改，但是它已經絕版了。」

「這本書已經很破舊了，但是我相信就是妳想要的。」

「破舊倒沒關係，我們有專門技術來修復。快拿出來給我看看。」

珍妮從紙袋裏拿出一本看起來的確很破舊的書，但封面是用薄薄的牛皮做的，還有燙金的滾邊，封面上的書名「傲慢與偏見」也是用燙金的字，但是已經有剝落的地方了。瑪麗把書皮的封底打開，仔細的看了出版社的名字和出版的日期，她說：

「太好了，正是我想要的。珍妮，妳從來沒告訴我，妳們這兒還有賣舊書的書店。」

「我不是從書店裏買的。是我的同事凱莉．布魯克告訴我，她終於把她祖母去世後留下的東西整理出來了，該丟的丟了，該捐的捐了，剩下來的一些古董和書畫之類的她要拍賣，今天中午我去看看，就看見這本《傲慢與偏見》，她賣給我五塊錢。瑪麗，妳說值不值得？」

「我們海天書坊會把它修復一新，至少可以再賣一百塊錢。不過這本書是我自己要的，謝謝妳，珍妮。明天我也去妳的同事家看看，也許還有我要買的東西。」

「沒問題，我帶妳去。」

瑪麗翻開了封面，書的第一頁除了將封面重復的印出外，還有密密麻麻寫的字，大部份都已經褪色認不出來了，但是在最上面用很工整寫的大字還清楚：

「送給我們最親愛的老師，伊沙貝．韓德森太太……」，下面是一大堆潦潦草草的名字，顯然是學生們的簽名。突然，瑪麗睜大了眼睛，提高了嗓門說：

「珍妮，妳的同事凱莉．布魯克的祖母就是伊沙貝．韓德森太太嗎？」

馬上又接著問：「她的娘家姓什麼？」

「誰的娘家？凱莉還是韓德森太太？」

「韓德森太太。」

「瑪麗，我不知道她娘家姓什麼，妳問這些幹什麼？」

「非常重要，妳快告訴我他們的來龍去脈。」

「凱莉是從小在這裏長大的，她的父母年輕時就搬到育空地區了，我剛來時還見過他們。我還記得韓德森太太是後來搬過來的，住在離凱莉的媽媽家不遠。到後來就是凱莉在照顧她的祖母，她們的感情很好。」

「她祖母是不是伊朗人？」

「咦！瑪麗，妳怎麼知道她是伊朗人？凱莉說她祖母中學畢業後就從伊朗到倫敦去念大學，認識了她的祖父，畢業後就嫁到韓德森家，然後回到多倫多，兩個人當了一輩子的中學老師，等到凱莉的祖父過世後，她就搬來這裏了。」

「珍妮，妳在凱莉家裏看到了她要拍賣的古董和書畫了嗎？」

「有啊！全都放在他們的車房裏。」

「有沒有看見一份古代的文件，是寫在羊皮上的？」

「是不是用一種歪歪斜斜的文字寫在羊皮的正反兩面？我看見一個大牛皮紙的套子裏有這樣的東西，大概有一百頁左右，半張報紙那麼大，很重，我拿都拿不動。」

「珍妮，妳現在就打電話給凱莉，問她賣了沒有？」

「放心吧，她要等到星期天才會拍賣的。」

「妳還是打電話給凱莉，告訴她不用拍賣了，請她開個價錢，說我們海天書坊要把她拍賣的全買了。告訴她我現在就去取貨。」

海天書坊終於買到了《阿勒頗抄本》。

李建成的工作單位是在寧邊市的「寧邊原子能研究所」，這個被大家簡稱為「核能所」的機構是朝鮮最大，歷史最悠久的科研中心，但是它直屬朝鮮勞動黨的管轄。雖然他們分配給李建成一間寬敞的高級宿舍，因為工作的需要，核能所經常會派他到平壤出差，為了方便，核能所後來又在平壤暫時給他配了一套房子，因為他的妻子也是核能所上級第五局的職員，這套房子就算是他們的正式宿舍了。基本上只有他一個人會住在這裏，因此他的「臥底間諜」工作大部分都是在這裏完成的。這幾天，他從與同事們的談話裏和一些文件中，他的感覺越來越強，前蘇聯紅軍的核彈頭就是在核能所裏進行加工的，但是他苦尋不著。趙晨倩打電話約他見面，但是這次換了地方。

流過平壤市的大同江中有一個羊角形的江心島，上面有三座大型建築物，就是平壤國際電影會館，羊角體育場和羊角國際飯店。其中最醒目的就是羊角飯店，樓高四十七層，不論是在大同江對岸還是羊角橋上，遠遠就能看到高聳的羊角飯店。它是全朝鮮最豪華的三個特級酒店之一。另外的兩個是在大同江西岸平壤鬧市的高麗飯店，以及位於平壤兩個多時程的妙香山賓館。

羊角飯店被水環繞，景色宜人空氣清新。除了有很高檔的高爾夫球場、划船場、釣魚台，和遊艇碼頭外，還有平壤唯一的澳門葡京式的娛樂賭場和一家有「特別服務」的按摩場所。

李建成一進飯店的大門，值班的大堂經理就迎上來告訴他，趙晨倩在三〇三四號房間。他在門上敲了兩下，門就打開了。趙晨倩還是一身工作服的打扮，唯一不同的是她把頭髮放下來了，這是一間套房，進門是客廳，裏頭是臥室。客廳沙發前的矮桌上已經有一瓶開了的紅酒，趙晨倩問：「吃過晚飯了嗎？」

「吃了，我們不是約好了晚飯後見面嗎？怎麼換地方了，是這裏的舞廳比較大嗎？」

「這裏沒有舞廳，但是有賭場和按摩的地方，聽說還有特別服務。」

「是嗎？怎麼妳先喝上了？」

「心情不好，想把自己喝醉了。」

「發生了什麼事？居然還有人膽大讓妳這大主任生氣了。」

「昨天我和金正恩大吵了一架，氣得我今天都沒去上班，所以來找你喝酒。」

「妳就慢慢的告訴我是為什麼事吵架，我陪妳喝酒。」

李建成把上衣外套脫下掛在椅背上，給自己倒了一杯酒。趙晨倩說：

「自從金正恩娶了他現在的老婆後，我們辦公室就把所有的事都停頓下來，集中全力在爭取接班人的事。我以為這些都是暫時的，等到他繼承了大位後，他就會執行我們以前討論過的計畫。但是沒想到上星期他居然對記者宣佈說：所謂的『朝鮮政策改變』和『改革開放』的傳聞都是無稽之談，他說朝鮮將堅持『主體』、『先軍』和『堅持社會主義的道路向著最後的勝利前進』，同時要『依靠自己力量完成國家統一和建設強盛國家』。我和他大吵了一架。」

「他怎麼說？」

「他叫我老實一點，他強調，朝鮮所有的政策都將秉承偉大領袖的思想和偉業，代代傳承，不會發生絲毫改變。我聽了扭頭就走，晚上他打了幾次電話我都不接，最後還是老頭子打電話叫我不要生氣，在家休息一兩天再去上班，氣就會消了。」

「我看老頭子對你還是不錯的。」

「他要是真的對我好，為什麼最後還是把我當成犧牲品了。」

李建成看著她說：「晨倩，妳老實跟我說，妳和金正恩是不是情人？」

「我本來不想告訴你，但是我對金正恩是徹底的失望了，今天我來找你，是決定要把你拿下，我看我如果不告訴你我的過去，你是不會就範的。」

她把剩下的酒全都倒進自己的酒杯裏：「我和金正恩是在瑞士伯爾尼國際學校讀書的時候就認識了，那時他給人的印象非常害羞和內向，他和我都喜歡滑雪，我們常一起到歐洲的滑雪聖地度假，金正恩瘋狂的熱愛籃球，是ＮＢＡ的球迷，他的偶像是麥可．喬丹，他這份熱情到現在也沒中斷。因為比他大幾歲，我一直像姐姐似的照顧他，所以當他告訴我說他愛上了我時，把我嚇了一跳。一天晚上我們多喝了點酒，他要我和他上床，我不肯，但是他人高馬大身強力壯，我擋不住他，就只好讓他擺平了。我們成了情人後，他對我很好，也很聽我的話，就這樣我辭掉在世界糧食組織的工作，跟他回到朝鮮，開始了像做夢似的生活。」

「妳是什麼時候明白了妳和他的前途不一定會是花好月圓的結局？」

「我的家人和朋友都告訴我，金家人的婚姻裏是只有政治，沒有愛情的。他也告訴我，如果有一天他繼承了大位，他的婚姻不是他能說了算的。但是他也說他對我的愛是不會變的，他要擁抱我，進入我的身體，同時也要擁抱我的理想，進入我的靈魂。有了他這句話，我就很快樂的做他的情人，讓他進入我的身體了。本來我就是像舞蹈家鄧肯一樣的反傳統，不在乎名份，只要有紅酒喝，能繼續我的理想，給朝鮮老百姓做點事，就心滿意足了。」

「但是顯然現在變了，為什麼？」

「金正恩的老婆李雪主，原來是位歌劇團的演員，她的父親和祖父都和朝鮮的情報部門有深遠的關係，她母親是一家醫院婦產科科長。有人說：李雪主是被金正恩的姑父張成澤精心挑選的『才女』，金正日在訂出金正恩繼位計畫時，指明要李雪主做金正恩的第一夫人。在結婚前，李雪主被派到朝鮮的特工學校受訓三個月，號稱是學習作為第一夫人。但是我看一定是去學習如何伺候男人的床上功夫，這個你一定最清楚了，你的老婆也一定受過同樣的訓練，把你搞得舒舒服服的，是不是？」

「妳別把我扯進去。金正恩和李雪主的婚姻是繼承大位的過程，妳不是說只要有愛情和理想，婚姻是其次嗎？」

「男人都一樣，逃不出女人的床上功夫。金正恩現在不僅不擁抱我，進入我的身體，他也忘了我的理想，更不要說進入我的靈魂了。我不恨他喜歡上別的女人，但是我不能原諒他背叛了我們的理想。」

「我理解，沒有理想的人，活著就像是行屍走肉一樣。當年我進了美國政府的核彈研究所並不是要幫他們製造更強有力的核彈頭，而是我認同了反核運動的理念，看清楚了核子武器對人類帶來的災難，而我是要瞭解了核武器製造的過程後，可以讓我提出更有效的裁減核子武器的方法。」

「這一點我跟你的看法是一樣的，金正恩本來也認為朝鮮搞核武器是自己找死，但是他現在不這麼說了。」

「核子武器會給朝鮮人民帶來萬劫不復的災難，妳一定要設法阻止。」

「你是大博士，我不像你，沒有你那麼聰明，我剩下來的就只有醉生夢死了。」

「我看不是，你只是人在其中看不見遠處的一條康壯大道。」

「是嗎？我頭腦沒你好，但是連眼睛也有問題嗎？」

「這叫當局者迷。現在外界都想知道朝鮮到底是怎麼回事，任何有關政治、經濟、軍事、外交到一班社會情況，人民的生活和老百姓心裏的想法都是有價值的資訊，尤其是關於前蘇聯紅軍核彈頭隱藏在朝鮮的資訊和朝鮮本身的核武器發展動向，對我們這些反對核子武器的兄弟姐妹們也更是珍貴。妳應該將這些資訊送出去。而妳自己說的，解決朝鮮人民的饑餓問題，最簡單快捷的辦法就是爭取外援，但是現在的外援是有價的，妳要用東西去交換。妳能拿到他們想要的資訊，為什麼不去交換糧食，在成千上萬的孩子們餓死之前，妳可以送給他們最後的一塊麵包呢？」

「你是要我當朝鮮的叛徒？你就不怕我舉報你？」

「我怕，但是我的命也許就是該死在你手裏。可是我要妳明白，就像我上次說的，我不是要妳做朝鮮人民的叛徒，妳只是在金家王朝的人眼裏是叛徒。但是如果妳想堅持妳的理想，這就是代價。我的命在妳手裏，是死是活，妳就看著辦吧！」

「你能確定接到我資訊的人，他們一定會送糧食來嗎？」

「會的，他們告訴我了，一定會的。」

「建成，你的命現在我手裏，我要你脫了衣服到床上去。」

「妳要我擁抱你的身體，還是擁抱妳的靈魂？」

「我兩個都要。」

房間裏沒有開燈，模糊的市區影像和夜色的光彩從窗外照進來，她有意的，慢慢的，目不轉睛，深深的看著李建成，將衣服一件件的脫下來，像是在欣賞他赤裸裸的身體。

趙晨倩也慢慢的將衣服一件件的脫下，李建成發現她的裸體要比她穿著衣服時更是美麗誘人，她的乳房不是很大，但是非常均勻，腰身細小，但是有一對修長圓潤的大腿和動人的小腿，她的臀部非常勻稱誘人。

趙晨倩似乎一點都不在意她在李建成面前是赤裸裸的，一點都不害怕他將和她要做的事，也不在意他會如何的對待她。

趙晨倩對他的信任，更讓他的男性燃燒和膨脹。她撫摸他身體的每一寸皮膚，用她的嘴唇和舌尖去嘗試，她坐在床邊，用她的指甲撫摸著李建成的小腹，再移到胸膛，在他的乳頭上徘徊，然後又回到小腹，將一隻手停留在更下面的敏感地方。

她俯下身來深吻他，把舌頭伸進他的嘴裏，開始了激情的濕吻。一上一下的進攻，使他的身體很快的起了變化。趙晨倩開始吻他的全身，最後是停留在李建成的小腹下面，用她的嘴來取代了她的手，她讓李建成經驗了從沒有過的感官上的歡愉和刺激。當他已經到了極度的膨脹時，趙晨倩騎到李建成的身上，引導他進入了她的身體。

她是個很強勢的騎士，完全主動的駕馭著在她身體下的男人，主宰著上下奔馳的快慢韻律節奏，她呼喊著，要求身下的男人配合，同時也用同樣的韻律一緊一鬆的壓縮他。李建成感到他被帶進了天堂，但是他還不能被征服，他翻身把趙晨倩壓在身下，她配合的張開了大腿勾住了他的下腰，當他們再度合體時，她呻吟了一聲。

她火熱身體和象牙般光滑的皮膚會使任何男人即刻到達高潮，但是李建成克制自己，緩緩的領著趙晨倩邁向山頂，一陣顫抖和另一聲呼喊的呻吟，她到達了最高峰。但是李建成知道，在他身下的女人，喜歡喝紅酒，身體裏流著叛逆的血液，是個奇女子，她的生命像是一顆光亮燦爛的星星，要燃燒成為灰燼時，火熱的溫度才會下降，她對情欲會有強烈的需求，李建成發起了第二次的攻勢，又將她帶上了邁向山頂之路，但是當她開始顫抖時，他就慢下了步伐，但是在不停的吻她和撫摸她，一會後又發起攻勢，這樣的周而復始，趙晨倩瘋狂了。她將李建成夾得緊緊的，哀求他快一點結束：

「不要再折騰我了，你在等什麼呢？我都快要死了。」

這一回，他們一起同時到了最高的山頂，李建成在趙晨倩的身體裏一瀉千里。

趙晨倩氣若遊絲的說：「你說你的命是在我手裏，可是我怎麼覺得是我差一點死在你的手裏呢？你嘴裏說的一大堆甜言蜜語，可是身體就沒完沒了的把我往死裏整。」

「晨倩，對不起，是妳的誘惑力太大，讓我受不了，控制不住了。」

「建成，我喜歡。其實你是很溫柔的，很會體貼的伺候人，把我一步一步的帶進天堂。不像有些男人，上來就知道猛衝，兩下子就完事，然後倒頭就呼呼大睡。所以你老婆崔蓉姬一定是朝鮮最幸福的女人。但是可憐的李大博士，是不是每天晚上都累壞了？」

李建成撫摸著她的臉很嚴肅的說：「我跟妳說，等一會我會留一張紙條，上面有一個雜貨店的地址，妳要傳出去的資訊就寫在信紙上寄到雜貨店，有人會用安全的方法把資訊送出境外。每次信封上都要用不同的回信地址，還一定要將信投入到地址附近的郵筒。知道嗎？還有，千萬要把地址記住後就馬上把紙條燒了。晨倩，妳不一定要同意我說的，等妳想好了再決定要不要用情報去交換糧食，我沒有任何的時間限期。妳也可以去舉報我，反正我已經說了，我這條命是在妳的手裏了。」

趙晨倩又開始玩他了，她嬉皮笑臉的說：「我的大間諜博士，如果你想活命，就告訴我，你伺候女人的技術都是怎麼學的？」

李建成抓住了她騷擾的手：「別鬧了，我是在跟妳說非常重要的事，妳都聽見了嗎？」

「送情報到雜貨店，用不同的回信位址，不同的郵筒，把紙條燒了，不就是這些了嗎？」

「妳在寄信後的兩三個星期，注意看中東半島電視台的晚間新聞，妳會發現報導和妳的情報相關的新聞，譬如，妳的情報是說咸鏡北道發生了水災，新聞報導會說咸鏡北道的氣象局因誤報而受到處罰，諸如此類。這表示他們收到資訊了，同時妳會發現某一個國際慈善團體向朝鮮捐助了一批糧食。」

趙晨倩的手還是在繼續的活動：「嗯！太好了！你是不是又準備要穿刺我了？我感覺到了，你好厲害喔！」

「晨倩，最重要的是我絕對不允許妳主動的去探聽任何消息，那樣太危險了，妳就只要把耳朵拉長一點就行。還有就是在任何情況下妳都不可以到雜貨店去，唯一的例外是在妳感到危險，需要逃命時，妳就到雜貨店，告訴那裏的人妳是牡丹，記住了，妳是牡丹，有人會把妳偷渡到境外。」

「為什麼我不能去找你一起逃跑呢？」

「為了妳的安全，從明天起，我們就不能再見面了。妳也不能跟我直接聯絡，有任何重要的事都要送到雜貨店。」

趙晨倩開始向他一邊索吻一邊說：「那我想你的時候怎麼辦？建成，你不公平，你有崔蓉姬為你消火，誰來會為消火呢？」

「妳可以洗冷水淋浴啊！」

李建成摟住了她的下腰發起進攻，她又是一聲呻吟：「啊！你又穿刺我了！」

「我是來給妳消火的。」

「啊！輕一點，你一定要更溫柔，否則我會被你搞死的。」

李建成離開羊角飯店時，看見一輛寶馬牌的越野開到了飯店門口，開車的人把汽車鑰匙交給了負責停車的人，從另一個車門下來一位豔裝女人，李建成認出她就是曾讓他心碎的初戀情人橫田美惠，從男女兩人的肢體互動，毫無疑問的他們是來飯店幹什麼的。李建成想到了張西材。

在香港島上的瑪格麗特公主醫院是香港最大，歷史最久也是名氣最大的公立醫院，它也是香港大學醫學院的教學和實習醫院。雖然偶爾會看見有穿著制服的「軍裝警察」在重要病人的病房外站崗，執行警衛任務，但是醫院裏的人還是第一次看到手裏拿著MP5式衝鋒槍的飛虎隊在病房外巡邏站崗，他們心裏明白，這裏頭的病人一定是一號不簡單的人物。

病房裏的病人就是哈勒．伊塞艾，他的下體受到很嚴重的燙傷和剉傷，在手術室裏進行了將近兩小時的急救後才被送到病房。因為他是犯有「性侵」的嫌疑犯，原本是一個軍裝員警站在門口，主要是防止他逃跑。但是軍裝員警被撤走，換來的是虎視眈眈，拿著衝鋒槍的飛虎隊隊員。

本來「性侵案」還輪不到九龍員警署的署長來過問的，但是就因為受害者梅根．班達是鍾為的朋友，並且一天前才剛剛在一起吃過飯，何族右才決定到醫院去慰問和招呼一下。

當他來到瑪格麗特公主醫院時，看到了兩部救護車也相繼到達，一部是載著伊塞艾來急救的，一部是載著梅根來做身體檢查的。但是何族右的注意力被另外一輛停在附近的車吸引住了，他認出來那是中情局香港情報站的車。

何族右在醫院裏和負責的醫生們打了招呼，還隔著窗戶看了一下在手術台上急救的嫌疑犯，然後就走到檢查室外面等梅根的檢驗結果。

他有一個預感，覺得將要有大事發生，並且很可能和鍾為有關係，先是鍾為來向他打聽一個人，問出來的結果是金正日的大兒媳婦，新聞報導說她介入了為她丈夫爭奪繼承大位的鬥爭，然後鍾為還說他自己也要去朝鮮做一個聯合國的項目，還有就是前一陣子中情局的香港情報站來和他打招呼，說有一位他們的官員要路過香港到澳門去，國外派在香港的情報官員都知道他雖然是九龍警署的署長，但是在香港所有外國的情報活動都是他在分管，主要是因為他和中國大陸的國家安全部有良好關係和互信。

在他追問下才知道這位官員是中情局副局長直接指揮的「朝鮮專案辦公室」主任，他還帶了一批行動員和器材。在醫院的灣仔警察局，值班警官交給他一個證物袋，裏頭是嫌疑犯身上的東西，值班警官向他報告：嫌疑犯名叫哈勒·伊塞艾，使用的是西班牙護照，所以已經通知了西班牙的領事館事件的經過。

伊塞艾是三天前由朝鮮平壤到澳門後轉來香港，住在尖沙咀的皇家大酒店。何族右心裏想，怎麼突然所有的事都和朝鮮沾上關係了？但是多年的經驗讓他越想越不對，他立刻下令九龍警署的飛虎隊取代軍裝警察執行對嫌疑犯和被害人的保護任務。

等梅根檢查完畢，一切都沒事了，何族右送梅根坐他的警署汽車回到酒店。他是在第二天早上接到通知說，西班牙領事館來電，告知那本西班牙護照是偽造的。何族右從證物袋裏找到哈勒·伊塞艾的皮夾子，夾在許多名片之中有一張伊朗德黑蘭市頒發的駕駛執照，上面的照片顯然和護照上是同一個人，就是在醫院裏躺著的哈勒·伊塞艾。但是駕照上的名字是：哈勒·森將尼。

何族右覺得這名字他以前見過，但是一時卻想不起來了。但是等他想起來後，又讓他出了一身冷汗。他打電話到證物儲藏室，要人把優德大學命案所收集的證物中一本叫「扎克日記」的證物拿過來，他要借用。

這是一本已經被他翻看過多次的日記本，他很快就找到了他要找的資訊，他的記憶沒有讓他失望，「哈勒．森將尼」的名字赫然出現。多年前的那個場景，他的外甥女蘇齊媚，也是他手下的一位優秀警官，用身體替鍾為擋住了一顆子彈而死在他的懷裏，不僅奪走了她的生命，中斷了鍾為如日中天的科學事業，更讓一個在萬般無奈和痛苦裏掙扎出來萌芽中的愛情幻滅。他陷入了久久不能釋懷的沉思，同時他也恍然大悟，在瑪格麗特公主醫院出現的中情局香港情報站汽車，一定是衝著哈勒．森將尼來的，因為他一直是美國政府在全球通緝的恐怖份子，現在他成了香港特區的棘手問題了。但是更重要的是，他必須要讓鍾為知道他隱藏了多年的事。

何族右是在下班回到家才給鍾為打的電話：「鍾為，我是老何，你好嗎？」

「啊！是你老何，太好了，我正要打電話給你呢。」

「有事嗎？」

「沒什麼要緊的事。我剛剛才跟梅根通過電話，就是想要謝謝你，梅根碰上這種事還真虧你在，要不就更折騰了。」

「這都是份內的事，該做的。梅根怎麼樣？」

「我想她好多了，大概是睡了一覺醒了，電話裏能又說又笑來形容她是如何英勇的打倒了想侵犯她的人。心情要比剛從醫院裏回來的時候好多了。」

「說實在話，也真難為梅根了，沒幾個人能像她似的抵抗，沒讓性侵得逞。」

「梅根是個非常堅強的女人，那個強姦犯看錯人了。她要我謝謝你還派朱小娟來陪她。」

「這種時候有一個人在身邊會好過一點。鍾為，我打電話是有重要的事告訴你。」

「老何你說吧！」

「鍾為，首先我希望你考慮最近不要去平壤。其次，你知道嗎？當年在優德大學的命案還沒有結案。」

「什麼？你們不是都正式宣佈全案破了嗎？」

「沒錯，在政府眼裏，全案是破了，但是有兩大疑點到今天還沒有答案。」

「什麼疑點？」

「兩個完全不合乎犯罪心理學邏輯的疑點。你還記得一個叫扎克的白俄羅斯人嗎？」

「是不是那個來送錢的人？後來被林亮把錢給攔截下來的那個人？」

「對了，就是他。他是個犯罪的人，按邏輯，犯罪分子當被發現後就會遠走高飛，逃之夭夭。但是他又回來了，最後是被蘇齊媚的飛虎隊包圍在大嶼山梅窩的碧園渡假村，他殺了解放軍的叛徒後就自殺了。他為什麼要這麼做？」

「可能是還有其他的任務，是不是？」

「那是什麼任務呢？派他任務的人難道不知道扎克已經曝光了，他的行動會受到非常大的限制，台北陳克安的報告裏也說他和沙拉馬，還有一位從烏克蘭來的導彈專家一起出現，這和他的任務有關嗎？」

「老何，你是說這些問題到現在還沒答案，是不是？這跟我去平壤也有關係嗎？」

「鍾為，你聽我慢慢說。我認為扎克是個信念很強的人，他知道自己已經曝光，但是任務還是要完成，他在丟了錢以後沒有自殺，但是在殺了劉廣昆後不能被捕，所以才自殺。至於和你去平壤的關係是因為企圖性侵梅根的人就是扎克的哥哥，我相信他就是當年派任務給扎克的人。他的真名是哈勒・森將尼，是個伊朗人，但是他用一本偽造的西班牙護照從平壤到香港來。」

「梅根說，他先是來找她談一本古書的生意的。」

「這也是我要說的重點，根據這裏中情局的朋友說，這位看上梅根的伊朗色鬼是個特大號恐怖份子，手上沾滿了中情局特工的血，多年來一直是他們的第一號通緝目標。他的專長是軍火買賣，現在是核彈頭黑市交易裏的重要一員。他在平壤見了金正日的大兒子金正男，也就是你的朋友中婷熙的老公。你沒聽說嗎？男人要不計任何代價避開醋勁大發的女朋友老公。何況老公又是大太子，鍾為，你讓他戴綠帽子，他還不把你給斃了嗎？還有就是陳克安說的那位和扎克在一起的烏克蘭的導彈專家，中情局告訴我，他是原先蘇聯紅軍導彈部隊的科莫克維奇上校，現在朝鮮替中東的恐怖組織訓練技術人員，他經常是金正男的座上客，中情局相信他和扎克的哥哥是一夥的。他不應該忘記在香港的失敗吧！你說他看見你會有什麼反應呢？」

「你是怎麼發現這個色鬼就是扎克的哥哥呢？」

「我們在扎克的遺物裏發現了一本日記，是從那裏看到了他哥哥的名字，我們昨天從性侵犯的身上發現一張駕照，才知道他的真名，然後才和扎克連上了。中情局還說哈勒．森將尼除了買賣軍火外，他的另一個特長是給敵人施加酷刑，好幾個中情局的特工都栽在他手裏。毫無疑問的，你們海天書坊已經進入了恐怖組織的視線，你絕對不能掉以輕心。」

「老何，謝謝你這些資訊，去平壤的事是我答應了聯合國的任務，但是我會再認真的考慮。我看你現在和中情局的關係越來越好了，是不是？」

「彼此之間各有好處，所以就互相利用。現在他們要的人落在我手裏，所以對我特別的友好，但是我還是擔心他們會對有血海深仇的通緝犯下手，所以我派了飛虎隊到醫院去擔任警衛任務，就是告訴老美，決不能胡來，我是玩真的。醫院的院長已經提出了抗議，說拿著衝鋒槍晃來晃去的飛虎隊把病人和護士都嚇壞了。」

何族右繼續說：「我的建議是請梅根撤銷破門企圖性侵的提告，檢察官就告他用偽造證件非法入境，法官會判他立刻驅逐出境。你知道香港是絕不能有任何恐怖活動的，一有風吹草動，香港就會玩完。不管什麼恐怖份子，一離開香港就沒事了。」

「是嗎？我看梅根不會同意撤銷告訴。」

「沒問題了，朱小娟已經說服她了。她用為了你還有海天書坊的安全為理由，最好撤銷提告。梅根馬上同意。」

「老何，你說的另一個疑點呢？」

「這也是我最難過的一點。本來想早一點告訴你，但是想到齊媚在你懷裏的最後一刻，就說不出口了。」

鍾為震驚了一下：「都過了這麼久了，還沒完嗎？」

「上次在浩園見到你時就想說，但是我看你的情緒還是很激動，就沒敢說，現在不說不行了。」

「老何，我沒有那麼脆弱。」

「好，康達前是個職業特工，也是個罪犯，但是他在身分和罪行曝光後，尤其是在他的頂頭老闆周催林被捕後，他沒有馬上逃走，從這世上消失，反而又回到優德大學來殺人。這是個非常不合邏輯的行為。他知道只要在香港再一曝光，他這一輩子就完了。」

「但是他認為我跟他有深仇大恨，不殺我不能解心頭之恨。」

「是這樣的嗎？造成他失敗的最大原因不是你鍾為，而是蘇齊媚，其次是我老何。為了解心頭之恨而殺人也輪不到你鍾為啊！」

「但是他還是衝到頒獎台上，拿槍要殺我啊，你當時也在現場，全都看見了，不是嗎？」

「是的，並且在事後我又至少把當時的錄影又看了七、八遍。」

「有問題嗎？」

「是有問題，但是我要先聽聽你對當時的回憶，因為你是在最接近的位置。」

「我是聽到蘇齊媚大叫了一聲注意，然後她把我往邊上推了一把，站起來擋在我前面，馬上槍聲就響了，然後蘇齊媚就倒了下來。」

「你的回憶完全正確。但是你有沒有注意到康達前的眼睛？一個槍手，尤其是受過訓練的槍手，在開槍之前一定是眼睛盯住目標，但是康達前的眼睛不是看著你，他是看著你後面的人。槍聲響後就一片混亂，我也無法看出他的目標是誰。」

「如果你能看出康達前不是向我開槍的，為什麼蘇齊媚沒看出來呢？」

「她的任務是保護你，當她看見一個人拿著槍衝上台來，她把你推開擋在你身前是完全正確的，前後一共開了三槍，從錄影裏可以很清楚的看見第一槍和第三槍是蘇齊媚開的，第二槍是康達前開的，這後面的兩槍是反射動作，只有蘇齊媚開的第一槍是有針對的目標，也就是康達前。站在專業的立場，應該問的問題是：如果不是你，而是另一個人是她的保護對象，蘇齊媚會注意到槍手的眼光嗎？她會開第一槍嗎？」

鍾為沉默了很久，他的聲音不對了：「老何，你是說……」

「鍾為，你和我都走了一條很長的路，我們不能再往回頭看了，蘇齊媚曾是你的戀人，她是香港的一名優秀警官，這是不能改變的事實。今天我跟你說這些，是因為你這一生都會把蘇齊媚裝在心裏，所以我要你知道一切的事實。她這麼年輕就走了，千萬不要動搖你對她刻骨銘心的思念。蘇齊媚開槍打死的是個殺人犯，手上還有我們香港警察的血，她沒有殺錯人。」

「謝謝你，老何。」

「其實我想跟你說的疑點，是我在事後對優德大學命案的後續調查。當初我們都認為周傕林和康達前都是為了中東的伊斯蘭聖戰組織給他們的錢，才去買通了解放軍叛徒襲擊美國民航飛機。但是我們找遍了所有的地方，就是找不到他們藏錢的地方。我問自己，他們有沒有可能不是為了錢，而是為了一股信念，才會像康達前一樣的走上了不歸路。」

鍾為回答：「我認為非常有可能。」

「中情局前一陣子傳出來說中東的伊斯蘭恐怖組織裏有不少中國人，大部份是新疆一帶的疆獨份子，但是也有很少數是從中國沿海地區，包括了香港特區出來的回教徒。中情局拿到了一份名單，我拿了周傕林和康達前的資料去要求核對，他們告訴我有這兩個人，雖然名字不同，但是其他的全對上了。毫無疑問，這兩個人是恐怖組織裏的成員。」

「太不可思議了。」

「我也是一樣的想法，所以特別仔細調查了這兩人的身世。原來他們的父親都是澳門人，在他們之前的世世代代都是在澳門成長的客家人，是屬於只有幾百戶信奉回教的人家。周傕林的父親還曾當過澳門清真寺的祭師，後來因為和水房幫扯上關係，在幫裏做到了很高的位置，才辭掉了祭師的事，所以他的兒子周傕林在水房幫裏一直很有影響力。周傕林是在大學時擁抱了激進的伊斯蘭主義，開始參加他們的活動，當美國開始調查他時，他就回到了台灣。」

「那康達前是什麼時候當上了周傕林的馬仔？」

「康達前是離開澳門到台灣去念書，畢業後進了軍情局，一路升到特勤處的上校處長。因為和周催林是小同鄉，就搭上線了。」

「老何，這些事你有沒有去問問周催林？他不是還關在青海的大牢裏嗎？」

「你知道我們這裏的規矩，這種事要經過特首辦公室請中聯辦轉，我申請了兩次都石沉大海，我還直接給國安部部長打過電話，他們就只跟我打哈哈，我感覺到他們是有什麼顧忌，不願意讓我見周催林，就只告訴我，他現在吃得白白胖胖的。國安部一直把你看成是他們的大恩人，也許他們會讓你見見周催林。」

「好的，讓我去試試看。」

「鍾為，我今天跟你說了這麼多的事，就是要告訴你，平壤現在是個是非之地了，曾經和我們周旋過的牛鬼蛇神都到了他們金家大太子的身邊，你要不要去平壤，一定要三思而後才決定。」

在平壤設有正式大使館的國家不是很多，其中最大的當然就是中國大使館和俄羅斯大使館，可想而知這兩個國家在外交上是和朝鮮往來最多的。其他的使館就不很大，活動也很少，難得聽見媒體提起他們的名字。

唯一例外的就是瑞典大使館。雖然是個小使館，它每年都會舉行國慶酒會，邀請重要的朝鮮政府官員和各國的外交使節人員參加。也許是因為酒會上的茶水和點心豐富可口，在平壤的外國媒體和僅有的朝鮮媒體都有來人出席。金正男以國防委員會副主席身分代表臥病中的總書記金正日出席，來慶賀瑞典的國慶，並且攜帶夫人申婷熙出席。她身著傳統的朝鮮禮服，她溫文爾雅的體態和嬌美的東方面孔，讓人驚豔。由於在兩天前，金正男的辦公室宣佈，夫人申婷熙業已結束在國外的度假，現已回到平壤將再度協助總書記處理對外國際事務。所以很快的，她就成為媒體圍繞著的中心，她用流利的英語和法語回答外國記者們的問題，有時也娓娓道來解釋外國對朝鮮的誤解。當被問到對朝鮮未來發展的趨勢和動向時，她一定會加上一句，「根據金正男副委員長所說……」，給人的印象是他們夫婦是一對經國濟世的人材。

酒會結束回到官邸，金正男說：「婷熙，妳今天的表現可真是不錯，完全是個國家第一夫人的料子。」

「正男，你在記者們面前一定要說話，別老是板著臉一句話也沒有，這對你的形象不好。」

金正男沒回答，他心裏很清楚，他不是不想說話，只是不知道該說什麼。他瞪著眼睛看眼前如花似玉的女人，終於明白了，他繼承了大位後，還非要她當老婆不可，沒有人能取代她。申婷熙又開口了：

「老頭子的情況怎麼樣了？有新發展嗎？」

「宋樹安說，已經全面封鎖消息了，進出的人全是醫護人員了。」

「情況不明是最惡劣的情況。如果一旦繼承人宣佈了，新政府的接班隊伍組成了，掌控全局，這對我們就一切都太晚了。如果真是像宋樹安說的，老頭子那邊開始封鎖消息，把我們排在外面，這對我們非常不利。我們最怕的就是措手不及，來不及反應。我想我們應該把我們的隊伍集中待命，甚至必要的時候採取主動，接管政府。」

「妳是要我造反？」

「這不是造反，你是領袖的大兒子，這是正常的世代傳承。」

「這種事還是要慎重考慮。但是妳說的要我們的人集中待命是好主意，明天我就叫宋樹安去執行。對了，他跟妳說了要妳去說服正哲不要支持正恩的事嗎？」

「說了，但這是不可能的事，他們是同母的親兄弟，何況還有他們的老媽在幕後策劃，別做夢了。」

「也許別人去勸是不可能，但是妳會說服他的。」

「你是什麼意思？」

「你們曾經是戀人，他到現在還沒娶老婆，不就是還在希望有一天妳會回到他的身邊嗎？前天我們見面時，我注意到他看妳的眼神了，他就是想把妳吃了，用妳的女人魅力，還不能把他擺平了嗎？」

申婷熙的臉紅了：「沒錯，我們曾經是青梅竹馬相親相愛的戀人，但是當年你卻要對弟弟橫刀奪愛，我不肯，你就霸王硬上弓，製造了既成事實，我沒辦法就跟了你。他恨死你了，也恨死我了，我在他面前已經是沒戲唱了。」

「我看不見得，當年他哭哭啼啼的把我告到老爸那，老爸給了他一筆錢，他也就算了。我瞭解他，這些年來他的愛錢個性不但沒改還變本加厲。我更瞭解他是男人，就是想要上妳。所以帶了老爸給我們那筆在瑞士的存款和妳的人去和他睡一覺，妳說什麼，他都一定會聽妳的。」

「你們這哥倆可真是一家人，完全不在乎兄弟睡自己的女人。你走吧，我要休息了。」

金正男瞪著看申婷熙，他第一次感覺到她有異於常人的雄才大略和果斷能力，同時還有一股說不出的性感。申婷熙不見得比他身邊的女人漂亮，但是她有一種說不出的氣質和吸引力，是他碰過那麼多女人身上所沒有的。他的身體起了變化：

「我走到哪去，這是我的家，今天我要睡在這裏。我要妳陪我。」

「那你還是找你的花花草草陪你吧！」

說完了，她就轉身走進了臥室，但是她沒有把門關上，金正男跟著走進來：

「別忘了，我是妳丈夫，妳是我老婆，朝鮮的憲法規定丈夫有睡老婆的權力，所以你就給我老實點。」

「金正男，你聽好了，我答應回來為你爭取繼承權是有條件的，你同意了我們不再同房，但是我回來的第一天你就把我強姦了，你還想怎麼樣？」

「妳別在我面前裝得一副神聖不可侵犯的樣子，我可是聽到了妳在溫哥華和男朋友打得火熱，妳敢否認嗎？」

申婷熙不說話了，金正男很快的把衣服脫了，指著他完全膨脹了的男性說：

「我看見妳在男人面前那副風騷的樣子就會來勁了，妳給我把衣服脫了，還是要我就把它撕下來？」

「你慢一點。」

申婷熙沒有脫衣服，她把小桌上還剩有快半瓶的白蘭地酒拿起來，用牙把瓶塞咬住，拔開，再把瓶塞從嘴上吐掉，仰起頭來把酒全喝了，從頭到尾的整個過程中，申婷熙充滿怒火和仇恨的兩眼沒有離開過金正男，他說：

「妳是要把自己灌醉了，才能和老公有性生活，是不是？」

金正男把她推倒在床上，分開了她的大腿，不顧她的乾涸，強力的進入。被撕裂了的申婷熙慘叫了一聲後開始掙扎反抗，看著在他身下的美婦人扭動著光滑誘人的身體在嘶喊和呻吟，更增加了對他的催情，他像是一隻失去了控制的野馬，猛力的往前奔騰，申婷熙張開了嘴，露出一排雪白的牙齒，似乎是將要到達高潮前的喊叫，金正男禁不住俯下頭來要親吻誘人的嘴唇，但是從嘴裏出來的不是叫聲，而是從她胃裏的深處噴了出來，一口接一口的白蘭地酒，還夾帶著瑞典肉丸和北歐酸魚，全都濺上了壓著她的，赤裸裸滿身是汗水的男人。

申婷熙是在離平壤有兩個多時程的妙香山賓館見到了金正哲，兩人熱情的親吻後，他把手伸進了寬大的朝鮮傳統女裝裏，申婷熙說：「你別這麼猴急，今天我們有的是時間。讓我先把要緊的事跟你說說。」

「為什麼今天有時間了？我聽說妳現在是個大忙人。」

「正男去寧邊核能所了，還帶了一個小妖精開他那輛新的寶馬越野車去的，大概要好幾天才會回來。」

「我等妳，一等就是七、八年，好不容易和妳親熱了一次妳就又走了，我現在一閉上眼睛，腦子裏就在想正男是怎麼的玩妳，我們本來說好了要天長地久的，可他硬是把妳搶走了，一想就火大。」

「我也是每天想著你，沒有你的日子太難過了，所以我才決定回來，一了百了，克服所有的困難，一定要和你天長地久，我這輩子再也不要過沒有你的日子了。」

「妳是說我們倆人私奔？」

「我也想過了，但是不行。我們一逃跑，你老爸和我老公一定會派特工天涯海角把我們找回來。」

「我想也是，你有更好的主意嗎？」

「所以我是來和你商量的。我們唯一的出路是我們要拿到實質的大權，整個國家和勞動黨都要聽我們的，那時候誰敢擋我們要走上天長地久的路呢？」

「但是現在是明擺著的，繼承老爸的人不是正恩就是正男，沒有我的份兒。」

「沒錯，這是大家都明白的，我的想法是再下一步的權力轉移。你知道正男，他對權力有興趣，但是對治理國家沒有興趣也沒有能力，他就是要他的時尚汽車和小妖精。所以他已經跟我說了，一旦他繼承大位，他要我在幕後當真正管事的人，如果一旦發生了意外，他沒了，你就會接替他成為國家領袖，而我是控制整個執政隊伍和機構的人，那天下不就是我們的嗎？誰也管不了我們倆的天長地久了，何況到時候，寡嫂嫁給弟弟，一同治理國家，會是一段佳話。」

金正哲喝了一口擺在面前的酒：「但是接老爸的人如果不是正男，而是正恩，那怎麼辦？」

「這就是我來找你的最大目的，為了我們的天長地久，不能讓正恩當接班人。你知道勞動黨裏的大佬們對誰是接班人也是有影響力的，如果你發表聲明，說正恩還年輕還不成熟，不適合當接班人，然後我們中家的人和傳統支持大兒子的人聯合在後面推波助瀾，你老爸也只能順水推舟了。」

「可是正恩是我的親弟弟，我這麼做非把他和我老媽氣死了。」

中婷熙靠過去張開嘴親了他一下，把他的手放在她高挺的乳房上：

「你想想他做弟弟的為你做過任何事嗎？當年正男霸佔我時，他沒替你打抱不平，連一句話都沒說。正哲，在這節骨眼的時候，你可不能三心二意啊！」

她從皮包裏取出一本存摺：「這是我在瑞士存的兩百萬美金，先放在你這，有需要就大方一點的用，將來天長地久時，不都是我們兩人的嗎？」

金正哲笑了，他又喝了一口酒：「那我就先不客氣了。妳還沒說，妳怎麼能確定正男接班後會出意外呢？」

「意外是要製造的，是決不能等的，否則就失去了主動的機會。」

「但是正男走了，接班人也輪不到我，一定會是弟弟正恩，妳想到了嗎？」

「當然了，所以他們兩兄弟要一起走。決不能留，否則會後患無窮。」

「婷熙，他們是我兄弟啊！讓人知道了不好吧！」

金正哲的懦弱性格完全表現無遺，和申婷熙成了強烈的對照。她說：

「有什麼不好？你還記得嗎？我們在歐洲念書時，老師給我們講舊約聖經裏的故事，地球上的第一對男女亞當和夏娃生了兩個兒子該隱和亞伯，結果哥哥該隱就把弟弟亞伯殺了。後來還發生了該隱和夏娃交配亂倫的事。這種事情從有人類起就發生了，我們朝鮮歷史裏的朱盟時代，不也是很多這種事嗎？我們都聽過，你老爸在十二歲的時候就把他的弟弟按在水池裏淹死了。同樣的事在你們金家的上一代就發生了。正哲，權力是要去爭取的，沒有人會自動的送給你。」

「但是……」

「正哲，你是不是有三心二意不想和我天長地久了？」

「我當然要和妳天長地久了，我是說，我們就沒有別的路可走了嗎？」

「正哲，我知道你是個心地善良的人，不想幹這種事。我不用你操心，所有的事我的人都會打點好。我只要你做一件事，就是把正恩年輕，還不能勝任執政的事業的看法傳出去。」

「婷熙，我們真的……」

「別再想它了。現在我需要你好好的想我。」

申婷熙把她的朝鮮傳統服裝脫下，裏頭除了她的肉體什麼都沒有。

第六章：追尋核彈狐狼落網

「哈勒．伊塞艾」，又名「哈勒．森將尼」，代號「銀狐」的伊朗人，在梅根拒絕出庭為警方作證控告他強姦未遂後，就只被控告持假護照非法入境。法院判決將他驅逐出境，他必須在傷勢痊癒到可以行動時離開香港，銀狐選擇了莫斯科是他的下一個目的地，因為他的老朋友，也是多年的合夥人黃狼，將會為他安排所有入境的證件和手續。

他是在住院後的一個星期離開的，因為傷勢還沒有完全康復，行動起來還是疼痛，所以他是以需要輪椅的殘障人在機場辦理了登機手續。

銀狐是搭乘俄羅斯航空公司的班機，從香港直飛莫斯科，這班飛機一直是從二十六號閘口登機，但是突然改為要從一六二號閘口登機。一六二號登機閘口是專為停在外場停機坪的班機而設的，旅客不是從候機大堂經天橋直接走上飛機，而是要乘接駁巴士從閘口到停機坪然後爬梯子進入機艙。輪椅乘客是搭乘給殘障人用的交通車到停機坪，然後有兩名身強力壯的地勤人員協助上梯子進機艙。

俄羅斯航空公司的航班準點起飛，經過十小時的飛行到達了莫斯科。按照他們事先的安排，黃狼來到機場接銀狐，他們有太多的事情要商談，尤其是最近一連串的不如意事件，似乎表示某一個環節出了問題，這次見面是很重要的。

他在機場的迎接大廳可以清楚的看見從香港到達的俄航班機滑行到達閘口，從大片的落地玻璃窗，他能看見面色疲憊的旅客離開機艙，走向領取行李的轉盤和海關。但是他沒有看見任何輪椅的乘客，他記得非常清楚，在十小時前，銀狐還從香港機場發了一封電郵，告訴他馬上要登機了，並且他是輪椅乘客，因為他走路還是相當的疼痛。是發生了什麼事？銀狐臨時沒能趕上飛機。

他打電話到俄航詢問，回答是的確有一名叫伊塞艾的輪椅乘客在班機上，但是飛機到達後，俄航的地勤人員推了輪椅到機艙內去迎接，等所有乘客都離開後，並沒有找到需要輪椅的乘客。黃狼說，這是不可能的，因為他的朋友是需要輪椅的，並且在航班起飛前還送電郵通知他要登機了。俄航的人跟他開玩笑的說，也許長途飛行使他的殘障消失了。這時黃狼出了一身冷汗，因為他突然明白，中情局的反間部門盯上他了。他立刻上樓到出境大廳買票，上了下一班飛往西伯利亞符拉迪沃斯托克的航班，他沒有通知任何人，包括他的家人和同夥陸根。

銀狐是在搭乘香港機場一六二號閘口的接駁車時被掉包的。因為只有他一個人是需要輪椅的乘客，一輛後面有升降踩板的麵包車來接他，兩位穿制服的地勤人員一推一拉的把他和輪椅裝上了麵包車，他感到脖子上有針刺似的痛了一下就昏迷不省人事，中情局的行動員終於將銀狐捉拿住了，而另一位行動員取代了他一路飛到莫斯科，出了機場海關，上了計程車離開了機場。

當真正的銀狐迷迷糊糊的甦醒過來時，他看見的第一個人就是「中情局魔鬼」富爾頓，馬上他的神智就完全的清醒了。最近他曾經有好幾次在睡眠的惡夢中和這個「魔鬼」相遇，互相以生命在賭博，每次都是在鹿死誰手之前就夢醒了，他知道這回不是夢了，因為魔鬼的臉上帶著燦爛的笑容，而他的手腳都被緊緊的固定在一張椅子上。

銀狐看了看四周，顯然這是用貨櫃改成的一間辦公室，裏頭就只有一張桌子和三把椅子，所有的窗戶都關緊了，還能看出來窗外還有鐵欄杆，裏頭就只有一個坐在他面前的人。他明白了這是他生命裏最後的一場賭博，能不能活下來，要看他所有的賭注是不是眼前這位魔鬼想要的，和他是如何的玩他手裏的牌了。

多年前在中東的秘密戰場上打得你死我活的敵人又見面了，他們互相的盯著對方，打量對方的虛實。富爾頓先開口：「真沒想到，銀狐，這麼多年後我們終於見面了。我該叫你哈勒·伊塞艾還是哈勒·森將尼？」

銀狐看見富爾頓也坐在和他一樣的椅子上，頭上有一頂帽子，天氣不冷但是帶著手套，他說：「叫我什麼都行。我想你就是我們取名叫『中情局魔鬼』的富爾頓，是不是？你和我見過的照片還是一樣，就是老了點。這也難怪，日子過得可真快，你我也都遠離了中東。聽說你現在華盛頓幹活了。」

富爾頓站了起來，銀狐看見他手上拿著一根和棒球棒大小一樣的金屬棍子：「我托你那顆炸彈的福，把我的行動員功夫廢了，所以只能去坐辦公桌了。不過我看你還是和以前的照片沒太多的改變，並且喜歡玩女人的老毛病還在，居然還敢在酒店裏對客人下手，你膽子也太大了，還傷了老二，現在還痛嗎？」

「夜路走多了，難免會偶爾掉進水溝。現在好多了，不過還是不能多走路。」

「是嗎？這樣痛嗎？」

富爾頓用金屬棍子往他的下體捅了一下，馬上一股痛徹心肺震波傳遍了全身，銀狐咬緊了牙根只是哼了一聲，但是腦門上斗大的汗珠卻流了下來。富爾頓說：「銀狐，果然有種，就是不哭不喊，只是腦門冒汗。但如果你是為我著想，怕驚動了別人去報警，那就免了，我不領情。告訴你吧，我們現在的地方是九龍中華電力公司的發電廠，是個上不著天下不著地的荒郊野外，沒人能聽見你的叫聲。何況你看清楚了，這個貨櫃是有隔音裝置的，因為這外面就是發電廠鍋爐的堆煤場，每隔一小時自動輸煤設備就要啟動一次往鍋爐裏送燃煤，噪音大得不得了，沒有隔音裝置根本無法辦公。所以你就儘量的大聲叫吧！」

說完了，富爾頓又用棍子捅了一下他的下體，這回銀狐叫了，聲音之大、之淒慘，把富爾頓都嚇了一跳，他說：「哈！銀狐終於出聲了，聲音還挺大的。我還以為碰上了一頭啞吧狐狸。」

銀狐咬牙切齒的說：「富爾頓，我們是幹特工的，我們的職責就是打打殺殺，我殺過你的朋友，你們也殺了我的朋友，你忘不了巴克萊，我也忘不了死在你們手裏的弟兄。但是這些都是過去的事，我們應該往前看，說不定我還能提供給你們想要的東西。」

「銀狐，你要是把巴克萊像敵人似的處死，我沒話說，但是你用了一個星期的日子把他一寸一寸的凌遲，還要把整個過程錄影寄給我們，這種行為已經不是特工了，你是禽獸。」

說完了，富爾頓揮起了手裏的棍子，就把銀狐捆在椅子上的右手臂打斷了，他慘叫了一聲後就開始痛苦的呻吟。富爾頓大聲的說：「巴克萊，你看見了，我答應要給你報仇，雖然是晚了好多年，你的仇人終於被我拿下了，我不會讓他好死的。」

接下來，他有系統的重擊銀狐的雙膝，雙肩和左手臂，基本造成了他身體能夠動作的部分受到完全的粉碎性骨折。銀狐已經無法呼叫了，他只剩下從喉嚨裏發出的呻吟。富爾頓將他鬆綁，他也只能攤在地上，任何的扭動都會讓他極度的疼痛，他的腦海裏出現了當年他施用酷刑在巴克萊身上的情景，當富爾頓用力踩住他的下體時，他又是一聲慘叫後，眼睛一陣黑，就昏死過去了。

當他再度醒來時，首先感到的是渾身的極度疼痛，其次他感到他是賭輸了，富爾頓一步一步的衝著他來，一點都不留下讓他反擊的空間。現在發現辦公室裏除了富爾頓之外，多了三個人，門是打開的，但是門外是一片漆黑，他想起富爾頓說的，這裏是堆放煤的地方，也許他們會把他的屍體埋在煤堆裏。他聽見富爾頓說：「銀狐，我們要送你上路了，你的痛苦就快完了。不過我得告訴你，你這最後的路還不太好走，你要包涵一點。」

銀狐沒有聽懂是什麼意思，他要扭頭看富爾頓時，發現自己全身都是濕淋淋的毯子，像包粽子似的團團的捆住，最外面還用一大片鋁箔包住，連脖子都包起來了，他聽見另一個人說：

「這不就是個木乃伊嗎？」

「可是木乃伊是要土葬的，不是要火葬的。」

銀狐又開始出冷汗了，他聽見富爾頓說：

「銀狐，像你說的，你我是特工，我們就是要把對方置於死地，你殺了巴克萊，我把你的骨頭打斷再把你處死，我們就扯平了。可是我老婆孩子和你無怨無仇，你卻把他們炸死，你是為什麼？我答應他們會讓你不得好死，所以我才說你這條最後的路還不太好走。」

「富爾頓，我認了，你是最後的勝利者，就動手了結我吧！」

「我明白你的心裏想什麼，你玩輸了，當個烈士，一走了之，對不對？但是我不能就這麼放了你。作為穆斯林一定要土葬，靈魂才能升天，去找你的阿拉。所以我要把你燒死，你的靈魂只能進地獄，繼續被烈火燃燒。」

銀狐開始感到今天他不只是要把命丟了，而且還要失掉更多。

「銀狐，你基本上是全身包在水裏，身上已經接上我們中情局最新的緊急救命裝置，每五分鐘就會有定量的生理鹽水和強心劑注射到你的身體，維持你在最惡劣的環境裏還會存活最少一小時，還可能長達三小時。你的全身會被包在防火的鋁箔裏，包括要給你戴上的氧氣面罩，把你送進發電廠的鍋爐裏，包住你的水會開始燙你，你最近不是被燙過一次嗎？所以你知道那是什麼滋味。你的頭腦和全身的神經都將保持清醒，讓你徹底的享受。等到水都燒乾了後，真正的火葬才開始，我希望那時候你還是清醒的。銀狐，你都明白了嗎？」

銀狐感到他一生裏第一次的絕望：「富爾頓，我要跟你交換。」

「換什麼？」

「用我的情報換你一顆子彈。」

「你想死得快一點，是嗎？你有什麼情報？」

「我給你黃狼。」

「太晚了，我知道他是我們在莫斯科的叛徒，早晚會和你一樣落在我們手裏，他逃不了。」

「他的同夥。」

「你說馬瑟和陸根嗎？已經讓我們盯上了。」

「你們想要的核彈頭。」

「在哪裏？」

「富爾頓，我要是說了，你就要在我頭上給我一槍。」

「我發誓，銀狐，你要是告訴我核彈頭在哪裏和誰是負責人，我就給你一槍。」

富爾頓回頭對一位年輕人說：「一郎，備槍。」

年輕人拔出手槍，拉開槍機，把一顆子彈推進槍膛。富爾頓說：「銀狐，你說吧！」

「有十顆從烏克蘭偷運出來的核彈頭，現在藏在符拉迪沃斯托克市外一個廢棄了的二戰時期紅軍地下軍火庫，負責人是前紅軍導彈部隊的科莫克維奇上校，他現在是朝鮮的專家顧問。」

富爾頓笑了：「太好了！送他上路。」

突然，輸送燃煤的自動裝置起動了，震耳欲聾的轟隆轟隆聲音迷漫在空中，沒有人能聽見銀狐嘴裏在說什麼，富爾頓靠在銀狐的耳朵大聲的喊說：「銀狐，你賭輸了。我是對著你的阿拉發的誓，他管不了我。」

「符拉迪沃斯托克」，它的俄語意思是「統治東方」，是西伯利亞遠東地區最大的城市，有一個長年不凍的深水港，是俄羅斯太平洋艦隊的基地。

這裏距離朝鮮和中國的東北都很近，在第二次世界大戰時，蘇聯為了避免東西兩面受敵，同時要保持幅員遼闊的西伯利亞為腹地，集中力量在西部戰場對抗入侵的德軍，就和日本簽訂了日蘇友好條約，互不侵犯。

但是蘇聯還是非常擔心日本駐紮在東北的關東軍，因為日本和德國也是簽約的軸心國，說不定有一天關東軍就會出兵西伯利亞，為了保衛符拉迪沃斯托克，紅軍在城市南方的樹林中構築了堅強的防禦工事，包括大大小小的軍火庫。但是在二戰中，日本恪守友好條約，關東軍按兵不動，反而是蘇聯，在日本被兩顆原子彈襲擊後準備投降的前六天向日本宣戰，紅軍跨越黑龍江進入中國東北接受日本關東軍的投降。

在戰後，雖然紅軍撤離了這些防禦工事，它還是軍事設施，是屬於「閒人莫入」的地方。但是年久無人理睬，在一片茂密的樹林和遍地的雜草中，將其中的一個小型軍火庫完全隱蔽住，它的沉重鐵門是用一個大鎖鎖住的，在這裏就是黃狼窩藏了從烏克蘭偷運出來的十五顆核彈頭。其中的五顆已經送到朝鮮改裝，出售到軍火市場，剩下的十顆現在成了他的保命錢和退休金了。

黃狼和替他看守軍火庫的一位老農見面後，就從符拉迪沃斯托克港搭乘輪船到了朝鮮的羅先港，黃狼用的是一本嶄新的俄羅斯護照。

金正男匆匆忙忙的趕到辦公室，他看見申婷熙已經到了，坐在沙發上一邊翻報紙一邊喝咖啡，沒有抬頭看他，但是對他講話：「你遲到了。」

「寧邊的事忙，出來的時間晚了。」

「寧邊的事沒有你忙的地方，你遲到是因為小妖精不放你走。」

金正男深深的感覺到申婷熙進入到他每一點一滴的生活裏，任何事情都逃不過她。想到當年因為看上她的美貌，硬是從他弟弟的手裏把她搶來，現在卻有點後悔，但是一想到如果今天申婷熙是金正哲的老婆，那這個大位他是一定沒份的。他轉開了話題：「報上有什麼新消息嗎？」

「就是因為沒有新消息，我的感覺不好？」

「為什麼？」

「你想想，你老爸的情況一天天的壞下去，但是他為什麼還不做決定呢？」

「老爸可能還在考慮呢！」

「是嗎？現在是明擺著，他只有兩個選擇，你和正恩，這還有什麼好考慮呢？除非是……」

金正男插嘴說：「除非是什麼？」

「除非是他已經做了決定，選了正恩，但是瞞著我們。」

金正男愣了一下：「老爸有必要這麼對我嗎？」

「對你，他是沒有必要，但是他要考慮那些支持你的人，還有我們申家的人和整個國安和情報部門，都會有什麼反應。」

「老宋怎麼還沒來呢？這個問題我得問問他？」

「他來電話了，說辦公室裏臨時有事，他會遲到三、四十分鐘。我想大概是為了總書記辦公室的聲明。」

「什麼聲明？」

「今天的報紙已經登出來了，正哲對外發表聲明說：金正恩年紀太輕，歷練不夠，還不能主持國家大事。我相信總書記辦公室會有反應的。」

金正男曖昧的看著他老婆：「看起來他是被你說服了，是我的兩百萬美金，還是我老婆的肉體立下了決定性的功勞？」

「怎麼？你心疼了嗎？是心疼錢還是心疼老婆的肉體？」

「我為什麼要心疼，反正兩樣他都拿不走，最後還是我的。但是我讓你們重溫舊夢，妳感覺如何？他讓妳到高潮了嗎？」

申婷熙陷入了沉思，眼光出現了迷惘，她輕聲的說：「沒有男人能讓我到高潮。」

但是申婷熙腦海裏出現的是在陽光海岸那大雨滂沱的一夜，如醉如癡沒完沒了的男歡女愛會再來臨嗎？但是她又說：「至少他沒強姦我。」

「告訴你，等拿到大位後，我就要把他處理了。」

「你難道連一個沒出息的弟弟都容不下嗎？」

「我是容不下讓我老婆爽的男人。何況我老爸在十二歲的時候就把他弟弟淹死了，這是個榜樣，我只是上行下效。」

「那是你自己有毛病，不能滿足自己的老婆。」

話題中斷了，因為宋樹安來到了，他很興奮的說：「我遲來的原因，就是在等總書記辦公室的聲明。」

他將印有總書記辦公室字樣的聲明紙給他們一人一份：

「這是剛剛發出給媒體的聲明稿，正式宣佈『張成澤、李英浩因公務繁忙，不再參加勞動黨的高層會議。』沒想到正哲說的話還馬上就見效了。如果張成澤和李英浩靠邊站，那正恩的靠山沒了，武功也全廢了。」

金正男說：「張成澤是人民軍的總參謀長，也是我們的姑丈，但是他從小就一直照顧正恩，對他有很大的影響。而李英浩是老爸一手提拔起來的高級將領，現在負責朝鮮黨政軍領導集體的協調，也是核心成員。把他們拉下馬，看樣子老爸是下了決心的。」

申婷熙說：「你別高興得太快，你老爸還沒把他們拉下馬呢，只是不讓他們參加開會。是不是真的拉下馬，是要看下一步，接替他們職位的是什麼人。正男，你要注意，我們要準備好我們的人，隨時能夠見機卡位。」

金正男看見宋樹安在點頭，他覺得這個老婆在節骨眼上是不含糊的：

「老宋，你看看在人民軍裏哪些將領是我們的人，給我一個名單。」

申婷熙說：「我看這樣吧！國安和情報部門有比較完整的名單，說明了那些將領是可以信得過的。其中有不少還是隱蔽在正恩的團伙裏。我請他們給我一份名單。」

金正男可以感覺到申婷熙和她的家人正一步一步的將手掌伸進權力的中心。但是他有信心，一旦大權在握，他會清除異己，包括申家的人，說不定連申婷熙也在內。他說：

「好，那就這麼辦。老宋，你見到黃狼了嗎？他帶了什麼資訊來？」

「跟二位報告，都不是好消息。銀狐在香港受傷，住了醫院。他被發現使用假護照，被驅逐出境。他通知黃狼說要去莫斯科，但是飛機到了卻不見人影。黃狼判斷他是暴露了，所以馬上就離開，到了朝鮮。」

金正男問：「那些核彈頭怎麼辦呢？」

「黃狼說，他在出境前去看了一次，一切完好。他說，阿邁迪已經找到幾個買家了，並且都是有資金的，所以我們要加快小型化的改造。」

申婷熙說：「正男，這不是你們五局的技術顧問科莫克維奇負責的嗎？他的人手夠嗎？」

金正男說：「他給我們培訓了一批人，都還不錯，所以人手不是問題。問題是現在朝鮮成了世界的焦點，國際上東南西北的人都睜大了眼睛在看我們，要神不知鬼不覺的運進運出核彈頭，不是件容易的事。」

申婷熙也說：「現在我們內部是多事之秋，決對不能讓外國人抓到口實。黃狼還說了別的事嗎？」

宋樹安說：「他說有件事可能會是個嚴重的問題，最近發生了好幾件不正常的事，他認為很可能是中情局在我們內部有臥底。」

「都是些什麼事？」

「第一件事就是運到大馬士革的兩顆核彈頭被以色列的摩薩德突擊隊給攔截了，他們展開了調查，結論是他們的內部沒有問題，可能是我們這一頭有人走漏了消息。」

申婷熙說：「這個結論也太簡單了一點。」

「黃狼說，他們只有一個人知道核彈頭是要送到那裏的一間書店，不可能洩密。」

申婷熙說：「這個漏洞不管是在哪裏，都一定要堵住，否則會讓外國又抓住我們的小辮子。」

金正男又加了一句：「一定要查到底，一個都不能留。更要緊的是我們的財路也被擋住了。」

宋樹安說：「黃狼認為他送給我們關於地下工廠的假情報，是中情局為了找出有沒有洩密者而設計的，結果是讓他暴露了。另外他的俄羅斯朋友告訴他，他們的遠東電波監測站偵查到，只要是美國的衛星通過平壤地區，就會出現一個神秘的電波，顯然是有人從平壤上傳資訊，來源是誰？是中情局的臥底嗎？」

「傳遞的資訊內容知道嗎？」

「用的是密碼，他們也還無法破譯，所以俄方也認為在平壤很可能有一個中情局的高級在地情報員。」

申婷熙說：「說到密碼，情報部門有一個高級譯電員，帶著老婆孩子在澳門度假時因為酒店失火而燒死了，現在他們懷疑是中情局搞的鬼，讓他叛逃了，而促成這件事的人很可能就是從美國來投誠的那個科學家，現在核能所工作。他的名字叫什麼啦？」

金正男說：「他叫李建成，聽說是個非常優秀的核彈專家。五局安排替他找了個老婆，是萬壽台舞蹈團的演員，她是個特工，專門負責監視他，還有在核能所裏頭，他們負責設備及人員保衛的金城泳大校也在李建成的周圍安排了人做全方位的監視。一有風吹草動，我們就該知道的。」

宋樹安說：「這個譯電員叫張煥智，特工曾經看見過李建成和他在平南麵館一起吃麵。但是這並不能證明李建成是中情局的臥底，也不能證明那個譯電員還活著。我告訴黃狼，我們需要更具體的證據。在此之前，正男，我建議你告訴五局的安全部門要加強對李建成的監視。」

金正男說：「這沒問題。他們告訴我說，正恩的辦公室和這個姓李的走得很近，大概是想拉攏核能所的人。」

申婷熙問：「這消息可靠嗎？」

「應該是沒問題的，是金城泳自己告訴我的。妳問這做什麼？」

「你趕快通知他，決不能打草驚蛇。到時候我們要用這事來打擊金正恩，說他包庇敵人的臥底。任何對他不利的事，我們都要善加利用。知道嗎？」

金正男和宋樹安都能感覺到，在爭取繼承人的事上，申婷熙完全是運籌帷幄，不錯過任何的細節。金正男也只能點頭了：「好的，我一定會告訴他們。老宋，我老爸那邊的情況你有消息嗎？」

宋樹安有些驚訝，他看了一眼申婷熙：「沒有什麼新的情況，進出官邸的人主要還是醫護人員，你們聽到什麼消息了嗎？」

申婷熙說：「就是因為沒有聽到任何消息，我有很不好的感覺，剛剛我跟正男說，也許老頭子已經做了選擇正恩的決定，但是還瞞著我們。」

宋樹安露出滿臉驚慌的神色：「噢！不，不，我相信總書記是不會這麼作的，一旦繼承人決定了，即使不對外發表，他一定會通知我們的。」

申婷熙覺得很奇怪，有什麼理由會使宋樹安如此的驚慌，她說：「如果接班人是金正男，他當然不會瞞我們，如果不是的話，他就有很多的理由要瞞我們。總之，我認為總書記宣佈接班人的時刻已經過了，國安和情報部門已經和我商定了一個緊急應變的計畫，聽我的指示行動，準備由正男接班，開始執政。在這個過程中，我們除了要將金正恩強制隔離外，也可能要限制總書記的行動。必要時也許還要執行更嚴厲的行動。你們要有心理準備。」

金正男和宋樹安兩人的臉色變得非常蒼白，沒想到申婷熙已經啟動了奪權的行動。在行動計畫裏似乎並沒有金正男扮演的角色，更驚人的是還可能要加害金正恩，甚至金正日。他們驚愕得一時說不出話來，過了好一陣，宋樹安才說：「金正恩的背後是朝鮮人民軍……」

申婷熙馬上打斷了他的話：「你不用擔心，到時候會發生一起國際事件，引發南韓及美國的軍隊和朝鮮人民軍的武裝衝突。促成全國團結一致，擁護領袖。」

最近李建成的心情從來沒有這麼焦急過，自從他接到指示，要他摧毀那兩個已經完成改裝了的小型化核彈頭和山洞裏的鈾二三五濃縮設施以後，他絞盡腦汁都沒有想出一條可行的辦法，有幾個似乎是可能成功的辦法都缺少最後的一步，就是如何讓自己脫身。

正在走投無路的時候，他在報上看到了一則小消息，讓他有了突發的靈感，想出了一個可行的辦法，在完成任務的同時，如果一切順利，他也能保住一條小命。唯一的代價就是他的臥底生涯必須結束了。但是關鍵是，中情局必須馬上行動，將他需要的東西送到他手裏。

報上的消息讓他想到有一個視窗將打開，這是中情局唯一的機會，時間緊迫，他要將情報送出去。但是他面對的問題是：他需要三十秒的時間，將他的密碼情報用衛星電話上傳到正通過平壤上空的衛星，雖然這是非常短的時間，他必須要確定不會被最近在平壤地區豎起的許多個電波偵測塔和日益增多的電波偵查車將他暴露。

距離下一個上傳的時間段只剩下了三小時，他在市區裏已經轉了將近一小時，但是他一直感覺到他被盯上了，但是他使用了好幾個反偵查的方法，都沒有辦法確認出跟蹤他的車，最後李建成決定到平壤市郊區的妙香山賓館，他在那裏還沒有看到偵測塔，如果有偵查車或是那輛跟蹤他的車出現，他就想辦法襲擊，消滅他們。

這是下策，但是也別無其他的辦法了。李建成把車停在妙香山賓館的大停車場，拿起衛星電話的小包快步的走向停車場邊上的小山坡，他停下來兩次看看有沒有人跟上來，因為四周全是曠野，如果有跟蹤的人或車，都無法隱蔽。

他在山坡上的一個休息亭裏打開了衛星電話，看看手錶，還有一刻鐘，在低軌道上旋轉著的間諜衛星就要離開平壤的直接視線範圍，他很快的將準備好的電文發送上傳到從南極往北極正經過頭頂的衛星，兩分鐘後，信號經過兩個在同步軌道的通信衛星下傳到中情局。

三分鐘後，李建成在走回他的車子時看見了那輛褐色的「口哨牌」朝鮮產的汽車，車裏只有一個人坐在駕駛座，這是他第三次看見的同一輛車，他注意到附近的四周還是沒有人，決定要將這人格殺。李建成從車後的死角接近，希望車裏的人不要發現他，但是他突然發現了很奇怪的情況，就是車上的人一動都不動，很像是睡著了。但是這不太可能是個負有跟蹤敵人責任的特工會做的事，從駕駛座的車窗外，李建成終於明白了，座位上的人已經死了，太陽穴上有一個小口徑的槍眼。他很快的回到自己的車，離開了現場。是有人在暗中保護他嗎？

中情局副局長，愛德華・威爾遜，從他六樓的辦公室下到三樓的「朝鮮專案辦公室」，他今天的心情特別好，是吹著口哨來到辦公室助理露西・堪貝爾的面前，他說：

「露西，妳越來越漂亮了，什麼時候要嫁給我們的比爾啊？」

「他不著急，我一個人著急有什麼用？你下命令吧！」

「好！沒問題。露西，你給我一杯咖啡和你們三樓有名的卡路里特多和特甜的丹麥麵包，然後不要讓任何人和電話打攪我們。」

他是來聽比爾．富爾頓口述他如何在香港終於見到了他們的老朋友銀狐，雖然比爾已經從香港發給他一個非常詳細的報告，但是他還要來聽從頭到尾的親口講述。比爾從銀狐企圖強姦梅根未遂而受傷說起，然後何族右發現他是扎克的哥哥，也是中情局多年來追緝的恐怖份子。最後在銀狐被驅逐出境時還協助他們在機場使出一招李代桃僵，把銀狐劫持到中華電力公司的發電廠，最後燒死在鍋爐裏。威爾遜說：

「這麼多年的心頭之恨終於解了，多少也算是我們替巴克萊報仇。」

「別忘了，我們還得抓一頭黃狼。愛德，你看了鍾斯抓捕他和同夥的計畫了嗎？」

「我看了，也和局長討論過了，連經費都批下來了。我想把他拿下應該是指日可待了。比爾，今天我請你吃飯，我們一起為巴克萊乾一杯，很久沒有這麼痛快了。」

「太好了，我可不可以把露西也帶去？她最近忙懷了，我該請她吃頓飯。」

「比爾，你以為請她吃頓飯就沒事了？你在醫院裏昏迷了一年多，露西沒少去照顧你，在以後的三年復健裏，是誰在打理你的事？你什麼時候要娶她呢？」

「等把黃狼收網了，我就向她求婚，像你剛剛說的指日可待。」

威爾遜轉入正題：「這次把銀狐拿下，還多虧了香港的那位警察何族右，他可幫了我們的大忙了。」

「我們中情局香港站的人告訴我，何族右是個刑警出身的九龍警署署長，是個很正直的人，在當地有很好的口碑。事情也真巧，銀狐想去性侵的被害人是溫哥華一間書店的經理，而書店的老闆正是多年前和香港警察，也就是何族右聯手阻止了恐怖份子襲擊美國民航飛機。當時這兩個人就進入了我們的視線。」

「我想起來了，是不是一位叫鍾為的大學教授？」

「沒錯，他後來到溫哥華開了一間書店。」

「我們是不是該想個辦法謝謝這位何族右署長？」

「我們有他想要的東西，就不知道我們肯不肯給了。」

「他想要的是什麼東西？」

「他給了我一張照片，照的是一個頒獎典禮觀禮台上的人。何族右還把照片裏每個人的名字也給了我，問我們中情局有沒有其中任何人的檔案。」

「我們有嗎？」

「有，照片裏有大衛．巴伯拉。」

威爾遜陷入了沉思，過了一會才說：「那位英國佬已經死了，但是他的檔案還是保密的，因為MI5還是無法做出結論他是不是個叛徒，還有沒有隱蔽別的資料。」

「愛德，我認為，這是我們欠何族右的，應該讓他知道。他是個明辨是非和明白大道理的人。」

「你知道他為什麼要這老檔案呢？」

「何族右認為這後面還可能有陰謀，也可能跟多年前恐怖份子用飛彈襲擊民航機有關。」

「那好，我去和局長商量一下，一兩天內給你回音。」

「愛德，銀狐招供的藏匿在符拉迪沃斯托克的核彈頭怎麼辦？」

「局長已經向白宮彙報了，我們總統和俄羅斯總統也通過電話了，大概就是現在，他們的特種部隊就要包圍符拉迪沃斯托克的軍火庫了。我看這事把我們莫斯科情報站弄得灰頭土臉的，不但沒警覺到內部有叛徒，窩藏的核彈頭還被你給找到了，這個站長大概很快就會被調走了。」

「我們替莫斯科站幹了這麼多活，是不是要把他們的經費分我們一點？」

「行了，比爾，你沒聽說嗎？你是我們局裏唯一的辦公室，只要開口，局長就點頭簽字。你別貪心不足了。」

「我們局長多聰明能幹啊！他完全是看上了我們是個能出成果的單位，當然要支援我們了，你說不是嗎？」

「他非常的高興，我們把從烏克蘭流落出來的十五顆核彈頭去處弄清楚了，讓他在白宮的國家安全會議上終於能揚眉吐氣，他會給你們記一個大功的。」

「那除了還藏在符拉迪沃斯托克軍火庫裏的那十個核彈頭讓俄羅斯處理外，還有兩顆讓以色列拿走了，剩下的三個怎麼辦？」

「其中的一個已經到我們手裏了。我們是利用張煥智的密電解碼破譯了他們的電報，說有一個核彈頭已經裝上了一艘貨輪送往塞普路斯，我們的海豹突擊隊化裝成索馬利亞海盜，在貨船要從蘇伊士運河進入地中海之前，就在紅海把貨輪給搶了，當然被搶走的貨物中包括了我們要的東西。」

「這麼看來張煥智還真值得把我折騰了一回，還幹了一次放火的勾當。我本來還以為他的解碼只是把販毒和偽鈔洗錢的事給曝光了。」

「現在是國務院把他的解碼本當成寶貝了，幫他們破譯了不少外交上的密電。」

「太好了，所以現在我們專案辦公室的任務就是尋找剩下那兩顆在朝鮮的核彈頭了。你看了李建成三天前送來的報告嗎？他現在能夠確定了其中的一個是藏在平壤市區裏的一棟巨大的爛尾樓柳京飯店裏。另一枚是放在咸鏡北道的一個山洞裏。這兩個地點的ＧＰＳ座標都給出來了。」

「他是怎麼確定了這兩個地方的？」

「愛德，李建成有出人意料的耐心和毅力，基本上他是從文件上和與同事們談話中歸納出的蛛絲馬跡裏得到的結果。但是他也作了實地的考察。他說爛尾樓的保安不是建築單位派的，是他們核能所的特工。為了確定那個山洞就是要找的目標，他躲藏在核能所的貨運卡車裏去到了洞口。你一定看到了他在報告裏寫的，他聽到同事們說，那裏還藏著有五百多台離心機，日夜開機在進行鈾二三五的濃縮。我相信這些離心機就是國際原子能機構（IAEA）的視察員想找但是沒找到的。如果我們把它摧毀，朝鮮製造核彈頭的能力至少要後退二十年。」

「但是局長要求出動軍方進行摧毀行動的請求被否決了。」

「為什麼？」

「白宮的那批蛋頭外交專家說，美國已經答應過，在朝核六方會議徹底絕望前，美國不會用武力來執行朝鮮半島無核化的行動。另外，國防部也說了，柳京飯店爛尾樓，是在市區中心，樓高一百零五層，高度是三百三十公尺，要是炸毀了它，對附近居民所造成的傷亡會太大。另一個核原料濃縮設施所在的天然山洞，用空軍最大的『地堡殺手』炸彈也無法炸穿它。所以目前是無法進行軍事行動。」

「那也就沒有我們的事了。」

「比爾，有我們的事。」

「你是什麼意思？」

「總統批准我們對這兩個目標進行秘密行動的破壞任務。」

「我們就只有李建成一個情報員，怎麼進行秘密行動啊？」

「那不是還有你嗎？」

「你們這不是要我們的命嗎？我們中情局不是進入了高科技時代了嗎？怎麼還要幹小打小鬧的秘密行動呢？」

「比爾，說得好聽，這是總統要求我們，其實就是命令。不過他也答應了局長的要求，事成後，你和李建成每人各有一個情報之星勳章，那可是當情報員的最高榮譽啊！」

「拿來幹什麼？做陪葬用的，是不是？」

他們的話題轉到了趙晨倩，威爾遜說：「比爾，你是我們中情局秘密行動部門的福將，先是讓你碰上一個李建成，從一個完全生手的情報員，一轉眼變成了非常精彩的臥底。現在不知道是怎麼又讓你瞎貓碰上死耗子，居然找到個趙晨倩。她可是實實在在的無價之寶，你們可要好好的保住她。」

「她送來的情報都很有用嗎？」

「不僅有用，還非常的詳細，有時還加上她自己的分析。自從李建成給了她一套衛星電話，她就時常把大量的情報傳出來。」

「但是她一定要十分小心，否則很容易就暴露了。」

「我們一定要提醒她，千萬當心，注意安全。任何大量的情報還是經由雜貨店的交通員送出來，比較安全。國家安全會議和國務院就從來沒拿到過這麼精彩的情報，他們一直追問我是怎麼取得的，我就說是從衛星監聽裏取得的，他們知道我是在跟他們打哈哈，但是也拿我沒辦法。」

「愛德，趙晨倩什麼都不要，就是要糧食給朝鮮老百姓，這是李建成答應了她的，我們決不能食言。」

「你放心，我沒有白給他們情報，我要他們用糧食來買，我還沒看過有這麼大方的買主，他們不但不討價還價，還自動加碼，深怕我下次不賣給他們。我相信趙晨倩應該是非常的滿意了。」

「但是，我們也不要太得意忘形，忘了這中間的大風險。朝鮮的特工不是吃閒飯的，他們是非常專業的。我們要告訴趙晨倩不能常常使用衛星電話上傳資訊，早晚會被偵測出來的。李建成說，他發現在他身邊出現了很多跡象，似乎是朝鮮特工已經開始懷疑他了。」

「比爾，你告訴你這兩個臥底，一切行動都是要以安全為第一，一有風吹草動，馬上啟動緊急逃生。知道嗎？前兩天我還夢見了巴克萊，他說他借著李建成的身體還魂了。你沒感到嗎？這個李建成是越來越像當年的巴克萊。」

「我老早就感覺到了。我不是說了嗎，這小子是個天生的情報員。我就只希望他別把命搭進去。」

「比爾，你覺得前天趙晨倩的情報有可能嗎？」

「你是說金正恩是接班人，還是說金正男要發起奪權政變的事？」

「我覺得金正恩當接班人是確實的，因為金正男是個花花公子，不是接班人的材料。但是說他要發起奪權政變，有點難以相信。」

「可是幕後的推手是他的老婆，還有她的娘家，也就是朝鮮的國安情報部門的特工。」

「如果真的是這樣就完全有可能了。另外趙晨倩還說，金正男要發起一件國際事件來團結反對他的軍方。她特別提醒我們千萬不要中了圈套。」

「愛德，這種高級情報員是千載難逢。我們不能讓她失望。」

每兩年舉行一次的「人參種植研討會」是二十年前由中國、南韓和朝鮮的農業部聯合發起的，輪流在北京，首爾和平壤開會。來參加的代表團由原來的三個國家增加了俄羅斯、加拿大、美國和好幾個北歐國家的代表團。

今年的研討會是定在平壤的西山飯店開會，五十一層樓高的飯店，環境清幽，山林環抱，遠離市中心，但是酒店門口沒有計程車，入夜後，遊客要獨自外出是不可能的。顯然這是刻意安排，阻止外人和朝鮮人接觸。

今年從加拿大來的代表團人數最多，共有九個人，有一位身材瘦高的比爾．安德生是從阿伯塔省來的農夫，他似乎對研討會的意願不是很高，但是對安排好的景點參觀很感興趣。

在朝鮮戰爭中，平壤被夷為平地，美軍對平壤進行了近一千五百次的轟炸，投下了近四十三萬枚炸彈，平均對每一個人投下一枚。戰後平壤在廢墟中重建，平壤的城市規劃井然有序，只是這座有五千年歷史的古城，已經沒有任何古蹟可尋。

平壤的市中心是金日成廣場，它對面的山崗上是一座朝鮮式建築的人民大學習堂。廣闊的金日成廣場兩側伸向大同江，那裏有朝鮮中央歷史博物館和朝鮮美術博物館。廣場下是地下商場。在大同江對岸，主體思想塔高聳入雲。市中心還有萬壽台藝術劇場，平壤第一百貨大樓，中間是大噴水公園。大同江的兩岸有很多紀念性的建築：主體思想塔、人民大學習堂、千里馬銅像、革命博物館、中央歷史博物館、民俗博物館等等，從這些樓群，還有地鐵，都讓人感受到朝鮮的經濟實力曾經一度輝煌，上世紀的六、七十年代，中國還不如朝鮮強盛。

比爾．安德生非常有耐心的聆聽導遊的講解，但是他知道在朝鮮領袖豪華紀念物的背後是百姓生活的匱乏，反差之巨大，令人窒息。作為一個城市，平壤沒有讓人感到是人們溫熱靈魂的家，應該有琳琅古雅的集市，人頭攢動的茶樓酒肆，美麗的布衣女子在人群裏衣裙飄飄的穿梭景象，在平壤都找不到。

寬暢的大街很冷清，人少，車少，沒有鬧哄哄的看板，看到的就只有朝鮮生產的「口哨牌」和「布穀鳥牌」汽車。奇怪的是，即使在平壤也沒有幾個人會去買汽車，廣告是給誰看呢？

比爾・安德生的真實身分是美國中央情報局朝鮮專案辦公室主任，威廉（比爾）・富爾頓，這是他第一次來到他的工作對象國家，但是他不是來瞭解情況的，他是來為他臥底的情報員送一個重要的工具。是李建成在報上看到一則要在平壤召開「人參種植研討會」新聞，認為是個機會將東西帶進來。

他透過關係，搖身一變，以加拿大種植人參的農民身分報名參加研討會。導遊帶領他們參觀金日成銅像和朝鮮革命博物館時來到了萬壽台，在短暫採購紀念品的自由活動時，富爾頓漫步到附近的萬壽台舞蹈團，他看見了一個熟悉的背影，正在看演出的海報，年輕人突然轉過身來，四目相對，視線交會，兩人都震驚的愣住了，富爾頓正要走向前來，但是看見年輕人搖一搖頭，傳出了不安全的信號。富爾頓看見年輕人拿出手帕擦拭著眼睛轉身離去。

朝鮮是一個領袖居於中心的國家，已故的金日成在朝鮮人民心目中享有崇高的威望，被朝鮮人民尊稱為「慈父領袖」。他在從事革命的歷程中，創立以人為中心的哲學思想，即「主體思想」，被視為朝鮮社會主義建設的指導思想。為了稱頌他創立的主體思想，朝鮮政府採用主體紀年，將金日成誕生的一九一二年定為主體元年，一九九八年，在新修定的朝鮮憲法中，稱金日成是社會主義朝鮮的始祖，朝鮮永久的國家主席。

金日成去世後，又出現了「偉大領袖金日成同志永遠和我們在一起」的標語。一九七七年，朝鮮政府決定將金日成誕生日四月十五日，命名為「太陽節」，作為朝鮮最偉大，最隆重的節日，稱頌金日成為「民族的太陽」。

這次的「人參種植研討會」正好是在「太陽節」的後一周，研討會也安排了來開會的人參加其中的一個慶祝活動，是一個歌曲藝術表演晚會，它分為兩部分，第一部分是當下在朝鮮社會上最流行的歌曲，如「突破最尖端」，這是金正日下令創作的，歌詞包括了：「只要下定決心……，先軍時代機械工業的自豪，朝鮮式的ＣＮＣ技術……」，外人聽了會是一頭霧水，ＣＮＣ是什麼？它原來是指電腦數碼控制技術，如今是朝鮮高科技的代名詞，在大型團體表演裏可以看見「ＣＮＣ是主題工業的威力」的字樣，連幼稚園的孩子們也會唱「我愛ＣＮＣ」的歌曲。

第二部分是朝鮮社會上的流行歌曲，朝鮮人喜歡的中國女歌星是台灣的鄧麗君，她唱的「月亮代表我的心」在朝鮮成為家喻戶曉的流行歌曲。坐在富爾頓旁邊的是一位從美國威斯康辛州來的華人參農夫婦，他們跟著音樂哼出：「你問我愛你有多深……輕輕的一個吻，已經打動我的心，深深的一段情，叫我思念到如今……你去想一想，你去看一看……月亮代表我的心……」

在中場休息時，這對夫婦解釋給富爾頓說，他們是從台灣到美國去種植花旗參的，長久以來一直是鄧麗君的歌迷，「月亮代表我的心」是在上世紀七十年代，鄧麗君去東南亞巡迴演唱時一舉唱紅，成為華人世界家喻戶曉的經典名曲。

在這首歌的背後有一個古老的傳說：一位美女小偷，竊取了她男人的不死之藥後飛到月亮上，那裏的廣寒宮雖然是瓊樓玉宇，但是高處不勝寒，讓她後悔莫及。這就是中國民間傳說的《嫦娥奔月》故事：嫦娥的男人是后羿，是位神射手英雄，當時天上有十個太陽，把地上的人都烤得焦頭爛額，后羿用箭射下了九個太陽，西母娘娘就特准他每年一次變成玉兔，到廣寒宮去和嫦娥幽會。

朝鮮政府會讓老百姓拿月亮上的一位竊賊或是那一片蒼涼的外星來代表他們所喜愛和追求的人和事，是有些不可思議。富爾頓在晚會結束散場時，在擁擠的出口感覺到被人輕輕的推撞了一下，他沒有作任何反應，回到飯店後發現口袋裏多了一張晚會的節目單，在它的下角有用筆寫的「F2130」，熟悉的筆跡讓他的臉上起了會心的微笑，他喃喃自語：「好小子，非要等到最後一天，存心的要整我這老頭子。」

在西山飯店的客房樓層走廊上，每隔五個房間就有一個筒式的煙灰缸靠牆放著，缸裏放著很細的沙子，是讓吸煙的客人把煙頭埋在沙裏，每天晚上有飯店的服務員來清理。

星期五晚上九點剛過，一位服務員就在五樓的走廊上開始清理煙灰缸，他身上斜背著一個口袋，一手拿著一個金屬的網子，另一手拿著一個小鐵筒，他將煙灰缸裏的細沙倒進放在小鐵筒上的網子，細沙經過網子濾過到筒子裏，但是煙頭就留在網子裏，當網子快滿時，就把煙頭倒進他背的袋子裏，服務員的動作很熟練，很快的就將五樓的煙灰缸清理了，他從走廊盡頭的樓梯上到了七樓，開始清理，完畢後才下到六樓繼續工作。

他在清理六一七號房間門邊的煙灰缸之前，先在門上敲了三下，然後開始工作，在聽到門裏敲了兩下回應，就推門閃身進入，把門關上。

富爾頓在派李建成到朝鮮臥底以來，第一次和他的在地情報員面對面的相逢，兩人都百感交集，富爾頓每天早上醒來時都會想到他失去了李建成，李建成每天醒來的時候會問這是不是他生命的最後一天，兩人在相距一萬公里的兩地，思念著在危崖上和風雨中飄搖的生命，面對著生離死別的悲情和絕死任務的期待，兩人擁抱著哭泣。富爾頓帶著顫抖的聲音說：「建成，你還好嗎？」

李建成首先恢復過來：「比爾，你瘋了？怎麼自己來了？你已經不是幹外勤的了。」

「我要是再坐在那辦公桌上，不來看看你，我就真的會發瘋了。」

「我只有一分鐘，把碟片交給我。」

富爾頓拿出個小紙袋：「撤離方案已經安排好了，一切都按計劃進行。」

「是誰來接我？」

「你認得的鍾為教授，我們中情局可欠了他很多。」

「比爾，我有個請求，要是我回不來，你就問我媽要一件我的衣服放在棺材裏，想辦法把它埋在阿靈頓國家公墓。我媽知道我是葬在那裏，她會好受一點。」

「建成，你一定要活著回來，這是命令。」

富爾頓的眼睛又濕了，他點點頭：「你放心吧！」

「比爾，我要你答應我，把我埋在阿靈頓。」

富爾頓把門打開，站在走廊上，向左右看了一眼，輕聲的說：「走廊清空。」

在六樓走廊上，服務員還在清理煙灰缸，但是他身上多了一樣東西，就是一個鈽二三九的碟片。

朝鮮在發展核子武器的過程中，參考和借用了不少西方和前蘇聯已經成熟了的技術，取得的方法不外乎是在核武器黑市的市場上購買，另外就是聘請專家到朝鮮來做「技術轉移」。

這裏又分為在暗地裏秘密進行，還有就是光明正大，明目張膽的進行。前者是來自他國的「被收買的叛徒」，後者是指在前蘇聯解體前的核武器專家。在朝鮮工作的俄羅斯顧問科莫克維奇就是其中的一名。

他是前蘇聯紅軍核導彈部隊裏的重要官員，曾官拜上校，但是當俄羅斯聯邦成立後，他就被裁員退伍，以後被安排的工作都不滿意，他自己去找的工作也是同樣的差強人意，這時他發現自已的國家已經改變了，這位前紅軍導彈部隊的軍官，在俄羅斯已經沒有賴以生存的一技之長，不僅他的收入大為減少，他的婚姻和家庭也支離破碎。一直等到一位以前的同事來找他，跟他說了這世界的真實情況，他才恍然大悟。

同事也給了他一個讓他嚇了一跳的建議，他的人生才有了轉機。經過一番天人交戰的內心掙扎後，他同意了。科莫克維奇已經是隻身一人，世上已經沒有牽掛，他提著行李來到了朝鮮。

科莫克維奇是個「老式俄國人」，認為一個真正的「俄羅斯人」是不應該離開「祖國」到他鄉去生活，這並不是根深柢固的「愛國主義」或是「民族主義」在作祟，而是他認為，像他這種人不可能在「外國」生活得舒坦。

如果看一看俄羅斯人的歷史，就會明白為什麼俄國人會有這種特殊的性格。長久以來，他們就生活在恐怖的黑暗裏，經歷了沙皇、哥薩克、史達林和貝利亞的殘酷統治，就像是一片夜晚籠罩在美麗的大地上，而生活在這片土地上的人也被黑暗剝奪了屬於他們的精神和物質所有，這些人很自然的就學會了自我保護和生存的意識，而為他人著想和幫助他人的觀念已經不存在了。

也就是這種個性，讓他感到當年俄羅斯對待他的裁員退伍非常不公。科莫克維奇受聘來朝鮮是要將「收聚式」的起爆裝置小型化設計帶到朝鮮來做技術轉移。但是他還帶來了另一個秘密，就是他已經和銀狐與黃狼結夥，從烏克蘭偷運出了十五顆核彈頭，並且轉移到西伯利亞。

朝鮮政府給他非常優厚的待遇，還分配給他一個寬大的房子，裏頭還特別的為他蓋了一間帶有桑拿的浴室。他愛上了派來監視他的特工崔蓉姬，當她嫁給李建成時，科莫克維奇非常的痛苦。他很驚喜崔蓉姬打電話來，說希望能借用他的桑拿。崔蓉姬先是在蒸汽室裏坐了二十分鐘，然後走進了已經打開水的淋浴，在充滿熱氣的空間，一股熱水柱將她的身體包住。熱水像瀑布似的從她的肩膀、後背、高高的乳房和平坦的小腹流了下來，面對著噴灑的水，她閉上了眼睛，讓她全身的肌肉在熱騰騰的水氣裏完全的放鬆了。崔蓉姬的手指頭在頭髮裏移動，按摩她的頭皮，抬起頭來，讓熱水和蒸氣沖洗眼睫毛和鼻孔，她的頭左右的轉動，讓熱水按摩兩邊的太陽穴。當熱水噴到耳朵時，她聽見隆隆的聲音，讓她想起了在海邊聽到從大海沖到岸上來的大浪，一波接著一波的衝擊，海岸的沙灘就靜靜的躺在那裏，承受著。幾百年，幾千年，幾萬年來都是這樣，周而復始到永遠。崔蓉姬想到，沙灘一定是很喜歡和很享受大海帶來的衝擊。

崔蓉姬穿著科莫克維奇的浴袍從浴室出來，腰上的帶子沒有把她修長誘人的雪白大腿和豐滿的乳房完全蓋住，科莫克維奇感到他的身體起了已經很久都沒有發生的變化：

「李建成怎麼沒跟妳一塊來？」

「他去出差了，不能陪我，何況你又不喜歡他。」

「是他把妳從我身邊搶走了，他是我的敵人。」

「那是我的任務，我必須要在他身邊。」

科莫克維奇抱住了崔蓉姬，把手伸進了她的浴袍：「崔蓉姬，我愛妳，我要妳跟我上床去。」

「不行，我現在是有老公的人了。」

他把崔蓉姬的浴袍扯下來，把她推倒在床上，很快的脫了衣服就撲了上去，當科莫克維奇強力的進入時，崔蓉姬喊叫了一聲。長時間的期待，崔蓉姬的美豔、性感，讓他發瘋了，在短暫的衝刺後，科莫克維奇一瀉千里，伏在她身上喘氣。

「對不起，我太久沒來，妳又太誘惑了，我就受不了。」

他想翻身下來，但是崔蓉姬說：「別動，我喜歡你壓在我身上。」

她的長腿勾住了科莫克維奇的下腰，兩手緊摟著他，開始了一緊一鬆的動作。

「妳在幹什麼？」

「你不喜歡嗎？」

「這是天堂……」

「吻我……」

「啊！……我來了……」

等他的喘息稍微停止，崔蓉姬說：「科莫克維奇，你真的愛我嗎？」

「難道妳還感覺不出來嗎？」

「你想要帶我去哪裏過下半輩子，我不想在這個鬼地方待下去了。」

「妳要是跟我，我就聽妳的。妳想到哪裏？」

「我是有想去的地方，但是我們得找一個我們有能力活的地方才行啊，我們不是大富豪，得選一個我們能找到工作的地方。」

「這你不用管，我們會成為富豪的。」

科莫克維奇將所有藏匿核彈頭的地點告訴了她。

在離開前，崔蓉姬又去洗了淋浴。她想到沙灘被海浪一波又一波的衝擊，而剛剛才被點上還沒有撲滅的情欲之火還在燃燒，她想到了要把李建成帶進天堂，她用力的清洗全身，要把皮膚上所有男人留下的味道洗乾淨。

鍾為全心全意的投入了撰寫圖們江計畫裏，為北朝鮮建立現代化的農業氣象預報能力，他去請教了農業專家，取得了氣象預報和農業生產之間的關係，特別是它們在時間座標裏的互動變化。根據這些資料，鍾為寫成了「朝鮮北部小尺度氣象預測系統」的文件，其中分為三個部分，第一部分是硬體和軟體系統的建立，第二部分是整個系統的驗證，最後是系統應用的部分。

鍾為特別提出一個整體的概念，就是整個計畫從一開始就需要有北朝鮮的科學家和管理人員的參與，為日後由在地技術人員進行系統維修和改進建立了基礎。聯合國開發總署組成了專家評審委員會在巴黎的總部對整個計畫進行了詳細的評審，他們一致認可了鍾為的建議，同時要求盡速實施。

鍾為的基本設計概念是：

用電腦做天氣預報的方法是建立在以理論推導出來的大氣運動方程式的基礎上。這些方程式將大氣的各種參數變化和大氣所存在的狀態相聯起來。理論上，一共是有六個公式和六個參數的變化量，其中三個是風速，兩個水平風速和一個垂直風速的分量，一個是溫度，一個是密度，還有一個水汽。再外加一個診斷公式控制壓力，溫度和密度的關係。

在六個運動公式中，透過大氣參數和它們的空間微分的線性和非線性關係分別控制一個參數的變數。在這些公式中，每一個大氣參數的變數在指定的時間（如現在）和空間是給出的，利用數字積分的方法可將下一個時間的數值計算出來。目前使用的方法裏，前向積分的時間步長大約是十分鐘。如此，在每一個網格點上，下一個時間的新參數變化就能計算出來了。這就是預報未來的基本原理，電腦的數學模型是一個將大氣參數用進化方式的顯示來表達。

在使用數學模型時，有幾個重要的關鍵必須做到才能得到有用的結果：首先是要有一個數值分析的程式能夠精準的做數位類比，仿真理論上的空間微分和外插值，其次是在時間裏的積分也有同樣的精準模擬，最後是所有的數值計算都必須是穩定的，每次的運算，都會朝最後的答案趨近，而不是擴散。再有就是所類比的物理過程，尺度要小於預報模型的網格。這些過程包括了降水的形成，雷暴似的對流性氣象，能量和動能的交換，大氣邊界層裏的水汽等等。

必要時，這些過程需要近似化和參數化來代表實際的物理現象。除了要滿足這些條件外，數學模型的預報是否會成功，很明顯的要看輸入的邊界條件和初始條件是不是精準。目前的數模使用者是利用多種不同的方法從不同的資料源來收集，包括傳統的探空氣球，地面觀測，衛星遙感和民航機在飛行中測量的大氣參數。

在地球大氣層裏，存在有多種的元素，其中的水汽是最大的變化參數。雖然它在任何時間只是大氣全部物質的一小部分，但是它所產生的效應卻很大，它是大氣裏唯一的氣體能在同樣的普通環境下轉變成液體或是固體。

也就是因為這個特性，大多的氣象變化才會發生。因此在數模裏能否精確的模擬水汽的變化是最為關鍵所在。大氣中存在有濕度是因為地球上的水體；如海洋，河流和湖泊的蒸發，還有就是來自植被的呼吸作用。它在大氣裏以兩種勢態存在，一是無色不可見的水蒸汽，另一種是可見的水滴或結冰的晶體。水蒸汽經由凝聚的過程轉變成液態的水滴，經由昇華的過程轉變為固態的結冰晶體。雲和霧都是由液態的水滴或是結冰的晶體所組成。在雲和霧裏如果有了更進一步的發展，就會形成降雨。一個精確的數模必須要正確的掌握這些過程的仿真。

在改變狀態的過程中，雖然溫度沒有改變，但是會有能量的釋放或吸收。在水汽由氣態凝結為液態時，會在同溫下將熱能釋放到大氣裏，這份熱能被稱為潛熱。在太平洋發生的颱風和大西洋的颶風都是由於海水在日照下蒸發成水汽，在高空裏凝結釋放出的熱能因地球的科氏力轉變成為動能，以氣旋方式出現。同樣的，液態的水和固態的冰在同溫下凍結或溶化也會有能量的交換，這被稱為熔化能。昇華的過程也是有能量的交換。這些能量的大小可由颱風、颶風和雷暴的巨大威力來體現。

大氣中的水汽和它的狀態變化是災害性氣象成因的重要原因。所以強烈的天氣變化和巨大的氣象事件是常見在熱帶和濕度大的地區，也就是地球上的低緯度和接近海洋的地區。在這些地區的大氣數學類比所面對的最大挑戰，就是缺少在海上的「海－汽交互作用」的觀測資料，數學模型裏沒有準確的水汽輸入資料，嚴重的影響到整個數模的準確性。

直接影響農業收穫的因素，包括了農作物所能接受到的人工引水和天然降水，因濕度或乾旱度的優化選種，種植時間和空間的選擇，還有就是災害性氣候的預報。因此鍾為特別的強調數學模擬中的水汽變化，它的輸入量在時間和空間的變化，海－汽交互作用等的仿真精準。為了取得進一步的保證，鍾為也將整個圖們江地區的氣象觀測設施和衛星接收站，加強和進行它們的現代化，還包括了自動攝取鄰近地區的氣象資料，來取得完整的邊界和初始條件。最後，他還加入一項數學模型驗證的專案，就是使用一架裝有科學儀器的飛機，進行航空測量，用地面觀測，空中測量和數學模特進行同步的對比。

讓鍾為特別高興的是，聯合國開發總署聘請的專家們都同意他的想法，他和組成的團隊，包括朝鮮的科學家和技術人員，也作了詳細的溝通，凱薩琳．波頓已經啟動了前期工作，硬體設備和各種儀器的採購都接近完成，安裝的工作在開發總署的技術顧問監督下也如火如荼的進行中，鍾為約好了大家在北京開一次工作會議。剩下來最重要的工作就是安排航空測量的事了。

自從認識了崔蓉姬以來，李建成第一次看見她的臉色這麼難看，不僅毫無笑容，滿臉都充滿了殺氣的鐵青色。但是最大的不同，就是她手上握住了一把貝雷塔手槍，也就是在他們新婚之夜李建成在她皮包裏看見的那把槍，當時他就問過自己，會不會有一天他就會死在這把槍下，唯一不同的是，現在槍管上裝了一個四吋長的滅音器，像是個特長槍管的手槍。崔蓉姬舉起手來把槍對準了他：

「李建成，你是美國間諜，朝鮮的叛徒。」

他的腦海裏起了天翻地覆思潮，眼前的美女就是和他同床共枕的妻子，一開始時，他是被她的美豔吸引住了，假戲真做，但是漸漸的他對妻子有了真的感情，不止一次的問自己，在這次的任務完成後如果要求她一起離開，她會答應嗎？但是一切都太晚了，他說：「我是美國政府的情報官員，如果妳要逮捕我，我要求你們立刻通知瑞典大使館，他們負責所有在朝鮮的美國人安危。」

「你傷害了我們國家，也傷害了朝鮮人民，你以為我們把你送到瑞典大使館就沒事了，是不是？你以為我們朝鮮人都這麼笨嗎？」

李建成用很平靜的口氣說：「我是美國政府的情報官員，我……」

「你給我閉嘴。」

他聽見崔蓉姬繼續的說：「李建成，你還是個騙子，你騙了我的感情。」

「蓉姬，妳聽我說……」

李建成正要從沙發上站起來，崔蓉姬開槍了，他聽見「噗，噗」的兩聲和子彈從耳邊飛過的聲音，兩顆子彈射進了沙發的椅背，他聽見崔蓉姬大叫：「不許動，你想找死是不是？」

李建成自動的把兩手舉起來了，崔蓉姬的槍還是對準了他：「你給我跪在沙發前，兩手放在頭後面，我有話要問你，你給我老實的回答，否則我就對你不客氣了。」

李建成按她說的跪在地板上，兩隻手的手指交叉握住後腦，他沒說話，崔蓉姬繼續問：「你是不是美國中央情報局的特工？」

「我是。」

「你到朝鮮來的任務是什麼？」

「我是來調查偷運到朝鮮的前蘇聯紅軍核彈頭，和朝鮮將它們進行改裝後再販賣到軍火黑市市場的情況。」

「所以你是被派來傷害我們朝鮮人民的，是不是？」

「我認為正好是相反，妳知道外國是怎麼看大殺傷性的武器，妳覺得我來調查和阻止紅軍核彈頭從朝鮮擴散出去對朝鮮人民比較好，還是妳覺得美軍或是聯合國部隊出兵朝鮮比較好？在我的眼裏，朝鮮人民和朝鮮勞動黨是兩回事，朝鮮人民不需要走私核彈頭和做它的黑市軍火買賣。」

「那你為什麼要騙我？說你是如何的愛我，要和我天長地久，過一輩子。」

「剛剛我就是要跟妳解釋，但是妳發了大火，差一點就把我斃了。我是個特工，當特工被發現時，就是一切都要結束的時候，包括生命。自從我接受朝鮮任務的第一天，我就計畫會有這一天，我相信妳會明白我的意思，妳也曾說過，妳在執行上一個海外任務時也沒想到會活著回來。妳能讓我好好的把話說完嗎？」

「你說吧！」

「我們的婚姻是安排的，妳有監視我的任務，而我有讓監視我的人鬆懈的目的。但是我沒想到的是我愛上了妳，我也能感到妳也是用了真感情。我想要告訴妳的是，在感情上我沒有騙妳，我是真心的。」

「是嗎？那你在完成任務後打算拍拍屁股就逃跑了，是不是？」

「我是打算在那時候告訴妳，我是美國的特工，我要讓妳可以選擇把我殺了還是跟我一起逃離。」

崔蓉姬沉默不語，李建成繼續說：「蓉姬，我對不起妳，請妳原諒。我會帶著這份遺憾離開。但是你還年輕，還有大半輩子的日子要過，妳一定要好好的珍惜，把我忘了，找個好男人嫁了。」

「這些都是你計畫的一部分嗎？你知道朝鮮的特工在任務失敗後的命運嗎？我是個年輕的女人，我會受到你無法想像到的悲慘命運。」

「但是你沒有失敗，妳發現了我是美國中情局派來的臥底，在逮捕我時，因為我抗拒把我槍殺。在後院的石頭下埋了一個箱子，裏頭有兩萬歐元和兩萬人民幣，還有一個衛星電話和密碼本。這些都是我的臥底工具，也是妳找到的，妳會是立了功的特務。蓉姬，我能認識妳，和妳一起過了一段輝煌的日子，我的一生就值得了。」

一粒粒的淚珠從崔蓉姬的眼睛裏流出來，她哭泣的說：「你為什麼不早一點告訴我你是臥底呢？我都告訴你我是來監視你的特工，為什麼你不告訴我你的真實身分呢？早些時候也許我們還有機會逃命，現在別人都盯上你了，我們怎麼辦啊？」

李建成也開始流淚，但他還是堅決的說：「過去的就不說了，擺在我們面前的已經很清楚了，我們一起逃跑的時間已經過了，我的路也走到頭了，臥底一旦被發現就只有一個結局。但是妳還有希望，妳一定要把握，否則時機也會消失的。蓉姬，妳開槍吧，死在妳手裏應該是我最好的下場了，別猶豫了，為了我們的愛情，妳動手吧！」

崔蓉姬把眼淚擦乾，把舉槍的手放了下來說：「建成，自從我來到這世界上，就沒有人把我當一回事，首先是我自己的父母親，為了每個月能多拿一點配給，就同意政府把我招去當特工，還說我從此不愁吃不愁穿了，但是他們就不想想我失去家庭的溫暖是何等的痛苦。等到我變成為優秀的特工後，還是不把我當回事。我到五局去報到的第一天晚上，金城泳大校就要我陪他上床。一直到和你結了婚，我才知道什麼是愛情，才感受到一個女人被男人愛著是什麼滋味，我像做夢似的活著，深怕這美夢會醒了。為了報答你給我的愛情，我才違反了嚴格的紀律，告訴你我是來監視你的。但是現在真的是夢醒了。」

兩個人都沉默不語，流著眼淚看著對方，但是崔蓉姬的下一個動作把李建成嚇了一大跳。她說：「沒有你，我活著也沒意思，你先殺了我吧！」

說完了，崔蓉姬就把槍扔給李建成。但是他說：「蓉姬，妳不能死，妳死了我們的愛情也就全白費了。何況我就會馬上被逮捕，他們會對我施加最殘酷的苦刑。如果妳下不了手，我就自己了斷。」

李建成拿起手槍對準了自己的太陽穴，但是崔蓉姬驚叫了一聲飛身而起，手臂一揮，手槍就被她打落在地上，她使出了混身的力量緊緊的把李建成抱住，哭喊著：「不行，建成，你不能走。你一定要先殺了我才能走。」

一對在苦難中的戀人，在生離死別的絕路上徘徊，但是對他們的愛情又不能釋手，他們的情和恨壓得讓人透不過氣來。他們擁抱著一直到天黑，還是想不出一條出路，李建成說：「妳是怎麼知道他們確定我是臥底的。」

「昨天我到辦公室拿東西，看見隔壁桌上有一個特勤小組的紅色公文夾，我看辦公室裏沒人，就打開看一下，裏頭是一份關於對你監視的報告。說是已經有證據顯示你可能是間諜，但是目前還不能逮捕你，因為你和金正恩辦公室關係密切，他們要用這件事在關鍵時刻來打擊金正恩，影響他爭取接班人的地位。」

「蓉姬，在妙香山跟蹤我的那個特工是你殺的嗎？」

「他用長距離鏡頭把你使用衛星電話的情況照了下來，我槍殺了他，把照相機拿走。」

「妳是說因為金家王朝的兄弟鬩牆，就讓我這個臥底能多活幾天，我得感謝他們。」

崔蓉姬抬起頭看著他說：「我想真正的原因是你把趙晨倩伺候得很好。」

「那是核能所派我去見她的。」

「是嗎？那是我活見鬼了，平常是生龍活虎，但是每次去見她回來你就累得像一條蟲，別以為我不知道。」

像所有被發現了有出軌偷情行為的男人一樣，李建成轉開了話題：「妳知道這兄弟兩人還要鬥多久？」

「很難說，但是在金正日去世之前，一定會宣佈誰是接班人的，現在他剩下的日子不多了，所以很可能就快了。」

李建成又陷入沉默，像是個孩子怕失去了心愛的東西，把崔蓉姬緊緊的抱著。過了好一陣子，崔蓉姬問：「你在想什麼？」

「妳記不記得有一次我們說以後該有幾個孩子的事？」

「什麼時候？在什麼地方？」

「當然是在做完了社會倫理允許做的事以後了。」

「那是在床上被你整得迷糊了，當然不會記得了。」

「真洩氣，那是個非常嚴肅的問題，白跟妳費了一大堆口舌了。」

「嗯！想起來了，我說我要兩個女孩，我會教她們跳舞唱歌。」

「妳還記得我要幾個嗎？」

「你差一點兒把我嚇死，說要五個男孩子，那我不成了老母豬了嗎？」

「我是想要組一個籃球隊，所以至少要五個，不過現在可以組男女混合隊，所以妳也可以多生幾個女兒。」

「可是五個還是太多了，要懷大肚子五次，太辛苦了。」

「妳沒聽過有五胞胎的嗎？」

「那我可真的成了老母豬了。建成，你跟我說過，你很喜歡到大學去教書，我也想過跟你到那去開個課外活動的舞蹈班，你說他們會准嗎？」

「太好了，大學裏就是缺少這種課外活動，要不學生都成了書呆子了。有妳這樣的美女老師，一定很受歡迎的。」

「唉！都到這時候了，我還能跟你在一起做夢，建成，我真的很愛你，捨不得你。」

李建成兩手抓住她的肩膀：「蓉姬，我們不能就這麼等死，為了我們未來的孩子，我不甘心，我要反抗。蓉姬，妳願意離開朝鮮跟我走嗎？」

「天涯海角，只要和你在一起，我都願意。」

「你願意幫助我嗎？也許我們還有一線希望。」

古名「柳京」的平壤，市區的大街總是灰灰的，但是指揮交通的女警卻給這城市添加了色彩。她們在主要十字路口的中央，著名的建築或是重要的政府機關前執行任務，淡淡的化妝，手持指揮棒，白制服，藍裙子，雙眼注視往來車輛，或東西或南北，動作俐落的指揮和引導。修長的身材，亭亭玉立，標緻典雅，像是一場天使的藝術表演，但是有一股說不出的性感。女交警的英姿，讓每一個過路人放慢腳步。但是在平壤最高的建築物，樓高一百零五層，高度是三百三十公尺，位於市中心的「柳京飯店」前，卻看不見任何的「鏘鏘玫瑰」女交警，原因是政府正在用千方百計想讓它「消失」，因此它的標籤在官方的地圖上不見了，有人給它取了「幽靈酒店」的外號。它用高高的水泥外牆將整個工地圍住，有武裝的警衛人員把守，更增加了一份神秘感。

崔蓉姬把車開到距離柳京飯店還有兩條街的路邊停下，她看了一下手錶：

「還有兩分鐘警衛就要換崗了，你要在新的警衛接班後馬上進入現場，到現在，雖然你還是沒有被通緝，為了萬一，還是不要用你的身分證，用我剛給你的身分證和特別通行證，他們會放你進去的。他們會馬上打電話通知總部，但是只有金城泳大校知道全盤的發展，他們需要用三分鐘的時間找到他，所以你需要在這之前撤出。其他的就按我們的計畫進行。」

李建成說：「明白，妳就等我出來接我吧！」

「記住了，核彈頭是放在一個鐵櫃裏，只能用我給你的磁卡打開。」

「妳從哪裏拿到的磁卡？」

「科莫克維奇給我的。」

「妳讓他睡了妳，是不是？」

「時間到了，快走吧！」

「妳等著，我一定要把科莫克維奇殺了。」

剛剛接班的警衛看見一輛小汽車來到柳京飯店的門口，車上一男一女都是穿著核能所的夾克，男的下車把後面的行李箱打開，拿出兩個長方型的金屬箱子，大一點的一個上面寫的是「工具箱」，另一個寫的是「蓋氏計數器（放射能測定器）」，兩個箱子上都有「寧邊原子能研究基地」的字樣。女的也下車和男的說了聲再見，坐到駕駛座上把車開走了。

男的提著箱子走到警衛室的視窗前面，他從口袋裏拿出一個名牌掛在脖子上，又拿出一張證明，他指著胸前的名牌說：

「我是核能所安檢技術室的黃大立，這是所長的證書，派我來做安檢。」

警衛把證明書上的名字和名牌上的名字核對，然後登記在一個本子上，他看著蓋氏計數器說：

「是有問題嗎？」

「沒問題派我來幹什麼？」

「嚴重嗎？」

「要是嚴重的話，我會就這樣進去嗎？」

警衛把本子推到他面前：「在最後一欄簽字。就行了。」

「他們告訴我說沒有電梯，要爬樓梯，是嗎？」

「電梯現在通到八樓了，但是儲藏室是在六樓。我們的人會陪你一起上去開門。」

李建成，也就是冒充黃大立的安檢員，提著兩個箱子進了柳京飯店爛尾樓的大堂，他首先注意到的是大堂的面積要比他想像的大得多，地板還是粗糙的水泥地，在它的一邊擺了三張辦公桌，還有一張會議桌和好幾個椅子分散的放著，辦公桌上有兩部電話，但是最顯眼的是一個槍架，上面豎立的擺著十幾支AK-47衝鋒槍，崔蓉姬告訴李建成估計在這裏駐守的特工警衛大約有十五人，但是大堂裏只看見了四個人，加上大門口的兩人，一共才六個，他希望其他的人不全是派去看守儲藏室。

電梯間是在大堂的正中間，面對面一共有八個電梯，但是顯然只有其中的一個是在運行，跟他一起進電梯的警衛沒有拿衝鋒槍，但是腰上掛著一把手槍，手裏拿著對講機，看來他是個小頭目。到了六樓一出電梯就是一條長長的走廊，兩邊的牆和地板和大堂一樣都是沒有加工的粗糙水泥，走廊的兩邊是一個個的門洞，顯然原先的設計六樓是個客房樓層或是辦公室樓層，李建成一眼就看到了核彈頭的儲藏室，那裏的門口有一張小桌子和一把椅子，桌子上有一個電話，警衛看見他們來了就從椅子上站起來，他肩膀上斜背著一把衝鋒槍，槍口朝下。李建成把箱子放下，從口袋裏拿出一個大扣子似的黃色牌子夾在外套夾克的領子上，他把另一個交給小頭目：

「把它扣在外衣上，任何時候扣子變成紅色，你就馬上打電話給核能所的緊急意外通報號碼，告訴他們發生了核輻射外泄，知道嗎？」

從兩個警衛的臉色反應，李建成知道他們開始有點緊張，不自在了，但是最重要的是，警衛已經把他看成是自己人了。小頭目說：

「黃先生，我在門口等您，就不進到儲藏室了。」

「可以，但是還是把扣子帶上。你開門吧！」

小頭目用身上的鑰匙把門打開，就看見一個金屬櫃子，李建成進門把兩個箱子放在地上，回頭就看見小頭目正要把門關上，他大聲的說：「等一等，這是誰的東西？有人進來過嗎？」

「不會啊，這裏沒有任何人來過。」

小頭目把門推開，跨了進去，但是等待他的是李建成的一個強有力直拳，擊中他的鼻樑，不僅粉碎了鼻樑，而且將整個鼻骨壓入了大腦，他反應的哼了一聲後即刻死亡，背著衝鋒槍的警衛還沒來得及反應，李建成出現在門口，用裝著滅音器的手槍擊中他兩眼之間。

他還剩下不到一分鐘的時間，迅速的用磁卡打開了金屬櫃，箱型核彈頭是櫃子裏唯一的物件，將它裝進從工具箱裏拿出來的背包，背在身上，又把警衛的衝鋒槍和兩個彈夾取下來。這時候門外桌上的電話和倒在地上警衛小頭目的對講機一起響了，李建成知道樓下的警衛已經聯絡上金城泳大校了，他拿起了桌上的電話，馬上就聽見有人大聲的喊叫：「這是樓下的警衛室，上面命令馬上逮捕剛來的安檢員。」

李建成用同樣的大聲喘著氣對著話筒喊：「安檢員開槍，跑到走廊一頭的出口往樓上跑了。」

他將蓋氏計數器的箱子拿到電梯的左邊，打開後做了必要的安排，然後進到了電梯右邊的第一個門洞。

柳京飯店警衛室的分隊長，帶著四個全副武裝的特工警衛乘電梯來到了六樓，他們小心翼翼的端著槍，手指按住扳機，看著電梯的門打開，第一眼看見的是倒在地上頭部中槍的警衛，然後就看見左邊的蓋氏計數器箱子和上面的一個炸彈，那是用八個建築用的炸藥管捆綁在一起，可以看見雷管已經裝上了，雖然這是個「土製炸彈」，但是在這封閉的樓道空間，在這麼近的距離和這麼多管的炸藥，如果爆炸，沒有人能逃過粉身碎骨的命運。分隊長大吼一聲：

「有炸彈，大家不許動！」

分隊長看見雷管電線是接在一個黑色的盒子，上面有一個拉環，很顯然，拉環是連在以彈簧觸擊的雷管引爆器上，拉環的另一頭是連在一根離地不到一尺，但是兩頭緊釘在走廊兩邊牆上的白色細繩，如果這根細細的白繩被人拉斷，彈簧就會觸擊雷管而將炸彈引爆。分隊長又下了命令：

「大家注意，地上的白色繩子，它是引爆器，決不能碰，大家小心的跨過去，從走廊一頭樓梯上去。」

分隊長的判斷完全正確，但是他忽略了離白繩不遠之處，還有一根離地面更低，更細的黑色細線，跨過了白繩的第二個警衛踢斷了黑線，轟然一聲，五名特工警衛血肉模糊的倒在走廊上。

李建成在聽到爆炸聲後，就用力的踢開了釘在窗上的木板，外面就是所有現代建築物都有的外觀結構，它是一條條的垂直和水平的鋁管，中間還有外掛的玻璃牆，他順著一條鋁管往下爬，但是很快的就被在圍牆裏巡邏的警衛發現，對他開始用衝鋒槍射擊。李建成滑到四樓，踢開了窗上的木板，迅速的接近四樓的電梯出口，將耳朵貼在電梯門上聽了一下，就用背包裏的一把螺絲刀撬開了電梯門，他必須很快的脫離柳京飯店，否則金城泳大校的援兵一到，他就無法脫身了。

李建成從電梯門口跨上電梯升降井裏的鐵欄梯上，不久，他看見電梯從六樓啟動往下降，在經過四樓時，他跳上了電梯的頂上，輕輕的把頂上的閘門打開一條縫，看裏面空無一人，他知道一定是大堂的警衛按鈕將電梯叫下去，他跳了進去，馬上就按下了到地下停車場的按鈕，電梯經過了大堂沒有停就直下到停車場，大大空空的停車場就只有三輛車子，李建成看中了一輛日本豐田牌的轎車，用螺絲刀把車門撬開，把車鑰匙後面的電線拉出來，三十秒後就將車子發動了，他將車子從大停車場開到出口前最後的一個轉彎出，看了一下四周的情況，又往前開了約二十公尺的距離停在一個柱子後面，然後拿著警衛的衝鋒槍和彈夾，跑到後面的柱子隱蔽。

不到兩分鐘，就聽見一輛汽車以高速接近，他等到最後一刻，車子從轉彎處出現他才開火，將整整一彈夾的子彈以高速集中射擊到目標，汽車失控，撞上了柱子翻車。李建成立刻換上一個新彈夾，如法炮製，跟著出現的第二輛汽車幾乎在同一處翻車，濃重的汽油味出現在停車場的空氣中，李建成又換上一個新彈夾，對著流出來的汽油射擊，火花將汽油點燃，他拿出了對講機：

「柳京警衛呼叫總部，安檢員企圖駕車逃走，在停車場失事，汽車起火，安檢員被困在內。」

李建成以正常的速度開出了停車場，開過了三條街，他看見崔蓉姬的車，在她的車後停下，慢條斯理不慌不忙的下車，上了她的車。

「建成，拿到了嗎？」

「在我背包裏。」

「你沒事吧？怎麼這麼不慌不忙？你就不怕警衛們追出來嗎？」

「他們都不能動了。」

「怎麼了？」

「都燒死了。」

「吹牛！現在要去哪裏？家是回不去了，太危險。」

「先去金日成廣場的停車場，我們需要換輛車。」

崔蓉姬把車開動了：「你在那裏準備好別的車了？然後我們要到哪去？」

「去妙香山賓館。」

「那裏能住嗎？」

「趙晨倩用她的名字訂好了一個房間，我已經拿到了門鑰匙，我們可以從後面進去，沒人會看見。」

「就是你伺候她的同一個房間嗎？」

李建成不說話了，崔蓉姬就繼續說：「你一直不肯告訴我，她是用什麼招數把你弄得累得像狗似的。」

「她已經被我吸收了，成了我們的高級情報員了。」

「不管什麼高級還是低級，我要你像伺候她一樣的伺候我，我是你的老婆。」

「我還沒問妳，科莫克維奇是怎麼玩妳，才把磁卡交給妳。」

伊敏．馬瑟最近的心情不是很好，因為應該跟他聯繫的人都不見了。銀狐在突然離開香港時曾通知他說要到莫斯科見黃狼，但是從那以後這兩個人都不見了，馬瑟打電話到莫斯科的美國大使館，被告知他有好幾天沒來上班了。

他去試了所有這兩人可能去的接觸點，都沒有結果，似乎他們同時從人間蒸發了，唯一他還沒去確認的就是他們是否去了朝鮮。

他剛剛去見了馬賽港口附近的一家小酒吧，那裏有一位妖豔的吧台女是銀狐的老相好，但是她也好久沒有銀狐的消息。馬瑟急著要找銀狐和黃狼是因為軍火商阿邁迪也是十萬火急的在找他們，又有兩個核彈頭的買家下了訂單，還預付了一大筆訂金，馬瑟要知道他們什麼時候能交貨，後續的流程才能定下來，沒有交貨的日期，所有的計畫都不可能進行，所以他急得焦頭爛額。

在回家的路上，路過超市買了些食品，他不想去擠公共交通，就一路步行，盼望會碰到一輛路過的計程車。沒走多遠，他就上了一輛開過來的黃色計程車，司機戴著典型的法國扁帽，上嘴唇留著濃密的鬍子，但是修剪得很整齊，馬瑟把地址告訴他，司機用一口很重的法國南方口音回答：

「謝謝先生，您希望走特別的路線嗎？」

馬瑟覺得這位司機特別的禮貌，他習慣的將車門鎖上：「找一條最快的路就行了。」

過了兩個十字路的紅綠燈後，計程車轉進了一條小街，前面的一輛車慢了下來，他聽見車門的鎖打開，在車子停住的剎那，有三個人開車門進來，後座的兩人把馬瑟緊緊夾在中間按住不能動彈，前座的人拿出手機，按下快撥鍵：

「目標入網，預計三十分鐘到達。」

馬瑟厲聲的問：「你們是什麼人？如果我沒到家，我妻子會報警，說我失蹤被綁架。」

前座的人回過頭來把太陽眼鏡取下：「伊敏．馬瑟先生，多年不見，你不認識我了嗎？我是中情局反間部的勞伯．鍾斯，想起來了嗎？」

「你們搞錯人了，我不是馬瑟。」

「你想再騙我一回嗎？太把我看扁了，我們是拿到了你的指紋和ＤＮＡ才說服了法院，說你又起死回生了，所以才能拿到逮捕證。」

馬瑟知道他已經無法再隱瞞身分了：「你是中情局的官員，沒有司法權，你沒有權力逮捕我。」

「沒錯，我是不能以司法人員的身分逮捕你，但是我現在是執行公民逮捕。」

馬瑟看到了一線希望：「但是這裏是法國，不是美國，你不能用美國法院的拘票執行公民逮捕。」

勞伯．鍾斯說：「你錯了，我們是在法國的土地上，但是坐在美國大使館的汽車裏，根據國際公法，這輛車和裏頭的人是歸美國政府管轄的。馬瑟，你說，我有沒有行使公民逮捕的權力？」

「但是這是一輛馬賽的計程車。」

「不對，這是一輛黃顏色，很像是計程車的美國大使館車輛。馬瑟，你看我們前面那輛車掛的不就是使館的車牌嗎？跟在我們後面的也是我們使館的車，這位司機先生是海軍陸戰隊的士官，負責大使館的警衛工作，我們暫時借調他來當司機。馬瑟，我盯上你已經快半年了，我看你就認了吧！」

馬瑟沉默不語，思考著他的命運也許走到了終點，其實他無時無刻的在想這一天的到來。過了一會，鍾斯說：「當年我沒有足夠的證據逮捕你們，讓你們溜了，把我弄得灰頭土臉的，現在我就要把我的人事檔案裏這段不光彩的經歷更正一下。」

「黃狼和彼德．陸根在那裏？」

「已經在我們撒下的網子裏了，這回他們是無處可跑了。」

「逮捕證上的罪名是什麼？」

「我控告你洩漏國家機密，通敵叛國和逃亡。但是威爾遜和富爾頓還有更多的罪名要加給你，殺害巴克萊的共犯一項，你就逃不過毒針的死刑了。」

馬瑟臉上的血色一下就完全消失了：「殺害巴克萊的是銀狐和黃狼，不是我。」

「那就要看法官會相信誰的話了，你認為法官會相信誰呢？」

「可是我說的是實話。」

「太晚了，不過我告訴你，馬瑟，如果想保住你的小命，我建議你用阿邁迪找到的兩個核彈頭買家，和副局長威爾遜交換他為你準備的毒針。」

馬瑟又陷入了沉默，鍾斯就繼續說：「馬瑟，你很幸運落在我的手裏，你知道你的老朋友銀狐在哪裏嗎？」

「他離開香港去了莫斯科，但是人就不見了。」

「他根本沒離開香港。」

「他不是被驅逐出境了嗎？所以才去了莫斯科找黃狼。」

「你另一個老朋友富爾頓追上了他，把他活活燒死在一個發電廠的鍋爐裏。如果你也想由富爾頓來處理你，我可以安排。」

「我需要律師。」

三輛美國大使館的汽車來到了馬賽港的直升機機場，一架美國海軍的S-76直升機在等待，旋轉翼已經在高速的轉動，勞伯·鍾斯和他的兩個行動員把馬瑟押上了直升機後，立即起飛，目的地是二十海浬外，在地中海上巡弋的第六艦隊航空母艦。

美國中情局的俄羅斯遠東專案官員，彼德·陸根，是長駐在中情局莫斯科情報站負責追蹤前蘇聯紅軍流失的核彈頭，他和代號為黃狼的中情局莫斯科情報站副站長，克瑞·亞當斯一樣是叛徒。這幾天他的心情不安，理由是和馬瑟的不安一樣，找不到黃狼。

他覺得這是很不好的徵兆，也許他應該啟動他事先定好了的緊急應變計畫，他已經得到足夠的錢了，夠他舒舒服服的過下半輩子了，應該結束這個讓他日夜擔心的生活了。他告訴自己，再等一天，如果黃狼還是不見人影，他就決定要走人了。在下班前十分鐘，桌上的電話響了，來電顯示是副站長克瑞·亞當斯的秘書打來的，陸根拿起電話說：

「這是彼德·陸根說話。」

「陸根先生，副站長請您馬上過來一趟。」

「啊！克瑞回來了嗎？這幾天他到哪裏去了？」

「今天中午剛回來，是站長派他出差，到什麼地方我也不清楚。」

「好的，我馬上過去。」

在副站長辦公室裏等著的不是副站長，而是站長本人和美國司法部聯邦調查局（ＦＢＩ）駐莫斯科大使館的代表，還有兩名體型高大，配著手槍的海軍陸戰隊士兵，他們一左一右把陸根的兩臂握住。ＦＢＩ探員宣佈：

「彼德·陸根，你以洩漏國家機密和通敵叛國的罪名被逮捕了。」

兩名陸戰隊士兵將陸根的手和在一起，ＦＢＩ探員很熟練的將一副手銬給他戴上，然後說：「你有保持沉默的權力，但是你的任何說詞都可能會用來在法庭上反對你。你有權力聘請律師，如果沒有財力，公設辯護律師將為你服務。」

陸根正要開口說話，站長打斷了他：

「彼德，你和克瑞兩個人很可能已經把莫斯科情報站完全摧毀了，看在我們多年同事的份上，你就閉嘴吧！但是我可以告訴你，我的站長辭職書和要求提早退休的申請書已經都送出去了，你和我都要耐心的等待總部的回應。」

「可以告訴我，你們現在要怎麼處理我？」

FBI探員說：「現在你要被關在大使館的地下室，等待中情局派人來押你回美國。」

「可以告訴我他們會派誰來嗎？」

情報站的站長回答：「你的老朋友，反間部的勞伯．鍾斯。」

彼德．陸根好像是放心的歎了一口大氣：「只要不是那個『中情局魔鬼』富爾頓就好。」

黃狼不僅是個優秀的情報員和行動員，他對周圍的政治情勢和危機也有很敏銳的觀察能力，他在朝鮮的「核彈頭事業」是因為金家王朝的大太子金正男是他的分贓者，同時也是為他提供保護傘的人。但是在近距離的觀察後，他看出來，金正男是個沒有能力，不能成大事的人，而他的妻子和娘家卻操控著情報和特工部門，巨大的野心完全表露無遺。

金正男和他的弟弟爭奪繼承權的對抗已經非常詭異和白熱化，鹿死誰手，完全是未知數。他深深的感到，一旦金正男失去了權力，他是否能保住人身安全都不敢確定。因此，他決定了，朝鮮不是久留之地。他把最後一筆核彈頭的買賣做成後，累積了幾輩子都用不完的錢，就可以退休了。

科莫克維奇三番兩次打電話給他，催他把核彈頭運進來，他好改裝，好幾個買家拿著大把鈔票在等著，而他的鈾提煉和濃縮，雖然是日夜加工，但是進度還是趕不上。為了安全，黃狼透過在第三國的朋友和馬瑟及陸根聯繫，都沒有結果。他必須親自去一趟符拉迪沃斯托克把紅軍的核彈頭運進來。但是他不能確定俄羅斯特工是否已經和中情局聯手布下天羅地網在抓捕他。根據他長年在中情局莫斯科情報站的工作經驗，俄羅斯對待中情局的基本政策是：「有選擇性的合作」。例如他的專案：「追查前紅軍流失的核彈頭」，俄羅斯特工在美國政府撒下大把的銀子後，成為中情局忠心耿耿的馬仔，毫不手軟的去捕殺他們以前的紅軍同志。因此他費了功夫決定了去符拉迪沃斯托克的路線。

羅先市是在朝鮮北部圖們江下游地區，東南以全長六十四公里的圖們江為界，與中國和俄羅斯隔江相望。朝鮮在一九九一年宣佈設立羅津和先鋒自由經濟貿易區，由中央直接管轄對外開放，是朝鮮唯一的第三國人無需簽證便可前往的地區。

換句話說，他使用俄羅斯護照可以從這裏自由進出邊境，黃狼選擇了一百六十公里外的圖們市作為他跨境的目的地。圖們市位於吉林省東部，長白山脈的東麓，圖們江下游，與朝鮮咸境北道穩城郡隔江相望。

圖們江是中國與朝鮮的界河，下游是朝鮮民主主義人民共和國與俄羅斯聯邦的界河。它是吉林省東部的第一大河，發源於長白山的主峰，引天池之水，匯百川之流，在青山秀谷中一路奔騰，在密林莽原中流淌，等到了琿春地面，江面開闊了，水深流緩，水色是一片平滑的蔚藍，這裏是從琿春出到日本海最繁忙的水道，舟船往來如織，船隻鳴笛之聲不絕於耳。

在中朝邊境的一段，河的北岸是延邊朝鮮族自治州，南岸是朝鮮咸鏡北道。不少從朝鮮逃脫的非法移民，所謂的「脫北者」，就是在這一段邊境越江而進入中國。但是黃狼是大大方方的以第三國公民跨過了圖們江。

到達緊靠圖們江的口岸時天色已晚，他看見宏偉壯麗的國門高高矗立在中朝國境橋頭，國門兩側的江邊公園前，來觀光的遊人絡繹不絕，他登高遠眺，看見城區內燈火通明，數十座大樓彩燈放射出五光十色的光芒，把圖們市的夜景裝點得非常美麗妖嬈。黃狼在口岸區徘徊了近兩小時，主要在注意有沒有俄羅斯特工在盯他，滿意的覺得沒有可疑的人出現後，他才去入住酒店。

牡丹江市位於黑龍江省東南部，是黑龍江省第三大城市，也是黑龍江省東部和吉林省東部最大的中心城市，牡丹江市，因松花江上最大支流之一的牡丹江橫跨市區因而得名。

「牡丹」在滿語中稱為「穆丹烏拉」，「穆丹」漢譯為「曲曲彎彎」之意。「烏拉」是「江」的意思，也就是「彎彎曲曲的江」。牡丹江是一座歷史積澱非常厚重的城市，早在三千多年前，滿族人的祖先肅慎人的一支，就在這片土地上揭開了牡丹江流域人類歷史的最早篇章。

唐朝時期的渤海國就曾建都在這裏，它的上京龍泉府遺址就是在鏡泊湖東北的牡丹江畔，寧安市渤海鎮境內，渤海國的建制和規模完全是模仿一千三百多年前唐朝的長安城。上京龍泉府是當時東北亞政治，經濟，軍事和文化中心，渤海國強盛時期被稱為海東盛國，統轄地域北至松花江下游，南至朝鮮半島北部，東臨大海、西南達今天的遼寧省北部至東部。渤海國與唐朝往來密切，廣泛接收和吸納了中原文化，漢字是渤海國的通用官方文字，渤海國的政治、經濟、文化、藝術、宗教、科學技術各個領域都與唐朝相近。

這些對於從圖們市乘火車到達的黃狼都不重要，他是看中了牡丹江市是東北亞陸海聯運大通道和歐亞大陸橋重要節點，東部毗鄰俄羅斯濱海邊疆區，牡丹江成為中俄地方友好示範城市。除了有大批的俄羅斯人因經商和工作居住在此外，還有大量的俄羅斯人經常從這裏經過綏芬河陸路口岸回到遠東地區，尤其是符拉迪沃斯托克。

綏芬河位於濱綏鐵路的最東端，是通往俄羅斯遠東地區的最重要的國際口岸城市。哈爾濱到符拉迪沃斯托克的國際旅客列車，是經由綏芬河出境。但是為了安全，通曉流利俄語的黃狼要混在一群返家的木材工人中，乘大卡車去到符拉迪沃斯托克。

他是在第二天下榻的雪鄉賓館外面一家飯館吃早飯時和一群俄羅斯工人搭上了線，黃狼用三十塊歐元給卡車司機，取得他的同意，讓他搭便車回符拉迪沃斯托克。出發後開了好幾個鐘頭，就進入了原始森林，一路上是沿著牡丹江支流的小海浪河逆流而上，外面的景色是奇美無比。

在半興奮半瞌睡的狀態下，映入他眼簾的是大片大片的綠，他感到似乎空氣裏的氧含量都多了起來，從山上看下去，是那彎彎的牡丹江一直伴隨著他們的卡車。在月亮出來時，他們才開到一家小旅店，一進門牆上就掛著一個橫幅，寫的是，「菜香酒濃情滿溢」，下面還有一排俄文的翻譯。

等大家把行李放進房間，洗把臉出來到飯廳，就看見幾個大飯桌上擺滿了正宗鍋包肉，小雞燉蘑菇，木耳炒肉，白菜燉粉條，還有不知名字的蒸魚，燉泥鰍，蒸蛋，專門溜的田雞。當然還少不了有名的烈酒東北燒刀子。大夥餓狼似的撲向那些美食，俄羅斯木材工人喝酒是一缸一缸的喝，等到菜吃到一半時，有幾個人就倒到桌子底下，呼吸著清新的空氣昏昏沉沉的睡了。

平常酒量很好的黃狼也是其中之一。黃狼是躺著的，但是他身下的顛簸把他弄醒了，他首先覺得手腳不對勁，好像不聽使喚，不能動。他一睜開眼睛就看見一輪大月亮，把黑暗的夜晚都照得通亮。但是月亮是在上下左右晃蕩，過了一陣他才明白他是躺在開動的汽車上，而他的手腳都是被捆住的，所以才不能動彈。

他很快的回憶在過去二十四小時發生的事，是什麼人將他捆綁在這車上？為什麼？只有知道了答案後他才能想出個脫身的辦法。他能看出來，他是被放在一輛越野車後面放行李的空間，因為車底的彈簧很硬，很可能是一輛北京吉普。前面一共有三個人，司機和兩個乘客，三個人都沒有開口，所以他無法辨認是哪一方面的人，是當地的搶匪？還是俄羅斯工人幹一票業餘強盜的買賣？但是他最恐懼的是中情局派來追捕他的行動員，可是他事先的各種防範迂迴和觀察都沒有發現任何蛛絲馬跡。黃狼用俄語說：「前面的朋友，你們有什麼要求，可以商量嘛！」

汽車繼續的在顛簸著，但是沒有人回答，黃狼有點放心，這三人很可能是當地的土匪，在幹綁架勒索的勾當。黃狼感覺到汽車轉了個彎，換成低擋，引擎的馬力加大，開始了大幅度的上下顛簸，顯然是離開了路面在越野，這時他發現了他的手腳不是被繩子捆綁住，雙手是被手銬扣在背後，腳上是戴著腳鐐，脖子上是用鐵鏈扣住，另一頭是握在後座人的手裏，黃狼的心往下沉，這是中情局的行動員押解恐怖份子所用的手法，隨即他又覺得全身繃緊的肌肉放鬆了，因為所有的顛簸，晃動和引擎噪音都突然停了，一個多年前熟悉的也是出現在他惡夢裏的聲音：「中情局莫斯科情報站副站長，克瑞．亞當斯先生，請下車吧！」

惡夢成真，黃狼開始出冷汗：「富爾頓，是你？」

北京吉普的行李後門打開了，開車的司機把黃狼像行李似的拉出來，他問：「把他放在哪裏？」

黃狼這時看清楚了，他就是拿了他三十歐元的卡車司機。富爾頓說：「就在這旁邊的大樹。」

司機將他從地上拉起來站好，黃狼看見了多年不見的富爾頓，看起來老多了，如果當年在法蘭克福機場，他站的位置和那顆為了他放的炸彈更近一點，今天他也不會是階下囚了。

他看見富爾頓的夾克裏斜背著一個槍袋，裏頭有一把大號的格魯格手槍，但是最顯眼的是他的腰上有一把美軍特種兵使用的刺刀。

另一個一直拉住他脖子上鐵鏈的人，原來也是和他一起坐卡車的，吃飯時就坐在他身邊拚命吃小雞燉蘑菇和勸他喝酒，也許是他在酒裏做了手腳，他才這麼容易的喝醉了。他背著背包，肩上掛著一把以色列的烏滋衝鋒槍。

黃狼一個人被捆得牢牢的，面對著三個人，他能夠反抗的機會和可能太少了，唯一的可能是和他們交換富爾頓想要的情報。卡車司機把黃狼推到大樹前，拿出一根鐵鏈把他的腰綁在樹上，再用鎖鎖住。同樣的把他的腳也用鐵鏈鎖住。最後把套在他脖子上的鐵鏈在大樹上繞了幾圈再鎖住，黃狼和大樹成為一體，分不開了。他聽見富爾頓說：「黃狼，我能理解你現在被牢牢捆死在大樹上的感受，當年我被你的炸彈把全身都炸散了，躺在床上十八個月，一動都不能動，醫生在我身上做了十七次手術，等到能下床時，就忘了怎麼走路了，他們像教小娃娃似的，教了我六個月我才學會了怎麼走路。不過你不用擔心，你鎖在樹上的時間不會很久的。」

「富爾頓，我是怎麼被你們發現的？」

「現在跟你說也無所謂了，在銀狐給我們的錄影帶裏，巴克萊用眨眼皮的方法送出摩斯電碼，說黃狼是叛徒。所以你還是敗在他手裏。」

「但是你們並不知道黃狼就是我。」

「沒錯，雖然反間部的鍾斯懷疑你是內部的奸細，但是他沒有具體的證據。後來是在監聽軍火商阿邁迪的電話，才讓他取得了你在西班牙和銀狐見面的證據。」

「當年把巴克萊整死完全是銀狐的主意，如果要報仇，你應該去找他。」

「我同意，銀狐是主凶，所以我已經把他活活的燒死了，這也是他沒去成莫斯科的理由。」

黃狼的心跳加快，腦門開始冒汗，他聽見富爾頓說：

「一郎，和總部聯絡上了嗎？」

禾田一郎蹲在地上的筆記型電腦前，有一個衛星電話和它的天線連在電腦上，他回答：

「剛來的傳真，伊敏．馬瑟在法國的馬賽被捕，正在押回美國的途中，陸根已經在莫斯科的大使館裏被扣押。聯邦法院已經發出克瑞．亞當斯的逮捕令。」

「黃狼，聽見了嗎？你現在被逮捕了。」

「富爾頓，我明白你要為巴克萊報仇的心，所以你殺了銀狐，也要把我殺了。我對不起巴克萊，如果你放我一馬，我給你好處。」

「什麼好處？」

「用我全部的存款換你給我一條生路。」

「你有多少錢？」

「五億多美金存在開曼群島的銀行。」

「你把帳戶號碼和密碼告訴我，我馬上就上網看你是不是在蒙我。」

禾田一郎很快的將黃狼說的資訊輸入了電腦，富爾頓說：

「黃狼，你在中情局的時間不比我少很多年，你為了這五億就能違背你的誓言，就能陷害你的同事嗎？」

黃狼沉默了一會才回答：「我和伊敏．馬瑟一樣是穆斯林，這是信仰問題。」

「你他媽的別跟我瞎扯蛋，你的穆罕默德要你去拿五億美金嗎？」

「那是我賺來的。」

「你拿什麼賺的？出賣跟你一起出生入死的同事？還是出賣核彈頭？哪樣的利潤大？」

禾田一郎說：「總部回電了，說開曼群島的號碼帳戶是屬於克瑞．亞當斯的，帳上的存款是五億七千多萬，政府已經要求凍結它了。」

富爾頓說：「一郎，你說我們倆加在一起要到哪輩子才能賺這麼多的錢，還是穆罕莫德有辦法。我說，黃狼，既然把你的錢凍結了，政府早晚能拿到，所以我就算你是交出這筆錢了，所以我不會殺你的。」

「那你可以放我走了？這裏是什麼地方？」

「這裏是紅松原始森林區的灰狼谷，中國東北最有名的灰狼就經常出沒在這裏。聽說灰狼很兇殘，喜歡咬殺人，所以這裏很少有人進來，來的人要小心翼翼的說話，生怕引來了大灰狼，去年就在這片林子裏還尋找到一個千年靈芝和千年老山參。」

「富爾頓，那你需要把我送回到牡丹江。」

「別急，威爾遜副局長特別給我下了死命令，決不可以為巴克萊報私仇，要我一定要把你交給反間部的鍾斯。所以你還得在這裏等他。但是有一件事我得請你包涵：我在老婆的墳墓前答應過她要手刃殺她和女兒的人，現在我不能殺你了，但是我得捅你一刀，象徵性的意思意思。我不會讓你死的，但是免不了要流點血。一郎，把東西收好，我們準備上路了。」

「富爾頓，你這個魔鬼，你是要把我留在這裏餵狼，是不是？提醒你，威爾遜要你把我交給鍾斯，是要我接受法律制裁，你敢抗命嗎？」

「當然不敢，但是他沒說要我交一個活人還是一堆骨頭就行了。灰狼把黃狼吃了，不是挺有意思的嗎？」

黃狼感到他一生裏最絕望的一天來臨了：「慢點，富爾頓，你覺得五億七千萬美金是個大數目，但是你還是不動心，如果我能給你比它多十倍和二十倍的財富，來換我的一條命，你動心嗎？」

「你說吧！」

「可是我要你發誓，你要放我走。」

「黃狼，你太小看我了，我不傻也不瘋，你講你的故事，我聽了像是真的，我就考慮。」

「在英國有一個伊斯蘭極端組織，頭頭是個中國女人，她手裏有一張地圖是當年穆罕莫德的兒子們互相殘殺時，將財寶隱藏的地方，我可以幫你拿到這個地圖。」

「這女人叫什麼名字？」

「嚴曉珠。」

富爾頓把禾田一郎給他的塑膠袋打開，把裏頭切好了的一塊塊生肉撒在黃狼的周圍：

「MI5已經告訴我們這個資訊了。這裏的人說，灰狼最喜歡在滿月的晚上出來獵食，今晚的月亮是圓的，我又放了這些肉在這，牠們很快就會出來了。據說灰狼在獵殺動物時會先咬喉嚨，把獵物殺死，所以我把你的脖子用鐵鏈圍了幾圈。」

黃狼厲聲的說：「富爾頓，你是個魔鬼。」

「只有恐怖份子才叫我魔鬼。」

「中情局魔鬼」拔出腰上的刺刀，鋒利的刀刃在月光下閃爍，當刺進下腹時，黃狼慘叫了一聲，刺刀拔出來時有一股鮮血流了出來。他對著奄奄一息的黃狼說：「巴克萊現在天堂，你只能到地獄去找銀狐了。」

北京吉普在不遠的地方等待，沒有馬上離開，三十分鐘後，傳來黃狼的第一聲哀嚎，但是在以後的三小時裏灰狼群的搶食吼叫聲裏還摻著黃狼被撕裂的哀嚎。

朝鮮的核能技術是在五〇年代開始的，在都相祿、李升基、韓仁錫以及丁根等朝鮮老一輩核子物理專家的帶領下，目前已經培養了約有三千多人的龐大核研究隊伍，朝鮮核子物理學領域最著名學府金日成綜合大學和平城理科大學已經成為朝鮮核研究人員的培養中心。

此外，平壤高等物理學校，金日成高等物理學校等也都在物理學領域佔據一定的地位。金策工業綜合大學是以工科為主，一九八九年五月該校發表了一篇「在室溫下成功實現核融合反應」的論文，研究水準之高，令世界震驚。

朝鮮核能研究的硬體建設是從二十世紀五〇年代末開始，這些設施包括鈾礦、精煉廠、核燃料工廠、核反應爐、回收設施以及研究機構，基本擁有了從鈾礦開採到核廢料處理的核燃料循環體系，具備了研究及製造核武器的能力。其中大名鼎鼎的就是寧邊核設施了。

寧邊擁有朝鮮唯一的正在運轉的五兆瓦核反應爐，上世紀六〇年代中期，在蘇聯的協助下，朝鮮創建了寧邊原子能研究基地，培訓了大批核技術人才。雖然寧邊核反應爐是屬於石墨式反應堆，但是它的廢燃料棒可被用來提取製造核武器的原料——鈽。

但是這樣的生產方法太慢，產量太小，不足以用來製造核子彈頭。核彈頭需要的高濃度原料是需要用數百台高技術的離心機同步運轉來提煉，根據中情局所收集的資料和情報，朝鮮透過了不同的管道，在過去的幾年中已經從德國，英國和瑞典等歐洲國家進口了大約五百台的離心機。

朝鮮的鈾蘊藏量為兩千六百萬噸，可採量約為四百萬噸，使用這五百台離心機可以生產約廿至廿五公斤的高純度濃縮鈾，可用來製造六到十枚左右的核武器。但是這五百台離心機存放在何處？中情局動員了最好的偵查衛星圖片分析專家，國際原子能機構（IAEA）派出了大批檢查監督員，全都無功而返。

李建成用他的專業知識，細心的觀察和聆聽同事間無意的談話，他抽絲剝繭的從眾多的可能中發現了幾個可疑的地點：首先這個不為人所知的神秘核設施一定要遠離人口集中的地區，第二，這地區的耗電量很大，要遠遠的超過當地居民所需。

從朝鮮發電廠的官方資料裏，李建成發現在朝鮮北部摩天嶺山區裏有一個小村鎮，只有兩百多戶人家，但是附近卻有一個大型發電廠，同時也發現這個發電廠並不在北朝鮮的輸電網上，也就是說，所有的發電量都是被當地所耗用了。

進一步的調查，他發現在發電廠的資料裏並沒有列出這個小村鎮的名字，但是他在圖書館裏找到一本十年前的地圖，上面有寫出了這個村鎮的名字，它是叫「藥山村」，這一帶在古時是以盛產多種藥草而著名。但是三年前，也就是在發電廠開始運轉後，這個村鎮就從所有的官方文件裏，包括所有的地圖，就完全不見了。

李建成還看到十年前這裏是一個鮮為人知的景點，是因為當地有一個巨大的溶岩山洞，裏頭有千年來由溶化的岩石所形成的各種奇形怪狀石頭，因為溶岩的特殊化學成分，這些怪石都是雪白的顏色。整個山洞裏是冬暖夏涼，曾吸引了不少觀光旅遊的人。但是三年前軍隊進駐，改變了一切。

根據趙晨倩從金正恩辦公室取得的資訊，「藥山村」的警衛人員分為兩個部分，一部分是負責

「地區」的防衛任務，因為那裏曾是金日成在朝鮮各地的若干別墅區之一，後來金正日又繼續保持它為度假的地方。第二部分是「岩洞」的警衛，是由第五局的安全保衛科負責，也就是朝鮮國家安全機構特工的任務。「藥山村」是朝鮮的秘密核設施得到了證實，但是它的功能和目的還是不清楚，李建成對它進行了實地的調查。

藥山村是在朝鮮北部摩天嶺山脈的南方，從鴨綠江南岸的惠山市，或是從它東邊的白岩市都有公路可達。李建成是從白岩市上了往惠山市去的「支線公路」，雖然惠山市是在石岩市的西邊，但是這條「支線」卻是向北。

李建成首先注意到公路是朝鮮典型的雙車道「支線公路」，但是仔細的觀察，可以看出來這條公路是為重型卡車設計的，路上來往的車輛幾乎全是載貨的卡車和黑色的公務車，它們的共同點是車上沒有任何機關的標誌。摩天嶺是朝鮮的著名林區，李建成注意到路邊的樹林越來越濃密，可以看到前方的公路是林蔭夾道，將陽光遮住了，他打開了車頭燈，看見前方是有路卡出現，一位荷槍的士兵舉起了停車牌，他在路卡欄杆前停車，突然靈機一動，從上衣口袋裏掏出他的工作證，對站在車窗外的士兵說：「我是核能所的。」

荷槍士兵向工作證瞄了一眼，沒有要求打開核對上面的照片，就回頭說：「核能所的人。」後面的另一個士兵升起了路卡的欄杆。汽車在樹林中開了約有三公里的路，前面出現了一個停車場，進入的車道分成兩線，右邊的有路標箭頭指向右邊的停車場和警衛室，左邊的路標上寫的是「工作人員」。

顯然，非工作人員是要到警衛室辦裏手續。但是最顯眼的是幾乎每五步一崗，十步一哨，佈滿了荷槍實彈的士兵，他們穿的制服和早先路卡的警衛士兵不同，但是和柳京飯店警衛所穿的是一樣，他已經進入了特工的警衛範圍。

李建成把車停在警衛室附近，在三名持槍警衛的注視下走進了警衛室，室內有四名警衛，都站了起來，其中的一個把手放在掛在腰上手槍的槍把上。櫃檯後面一位體形高大的隊長露出笑臉問他：「有什麼事嗎？」

「啊！對不起，我叫李成偉，小時候在藥山村長大的，這次回來想看看我們李家的親人，想請問一下藥山村離這裏還有多遠？」

大個子的笑容沒有了：「身分證。」

李建成把前幾天才製成的「身分證」遞上，高個子仔細的看身分證和他，顯然是在核對上面的姓名，年齡，出生地和眼前的人，他說：「職業？」

「我是跑船的。」

「水手嗎？」

「我是當二副的。」

高個子又看了一下身分證，確認了職業，他說：「你到這裏來的目的是什麼？」

「我的船昨天停靠在清津港卸貨，然後還要再裝貨，會停個四五天，所以就回來看看。」

「你上一次到藥山村是什麼時候？」

「噢！大概是二十年前的事了。這裏全都不認識了。」

大個子的笑容恢復了，他把身分證還給李建成：「是嗎？那是很久以前的事了，現在這裏已經成為我們國家的重要設施基地，所有藥山村的人都搬到惠山市了，你到那裏的民政事務所打聽就能找到你的親人。」

「啊！原來是這樣。從這裏再往前開就能到惠山市嗎？還要多久呢？」

「再繼續往前開，大約一個多小時吧！」

「對不起，長官，以前這裏有個大山洞，裏頭有很多白色的怪石頭，我們叫它白岩洞，現在還開放嗎？」

「李二副，白岩洞就在這前面，但是現在是禁區，閒人不能進去了。它的後面本來就是你小時的藥山村，現在開闢出一個人工湖，是國家重要人員的別墅區。」

李建成走出了警衛室才看清楚整個的停車場和公路都被濃密的樹林隱蔽住了，怪不得偵查衛星無法發現它，從停車場再往前四五十公尺的地方就是一座樹林茂密的大山，在山腳的林蔭裏隱隱約約的可以看出來有一個二層樓高的山洞口，公路直接通往裏頭。同時也有一條三千伏特的高壓電線，架設到裏頭。只有同時使用五百台提煉和濃縮鈾二三五的離心機工廠，才會需要如此龐大的用電量。

開出了停車場，轉了一個彎，李建成就看見了依山而建的人工湖，整個地區的景色優美，氣候宜人，自然生態景觀保持得非常好，湖水清澈，山脈蔥綠，彷彿是個天然大氧吧。

它有良好的湖濱浴場，沙灘一帶陽光明媚，波光山色，是旅遊觀光度假的理想去處。湖中有一個小島也非常優美，像是一塊翡翠漂浮在湖中。

下午的陽光像是把一層多彩的絲紗輕輕地覆蓋在上面，周圍的湖面波光鱗鱗，就像是一幅絕美的風景畫。湖中島上有一個別墅區，是一群天藍色的小屋子，四周開滿了粉紅色的鮮花，再遠處是齊人深的蒿草，這裏應該就是當年金日成的別墅了，病危中的金正日大概也不會光臨這裏了。這次到摩天嶺的實地考查，不僅證實了生產核子武器原料的工廠位置，李建成還看見了俄羅斯顧問科莫克維奇的座車開進了山洞。

一輛帶有第五局醫務室標識的救護車來到了白岩洞的秘密核武器設施基地，進口警衛隊的隊長看了一下救護車的車牌號，核對了他手上的記錄板，他看見駕車的是個中年人，臉色黝黑，戴著一副大眼鏡，頭髮留得很長，像是很久沒去理髮了，旁邊坐的是個年輕的女人，兩人都穿著醫務人員的白色工作服，警衛員站在駕駛員的車窗外說：「對不起，我需要看一下二位的證件。」

核對完了兩人的身分證和工作證後，警衛員說：「您就是五局的吳醫師嗎？」

「是的，我是五局醫務處派來給科莫克維奇做身體檢查的。請告訴我他的辦公室在那裏。」

「他在七號工作間，進了山洞就沿著黃線走，兩個右轉後就是七號工作間。俄羅斯顧問的辦公室是在左邊的第三間。」

李建成化裝為醫生第二次到藥山村，是來執行中情局要摧毀這秘密核武器設施的任務，崔蓉姬就在他旁邊。一周前，她打電話給科莫克維奇，說她非常厭煩了朝鮮的生活，要他帶她離開到外國去，科莫克維奇說，他正在做一項重要的裝置，完成後就有一大筆的收入，存在國外的銀行，但是崔蓉姬不相信，說他是騙子，沒有誠意，只是在玩弄她。科莫克維奇說好說歹都無法說服她，最後只好告訴她實話，說他是朝鮮在國際軍火市場販賣小型核彈頭的改裝技術專家，目前已經有三個買家拿著大筆的美金找上門來，但是他們現在只有一個完成的存貨，而原來從俄羅斯走私來的毛胚貨源斷了線，所以他正忙著用提煉出來的濃縮鈾來改裝製造小型核彈頭。再有半個月就能完工，到時候他就會成為非常有錢的富豪，他們要去任何地方都沒有問題。崔蓉姬半信半疑的說要親眼看看才信他說的，她告訴科莫克維奇，她有一位親戚是第五局醫務室的醫師，可以安排去他辦公室為他做健康檢查，她可以護士身分一起到他的辦公室。

救護車停在七號工作間的門口，李建成下來把車後門打開。救護車是用小型卡車改裝的，後面放著兩張折疊式的有輪子的推床。他把一張取下來，再把車上的兩個手提箱子放在推床上，兩個箱子上分別有「心電圖儀器」和「醫務箱」的字樣。崔蓉姬在前面拉著推車，走到工作間的門口時，拉門就自動的打開了，顯然，為了減少工作人員的數目，很多地方都已經自動化了。他們在掛著「科莫克維奇顧問」名牌的門口停下來，崔蓉姬輕輕的敲門：「五局醫務室來做體檢的。」

一位四十多歲的中年婦女把辦公室的門打開：「顧問正等著妳呢！」

一進門是間接待室，除了一個秘書的桌子，幾個書架和檔案櫃外，還有一張桌子，是放在另一個門邊，有一位穿制服配著手槍的警衛員坐在桌後，醫生說：「護士，妳先去量一下顧問的體溫和血壓，然後準備躺在這推床上量心電圖。」

「是，明白。」

護士提起了醫務箱，向警衛員笑一笑，輕輕的把旁邊的門推開進去，然後又把門虛掩上。醫生將心電圖的箱子打開，然後問秘書：「請問這裏的電壓是多少？二百二？還是一百一？」

秘書回答說：「是二百二伏特。」

醫生走過去把接待室的門從裏頭反鎖，然後把心電圖的儀器從箱子裏拿出來放在推床上，箱子底下是一條接插頭的電線，旁邊有一把手槍，已經裝上滅音器，槍管顯得特別的長。崔蓉姬開門進去時，科莫克維奇正站在打開的保險櫃前注視著一個打開著蓋子的鋁製小型手提箱，她走過去把醫務箱放下說：「你看，我來了。」然後就抱住他親吻。

科莫克維奇摟著她說：「妳看，就是這個玩意，它值一千多萬美金。」

「啊，原子彈就是這個樣子啊！」

「妳別小看它，威力要比炸日本廣島的那顆還大。現在除了我之外，就只有妳知道這山洞裏還有一顆現成的核彈頭，連金城泳大校都不知道它藏在這裏。」

「真的嗎？放在這裏太危險了。」

科莫克維奇笑著說：「別怕，它裏頭還缺一樣東西，現在還不能爆炸。」

他臉上的笑容消失了，他發現有一個人出現在面前，大眼鏡和假髮都取下來了，他驚訝的說：「李建成，你怎麼來了？」

「我是替我老婆開車，送她到這裏來的。」

「你是想來聽我講怎麼玩你的老婆嗎？告訴你，她馬上會是我的老婆了。」

「是嗎？她告訴我，你不像是男人，動兩下就完了，有像你這麼玩女人的嗎？」

「你少費話，沒有我的批准，沒有人可以進到這裏，我要逮捕你，警衛，你進來！」

李建成把放在身後的手伸出來，讓科莫克維奇看見那長長槍管的手槍：「太晚了，他們先走一步，上西天等你了。」

科莫克維奇突然有所領悟，他厲聲的問：「李建成，你是什麼人？」

「我讓你死得明白，我是美國中央情報局的情報員，我到朝鮮的任務就是要攔截核彈頭，阻止他們流入恐怖組織的手裏，還有，就是來處理像你這樣的人渣。蓉姬，動手！」

科莫克維奇感到脖子被針刺了一下，是崔蓉姬在他身後將注射針筒裏的強力麻醉藥劑注進他的身體，隨即他兩腳發軟，全身癱了下去，所有的肌肉神經都失去了功能，包括說話的能力，但是還保持有感官的功能，他能看得見和聽得見。

李建成將注意力集中在面前的小型核彈頭裝置，他馬上就認出來這是個「槍式」的設計，鋁箱裏的球形高純度鈾二三五和發射另一個高純度鈾二三五小短棒的「槍管」以及用微量傳統炸藥射擊和它的雷管裝置都一目了然。他從口袋裏拿出富爾頓給他的鈽二三九碟片安裝在球體的底端，擺在眼前的鋁箱成為了一個完整待發的核彈頭武器，最後他將所有的線路再檢查一次，他看了一下手錶，將起爆裝置開啟，輸入了爆炸時間，富爾頓已經告訴了他，中情局的叛徒黃狼可能已經到了朝鮮，不能打草驚蛇，把他嚇跑了，影響逮捕到他的機會，因此他設定較長的時間。

在把蓋子關上之前，他將時間顯示器的電線剪斷，讓人在乍看之下，還以為起爆裝置沒有啟動，李建成關上了保險櫃。

在同時，崔蓉姬也忙著把推床放平到近地面成為擔架，使出吃奶的力氣把科莫克維奇移到擔架上，然後用推床上的帆布帶將他牢牢的固定住，再跟他說：「我們要把你一手建立隱藏在山洞裏秘密核武器設施基地徹底摧毀，但是你暫時還不能死，你要活著，我們才能跟你一塊出去。」

科莫克維奇的大腦完全是在正常狀態，他明白了李建成和崔蓉姬要幹的事，但是他除了轉動他的眼珠外，什麼都不能做，他睜著眼睛看見崔蓉姬把他秘書和警衛員的屍體從外屋的接待室拖到辦公室裏，他也看見李建成站在鋁箱前忙碌的工作，但是看不見他在做什麼，只看見他將保險櫃關上，轉動了號碼鎖，他感到有點放心，世界上只有他知道開鎖的號碼，現在沒有別人能拿到裏頭的核彈頭了。

李建成和崔蓉姬一起把擔架從地上抬起來，它馬上又恢復成為有輪子的推床，然後把氧氣和鹽水用上。李建成向崔蓉姬笑了一下：「我們的任務完成了，現在要開始撤離現場，準備好了嗎？」

「老公，我什麼時候沒為你準備好？」

李建成對她曖昧的笑了一下，他拿起了辦公桌上的電話請總機接警衛室：

「我是五局的吳醫師，科莫克維奇顧問在辦公室突然心臟病發作，需要送惠山的軍醫院急救，請派車開道護送。」

李建成和崔蓉姬將擔架推床推出去，把辦公室和外屋的接待室都反鎖上，打開了停在七號工作間的門口救護車的後門，用力的把推床推進去，它的支架折疊起來變成擔架，崔蓉姬馬上將救護車上的氧氣和鹽水換上。當警衛室的車來到時，救護車上的紅燈已經在閃動了。留著長髮和戴著大眼鏡的吳醫生跟著警車來到大門口的警衛室，一位警官出來將救護車的後門打開，看見穿著制服的護士和頭部朝外躺在擔架上，掛著鹽水和戴著氧氣的病人，他要求將氧氣面罩取下，病人的嘴巴微微的張開，似乎是想要說話，一雙眼睛有一種無法形容的異樣閃光，是死前想留下遺言？是生命結束前的焦慮還是最後的絕望？警官用手觸摸病人的額頭，顯然是試一試病人的溫度，他說：「顧問先生，請您安心，很快就會把您送到醫院了。」

他將救護車的後門輕輕的關上，走到車前跟：「吳醫師，科莫克維奇顧問是我們最重要的技術專家，要儘快的把他送到醫院，我派一輛車在前面開道，還有一輛殿後，確保安全。請在這裏簽字。」

在前方警衛員開道下，救護車響起了刺耳欲聾的警笛，伴隨著車頂上旋轉閃爍的紅燈，李建成和崔蓉姬風馳電掣的離開了停車場。

十分鐘的快速行車讓他們離開了濃密的樹林，李建成發現一天裏所剩下來的已經是夕陽了，他看了一下手錶，算了一下他剩下在朝鮮的時間還有多久，大聲的對後面說：「看見前面轉彎的地方了，準備！人死了嗎？」

「還剩一口氣，但是脈搏很弱了。氧氣和鹽水都拿下來了，但是給他打了一針強心劑，暫時還死不了。」

「別讓他昏迷，我要他醒著看他是怎麼死的。」

公路上出現了前方有急轉彎的路標，開道車的剎車燈亮了，行車速度很快的減低，但是救護車沒有減速，相反的，李建成將油門踩到底，兩車的距離迅速的縮短，就在開道車要轉彎時，救護車從後面轟然一聲撞了上來，開道車馬上失控，駕駛的警衛員努力的在和剎車及方向盤掙扎，想要克服從後方來的突然撞擊，完成轉彎，使車子保持在路上，但是沒有成功，車子衝斷了路邊的護欄，掉到山谷裏。救護車在因撞擊減速和及時的剎車下，完成了正常的轉彎。跟在後面的殿後車，雖然聽到了轟然一聲，但是因為救護車擋住了視線，並沒有看見開道車衝下山去，也順利的減速完成了轉彎，但是發現前面救護車的後門是開著的，那位穿著白色制服，非常漂亮的護士手裏握著衝鋒槍，把一整個彈夾裏的子彈全部射擊到目標，車子在左右搖擺幾下後，撞在山上起火燃燒了。

救護車開進了一條小路停了下來，李建成和崔蓉姬脫去醫護人員制服，各自將背包背上。李建成對奄奄一息的科莫克維奇說：

「你大概還有半小時的生命了，但是讓你這麼上路太便宜你了，我在救護車裏澆了汽油，點了火之後把你一生的罪惡都燒得一乾二淨，你在來生就好自為之吧！」

他們從山路走向白岩市到惠山市的主線公路，找到了他們停車的地方。崔蓉姬第一次看見李建成有一個手機，他開機後看到一則趙晨倩發的簡訊，說勞動黨已經決定了接班人，近日內就會公開宣佈。崔蓉姬看了簡訊後：「建成，你們不怕國安部監聽嗎？」

「兩個手機都不是我們的，簡訊內容也不能追溯到我們。」

「我想現在白岩洞他們應該明白是怎麼回事了，惠山市是不能去了。」

「蓉姬，第五局的特工和金城泳的人還沒有把我們和白岩洞的事聯在一起，否則一定會發出對我們的通緝令，那趙晨倩也會知道，馬上會發簡訊給我。」

他們在山中的小路行走，李建成看了看手錶加快了步伐：「蓉姬，我們要儘快的離開這裏越遠越好，天黑後在山裏找個農家，花點錢，借宿一晚，我們有一張床就行了。」

「這都什麼時候了，你還想這種事。」

「妳是萬壽台舞蹈團的演員，我是朝鮮最幸福的男人，天黑後肯定是要做社會倫理所允許的事了。何況我還要懲罰妳讓科莫克維奇睡了妳。」

第七章：兄弟鬩牆升起蘑菇雲

有人說好事一定成雙，海天書坊就是在慶祝兩件大喜事，一件是他們終於把《阿勒頗抄本》的古本中失蹤了多年的部份買到了，完成了法汗先生在生前所委託的任務，他為了這本古卷被人殺害，現在能夠回到他的名下，按他的遺願捐贈給以色列，也算是對他在天之靈一點點的安慰了。

瑪麗是這件採購案的大功臣，海天少不了要給她一個特大的紅包，但是對於她，最大的收獲是大約翰要求她幫忙，一起投入了對這本古卷的修復工作。瑪麗決定，她要拿下這個可愛的老頭。

第二件大喜的事是梅根從香港脫險歸來，她不但抵抗了企圖要性侵她的人，還挺身反擊，讓他受傷，被警方逮捕，當然意外的收獲是拿到了這人犯罪所得的《阿勒頗抄本》中最重要的三頁。

慶祝喜事免不了又吃又喝，充滿了歡樂，梅根和瑪麗是慶祝的對象，也是大夥談話的目標。鍾為注意到，雖然梅根是有說有笑，但是她的眼神裏卻含著憂鬱，尤其是在書坊下班後，她一個人關在樓上的公寓裏，不肯出來。

在事後的幾天裏，鍾為只能對梅根體貼入微，跟前跟後，就是想讓她的心情轉好。鍾為接到了何族右從香港發來的電郵，要他去見一位威廉．富爾頓先生，他是中央情報局的官員，他有關於多年前，發生在優德大學命案的資訊，說是至關重要。梅根需要去一趟紐約，向法汗的律師韋伯報告《阿勒頗抄本》的情況和海天書坊的一些想法。她也想順便先去看看她妹妹露西，梅根希望鍾為能陪她走一趟，鍾為求之不得，他打電話給富爾頓，把他們見面的地點從華盛頓改到紐約。

從溫哥華直飛紐約的班機需要將近五小時橫渡北美洲大陸，起飛不久，梅根就把頭靠在鍾為的肩膀上閉上了眼睛，他注意到有兩顆淚珠流了下來：「梅根，我知道妳心裏有事，說出來也許會好受一些。」

「對不起，鍾為，這幾天我變成了非常討人厭的人，請你原諒我。給我一點時間吧！」

鍾為沒有再說話，梅根從皮包裏拿出一條手帕把頭埋在裏面開始哭泣，自從認識她以來，這是鍾為看她最傷心的一次。

他們在紐約甘乃迪機場租了車就直奔長島，在距離紐約州立大學石溪分校不遠的長島北岸渡口，鍾為把車開上了渡船，他們橫渡長島海灣到對岸的康州，下船就是耶魯大學所在的紐海文鎮，露西在碼頭等他們，這時已近黃昏，三個人先到餐館吃晚飯，然後梅根和露西姐妹兩人回到耶魯大學的宿舍做徹夜長談，鍾為去找他在耶魯教書的老朋友敘舊，晚上就在他們的招待所打尖。

第二天一大早鍾為嚇了一跳，因為姐妹兩人來到了招待所要求他請客吃早餐，梅根的心情似乎起了巨大的變化，因為她的笑容又出現了。

吃完早餐，鍾為和梅根原路返回紐約市，他們在洛克菲勒中心的辦公室見到了法汗的律師韋伯先生，梅根向他詳細的說明了《阿勒頗抄本》中失蹤部分已經尋找到的經過，由於古卷的損傷不小，目前海天書坊正在修復還原，可能需要五，六個月的時間才能完成，屆時還要韋伯先生親自送給以色列政府。

然後，梅根提出了兩個要求，一是海天書坊希望複製一本精美的《阿勒頗抄本》，作為海天的「鎮山之寶」，提供給來訪的古籍愛好者觀賞，親身體驗古代的文明。第二是因為已經有極端份子集團對它的覬覦，要利用和曲解它的內容來煽風點火，造成政治事件，所以海天書坊認為應該將《阿勒頗抄本》公佈在互聯網上，杜絕類似事件的發生。

韋伯認為在法汗先生的遺囑裏沒有說明這兩件事是不能做的，因此他認為這是完全可以進行的，更何況還是好事。梅根當然是最高興的了，她似乎是雨過天晴，不僅往常的笑容回來了，也開始說開玩笑的話了。他們離開洛克菲勒中心去吃午飯時，鍾為問她：「露西是不是成了妳的心理醫師了？一夜之間她就把妳的笑容找回來了。我用了那麼多天的努力，只帶來妳更多的眼淚，她到底是用了什麼招數？」

「不告訴你，自己去猜吧！」

梅根已經完全恢復了。

他們是在紐約市的聯邦大廈裏見到了富爾頓，雖然這是一間面積不小的「公司」，有許多間非常現代化的辦公室，但是門口卻沒有掛任何的牌子，他們是經過了類似機場的安全檢查，衣服上別了名牌後被一位秘書小姐帶到一個小型會客室，有完整的傢俱和雅致的裝飾。秘書問了他們要喝什麼飲料，告訴他們富爾頓馬上就會來了。果然，不到兩分鐘，秘書就又回來了，端了一個盤子，上面有兩瓶冰凍礦泉水和一杯咖啡，緊跟在後面的是富爾頓。經過一番自我介紹和握手寒暄後就各自就座，富爾頓首先說：「真是不好意思，讓二位在百忙中還來到紐約，原本是我該到溫哥華去登門拜訪，但是聽到你們要到東部來，就冒昧的請你們到這來一趟，非常的感謝。」

鍾為好奇的問：「這裏是你們中情局在紐約的分部嗎？怎麼沒有掛任何牌子呢？」

富爾頓說：「我有一個華裔同事，他曾講過一個故事，說有一個小偷要去偷一個很值錢的鈴鐺，但是他擔心在偷取的過程中，會把鈴弄響而驚醒了睡眠中的主人，於是他就把耳朵塞起來，就聽不見鈴聲了。中情局和所有的聯邦政府機構一樣，我們有不少很聰明的公務員，他們認為中情局最重要的任務就是要隱蔽，最好的方法就是不要掛牌子，那就沒有人能找到了。」

鍾為笑著說：「您說的是個著名的中國成語故事，叫做『掩耳盜鈴』。」

富爾頓說：「那我還是回到主題來。班達女士，您最近在香港將一名企圖攻擊您的伊朗人扭送警方，這人是我們中情局通緝了多年的恐怖份子，他曾殺害過好幾名中情局的情報員，所以我們懸賞捉拿他。負責審核懸賞的委員會一致通過，班達女士的行動符合懸賞的條件，所以請我將一百五十萬美金的獎金交給班達女士。這是支票，請您驗收，如果沒有錯誤，就請在收據上簽字，同時也請鍾為教授作為見證人簽字。」

梅根笑著說：「鍾為教授，你看人家中情局多大方，你的海天書坊連一點表示都沒有，白給你們賣命了。」

富爾頓趕緊接著說：「我相信鍾為教授一定會有更好的方法來答謝班達女士的功勞。其實今天我是受二位的朋友，香港九龍警署署長何族右之托，帶一份重要的消息給二位。」

他看兩個人都沒說話，就喝了一口眼前的咖啡，再繼續說：「何署長要求中情局為他查證周催林和康達前這兩個人是否是中東伊斯蘭恐怖組織裏的成員。雖然這個組織裏有不少中國人，但是大部份是中國西部地區的穆斯林，還有新疆一帶的疆獨份子，只有很少數是從中國沿海地區，包括了香港特區來的回教徒。周催林和康達前就是其中的兩個人。」

梅根問：「這兩個人是誰？」

富爾頓看了鍾為一眼：「他們是鍾為教授以前在優德大學的同事，前者現在是關在大牢裏，後者在企圖槍擊鍾為教授時被香港警方擊斃了。他們是屬於中東伊斯蘭恐怖組織裏的一個旁支，原來是由一群沙烏地阿拉伯的學者和知識份子所組成的，但是後來也走上了極端，他們之中最有名的成員就是阿塔，他是埃及的伊斯蘭學者，也就是後來策劃和領導九一一事件的同一個人。為這個組織採購軍火的人就是銀狐。」

梅根問：「銀狐？」

「噢！對不起，就是企圖侵犯您的那個伊朗人，這是他的代號。」

鍾為說：「何族右曾和我說過，他認為當年優德大學的命案有些疑點，他跟您談過嗎？」

富爾頓說：「是的，他一直懷疑周催林和康達前這兩個人並不是為了金錢，而是為了宗教的狂熱才犯罪，所以他來查證，同時他還發現了被他們擊斃的另一個恐怖份子扎克的哥哥，就是我們通緝的銀狐。」

鍾為說：「難道多年前的命案還在延續著嗎？」

富爾頓說：「何族右是個非常優秀的警察，他意識到當年的案子裏還沒有曝露的地方。根據英國反間機構MI5的情報，在英國的伊斯蘭恐怖組織原來是由埃及人阿塔領導的，九一一以後，這個組織就由一個叫巴伯拉的英國人來領導，他原來是個基督徒，後來才改變信仰伊斯蘭。這位巴伯拉的妻子就是您認識的嚴曉珠。」

「什麼？就是從台灣去的嚴曉珠？」

富爾頓說：「是的，這就是何族右要我親口告訴您的重點。面對著非常嚴峻的威脅，MI5建立了在英國伊斯蘭組織的詳細檔案，根據他們的資料，鍾為教授多年前的戀人嚴曉珠有了婚外情，對象就是這位巴伯拉，他們是在宗教活動裏認識的。她離開了前夫與巴伯拉同居，一年後才正式和前夫離婚。」

鍾為的臉色有點蒼白：「你是說，嚴曉珠在離婚時就已經和她現任的丈夫同居了，是嗎？」

梅根握住了鍾為的手：「富爾頓先生，這些資訊可靠嗎？」

「這是MI5的資料，完全可靠。何族右告訴我，嚴曉珠在離婚後曾到德國見鍾為教授，是否有舊情復燃的企圖，不得而知，但是可以確定的是她那時已經有同居人了。」

鍾為的思潮起伏，嚴曉珠是他生命裏的第一個戀人，從青梅竹馬到現在，跨越了兩大洋和三大洲，一再的讓他跌進黑暗。他無言以對。富爾頓繼續的說：「四年前，巴伯拉因病去世，嚴曉珠接管，繼續領導這個伊斯蘭組織。去年在倫敦發生了數起地鐵爆炸事件，嚴曉珠的組織被警方懷疑，MI5對它的總部進行搜查，發現了一個優德大學的檔案，裏面有五個人的資料，除了您鍾為教授之外，還包括：周催林、康達前、吳宗湘、大衛．巴伯拉。」

鍾為說：「吳宗湘和大衛．巴伯拉都是當年在優德大學的教授。」

富爾頓說：「是的，吳宗湘是被周催林收買了的台灣特工，大衛．巴伯拉是一位材料學專家，是嚴曉珠的小叔。但是他也是被MI5吸收的臥底，提供了很多有關在英國的伊斯蘭組織情報。但是他和優德大學的合同期滿後就失蹤了，MI5懷疑是嚴曉珠下令制裁他的。事實上，當初康達前就曾負有格殺他的任務。在這檔案裏也記載了嚴曉珠到德國去的任務，她除了和在慕尼黑的伊斯蘭組織建立聯繫外，還要說服鍾為教授轉換工作，跟她去英國，作為吸收加入她的第一步。但是顯然她失敗了。檔案裏並沒有提到鍾為教授離開了香港後的動向，也沒有說到溫哥華和海天書坊，MI5已經通知加拿大騎警，開始對你們進行保護。但是我認為你們自己也應該加強安全措施。」

梅根說：「我們會的，謝謝富爾頓先生。我希望中情局能考慮到鍾為的人身安全，一有風吹草動就趕快通知我們。我很擔心嚴曉珠，會不會由愛生恨，加害鍾為。」

富爾頓說：「鍾為教授曾經阻止過襲擊美國民航飛機的恐怖事件，我們不會忘記。這次求見除了受何族右之托外，我們還有一件事希望鍾為教授能再助我們一臂之力。」

紐約的摩天大樓，霓虹燈以及紐約城中的喧囂包含了現代都市生活所有的一切，它像是一塊吸鐵石不斷的吸引著熱愛著它和同樣的深恨著它的人們。鍾為和梅根對紐約是又愛又恨，愛的是它的文化，藝術和歷史的內含和創造力，不喜歡的是它的喧囂和都市裏的醜惡。梅根定的是「圖書旅館」，它是位於紐約市中心的一個很迷人的小酒店，在第四十一街和麥迪森大道的交口。它的交通和設施都很方便。從聯邦大廈出來後，兩人都感到疲倦，不是體力上的消耗，而是心理上的折騰。等梅根洗完了淋浴後，鍾為進了浴室在裏頭待了很長的時間，他是想用淋浴的熱水將他的記憶沖洗掉，但是他的淚水和淋浴的水一起從他身上流下來，他自己也感到驚訝，多年前的事還會讓他如此的激動。等鍾為將身體擦乾換了衣服出到客廳時，看見梅根已經著意的把自己打扮起來，他說：「梅根，妳好漂亮。」

她盯著鍾為看了一會：「你哭了？」

「沒有，是淋浴的水進到眼睛了。」

「鍾為，你就別騙自己了，她已經不是你當年所認識的嚴曉珠，但是你一心一意的想她還是和你們青梅竹馬時一樣沒變。到頭來，你會受傷害的。」

「我沒那麼傻，梅根，我當然知道她成長為另一個我不認識的人了。當我們分手了二十多年後頭一次在德國見面時，我就感到她是個不同的人了。但是她沒有必要騙我，如果她告訴我她改變了宗教信仰，有了婚外情，和男人同居了，妳說我會不理解嗎？」

「你是我見過最寬容的人了，我相信嚴曉珠也一定明白你是這樣的人，但是她在和你分手了二十多年後追蹤你到德國，是她有很重要的任務，她要吸收你進她的組織，所以她必須要隱瞞你。我問你，如果你們之間沒有過去的那一段青梅竹馬戀情，而她要吸收你的時候，她會說她是從基督徒變成的穆斯林嗎？她會說她是個有婚外情，遺棄了老公和別的男人同居的女人嗎？你是她的目標，她要用盡所有的方法把你拿下，所以當然包括了隱瞞和謊言了。」

「梅根，妳不覺得我這個人活得很沒意思？我餓了，我們去吃晚飯好不好？」

「我也餓了，我們就到樓下的酒店餐館吃吧，雖然是個小餐館，但是評語還不錯。」

鍾為跟在她後面走到門口，梅根把門打開，但是又馬上被鍾為關上了，他從後面攔腰把梅根抱住，把頭埋在她的脖子和肩膀上，她仰起了頭，把全身往後靠，緊貼在鍾為的懷裏，鍾為在她的耳邊說：

「梅根，我愛上妳了。」

「我知道。」

鍾為把她轉過來一手緊抱住她的腰，另一隻手扶住她的後腦吻她。他驚喜的發現梅根的反應不是抗拒，而是用雙手緊摟著他張開嘴來接納他。鍾為的手在她身上游走，發現在梅根的連衣裙裏沒有穿內衣，她掙扎的說：「別這麼急，都是你的，我們有的是時間。」

酒店的小餐館佈置得非常幽雅，餐桌上的燭光讓整個餐廳迷漫著羅曼蒂克的氣氛。他們各叫了一份豬肉小排骨和鱈魚，說好了要分著吃，除了主餐外，他們也要了全套的餐前小食、沙拉、濃湯，再加上餐後的甜點和咖啡，是個非常豐富可口的晚餐，但是最讓他們高興的是，他們要的一瓶從阿根庭來的白酒，非常的甘醇。梅根發現鍾為的臉上出現了笑容：「吃著美食，喝著美酒，終於把大教授的笑容找回來了。」

「妳還把美女忘了。美食、美酒和美女，再加上期待中的一夜銷魂蝕骨，人生還有什麼所求呢？」

「別高興得太早了，也許我是個味同嚼蠟的女人。」

「那就只有等著瞧了。」

梅根轉開了話題：「鍾為，你還想說說嚴曉珠的事嗎？」

「誰是嚴曉珠？」

「在香港的時候，那位女警察朱小娟陪了我好幾天，她把你和蘇齊媚的事都講給我聽了。你害怕自己把她當成嚴曉珠的替身，不敢放開來去愛她，一直等到蘇齊媚把你拿下了，你們的愛情才開花結果。但是好景不長，為了保護你，她死在你的懷裏，你才放棄了一切，跑到溫哥華來。蘇齊媚跟朱小娟說過，嚴曉珠的陰影一直在你的心裏。」

「這些事，邵冰都沒跟妳說過嗎？」

「她說了很多你和石莎的事，但是只提到了蘇齊媚最後把你拿下是她出的主意。」

「妳最近和邵冰有聯絡嗎？她還好嗎？」

「鍾為，你和我是因為邵冰才互相認識，但是她離開了，而我和你卻還在一起，至少我們在一起把海天做得轟轟烈烈的。每當我看見你的時候，我就會想到兩個人，一個是邵冰，另一個人是我的老公查理。他們像是兩根繩子，把我牢牢的捆住。」

「我對邵冰充滿了歉意，石莎和蘇齊媚先後的被害幾乎使我完全崩潰，邵冰曾陪伴著她們在我的身邊，也是她的細心照顧才讓我恢復了正常的生活，但是我們沒有緣分，而我又愛上了別人。也只能祝福她，早日找到幸福的歸宿。」

「鍾為，你剛剛在浴室裏待了很久的時間，我知道你是在裏頭哭了，能告訴我是為了什麼嗎？是為了嚴曉珠嗎？」

「我想妳已經知道了，當富爾頓對我說，嚴曉珠現在是英國伊斯蘭組織裏的一個頭目，而我只是她的一個目標而已。突然間，我感到年輕時所付出的真摯感情原來只是一場騙局，我恨我自己到了這把年紀還是這麼糊塗。剛剛在洗澡的時候，我悲從中來，但是也讓我想通了，那就是這些年來我一直以為我有責任要維護那段青梅竹馬的感情，決不能褻瀆它。現在我終於明白我錯了，那段感情老早就不存在了，它只是我的幻想。梅根，為我乾一杯吧！我解脫了。」

鍾為把兩個酒杯斟滿了，才發現他們已經把一瓶白酒喝完了：

「我們再來一瓶同樣的，這酒還真不錯。」

「不用了。要他們上甜點和咖啡吧！」

「梅根，妳是怕我把妳灌醉了是不是？」

「哈！我是怕你醉了，浪費了你說的期待中的一夜銷魂蝕骨。」

「我們是不是應該公平待遇，我把靈魂攤開給妳了，現在是不是該輪到妳了？」

「其實我已經想了很久了，本來就要跟你說的。鍾為，你知道嗎？我在香港被那個什麼銀狐把我的衣服扒得精光，要強姦我的時候，我想到的是你，不是查理，想到我守身如玉，就是要給你的，所以才奮起抵抗，把他閹了。」

鍾為握住了梅根的手說：「也真難為妳了。」

「邵冰把你帶到海天書坊來是我們第一次見面，你看了我一眼，我看了你一眼，從此你和我的靈魂就分不開了。我能感到你排山倒海而來的無言愛意，而我也只能對你釋放出無語的情意。但是你的邵冰和我的查理該放在哪裏呢？」

甜點和咖啡上來了，但是梅根繼續的說：「邵冰傷心的離開了你，但是我要如何對一個植物人的丈夫說，我愛上別的男人了？我是天主教徒，不能離婚，但是我受不了煎熬，想要和你有婚外情，有一夜情，我三番兩次的使出了混身解數把自己送給你，但是你緊守著底線，不敢越雷池一步。你說，你是害怕我會後悔，怕我還是深深的愛著我的丈夫。但是我現在明白了你是在擔心你的過去。邵冰、蘇齊媚、石莎，還有嚴曉珠。」

梅根是第一次看見鍾為的眼神變得這麼嚴肅，他說：「梅根，請妳相信我對妳是真心的，雖然我有非常不堪的過去，但是我會珍惜妳，我會幫助妳照顧妳妹妹露西，我也會幫助妳恢復妳丈夫的健康。我的人生走到現在所剩下的不多了，能和妳一起工作，看著妳高高興興的過日子，我就滿足了。」

梅根的眼眶紅了，眼睛也濕了：「鍾為，難道你就不相信我對你的愛了嗎？」

「我當然相信了，否則我們也不會在這裏進行著這樣的談話了。但是妳不像我，一個人孑然一身，妳是有責任的人。」

「前些日子是我一生裏最黑暗的時期，你大概也看出來我的心情非常不好，你問我發生了什麼事？我說會告訴你的，你想知道嗎？」

「如果不會讓妳很難過，妳就說吧！」

「查理和我結婚不久，就有了婚外情，還生了孩子。」

「妳是怎麼發現的？」

「是孩子的媽找上門來了，你說我心裏是什麼滋味？」

「怎麼會這樣呢？孩子多大了？」

「今年要上小學了？都這麼多年了，我都蒙在鼓裏，你說我是笨呢？還是傻呢？」

「妳見到查理的女人了？」

「沒見到，她死了。」

「啊？這是怎麼回事？」

「查理病倒後，她失掉了財政支持，就一個人扶養孩子，但是她得了癌症，在死前給我寫了一封信，她向我道歉說她搶了我的丈夫，但是他們沒有任何親人，孩子要進孤兒院了，她要求我能夠幫這孩子一把，她也是查理的骨肉，讓她受到好一點的教育。」

「這女人沒有結婚嗎？」

「她說查理是她唯一愛過的男人。」

「也真難為她了，單親帶了一個孩子，面對死亡。」

「鍾為，你也同情她，是不是？這世界上就沒有人同情被人搶了丈夫的女人。」

「梅根，妳需要同情嗎？」

「我需要愛情。」

「沒聽見我說的嗎？」

梅根笑了：「我知道你愛我，我這不就是在千方百計的想說服你，我更愛你嗎？」

「妳妹妹露西是怎麼說的？」

「她說我的問題是我根本沒有戀愛的經驗，碰到了查理時是我想成家，所以就和他結婚了。沒有愛情的婚姻，丈夫又碰到有愛情的女人，結果就是這樣。沒想到這個丫頭居然還知道的比我還多。」

「梅根，愛情和其他任何一種事物一樣，是有過程的，有開始也有結束。只不過愛情更令人纏綿悱惻，想入非非，欲罷不能。有人說：愛情始終猶如一場美麗的夢魘，一場春天的甘霖，一個古老的神話，一行動人的詩句，一個不解的謎語，以說不清道不明的姿勢展現在視野之中，橫陳在一個又一個美麗和悲傷的傳說中。我想你一定經驗過或是思考過。」

「你曾在邵冰面前讓我怦然心動，那時我問過自己，這就是愛情嗎？我覺得，愛情是一部永遠讀不懂的天書，一個永遠解不開的謎語，或是一個誰也聽不明白的咒語。但是，從很多的書上看到，愛情有它自身的規律，有它生存的土壤，有它需要的天空和太陽。有這樣的環境，愛情才會滋長。我想也許是我還沒發展出來這樣的環境。鍾為，也許我是個天生有缺陷的人。」

「梅根，千萬不要小看了自己，妳是個非常有愛情魅力的女人，否則我也不會被妳牢牢的吸引住了。男人和女人之間如果要發生愛情，相互的吸引是必要的基礎和前提。這個吸引是潛在的，是隱形的，是朦朧中的，但是當吸引力強烈到一定程度，雙方觸摸得到，感覺得到的時候，愛情也就會更加接近高潮。」

「露西還說，愛情是高雅的精神活動，它的美會導致喜愛，沒有美很難產生真正的愛情。美是一種和諧，是一種欣賞，它也是雙方的理解、贊成、喜悅、快樂和互相的享受。美，會讓人心曠神怡，讓人念念不忘，讓人怦然心動，讓人欲罷不能，讓人流連忘返。她說，我和查理的婚姻裏沒有這份高雅的美，而我一直是在追求美的世界，所以你一出現，就把我的世界毀了。」

鍾為說：「中國人說，英雄難過美人關，自古英雄愛美色，窈窕淑女君子好逑，說的都是美。一笑傾城，再笑傾國，花想衣裳月想容，閉月羞花，花容失色，說的也是美。但是這裏所說的美不僅僅是容貌、身體的美，而且包括才華、性格以及人的美好精神追求。當然，情人眼裏出西施，美，在不同的人眼裏，會有不同的體驗，是愛情必不可少的。美會振盪出扣人心弦的激情，成為愛情最高的昇華。」

梅根的臉上出現了曖昧的笑容：「我現在明白了，無論是由愛情所產生的激情，還是因激情而轉變成的愛情，男女間的互動中也要有美。在你寫的小說裏不斷的出現了，在激情裏，男人強力的侵犯女人時要帶有無比的溫柔，女人在被佔領前的抵抗和被征服後的輾轉呻吟，要帶著欲拒還要的接納和嬌嗔，這是強有力的催情春藥，這樣的美會使激情昇華，使肉體的高潮成為愛情的終極體現。朱小娟和露西都告訴我，最重要的就是要把你拿下，我要身體力行。鍾為，你跟我走，我們回房間去。」

梅根把鍾為帶進了臥室，雖然沒有開燈，但是中央公園的燈光從窗外反射進來，他們緊緊的擁抱著，深深的親吻著。梅根很慢的，一件一件的把鍾為身上的衣服脫下來，她一邊欣賞著站在她面前的裸體男人，一邊很快的把自己衣服裏頭唯一的比基尼三角褲脫下來。鍾為看見了站在面前的裸體女神，她有美麗的面孔，豐滿的胸脯和高挺著的乳房，細細的腰身和修長的大腿，身體的線條和光滑的肌膚輻射著柔和但是成熟的女性熱力，鍾為感到體內的一股熱力在燃燒，他開始膨脹了，他的手和嘴唇開始在女神的身上遊動。梅根喃喃的說：「讓我躺下來。」

她的頭髮散開在枕頭上，赤裸的身體享受著緞子床單的柔滑，她的兩腿伸直，但是緊緊的夾住，她渴望著鍾為撫摸她和親吻她全身的感覺，但是鍾為只是親吻她的小手指。她小聲的說：

「鍾為，我要你吻我的身體。」

她閉上了眼睛。赤裸的鍾為也躺下來，夜光在梅根的身上跳躍著，他的眼睛，手指和嘴唇也緊隨著漫遊在眼前的女體上，皮膚和緞子的滑潤已無法分別，但是她的酥胸和堅挺的乳房是他格外徘徊的地方。鍾為翻身跨在她上面，用雙腿和兩臂支撐著身體，他讓梅根感到他極度膨脹的男性在她緊夾著的大腿根部徘徊著、探索著。

「梅根，妳好美啊！我要妳。」

她的兩腿還是緊緊的併在一起，帶著顫抖的聲音說：「鍾為，我有點害怕。」

「可是妳太美了，我的女神，我要妳，現在就要，讓我愛妳好不好？我真的忍不住快要爆炸了。」

「你真的想要我嗎？我還是很害怕。」

「我第一次見到妳時就想要妳了，我都等了這麼些日子了，我愛妳，不要對我太殘忍了。」

「鍾為，我喜歡你吻我。你最喜歡吻我什麼地方？」

「妳全身的每一寸地方。」

「你騙我。」

「那我就吻給妳看。」

鍾為親吻她的上額，她的眼睛，她的雙唇，再慢慢的往下移到她的頸部和耳朵。梅根輕輕的撫摸著他的頭髮，再執著的往下引導，他輪流吸吻她的兩個乳房，但是她繼續的往下推，讓他的嘴唇遊動在她的腹部和肚臍眼上，他一步步很慢的向下移動，在她微微凸起的小腹上徘徊，再往下吻時，他感到她緊夾著的大腿放鬆了，聽見了她在喃喃的呻吟中輕聲的說：「我要你再往下一點，求求你，再下一點……」

梅根緊夾著的雙腿分開了，鍾為用兩手抓住她的臀部勇往直前的吻著女神最敏感的地方，當他感覺到梅根彎起了兩腿開始夾住他的頭時，他的兩手就往上伸用力的摸撫著已經變成粉紅色的乳房和變得堅硬的乳頭，梅根的全身著火燃燒，她喃喃的說：

「我的鍾為，不要停，求求你不要停！」

一陣顫抖後，繃緊的神經鬆懈了，歡愉的水溢滿了全身，梅根的雙腿完全的張開攤在緞子的床單上不能動彈：「我不行了，我……」

鍾為跪在她兩腿之間，緩慢的，但是又強力的進入了梅根，很深，很深的，停住了。梅根的呼吸也停止了，「鍾為，不行……啊！」

梅根的本能反應了，一隻手臂緊緊的抓住了鍾為的肩膀，另一隻張開的手掌抵住他的胸口，似乎是在保護她的乳房，抵抗他的侵犯，她睜開了眼睛，哀怨的說：「你穿刺了我，你要溫柔，不能是欺負我。」

但是當鍾為伏在她身上時，她將小腿提上來壓在他的背上，緊緊的勾住鍾為的下腰，腰身和小腹往上挺，接納他將他緊緊的包住。鍾為用最大的意志力在控制那即將來臨的爆發：「我永遠不會欺負我的美麗女神，我是在愛她。女神不是也在愛我嗎？」

雖然梅根的身體在接納他，但是她的雙手還是在用力的推著鍾為壓上來的胸脯，她感到了他在猶豫，似乎是要退縮了，她剛要開口說話，鍾為的第二次衝擊來到了，並且來勢兇猛，比第一次的穿透進攻更強有力，梅根感覺似乎頂到她的喉嚨，她的象徵性抵抗已經完全的崩潰了，兩手不再推拒而是緊抓住他的肩膀，她的眼睛緊緊的閉著，頭在枕上緩慢的左右搖擺著，她哀求著：

「啊！輕一點，我的鍾為，我會受不了的，我快要死了。」

但是鍾為還是開始了對她一波接一波，排山倒海的侵犯。他不放過她身上的每一個細胞，瘋狂的佔領著她。她的呻吟和哀怨抗議阻擋不住鍾為連續而強有力的侵犯，反而她的身體是以劇烈的運動在配合著他。

梅根看見鍾為溫柔的看著她，充滿了濃情蜜意的眼神，似乎是在訴說著男女的愛情故事，同時也聽見了他在委婉而細緻的跟她說，她的表情，身體和反應是多麼的美，多麼的醉人，他也形容他將要發起對她的強勢進攻，叫她一定不要害怕，隨著攻勢而來的會是他無限的愛意。

雖然在他強力侵犯的韻律下，她也同時感到他似水的柔情。她已經毫無招架之力了，原來抗拒他的雙手本能的緊摟著他的肩膀，加大了壓在她胸部的力度，她喜歡鍾為的胸脯壓在乳房上的感覺，修長的兩腿緊勾住他的下腰，下身本能的反應，以有韻律的動作來配合迎接和包圍越來越兇猛的攻勢，梅根的全身在燃燒，血液在倒流和沸騰，身上所有的神經都讓她感到壓在她身上的男人正在百般的蹂躪她、折磨她，但是同時也以無比的柔情在愛她，帶著她一步步的往上走向她從來沒有到過，但是常常夢想過的境界。

她突然明白，這就是她曾經渴望過的初夜。當他的熱吻來到時，梅根用力的把鍾為的舌頭吸進嘴裏，感覺到和壓在她身上的男人有了全身裏裏外外的全面接觸，不停的激烈運動，使汗水浸濕了他們的皮膚，在微弱的夜光下閃爍，鍾為終於再也忍不住，他緊緊的抱住梅根，呼喊著在她的身體裏爆發。片刻後，梅根也歡呼著到達了峰頂。

極度的疲憊不堪使他們陷入了昏睡，在天快亮時，梅根感覺到她赤裸的背緊緊的靠在她身邊男人赤裸的胸膛，有一隻手在她身上輕輕的遊動，從她的臉開始到她的脖子，肩膀，乳房，小腹，再往下移動，她以為這是在夢中，她一動都不敢動，深怕這讓她貫徹心肺的手會停下來，但是她聽見：

「妳醒了？累嗎？」

「嗯！」

她捉住鍾為的手，放在她的乳房上。過了很久，梅根翻過身來面對他，摸著他的臉深深的吻他：

「你太厲害了，我被你欺負得都不行了。」

「都是因為妳太美了，我忍不住了才侵犯妳。」

「你就不怕我以後會好好的收拾你嗎？」

「不怕，妳怎麼收拾我，我都認為我值得了。梅根，妳給了我以前從來沒有過的感覺。」

「真的嗎？還是這也是你甜言蜜語的一部分？」

「是真的，除了我感覺到妳在身體上很會配合我之外，我還感到我把妳徹底的征服了。能讓你喜歡的女人死去活來，是當男人的最高目標。梅根，妳喜歡嗎？」

「我喜歡。你讓我嘗到了高潮的滋味。」

「是第一次嗎？」

梅根捶了他一下：「明知故問。你那麼的猛，我都不行了，我真的以為你會把我搞死了呢。」

「告訴我，你最喜歡我怎麼愛妳。」

「你的那張嘴，太厲害了。」

「要不是它，妳就不會開門讓我進去了！」

「鍾為，我就知道你會把我當成淫蕩的女人。我是說你在用身體佔領了我的同時，還用嘴說了一大堆甜言蜜語，把我完全的迷住了。」

「所以妳才會把我緊緊的包住，不讓我出去，是不是？」

「越說越不像話了。我總覺得做愛除了肉體上的互動外，更需要語言的溝通。因為沒有愛情，帶來了苦澀的婚姻，所以我只能感覺到肉體的麻醉，你是碰過我身體的第二個男人，但是你是把我帶進那奇妙世界的第一個男人。你這些本事都是從哪裏學的？」

「曾有高人指點我。」

「誰？」

「嚴曉珠。」

「我的老天爺，你們是青梅竹馬的小情人，但也是在床上互相切磋性愛技術的老情人，怪不得她非要征服你。」

「梅根，我有個小小的要求。」

「你還有什麼花招要來折騰我？是嚴曉珠教你的嗎？」

「不，不，我只是要妳再說一次妳最喜歡我怎麼愛妳。」

梅根主動的把小腹貼上來，鍾為帶著驚愕的笑容：

「怎麼，妳不死心，還想要我繼續努力嗎？」

「我不是警告過你嗎？我是個貪心不足的女人。我要報仇。」

鍾為：「報仇？妳想要幹什麼？」

「你把我弄得死去活來的，我要同樣的對待你。」

「可是妳不是很爽嗎？」

「所以我要你更爽。」

「是嗎？那就放馬過來吧！」

「你喜歡我是個蕩婦，還是乖乖的小女子？」

「蕩婦。」

「我以為你喜歡不反抗的淑女型。」

「也喜歡。」

梅根說：「邵冰和凱薩琳都說得沒錯。」

「她們都說了什麼？」

「她們都說你到高潮的時候會呻吟，還會叫我的名字。」

「但是梅根，妳迷糊的時候是聲嘶力竭的喊著我的名字，求我饒了妳。」

「你騙人，我才沒喊你呢！」

「妳真的有。」

「鍾為，我絕對沒有。」

「那我只好再把妳弄迷糊了。」

「不行，我會受不了的。」

「梅根，妳什麼時候和凱薩琳講過電話？我以為妳不喜歡她。」

「你在為她寫計畫忙得昏頭轉向時，她怕打攪你，就打電話問我你的情況。其實她人滿不錯的，她說跟你沒緣分，但是你在大馬士革還是為她賣命，她挺感激的。起先我看她一副妖豔的樣子，還以為你是在床上賣命呢。」

「所以妳們兩個女人就拿我當成話題了，是不是？」

「那當然了，我要從她那裏打聽你的功夫如何？哈！哈！」

「她還跟妳說了些什麼？」

「不能說，那是我和凱薩琳的秘密，要保密。」

「等我把妳弄迷糊了，看妳說不說？」

鍾為開始撫摸梅根的全身，吸她的乳頭。

「妳的乳房是我看過所有女人中最美的。」

「你玩過多少女人的乳房？」

「不能說，要保密。」

「鍾為，我要收拾你，你是不是覺得我很淫蕩？告訴我，你被多少女人騎過？」

「妳是第一個把我放在胯下的女人。」

她的膝蓋和彎起來的大腿緊緊的夾住鍾為的腰身，有韻律的騎著她身體下的男人，同時也配著收縮她的肌肉。她彎下身來，濕吻他，舌頭也是隨著韻律一進一出，鍾為完全被她佔領了，所有的控制力都崩潰了，他說：「告訴我，妳快要到高潮了嗎？」

「別管我，我一定要你爽。」

「可是我想看妳到高潮時的樣子，我會很興奮的。」

「我就要到了。」

梅根的韻律越來越快了。

「我的一隻腳已經要跨過高峰了！」

鍾為有力的雙臂，抓住了梅根的下腰，往下拉，每一下都讓她感到她體內最深的地方都被侵入，她感到有一股暖流在她血管裏快速的流著，將那說不出的奇妙感覺帶到全身，她聽見自己語無倫次的呻吟裏還夾帶著尖銳的皮膚和皮膚相碰後互拍的聲音。梅根呼喊著，扭轉著全是汗水的身體進入了昏迷。等她再度恢復神智時，發現她是全身張開，伏在鍾為的身上，但是她感覺到鍾為很溫柔的在撫摸她。他們的身體還是緊緊的糾纏在一起，鍾為還是在劍拔弩張的狀態，他輕吻了她的上額：

「我也喜歡妳是聽話的淑女。」

梅根很滿足，但是也累得連動都不想動，她閉著眼睛說：

「鍾為，你是很好的床褥，我就睡在你身上了。」

「太好了，我現在沒有任何計畫要妳移動。」

他更用力的抱住她，然後在她身體裏的深處又往上動了一下，梅根的喉嚨裏發出了一聲：

「啊！」

當梅根醒過來時，發現她是趴在床上側睡著，一條腿懸在床邊，她感到全身有無比的快感，她張開了眼睛，讓自己清醒過來，才發現鍾為還是在她的身體裏，膨脹了。

他是從後面進去的，動作很慢，但是很堅持，用手按住她的小腹，一次又一次的深入到她最深最溫暖的地方，他的動作韻律加快了，梅根開始呻吟，身體也在扭動，但是當高潮突然來臨時，她驚叫了一聲，因為那股尖銳的全身麻醉將她癱瘓了，她喘著氣，感覺到歡渝的液體氾濫，將全身淹沒了。鍾為翻身起來，跪在她完全張開的大腿之間，再將她的小腿放在他跪著的大腿上，當他再一次的進入時，梅根開始了她續綿不斷的呼叫聲，那是從喉嚨發出的哀求歎息，但是不時夾有對鍾為的歡愉呼喊和求饒。

他先前的溫柔和體貼不見了，取代的是繃緊了一身肌肉的男人在蹂躪她，要在她身上取得征服她的快感。他的一隻手抓住了她的頭髮，讓她的頭抬起來呼喊，另一隻手緊緊的抓住她的肩膀，毫不憐憫的一次又一次的侵入，當高潮再度來臨時，她聽見了鍾為的驚呼，那是一個男人最後勝利的歡呼，宣揚被他征服了，而是屬於他的勝利品。在同時，她也感到了身體裏的一陣顫抖，但是她分不出來那是她的身體反應，還是他的快速衝刺。抓住她頭髮的手放開了，鍾為在她的背上輕輕的吻了一下後，退了出來。

鍾為醒來時已經是中午的時候，床上只有他一個人，他看見小桌上有一張酒店的信紙，上面是梅根的留言：

鍾為：對不起，我要趕回溫哥華，醫院通知說查理醒過來了。我會永遠記得昨天晚上。

梅根

鍾為一個人留在紐約，他思念著梅根，不知道她將如何面對她的未來，他想像到她內心的掙扎和痛苦，但是找不到一條讓她可以解脫的路。

他給梅根的妹妹露西打電話，但是手機關了，向她耶魯大學的系裏詢問，說是家中發生了急事，在請假中。顯然是事態嚴重，鍾為不想讓梅根在這時候為難，他決定不回溫哥華，直接從紐約去北京。

鍾為訂到兩天後全日空的班機，他在機場候機的時候接到露西的電話，告訴他所發生的情況：查理在昏迷了七年後，他的記憶消失了，唯一記得的是他婚外情的女人和他們生的女兒。他不認得梅根，更記不得他們之間的婚姻，梅根幾乎崩潰了。但是在她和海天書坊同事們的支持下，她已經好多了，開始理性的思考未來，也找了律師來分析面對的法律問題。但是讓她最不堪的就是鍾為，她還沒有勇氣面對他的愛情，但是傳話請鍾為給她一點時間，讓她恢復，她一定要維護她有生以來唯一的愛情。

鍾為在電話裏告訴露西，要她轉告梅根，他將期待梅根回到他身邊。

聯合國開發總署的圖們江計畫負責人凱薩琳．波頓和農業氣象預報項目的全體團隊，包括從朝鮮來的科學家們都聚集在北京大學等待鍾為，在以後的兩天中，他們除了把計畫的方案再從頭的檢驗了一次外，還將已經開始運作了的地面觀測系統和數值模擬做了詳細的對比。鍾為提出了一些需要改進的意見，最後有討論了航空測量的方案，取得了共識，因為這和朝鮮的防空系統有關，必須要等波頓和鍾為到平壤後和朝鮮最高當局協商，取得朝鮮國防單位的同意。

兩天後，他們各自從不同的通道回到朝鮮的崗位繼續工作，鍾為和凱薩琳在外交部的相關官員陪同下，和中國國防部負責東北地區防空和空中交通管制的部門進行討論，取得他們的同意在朝鮮進行航空測量時，進出中國東北地區的上空。當然必須要遵守各種限制。在這兩天裏，鍾為觀察到凱薩琳不僅是一個能幹的經理人才，也是位精明的外交官員，周旋在來自不同政府部門的公務員，遊刃有餘，在談笑風生中，不知不覺的完成任務，達到她要的目的。

雖然看得出來她非常喜歡這份工作，但是她的敬業也讓她非常的辛苦。在北京的這幾天，回到旅館就累得只能洗個澡，倒頭就睡，鍾為看在眼裏還很心疼她。他們兩人是住在北京大學附近中關村旁邊的翠宮大飯店，在離開北京的前一天，他們提早結束了一天的工作，回到酒店收拾行李。凱薩琳敲了一下他們房間的隔門就推門進來，坐在沙發上：

「鍾為，拜託，拿一瓶你冰箱裏的礦泉水給我，我的喝完了。」

等鍾為把礦泉水拿來時，凱薩琳已經閉上了眼睛，頭靠在沙發背上養神。鍾為坐在她身邊，握著她的手，另一隻手開始輕輕的按住她的脖子，替她按摩：

「我看妳這兩天跑來跑去的，都忙壞了。」

「鍾為，我還沒跟你說呢，聯合國已經內定我是開發總署的計畫處處長了，下個月就要正式上任了。他們對圖們江計畫的進展非常滿意，我要感謝你。」

「妳要怎麼謝我？」

「只要你開口，什麼都行。」

「到時候可別後悔。不過，凱薩琳，妳老是這麼忙，也不是辦法，妳得找幫手啊。」

「他們多給我配了一個特別助理，級別挺高的，我已經找好了。」

「那太好了！」

凱薩琳一動都不動，似乎是很享受，過了一會，她把身體靠在鍾為的身上：

「好舒服，用兩隻手給我按摩。」

凱薩琳閉上了眼睛，鍾為的按摩漸漸的變成了撫摸，她說：

「鍾為，我們在一起這麼些天了，這是你頭一次碰我。」

「是嗎？我是擔心妳還在思念妳在大馬士革的西蒙·派瑞滋少校。」

「別找藉口，我在賽普勒斯用摩薩德教我的特異功能把你折騰了兩天後，就只思念你了。」

鍾為不說話，只是用手在她全身撫摸著，又過了一會，凱薩琳突然翻身把他壓在下面，抱住了他，用熱情的親吻將他佔領。

「鍾為，告訴我發生了什麼事？我知道你是在用忙碌的工作在麻醉自己。你跟梅根的妹妹露西打了兩次長途電話，發生了什麼事嗎？」

鍾為沉默了很久後才說：「凱薩琳，妳相信命運嗎？」

兩人坐好後，鍾為把剩下的礦泉水喝完，娓娓的說出來北京之前在紐約發生的事，就在富爾頓告訴他青梅竹馬戀人嚴曉珠的真面目後，梅根和他終於打開了彼此之間萬般困難的心鎖，有了一夜的激情，但是第二天早上梅根就不辭而別。鍾為說：

「為了無奈的過去和不堪的感情，我從香港落荒的逃到溫哥華，讓我碰到梅根，雖然她是有夫之婦，但是我願意和她做朋友，看著她在海天書坊快快樂樂的生活，忘記過去的一切。但是我的命運卻不許我如此，一定要把舊帳一次又一次的翻出來。」

凱薩琳開始解開鍾為襯衫上的扣子：「其實我後來有和梅根用電話聯絡過，她是有決心要和你天長地久的過日子，她也明白她和查理有名無實的婚姻是你們之間的障礙，你要給她時間，她會解決的。至於嚴曉珠，我就不明白你這麼聰明的大教授怎麼會看不出來她是有目的才來找你的？」

「她說她離婚了，想要說服老情人娶她。」

「沒有寫信，沒有電話，沒去加州，就直接到德國找你，這合理嗎？她難道沒想到，你身邊可能有老婆和一群孩子嗎？這些對她都不是問題，她的目的就是要把你勾引到英國，成為她手下的人。」

「她是花了很多的時間想要說服我到英國的大學去教書。」

「還好你沒去，否則你就完了。這問題好解決，你在賽普勒斯花了兩天的時間讓我忘了西蒙，我在北京要讓你徹底的忘記嚴曉珠。」

「凱薩琳，我們再不下樓去吃飯，餐廳就要打烊了。」

「等我把你的記憶力調整完了，就到快吃早飯的時候了。」

為了讓鍾為對朝鮮有親身的體驗，凱薩琳帶他來到在邊陲的小城丹東市，它的一側是鴨綠江，江邊有綿延的沿江長廊，綠樹，草坪和花壇，陣陣的江風吹來，讓人感到舒舒服服。但是遠看對岸卻是一片荒野。一江之隔，儼然是兩個世界。一瞬間，彷彿穿越一條時光隧道。

在陽光下，朝鮮一方的山坡是光禿禿的，偶爾看見斜坡上一塊麥地，像是個補丁，破落的農舍疏疏落落，讓人感到那裏是荒涼的連動物都不去的地方。但是丹東這邊，不是蒼蒼莽莽的樹林，就是林立的高樓大廈，還有彩旗飄揚的沿江廣場。但是觀看久了，也能發現朝鮮的岸邊有農民在耕作，婦女在洗衣，持槍的軍人在巡邏，光屁股的孩子們在戲水，男人們坐在土堆上抽煙，凝望著對岸，但是這一切的彩色組成和背景像是一部上世紀的「無聲黑白電影」，一幕一幕的演示出真切的生活。難怪有人將那裏用「核試，導彈，饑荒，偷渡」等字眼來籠罩它，也給人一種寧靜的感覺。

他們在新義州入境，朝鮮對外接待單位的人已經在等他們了，一出海關迎面就是個巨大的標語牌，上面的大字是用紅色的朝鮮文寫的，鍾為詢問來接待他們的人，上面是不是寫的「歡迎光臨朝鮮」，回答是：「不是，上面寫的是『主體思想萬歲』」。鍾為又問凱薩琳：

「妳來朝鮮很多次了，妳知道什麼是『主體思想』嗎？」

「鍾為，我對『主體思想』的定義還是模模糊糊的，但是我明白，在朝鮮，是不能用一般人的現代思維來看待眼前的事，必須以上世紀六十年代的思維來思考。」

過了鴨綠江到了這陌生的國家，不再有丹東的高樓，也沒有那裏的繁華，一樣的藍天和綠樹，但是兩個世界，不用十分鐘他們就到了朝鮮邊城新義州車站。用聯合國護照是外交人員不必檢查，否則手機，電腦，某些文件都會被扣留。凱薩琳說：

「鍾為，人的思維是在改變，是在進化，但是在不同的時間和空間裏，變化的速度不同，所以才造成了陌生感。我曾聽到有中國遊客說：到了朝鮮才知道中國的胖子多，飯店多，網吧多，超市多，商品多，連狗也多。曾幾何時，六〇年代的中國，不也是這樣的嗎？」

「妳說得一點都沒錯，北京大學的老教授告訴我，六〇年代大陸文化大革命的時候，人人的胸前都會帶著一枚毛澤東的像章，表示對毛主席的效忠。」

「在朝鮮人人佩戴金日成像章，以表達對領袖的崇敬，像章有長方形，方形，圓形，各有講究和級別，每一枚都有編號，不能轉讓。」

「凱薩琳，當時在中國是以像章的大小來表示對領袖效忠的程度，所以像章就越做越大，都無法別在衣服上，要用繩子或是鏈子掛在脖子上，現在北京的舊貨攤上還能看到有半個人大的毛澤東像章。妳能想像嗎？當年在北京的大街上，不管是大人小孩，男人女人，走路的，騎車的，擠公車的，人人胸前掛個大牌子，一晃一晃的，像不像是卓別林演的搞笑電影？」

凱薩琳笑著說：「但是今天在新義州，像章還有一個很大的功用，它成為分辨中國商人和朝鮮人的記號。」

在新義州的街上可以看見到處都是標語和橫幅，全是用朝鮮文寫的，鍾為問接待的人：

「這些布條上寫的都是些什麼？」

他們的回答是：「偉大領袖金日成同志永遠和我們在一起」、「朝鮮勞動黨百戰百勝」、「主題思想光芒照亮世界」和「我們永遠愛戴金正日將軍」等。鍾為接著問：

「這些標語是給那些朝鮮人看的？難道他們現在還不知道金日成父子，勞動黨，還有主題思想的偉大嗎？這不是每一個朝鮮人都知道的事實嗎？」

來接待的人一時不知道該怎麼回答，過了好一會才說：「是，是，但是有些人還需要提醒一下。」

「我看需要提醒的人一定還不少，要不然怎麼到處都是標語呢？」

最後還是凱薩琳來解圍，她跟接待的人說：「鍾為教授是在和你們開玩笑，別在意，他就是有這個壞習慣。」

然後她回過頭來跟鍾為說：「你會慢慢的習慣這些標語牌的，它是朝鮮人生活的一部份，我們聯合國的專家中還有人說這些標語是老百姓寫給領袖看的，提醒他別忘了他是個偉人。」

「我還是頭一次聽見這個說法，但是很有道理。就是不曉得領袖人物看了後會怎麼想，是沾沾自喜還是心驚膽戰。」

「鍾為，在朝鮮大城市，除了固定位置的標語外，還有『流動口號車』，張貼的內容可以隨時更新，每當朝鮮舉行重要會議或是慶祝重要節日時，流動車就會在大街上來回宣傳。這也作到了宣導的作用。」

他們是搭乘廿七次丹東至平壤的國際列車，鍾為看見朝鮮人大包小包帶的都是日用品，很像他看到的報導說的，七〇，八〇年代香港人在羅湖過關探親。列車晚點一個多小時，凱薩琳說這是完全正常。

新義州到平壤只有兩百多公里，但是走了五個多小時，比汽車還慢。這條單軌鐵路是韓國首爾至新義州，被稱為京義線鐵路。它是朝鮮半島歷史的見證者，是日本人在一百年前為了日俄戰爭所修建的，以後日本將朝鮮作為侵華的後方基地，這條鐵路又成為日軍的供給線。車行很慢，窗外的風景也就移動得很慢，峰峰嶺嶺，濃濃郁郁，植被完整，農作物的綠意卻不濃。但是山清水秀，不見污染。三五白鷺在河邊覓食，偶爾騰空而起，展翅高飛，越過田間的茅草屋。時光倒流，鍾為想起他小學時第一次在台灣坐火車的情景。車經小市鎮，如不提醒，不知是城市，異國他鄉恍如隔世。在到達平壤前，鍾為看見有武裝部隊在調動，他特別注意到部隊和他們的火車一樣是向南方移動，另外就是調動的部隊中有不少平板拖車，上面是俄羅斯製造的T-76型坦克車，這是他們的主戰車，夾在中間的還有不少裝甲運兵車。鍾為說：「朝鮮常常調動軍隊嗎？」

「不曉得，這是我第一次看見這麼多的軍隊出現。」

「會不會和宣佈繼承人的事有關？」

「不好說，但是可能性太大了。」

「凱薩琳，妳和申婷熙還有聯絡嗎？」

「怎麼？你想她了？我們很可能要請她幫忙讓你的飛機進來。」

「她老公是大太子，她不就是未來的朝鮮第一夫人了嗎？」

「可是有人說，三太子才是真命天子。」

鍾為和凱薩琳住在平壤飯店，因為圖們江計畫的辦公室也是在這裏，在凱薩琳的帶領下，他分別去見了負責農業的官員，向他們說明了農業氣象預報對增加農產品收穫的效益。

和官員們的會見結束後，鍾為恢復了他科學家的本色，他日以繼夜的跋山涉水去視察地面觀測站，和負責的科學家討論出現了的問題和資料的準確性，再回到他們的辦公室修改預報的數值模擬，在他周圍的人都被他的學識，專業精神和執著感動了，尤其是一路相隨的凱薩琳，她感歎自己和鍾為沒有夫妻的緣分，在夜深人靜時被鍾為緊緊的摟在懷裏，她也想過如果當年她沒有事業的野心，只想做一個家庭主婦，她和鍾為會走在一起嗎？現在她終於拿到了她奮鬥了多年，夢寐以求的聯合國開發總署計畫處處長的職位，但是和鍾為天長地久的希望卻離她而去。她決定了至少她要讓鍾為不會忘記在朝鮮和她日夜共處的這兩個星期，使他們成為一生的好朋友。

也許是因為凱薩琳在朝鮮已經建立的人脈關係，在她帶領下，鍾為的工作進行得非常順利，剩下來的唯一項目就是航空測量，凱薩琳是要從最高層開始，將專案往下推，根據她的經驗，這是阻力最少的方法。有關外國航空器進出國境的問題是由朝鮮的國防部分管，因為他們有負責保衛朝鮮領空的任務。在朝鮮，國防部是由勞動黨的軍事委員會管轄，委員長是金正日本人，因為他的健康問題，因此由副委員長金正恩，也就是三太子來接見。

鍾為和凱薩琳來到了副委員長辦公室還沒有坐定，金正恩和他的辦公室主任趙晨倩就推門進來了，新聞報導說這位三太子還不到三十歲，不是很成熟，但是鍾為看他的體型微胖，態度穩重，和他們握手後說：

「鍾為教授，波頓小姐，二位辛苦了，聽說你們昨天晚上才從鄉下回來。」

鍾為說：「談不上辛苦，我原先的工作就是這樣的，已經習慣了。」

金正恩馬上就進入了正題：「趙晨倩主任把你們的要求跟我作了詳細的報告，首先讓我聲明，你們的專案是為了改善朝鮮人民的生活，我們除了衷心的感謝外，當然是要支持的。」

凱薩琳禮貌的回答：「謝謝副委員長。」

金正恩說：「但是，我們負責保衛國土和領空的國防部對國外航機在朝鮮境內飛行是有嚴格的限制，一定要在既定的航線，高度和時間內運作。你們提出的飛行計畫裏有很多是和這些限制衝突的。」

鍾為說：「飛行計畫是在不知道這些限制的真空情況下寫成的，我完全理解每一個國家對自己的空域管制都有特別的考慮，因此我們的飛行計畫是可以更改的。」

金正恩說：「太好了，我們的趙主任也是這麼說，因此她主動的把國防部負責主管的單位都找來溝通，得到了我們要支援農業氣象預報專案的共識，同時有一個他們可接受的建議，希望給你們參考。我看就由趙主任來說吧！」

趙晨倩說：「飛行計畫裏一共有五次的航空測量飛行，兩次是在海上的航測，分別在黃海和東海，也就是你們說的日本海，因為那是公海的上空，我們沒有意見，另外三次是：圖們江和鴨綠江的沿江飛行，丹東到平壤，最後還有平壤到延吉，都不是直線飛行，並且飛行高度也是不定。國防部認為是無法接受的。飛行計畫裏說明：飛機上除了一位正駕駛員外，還有一位航空科學家兼副駕駛員，是由鍾為教授擔任，還有一位是科學儀器技術員，可能會是你們朝鮮團隊裏的一員。我們建議由朝鮮的空軍派一名飛行員擔任副駕駛員，在朝鮮上空時，飛行路線是由副駕駛員控制。但是航空科學家就得同時兼任儀器技術員了，二位看這樣的安排行嗎？」

鍾為馬上回答：「只要我老闆同意，我認為完全可以。但是你們國防部會同意嗎？」

趙晨倩笑著問：「鍾為教授的老闆是誰？」

鍾為指著凱薩琳說：「當然是我們的專案負責人波頓小姐了。」

凱薩琳說：「現在不是什麼事都聽你的嗎？趙主任，學科學的有時候會很固執的。」

趙晨倩開始曖昧的笑了：「是的，我有一位科學家的朋友也是非常固執的，但是有些事還是不能讓他們做主的。波頓小姐是對鍾為教授太溫柔了。」

凱薩琳知道她說漏嘴了，趕快轉開話題：「鍾為教授剛剛說，朝鮮國防部會同意嗎？」

金正恩插嘴說：「他們將是第一次碰到有外國的飛機，在朝鮮軍方的飛行員控制下，申請在不是既定的國際航道上飛行，他們不會也不敢批准或是否決這樣的飛行計畫申請，唯一的反應是送到軍委會來請示。到了我這裏，我的大筆一揮，事情不就解決了嗎？」

這個皆大歡喜的結論似乎是個信號，辦公室的大門打開了，一位老人在兩位護士的扶持下坐在輪椅上進來了，金正恩和趙晨倩馬上起立，凱薩琳輕聲的說：

「總書記到了。」

金正日用還是有力的聲音說：「歡迎鍾為教授到平壤來。」

鍾為輕輕的握了一下伸出來的瘦弱和微微顫抖著的手：「謝謝總書記。」

金正日和凱薩琳握手後說：「波頓小姐，我們去年見過一次，聽說您在聯合國裏高升了，恭喜，恭喜。」

「謝謝總書記，您的記性可真好。」

金正日乾咳了一聲：「我聽說二位到了平壤，就跟正恩說，我一定要見見你們。圖們江計畫是為朝鮮解決這幾年我們面對的困難，是為朝鮮人的飯碗裏添飯，我有說不出來的感激。正恩還告訴我，二位起早貪黑，跋山涉水去視察設備，晚上還要和科學家們工作，給我們年輕人非常好的榜樣。本來我是應該請二位吃一頓飯，表示歡迎和感謝，但是醫生不准，所以就讓我以茶代酒，向二位表示敬意和感謝。」

說完了，就把趙晨倩端給他的茶一口氣喝了。凱薩琳說：

「總書記太客氣了，這是我們應該做的。何況我們的鍾為教授能和朝鮮年輕優秀的科學家在一起工作，他是非常的高興。」

金正日說：「是嗎？那太好了。以後有任何困難就打電話給正恩，他一定會替你們解決的。我們的趙晨倩主任是非常能幹的，她以前就替我做過很多重要的工作。我這次病得不輕，雖然休養後好多了，但是我深深的感覺到人不能勝天，總要有一天會離開這個世界，一個國家也是一樣，要有進步，就必須讓年輕人出來，他們的精力要比上了年紀的人充沛多了，所以我想應該休息了。鍾為教授，您是第一次來到朝鮮，除了平壤外又馬上去到了鄉間，走了不少地方，我很想聽聽您對朝鮮的印象。」

鍾為回答：「我的背景是科學家，工作領域和社會經驗都非常的狹窄，觀察能力和敏感性都有限，但是我曾去過很多國家，看過各種不同的政治制度和社會現象，我看見的朝鮮人，不論是很有天份的科學家還是在田間耕種的農民，他們都各自在崗位上努力勤奮的工作，從整體社會來看，這是很不容易的。但是我覺得他們的壓力都很大，這個壓力延續到他們每天工作完了後還存在他們的生活中。也許朝鮮人民應該有多一點讓他們自我思維的空間和時間，他們會活得更快樂。」

金正日說：「感謝鍾為教授的寶貴意見，正恩，你要用心的思考他人的想法，有時會有意外的收穫。二位可以看見，幸好現在有正恩在幫助我，替我分擔了很多的事，所以我很放心。波頓小姐，聯合國裏有不少人很關心朝鮮，請妳把我們的情況轉告他們，也請他們放心。」

和他突然出現時一樣，金正日說完了話就突然告辭離開。金正恩說：

「現在有總書記出面說了話，我相信再不會有人說三道四了。我想請問，航空測量什麼時候可以開始？」

鍾為看了凱薩琳一眼：「飛機已經到了北京，使用中國境內機場的手續相信明天上午就能辦好，下午就可以飛抵丹東國際機場。我準備明天從平壤到丹東，馬上開始我們在丹東和延吉兩個機場的環境熟悉試飛，朝鮮空軍的飛行員什麼時候可以來報到？」

趙晨倩說：「明天他們會把飛行員的姓名和他的經歷給我，我會馬上轉送到平壤飯店的圖們江計畫辦公室。」

凱薩琳說：「我們還需要重新送一個飛行計畫申請書嗎？」

金正恩說：「我們雙方都同意了，總書記也點頭了，我看就不必重新寫飛行計畫了，我叫他們打一個報告，我來批准就行了。趙主任，妳通知國防部，他們的飛行員必須在四十八小時內到丹東機場報到。還有，我已經通知了國防部，要他們一旦接到聯合國航測飛機的緊急呼叫，一定要馬上出動救援任務。我希望圖們江計畫能夠儘快的完成。」

鍾為說：「副委員長，非常感謝，這是任何從事飛行的人最喜歡聽到的話。」

副委員長的辦公室派車送鍾為和凱薩琳回平壤飯店，一路上他們沒有討論正事，因為怕在車上隔牆有耳。等一回到自己的辦公室，凱薩琳就吐了一口氣：「現在可以暢所欲言了，鍾為，你覺得今天是不是很有意思？」

「說不定，妳我見證了一個重要的歷史事件。但是我要跟你說的是，妳讓我佩服得五體投地了。妳說要走高層的路來促成我們的飛行航測計畫，我還以為妳是去找申婷熙和她的大太子老公，但是沒想到妳把老頭子找來了。」

「我是先去找了他們的外交部，以為他們會和從前一樣跟我打馬虎眼，那我就去找申婷熙，沒想到外交部馬上就為我安排去見國防委員會副委員長，但是金正日的出現還是讓我非常的驚奇。」

「我覺得這整件事都是有計劃的安排好了的。就在金正恩出了他的點子，成全我們的飛行計畫時，他出現了。妳不覺得嗎？從頭到尾他就是在告訴我們，金正恩是接班人了，特別是妳，他要妳在聯合國裏將這事廣為宣傳。但是，我不明白，為什麼不正式的公佈呢？」

「這只有兩個可能，一個是金正日不是像外界所說的已經病危，今天我們見到的是個風燭殘年的老人，但決不是行將就木的人，因此還不用急著要宣佈接班人。但是，最大的可能是他們有內部的危機，還沒有解決或是還沒有擺平。」

「凱薩琳，妳是說有兄弟鬩牆的事發生了？」

「別忘了，他們兄弟的後面都有不同的勢力在角逐權力，我們到平壤前看到的軍隊調動，我相信就是這個角力的一部分。」

「我沒見過金家太子班的老大和老二，今天這位三太子給我的印象還不錯，他年輕，但是做事很果斷，顯然也很勤奮，我能感到老頭子對他看好是有他的理由。妳見過他的兩個哥哥嗎？」

「我沒見過二太子，聽說他是個傻子。但是我領教過大太子金正男，他就是申婷熙的老公，也是朝鮮的第一號花花公子，遊手好閒，就會做兩件事，開跑車和帶女人上床。鍾為，你能想像嗎？居然連我他都想要染指。」

「他難道不知道妳是申婷熙的朋友嗎？還是妳在他面前賣弄性感？激發他的荷爾蒙分泌。」

「他說申婷熙有男朋友，不再跟他有肌膚之親，所以他只好另求發展了。鍾為，你小心，對申婷熙要體貼一點，否則她要是告訴她老公，你是給他戴綠帽子的人，他會要你的小命。」

「凱薩琳，她不可能不知道金正男是沒有本事的人，為什麼她還非要為他去爭奪大位呢？」

「我認為她是另有目的，她不可能是為她的老公打拚。如果你問我，我覺得她很仇恨金家的人。」

「妳說申婷熙會來見我們，她什麼時候來？」

「不是我們，她只要見你，也不是在這裏，她要派車來接你，要去哪裏，我就不知道了。反正她的車還有兩小時就來了，到時候你就知道她要把你帶到那裏去金屋藏嬌了。走，我們回房間去，我要把你餵得飽飽的，看見她也沒胃口了。」

鍾為是在平壤市區裏的一棟小洋房裏見到了申婷熙，她穿著一身素雅的傳統朝鮮服裝，頭髮梳起來，臉上有淡淡的化妝，但是掩蓋不住她的美豔，鍾為正要伸出手來和她握手，她已經撲過來擁抱親吻他：「鍾為，在陽光海岸我不辭而別，你一定很生氣，請原諒我吧！你知道嗎？我被你迷住了，如果我不離開，我就沒法走了。」

「如果我是真的生氣了，我就不會到朝鮮來了，這不是妳要我來的嗎？」

「那是因為你的寬宏大量，你一旦答應了我的事，雖然我對不起你，你還是去做了。鍾為，你在平壤還會待多久？」

「明天我需要到丹東去接我們的飛機，然後就要開始我們的飛行計畫，除了要在平壤落地加油之外，我想我在平壤的工作就結束了。」

「我沒跟你說實話，沒告訴你我的真實身分。現在鼓起勇氣說了，但是你也要走了。現在你是不是很恨我？」

鍾為沒有回答她的問題，他反問：「所以從頭開始，妳就是在為金正男爭取大位，是不是？包括了澳門的『朝鮮之友協會』，出現在陽光步道，圖們江計畫，還有我鍾為，都是妳努力的一部份，是嗎？」

「反正現在我說什麼你都不相信，可是我還是要告訴你，我是有計劃要見你，但是愛上了你是我自己都沒有想到的。我希望有那麼一天，你會明白我是真心的。」

鍾為又轉開了話題：「婷熙，我來了已經有一個多星期了，走了不少地方，聽見了很多，也看見了很多。大家有一個共同一致的看法，就是金正男是個花花公子，不是個經國濟世的材料，妳同意嗎？」

「我同意，但是他只是個過渡性的接班人。」

鍾為沒有問誰是真正的接班人，但是他說：「為了我們的飛行計畫，今天凱薩琳帶我去見國防委員會副委員長金正恩，很順利的把事情搞定了，他留給我很深刻的印象。但是出乎意料的是金正日出現了。」

申婷熙驚訝的問：「是嗎？他出來見你幹什麼？他不是病重嗎？」

「他看起來是個風燭殘年的老人，但決不是在病危的狀態。他出現了不到十分鐘，就是要告訴我們，金正恩是他的好幫手，有他在，他就能放心了。就是只差一點宣佈他的三兒子是他的繼承人了。」

「原來他的病況不是像人說的那麼嚴重。」

「婷熙，作為一個朝鮮人，妳不願意看到顯然是比金正男有作為的金正恩接班掌權。凱薩琳說她覺得妳仇恨金家的人，是真的嗎？誰又是過渡接班人背後的人呢？」

申婷熙的臉色變得很蒼白，她把頭埋在鍾為的胸上開始流著眼淚哭泣，他摟著申婷熙說：「如果難過就別說了。」

惜香憐玉的鍾為吻住了申婷熙張開了的嘴唇，她的反應很饑渴，強烈的索求：「鍾為，在陽光海岸，我把自己完全攤開了給你，但是我沒有勇氣告訴你我的身世和內心的掙扎。現在我已經走上了不能回頭的路了，請你相信我，我對你的愛情是真的。在我一生裏，真正的愛情只來臨了兩次，第一次是我的初戀，結果是個悲劇，第二次就是在陽光海岸，那是在我淒慘和充滿了仇恨的人生中，第一次被男人帶進了天堂。你想聽我的故事嗎？」

鍾為發現申婷熙的朝鮮傳統女裝裏面就只有她火熱的身體，她開始敘說也開始用手佔領他：

「我的祖父和金日成是在一起出生入死的戰友，他們除了有很深的友誼外，更重要的互相間的信任。朝鮮建國後，祖父就一直是主持國家安全和情報部門的工作，等到金日成病危時，祖父全力支持金正日為接班人，而我父親也成了他的心腹，接掌了安全和情報部門。這時候我們申家和金家已經成為通家之好，兩家的孩子都是在一起長大的。我的初戀就是我青梅竹馬的玩伴金正哲。他是個很害羞，但是很溫柔體貼的人，在我十八歲生日那天，他的哥哥金正男的幾個狐群狗黨按住了金正哲，眼睜睜的看著他哥哥把我的衣服撕下來，強姦了我。」

鍾為說：「你們不是通家之好嗎？怎麼還會發生這種事呢？」

申婷熙說：「這是革命家和建國者後代的通病，自認為自己有為所欲為的特權。金正日的能力和情操比起金日成是天壤之別，而我父親也是同樣，沒有祖父的勇氣，不敢去和金家討公道。但是我的母親不肯甘休，我長得很像她，她也最愛我，她一個人去找金正日理論，沒想到他一直在垂涎我母親的美色，他把我母親強姦了。就這樣，金家父子，就把曾是朝鮮開國元勳的後代申家母女強暴了。」

鍾為說：「真沒想到，世界上還會有這種令人髮指的禽獸行為。」

申婷熙張開嘴貪婪饑渴的吻著：「從此以後，我父母親就變了，他們變得非常憂鬱，不出門見人，也不跟人來往，在兩年之內他們相繼去世。母親在死前告訴我，金正日後來又強暴了她幾次，她要我一定要替她報仇。而我的情人金正哲一直躲避我，有人說他變傻了，但是我認為那是他在求自保，初戀也就可有可無了。我為了要報仇，跟自己立下了志願，一定要把金家的王朝毀了。所以我就嫁給了強姦我的人，跟他生了孩子，鞏固了我是大太子老婆的地位，聯合了一批我父親身邊的老部下，以金正男的名義控制了安全和情報部門，他做他的花花公子，一切的事就聽我來打點，連我告訴他我有男朋友，他都不在乎了。」

鍾為問：「他知道自己是個過渡的接班人嗎？」

「我想他知道我是真正的接班人後，他也不在乎了，他已經把我當成是死心塌地的金家人了。但是他沒想到，金家王朝就到他為止了。」

鍾為又問：「婷熙，我很佩服你的毅力，但是妳問過自己有多少成功的把握嗎？像妳說的，妳走的是條不歸路。」

申婷熙說：「我不知道我的復仇計畫會不會成功，但是我已經沒有後退的路了，所以我都快發瘋了。不過跟你說了這些話以後，我高興多了。鍾為，你還記得嗎？我們講了不少水滸傳裏潘金蓮的故事，她嫁給了武大郎，但是愛上了武二郎，而我是先愛上了金家老二，後來嫁給了老大。但是我比潘金蓮更慘，至少她的武二郎是個鐵錚錚的漢子，但是我的金老二卻是個窩囊廢。」

鍾為說：「我們說正事，也許妳應該重新再考慮一下，別忘了妳還有一個孩子呢，也許還來得及改變主意。」

申婷熙還是不肯換她的話題：「但是我比潘金蓮強，我遇到一個男人，他把我帶進了天堂。你還記得我跟你說的，我要是寫水滸傳續集，我會怎麼描寫潘金蓮的愛情嗎？」

「楊柳腰脈脈春濃，櫻桃口呀呀氣喘；星眼朦朧，細細汗流香玉顆，酥胸蕩漾，涓涓露滴牡丹心。」

「你真的沒忘記啊！太好了，我是在描寫你給我的親身感受，所以你還沒忘。是不是？能再讓我感受一次嗎？」

鍾為回到飯店時已經是半夜了，臨離去時，他告訴申婷熙他到平壤前，看見了正在調動的大批軍隊，還包括了坦克車在內。

雖然鍾為是在大學畢業後，都已經成人了，才選擇了「航空」作為他未來的專業，進了研究院的航空系，取得航空學的博士學位，投入了和航空及飛行相關的科學研究和教育事業。但是他對「飛機」和「飛行」的興趣是在他幼年的時候就開始了，和所有的小男孩一樣，鍾為熱衷於冒險和戰爭的故事，他曾經被第一次世界大戰時著名的德國軍官，馮・雷克霍芬的故事迷住過，羡慕過他白天駕駛著漆成紅色，取名為「紅色男爵」的三翼戰鬥機在天上和敵人纏鬥撕殺，晚上到敵人的基地喝酒。他說；馮・雷克霍芬的時代已經一去不返，帶走的是飛行的浪漫，帶來的是冷冰冰的科學技術。鍾為也是經常生活在浪漫的飛行夢裏，沒想到的是鍾為的事業卻和那冰冷的科學技術緊緊的綁在一起。

從第二次世界大戰起，空中交戰的對抗從飛行員變成了機型的對抗。在歐洲戰場有英國噴火式戰機和德國的美雪司密特戰機在英倫海峽上空展開惡戰，當時的英國首相邱吉爾曾經說過：「是宏偉的噴火式戰機和那一群勇敢的飛行員拯救了大不烈顛帝國。」

在太平洋及亞洲戰場，從偷襲珍珠港到中國的戰場，盟軍的各式戰機和日本零式戰機展開艱苦的對抗。但是在二戰末期，北美飛機製造公司，也就是目前羅克威爾航太公司的前身，推出了有史以來世界上第一個使用水冷式發動機的著名P-51野馬式戰鬥機後，很快的就成了天空霸主。它所有的性能都比當時的戰機要優越很多。

第二次世界大戰中，首次出現了所謂的「戰略」和「戰術」武器系統的思路。戰略武器不是用來在戰場上殺傷敵人的士兵，而是用來破壞敵國的「國力」。當時用大型重轟炸機攻擊敵人的後方就是其一。後人管這種飛機叫做「戰略轟炸機」。二戰期中，美軍第八航空隊曾一次出動超過數百架的B-17「空中堡壘」重轟炸機，從英國起飛對德國南部的工業區和南歐的油田進行日間的地毯式轟炸，但是付出了慘重的代價。由於沒有盟軍戰鬥機的護航，德國戰機如虎入羊群，輕而易舉的將大部分的B-17轟炸機擊落。一日之間，第八航空隊就不存在了。

P-51野馬戰機的出現改變了一切，它們利用在機翼下的外掛油箱，大大的增加了續航能力，可以從英國一路護航B-17到德國南部，南歐油田和義大利，完成了盟軍對德國的戰略轟炸。在太平洋戰場，美軍B-29「超級空中堡壘」從南太平洋的瑪麗安娜群島起飛對日本本土進行轟炸，從硫磺島起飛的P-51野馬戰機一路護航，因此，B-29的損失率要比B-17小很多。從護航任務再進一步發展到「威力巡邏」，它是由戰機在敵人的領空編隊飛行，看見敵人的飛機就打下來，目的就是不允許敵人的飛機在自己的領空飛行，這也是後來「制空權」名詞的來由。

現代的軍事家說，當喪失了「制空權」時，也喪失了戰爭。但是要取得「制空權」，首先要有性能優越的戰機。P-51野馬戰機是最後一個參加實戰的螺旋槳式的戰鬥機，它的出現使傳統的戰爭方法起了基本的改變。它在航空史上留下的功績將長久的留在像鍾為這樣熱愛航空的人的記憶裏。

在韓戰爆發後，最初時美軍和南韓空軍還用P-51野馬戰機來支援地面部隊。但是韓戰在航空史上留下來的是世界上第一次大規模的噴氣式戰鬥機對抗。美軍的F-86軍刀式戰鬥機和解放軍的米格15戰機在中朝邊界的鴨綠江上空纏戰，美軍飛行員將鴨綠江上空稱為「米格走廊」。當時鍾為在台灣念小學，他是第一次在報紙雜誌上讀到有關F-86和米格十五戰機的消息，當時他也曾夢想過，會不會有一天他也可能在「米格走廊」的上空飛翔。

當炮轟金門事件的以後幾年裏，鍾為已經是台南成功大學的學生。他經常在報紙上讀到台灣空軍的F-86和解放軍的米格十七在浙江省和福建省沿海上空纏戰的報導。在空戰中F-86第一次使用了熱追蹤響尾蛇式空對空導彈，報導說米格十七吃了大虧。這是鍾為第一次理解到戰機只是武器系統的一個平台，是系統中的電腦，雷達和攜帶的導彈才是「殺敵」的執行者。

高性能的戰鬥機是代表航空學發展的前沿和飛機設計的水準，鍾為的興趣從開始時的好奇轉變到後來的專業關注，F-86的優點在於水平面回轉運動性能較佳、飛行穩定性高利於射擊、機槍射速較快、飛行員有抗加速度G的服裝，比較不易疲憊，F-86後期型號還配有動力操縱杆和踏板以及雷達測距瞄準儀；缺點是飛行高度及爬升速度不如米格十五，機槍子彈威力不足。米格機的優點是最大飛行高度較高、爬升速度較快、機炮威力較大；缺點是高速飛行時不穩定容易形成尾旋下墜、俯衝時不能超過零點九四馬赫、機炮射速較慢、缺少高速飛行的抗加速服裝，導致飛行員容易疲憊。

這些往事，又讓鍾為想起最近才因癌症去世的一位非常要好的中學同學。他的父親原來是台灣空軍裏的一位將軍，年輕時參加過抗日戰爭，立有戰功。他是早期的中國飛行人員之一。鍾為很喜歡到他家去聽他父親講述他早年時的飛行故事，其中的一件事是有一天他帶著一個學員在訓練飛行後降落時失控，飛機一頭栽進了一棵大樹裏，連人帶飛機就牢牢的卡在樹中間。好多人來費了大半天的時間，把大部分的樹枝鋸斷後，才把他們從那棵樹裏給救出來。

可想而知，這兩位年輕的飛行員是多麼的尷尬。這件事在空軍裏傳成是笑談，說是沒被日本人打下來，但是被一棵大樹擊落。

在台灣有個傳說，當年蔣介石最後離開大陸時是從成都飛往台灣，當時駕駛那架C-46專機的飛行員就是鍾為同學的父親，飛機上除了老蔣，還有好幾箱金條。這些都是人們津津樂道的和飛行有關的傳奇故事。但是有一件是確有其事，就是那位卡在大樹裏的學員，他後來當上了台灣的空軍總司令，但是他從沒有忘記他降落在大樹中所失去的尊嚴。當了總司令後，他就把當年那位飛行教官，也就是鍾為同學的父親冷凍起來了，逼得他從空軍提早退伍。鍾為對飛行的熱愛是全面的，從飛行的科學理論到飛行的傳奇故事，他是一個都不錯過。

當鍾為接到聯合國的圖們江專案時，他想到的第一件事就是和圖們江相連的鴨綠江，然後就想到了「米格走廊」，也許他曾夢想過要在那裏飛翔的願望終於會實現了。第二件事就是想到了他心愛的「國王號」飛機，它是一架雙渦輪發動機，螺旋槳式飛機，是美國雷神公司製造的。這個型號的飛機已經有近三十年的飛行歷史紀錄。它的性能、航程和載重量在和它同型的飛機中是最好的，作為氣象觀測和儀器空中採樣最為合適，多年來已經有不少架改裝成為科學探測用的飛行平台了。

原先的「國王號」是屬於美國國家科學基金會，但是一直長期的配給美國國家大氣研究中心使用，飛機上已經裝置了許多大氣觀測儀器。當鍾為在香港優德大學主持為香港國際機場建立風切變預警系統時，曾租用了這架飛機，作了為期一年的空中觀測和採樣。

當時在美國和香港註冊時，飛機的呼號是「天風一號」，除了進行科學觀測和採樣外，鍾為常帶著邵冰和研究生在浩瀚碧藍的南中國海上空翱翔，飛越夾帶著大量泥沙的珠江河口，看到擔杆列島像是一串綠色的瑪瑙，掛在貴婦人肉色的胸脯上。

「天風一號」有時也會飛到優德大學，從牛尾海方向低空通過，看見大操場上的同學們會向他們狂舞著雙手，而「天風一號」也會左右搖擺回應，在地上和天上的人一片歡呼聲中，「天風一號」呼嘯著掉頭爬升，飛向前方大嶼山的機場。

這些場景經常出現在鍾為的腦海，帶給他無限的回憶和傷感。「天風一號」最後一次的任務是鍾為和駕駛員派屈克兩人從香港機場緊急起飛，去阻止恐怖份子要用地對空導彈襲擊一架將要抵達的民航客機，「天風一號」和它緊密的編隊飛行，在最後時刻，民航機關閉發動機消滅熱源，向大海俯衝。「天風一號」加大馬力爬升，成為導彈追蹤的熱源誘餌，被導彈鎖定後，派屈克的躲閃特技卻未能完全擺脫，導彈在近距離爆炸，重傷了派屈克、鍾為和嚴重損壞了的「天風一號」掙扎返航，在失去所有的動力後，「天風一號」滑翔迫降香港機場，但是派屈克傷重不治，給鍾為帶來無限的遺憾。

美國國家科學基金會在收到保險公司的賠償金後，就將「天風一號」以破銅爛鐵的低價賣給了鍾為，他用民航公司送的一筆優厚感謝禮金，將「天風一號」徹底的整修恢復原狀，還換了兩個嶄新的發動機。它和鍾為一起來到了溫哥華，起先是偶爾為當地的氣象局作一些航空測量的任務，後來就有別地的機構和私人來租用從事各種的飛行任務，「天風一號」難得有空閒的時間，但是也給鍾為帶來一筆可觀的收入。圖們江計畫的航空測量任務，自然是由「天風一號」來擔任了。

凱薩琳與鍾為在和朝鮮國防委員會溝通後取得的批准包括了五次的飛行任務，頭兩次是在黃海和日本海，也就是朝鮮人說的東海，進行海汽交互作用的實測，主要是用來作為數學模擬的輸入參數。一次是圖們江和鴨綠江流域上空的航測，還有兩次是朝鮮北部上空的航測。

由於朝鮮機場的設備和管制，「天風一號」將以在圖們江北岸，東北吉林省的延吉機場為基地，它是位於延吉市的西南，是個中型的國際機場，除了有國內航線可直航北京、上海、瀋陽、長春、廣州和天津等城市外，還有幾條國際航線，近幾年延吉機場的客運量和貨運量都有迅速的發展。

第二個備降機場是在口岸城市的丹東機場，在五〇年代韓戰時期，它就是著名的「安東機場」，是主要的米格十五戰鬥機的基地。在朝鮮境內，「天風一號」唯一可以起降的地方就是平壤國際機場。所以最後兩次的航測安排的是從丹東飛平壤和由平壤飛延吉機場。

「天風一號」的飛行員就是由中情局朝鮮專案辦公室主任比爾．富爾頓介紹來的，他的名字是阿伯．史密斯，是一位非常有經驗的飛行員，但是可想而知，他也是負有特別任務的中情局特工。鍾為也不能確定他的真名實姓是不是「阿伯．史密斯」，他和另外三名技術人員將「天風一號」從溫哥華飛到北京，出席了凱薩琳主持的任務預備會議，向大家介紹了「天風一號」將要扮演的角色。

鍾為是在到達丹東機場半小時後，看見了他心愛的「天風一號」降落，他帶著史密斯和另外的技術人員到機場的管理辦公室去做了禮貌性的拜訪，確定了凱薩琳的聯合國同事已經將所有的必要手續都辦妥了。

他們一行在第二天一大早從丹東機場直飛延吉機場，鍾為在那裏見到了朝鮮空軍派來的張平信大校，他是個中等個子，身材消瘦，看起來有五十多歲，臉上的皺紋已經不少，他長得像個典型的朝鮮人。根據提供給聯合國的履歷表，他的年齡只有四十七歲，官階大校，只和少將差了一級，是個高級軍官，但是鍾為注意到他是在十年前，不到四十歲就被升成大校了。這只有兩種可能，一是有戰功，二是有人事關係，朝鮮雖然經常處於備戰狀態，但是已經有超過半個世紀沒有和任何國家真正的交過火了，所以這位張大校的來頭一定非同小可，但是大概是沒有真本事，所以官至大校也就到頭了。

履歷表還說明張平信是在俄羅斯哈巴羅夫斯克（伯力）的遠東飛行學校接受的飛行訓練，他「精通」俄語和英語，顯然他的英語能力使他得到了這份工作，但是和他簡短的對話中，鍾為感覺張大校的英語能力似乎是和他自己的俄語能力不相上下，都是讓人聽了有「霧煞煞」感覺的水準。但是最讓鍾為驚訝的是：他對「天風一號」和飛行似乎一點興趣都沒有，但是卻強烈的抱怨給他的「飛行補貼費」遠遠的不夠，鍾為很嚴肅的告訴他：「補貼費」是聯合國開發總署和朝鮮國防委員會協商後同意的數目，任何意見都必須反應到副委員長金正恩辦公室。

顯然張平信是有備而來，他拿出一張紙交給鍾為，上面是用英文打字寫的一共有十八條，他說：這些是在飛行中不允許做的。

這一下把鍾為惹火了，他看都沒看一眼，就把那張紙還給他，還告訴他，圖們江計畫辦公室和朝鮮國防部的相關人員開過了多次會議，對於「天風一號」在朝鮮上空要如何執行任務已經做了很詳細的溝通，聯合國的航測將嚴格遵守規定，不必他來費心。但是事後阿伯・史密斯告訴他，張大校是來討酒錢的，為了不讓關係弄得太緊張，給了他五百塊美金打發了，鍾為認為給得太多了，還提醒史密斯這是賄賂，不能報公帳的，但是史密斯說，別擔心，他會收回來的，鍾為沒聽懂，但是也沒再追問了。

頭兩個航測是在公海上進行，飛行的過程非常順利，也許是因為延吉機場是個國際機場，離場和進場都是按國際規範進行，沒有任何困難。這兩次的航測還有兩個重要的目的，一個是確定不同儀器之間的資料相關性，另一個更重要的目的是建立航測資料和地面觀測資料的同步性，以及即時輸入數學模型的程式。

為了替凱薩琳節省開支，鍾為決定將航測資料直接上傳到互聯網，然後即時下載到設在延吉和平壤的資料接收點，朝鮮的氣象人員馬上將航測資料處理，輸入數模作驗證和校正。

整個過程在兩次海上的航測取得了演練的經驗。另一件讓鍾為驚訝的事，是他發現了派來監視他們的朝鮮空軍大校張平信是個酒鬼，他第一次登上「天風一號」時，滿嘴的酒氣，他對飛機上的操縱系統似乎毫無興趣，雖然他在機上的指定職責是「副駕駛員」，但是他主動坐在正副駕駛員後面的備用座椅上，兩眼發直，似乎是靈魂出殼或是在夢遊中。

「天風一號」的第三個航次是沿江南北兩岸的航測，因為是要進出朝鮮的領空，中朝兩國的防空雷達都會密切的監視，「天風一號」和國際上的民航機一樣帶有「無線電應答器」，在地面雷達接到的反射回波時，除了會顯示飛行物的高度和速度外，還會出現飛機的識別信號，它是個以英文字母開頭的數位，通常會漆在機尾上，當「N312D」出現時，地面就知道雷達上的飛機是「天風一號」。但是不知道為什麼，當「天風一號」一進入朝鮮的領空，就會聽到朝鮮防空部隊的朝鮮語呼叫，要求識別和報告高度及速度，這時張平信就會以朝鮮語回答。

鍾為發現這是非常可笑的事，他和凱薩琳為了航測還去見了金正日和金正恩父子，結果換來的是個什麼都不用幹的醉鬼。但是他終於將要在曾經夢想過的「米格走廊」中飛行了。「天風一號」從延吉機場起飛後就向圖們江的出海口飛去，經過圖們市到了琿春市附近的上空就看見江面開闊了，水深流緩，水色是一片平滑的蔚藍，這裏應該是從琿春出到日本海最繁忙的水道，可以看見水面上往來的舟船如織。「天風一號」將無線電通信轉到俄羅斯的遠東地區航空管制中心的頻率，坐在副駕駛座位的鍾為將耳機和麥克風調整了一下：

「N312D，呼叫俄羅斯遠東中心。」

耳機裏馬上就響起了回應：

「符拉迪沃斯托克航管，N312D，信號清楚。」

「N312D，高度一千八百公尺，方向〇三二，航速一八五海哩，執行聯合國航空測量任務，要求過境大彼得灣上空回轉返回中國領空。」

「符拉迪沃斯托克航管，N312D，維持高度一千八百公尺，方向〇三二，七分鐘後回轉。」

「N312D，維持高度一千八百公尺，方向〇三二，七分鐘後回轉，感謝，日安。」

「符拉迪沃斯托克航管，N312D，聯合國航測一路順風，日安。」

「天風一號」告別了符拉迪沃斯托克航管回航，在進入中國領空時增加了高度，全江都能收入眼底。圖們江在朝鮮文和日文裏的漢字都寫為「豆滿江」，在朝鮮語和日語的發音中，「圖們」和「豆滿」也是同音。它位於吉林省延邊朝鮮族自治州的東南邊境，是中國與朝鮮的界河，也是吉林省東部的第一大河，下游是朝鮮與俄羅斯的界河，幹流全長五二五公里。當鍾為看見了長白山的主峰和南岸朝鮮咸鏡北道的摩天嶺時，「天風一號」開始低飛，清楚的看見圖們江是發源於長白山的主峰，引天池之水，匯百川之流，在青山秀谷中一路奔騰，在密林莽原中流淌，一路經過圖們市和琿春市附近，注入東面的日本海。

「天風一號」繼續飛向西南方，圖們江和鴨綠江的分水嶺進入了視線，鍾為想起來一位南韓朋友告訴他的古老高麗傳說：「長白山天池是朝鮮部落首領不拜上帝，上帝生氣，就尿了一泡尿，成為天池，它往西流下去的尿支流就叫鴨綠江。」

鴨綠江也是位於中國和朝鮮之間的一條界河。原來是中國內河，位於吉林省、遼寧省東部，它發源於長白山南麓，流經長白、臨江市、寬甸、丹東等地，彙集渾江、虛川江、禿魯江等支流，在遼寧丹東的東港市附近向南注入黃海，鴨綠江幹流全長七九五公里。

阿伯．史密斯向鍾為做了個手勢，指一指後面，張平信大校已經癱在座位上呼呼大睡了，他說，「天風一號」正在接近「米格走廊」。

米格走廊是朝鮮戰爭時期的一個歷史名詞，是美國空軍對朝鮮西北部鴨綠江入黃海口附近一帶地區的稱謂，而不是一次作戰行動的名稱。在朝鮮戰爭中，因為在這裏美軍的F-86軍刀戰鬥機多次與蘇聯的米格十五發生遭遇戰，因而得名。這是歷史上第一次出現大規模噴氣式飛機對戰的地方，所以米格走廊也被視為噴氣式飛機戰爭的發源地。

米格走廊的位於鴨綠江以南，東邊至熙川市，西邊到黃海，南邊到新義州的這個區域。鍾為曾經讀過一本書《No Guts, No Glory》，是由一位曾經擊落過九架米格機的王牌飛行員Frederick C．「Boots」Blesse所撰寫的。書中寫說，美軍飛行員在天氣良好的時候，在「米格走廊」飛行時能夠目視到米格機的主要操作基地，「安東機場」上的飛機起降作業。

正在「米格走廊」上空的鍾為能夠很清楚的看見丹東機場，它就是當年的米格機基地「安東機場」。在朝鮮戰爭期間，發生在一九五一年十月廿三日的「黑色星期二」戰鬥是較為著名的一戰，也是空戰的轉淚點。當天有八架美國B-29重型轟炸機執行對鴨綠江鐵道交通的轟炸任務，當年的丹東鴨綠江大橋就是在這一次的轟炸任務中被炸毀的，它的橋墩至今猶然存在，現在成為丹東市鴨綠江斷橋遊覽區的景點。

這隊轟炸機群被四十四架蘇聯米格機追擊，護航的四十多架F-84未能起到有效作用，前導的三十一架F-86又被大約六十至一百架米格機牽制。結果出動的八架B-29中、有四架被擊落，三架被擊傷，另外F-84被擊落一架。美軍擊落三架米格機。

此後美軍將所有F-86戰鬥機集中到南韓的基地，不再輪調回日本。原來飛F-80C的第五十一聯隊換裝為從本土運送去的七十五架F-86E。最後連原來屬於飛F-51的戰鬥轟炸機聯隊，也在一九五二年中完成了噴射式飛機的換裝。從此美軍漸漸的取得了朝鮮戰爭中的「制空權」。其中決定性因素之一，是在於美軍的飛行員大多在二次大戰中具有豐富的飛行經驗，而且飛行員編組設計更利於經驗繼承。

由於美國政府的主張，「朝鮮戰爭」是「局部性的地區爭端」，雙方的對抗只能限於朝鮮半島，因此下令只要米格機越過鴨綠江北飛，美軍飛機就只能放棄追擊。

一九五二年初開始，美國派出新型的F-86E和F-86F，更換原來的F-86A。同時美軍的禁令也有所放寬，在咬上敵機的情況下也可進入禁區追殺。後來，美軍以大編隊的「威力巡邏」形式，進行對米格機的狩獵，雖然在中國境內的機場依然是不能攻擊，但是在鴨綠江以北任何升空的米格機都是攻關的目標。中國向聯合國提出的抗議，美軍以「沉默代號」的形式來處理。

「天風一號」在丹東機場做了短暫的停留，將油箱加滿後，隨即起飛往平壤。雖然丹東至平壤的航程很短，但是它是國際航線的一部分，所以飛行非常的順利。中情局的飛行員阿伯·史密斯臉色沉重的告訴張平信大校，他必須在後天一早就到機場等候，「天風一號」將等待特有的天氣變化來臨，升空航測和採樣。他的準時將會得到兩瓶中國「二鍋頭」白酒的獎賞。凱薩琳把鍾為接走時，他看見金正恩辦公室主任趙晨倩也出現在機場。

申婷熙這幾天的心神非常不安，很多的事都非常不順心。首先是第五局負責核子設備及人員保衛的金城泳大校來電話說：美國來的核彈頭專家李建成是美國派來的臥底，他搶劫了藏在柳京飯店的小型核彈頭裝置，逃逸無蹤。然後黃狼說是要由中國東北潛回符拉迪沃斯托克去取核彈頭，但是就此失去了音信。俄羅斯的核彈顧問科莫克維奇是唯一有能力提供她要的東西的人，但是消息傳來，他在地下核彈工廠心臟病發作，在送醫院途中，救護車出了意外，也沒有消息。

沒有一件事是順心的。她一直認為是理所當然的老大繼承大位，現在種種跡象看來，老三金正恩是要後來居上了。因此她就啟動了處心積慮所計畫的緊急奪權措施，但是整個行動的關鍵性人物宋樹安最近卻常常不見人影，他是金正男安排在他老爸金正日身邊的人，他的責任是將金正日的健康情況，接班人情況變化，以及所有相關的發展都及時的彙報過來，但是最近她有點感覺到，宋樹安傳達的情報和其他管道來的消息出入很大。

鍾為說他見到的金正日，並沒有像宋樹安說的已是病入膏肓，離死期不遠，只是老態龍鍾而已。另外他說的金正日還在思考他的接班人問題，還沒有做出最後的決定，可是鍾為的印象是金正恩已經是全方位的隨伺在金正日的身邊，代行總書記的職務了。最讓申婷熙感到警惕的是，從多方面，包括鍾為所傳來的消息說有軍隊，包括重型坦克部隊，正在向平壤地區調動，但是宋樹安方面卻沒有任何消息。

讓她較為安心的是國家安全和情報部門的重要高層還是緊緊的追隨申家的身邊，但是她最近開始有了失控的感覺，並且越來越重，她不能再等了，必須馬上行動。

申婷熙對於處理金家人的計畫是很有把握，她認為是做到了滴水不漏，但是她最擔心的是金正男接班後，支持金正恩的軍方會有非常強烈的反彈，本來軍方和支持申家和金正男的特工部門就水火不相容，如果讓特工們當權，軍方的日子就很難過了，在隨著而來的大清洗裏，有不少的人甚至連身家性命都會保不住。

為了防止反彈，申婷熙計畫在奪權行動開始後，立刻發起一件重大的國際事件，軍方，尤其是中下級帶兵的軍官們，只有接受新的執政人，團結在他的領導下，一致對外。但是科莫克維奇的失蹤，讓她面臨了巨大的挑戰。

一九五三年，朝鮮半島南北雙方停戰，根據當時在板門店簽署的合約，雙方在北緯三十八度線設定了軍事分界線，並決定，三八線南北各兩公里共約四公里的地帶為非武裝地帶。南北軍事分界線全長兩百四十一公里，共有一千兩百九十一個黃色界標，向著韓國方向界標用英語和韓語書寫，而向朝鮮方向界標則用朝鮮語和中文書寫。五十多年來，非軍事區兩邊雙方共部署著大約一百五十萬的兵力，這裏成為世界上駐守軍人最多的軍事分界線。

如今非武裝地帶的韓國一方已將其闢為旅遊區，接待海內外遊客。韓國政府還宣佈，將沿著非軍事區韓國一側修建自行車帶，並修建公園和活動中心，讓那裏成為朝韓兩國青少年活動的地方。但是令當年的政治家和軍事將領們沒有想到的是，這片被鐵絲網、地雷陣重重隔離的非軍事區，在避免北南雙方軍隊意外衝突的同時，意外的為不少瀕臨滅絕的動植物提供了一個世外桃源，今天的三八線已經成了植物的王國和鳥獸的天堂。

這塊區域裏，包括了濕地、森林、山脈、河流和海岸線，獨特的自然環境，不僅招來了來自俄羅斯、中國、日本乃至澳大利亞的各種候鳥前來棲息，還有梅花鹿、野豬、山羊甚至是黑熊出沒。目前非軍事區內共有約兩百六十種動植物棲息。三十多年前就被認為已在朝鮮半島上絕跡的丹頂鶴，竟然成群地徜徉在三八線的沼澤裏，總數最多時達到三百多隻。

更令鳥類學家驚喜不已的是，有人居然在這裏看到了朱鷺的身影。還有十二隻紅白相間的朝鮮鷺，在三八線的一個小湖畔悠閒地漫步，牠們無疑是全世界最後一群朝鮮鷺。黑臉琵鷺是國際自然保護聯盟確定的「瀕臨絕種的」鳥類，全球僅存一千多隻，鍾為在香港優德大學時就有研究生態學的同事關心每年飛來九龍濕地過冬，在養殖基圍蝦魚塘裏覓食的黑臉琵鷺，而三八線附近的荒島早已成為這種水鳥在世界上的主要繁殖地。這些稀有的珍禽卻能在有高度智慧的人類所開闢出來的殺虜戰場中生息繁衍，是多諷刺的對照。

從上世紀七〇年代開始，朝鮮在這被全世界保護著的鳥類繁殖地腳下開闢了另一個戰場：韓國方面在非武裝地帶附近先後發現四條朝鮮地道。最有名的第三地道於一九七八年十月十七日被發現，現在已成為對外開放的旅遊點。地道位於板門店南側四公里，距離最近的韓方村莊只有三點五公里。地道長一千六百三十五公尺，寬兩公尺，高兩公尺，能在一小時內通過武裝士兵一萬人。

地道內壁是暗紅色的花崗岩，地面是用廢舊輪胎進行切割組裝後鋪成。在如此堅硬的花崗岩中開鑿地道，還要在秘密情況下進行，艱難程度可想而知。每條地道可進行師級規模敵後滲透，像這樣挖過來的地道約有數十個，但是現在大部分還未被發現。其中有一條絕密的地道，有兩千零五十二公尺長，地道深達一百四十五公尺，從朝鮮一方的非軍事區入口，可以直通到韓國江原道楊口郡東北廿六公里的地方。

就是在這裏，申婷熙計畫製造一個驚人的國際事件，引起朝鮮半島的緊張局勢，使朝鮮和韓國再度進入劍拔弩張的狀態，讓朝鮮的軍方和人民無暇顧及政權的繼承問題，只能團結在執政者的周圍。

她無法再等了，申婷熙下令啟動奪權行動，但是她的同謀者，也是她的丈夫金正男卻是不見人影，她想一定是又勾搭上了一個美女新歡，不知到哪裏去昏天黑地了。

金正日執掌大權後傳承了第一家庭的神秘和傳奇色彩。他一共結過幾次婚，或是一共有幾個夫人，朝鮮當局從沒有明確的說明，負責接待外人的單位被問到時不知如何回答，只好支吾其詞或是乾脆說那是國家機密。於是金正日與多位妻子的故事就被神秘的面紗籠罩住了。

金正日被稱為「隱居的領導者」，他的正式官邸是十六號住宅，位於勞動黨主建築邊上，兩層樓，有多種的娛樂設備，面積有二公頃，四周有超過十公尺的圍牆。官邸有地下秘密通道和外界相連。此外的常住處還有平壤市中區的蒼光山住宅，和普通江區的西章洞住宅。在平壤市以外地區還有四十公里遠順川郡子母山別墅。但是叛逃至韓國的前任朝鮮勞動黨中央委員會委員黃長燁說過：平壤地下三百公尺處有兩個地下通道，除了平壤地鐵之外，還有另一個地下世界。那就是專為朝鮮領導人設置避難用的「秘密地道」，長達四十至五十公里，連接到朝鮮的南浦，順天和寧遠等地。

自從金正日臥病在床後，十六號官邸的警衛有了很明顯的加強，同時它又臨近最大的軍醫院，因此金正日長住那裏是很合理的，同時宋樹安也一再說他是在那裏見到金正日的。申婷熙在她的奪權計畫裏命令裝備著重武器的特工要以迅雷不及掩耳的快速行動攻擊和佔領三個目標，第一是十六號官邸，逮捕金正日和金正恩。第二目標是朝鮮人民軍參謀本部，逮捕所有的軍官。第三目標是三十八度線非軍事區的絕密地道。在行動過程中，消滅任何抵抗的力量。完成準備的特工突擊隊，攜帶大量炸藥從地道滲透到南韓江原道楊口郡附近進行破壞和大規模的殺傷行動。

奪權行動開始後，平壤市的不同地方就傳出了間歇的槍聲，二十分鐘後，申婷熙就接到報告：第一及第二目標已經佔領了，特工突擊隊也已經進入了非軍事區的地道。按照既定的計畫，申婷熙帶著她的貼身警衛員上了她的汽車，她是要到十六號官邸，在那裏向全朝鮮和全世界宣佈，朝鮮有了新的執政者。

跟在後面的是另一輛轎車，除了司機外，還有三個特工保鏢。這輛車是為金正日和金正恩父子離開平壤而準備的。

本來就沒有太多車輛的平壤街道顯得更是冷清，路上幾乎沒有行人，等到快接近十六號官邸時，申婷熙感到情況不對，因為街上出現了武裝的巡邏人員，他們穿著的不是國家安全部的制服，而是部隊的軍裝。

她拿起手機打到安全部部長辦公室的私人電話，接電話的不是平常她熟悉的女秘書而是一個男的，他說部長有要事離開辦公室，馬上就會回來。她再打給宋樹安，但還是接不通，申婷熙告訴前座的警衛員和司機立刻回頭。但是一輛軍用吉普車出現擋住了去路，申婷熙馬上拿出了手機將預先存在裏頭的簡訊調出來，然後按下了發送鍵，一條間隔的橫杠在顯示幕上快速的從左向右移動，周而復始兩次後發送完畢的資訊就出現了。隨後，又有幾輛軍車把他們兩輛轎車團團圍住，軍車上的機槍都對準了轎車。一位手裏握著手槍的軍官走到前座警衛員的車門邊說：

「下車！」

「你是什麼單位的，你是瞎了眼嗎？我們是五局的，後面坐的是金正男夫人。」

握槍的軍官舉起手來按下了扳機，轟然一聲，警衛員的胸前出現了一大片血跡，倒在座位上。坐在旁邊的司機正要開口說話時，第二聲槍響了，他也應聲倒下來。在後座的申婷熙正在尖叫，左右的車門被打開，進來兩名士兵，抓住申婷熙的手臂，給她上了手銬。跟隨在後面的特工也被制服了，兩輛轎車在軍車的護送下，由部隊的司機開著重新上路，申婷熙完全的理解到，她的奪權行動徹底的失敗了，而她在這世上的生命也走到了盡頭。

申婷熙是在離平壤四十公里遠的順川郡子母山別墅裏，見到了金正日和在他身邊的金正恩，但是讓她最吃驚的是宋樹安的出現。

嚴格的慣例規定，任何有總書記在的場合，第一個發言的一定是總書記，沒有總書記的要求，任何人都不可以主動的發言。但是金正日沒有開口，他只是瞪著看他的大媳婦，申婷熙不甘示弱，也瞪著眼看她的公公。金正日說話了：

「把大媳婦的手銬解開。」

金正恩緊接著問：「安全檢查了嗎？」

押送申婷熙進來的軍官回答：「是的，除了一個手機，身上和手提包裏都沒有其他危險物品。」

金正日說：「婷熙，我有些話要問妳，也有些事要跟妳說說，如果妳想坐下來，就坐吧！」

申婷熙不說話也不坐，只是不停的在揉著手腕，顯然手銬銬得很緊，兩手都麻了。金正日就接著說：「妳是我見過的人裏最聰明能幹的，妳認為跟我作對，妳能有希望嗎？」

「要不是站在你身邊的那個吃裏扒外的叛徒，不會有今天的。」

「妳錯了，宋樹安不是叛徒，三年前，我派他到妳那裏臥底，所以你們的一舉一動，我是一清二楚。」

申婷熙的臉色變得很蒼白，她沒想到她的精心策劃在一開始就註定要失敗了，並且是失敗得如此不堪：「既然如此，我就不用多說了，這一切的計畫從頭到尾都是我一個人的主意，所有其他的人都是因為我的慫恿才加入的，我願意承擔所有的後果。」

「不錯，我是沒看錯人，妳從小就聰明能幹，凡事敢做敢當。比起老大來，那是強得太多了。但是你們想陰謀奪權，計畫裏還包括要把我和正恩殺了。這是叛國罪，我們有法律規定這些人應有的下場，不是妳一句話就能為他們開脫的。」

申婷熙不說話了，她再開口時，語氣就緩和多了：「如果宋樹安是說老實話，你就知道這不是我們的計畫。」

「你們的計畫是，如果我不同意離開平壤，你們就會即刻把我們處理了，妳是這麼聰明的人，妳認為我會毫不反抗就乖乖的靠邊站嗎？打從開始，妳就是想好了，只要你們進到這裏後，五步之內就要流血，不是嗎？」

金正日看申婷熙不說話，就繼續說：「你們的特工攻打十六號官邸和人民軍參謀本部時就是往死裏打，完全沒打算留下活口。要不是宋樹安預先通風報信，先撤了出來，一半的朝鮮高層就被你們毀了。」

「金正男同意了我們的計畫，他認為他接班的時間到了，他也認為您會同意的。」

「正男是個糊塗蟲，但是妳替我幹活幹了那麼多年，從來沒糊塗過，妳認為他是接班人的料子嗎？」

申婷熙不說話了，但是先前的對抗情緒顯然在減弱，金正日的語氣也變了：「婷熙，我知道妳心裏對我們金家有很大的怨恨，我相信妳母親一定跟妳說了不少她的事，也許這也是妳怨恨的原因。多年來，我一直要找機會跟妳溝通，但是我明白妳們母女感情很深，我不願意去傷害，所以就一直拖著，沒想到我犯了大錯。」

這是申婷熙第一次聽到金正日在別人面前承認自己犯了錯，她沒說話，但是她坐了下來，金正日說：「像妳和正哲一樣，我和妳母親是青梅竹馬的朋友，但是等我成了接班人後，就失去了我的婚姻自主權。對你母親，我有萬分的內疚。所以等她嫁到申家後，我就將朝鮮政府裏最重要的國家安全和情報部門交給了申家，妳父親就成了朝鮮的特工頭子。他是個很稱職的人，但也是個很有野心的人，不斷的擴大他的勢力範圍，把他的手伸進到不同的地方，並且毫不手軟的打擊擋著他路的人。我接到不少對妳父親不利的報告，但是就因為看在妳母親的份上，我就沒有處理。後來就發生了正男侵犯妳的事。」

中婷熙用諷刺的口氣問：「金家處理大兒子金正男強姦申家女兒時，也是抱著內疚的心態嗎？」

「完全是的，這是妳母親提出來的處理方法，她說讓妳嫁給正男，將來妳可以幫助他治理國家。當時在勞動黨裏是有不少老同志主張長子繼承的傳統，我就答應了，還同時也同意了妳母親的另一個條件，就是把發展核子武器的責任也交給正男。」

申婷熙知道她母親是有野心的人，但是她沒想到會利用自己女兒的不幸來達到目的。她說：「原來是要怎麼處理這件事的呢？」

「正男是個沒出息的大兒子，就只想當他的花花公子。我本來是想用這件事把他關起來，看他會不會改過自新，同時告訴那些勞動黨的大佬們對他死了心。但是我聽信了妳母親的話，我還把妳叫到身邊來，讓妳歷練一下，沒想到妳在國外學了一身真本事，那幾年的確幫了我不少忙，我是非常的感激妳，我還夢想過，有一天正男能變得像他老婆一樣，該多好啊！」

申婷熙沒想到金正日會有他感性的一面，她聽到：「正男是個無可救藥的人，有個漂亮的老婆還不滿足，還到處沾花惹草，而妳又不是個傳統的女性，所以當妳跟我說，妳要帶著兒子離開，我就跟妳說正男配不上妳，同意妳去了澳門。」

「你兒子強姦了我，而你又強姦了我母親，這就是你們金家表示感激的方法嗎？」

金正日睜大了眼睛說：「原來妳母親是這麼對妳說的嗎？我和妳母親曾是戀人，曾有過非常熱情的肌膚之親，那份熱情一直是存在我們之間。一直到她嫁人之後，妳母親還會藉故尋找機會和我親熱，所以我不明白她為什麼要這麼說。」

「我相信自己的母親。」

「在總書記的位置是沒有所謂的私生活，我和妳母親之間的風風雨雨，很多勞動黨的老同志都一清二楚，我相信多少年後，會有人把它寫在歷史裏，到時候妳自己去看吧！」

申婷熙用絕望的語氣說：「我還能看到這些歷史紀錄嗎？讓我活著的日子不就是要承受你們對我肉體的折磨嗎？」

金正日臉上的笑容消失了：「申婷熙，妳犯了叛國和企圖殺害國家領袖的死罪，但是我不會殺妳。第一，妳是我青梅竹馬戀人的女兒，我不能下手。第二，妳曾替我幹過很重要的事，我不是忘恩負義的人。但是最重要的是妳還有一個兒子，他是金家的人，他還小，需要媽媽的照顧。」

「你放我一馬，那其他的人呢？」

「為了要鞏固正恩的執政，大清洗已經開始了。人民軍接管了國安和情報部門，所有的高層，一律處死，有不少已經自我了斷了。進入非軍事區地道的特工突擊隊發現前後都被堵住，就引爆炸彈自絕了，可惜好好的地道就這麼毀了。」

「金正男是我的同夥，金正哲是我的情人，也是讓他哥哥戴綠帽子的人，但是他聲明支持金正男接班，你這兩個兒子也要殺嗎？」

「我當然不會殺他們，但是從此他們只能待在農場裏養豬，什麼地方都不能去了。」

申婷熙剛剛有一點血色的臉又變得蒼白：「我們申家的人呢？」

金正日恢復了獨裁者的特性：「為了我們世世代代的千秋大業，所有的申家人都必須處死。」

申婷熙再也沒有想到她給申家帶來了滅頂之災，她用顫抖的聲音說：「看在申家和金家曾經有過通家之好，我的祖父也曾經是和金日成一起出生入死過的戰友，請讓他們有個痛快一點的了斷吧！」

梟雄式的微笑出現在金正日的臉上：「妳的奪權計畫裏也包括了處決我的時候，給我一個很快的了斷嗎？大清洗的一部分內容就是要把舊帳清理一次，申家的特工們留下了很多的血債，是到了要清算的時候了。何況這件事的詳細來龍去脈都得問清楚，所以少不得要折騰他們一陣子了。把妳留下來，看著他們慢慢的離去，也是我要妳付出背叛我的代價。」

申婷熙的反抗語氣又回來了，這是在一切都絕望時所作的最後反擊：「為了金家世世代代的千秋大業，就必須把申家老老小小斬草除根，但是把我留下來，你不害怕我會舉著復仇的寶劍東山再起嗎？還沒忘記朝鮮的最好友人，伊拉克的薩達姆和利比亞的格達費吧？一個被繩子勒脖子絞死了，另一個被自己的老百姓一刀一刀的凌遲致死。」

金正日的心跳錯了一拍，但是臉上還是保持著原來的微笑：「我要是害怕的話，早就把妳處決了，還會等這麼多年嗎？」

「一直到昨天，朝鮮的特工還是忠心耿耿的為申家辦事，他們告訴我，勞動黨裏的大佬們之所以同意支持金正恩為接班人，是因為你答應了要將你唯一的孫子接回朝鮮扶養，因為他是我們朝鮮國父金日成唯一的嫡傳長曾孫，一脈相傳，也是來日的接班人。金正男把身體搞壞了，外面那麼多和他上過床的女人，沒有一個懷孕。金正哲和我給你大兒子戴綠帽子的時候從來都不避孕，這麼多年了還是不下蛋。金正恩結婚也有好幾年了，他在等什麼？還是他也不能生？總書記，你作惡多端，現在又要殺了我們申家老小，老天爺要懲罰你，要你們金家絕了後代，沒有明媒正娶的子嗣，你們金家的王朝也就到此為止了。」

金正日聽得目瞪口呆，一時不知道要說什麼。金正恩插嘴說：「申婷熙，妳不要太放肆，否則馬上就要妳的命。」

申婷熙的天不怕，地不怕反抗情緒顯露無遺，她冷笑的說：「你是說，你老爸不想看到他的孫子了嗎？」

金家父子愣住了，不知道該說什麼。隔了一會，金正日用很溫和的語氣說：「婷熙，說到底，妳的祖父和我的父親都是朝鮮的開國英雄和戰友，妳母親和我又曾有過一段青梅竹馬的愛情，妳沒當成我的女兒，但是成了金家的媳婦，替我在國家大事上幫我做了很多事。現在我們之間有了分歧，但是不必用兵刃相見，你死我活，我們可以把話說清楚。沒錯，勞動黨是要我把正男的兒子接回朝鮮，作為正恩成為我的接班人條件，他們一直堅持長子或是長孫繼承的原則，同時也是因為妳兒子有妳祖父的血脈，他們沒忘了當年妳祖父的豐功偉績。妳是聰明人，妳攻擊十六號官邸和人民軍的參謀本部，但是不動勞動黨的一根寒毛，不就是因為勞動黨和妳們申家的關係嗎？我看這樣吧！叛變後的大清洗還是要進行的，但是如何處理妳們申家的事，就等妳把兒子接回來後，交給勞動黨來決定。」

金正恩要開口說話，但是他老爸揮手制止了他，申婷熙沉默不語，最後歎了一口氣，平靜的說：「我現在無法相信金家人說的任何話了，從一開始，任何反對金家的擋路人，就是連你們自己的親兄弟，下場都是一樣的。對申家人的大清洗只是延後而已，勞動黨裏支持我們的人早晚也是逃不出被清洗的命運。至於我的兒子，你們也不用操心了，他不是你們金家的人。」

金正日驚呼了一聲：「啊！妳說什麼？不可能！」

申婷熙說：「為什麼不可能？還記得朝鮮歷史上的高麗王國嗎？在它的末期受到中國元朝的打壓，高麗王不能和女人燕好，美麗的王后為了子嗣就和親衛隊長洪麟纏綿共枕，生了孩子。金正男是我的男人，但是他讓我噁心，所以我和別的男人生了兒子。」

金正日大聲的吼說：「我要妳馬上去作親子鑒定，如果不是正男的骨肉，要馬上通知勞動黨。」

說完了後，金正日自己也覺得他的話說得不合理，同時也感覺到，申婷熙是在和他作生命結束之前的反擊搏鬥，已經完全沒有任何的顧忌，他的語氣變得出奇的溫和：「婷熙，情況是這樣的，我是非常尊重勞動黨裏的那些開國元勳，他們也明白正男是個不成大器的人，但是他們說長子不行，應該考慮長孫。其實我很同意這個看法，特別是由妳來扶養成人，將來一定是個頂天立地的人，把國家交給他，勞動黨和我都會放心的。婷熙，妳現在很情緒化，我理解妳對我說的任何話都不會相信，所以我也不再多說了，妳先回家去，靜下心來，好好的思考，妳這麼聰明的人，一定會想得通的，中家的人也全都可以暫時回家去等勞動黨的決定要如何處理他們，你們好好的聚一聚，商量商量我說的話。我和勞動黨就是要確認一下，妳的兒子是不是金家的人，如果是，妳就把他接回來養大，也許將來朝鮮就交給他了。如果不是，妳們母子是要回朝鮮，還是留在外國，就不關我的事了，但是我對勞動黨就有個交代，他們會死心塌地的讓正恩去接班了。反正妳也不用急，什麼時候想好了，就告訴我。」

金正日是個鐵石心腸的獨裁者，從小在看不見人性的家庭裏長大，十幾歲時就能把親弟弟淹死在池塘裏，申婷熙是第一次聽到從他嘴裏說出來感性的話，她沉默不語，隔了一會，她聽見金正日說：

「婷熙啊！妳知道嗎？正恩還跟我說過，大嫂的能力強，他真希望妳能留在他身邊幫他做一番大事。」

申婷熙抬起頭來看見金正日是滿臉笑容，但是那是個特殊的笑容，是由控制臉上的肌肉所產生的，而不是引為內心的喜悅所導致的。

她想起多年前她還是金正日的助理時，有一位勞動黨的副秘書長向南韓的情報員出賣機密被逮捕，金正日親自審問他，要他把同夥都說出來就從輕發落他，當時他的臉上就帶著同樣的笑容，但是這位副秘書長的下落是和他供出來的同夥一樣，在受了三天的酷刑後死去。

她完全明白了金正日感性的話和燦爛的笑容背後，還是所有獨裁者都具備的陰險和殘酷特性。申婷熙轉過頭去，看見金正恩的臉上也出現了不同的笑容，那是和多年前金正男在她初戀情人金正哲面前強姦她的時候所帶著的笑容完全一樣；那是想到了眼前的女人是被兩個哥哥睡過的，想像著她身上朝鮮長袍內的肉體現在要輪到他來享受了。申婷熙露出了笑容：「我很感激，和家人商量了之後，我就會告訴公公什麼時候把他帶回來看爺爺，他現在念小學了，功課不少，我看等一放假，就能回來了。」

金正日明白他的大兒子再不中用，還是給他帶來一個孫子，他們金家後繼有人了：「太好了，我就等妳的好消息了。上次我見到那妳那小娃娃時，他還沒上幼稚園呢，現在就已經是上小學了，日子過得可真快啊！」

「是的，我也還記得在公公身邊幹活的那些日子就好像是昨天一樣，那是我一生中最快樂的時候。我最大的願望就是想為朝鮮老百姓做點事，讓他們少一點苦難，多一點快樂，所以我才千辛萬苦的去爭取聯合國的圖們江計畫。我感謝公公給我們申家人一條活路，讓我也告訴公公這幾年我從外面所看到朝鮮的情況；朝鮮和一些非洲的政府是世界上最窮的國家，不同的是朝鮮人的教育水準要高得多。這也是有越來越多的人要離開朝鮮的原因，以前的『脫北者』都是農民，現在各種各樣的人都有，還包括了安全和情報部門的人。有一天他們在國外會組織起來，壯大起來，形成反對政府的組織，他們的力量不容忽視。」

金正恩馬上就反駁說：「朝鮮的國家安全和控制社會穩定的機關和人員，也是很強大的。」

申婷熙還是保持著她的微笑：「一點都沒錯。在西方世界，公認為最大，最有財力的情報機構就是美國中情局，但是最有效率和最出色的是小小以色列的情報組織摩薩德。和中情局相對的是前蘇聯的克格勃，但是和摩薩德齊名的就是我們朝鮮特工。不幸的是他們將要被清洗了，從此以後你們的身邊，還有朝鮮重要的機關裏，會有了中情局的潛伏人員，甚至俄羅斯和中國的情報員也將來到朝鮮，但是優秀的朝鮮特工被清洗後，朝鮮在世界的地下戰場上失去了自我防衛的能力，你們會茫然不知敵人來到了身邊。能夠脫身的優秀朝鮮特工將會加入脫北者的行列。我請問公公，如果我現在死了，誰會替你們找到我的兒子在哪裏嗎？」

金正日父子兩人同時感到全身發冷。

申婷熙離開子母山別墅時，就能感到她已經完全失去了自由，金正日說為了她的安全，宋樹安會送她回家，跟在他們後面護送的軍官就是開槍打死她的警衛員和司機的同一個人，門口停著她坐來時的兩輛轎車，軍人司機將車門打開請她上車，她往裏看了一眼，對宋樹安說：「這車裏有血，我坐另一部車。」

軍人司機看了看宋樹安和護送的軍官，兩人都點一點頭，司機就過去將另一部車的車門打開，申婷熙在坐進去前跟軍官說：「我擔心路上的安全，請你們兩人都坐在車裏送我回去。」

軍官回答說：「我們有兩部吉普車，一共有八名警衛士兵會跟在夫人後面。」

宋樹安說：「你也上來，坐在前面，我們上車吧？」

申婷熙說：「你叫吉普車跟得緊一點，我才放心。」

車子一動，申婷熙就拿出手機：「我要打個電話告訴我兒子我要去的地方。」

宋樹安說：「夫人不是要回家嗎？」

申婷熙看見手機上的小紅燈開始閃了，表示車底下的裝置通電啟動了：「我是要去天堂，但是也要送你們兩個人去地獄！」

她按下了通話鍵，轟然一聲，炸彈爆炸，完全粉碎了汽車和緊跟在後面的兩部吉普車，在十多公尺後面別墅的門窗玻璃全震碎了。巨大的爆炸聲和從天而降，血肉模糊的肢體，讓金正日受到嚴重的驚嚇，從此就真的臥床不起了。有傳言說，宋樹安的頭顱上有極度扭曲了的面部肌肉，帶著齜牙咧嘴的表情，從窗外飛進來掉在金正日的面前。

在吉林省東邊朝鮮少數民族聚集的一片土地在行政上叫「延邊朝鮮族自治州」，位於吉林省東部的中朝邊境，長白山麓。它的首府就是延吉市，是在自治州的東邊，非常鄰近北朝鮮。人口約兩百一十七萬人，是中國最大的朝鮮族聚集地。

自治州裏的一半人口都集中在延吉市和附近的另外兩個大城，圖們市和琿春市，三個城市形成一條東西的直線，圖們市居中，延吉市在西，琿春市在東。延邊冬季比較長，每年有四、五個月處於冰天雪地的嚴冬。圖們江要到春天過後夏天快來時才會解凍開河，那時江中會有一塊塊的冰排飄動，但是一等到暖風吹來時，所有大地上都冰融雪消，江邊的草冒出芽來，柳樹的枝會泛出鵝黃色，楊樹的枝梢會出小疙瘩，杏樹和桃樹的枝頭綻開小花苞。

春季來臨時，金達萊是田野中開放的第一朵花，朝鮮族認為金達萊是春天來到的標誌，人們用它來象徵長久的繁榮，喜悅和幸福。長白山區的金達萊紅豔豔的花朵綴滿枝頭，火紅一片，遠遠望去像是一片紅色的晚霞。接著滿山遍野的各種花都跟著開了，星星點點，五顏六色，美得讓人窒息。

再隔一陣子，天上就會出現從南方飛來的大雁排成「人」和「一」字形，向北飛去，延邊的夏天來了，連日陰雨和偶爾的暴雨像鞭子似的打在屋瓦上，緩緩流著的圖們江一下子就會變得像匹狂蕩不羈的野馬，滿江的混濁水流淹沒了蘆葦叢，江堤下的柳樹只剩下樹尖在水裏搖晃著，呼嘯著的巨浪帶著長白山的水沖向日本海。

延邊朝鮮族自治州南隔圖們江與朝鮮咸鏡北道、兩江道相望，延邊有七個中朝邊境口岸，即南坪、三合、開山屯、圖們、沙坨子、古城裏和圈河。這裏的朝鮮族保持著濃厚的朝鮮文化和生活習慣，不僅是朝鮮脫北者過境的地方，也很容易讓他們溶入當地社會，成為他們聚集的地方。同時也造成了一個新興的行業，就是為脫北者安排偷渡過境，充當所謂的「蛇頭」。

很多實際的「脫北行動」都是在這裏策劃，聯絡和安排的。從二〇〇〇年開始，中朝邊境地區的朝鮮難民吸引了大量人權組織，新聞記者，乃至聯合國調查機構的關注，中朝兩國政府開始加強邊境巡邏和監管，但沒能減少「非法越境者」的數量，卻為朝鮮邊防軍提供了新的索賄途徑。新的價碼是兩百至三百元人民幣，雖然這是朝鮮人好幾個月的生活費，但是就能讓朝鮮邊防軍對「脫北者」睜一隻眼閉一隻眼。一位非常吃得開的「蛇頭」接到一樁生意，有一位「大人物」需要「脫北」，付出了特別的高價，買通了多層的邊防人員，為他開出一條通路，他就是朝鮮安全部的核子設備及人員保衛負責人，金城泳大校。

李建成和崔蓉姬的車是開往白岩市的方向，手機接到簡訊的信號響了，兩聲後就斷了，但是馬上又響了。李建成將車彎進前方一條雜草叢生的小路，他說：「蓉姬，有緊急情況，可能需要棄車，妳把所有的東西都拿好了。」

趙晨倩的簡訊是：「金正男奪權失敗，已被看管。軍方接管國安、情報及核武部門。特工已被大清洗。軍方發出對李建成和崔蓉姬的通緝令。」

李建成將汽車牌照取下，車上所有可以識別的文件都拿走，沒有鎖車門，棄車後兩個人順著山上的小路往北走，崔蓉姬知道這附近有一棟朝鮮安全部的房子，平常是用來當特工們在山裏進行體能和野外生存訓練時休息的地方，雇了一對農民夫婦當管理員。

崔蓉姬似乎對者裏的環境很熟悉，她領著李建成很快的接近安全部的房子，但是在就要走到的時候，她覺得有問題，首先是門口停了一輛汽車，根據車牌號碼，它不是安全部的車，其次，他們在隱蔽的觀察一段時間後，不見管理員夫婦，最讓她警惕的是，屋內似乎只有一個人。

他們非常安靜，完全無聲的從後門進入。看見了農民夫婦被槍殺在走廊，李建成做手勢叫崔蓉姬在門口擔任警戒，他悄悄的開門進屋，裏頭也躺著兩具被槍殺的屍體，有一個人在全神灌注的數鈔票，他面前的小桌上有兩疊錢，一疊是人民幣，另一疊是歐元，桌上還擺著一把帶著消音器的手槍。

當他猛一抬頭看見李建成就站在他面前，他本能的伸手拿槍，但是李建成手裏也裝消音器的手槍響了，「撲」的一聲，子彈擊中了桌上手槍，它滑落到牆角。崔蓉姬用力的推開了房門，舉著槍衝了進來，她說：「建成，你開槍了？」

李建成沒有回答她，但是用槍指著前面的人說：「老實點，下一顆子彈可就要打進你的身體裏了。你給我跪著，把兩手放在頭上。」

崔蓉姬的臉上露出了燦爛的笑容：「原來是負責我們核子設備及人員保衛的金城泳大校，您怎麼跑到這裏來數錢了？」

金城泳大校說：「都這個時候了，我們就開門說實話吧！我和你們一樣，現在都是被通緝的人，如果想要逃命，我們就得往江北走。現在邊防看得特別緊，普通的脫北者就別想動了。但是我有特別的蛇頭，關卡都安排好了，你們可以跟我一起走。門口我還有一輛沒人知道的私家車，車鑰匙就在小桌上，我們可以在天黑的時候到白岩市的火車站，今晚會有一列貨車開往開山屯口岸，我們可以上去，從那裏到延邊。」

崔蓉姬走到牆角，把滑落在那的手槍撿了起來：「面前的兩個死人，是張武信大尉和黃海樹隊長，他們不都是你的馬仔嗎？」

「他們是打算出賣我，好去領獎金，才被我殺了。」

「那走廊上的管理員夫婦呢？他們可是老好人啊！」

金城泳說：「留著活口會有後患。」

崔蓉姬說：「就這麼把人家殺了，金大校，你夠狠心的了。老公，你說我們該怎麼處置他？跟他一起去當脫北者？還是拿了他的錢走人？老公，忘了告訴你，當年我到五局去報到那天，他就把我帶到這裏來睡了我。」

「那妳就看著辦吧！」

崔蓉姬說：「金城泳，你強姦了我，我現在就把你的老二打掉。」

她舉起金城泳的手槍，對準他的小腹下面開槍，金城泳握住了下體，倒在地上像殺豬似的喊叫，崔蓉姬踩住了他，對準他的腹部又開了三槍：「金城泳，你在這世界上的生命只有不到三個小時了，但是這會是你一生裏最痛苦的三個小時，你該好好的回想一下，你一生裏都幹了哪些壞事。」

臨走之前，崔蓉姬把桌上的錢收了起來，把所有能吃的食物都帶上，兩個人到後面管理員的住處，各找了一套寬寬大大的農民衣服和兩個裝東西的布袋，崔蓉姬還拿了個大草帽和背在身上的竹簍。然後開著金城泳的車下山，奔向白岩市。

李建成從後視鏡裏看見有兩部摩托車，一前一後跟著他們。崔蓉姬說：「發現尾巴了？」

「兩部大型摩托車，一前一後保持距離，跟了有十分鐘了。」

「駕車人的頭盔是什麼顏色？」

「黑色。」

「看得出車子的型號嗎？」

「像是日本的山葉牌大型摩托車。」

「是安全保衛部的，他們最近買了一批山葉牌摩托車。但是駕車的可能是軍方的特工。」

崔蓉姬從手提袋裏拿出手槍，把子彈推進槍膛：「把車放慢，我要擊斃他們。」

「他們不會在一起開上來，還是會一前一後，妳殺了一個，另一個就會招來大隊的人馬。」

「那你要怎麼辦？」

「要他們出車禍。妳把安全帶再拉緊一點。」

李建成將油門踩到底，汽車飛快的加速，在後視鏡裏，兩部摩托車也亦步亦趨的跟隨，但是在不知不覺中，距離縮短了，特工們的下意識是在高速行車時要將距離拉近才不會跟丟了。

突然，李建成用力的踩下剎車，車子的橡皮輪胎馬上就在磨擦加熱所產生的高溫下冒起了白煙，在路面上留下了長長一條痕跡。李建成將排檔換到空檔，車身開始大幅度的左右搖擺，李建成的手腳配合很快的操作離合器和排檔，傳動齒輪從高檔往低檔一級的切換，車輪就掙扎著要抓住路面。

兩部摩托車發現前方的汽車緊急剎車，也跟著即刻剎車，但還是先後的超越了汽車。他們在車速慢下來後，就在公路上開始轉一個大圈子，認為目標汽車是要離開公路開上鄉村的小路，但是李建成用力的將排檔切換到頭檔，當車子一開始移動，他就連續的切換，將傳動齒輪吃進了最高檔，然後又是一腳將油門踩到底，汽車以高速衝了出去，車頭的保險杆撞上了後面的一輛摩托車，砰的一聲，摩托車連車帶人被撞得飛起來，越過了路肩，垂直的掉落到七八十公尺下的山谷裏。

這時原先在前面的摩托車已經完成了他的大轉彎，正好看到他的同夥被撞得騰空而起，消失在山谷裏，他急忙的尋找目標汽車，發現已經是在他的前方，停住了。他決定要執行逮捕行動，把皮夾克的拉鏈拉下，將手槍從槍套裏取出，拉槍膛推進子彈，再把槍放回槍套，雙手握住摩托車的把手，開車接近目標汽車。崔蓉姬發現李建成全神灌注的看著後視鏡，嘴唇微微的顫動在計算，突然他大吼一聲：「就是現在，我要你的命！」

李建成迅速的將排檔吃進倒檔，左腳鬆開離合器，右腳將油門踩到底，車身向後衝了出去，高速的向特工撞過去，但是他這回是有備而來，他很靈活的操縱摩托車，小小的車把轉動，車身就離開了高速衝來的汽車路線，到了公路的邊上，他正要伸手取槍時，李建成已經將手剎車拉起來，同時將方向盤向右打到底，汽車就以鎖住了的後輪為中心，逆時鐘方向轉了一百八十度，完成了一個經典的高速甩尾。

汽車在快速迴轉時，車頭的右側把特工和他的摩托車推撞到對面方向的車道上，一輛過往的汽車狂按著喇叭緊急剎車，但是撞上了摩托車，特工靈活的身段讓他閃避開，後面緊跟著的一輛大貨車也狂鳴著喇叭，閃躲了前面緊急剎車中的小汽車和被撞得稀爛的摩托車，但是沒能躲過還戴著頭盔的特工，一聲慘叫後，大貨車的前後輪子都碾過了他的全身，剩下來的是一片模糊的血肉。李建成看見崔蓉姬的臉色蒼白，他說：「妳要是還閉住呼吸的話，妳會窒息的。」

崔蓉姬吐出了一口大氣：「你在哪裏學的這些開車技術？」

「我的檔案裏沒寫嗎？」

在快到白岩市之前，路上就出現了大批的人民軍車隊，上面坐著士兵，再往前開就看到他們是來設立路障，檢查車輛和過往的行人。白岩市是通往北方邊境的交通要道，很多的脫北者都要經過這裏。李建成離開了公路開進了一條小路，他看了一下崔蓉姬說：「我看他們是衝著我們來的，妳覺得怎麼樣？」

「我想一定是的，這車不能開了。」

「哈！果然英雄所見略同。」

崔蓉姬聽出來在豪邁的語氣裏卻帶著一絲的絕望，她凝視著一生以來最愛的男人，他是個非常優秀的情報員，更是個身懷絕技和有著無比毅力的行動員，但是他感到走近了窮途末路了。崔蓉姬的心碎了，她告訴自己，在她一生裏要做的最後一件事，就是一定要李建成活下來。

他們將金城泳的車停在小路的邊上，拿了所有的東西，走上了往摩天嶺的山路。前面的山坡是光禿禿的，給人的感覺是這裏是荒涼得連動物都不去的地方，在斜坡上有一塊方方正正像是個補丁的麥田，附近的樹叢裏有一個破落的農舍，從遠處觀察，有一個男人進出農舍到田地做農活，還有一個女人在屋外的水井旁邊洗衣服，她背上還背著一個孩子。不久農舍的煙囪開始冒出煙來，做晚飯的時間到了。他們一直觀察到天黑，屋裏點起了昏暗的油燈時，並沒有看見任何其他的人進出。等到屋裏的燈光熄滅後，李建成和崔蓉姬才小心翼翼的向農舍接近，確定了沒有電話線通到屋內，他們才去敲門。

男女主人是點著油燈一起來開門的，看見門外的一對年輕人手裏都握著手槍，但是男的還提著一袋大米，雖然他們也曾在夜晚碰到路過的脫北者敲門，用錢換取借宿一夜，但是這是第一次有人拿著槍，提著一大袋米來敲門。

崔蓉姬溫和的解釋：他們是路過要到北方去，希望借宿一晚，天亮之前就會離開，這一袋大米還有五百朝鮮圓是給他們孩子的。想到有了這一袋米，他們的兒子今年冬天就不會餓死了，主人隨即領他們到後院裏的一個空屋，裏頭有一張床，一張桌子和兩把椅子，男主人拿來一盞油燈和一個熱水瓶，女主人端了兩個碗和兩個還熱的窩窩頭來，崔蓉姬和李建成向他們道謝之後，男女主人就回他們的屋子裏。

崔蓉姬從袋子裏拿出兩碗泡麵，用熱水沖開，李建成又開了一個豬肉罐頭和一瓶啤酒，也許是因為這是一天裏第一次進食，兩人都認為要比平壤的任何餐館都好吃，尤其是那兩個還有餘溫的窩窩頭是最可口的。酒足飯飽後，他們就在後院的水井邊上把衣服脫了，光溜溜在星光下把全身的臭汗都洗乾淨，然後回到屋裏做愛。李建成有無限的溫柔和愛惜，但是崔蓉姬卻是像世界末日來臨前的索求，事後兩人相擁著全無睡意，崔蓉姬先開口說：「建成，我知道你在想什麼？」

「什麼時候變成我肚子裏的蛔蟲了？」

「你是在想，他們終於找上門來了，是不是？」

「蓉姬，我想那兩個騎摩托車追我們的人死了後，他們會知道我們大概是在這附近。」

「我問你，我們倆能活著逃走的機會有多少？」

李建成笑著問：「妳害怕了？有我掩護妳，問題不大。」

崔蓉姬的眼睛裏出現了淚光：「建成，我說過，這輩子讓我碰見你，我的命就太值得了，我現在的人生目的就是要你活著，別的對我都沒有意義了。你我都是特工，你看見了這大批的軍隊在這佈防，不就是關起門來打耗子嗎？我知道你有本事，但是你人單勢孤，你鬥不過他們。如果我們分道逃走，成功的機會要大得多。你想想我說的對不對？」

李建成不說話了，崔蓉姬深深的吻他：「建成，我還不想死，我想再多活幾年跟你在一起過正常人的日子，生幾個孩子，每天給你做飯吃。告訴你，我也會做窩窩頭。我們分道揚鑣，我發誓，六個月以後，我一定會離開朝鮮，天涯海角我都會找到你。」

李建成緊緊的抓住她說：「這是妳發的誓，六個月後要是不見人，我就回來找妳。妳聽好了，因為繼承人的事，現在朝鮮進入了非常時期，第一步就是把邊界封閉得緊緊的，我們又留下不少要脫北的蛛絲馬跡，所以你要遠離邊境，到平壤或別的大城市去隱蔽。我身上還有一萬多塊錢的人民幣和三萬塊歐元，你都拿著，再加上金城泳的錢，應該夠用來生活和買路的費用了。」

「那我不成了朝鮮的富婆了嗎？你不怕我會養個小白臉，樂不思蜀，就忘了要去找你嗎？」

「這時候別鬧了。我還要你記住，你到平壤時，要去找一個人。」

「我知道，是不是在金日成廣場旁邊巷子裏的『家偉雜貨店』老闆？」

「妳怎麼知道？」

「我跟蹤過你到那裏。」

「妳到那裏找王家偉，告訴他你要見牡丹，記住了！」

「牡丹是誰？」

李建成沒有回答，但是他用力的進入到她的身體，她也用力的收縮：「建成，你進來了，我就不讓你出去了。」

天一亮的時候，和往常一樣，農舍裏的夫婦就起來了，他們發現在後院屋子借宿的脫北者已經離開了，他們留下不少食物和一千元人民幣。摩天嶺的山路上先後出現了兩個農民，前面的是個農婦，戴著草帽，背著竹簍，臉上還有些沒洗掉的泥土，她在公路上搭乘了去平壤的大巴。後面的農民滿臉曬得黝黑，顯然是常年在太陽底下工作，他上了去羅先市的大巴。

羅先市是由羅津和先鋒兩個地方合併各取前面一個字得名。羅先市的地理位置十分優越，是一個「雞鳴啼三國，花開香三疆」的邊疆海濱地帶，區內現有羅津港和先鋒港，港區的鐵路公路與腹地相連，寬軌鐵路與俄羅斯哈桑區相連，准軌鐵路與中國的圖們相連，公路距中國琿春沙坨子口岸九十二公里，距琿春圈河口岸只有四十八公里。

羅津煉油廠是朝鮮最大的煉油廠。由於朝鮮缺乏石油資源，原油都需要從國外購進，在羅津港經常停靠有多艘的大油輪。許多煉油廠和港口的工作人員都是來自咸鏡北道的各地，李建成現在用的身分證上寫的工作單位就是朝鮮羅津煉油廠。他是從白岩市外的車站買了去羅先市的車票，原來大巴的行車路線是先到吉州市，再沿著濱海公路北上經過清津港到羅先市。

但是一條新開的公路，不再沿著海岸而是直接走對角線，穿過一個新開的隧道就到了清津港，因此到羅先的時間縮短了快三個小時。雖然李建成的車票是到羅先市，但是他要在中途下車。

這條新開公路上主要的車輛是進出清津港和羅津港的貨運大卡車和油罐車，還有就是長途的大巴公共汽車，小客車是很少。新開的隧道是在兩千五百公尺高的冠帽山山腳。隧道其實就是鑽進山裏的一條長長管子，隧道裏的燈光很暗，兩頭很亮的地方就是隧道口。

大巴開進去不久後，前面的車子就慢了下來，等過了隧道的一半時，就完全的停下來了。李建成注意到對面開過來的車子減少了很多，尤其是在一輛大巴開過來前，中間相隔的時間就特別的久，這說明了一件事，就是在前方隧道口，所有的車輛都要停車檢查，目的是在找人，因此大客車就需要比較長的時間才能通過。李建成幾乎可以確定，要找的人就是他。大巴的司機顯然是曾經過類似的檢查，他把車門打開，向乘客宣佈：「我們在這裏要停一會，想抽煙的同志，請到車外去，車裏頭是不准吸煙的。」

說完了，他就首先下車。李建成看見車窗外已經有四五個人聚在一起，顯然是從別的車子下來的人，李建成拿起他的背包也下了車，他追上了大巴的司機，從口袋裏掏出香煙：「司機同志，抽煙嗎？來一根吧！」

李建成是不抽煙的，但是他在受訓時曾被告知，逃生時香煙和打火機是必不可少的。

「啊！不好意思，同志，多謝了。」

李建成替他把煙點上：「像這樣的堵車常發生嗎？」

「不是很清楚，我以前就碰上過兩次，這是警察在找人，所以要費點時候。」

「大概是有犯人逃跑了，要把他堵截在隧道裏。」

「我聽說最近在抓脫北者，抓得很嚴。」

「那應該在江邊抓人，怎麼到這山洞裏來找脫北者了，沒有人會承認自己是脫北者的。」

「你老兄有所不知。我請問你是要去哪裏？」

「我是要回羅津的煉油廠，我是那裏的技術員。」

「那你的背包和行李裏頭會把你全部的家當都帶著嗎？還會帶著米和食物嗎？」

「當然不會了。」

「但是脫北者就會了，所以我們有得等了。我們前面還有幾輛大巴，檢查乘客們的行李是要花時間的。」

又有幾個乘客陸續的下車，有些也點起了香煙，但是都圍過來說話，李建成乘機離開走到大巴的後面。緊跟著的是三輛平板大貨車，載的是一捆捆的棉花，用繩子綁住在車上，三輛貨車的司機和助手都已經下車不在駕駛座裏。

李建成走到中間的一輛，用從背包裏拿出來的折疊式瑞士軍刀，割斷了一根繩子，把一捆棉花拉下來，推到平板車下面。大貨車有兩個油箱，一前一後掛在車邊。他用瑞士軍刀裏的鑽子把兩個油箱穿孔，擰開了油箱的蓋子，讓裏外的壓力平衡，汽油就像是打開了龍頭的自來水，很快的流出來把下面的棉花浸濕了。李建成用打火機把它點燃，在隧道裏的封閉空間，一下子就被濃煙彌漫了，因為光線昏暗，火光顯得特別的亮。李建成大聲的喊：「起火了，快逃命啊！快啊！油箱要爆了！」

大巴裏的乘客從車門衝出來，李建成跟在後面望隧道口奔去，前面大客車的安全門打開了，更多的人跳出來，互相的擠壓，呼喊，往前快跑。不斷的人群衝了出來，碰撞著在隧道口的警察，已經到了完全無法控制的情況，他們開始把橫在路上作為路障的車撤離。當李建成跑到隧道口時，聽見了油箱爆炸的聲音，兩分鐘後一大股濃煙衝出隧道，頓時將所有的視線都掩蓋住了，當濃煙被吹散後，李建成已經消失在山上的樹林裏了。

李建成把衛星電話從布包裹拿出來，再確認一次時間後，發出一個密碼簡訊：「T＋十六」。不到一秒鐘的時間，簡訊就上傳到正飛過朝鮮北部的低軌道間諜衛星，信號再經過同步軌道上的通信衛星，不到兩秒鐘就傳送到中情局的通信中心。十五分鐘後，已經兩天兩夜沒有離開辦公室的富爾頓向一萬多公里外的「天風一號」發出了密碼的無線電報和一個互聯網的電郵。

當鍾為趕到平壤機場時，「天風一號」的發動機已經起動了，一進了機艙就看見張平信大校已經就坐，同時也聞到有一股酒氣，鍾為注意到在後備椅子旁有兩瓶二鍋頭白酒。阿伯．史密斯增加發動機的馬力，機艙內的噪音提高，張平信將機門關緊，大家都戴上了耳機，鍾為宣佈：

「咸鏡山的冠帽峰附近發現了一個水汽通道，很可能是西伯利亞雨水南下的傳輸路線，我們需要去確定。」

張平信大校說：「我們的飛行高度會很低嗎？那裏有防空雷達的盲區。」

鍾為和駕駛員阿伯．史密斯交換了一個眼色：「那是一個近地的低空水汽通道，我們需要精確的實測資料。要及時通知地面雷達。」

耳機裏響起了史密斯的呼叫：「N312D呼叫平壤塔台，請求離場執行聯合國航測任務。」

「平壤塔台，N312D，允許滑行至跑道，到達後可自行起飛。」

「N312D，允許滑行至跑道自行起飛，感謝，日安。」

平壤機場是世界上最不忙碌的國際機場之一，起飛和降落的航空管制程序都非常簡單。「天風一號」飛往東北方向，四十分鐘後就看見了咸鏡山脈，鍾為回頭向張平信做了個下降的手勢，然後對著耳機的麥克風說：「張大校，我們要開始低空飛行了，請通知地面雷達。」

張平信大校調整一下耳機的麥克風用朝鮮語說：「N312D呼叫地面雷達，執行聯合國航空測量任務，十分鐘後開始低空飛行。」

耳機裏即刻傳來了朝鮮語的回應：「N312D，報告方向和航速。」

「N312D方向〇四〇，航速一三七海浬。」

儀錶板上的一個小紅燈停止閃爍，表示飛機已經不在地面雷達的電波涵蓋之下了。鍾為轉頭看著史密斯說：「我想資料系統的第三個插頭又鬆了，氣壓資料又不見了。」

「那我到後面去看看。」

史密斯將耳機拿下來，解開了座位的安全帶彎著腰站起身來，他緊靠著張平信的後背，要在機艙裏的狹窄空間向後面移動，突然史密斯的右臂將張平信的脖子從後面掐住，朝鮮空軍大校正要掙扎脫開強有力的手臂，發現被安全帶固定在座位上，無法站起來使力，史密斯將握在左手的短管左輪手槍壓在張平信的左胸開了一槍，隨後又把槍按在張平信的太陽穴開了第二槍，從張平信喉嚨裏呼出來的酒氣停止了。史密斯迅速的將屍體上的衣服全部脫了下來，連襪子都不留。史密斯回到駕駛座時發現鍾為的臉色蒼白：「非常抱歉，留著他，我們就不能完成任務。」

鍾為嚥了一下口水，把快要從胃裏吐出來的東西壓回去：「還有兩分鐘就到達目標，高度已經降到四百英呎了，還沒看見任何東西。」

在樹林中的李建成聽到了頭上的飛機聲，他將衛星電話扭轉到超短波頻率：「黑貓呼叫老山羊！黑貓呼叫老山羊！」

「老山羊，黑貓信號十x十，顯示位置。」

一個紅色信號彈從小樹林裏拔地而起，一束紅光劃破了天空，鍾為說：「前方十一點鐘方向，有白色箭頭布板。」

小樹林外的白色箭頭前有一小段平坦的空地，這是偵查衛星發現的，經過李建成的實地考察，決定成為撤出中情局多年來最成功的在地情報員的地點。空地前方有兩條白布擺成的十字，顯然是落地點。史密斯急快的減速，將攻角增加到接近失速，「天風一號」穩定的以很大的下滑角接近落地點，在機輪觸地前的一刻，史密斯按下機頭，三點著地。隨即改變螺旋槳的轉角，將推力變成反推力，加開油門，增加剎車制動。「天風一號」在白色箭頭前停住，鍾為股掌歡呼：「我看過的最精彩降落！佩服！」

「謝謝！我下去把屍體處理了，再把飛機調過頭來，注意地面雷達的通報。」

史密斯將機門打開了機門，就看見李建成的笑臉，他說：「富爾頓叫我到朝鮮來接人，我就知道是你這小子。怎麼就只有你？不是有兩個人嗎？」

「阿伯．史密斯，沒想到在這裏見到你，真不知道你原來還有這麼高明的飛行本事，謝謝你來救我這條小命，就我一個人，沒別人了。」

「別謝我，你應該去謝飛機上的另外一個人，這都是他的安排。快，幫我把屍體隱藏。」

兩人在機翼的一左一右，把「天風一號」作了原地調頭，李建成坐上備用座，史密斯很快的作好起飛的準備：「鍾教授，請幫我一起踩住剎車，我將要把油門大開，等到推力增到最大時我會大喊一聲，請立刻鬆開剎車，同時啟動噴射助推器。」

飛機在起飛前需要在跑道上快速滑行，使機翼產生浮力，才能離地起飛，為了要在極短的跑道起飛，可以加裝小型火箭，在瞬間產生極大的推力，達到起飛速度。加裝在「天風一號」機翼下的是像滅火器大小的「噴射助推器」，在原來就有好幾個外掛儀器的機翼下，外人都以為是航測儀器。史密斯在油門全開後的三十秒大吼一聲：「就是現在！」

「天風一號」猛地加速度，助推器火箭點火，在到達跑道頭時以五十度，非常陡峭的爬升角度在樹林前方，騰空而起，儀錶板上的小紅燈又開始閃爍，史密斯說：「雷達又看見我們了，建成，記住，你要用朝鮮話回答。」

耳機裏響起了朝鮮語：「N312D，報告方向和航速。」

李建成看著儀錶板上的羅盤和空速計用朝鮮語說：「N312D方向二二五，航速一四五海浬。」

鍾為回頭伸出手說：「李建成博士，你好，我認識你在加州大學的指導教授。」

「鍾為教授，久仰大名。謝謝您的安排，及時的救我出去，否則就完了。」

「這是你老闆富爾頓的安排，他提供給我免費的優秀飛行員服務，我同意讓你搭便車。我恭喜你完成任務了。」

「還有一個最後的任務還不知道會不會成功。能不能告訴我飛行的航線？」

「按飛行計畫，我們正在離開咸鏡山脈的最高主峰冠帽峰地區，將要進入摩天嶺地區，等到飛越惠山到白岩的鐵路線時，就會調頭往正北飛，過了圖們江在延吉機場降落。」

李建成看看手錶後說：「太好了，也許我能看到我最後的任務有沒有成功。」

三十分鐘後，「天風一號」飛越了地面的鐵路線，改變方向，調頭往圖們江飛去。李建成說：「你們看過地下核子爆炸所造成的蘑菇雲嗎？」

藥山村白岩洞裏的地下核彈頭工廠被朝鮮人民軍接管，所有的技術人員雖然都被看管，要接受審查，但是他們還是要繼續工作，提煉和濃縮鈾二三五的計畫不能停頓。

俄羅斯顧問科莫克維奇的辦公室還是維持原樣，等待著接替他的人，藏在保險櫃裏的小型核彈頭裝置準時將雷管接上了電源，起爆了傳統炸藥將高純度的鈾二三五小短棒推進了另一個高純度鈾二三五的球體，也撞擊到球底的鈽二三九碟片，在鈾二三五到達臨界值的同時，大量的中子也被釋放出來，啟動了核彈頭的快速連鎖反應和爆炸，瞬間釋放出無與倫比的能量，在整個山洞裏產生了數千萬度的高溫和幾百萬億帕的高壓，所有的物體，包括五百台提煉和濃縮鈾二三五的離心機和山洞裏的花崗岩都被氣化，從山洞口推送出來。

高溫高壓迅速地影響著周圍的空氣，使它升溫膨脹而又快速上升，依靠那上衝時的巨大能量將各種物質和顆粒物帶上高空，形成了蘑菇的莖部，在上升的過程中由於和周圍低濕空氣的接觸，使熱氣團逐漸降溫，向水平方向散開而形成蘑菇頂，一個完整的蘑菇雲徐徐的在朝鮮上空升起。

鍾為和史密斯都被這景象吸引住了，「天風一號」的發動機在平穩的運轉，飛向北方的圖們江，在飛越中朝邊界後，中情局朝鮮專案辦公室接到了密碼電報：「情報員李建成報告，完成蘑菇雲的追緝任務，返回途中。」

「天風一號」按計劃準時在延邊國際機場降落，結束了聯合國圖們江計畫的航測任務。

後記 陽光海岸和鴨綠江畔

史密斯在延邊機場和他的副駕駛員及其他的支援人員會合後，啟程將「天風一號」飛回溫哥華。他從張平信的衣服口袋裡取回了他的五百元美金，然後將所有的衣物丟到太平洋裏。鍾為在凱薩琳的陪伴下，到北京大學和香港優德大學舊地重遊，美女的溫柔體貼照顧，沖淡了讓鍾為在朝鮮受到的血淋淋近距離殺虜經歷，但是他思念著梅根，還有她和查理的婚姻。

兩星期後，兩人分別飛回溫哥華和巴黎。鍾為換了衣服和運動鞋，來到他熱愛的陽光海岸步道，他看見海岸邊的浪花依然像是一顆顆在閃爍跳躍的鑽石，每一棵樹木花草和彎曲的小徑都像是又見到了的老朋友。在接近下一個轉彎時，鍾為正要加快步伐，他看見了梅根燦爛的笑容，她手裏拿著一瓶酒，坐在一塊大石頭上。鍾為說：「在這裏等人嗎？」

「是啊！人家不來找我，我只好自己找上門來了。」

「我是準備跑完步，洗了澡才打電話給妳，妳是怎麼知道我回來了？」

「我在你身邊有臥底。」

「是不是凱薩琳？妳們是什麼時候變成朋友了？」

梅根沒有回答他的問題，她說：「她把朝鮮的事都告訴我了，原來富爾頓是求你去幹那麼危險的事，你也答應了。」

這回輪到鍾為轉開了話題：「查理的情況怎麼樣？」

「我們在紐約談的事還沒談完呢，先繼續談好不好？」

「只要妳想談，沒問題。」

「還有我們在做的事也沒完，也得繼續。」

說完了，梅根的臉就漲得通紅，他說：「口氣不小，臉皮太薄。」

鍾為摟住她親吻，梅根把嘴張開迎接他，最後推開他說：「我帶來你最喜歡的紅酒，我要你陪我泡湯喝酒。」

朝鮮中央電視台十二月十九日正午報導，金正日在乘火車視察地方的途中，因急性心肌梗塞，在二〇一一年十二月十七日上午八點三十分去世，但是也有消息稱，金正日實際是在十二月十六日晚八時左右在位平壤的十六號官邸去世，更有傳聞說金正日是在子母山別墅，受到汽車炸彈爆炸的驚嚇，臥病不起，終於死去。朝鮮勞動黨中央政治局會議宣佈，根據朝鮮已故最高領導人金正日的遺訓，推舉金正恩為朝鮮人民軍最高司令官。朝鮮勞動黨代表大會也選舉金正恩為第一書記，中央政治局委員，常委和黨中央軍事委員會委員長。

朝鮮的蘑菇雲升起後的五個月，在丹東市的鴨綠江大酒店大堂咖啡廳裏有兩位客人在談天喝咖啡，同時也是在等人。他們是美國中情局情報員彼得．禾田一郎，但是對外他是美國在瀋陽市領事館的副領事，坐在他對面的是美國國務院的科技參事，但是實際是彼得的新上司，中情局朝鮮專案辦公室副主任李建成，他說：「你確定他今天帶人過來嗎？」

彼得能感到他的焦急：「放心吧，他一定會出現的。」

「比爾說，你發展的這位交通員非常的可靠，也很能幹，他給你記了個大功。他長得什麼樣子？」

「這個人的素質不錯，你們打過那麼多交道，沒見過他嗎？」

「說起來連我自己都不相信，我和他互動這麼些時候，好幾次我們碰到生死關頭，互相掩護，還曾動手把敵人格殺，但是我們遵守紀律，從沒照過面，只有一次我看過他的背影。」

「他很佩服你，他明白你不想知道他的底細就是為了如果暴露了，也不能牽連到他。」

「彼得，你看現在朝鮮的情況穩定下來了嗎？」

「你把蘑菇雲升起來之後，朝鮮的內部起了很大的危機，認為這是西方國家要對他們動武了，反而讓爭奪繼承人的矛盾消失，鞏固了金正恩的執政。他們宣佈成功的完成了地下核子爆炸試驗，完成了核武發展的階段性目標。但根據我們的情報，朝鮮所有的核原料濃縮處理的能力已經徹底的摧毀了。從上個月開始，大清洗、權力鬥爭和各種卡位的行動，基本上是結束了。」

其實這些在趙晨倩的情報裏都有了，但是除了他之外，只有中情局的正副局長知道她的真實身分，禾田一郎還不能知道她的存在。

「金正恩的兩個哥哥和他們的後台都清理了嗎？」

「兩個哥哥關在農場裏，還能讓他們活多久，沒人知道。老大的親家和他們同夥的安全和情報特工們是全軍覆沒，沒來得及逃走的，都被殺了。我幫忙北京站和一些脫北者談話，發現就有特工在裏頭。」

「艾立克站長在比爾面前說了你很多好話，聽說他很快就會調去當莫斯科站長，說不定也會要把你調去。」

「我留在亞洲才能施展，我想幹外勤，俄羅斯沒有我能幹的事。」

「我也認為你跟著比爾是對的，他對你是有安排的。」

「是嗎？能告訴我嗎？」

李建成轉開了話題：「彼得，你讓一個脫北者把我從柳京飯店拿到的核彈頭帶出來是個傑作，但是也讓人捏了一把冷汗。這可是個大功啊！」

「其實這是比爾和艾立克兩個老頭出的主意，把我也嚇了一跳，但是你不能不承認，沒有人會想到中情局會用這一招。」

「彼得，朝鮮軍方有沒有追查張平信的下落？」

「他們要求延邊的公安協助尋找，但是只找到了他穿的制服，就宣佈他是脫北了。」

禾田一郎突然抬起頭來看見路口的紅綠燈變了，有人在過了馬路走過來：

「他來了，但是怎麼沒帶人呢？」

「你是說那個戴著帽子的人嗎？」

「就是他。」

「他把人帶出來了。」

在他後面六七公尺，有一個朝鮮農民婦女，穿的是寬寬大大有補丁的衣服，一雙破舊沾著泥土的鞋子，手裏拿著一個大袋子，還背著一個竹簍，大草帽底下是一張清秀的臉，有兩隻大眼睛在左顧右盼。突然聽見一聲：「崔蓉姬，妳往哪裏跑？不認識我了？」

扔下了袋子，草帽和竹簍，她全身顫抖著緊緊的抱住李建成，放聲大哭，說不出話來。他輕輕的拍著她說：「蓉姬，別哭了，我們回家吧！」

全書完

蘑菇雲的追緝

作 者：追風人
出版者：風雲時代出版股份有限公司
出版所：風雲時代出版股份有限公司
地址：105台北市民生東路五段178號7樓之3
風雲書網：http://www.eastbooks.com.tw
官方部落格：http://eastbooks.pixnet.net/blog
Facebook：http://www.facebook.com/h7560949
信箱：h7560949@ms15.hinet.net
郵撥帳號：12043291
服務專線：(02)27560949
傳真專線：(02)27653799
執行主編：劉依慈
美術編輯：MOMOCO
法律顧問：永然法律事務所 李永然律師
北辰著作權事務所 蕭雄淋律師
版權授權：陳介中
初版日期：2014年1月
ISBN ：978-986-5803-74-2

總 經 銷：成信文化事業股份有限公司
地　　址：新北市新店區中正路四維巷二弄2號4樓
電　　話：(02)2219-2080

行政院新聞局局版台業字第3595號 營利事業統一編號22759935

定價：340元

國家圖書館出版品預行編目資料

蘑菇雲的追緝 ／追 風 人 著；-- 初版
臺北市：風雲時代，2013.12 面；公分

ISBN 978-986-5803-74-2（平裝）

857.7　　102023171